W0294503

JANICE GRAHAM

Originaire du Kansas, Janice Graham a vécu et travaillé en Grèce, en France et en Israël avant de reprendre des études de cinéma à Los Angeles. Elle se partage désormais entre Paris et Kansas City. Après *Le cœur en feu* (Belfond, 1999) et *Les saisons du désir* (2002), *La fille du tailleur* (2007) est son troisième roman à paraître en France.

LA FILLE DU TAILLEUR

JANICE GRAHAM

LA FILLE DU TAILLEUR

Traduit de l'américain
par Evelyne Jouve

BELFOND

Titre original :
THE TAILOR'S DAUGHTER
publié par St. Martin's Press, New York

Ce livre est une œuvre de fiction. Tous les personnages, les organisations et les événements décrits dans ce livre sont le fruit de l'imagination de l'auteur ou utilisés fictivement.

Le Code de la propriété intellectuelle n'autorisant, aux termes de l'article L. 122-5, 2e et 3e alinéas, d'une part, que les « copies ou reproductions strictement réservées à l'usage privé du copiste et non destinées à une utilisation collective » et, d'autre part, que les analyses et les courtes citations dans un but d'exemple et d'illustration, « toute représentation ou reproduction intégrale ou partielle faite sans le consentement de l'auteur ou de ses ayants droit ou ayants cause est illicite » (art. L. 122-4).
Cette représentation ou reproduction, par quelque procédé que ce soit, constituerait donc une contrefaçon, sanctionnée par les articles L. 335-2 et suivants du Code de la propriété intellectuelle.

© Janice Graham, 2006. Tous droits réservés.

Et pour la traduction française
© Belfond, un département de place des éditeurs, 2007.

ISBN 978-2-266-18485-4

À ma très chère et très fidèle amie,
Karen Custer Holthaus

Au lecteur

L'inspiration est une invitée capricieuse : parfois elle jaillit quand je ne l'attends pas, parfois elle se présente à moi en rechignant après des heures de recherches sur un sujet. Mais elle frappe toujours à ma porte quand je suis consciente et parfaitement réveillée. Cette fois, ce fut différent. Mon héroïne m'apparut une nuit, juste au moment où j'allais m'endormir. Elle surgit tout à coup devant moi, incroyablement réelle, alors qu'elle essayait une veste sur un de ses clients. Sa façon de faire glisser sa main sur l'épaule, puis la manche du vêtement, m'amena à penser qu'elle possédait une intuition exceptionnelle destinée à compenser sa surdité. Je tiens à préciser que je n'ai jamais eu le moindre contact ni avec le monde de la confection ni avec celui des malentendants. Je ne savais absolument pas qui était cette femme ni d'où elle venait. Mais elle m'appelait dans la nuit, et je décidai d'écrire son histoire.

Bien qu'il s'agisse d'un personnage de fiction, je me suis efforcée de reconstituer aussi fidèlement que possible l'époque dans laquelle elle évoluait, et je tiens à exprimer ma gratitude à tous ceux qui m'ont aidée dans cette tâche. Je tiens tout particulièrement à remercier deux grands maîtres de Savile Row : Angus Cundey et Andrew Ramroop, pour leurs précieux enseignements et le temps qu'ils m'ont si généreusement accordé. Merci aussi à Sharon Volk, de la Kansas School for the Deaf (l'École pour malentendants du Kansas), qui m'a permis de rencontrer Heather Meyer, dont les gestes pleins de grâce et d'éloquence m'ont fait découvrir la beauté du langage des signes. Toute ma gratitude à David Westerman, mon professeur de langage des signes, pour sa patience et son humour, à Roger Quick pour son savoir sur le clergé anglican, ainsi qu'à tous les universitaires du réseau de la Victoria List qui ont répondu avec promptitude à mes questions sur l'époque victorienne : Sally Mitchell, Miranda Morris, Anne Whitfield, Sheldon Goldfarb, Ellen Jordan, et Jill Grey. Une pensée spéciale pour le professeur Nancy West. Je ne remercierai jamais assez Barbara Daniel qui m'a encouragée dans mon projet dès le début de mes recherches, et Rhoderic Bannatyne dont l'extraordinaire maîtrise de la langue anglaise et les suggestions judicieuses ont largement contribué à améliorer cet ouvrage. Enfin, ma profonde gratitude à Diane Reverand, des éditions St. Martin's Press, pour avoir cru en ce livre, et à Loretta Barrett pour son amitié et ses conseils avisés.

1

Nous étions tous convaincus que le pire était derrière moi. C'était la fin de l'été – je me rappelle la chaleur étouffante, le jour qui s'attardait derrière les fenêtres. Puis ces migraines atroces ont commencé. La moindre lumière m'était insupportable. Le plus petit rayon de soleil me faisait souffrir le martyre.

Des voix chuchotaient dans mes rêves agités, peuplés de visions étranges :

« C'est un baume indien, ma chérie… Je t'en mets un peu sur le front. Ça va te faire du bien… »

« De l'extrait de myrrhe… Ses propriétés sont miraculeuses… »

Ce furent les derniers mots que j'entendis. Des mots étranges évoquant des contrées lointaines et mystérieuses, vers lesquelles m'emportaient des caravanes d'animaux bizarres, ressemblant à des chameaux. Mon parrain, le colonel von Sacher, était là, et je me souviens de ma joie en le voyant. Je lui demandai de ne pas me pincer la joue comme quand j'étais petite, parce que ma tête était enflée, ma nuque raide et douloureuse. La lumière me faisait mal aux yeux. Si seulement le soleil avait pu se coucher…

Et puis, sans que je sache comment, la nuit tomba et la température fraîchit enfin. Je me rappelle les premiers instants qui suivirent mon réveil, cette sensation de calme extraordinaire. La chaleur suffocante, le chaos qui régnait dans ma tête, tout s'était apaisé. J'étais dans mon lit, et j'avais à nouveau conscience de mon corps. Un merveilleux silence régnait tout autour de moi – pas de charrettes remontant la rue à grand fracas, pas de cris de marchands ambulants, pas de martèlement de sabots… Un sentiment de gratitude m'envahit : ils avaient fait taire le monde extérieur pour que je puisse me reposer et guérir plus vite.

La fièvre m'avait plongée dans un tel état de faiblesse que je ne songeai pas à m'inquiéter. Je m'abandonnais aux mains qui me soignaient. On posait des linges frais sur mon front, on m'incitait à avaler un peu de bouillon dans un bol, et je me disais que tout le monde devait parler bas pour ne pas me déranger. Puis, à un moment, j'ouvris les yeux. Mes migraines avaient complètement disparu. Ce devait être le milieu de la nuit parce que ma chambre était plongée dans l'obscurité et il n'y avait aucun bruit. Je me sentais suffisamment robuste pour me redresser et, malgré mes jambes flageolantes, je réussis à me lever.

Ce fut en ouvrant les doubles rideaux qui masquaient la fenêtre que je fus frappée par le silence étanche qui accompagnait ce petit geste familier, et une inquiétude encore vague prit naissance dans mon esprit. Dehors, les premières lueurs du jour commençaient tout juste à se dessiner dans le ciel, ce fut à peine si je pus distinguer les silhouettes sombres qui remontaient la rue d'un pas vif. Puis un fiacre passa devant la maison, et je me rendis compte que je ne l'avais pas entendu arriver. Je soulevai le vantail de la fenêtre – pas le moindre grincement – et me penchai à l'extérieur. Au bout de quelques instants, une charrette avec un chargement de charbon apparut. Les sabots des deux chevaux labourèrent silencieusement le sol et les énormes roues écrasèrent les pavés sans produire un seul son.

J'allumai une bougie et ouvris la porte de ma chambre. Je ne parvenais toujours pas à croire que j'aie pu perdre complètement le sens de l'ouïe. Je continuais à guetter le moindre petit bruit : le crépitement de l'allumette qui s'embrase, mes pieds nus foulant le sol glacé du couloir, le froissement de ma chemise de nuit en coton. Parvenue au niveau de l'escalier, je fus prise d'un vertige et je dus m'adosser au mur le temps qu'il se dissipe. Mais qu'importe : j'étais déterminée à me prouver que mes peurs n'étaient pas fondées.

J'avais dix ans quand nous avions emménagé dans Savile Row. Notre nouvelle adresse n'avait rien changé à mes anciennes habitudes : je continuais à me relever le soir quand tout le monde me croyait couchée pour descendre jouer les apprenties tailleurs dans l'atelier de mon père. Je savais que je devais absolument éviter de poser le pied sur la troisième marche de l'escalier en partant du bas parce que le moindre poids, même léger, suffisait à la faire craquer et que maman, assise à son bureau, au salon, n'aurait pas manqué de l'entendre. Six ans plus tard, la marche n'avait toujours pas été réparée, et nous nous étions tous habitués à son grincement.

Je posai la bougie sur une table, dans le couloir, relevai le bas de ma chemise de nuit, et m'engageai prudemment dans l'escalier, les jambes un peu tremblantes. C'était oppressant de descendre dans l'obscurité sans entendre le bruit de mes pas. J'avais l'impression de m'enfoncer sans retour dans le néant. J'atteignis la fameuse troisième marche, et pesai dessus de tout mon poids. Rien. J'oscillai d'avant en arrière. Toujours rien. Pourtant, elle craquait, c'était forcé. Je descendis jusqu'en bas, puis je fis demi-tour et je remontai, martelant chaque marche avec mes pieds tout en m'agrippant à la rampe.

Je devais faire un vacarme épouvantable parce que notre bonne se matérialisa tout à coup en haut de l'escalier, coiffée de son bonnet de nuit, un châle autour des épaules. Elle protégeait de la main la flamme d'une bougie et son visage avait une expression effarée. Je vis ses lèvres bouger.

— Êtes-vous en train de me parler, Lucy ? lui demandai-je.

Sa bouche remua de nouveau.

— Si vous me parlez, je ne vous entends pas. Je ne m'entends pas moi-même. Je suis devenue complètement sourde.

Nous pensions tous que ma surdité était temporaire et que je recouvrerais l'ouïe avec le temps – ou avec le traitement adapté. Je conserve un souvenir très précis des médecins qui défilèrent dans ma chambre pour me soigner, véritable parade de bouffons arrogants, partagés entre l'indifférence et la curiosité, mus davantage par leur intérêt que par la compassion. La plupart d'entre eux exerçaient leur art sans une once d'humanité : ils essayaient de traiter ma surdité comme si elle ne faisait pas partie de moi. Je scrutais leurs traits dans l'espoir d'y déceler le signe d'une intelligence supérieure ou simplement celui de la Providence, me répétant en moi-même à chaque nouveau visage : *C'est peut-être lui, l'homme qui détient la science que ne possèdent pas les autres. L'homme qui va me guérir.*

Je leur posais des questions, mais du fait de ma lenteur à comprendre leurs réponses, ils s'adressaient directement à papa ou à tante Lavinia, m'excluant de la conversation. Je n'étais informée de rien. On attendait de moi que je me soumette aux soins, comme un animal dépourvu d'intelligence. On m'appliqua des sangsues sur les oreilles ; on me prescrivit des décoctions de plantes à boire, et d'autres à garder jour et nuit en compresses. On me passa des pommades qui me firent peler et laissèrent mes oreilles à vif. Je devais boire des potions immondes qui me levaient le cœur. L'un des médecins que nous étions allés consulter chez lui fixa des fils métalliques sur mes lobes et y fit passer du courant électrique jusqu'à ce que ma peau soit parcourue de picotements puis commence à me brûler. Et lorsque je me mis à crier, il augmenta le courant. Parce qu'il n'avait pas réussi à m'hypnotiser, un autre médecin, furieux, affirma que ma surdité venait uniquement de ce que je ne voulais pas entendre.

D'échecs en désillusions, la bataille que je livrais contre le désespoir devenait chaque jour un peu plus ardue. J'errais dans la maison en multipliant les tentatives pour produire un bruit que je pourrais entendre : je tapais sur une vitre avec une cuillère, je frappais dans mes mains, je cognais sur des pots et des casseroles avec de grosses louches en métal. Tout le monde croyait que j'étais devenue folle. Papa se retranchait au salon, derrière son journal, ignorant le vacarme et les protestations embarrassées de notre nouvelle gouvernante, Mme Scholfied. Plus tard, il m'avoua qu'il tentait simplement de cacher ses larmes.

C'est un voyage sinistre et effrayant que celui qui

conduit du monde des entendants à celui du silence, et il était tout naturel, je suppose, que ma détresse me pousse à chercher du réconfort sur des rivages familiers. La confection était notre univers. J'y étais née, c'était ma seule passion. J'avais découvert sa magie toute petite, quand je trottinais d'un bout à l'autre de l'atelier de Grenfell's, serrant dans mes poings de précieuses chutes de velours ou de soie ramassées par terre. On m'attribuait un petit tabouret dans un coin, et je restais là pendant des heures, triant avec application des morceaux de passementerie ou de tissu. Pour les apprentis penchés sur leur travail, ce n'était rien d'autre qu'un jeu d'enfant, mais le vieux Crawley me décochait des clins d'œil complices par-dessus ses lunettes. Il ne manquait jamais une occasion de dire à papa combien je lui ressemblais – ma façon de pencher la tête et de froncer les sourcils quand j'étudiais mes petits bouts de tissu, essayant de marier de la veloutine avec une mousseline vert océan ou un échantillon de satin blanc avec un nuage de dentelle crème. Le vieux Crawley savait de quoi j'étais faite.

Aussi loin que remontent mes souvenirs, l'élégance et le style ont toujours été mes guides. Je remarquais des détails qui échappaient à tout le monde (sauf à mon père) : un fil dépassant d'une boutonnière, deux épaulettes pas tout à fait symétriques… J'avais hérité de son exigence de perfection, et un gant en peau de daim d'une finesse exquise pouvait nous plonger tous les deux dans un état proche de l'extase. Le langage même de notre profession faisait partie de l'enchantement et évoquait tout un univers de luxe et de raffinement. Avant même d'être en âge de comprendre le sens des mots, je connaissais déjà par cœur le nom de certaines de nos créations – « Pour le vicomte Dupplin : une veste d'après-midi en fine laine marron glacé, revers gansés, poches passepoilées, doublure en soie jaune pâle à petits motifs bruns », « Pour lord Cairn, une robe de chambre en brocart d'Orient, impression cachemire, ceinture brodée de fils d'argent ». À mes yeux, les tailleurs étaient des magiciens, et je rêvais de devenir l'un des leurs.

Dans notre famille, la confection était une tradition qui se perpétuait de père en fils depuis le début du XVIIe siècle. Je ne me lassais pas d'entendre grand-père nous raconter la façon dont, après avoir quitté le Somerset pour tenter sa chance à Londres, il avait débuté comme simple journalier, d'abord en retouchant des vêtements dans sa modeste chambre d'hôtel, puis en intriguant auprès des gens de bonnes maisons afin qu'ils lui confient les habits de leurs maîtres. Mon aïeul était un homme intelligent et ambitieux : en moins d'un an, il ouvrait sa propre boutique de tailleur. Mobilisé pendant les guerres napoléoniennes, il rejoignit son régiment vêtu d'un uniforme qu'il avait confectionné lui-même. Il avait si fière allure, au milieu des habits râpés et misérables de ses frères d'armes, que le commandant le renvoya instantanément chez lui avec une commande de vingt-cinq uniformes – pour commencer. À la fin de la guerre, Grenfell & Fils étaient à la tête d'une entreprise florissante.

Nous vivions alors comme n'importe quelle autre famille de commerçants prospères, c'est-à-dire en respectant certaines règles destinées à nous assurer un confort matériel dans ce monde et spirituel dans l'autre. Notre semaine se composait de six longs jours de travail austère et assidu, et d'un dimanche de prières tout aussi austères et assidues. Nous étions couchés tôt et levés de même ; nous mangions du bœuf bouilli le mercredi, de l'agneau rôti le dimanche. La seule fantaisie que s'autorisait papa, c'était un petit verre de cognac qu'il buvait dans son bureau, le dimanche soir.

J'avais dix ans quand notre père prit la décision de quitter notre magasin de l'East End pour s'installer au numéro 19 de Savile Row, dans le quartier huppé de St. James. Je n'oublierai jamais le jour où mes yeux se posèrent pour la première fois sur ce haut lieu de la confection sur mesure et de la mode, car il marqua pour nous le début d'une nouvelle vie…

C'était un doux matin d'avril, et tout Londres semblait s'être donné le mot pour faire ses courses dans Regent Street. Notre calèche était bloquée dans les embouteillages depuis un long moment déjà, quand notre cocher parvint enfin à manœuvrer et à contourner une rangée d'attelages stationnés devant un somptueux grand magasin. Il tourna ensuite à l'angle de Conduit Street et nous nous engageâmes dans Savile Row. Je collai mon front à la fenêtre pour mieux voir, mes doigts gantés pressés sur la vitre.

— Laquelle est-ce ? demandai-je en scrutant les façades.

— C'est au bout de la rue, répondit maman. Nous n'y sommes pas encore.

Je lançai un bref regard à Reggie, qui lisait dans son coin. À douze ans, mon frère se prenait pour un homme de lettres.

— Pour l'amour du ciel, Reggie ! m'exclamai-je. Tu ne peux pas laisser tes livres cinq minutes ? Tu ne ressens aucune curiosité ?

— Curieux de quoi ? « *Partout, ce ne sont que des rues, des rues, des rues. Et partout l'odeur des rues, des rues, des rues. Rien qui puisse distraire une âme de sa mélancolie, ou l'élever.* »

Reggie adorait me répondre par des citations tirées de ses lectures.

— Ce ne serait pas encore ton M. Dickens ? hasardai-je d'un ton méfiant.

— Exact.

— Il n'écrit que des horreurs sur Londres. Je ne l'aime pas du tout.

Maman esquissa un geste vers la fenêtre.

— Nous arrivons.

Même Reggie daigna fermer son livre pour regarder par-dessus nos bonnets.

Je scrutai avidement la longue rangée de maisons en brique et en stuc. Le numéro 19 avait autrefois appartenu à un certain Dr Erhardt, un chirurgien qui s'était retiré à la campagne. D'autres médecins ainsi que des avocats habitaient dans le voisinage, mais aussi de nombreux tailleurs renommés. De discrètes enseignes étaient accrochées au-dessus des portes, mais on ne voyait pas la moindre vitrine. Le contraste avec notre ancienne adresse – une artère bourdonnante d'activité où les échoppes de gantiers, de modistes et de drapiers se pressaient les unes contre les autres – était saisissant.

Juste à l'angle de la rue se dressait Burlington Arcade, une magnifique allée couverte abritant de petites boutiques. Je n'y étais encore jamais allée, et maman m'avait promis de s'y arrêter. Reggie refusant de nous accompagner – il préférait rester dans la calèche pour terminer son livre –, le cocher nous déposa dans Burlington Gardens, maman et moi, avec pour consigne de nous attendre de l'autre côté, dans Piccadilly Street.

J'étais tellement impressionnée que je restai pétrifiée devant l'entrée, incapable de bouger. Maman dut me pincer le bras pour que j'avance. Burlington Arcade est un véritable paradis. On dirait un petit village couvert, avec de hautes fenêtres encastrées dans une voûte du ciel. Nulle part on ne trouve des vitrines aussi étincelantes – pas une goutte de pluie, pas un gramme de poussière, rien ne vient émousser le plaisir des yeux. Chaque magasin est surmonté d'une mezzanine, où habite le commerçant, et l'étage du dessus est occupé par de très luxueux logements, réservés à de jeunes gentlemen fortunés.

Maman marchait à toute vitesse, serrant ma main dans la sienne, comme si elle voulait à tout prix atteindre l'autre bout des arcades avant que je n'aie commis je ne sais quel impair et que nous ne nous soyons fait chasser par le bedeau en redingote et chapeau haut de forme qui montait la garde d'un air sévère. Libérant ma main de son étreinte de fer, je m'élançai vers une vitrine qui avait capté mon attention. Les objets les plus étonnants que j'eusse jamais vus y étaient exposés sur un miroir : des colliers en or rose pour animaux de compagnie, des laisses multicolores en fils de soie tressés. Sur un autre présentoir, une panoplie de brosses en argent ciselé étaient disposées sur un lit de batiste et de dentelle orné de glands de soie. Je m'apprêtais à coller mon nez à la vitrine immaculée lorsque j'aperçus la buée de ma respiration sur la vitre, et je reculai aussitôt.

— Veda ! siffla tout bas maman en me tirant en arrière. Tiens-toi correctement !

Elle s'affaira autour de moi pendant un moment, feignant de renouer les brides de mon bonnet et, étrangement, ces petits gestes futiles parurent la détendre. Nous poursuivîmes notre route à un rythme moins soutenu, prenant le temps, cette fois, de nous arrêter devant la vitrine de chez Lord où nous admirâmes une paire de gants d'une extraordinaire finesse, teints dans une exquise nuance de rose, puis devant la boutique d'une modiste où étaient exposés des chapeaux qui auraient été plus à leur place dans une basse-cour que sur la tête d'une lady.

Deux gentlemen flânaient devant chez Lord lorsque nous nous approchâmes. Ils nous témoignèrent aussitôt une extrême courtoisie, s'effaçant poliment devant nous et soulevant leur chapeau pour nous saluer. Tous deux portaient avec beaucoup d'élégance une queue-de-pie bleu nuit en velours de soie et un pantalon en serge crème. Ils furent bientôt rejoints par un jeune et fringant capitaine qui remontait l'allée d'un pas décidé, son casque sous le bras. Sa cape rejetée en arrière dégageait fièrement une épaule, et il frappait du bout de sa cravache à pommeau d'argent les bottes les plus élégantes que j'aie jamais contemplées. J'étais pétrifiée d'admiration ; les gants roses étaient déjà aux oubliettes, je buvais des yeux chaque petit détail de leur tenue : le baudrier orné de glands argentés du capitaine, le dessin subtil d'un fin galon noir sur le revers des vestes à queue de pie. D'après papa, ce sont ces hommes-là qui édictent les règles. Quoi qu'en dise grand-père, la mode n'est pas façonnée par les ciseaux du tailleur : elle prend naissance ici, dans les rues de St. James.

S'il n'avait tenu qu'à lui, mon père n'aurait jamais quitté Southampton Row, mais son père à lui était un visionnaire. Il avait compris que la réussite était indissociable de la richesse, or la richesse était partie s'installer dans le West End. Et puis, il y avait le vieux Pauley, l'ami et éternel rival de grand-père, qui, lui, avait quitté l'East End bien des années plus tôt pour s'installer dans St. James. Depuis, le vieux Pauley était devenu une véritable institution à Londres, à l'image du discret club privé (« le Palace de Pauley », comme le surnommaient affectueusement ses inconditionnels) qu'il avait ouvert dans son arrière-boutique. L'élite et la noblesse londoniennes aimaient à s'y retrouver l'après-midi pour déguster un verre de vin du Rhin ou de Bordeaux et fumer un cigare dans ses fauteuils en cuir, sous un lustre en cristal qu'il avait fait venir de Venise.

Nous avions grandi dans l'ombre mythique du vieux Pauley, et mon père n'avait de cesse de suivre ses traces. Ce fut probablement ce qui le poussa à transformer lui aussi l'ancien cabinet médical du Dr Erhardt, dans l'arrière-boutique, en salon privé : il espérait sans doute que nos clients prendraient l'habitude de venir se détendre chez Grenfell comme ils le faisaient chez son ami. J'adorais cette pièce : l'odeur de cigare et de cuir qui flottait dans l'air, la façon dont papa disposait le joli carafon en cristal et les verres à porto sur la table ronde, juste sous le portrait – pas très réussi – d'un pur-sang que nous avait offert un jour un client en règlement de sa note. Il y avait même une table de whist contre l'un des murs, mais c'était seulement pour le décor parce que maman interdisait les jeux de cartes. J'avais entendu dire que Fife & Sons avaient fait aménager des chambres au dernier étage de leur immeuble, et qu'ils les proposaient à leurs clients de passage dans la capitale – et aux dames qui, parfois, les accompagnaient. Mais maman n'aurait jamais toléré une telle inconvenance.

Le colonel von Sacher, un vieil ami et client de grand-père, se disait enchanté de notre nouvelle adresse, qui lui permettait de nous rendre visite chaque fois qu'il en avait envie, ce qui lui arrivait souvent. Quand il prenait place dans l'un des fauteuils en cuir de papa après avoir passé l'après-midi à faire du cheval dans les allées de Rotten Row, c'était un peu de la gloire et de l'arrogance de l'Empire britannique qui entrait dans notre petit univers domestique. Il étendait devant lui ses jambes mouchetées de boue, sortait un mouchoir de sa poche et épongeait son front moite tout en nous détaillant les sommes astronomiques perdues en mises sur des chevaux indignes de leur réputation. Le colonel avait une passion pour ses chevaux et ses chiens, et un mépris souverain pour les femmes. Mais comme je lui dois mon prénom, je lui ai toujours gardé une place à part dans mon cœur.

Le colonel affirmait avoir vécu les plus belles années de sa vie en Inde, lorsqu'il étudiait les Veda – les livres sacrés des hindous. Mes parents m'avaient baptisée Mary Ann, un prénom bien chrétien, mais le colonel était mon parrain et son entêtement à vouloir m'appeler Veda fut pendant de nombreuses années un sujet de sérieuse dissension dans notre famille. Ce fut seulement lorsque je fus en âge de trancher et que je revendiquai haut et clair ma préférence pour Veda que le débat fut définitivement clos – encore que je sois bien incapable d'expliquer aujourd'hui ce qui, à quatre ans, motiva mon choix.

Un lien un peu spécial nous unissait, le colonel et moi, et il m'accordait des privilèges auxquels peu de petites filles avaient droit. À chacune de ses visites, il demandait à me voir. Je m'asseyais par terre, près de son fauteuil, comme un petit animal de compagnie, pétrifiée d'ennui par la conversation des adultes et en même temps très excitée d'être admise dans ce sanctuaire masculin. Je savais que ma présence mettait mon père mal à l'aise, mais le colonel, lui, continuait à soliloquer comme si je n'étais pas là, et moi je l'écoutais, tel un petit espion invisible. Il passait généralement son temps à ronchonner et à s'apitoyer sur lui-même, et certains jours il s'énervait tout seul, déversant alors un véritable torrent de bile et d'imprécations vengeresses. En général quand il parlait des femmes.

Je me souviens d'un après-midi d'hiver particulièrement morose, peu après notre arrivée à Savile Row. La pluie nous avait contraints à rester à la maison, nous privant de notre promenade jusqu'à Burlington Gardens. La visite du colonel von Sacher ne pouvait donc pas mieux tomber, d'autant que j'étais coincée au salon avec tante Lavinia depuis la fin du déjeuner, condamnée à broder des lettres de l'alphabet sur un affreux vieux tissu. Lorsque papa m'appela par l'intermédiaire de l'un de ses apprentis, je n'hésitai pas une seconde et m'installai à ma place habituelle, au pied du fauteuil du colonel. Papa était occupé avec un client : il n'y avait que grand-père et le colonel dans la pièce.

— J'admire une épaule bien faite tout autant qu'un autre, je ne prétendrai pas le contraire, déclarait ce dernier.

Il s'interrompit pour tirer sur son cigare.

— Dieu sait que le sexe faible n'a pas son pareil pour parader. Mais l'esprit, Edward, *l'esprit*, c'est tout autre chose.

Il regarda le bout incandescent de son cigare avec une expression sinistre, puis fit tomber sa cendre dans la soucoupe, à côté de lui.

— Dieu a doté l'homme d'une intelligence supérieure, aucun doute là-dessus, acquiesça grand-père depuis son fauteuil.

Il se pencha, s'empara du carafon de porto et, d'une main tremblotante, s'appliqua à resservir le colonel.

— Et il est malséant qu'une femme soit trop instruite.

— Malséant ? Vous avez dit malséant ? s'indigna mon parrain.

Il s'était exprimé avec une telle véhémence que Grenfell père versa le porto à côté du verre.

— J'ai dû mal interpréter vos propos, marmonna-t-il, vexé tout autant par sa maladresse que par l'emportement du colonel.

— Très franchement, Edward, je pensais que vous me connaissiez mieux que ça, maugréa celui-ci en épongeant le liquide qui avait éclaboussé son pantalon avec le mouchoir que lui tendait grand-père.

— Bien sûr que je vous connais, mon ami, et vos idées sur la question ne m'ont jamais frappé par leur conservatisme.

Mon aïeul se carra dans son fauteuil et gratta ses favoris blancs tout en jetant un regard gêné dans ma direction.

— L'esprit n'est pas fait pour être joli. Il est fait pour réfléchir, dit le colonel. Et le cerveau d'une femme *peut* – notez bien que j'ai dit *peut* – être aussi tranchant que celui d'un homme si on lui fournit des outils pour l'aiguiser.

Il arrondit soigneusement ses lèvres autour de son cigare et le téta quelques instants avant de poursuivre :

— Il existe d'autres femmes que nos ravissantes petites poupées blondes sans cervelle, vous savez. Encore qu'elles ne courent pas les rues en Angleterre, Dieu m'en est témoin. Il faut aller en Amérique, peut-être. Et sans nul doute en Inde – dans la haute société, bien évidemment.

Il y eut un long silence, que grand-père n'essaya pas de rompre. Il savait d'expérience qu'il valait mieux ne pas intervenir quand le colonel sombrait dans une de ses rêveries mélancoliques.

— Veda, reprit-il soudain en se tournant vers moi.

Je contemplais ses bottes éclaboussées par la pluie, le menton dans mes mains.

— Oui ? répondis-je en me redressant.

Il était rare qu'il s'adresse directement à moi.

— Tu feras honneur à ton prénom, n'est-ce pas, petite ?

Il lança un regard d'avertissement à grand-père.

— J'ose espérer, Edward, que vous lui interdisez ces stupides magazines féminins ? Cette maudite bouillie sentimentale n'a pas d'autre effet que de ramollir le cerveau. L'histoire est le meilleur antidote qui soit contre la sottise. Donnez-lui des livres d'histoire.

Puis, se tournant à nouveau vers moi :

— Et lis les journaux, petite. Lis le *Times*. Ce n'est pas parce que tu es la fille d'un tailleur que tu ne dois savoir parler que chiffons.

Je me suis toujours demandé si c'étaient mes boucles brunes qui l'avaient convaincu que j'étais une alternative aux fameuses poupées blondes sans cervelle auxquelles il avait fait allusion. Quand je repense à cette époque, avec le recul et mon expérience présente de la souffrance, je devine qu'il avait dû connaître un amour malheureux et qu'il éprouvait toujours une passion sans espoir à l'endroit d'une femme étrangère dotée d'une grande intelligence.

Du jour où nous emménageâmes à Savile Row, ce fut comme si une frontière invisible avait brusquement poussé entre les quartiers est et ouest de Londres, entre le passé et le présent. J'étais désormais assez grande pour dormir seule, dans ma propre chambre, et ma nurse, Mlle Mulgrove, dut chercher une place de nounou dans une autre famille. J'avais un lit à baldaquin commandé spécialement, un petit bureau, une table de toilette et une commode. Ma nurse me manquait beaucoup, mais je trouvais ma nouvelle indépendance terriblement grisante.

Estimant que notre nouveau statut nécessitait un nouveau train de maison, maman remplaça tous les domestiques, à l'exception de Cook, notre cuisinière, par des personnes qui avaient servi des familles du West End (même si quelques-unes refusèrent la place en apprenant que nous étions tailleurs). Comme les livrées avaient longtemps été une spécialité de Grenfell's, papa conçut lui-même de splendides uniformes vert bouteille pour notre cocher et notre valet de pied, et le personnel féminin reçut une tenue de service composée d'une robe noire en fine laine, rehaussée d'un petit col, d'un tablier et d'un bonnet blancs bordés de dentelle. Lorsque je les vis tous alignés pour la première fois au salon, ils avaient l'air si élégants et fiers que pendant un moment j'eus presque l'illusion que nous étions une famille de haut rang.

Maman commença très tôt à dissuader nos anciens amis des quartiers est de venir nous rendre visite. Dans le même temps, nos nouveaux voisins ne nous considéraient manifestement pas comme des relations dignes de ce nom. Nous apprîmes très vite que les deux jeunes ladies qui résidaient au 14, Savile Row étaient les petites-nièces du lord amiral Seymour, et que la douairière au cornet acoustique écrivait des romans sentimentaux qui faisaient fureur dans la haute société. Lors de nos excursions matinales dans Piccadilly ou Regent Street, il nous arrivait fréquemment de croiser les deux nièces (l'une d'elles paraissait à peine plus âgée que moi). Mais jamais elles n'esquissèrent ne fût-ce que l'amorce d'un signe de tête dans notre direction. Parfois, depuis la fenêtre de ma chambre, je les voyais s'éloigner côte à côte dans la rue d'un pas rapide et cadencé, leur manteau en taffetas brun ondulant à chaque pas, les rubans de leurs bonnets voletant dans la brise d'automne, et elles me faisaient penser à deux petits écureuils suffisants.

Leur grand-oncle vint un matin au magasin commander un habit de cour et papa l'habilla avec une telle perfection que l'amiral envoya son cocher chercher un photographe. Papa lui tint compagnie pendant plus d'une heure pendant qu'il prenait des poses devant le miroir, resplendissant dans sa queue-de-pie et sa culotte en velours de soie noires, son tricorne en fourrure de castor crânement vissé sur le crâne. Mais les deux nièces n'en continuèrent pas moins à se comporter comme si elles ne nous connaissaient ni de près ni de loin.

2

Au cours de l'année qui suivit notre installation à Savile Row, la question de notre éducation fut longuement débattue.

L'amélioration de notre train de maison me libérant de certaines tâches domestiques, j'avais davantage de temps à moi. Voilà pourquoi, en plus des cours d'expression écrite, de grammaire et de mathématiques que me dispensait sans génie une grosse gouvernante écossaise, j'avais désormais droit à des leçons d'allemand et de français – une double torture que venait m'infliger plusieurs fois par semaine un vieux précepteur sinistre, à petites lunettes crasseuses et grandes oreilles d'où dépassaient des touffes de poils gris. Au milieu de l'atmosphère studieuse et confinée de notre salle de classe, mon professeur de dessin était pour moi une vraie bouffée d'air pur. Esther Tigues était peintre, et possédait un tempérament bohème qu'elle avait eu l'intelligence de cacher à mes parents. Tous les mardis et les jeudis, postée derrière la fenêtre de ma chambre, je la regardais descendre Savile Row d'un pas brusque, son châle en tartan glissant à demi sur ses épaules, ses cahiers de croquis sous le bras, attirant malgré elle l'attention des gentlemen qui la croisaient dans la rue – car elle avait dix-huit ans et elle était d'une beauté saisissante.

Esther possédait une nature rebelle et indépendante et faisait preuve d'une audace insouciante tranchant avec la peur presque maladive de maman vis-à-vis du qu'en-dira-t-on. Mère n'aurait jamais dit ou fait quoi que ce soit qui ne fût pas « convenable ». Esther, elle, n'était jamais à l'heure, et ses ongles étaient constamment constellés de taches de peinture, bien qu'elle m'assurât les nettoyer tous les soirs avec une brosse.

Dès que nous apprîmes à mieux nous connaître, je la suppliai de me laisser retoucher un peu ses vêtements, et nous prîmes bientôt l'habitude de monter dans ma chambre pour « travailler ». Assise en tailleur sous la fenêtre, je reprisais ses jupons, ou bien je donnais un peu d'aisance à son corset, car elle portait les mêmes robes depuis des années. Pendant ce temps, vêtue de ma robe de chambre, Esther réalisait des croquis de moi sur une feuille à dessin. Cet arrangement nous convenait à l'une comme à l'autre : je détestais peindre des aquarelles et Esther n'avait jamais le temps de s'occuper d'elle. Pour maman, une jeune femme convenable, anglaise de surcroît, ne pouvait peindre autre chose que des portraits et des paysages. Mais Esther avait fait l'École des beaux-arts, à Paris, et elle avait peint des nus.

Ce fut dans ses cahiers de croquis que je découvris pour la première fois un corps d'homme entièrement dévêtu. Esther parlait anatomie, muscles et formes avec tant de naturel et d'aisance que je surmontai ma gêne et, le premier choc passé, je me mis résolument à son diapason afin de me montrer digne de son enseignement. Bien sûr, ce qui m'intéressait par-dessus tout, c'était de comprendre comment un vêtement pouvait sublimer un corps ou en masquer les défauts. Malheureusement, les dessins d'Esther n'offraient aucun enseignement sur ce point : on n'y voyait que de jeunes éphèbes aux proportions parfaites. Je rêvais, en tant que tailleur, de façonner la matière pour la mettre au service de telle ou telle particularité physique. À mes yeux, le savoir-faire presque magique de l'homme de l'art résidait dans sa faculté de redonner un peu de prestance et de dignité à un vieil homme aux épaules voûtées par la seule coupe d'un lainage.

Un soir, alors que nous étions en train de dîner, je me risquai à mentionner une école pour jeunes filles où l'on apprenait à peindre des décors sur de la porcelaine, à illustrer des livres, et – détail capital pour moi – à dessiner des croquis de mode.

— Qui t'a mis cette idée en tête, Veda ? C'est Mlle Tigues ? demanda maman d'un ton cassant.

Tante Lavinia me dévisageait avec effroi. Elle était la sœur de papa, mais tout aussi à cheval que maman sur les convenances.

— Je ne vois pas ce que tu veux dire, mentis-je en évitant son regard.

J'avais constamment l'impression que maman cherchait un prétexte pour congédier Esther.

— L'école dont tu parles dispense un enseignement professionnel. Ce n'est pas un endroit pour une jeune fille comme il faut.

Elle posa sa fourchette et m'observa avec attention.

— Je te le répète si tu l'as oublié, Veda : une femme obligée de travailler pour vivre n'a pas sa place dans la bonne société.

— Oui, maman, murmurai-je docilement.

Mais en moi-même, je trouvais sa remarque terriblement cruelle et injuste. J'avais énormément d'admiration pour Esther, et elle travaillait très dur pour gagner sa vie ! Elle était payée une misère – quatre shillings pour mes deux heures de cours hebdomadaires –, la moitié de ce que nous donnions au vieux grigou qui m'enseignait le français.

Grand-père – qui avait prévu de dîner plus tard à son cercle avec des amis – s'était installé dans un fauteuil pour lire le journal. Il le replia bruyamment avant de lancer :

— Je ne vois pas pourquoi vous faites autant d'histoires au sujet de l'éducation de cette petite, Harriet. Elle en sait déjà bien assez.

— Sauf en solfège, rectifia maman d'une voix un peu pincée sans regarder papa. C'est une honte, vraiment, que cette enfant n'ait jamais appris le piano.

La rengaine durait depuis des années. Nous n'étions pas mélomanes dans la famille. Mon père se révélait hermétique à toute forme de musique. Pour lui, c'était seulement du bruit.

— Bah, elle aura une jolie dot, dit grand-père. C'est tout ce dont elle a besoin pour trouver un mari.

Maman prit la mouche.

— Je vous demande bien pardon, Edward, mais il faudra aussi qu'elle sache se tenir dans le monde et qu'elle ait de bonnes fréquentations. Je fais peut-être des histoires, comme vous dites, mais j'estime que me préoccuper de l'éducation de ma fille relève de mon devoir !

Sa main tremblait d'énervement tandis qu'elle essayait de piquer un oignon grelot avec sa fourchette.

— Une jeune fille convenable doit avoir de bonnes fréquentations. C'est essentiel.

Elle renonça à pourchasser l'oignon autour de son assiette et pressa longuement sa serviette sur ses lèvres. Une façon de se calmer quand elle était énervée. Ce genre de petits drames ponctuait régulièrement nos repas. Les opinions de maman semblaient avoir le don d'exaspérer grand-père, et il ne manquait jamais une occasion de le lui faire sentir.

Il se replongea sans un mot dans son journal et maman se tourna vers papa.

— Il y a un pensionnat pour jeunes filles à Wiltshire dont j'ai entendu dire le plus grand bien, George. J'avais l'intention de t'en parler en privé, mais puisque le sujet a été abordé…

Je crus avoir mal entendu.

— Pour moi ?

— Oui, ma chérie.

Reggie, assis de l'autre côté de la table, me lança un regard acéré. Il aurait donné n'importe quoi pour qu'on l'envoie dans un internat, mais il avait été décidé de longue date qu'il suivrait des cours particuliers à domicile. S'il voulait être capable un jour de prendre les rênes de Grenfell's, Reggie devrait connaître toutes les facettes du métier de tailleur. En restant à la maison, il pourrait commencer très tôt son apprentissage.

— C'est une excellente institution ; elle est dirigée par Octavia Hill, m'informa maman. Et tu y fréquenteras des jeunes filles de haut rang, ce qui est très important.

— Mais… mais alors je vivrai loin de la maison ?

— Oui, ma chérie.

Je me rappelle encore l'onde de choc qui me traversa. Ma viande rôtie eut brusquement la consistance d'un morceau de semelle dans ma bouche. Je n'osai pas l'avaler, de peur de m'étouffer et de mourir – ce qui n'aurait peut-être pas été plus mal, d'ailleurs.

Tante Lavinia s'essuya délicatement les lèvres et posa sur moi son regard placide comme si elle me voyait subitement sous un autre jour. Elle n'exprimait jamais aucune opinion sur aucun sujet, même anodin. Mais lorsqu'elle voulait manifester son approbation, elle émettait une sorte de ronronnement étouffé, un *mmm* qu'elle proférait en hochant la tête, comme en cet instant.

Maman continua :

— Je sais que tu apprécies Mlle Tigues, Veda, mais je ne te cache pas que je serais horrifiée que tu persistes à fréquenter des jeunes femmes dans son genre.

Je retins ma respiration, terrifiée à l'idée de ce qu'elle risquait d'ajouter.

— Allons, allons, Harriet, intervint papa d'un ton conciliant. Je n'ai jamais entendu un seul mot qui me permette de douter de la réputation de Mlle Tigues. Et c'est une jeune artiste pleine de talent.

Bien sûr. Après tout, c'était lui qui l'avait engagée.

— Oh, je n'ai aucune critique à formuler sur ses compétences, et elle est très serviable, concéda maman.

Beaucoup trop, songeai-je avec amertume, en pensant au temps qu'Esther perdait chez le cordonnier ou le papetier pour lui rendre service, sans être rémunérée.

— Mais ce n'est pas une fréquentation convenable pour Veda.

L'idée d'aller à l'école me plaisait assez car je ne voyais plus mes anciennes amies de Southampton Row, et la compagnie de filles de mon âge me manquait terriblement. Mais vivre loin de la maison et de Grenfell's ? Ne revenir ici que le temps d'un week-end ou pour de courtes vacances ? Non, c'était impossible, aussi inconcevable que de devenir l'amie de filles comme les nièces de lord Seymour – à supposer que cette idée ne les fasse pas elles-mêmes défaillir d'horreur.

— Si tu tiens à envoyer Veda dans un pensionnat, il y a en un excellent, Nottingham Place, déclara papa.

Je levai les yeux et je m'aperçus qu'il posait sur moi un regard rassurant.

— C'est un externat et il a très bonne réputation, à ce que l'on m'a dit. Le Dr Buchanan y a inscrit ses trois filles.

Il sourit à maman, plia sa serviette, puis se leva et vint poser un baiser sur ses cheveux. Cette marque de tendresse eut aussitôt l'effet escompté : un demi-sourire éclaira les traits tendus de ma mère. Sa silhouette s'était épaissie avec l'âge, et quelques cheveux gris ternissaient l'or de ses cheveux splendides, mais qu'importe – papa l'aimait comme au premier jour.

— Je te laisse juge, ma chérie, conclut-il en posant doucement la main sur son épaule. Mais je ne pense pas que Veda perdrait au change si elle suivait des cours à domicile. Quant à ses fréquentations, ma foi, elles dépendent essentiellement de nous. Elle sera un bon parti, Harriet. Un très bon parti, crois-moi.

Mon père avait lu dans mon cœur, ce jour-là, et il avait compris que je ne voulais pas partir. Plutôt me passer d'amies jusqu'à la fin de mes jours que vivre loin de Grenfell's. J'avais besoin de respirer l'odeur des gros fers à repasser qui fumaient sur le poêle à charbon, de toucher les pièces de tissu qui n'attendaient plus que d'être assemblées. J'avais grandi dans nos ateliers, au milieu des tailleurs assis jambes croisées sur les tables, comme des grenouilles sur une feuille de nénuphar, cousant des milliers de petits points invisibles, le dos courbé sur leur ouvrage. Je m'étais cachée derrière les rideaux du salon d'essayage pour regarder des clients de haut rang prendre des poses devant nos immenses miroirs pendant que papa dessinait à la craie de couturier le bâti de leur veste. Il suffisait de mettre le nez dans la rue pour croiser des marchands de tissu transportant de gros rouleaux d'étoffes ou des commis se rendant chez la boutonniériste avec une montagne de vestes et de potins tout frais. Et si j'allais dans Cork Street, Clifford Street ou Old Burlington Street, je n'aurais qu'à pousser la porte de n'importe quelle boutique pour rencontrer d'autres tailleurs, des marchands de tissu, des passementiers et des repasseuses. Nous formions un monde à part, et je n'avais aucun désir de le quitter.

Chaque fois qu'un client important prenait rendez-vous pour une séance d'essayages, je faisais en sorte d'être à ma fenêtre à l'heure dite, scrutant la rue pour le voir descendre de son attelage. Après tout, couper un tissu à partir d'un patron est à la portée de n'importe quel mauvais faiseur, mais un tailleur digne de ce nom doit être capable de relever d'un seul coup d'œil la forme d'un revers ou un parement original sur une manchette. Voleur astucieux, il lui faut subtiliser le tombé d'une veste ou une technique de coupe novatrice dans le laps de temps très court séparant le moment où le sujet descend de sa voiture et celui où il disparaît à l'intérieur d'un immeuble. Ensuite, il emporte l'image volée dans son atelier et il s'applique à la reproduire en y ajoutant sa touche personnelle.

Je possédais cet œil infaillible. Je me rappelle encore le jour où, postée derrière ma fenêtre, je regardai lord Cooling (à l'époque, il n'était pas encore ministre des Finances) descendre de son fiacre et entrer chez Grenfell's. Je me précipitai aussitôt après vers ma table pour noter à chaud mes impressions et mes commentaires.

Puis, au dîner, j'attendis patiemment un blanc dans la conversation pour demander à mon père comment s'était passée la séance d'essayages.

— Il a de très longs bras, commentai-je négligemment – et les yeux las de papa pétillèrent d'amusement.

— Fort longs, en effet, acquiesça-t-il.

— Je dirais quatre-vingt-quatre centimètres. Très fâcheux.

Très fâcheux était l'expression consacrée que mon père employait quand il avait affaire à une silhouette particulièrement difficile à habiller.

— Quatre-vingt-quatre centimètres, évaluation parfaite, approuva-t-il en dissimulant un sourire. Quels ajustements préconiseriez-vous, mademoiselle Grenfell ?

— Eh bien… nous pourrions essayer d'accentuer légèrement la largeur des épaules, répondis-je avec assurance.

— Elles sont déjà très larges.

— En ce cas, pourquoi ne pas jouer sur la longueur de la veste ?

— Ses jambes risquent de paraître trop courtes.

— Allons donc ! Il a des jambes de cigogne, il peut se le permettre !

Je n'étais qu'une gamine prétentieuse, mais papa se prêtait toujours au jeu avec bonne humeur, et moi je me sentais pousser des ailes.

Dans le salon d'essayage comme dans l'atelier, mon père ne transigeait ni sur l'ordre ni sur la discipline. Il aurait été impensable de trouver une tasse de thé abandonnée sur un meuble, ou un mètre ruban qui ne soit pas rangé à sa place ; et il n'aurait jamais toléré le moindre fouillis sur le plan de coupe. Il se serait approché sans un mot et aurait envoyé voltiger d'une pichenette tout ce qui, selon lui, relevait du superflu.

Ce que j'admirais peut-être le plus chez lui, c'était son refus de se laisser impressionner, même par un client hystérique ou arrogant, et de céder aux pressions, d'où qu'elles viennent. Je ne l'ai jamais vu non plus se montrer obséquieux avec qui que ce soit, même si la flatterie était considérée par certains comme un dû. Enfin, c'était quelqu'un qui n'acceptait pas l'échec, même quand son savoir-faire était confronté à de véritables défis : habiller le vieux lord Henley, qui avait perdu ses deux bras à la bataille de Trafalgar, August Greatbatch, un distingué membre du Parlement qu'une terrible déformation dorsale condamnait à marcher courbé en deux, ou encore l'évêque Miege, dont le long torse et les petites jambes évoquaient irrésistiblement la silhouette d'un grand singe. Mon père m'apprit que c'étaient les clients les plus exigeants, les plus impossibles à habiller qui poussaient un tailleur à se surpasser et à réaliser ses plus belles créations. Il n'avait peut-être pas l'originalité de certains de ses rivaux, mais ses clients se sentaient en totale confiance quand ils venaient chez lui.

Tous les tailleurs sont les gardiens d'informations confidentielles, mais chez ceux de St. James, plus que partout ailleurs, la discrétion est une règle de vie. La relation entre un tailleur et son client est aussi privilégiée et secrète que celle qui unit un paroissien à son confesseur, et papa nous avouait recueillir dans son salon d'essayage des confidences qu'on n'aurait pas faites à un prêtre dans un confessionnal. Seule la mort du client pouvait rompre cette loi du silence, et encore : si ses héritiers continuaient à s'habiller chez nous, le secret du défunt disparaissait à jamais avec lui dans la tombe. Nous en parlions entre nous, néanmoins. Chaque fois que papa mentionnait un nouveau client, je me glissais en catimini dans le bureau des archives après le dîner pour y rechercher le patron en papier brun sur lequel un apprenti avait noté au crayon une myriade d'informations : son style vestimentaire, ses goûts, le nom de ses amis, leur titre et leur rang, des anecdotes sur sa famille, le nom du cercle où il avait ses habitudes, ses opinions politiques, les sports qu'il pratiquait, et même le nom de son porto préféré.

Et j'apprenais tous ces renseignements par cœur.

3

J'avais hérité du talent de mon père, mais Reggie avait reçu de ma mère cette merveilleuse blondeur que je convoitais tant.

Chaque fois qu'il entrait dans une pièce, c'était comme si un peu d'été entrait avec lui. Dans la rue, les filles lui lançaient des regards furtifs sous leur chapeau, chuchotaient tout bas et gloussaient nerveusement sur son passage. Même Esther admit un jour qu'il avait la prestance d'un prince. Mais malgré son succès, Reggie ne manifestait aucun intérêt pour les filles et ne se souciait pas le moins du monde de son apparence. Je ne le vis jamais se regarder dans un miroir. S'il y était obligé – en général parce que papa prenait ses mesures pour lui confectionner un nouvel habit –, Reggie affichait une mine de martyr et essayait de passer le temps en sifflotant des airs idiots ou en me faisant des grimaces. Avant qu'il fût contraint de se raser, je suis à peu près sûre qu'il s'habillait de la tête aux pieds sans se regarder une seule fois dans une glace.

Le pasteur Nicholls avait été engagé comme

précepteur quand Reggie avait eu neuf ans. Tout juste sorti d'Oxford, il avait préféré s'installer à Londres plutôt que d'accepter le poste de vicaire qu'on lui proposait dans une lointaine province. C'était un jeune homme à l'apparence un peu bizarre, qui portait des petites lunettes rondes et laissait ses cheveux d'un roux intense, presque rouge, flotter sur ses épaules, à la manière des romantiques. Papa tolérait cette fantaisie uniquement parce qu'il avait par ailleurs d'excellentes références et que son père était un respectable propriétaire terrien. Son malheur venait de ce qu'il était le dernier-né d'une famille de quatre garçons. Maman était contrariée qu'il appartienne à l'Église méthodiste (à ses yeux les méthodistes étaient tous des fanatiques hystériques), mais elle était tellement fière d'avoir réussi à engager un précepteur aussi brillant et d'aussi bonne famille qu'elle était prête à fermer les yeux sur ses excès de zèle religieux.

Au début, M. Nicholls lui-même ne prit pas conscience des dons intellectuels de mon frère. Dans l'atelier de confection, Reggie avait acquis la réputation d'un garçon sérieux, appliqué à bien faire, mais dénué de tout don pour le métier. Il mettait des heures à finir un bâti, et ses points étaient toujours trop lâches ou irréguliers. Il n'avait pas la tête à ce qu'il faisait et il se montrait souvent distrait, mélangeant les patrons des clients, se trompant en coupant les tissus… Un jour, il faillit perdre la vue en versant directement de l'eau sur le charbon d'un fer qu'il voulait refroidir. Les tailleurs et les coupeurs l'adoraient, mais ils devaient éprouver quelques doutes quant à son aptitude à prendre un jour les rênes de l'entreprise. Personne, cependant, ne formulait jamais la moindre critique devant papa, qui, de son côté, continuait à croire dur comme fer à l'avenir prometteur de son fils. Reggie serait maître tailleur. Il portait déjà le nom des Grenfell, le travail ferait le reste.

Deux ans après notre emménagement à Savile Row, grand-père et tante Lavinia partirent vivre à Kensington avec ma tante Mary, la sœur aînée de papa, veuve depuis plusieurs années déjà. Cela n'avait pas été facile pour grand-père d'accepter de prendre sa retraite, mais nous étions tous convaincus que ce repos serait bénéfique à sa santé. Notre famille se retrouva ainsi réduite du jour au lendemain à quatre personnes, défaut soudain de surveillance qui causa probablement la perte de Reggie. Si, à douze ans, j'étais encore très souvent fourrée dans les jupes de ma mère, Reggie, du haut de ses quatorze ans, menait sa vie comme il l'entendait.

J'avais remarqué qu'il y avait de plus en plus de livres dans sa chambre : des grammaires grecques et latines, la Bible et des livres de prière, des œuvres d'Homère et de Virgile, sous forme de traductions pour commencer, puis dans le texte original.

Un soir, très tard, je glissai un œil dans la pièce et le trouvai assis à son bureau, penché sur un livre à la couverture en cuir fané, compulsant un dictionnaire tandis qu'il jetait des notes sur un cahier. Une bougie brûlait à quelques centimètres seulement de son visage, si près que j'eus peur que ses boucles blondes si douces ne prennent feu – mais Reggie semblait indifférent au danger.

— Ah, ma chère Vevey, soupira-t-il quand il m'aperçut en chemise de nuit sur le seuil de sa chambre. Que fais-tu debout à cette heure ?

— Une charrette m'a réveillée et je n'ai pas pu me rendormir. (Je bâillai à m'en décrocher la mâchoire.) Je me suis dit que tu ne dormais peut-être pas encore.

J'avais entendu papa se plaindre à plusieurs reprises

de ce que Reggie avait du mal à garder les yeux ouverts dans l'atelier. Je savais pourquoi, mais pas question de rapporter.

— Eh bien, comme tu le vois, je ne me suis pas encore couché, dit-il en se frottant les yeux avec son poing.

— À force de lire à la lumière des bougies, tu vas finir par t'abîmer la vue, tu sais.

Reggie s'étira, puis posa sa plume.

— Traduire devient un jeu d'enfant, maintenant. M. Nicholls estime que je suis quasiment bilingue.

— Qu'est-ce que tu traduis ?

— L'*Iliade* d'Homère.

Je m'approchai pour regarder par-dessus son épaule.

— Quels drôles de caractères ! m'exclamai-je. Ils sont très jolis, ajoutai-je aussitôt pour ne pas le froisser. Mais… tu y comprends vraiment quelque chose ?

— M. Nicholls est un excellent professeur. Je rêvais de partir étudier dans un internat, tu te souviens ? Finalement, je me réjouis de la façon dont les choses ont tourné.

— Tu es heureux au milieu de tes livres, n'est-ce pas ?

— Oh oui. C'est comme si j'entrais dans un autre monde. J'arrive presque à oublier mes pauvres doigts martyrisés.

— Oh, pauvre Reginald ! Montre.

Je lui pris la main et l'approchai de la bougie pour l'examiner. Il grimaça tandis que je touchais un point sensible.

— Ils sont tous criblés de piqûres d'aiguille ?

— Cette brute de Crawley m'a ficelé les doigts.

Crawley était le chef d'atelier de papa. Il avait passé plus de quarante ans le dos courbé sur son ouvrage.

— C'est pour t'apprendre à mieux placer ton dé, lui expliquai-je.

— Je sais. Mais ça fait un mal de chien et je peine à tenir ma plume.

— Bientôt, tu auras des cals au bout des doigts, et tu ne sentiras plus la douleur, dis-je d'un ton léger, essayant d'être positive.

— C'est ça, et je finirai avec des mains déformées, comme père, dit-il avec dégoût.

— Tu ne veux pas être tailleur ?

— Je suis malade rien que d'y penser. Je hais ce que nous faisons !

— Tu ne peux pas être sérieux, balbutiai-je, effarée par cet aveu froid et direct.

— Oh, je te jure que si. Je suis incapable d'exercer ce métier. Tu le sais très bien, d'ailleurs. Tout le monde le sait, sauf père. Ou plutôt : il le sait, mais il refuse de le voir.

— Laisse-toi le temps d'apprendre. Après, ça viendra tout seul, tu verras.

— Je n'ai aucun don pour la confection. Contrairement à toi.

Nous restâmes silencieux un long moment. Je regardai ses doigts tachés d'encre, les caractères grecs sur la page, devant lui, mesurant notre différence.

Il reprit :

— Quand tu étais petite, tu te faufilais la nuit dans le salon d'essayage, et je me cachais dans l'escalier pour te regarder jouer les apprenties tailleurs. Tu tournais autour d'un mannequin d'un air circonspect, un mètre ruban autour du cou, fouettant l'air avec ta craie de couturier. Je t'entendais deviser tout bas avec toi-même, on aurait juré voir père.

— Un jour, tu m'as enfermée à clé dans le bureau des archives.

— C'est vrai. Je m'en suis terriblement voulu, après.

— Tu ne savais plus comment te faire pardonner. Tu me recopiais des strophes de tes poèmes et tu les déposais sur mon oreiller.

— Je m'en souviens. Tu n'étais pas très sensible à mes vers, d'ailleurs.

— Bien sûr que si ! Mais j'aimais encore plus les rubans que tu nouais autour. Un jour, tu m'en as offert un parme avec de petites roses en satin fuchsia dessus. C'était mon préféré.

Nous restâmes pensifs quelques instants, fixant tous les deux la flamme frémissante de la bougie.

— J'étais jaloux, avoua-t-il.

— Jaloux ? De moi ?

— Père était constamment en adoration devant toi.

— Je ne l'ai jamais voulu, mais je n'y peux rien, Reggie. Je ne peux pas changer ma façon d'être.

— Je ne voudrais pas que tu changes un seul cheveu de ta tête.

— Que va-t-il advenir de Grenfell's ? demandai-je en étouffant un bâillement.

— Oh, si tu veux reprendre la boutique, je te la laisse, plaisanta-t-il sur un ton taquin qui dissipa la gravité du moment. Tu n'auras qu'à enfiler un costume d'homme, une cravate en soie, et le tour sera joué.

— Ça ferait un beau scandale !

Je pouffai.

— Tu imagines la scène ?

— De ta part, rien ne m'étonnerait.

— Sincèrement, Reggie, tu ne peux pas abandonner papa. Tu n'es pas sérieux, n'est-ce pas ?

Un frisson me secoua de la tête aux pieds et il me tapota l'épaule d'un geste affectueux.

— Va vite te mettre au lit avant d'être transformée en glaçon, petite sœur. Sur ce point, je suis on ne peut plus sérieux.

Pendant les années qui suivirent, sous l'influence conjuguée de Robert Burns et de John Dryden, d'Homère et de Dante, je vis Reggie émerger peu à peu de sa chrysalide de timidité. Alors que mes rêves à moi puisaient leur inspiration dans la soie et le satin, les siens la puisaient dans les livres. M. Nicholls fit en sorte qu'il puisse étancher sa soif de lecture dans une bibliothèque de prêt tenue par un libraire de Regent Street. Il avait une telle foi en son jeune élève qu'il n'hésitait pas à prendre sur ses propres deniers pour lui procurer des journaux et des magazines. Reggie chérissait ses livres à l'égal de trésors. Connaissant sa passion, et après avoir pris conseil auprès de M. Nicholls, je lui achetais à chaque Noël une traduction recommandée ou une nouvelle édition, pour son plus grand bonheur. J'avais le sentiment désolant que papa ne se rendait pas compte des qualités de Reggie, et qu'il ne faisait aucun effort pour le comprendre. Il s'obstinait à lui offrir des accessoires de toilette, des brosses à habits, des nécessaires à manucure – toutes choses dont Reggie se souciait comme d'une guigne. Ces cadeaux étaient destinés au fils que papa aurait souhaité avoir, pas à celui qu'il avait.

À quinze ans, Reggie avait lu tous les ouvrages de Byron, Wordsworth et sir Walter Scott, et possédait de solides connaissances en histoire ancienne et moderne. Depuis un certain temps déjà, ma famille n'ignorait plus les capacités intellectuelles prometteuses de mon frère, même si la question était très rarement abordée. Je pense que papa était effrayé par l'intelligence précoce de son fils et qu'il préférait ne pas entendre parler de son don pour les études. Reggie n'était donc que l'ombre de lui-même en sa présence. Son attitude changeait du tout au tout dès qu'il se trouvait en compagnie de jeunes érudits ! Il discutait avec son précepteur de sujets auxquels ni papa ni le reste de la famille n'entendaient quoi que ce soit, et les amis de M. Nicholls s'accordaient pour vanter son imagination flamboyante et son esprit brillant.

Lorsque Reggie eut seize ans, M. Nicholls tenta de convaincre papa du talent exceptionnel de son fils, affirmant qu'il avait le génie d'un jeune Byron et le conjurant de l'envoyer à Oxford. Père estimait impossible que notre Reggie, si doux et si bien élevé, puisse avoir la tête remplie de décors grandioses, de batailles historiques et de héros sublimes. L'insistance de M. Nicholls ne réussissait qu'à endurcir son cœur, tant il souhaitait que Reggie prenne sa succession. Il serait tailleur, point final.

Peu à peu, Reggie en arriva à tricher pour avoir la paix et, par amour pour lui, je me fis sa complice. Le soir, quand tout le monde était couché, je me relevais et me glissais sans bruit dans l'atelier. J'allumais une lanterne à gaz et finissais l'ouvrage qu'il avait laissé en souffrance. Parfois un bâti inachevé ou une épaule qu'il fallait coudre soigneusement et mettre en forme. Si son travail était de mauvaise qualité, je le défaisais et le recommençais. Cela m'était égal d'œuvrer dans l'ombre. J'agissais de mon plein gré, finalement ravie de pouvoir mettre mon habileté au service de tâches délicates réservées aux tailleurs aguerris. Cela me prenait généralement la moitié du temps qu'il aurait fallu à Reggie pour boucler son travail.

Et puis un soir, l'orage qui couvait depuis un certain temps déjà éclata pendant le dîner. Dans un accès de colère aussi rare qu'inattendu, papa accusa M. Nicholls de n'être qu'un pasteur arrogant qui se mêlait de ce qui ne le regardait pas, encourageant de dangereuses dérives dans l'esprit de son jeune élève, vantant ce qui n'était que gribouillages prétentieux et dénués de talent à seule fin de contrecarrer les souhaits légitimes d'un père. Que papa ait pensé sincèrement ce qu'il disait, ou que ses propos lui aient été dictés par la frustration, le résultat fut tout aussi dévastateur : ses critiques atteignirent Reggie en plein cœur. Ce soir-là, notre père annonça que M. Nicholls était congédié, et en représailles, Reggie refusa de remettre les pieds au magasin. Il resta enfermé dans sa chambre pendant trois jours, la tête dans ses livres.

J'étais la seule autorisée à entrer. Tous les soirs, avant d'aller me coucher, je lui apportais une assiette de viande froide ou ce que Cook avait mis de côté pour son dîner. Il était très abattu, et cachait une flasque d'alcool sous son matelas. Nous ne nous disputions jamais, nous n'évoquions même pas la situation. Sa chambre était un sanctuaire. Il me faisait asseoir sur le sol, s'emparait de son manuscrit d'une main tremblante et, d'une voix rapide et exaltée, me lisait page après page les exploits de ses héros. Les mondes formidables auxquels il donnait vie dans ses écrits n'avaient rien de commun avec son quotidien paisible. J'étais jeune, éperdue d'admiration pour mon frère, mais je sentais confusément que derrière cette poésie sauvage et âpre se cachait un esprit arrimé à la raison par une corde dangereusement effilochée. Reggie avait seulement dix-sept ans, et il m'effrayait parce que je ne le reconnaissais plus.

Tous les soirs en regagnant ma chambre, je tombais à genoux et j'implorais le Seigneur jusqu'à ce que je grelotte de froid. Puis je me glissais dans mon lit et m'endormais en pleurant. Je voulais qu'il se plie aux souhaits de papa et non qu'il devienne un stupide poète ! Mais en même temps, je savais que c'était impossible.

Finalement, un compromis fut négocié. Les cours de Reggie ne seraient pas complètement supprimés, seulement réduits de moitié, et ils auraient lieu chez M. Nicholls, dont les émoluments, naturellement, seraient diminués d'autant. Papa avait fini par comprendre que Reggie ne céderait pas, mais, connaissant les difficultés financières du pasteur, il espérait que M. Nicholls abandonnerait de lui-même un élève devenu si peu rentable. C'était sous-estimer l'esprit de sacrifice du précepteur : il poursuivit son enseignement pendant une année encore.

Nous ignorions tout des leçons de musique qu'il lui donnait jusqu'au jour où Esther et moi fûmes invitées à venir prendre le thé chez M. Nicholls. Il y avait un piano dans le petit salon, et Reggie s'y installa. Je n'y connaissais rien, mais je me rendis compte instantanément du talent de mon frère. Il joua une petite pièce de Chopin dont la mélodie, apparemment simple, requérait une grande dextérité, nous expliqua tout bas M. Nicholls. Reggie trébucha sur un enchaînement et montra un peu d'impatience dans un passage particulièrement difficile, mais son jeu avait une profondeur et une intensité dont je ne l'aurais jamais cru capable. On aurait dit que son cœur battait à l'intérieur de chaque note, de chaque accord, de chaque silence, comme s'il déclarait sa flamme à un être aimé.

Cet après-midi-là, j'admis enfin que mon frère était tout aussi incapable de coudre des vêtements dans un atelier de confection que je l'étais de jouer du Chopin. À ses yeux, notre monde était simplement trivial ; jamais il ne verrait la moindre poésie dans ce que nous faisions.

Quant à Reggie il commençait à comprendre que son rêve de partir étudier à Oxford ne se réaliserait jamais, et le désespoir se referma sur lui comme un nœud coulant. Je continuais à l'aider quand il était dépassé par son travail au magasin, mais désormais il emportait les piles de vêtements à terminer dans sa chambre. Je le rejoignais après le dîner et m'asseyais au bord du lit pour monter des manches, des cols, des dos, heureuse d'être avec lui. Il s'était mis à boire et cela m'inquiétait, mais j'avais encore plus peur qu'il me chasse si je ne tenais pas ma langue, alors je ne disais rien. Parfois, il était tellement ivre qu'il se levait de sa chaise, titubait jusqu'à son lit et s'écroulait sans connaissance au milieu des bobines de fil et des vêtements. Je lui ôtais alors ses souliers, le glissais tant bien que mal sous les couvertures, puis me remettais à travailler à côté de lui jusqu'à ce que j'aie tout fini.

Mais un miracle survint, et mes prières furent exaucées de la façon la plus inattendue qui soit. Un matin, papa et maman nous demandèrent de venir dans la salle à manger. Là, ils nous annoncèrent que mère attendait un enfant. Notre petit frère ou notre petite sœur naîtrait au mois de janvier. Maman avait perdu un bébé peu après ma naissance et nous avions abandonné tout espoir de voir la famille s'agrandir un jour. Il s'agissait donc d'une merveilleuse nouvelle.

— Tu te rends compte que c'est peut-être le futur héritier du prestigieux nom des Grenfell ? me lança

Reggie ce soir-là, alors qu'il s'était accoudé au rebord de sa fenêtre pour contempler les toits de Savile Row, noircis par la suie.

C'était la fin du mois de septembre et il flottait dans l'air une fraîcheur qui annonçait l'automne. Je remettais un peu d'ordre dans la chambre de Reggie, une habitude que j'avais prise depuis quelque temps déjà.

— Ce sera peut-être une fille, lui rappelai-je en me baissant pour ramasser un foulard d'une propreté plus que douteuse. Reginald, il faut absolument que tu changes de linge plus souvent !

Il n'avait jamais été soucieux de son apparence, mais depuis un moment, cela s'était aggravé.

— C'est franchement dégoûtant, protestai-je en fronçant le nez.

Je jetai le foulard sur mon bras, déjà chargé de chemises et de sous-vêtements.

— Mais si ce n'est pas le cas ? Si c'est un garçon ? insista-t-il.

— Ce sera trop tard.

— Pourquoi ?

— Parce que papa n'est plus tout jeune.

— Il n'a qu'à acheter une canne et se tenir aux murs jusqu'à ce que le bébé soit assez grand pour manier une de ces fichues aiguilles !

— Reggie !

— Je ne peux plus continuer, je ne peux plus ! souffla-t-il d'une voix sourde.

Il alluma une cigarette, et sa main trembla tandis qu'il arrondissait ses doigts autour de la flamme. Il souffla un nuage de fumée, puis retira un brin de tabac collé à sa lèvre inférieure.

— Plutôt mourir que de m'emmurer vivant dans ce maudit atelier avec cette bande d'abrutis !

— Reggie ! m'écriai-je, et il se tourna vers moi.

J'allais me mettre en colère quand je vis l'expression de son regard.

— Tu n'es pas bien, soufflai-je en lâchant le linge sur le sol, prête à agir mais ne sachant que faire.

Je restai là, me tordant les mains.

— Tu veux que j'envoie chercher le médecin ?

— Ne sois pas stupide, railla-t-il.

— Tu ne devrais pas boire autant, chuchotai-je.

J'avais seize ans, maintenant, et j'osais lui faire des reproches.

Il regarda pendant quelques instants l'allumeur de réverbères progresser dans la rue puis, d'un mouvement lent mais implacable, il tourna la tête vers moi et me lança un regard diabolique.

— Plutôt me jeter par cette fenêtre que de retourner dans cette geôle, articula-t-il avec un sourire fielleux.

— Tais-toi ! criai-je rageusement. Papa a raison, au sujet de M. Nicholls ! Il t'a poussé à avoir honte de nous ! Mais ce n'est pas juste ! Papa habille des gens distingués et des membres de la noblesse. Son talent est reconnu par tout le monde ! Comment oses-tu salir ainsi le nom des Grenfell !

Reggie parut déconcerté par mon éclat. Il jeta sa cigarette par la fenêtre et se redressa. Il était si beau en cet instant ! Malgré ses joues râpeuses de barbe, ses traits tirés, ses cheveux hirsutes et ses vêtements froissés – car il dormait tout habillé –, je le trouvais adorable.

— Ma chère petite Vevey, pourquoi faut-il que ce soit moi qui aie hérité de ce fardeau, et pas toi ?

— C'est ainsi, et nous ne devons pas remettre en cause la main de la Providence.

La flamme démoniaque qui brillait dans ses yeux parut s'adoucir à ces mots. Il ferma la fenêtre, mais garda les paumes de ses mains appuyées contre la vitre, contemplant l'extérieur comme depuis une prison.

— Tu fais preuve d'une telle sagesse. Tu me donnes honte de moi-même.

— Ce n'est pas mon intention.

— Tu sais que je suis amoureux de lui, lâcha-t-il abruptement, son souffle embuant la vitre.

— Je sais, oui. Tu ressens de la vénération pour lui. Mais cela passera. Les jeunes gens de ton âge oublient vite.

Il se redressa de toute sa taille et se tourna vers moi. Ses yeux étaient d'un bleu intense, presque liquide.

— Vraiment ? demanda-t-il en souriant. Comment sais-tu cela ?

— Esther me l'a dit.

— Tu n'es pas choquée ?

— Il n'est pas rare d'éprouver des sentiments de cette nature quand on est jeune.

— C'est également Esther qui t'a expliqué ça ?

Je hochai la tête.

— Ma foi, je ne suis pas sûre de partager son opinion, mais j'applaudis à son ouverture d'esprit.

Il me sourit avec tendresse.

— Tu es quelqu'un d'extraordinaire, Veda. Tu feras un beau mariage, j'en suis sûr. Mais il faudra que ce soit quelqu'un de très bien. Riche et gentil. Je ne tolérerai pas qu'il en soit autrement pour ma petite sœur chérie.

J'ignore ce qui motiva son revirement, mais le lendemain matin, ce fut un Reggie sobre, rasé de frais et habillé avec soin qui apparut dans l'atelier et s'assit à côté de M. Crawley. L'après-midi même, il écrivit une lettre à M. Nicholls pour l'informer qu'il souhaitait mettre un terme à ses cours et lui envoya un chèque du montant de ce qu'il lui devait, plus une prime assez consistante.

Devant un changement aussi spectaculaire, papa ne se tint plus de soulagement et de fierté. Je crois qu'à partir de cet instant, il pardonna à Reggie toutes ses bévues et ses maladresses. Dorénavant, quand nos clients les plus prestigieux venaient au magasin, Reggie assistait aux essayages. Et lorsque le comte de Westmoreland fit venir papa à Whitcomb Hall, dans le Dorset, pour lui passer commande d'une douzaine de manteaux de chasse, papa emmena Reggie. Vêtu dans la meilleure tradition de Grenfell's, Reggie avait tout d'un gentleman, et papa était bien décidé à le montrer partout. Il était clair qu'il préparait Reggie à suivre ses traces.

Désormais, Reggie n'avait plus besoin de mon aide, le soir. En une ou deux occasions, je m'approchai de la porte de sa chambre sur la pointe des pieds, mais la lumière était éteinte, et il dormait.

Une nuit, à la fin du mois d'octobre, je fus réveillée par le bruit d'un caillou heurtant ma fenêtre. Je soulevai le châssis et me penchai pour regarder dehors. Un fiacre noir stationnait dans la rue, sous la pluie battante. Dans la lumière vacillante de la lanterne, je vis un homme bataillant pour en aider un autre à descendre de l'attelage. Je compris immédiatement de qui il s'agissait. J'allumai une bougie, attrapai mon châle et me précipitai pieds nus dans l'escalier pour aller ouvrir.

Malgré l'obscurité et les lunettes qui cachaient ses yeux, je pus lire la peur sur le visage de M. Nicholls. Reggie avait perdu son chapeau, son visage était maculé de boue et de sang, son manteau déchiré.

Je dominai ma terreur et indiquai à l'ex-précepteur l'escalier, lui éclairant le chemin jusqu'à la chambre de Reggie.

Une fois celui-ci étendu sur le lit et la porte fermée derrière nous, le pasteur s'effondra sur une chaise, serrant son chapeau dans ses mains. Il était pâle comme un spectre, et je craignis un instant qu'il ne se trouve mal.

— Que s'est-il passé ? demandai-je en versant de l'eau dans une cuvette pour mouiller un linge.

— Il… il est venu me voir chez moi et j'ai refusé de le recevoir. Ô Dieu ! j'ai refusé de le faire entrer… Je pensais agir au mieux, je croyais…

— Monsieur, venez-en au fait, je vous en supplie. Est-il grièvement blessé ? Dois-je envoyer chercher un médecin ?

Il semblait pétrifié sur sa chaise, les doigts crispés sur le bord de son chapeau, et il me regardait à travers les verres mouillés de ses lunettes comme s'il n'avait pas compris un mot de ce que j'avais dit.

— Savez-vous ce qui lui est arrivé ? répétai-je sèchement, me retenant de le secouer.

Je me penchai sur mon frère et nettoyai doucement son visage avec le linge.

— A-t-il besoin d'un médecin ?

— Je… je crois qu'il est tombé… une chute de cheval… Ô Dieu du ciel, je ne sais pas…

Plus vraisemblablement, il avait été agressé – une bagarre entre ivrognes, probablement –, mais je gardai mes pensées pour moi.

Reggie sentait l'alcool, et il était clair aussi qu'il avait été malade. Son manteau était mouillé, et je crus tout d'abord que c'était à cause de la pluie. Puis j'approchai la bougie.

— Seigneur !

Je me rendais compte brusquement que l'odeur écœurante qui imprégnait ses vêtements était celle du sang.

— Aidez-moi, vite ! ordonnai-je.

Je confiai la bougie à M. Nicholls puis dégrafai fiévreusement le manteau de Reggie. Les boutons étaient poisseux. Mes mains et la chemise blanche de mon frère étaient trempées de sang.

Il avait plusieurs plaies béantes au ventre.

— Je vais chercher un médecin, articula M. Nicholls.

Il était toujours livide, mais semblait avoir retrouvé partiellement ses esprits.

— Votre fiacre est-il toujours en bas ? lui demandai-je.

— Oui, je... je crois.

— Allez chercher le Dr Lister. Il habite Sackville Street. Au numéro 12.

J'étais comme un chien sur ses talons quand il descendit l'escalier. Je m'arrêtai devant la chambre de mes parents pour les réveiller, puis courus informer Cook et notre gouvernante, Mme Arbuthnot, de ce qui était arrivé. Pendant qu'elles s'habillaient en hâte, je filai réveiller la bonne. Quand je regagnai la cuisine, Mme Arbuthnot s'activait pour allumer la cuisinière. Elle me mitrailla de questions, mais je ne possédais aucune réponse. Je savais seulement que Reggie était étendu dans sa chambre, à l'agonie. Elle se précipita à l'étage, tandis que Cook allait et venait dans la pièce, grommelant et me houspillant comme si je prenais un malin plaisir à me mettre en travers de son chemin. À l'évidence, je n'avais aucun réconfort à attendre de ce côté-là. Lorsqu'un attelage s'arrêta dans la rue, je me précipitai vers la fenêtre, juste à temps pour voir le Dr Lister en descendre au côté de M. Nicholls. Je ne pouvais rien faire d'autre pour le moment. Je restai quelques instants au pied de l'escalier, à écouter maman sangloter et papa crier après M. Nicholls, puis je m'enfuis, incapable d'en supporter davantage. Je me réfugiai dans le magasin, et de là passai dans le petit salon privé de papa, où je me recroquevillai dans le fauteuil favori du colonel. J'y restai prostrée un long moment, priant pour Reggie, marchandant avec Dieu – comme nous le faisons tous quand nous avons peur – pour qu'Il lui laisse la vie sauve. Je consacrerais mon existence à faire le bien, je mènerais une vie exemplaire, je me porterais au secours des plus humbles…

L'agonie de mon frère dura près de deux semaines. En mettant bout à bout les quelques informations livrées par M. Nicholls et ce que le pauvre Reggie bredouillait dans son délire, il nous fut possible de reconstituer le déroulement tragique de cette nuit maudite. Après avoir été éconduit par M. Nicholls, Reggie était parti noyer son chagrin avec la même fureur destructrice que l'un de ses sombres héros. Il avait bu et joué pendant des heures, poussant tour à tour la porte du Bull and Mouth puis celle du Lemon Tree. Quand finalement il avait échoué au White Bear, il avait amassé un gain suffisant pour défier lord Bentley et une escouade de jeunes nobles arrogants, persuadés d'être plus habiles joueurs qu'un petit tailleur sans envergure. Mais la chance était décidément du côté de Reggie cette nuit-là, et il quitta la table à la tête d'une vraie petite fortune, incluant Dante, le cheval de lord Bentley. Ce dernier, qui tenait à peine debout lui-même tant il était ivre, insista pour accompagner Reggie jusqu'à l'écurie de louage où l'animal était gardé en pension. Il lui remit lui-même son trophée, l'avertissant qu'il s'agissait d'un cheval de chasse très nerveux et retors, qui n'avait pas l'habitude d'être monté en ville mais valait dix fois la somme qu'il avait perdue aux cartes. Reggie enfourcha son bien et s'éloigna au trot dans la nuit froide et brumeuse, dans l'intention de retourner chez M. Nicholls pour lui montrer son butin. Mais il sombra dans une sorte de torpeur et ne garda aucun souvenir du trajet, si ce n'est qu'il se mit à pleuvoir à verse et que le cheval rua, pris de panique. Surpris, Reggie fut projeté dans les airs, retomba sur une balustrade, à proximité de Berkeley Square, et vint s'empaler sur ses pointes en fer forgé.

Que mon frère ait réussi à se dégager puis à se traîner jusqu'à la maison de M. Nicholls tenait du miracle, et celui-ci servait à étayer tous nos espoirs. Sûrement, Dieu n'avait pu faire preuve d'une telle mansuétude pour le laisser mourir ensuite ?

D'autres médecins furent sollicités, et le recours à la chirurgie envisagé. On emmena Reggie à l'hôpital, puis on le ramena à la maison au bout d'une semaine avec un pronostic sans appel : la nature même de ses blessures avait généré une septicémie mortelle. On lui donna du laudanum puis de la morphine pour atténuer ses souffrances durant les derniers jours.

Dans le même temps, l'état de santé de maman avait commencé à nous inspirer une vive inquiétude. Papa se faisait tellement de souci pour elle, et pour le bébé, qu'il insista pour l'envoyer chez grand-père, à Kensington. Au bout de trois jours, cependant, incapable de supporter l'éloignement et l'angoisse de l'attente, maman était de retour à Savile Row. Son médecin lui interdit de veiller au chevet de Reggie, mais l'ombre de sa mort annoncée pesait sur nous aussi lourdement que le drap mortuaire qui prenait discrètement forme en bas, dans l'atelier du magasin. Il était inévitable que maman soit contaminée par cette atmosphère de mort qui rôdait dans la maison et imprégnait jusqu'à l'air que nous respirions.

Deux jours après son retour, Reggie sombra dans le

coma et pendant la nuit, il plut à Dieu de le rappeler à Lui – pour notre plus grand désespoir à tous.

Une infirmière et Mme Arbuthnot procédèrent à sa toilette funèbre. Elles prélevèrent quelques mèches de ses merveilleux cheveux blonds pour maman, papa et moi, et je me rendis à son chevet pour le veiller. J'étais assez effrayée en entrant dans sa chambre, mais un calme apaisant régnait dans la pièce, maintenant que son âme tourmentée avait trouvé le repos. Je restai assise à son chevet pendant des heures, brodant un gilet que j'avais commencé pour lui juste avant son accident. Malgré l'évidence, je n'avais pas voulu croire à l'éventualité de sa mort, si bien que j'étais prise au dépourvu. J'aurais voulu lui offrir quelque chose en témoignage de ma tendresse, mais quoi ? Parmi les livres de Reggie, je trouvai sa grammaire grecque et décidai de broder l'alphabet grec sur son gilet. Mais j'avais tellement peur de ne pas réussir à terminer à temps que je fis un horrible gâchis. Moi qui me vantais de mon habileté à manier l'aiguille, je n'étais même pas capable de broder un gilet pour mon frère chéri ! Devant mon désespoir, M. Nicholls me suggéra de transformer le gilet en une petite couverture dont je pourrais lui couvrir les jambes, ce que je fis, préservant ainsi l'intention, à défaut de mon amour-propre.

Malgré nos efforts pour tenter de lui cacher la nouvelle, maman devina, aux allées et venues dans le couloir menant à sa chambre, que Reggie nous avait quittés. Deux jours plus tard, elle commença à ressentir les premières contractions d'un travail long et pénible. Tandis qu'elle gisait dans son lit, elle pouvait entendre les ouvriers monter l'escalier et redescendre avec le cercueil.

Celui-ci fut transporté dans la salle à manger, scellé

avec de la cire, enfermé dans un grand coffrage en chêne, puis recouvert du drap mortuaire en velours noir. Il resta là pendant deux jours, magnifique et paisible sous la lumière de la lampe à gaz pendant que des amis, de lointains cousins, des oncles et des tantes qui n'avaient pas vu Reggie depuis des années venaient lui dire un dernier adieu.

Maman était de plus en plus faible et même le révérend Weightman, qui était venu lui rendre visite tous les jours depuis l'accident de Reggie, s'efforçant d'apporter un peu de chaleur et de réconfort dans notre sombre maisonnée, commença à donner des signes de désespoir. Le pire restait à venir pour papa, car lorsque l'accouchement se déclencha, il demeura aux côtés du chirurgien tout au long de ses multiples et vaines tentatives pour retourner l'enfant, qui se présentait mal. Maman décéda trente-six heures après les premières contractions. Le bébé mourut avec elle.

Je ne me rappelle pas grand-chose des jours qui précédèrent les obsèques. Les rideaux étaient tirés, la flamme des lampes baissée, et des gens en noir allaient et venaient. Mme Arbuthnot veilla à ce que tout se déroule strictement selon les usages, car c'était ce que maman aurait souhaité. C'était une sensation étrange d'avoir deux cercueils à la maison, et trois morts à pleurer. Je restai confinée chez nous pendant deux jours, jusqu'à ce que nos couturières, travaillant jour et nuit sans relâche, finissent de me confectionner une robe de deuil convenable. Je ne voulais pas faire honte à maman. Nous reçûmes des centaines de lettres de condoléances, émanant de tous horizons sociaux – des commerçants à la petite et à la grande noblesse. Ce fut à moi qu'il incomba de répondre. Bien que l'on trouvât chez les papetiers des cartons de remerciement préimprimés, je voulais que maman soit fière de moi : j'envoyai donc à chacun un mot personnel, écrit de ma main.

4

Nous ne parlions jamais de notre peine. Nous n'évoquions jamais notre deuil. La veille encore notre famille comptait quatre personnes, et brusquement nous n'étions plus que deux. Je ne pensais pas que nous pourrions nous en remettre un jour. Bien sûr, nous continuions à accomplir les gestes mécaniques du quotidien, mais les mois qui suivirent notre malheur, nous les traversâmes comme deux infirmes : perdus, vulnérables, mutilés.

Ce fut, au dire de tout le monde, un hiver particulièrement rigoureux. Le brouillard et d'abondantes chutes de neige rendirent les avenues dangereuses et les petites rues impraticables. Pendant des jours, Savile Row fut coupé du reste du monde. Les fiacres ne pouvaient parvenir jusqu'à nous ni accéder à aucune autre artère du quartier. Seuls les attelages de deux chevaux ou plus réussissaient encore à circuler. Chez Grenfell's, l'atelier tournait au ralenti. Tailleurs et coupeurs se regroupaient autour des poêles à charbon en buvant du thé pour essayer de se réchauffer. Mes professeurs (à l'exception d'Esther, naturellement) n'ayant aucune envie de braver le froid et la neige pour venir jusqu'à moi, je me retrouvais désœuvrée pendant des heures entières. Je m'occupais en cherchant des accessoires de deuil dans des catalogues. Nous devions posséder du papier à lettres bordé de noir, des cartes de visite bordées de noir, de la cire à cacheter noire… La liste était longue. Bien que je n'eusse pas encore dix-sept ans, papa exigeait que je m'habille en noir de la tête aux pieds et le crêpe, je m'en aperçus très vite, était un tissu impossible. Il suffisait de le toucher pour qu'il se froisse, et la moindre goutte d'eau lui causait des dégâts irrémédiables. Du coup, je n'osais même pas sortir : avec ce temps, je serais rentrée trempée jusqu'aux os, ma robe perdue.

Cet hiver-là, pour me distraire un peu de mon chagrin, Esther décida de m'apprendre à danser. M'amuser en public était hors de question, bien sûr, puisque j'étais en grand deuil. Mais Esther me fit remarquer que je finirais bien par émerger un jour de mon cocon noir et que je devais me tenir prête pour ce jour-là. D'ailleurs, quelle meilleure façon de se réchauffer quand la température du salon ne dépassait pas treize degrés ? Esther décida de commencer ses leçons par le quadrille, car c'était toujours la première danse inscrite sur les programmes des bals. Je sonnai Lucy pour qu'elle nous aide à déplacer les tables et les chaises, puis, tout en chantant et en frappant la mesure avec ses pieds (elle était en bas, ses bottines séchant à la cuisine), Esther m'enseigna l'enchaînement des figures : avancer, reculer, faire passer le fil dans le chas de l'aiguille, *do-si-do*, et retourner à ma place.

À deux reprises pendant ces mornes après-midi d'hiver, ce cher M. Nicholls vint me rendre visite. Bien que l'Église méthodiste n'approuvât pas la danse, il avait appris le quadrille quand il était enfant et, par pure gentillesse, il consentit à être mon cavalier pendant qu'Esther fredonnait un air entraînant. Au printemps, il nous invita à venir prendre le thé dans sa chambre meublée et il joua du Strauss sur son piano. C'était la toute première fois que j'entendais une valse et je n'oublierais jamais la griserie de cet après-midi-là, pendant que nous tournoyions dans la pièce, Esther et moi, et que les doigts de M. Nicholls voltigeaient joyeusement sur les touches, ses cheveux rouges tressautant d'un côté et de l'autre, sa tête marquant la cadence comme un métronome devenu fou. Mon rire insouciant se mêlait à celui d'Esther tandis que nous continuions à virevolter follement, heurtant des lampes et des chaises, sans nous soucier d'autre chose que de ce moment d'abandon délirant.

Ces longs mois de deuil, durant lesquels la ville elle-même semblait ensevelie vivante sous le froid et la neige, mirent mon moral à rude épreuve. Toute promenade dans le parc était impossible, et notre vie sociale se limitait à nos allers et retours jusqu'à Kensington pour embrasser grand-père et mes tantes, et à la messe de onze heures, le dimanche, à St. James, dans Piccadilly. Depuis la mort de maman, nous ne recevions plus guère, et comme papa rendait rarement les invitations, les visiteurs devinrent encore plus rares. La maison sombra dans le silence. Pour passer le temps, je disputais sans fin des parties de *snap* et de *cribbage* avec Esther, et cherchais un peu de distraction en regardant par la fenêtre de ma chambre de gros pans de neige glisser des toits et venir s'écraser mollement sur quelque malheureux passant.

Je pensais que mon père n'avait pas pris conscience de mon chagrin et de ma solitude jusqu'au jour où Esther arriva hors d'haleine à la maison, un carton à dessin sous le bras. Elle m'entraîna au premier étage et étala sur mon lit plusieurs croquis de costumes médiévaux.

— Tu aimerais réaliser des costumes dans le genre de ceux-là ?

— Des costumes ?

— Pour Frederick Watts. Il doit faire le portrait d'une baronne – un portrait en pied, la représentant en Guenièvre. Mais impossible de trouver un seul costume qui lui plaise. Je l'ai entendu en parler à Holland House et j'ai aussitôt pensé à toi.

Elle n'avait pas encore terminé sa phrase que j'étais déjà devant la fenêtre, examinant les esquisses à la lumière du jour.

— Il faudrait qu'elle accepte au moins un essayage. Plusieurs, même.

— Pas de problème.

— Mais elle ne peut pas venir ici.

— Elle a une résidence à Londres.

— Papa ne voudra jamais.

J'aurais pu jurer qu'elle attendait cet instant. Elle joignit les mains et articula triomphalement :

— Je lui ai déjà demandé, et j'ai obtenu son accord !

— C'est vrai ?

— Tu peux y aller avec un assistant de Grenfell's. Il n'y a vraiment rien d'inconvenant à cela. Après tout, tu seras en présence d'une dame de la noblesse.

Baronne ou pas, ma mère ne m'aurait jamais autorisée une chose pareille. Dès l'instant où nous étions arrivés à Savile Row, elle avait consacré toute son énergie à me prodiguer la meilleure éducation possible, afin que je m'élève au-dessus de ma condition de fille de commerçant, dans l'espoir que j'épouserais un jour un gentleman. Si j'acceptais la proposition d'Esther, je ne serais rien d'autre qu'une petite couturière.

— C'est uniquement pour t'occuper l'esprit, précisa Esther. Ce n'est pas comme si tu avais besoin de travailler pour vivre.

Je levai les yeux et croisai son regard affectueux et mélancolique posé sur moi. Elle avait compris mes réticences.

— Tu as raison, acquiesçai-je. Ce sera un bon moyen de me changer les idées. Ça pourrait même être amusant !

Mais la baronne changea d'avis avant que nous ayons eu le temps d'organiser un premier rendez-vous. Elle ne voulait plus être peinte en Guenièvre, mais en costume élisabéthain. Et puis elle fit à nouveau volte-face. Cette fois, elle voulait être habillée en reine Philippa de Hainaut. Son mari, lui, incarnerait le roi Édouard III. En réalité, elle était incapable de se décider et, à force d'être remis sans cesse à une date ultérieure, le projet finit par nous sortir de l'esprit.

Jusqu'à un soir où papa lui-même aborda le sujet pendant le dîner.

— Tu sais, je suis plutôt soulagé que cette histoire ne se soit pas concrétisée. Je pense que j'aurais regretté de t'avoir mise dans une telle position.

Je contemplai mon assiette de soupe. Le bouillon coloré n'avait strictement aucun goût.

— Au risque de m'exprimer comme tante Lavinia, je trouve que les soupes de Cook sont de plus en plus exécrables.

Je remuai le liquide clair avec ma cuillère.

— On peine à trouver la trace d'une carotte ou d'un

navet. Je crois vraiment que tu devrais lui en toucher deux mots.

— En fait, j'ai bien réfléchi et j'aimerais faire réaliser ton portrait.

Je reposai calmement ma cuillère et levai vers lui un regard interrogateur.

— Un portrait de moi ?

— Ta mère caressait depuis toujours le rêve d'avoir le sien, et je regrette amèrement aujourd'hui de ne pas lui avoir donné mon accord.

Les seules images qu'il lui restait de maman, c'étaient des miniatures réalisées quand elle était beaucoup plus jeune.

— Tu penses demander à Esther ?

— Mlle Tigues ? Certainement pas ! protesta-t-il d'un air indigné. Je veux un portrait digne de ce nom. Un portrait sérieux.

— Mais Esther exécute de très beaux portraits. C'est un excellent peintre !

— Non, non, ma chérie. Le gentleman auquel je pense est un peintre émérite, tenu en haute estime dans la bonne société. Il est le fils d'un laird écossais et…

Il marqua un arrêt, levant l'index pour souligner l'importance de ce qui allait suivre :

— Il est marié à la nièce du duc de Rutland. Il a peint un portrait de la reine il y a de cela des années, quand elle était jeune.

Le duc de Rutland était un client de Grenfell's.

Je restai sans voix. Mon premier réflexe avait été de m'indigner de voir le talent d'Esther ainsi ignoré, puis je compris tout à coup ce qu'il essayait de faire. Il tentait de réparer sa précédente erreur de jugement. Seul le hasard nous avait évité de tomber dans ce désastre social qui hantait si souvent maman la nuit dans ses cauchemars.

— Tu es peut-être la fille d'un tailleur, mais tu ne seras la couturière de personne, déclara-t-il en me regardant par-dessus ses lunettes pour bien accentuer la portée de sa déclaration. Et tu auras ton portrait peint par un lord.

À mon grand étonnement, sir Francis Lamb accepta la commande. Le fait que nous lui ayons été recommandés par l'oncle de sa femme, le duc de Rutland, n'était sûrement pas étranger à sa décision. Sir Francis n'avait pas pour habitude de peindre des filles de commerçant.

Si Esther fut blessée ne pas avoir été choisie, elle n'en montra rien.

— Sir Francis est très demandé, Topsy ! C'est un honneur de poser pour lui.

Elle plissa le nez et ajouta :

— Il est tellement habitué à recevoir des laiderons et à s'échiner à les rendre un peu moins vilains sur la toile qu'il ne va pas en revenir en te voyant.

— J'espérais que ce serait toi.

— Ton père est venu me demander conseil, tu sais.

— Il a fait ça ?

— Ce ne sera pas un portrait banal, mais une œuvre d'art, réalisée par un artiste éminent. Il aura une véritable valeur marchande.

Je me penchai et l'embrassai sur la joue.

— Merci, chuchotai-je.

— En fait, je lui avais suggéré Rossetti.

— Rossetti ?

Dante Gabriel Rossetti était une véritable sommité. Il n'aurait jamais accepté de peindre la fille d'un tailleur !

— Tu plaisantes !

— Pas du tout. Il réalise occasionnellement des portraits.

Esther avait suivi des cours avec M. Ford Madox Brown, le célèbre peintre fresquiste adepte de la peinture en plein air. Elle connaissait tout le monde dans le milieu de l'art – des membres de l'Académie royale, des préraphaélites, des réalistes chantres de la vie moderne, et des excentriques qui peignaient des fées et des lutins. Elle savait tout de leur vie privée, de leurs muses, et m'avait si souvent parlé d'eux durant toutes ces années que j'avais l'impression de les connaître intimement, bien que je n'eusse jamais rencontré un seul d'entre eux.

— Je suis sûre qu'il n'aurait pas dit non, affirma Esther avec un sourire entendu. Tu lui as tapé dans l'œil.

— Qui ? Moi ? Quand m'a-t-il vue ?

— Oh, à plusieurs reprises, répondit-elle d'un air mystérieux. Par exemple, le soir où tu m'as déposée devant Holland House. Je devais dîner avec M. Brown et j'étais si mal fagotée, selon toi, que tu m'as couru après pour me donner ton chapeau et ton châle…

— Ô mon Dieu ! oui, je m'en souviens.

— Eh bien, M. Rossetti t'observait depuis le hall. Il trouve que tu es du tonnerre.

— Du… tonnerre ?

— C'est son expression pour décrire une vraie beauté.

— Moi ?

— Tu as une allure folle, Vevey.

— Je suis une géante !

— Mais tu bouges avec infiniment de grâce.

Je rougis.

— J'ai hérité de la prestance de papa, concédai-je.

Personne ne m'avait jamais fait de tels compliments sur mon physique. J'étais abasourdie.

— Il est fasciné par tes cheveux.

— Mes cheveux ?

— C'est un obsédé des cheveux. Il est assez spécial.

— Je vois ça !

— Tu n'as aucune conscience de l'effet que tu produis, n'est-ce pas, Vevey ? Tu es en train de devenir une vraie beauté. Et tu as une peau splendide. Je suis soulagée que tu ne poses pas pour lui. Sa pauvre Lizzie aurait eu du souci à se faire !

Sir Francis se trouvait à la campagne et ne regagna Londres qu'en mars. J'étais néanmoins toujours en grand deuil le jour de notre premier rendez-vous, et l'idée d'être peinte en noir me consternait.

— Cette couleur est si sévère, gémis-je, tandis que papa et moi suivions un majordome dans le large escalier qui menait à l'atelier.

On nous fit entrer dans une immense pièce qui ressemblait au décor d'une pièce de théâtre. On y voyait des peaux de bête drapées sur des chaises majestueuses, des perruques suspendues à des javelots, des armures médiévales sur pied qui semblaient monter la garde dans tous les coins, et un gigantesque fouillis de meubles hétéroclites, de tapisseries, de vieux costumes… Des tableaux représentant des scènes de chasse ainsi que des portraits de grandes dames et de messieurs distingués couvraient les murs, du sol au plafond.

Sir Francis nous reçut avec beaucoup d'affabilité mais, même vêtu de sa blouse de peintre en velours noir, entouré par ce bric-à-brac d'artiste, il restait aristocrate jusqu'au bout des ongles. C'était un homme assez frêle, à l'allure arrogante – un nez mince et un visage étroit encadré par une barbe parfaitement taillée, et de petites mains délicates. Mon père et lui discutèrent brièvement de mon portrait. À mon grand soulagement, papa n'avait pas d'idée arrêtée sur la question, et préférait s'en remettre au savoir-faire du maître.

Mon père parti, sir Francis posa des lunettes sur son nez puis croisa les mains dans son dos dans une attitude pleine de morgue. Je me sentis soudain très jeune et intimidée sous son regard intense.

— Quel âge avez-vous, ma chère ?

— Seize ans, monsieur.

— Vous n'avez pas encore fait vos débuts dans le monde, n'est-ce pas ?

Ses yeux me fixaient.

— Non, monsieur.

J'hésitai, puis rassemblai tout mon courage pour ajouter :

— Mais je ne voudrais pas avoir l'air d'une enfant sur le tableau.

— Ma chère, une telle chose serait parfaitement impossible.

Il ôta ses lunettes, en nettoya les verres avec le pan de sa blouse, puis les remit sur son nez.

— Pensiez-vous que j'allais vous peindre entourée de jouets ?

Sans attendre ma réponse, il me fit signe de le suivre d'un geste impérieux de la main et m'emmena à l'autre bout de l'atelier, où se dressait une estrade entourée d'un fouillis de bancs, de chaises, d'accessoires divers et de chevalets. Il m'offrit sa main pour m'aider à monter les trois marches.

— Tenez-vous immobile quelques instants. Ne bougez pas.

Pendant qu'il m'observait en plissant les yeux et en caressant sa barbe, je laissai mon regard errer dans la pièce. Là aussi une multitude de tableaux étaient accrochés aux murs, exposés sur des chevalets, appuyés à même le sol, les uns contre les autres, parfois jusqu'à trois ou quatre d'affilée. Tous mettaient en scène des hommes et des femmes de haut rang, aucun doute là-dessus. Mon regard tomba sur une toile de grandes dimensions montrant une dame aux longs cheveux noirs vêtue d'un costume d'amazone vert malachite et juchée sur un cheval bai.

Au même moment, un bruit de pas et des voix retentirent dans l'entrée. Le valet de pied ouvrit la porte et une femme se glissa dans la pièce.

— Ah, lady Hambledon ! s'écria sir Francis en pivotant vers elle. Quelle délicieuse surprise. Entrez donc !

Une fois débarrassée de son chapeau et de ses gants, la nouvelle venue remit de l'ordre dans ses cheveux noirs et brillants, récupéra sa canne des mains du domestique et s'avança dans notre direction d'un pas inégal et claudicant. Cette infirmité était la première chose que l'on remarquait, mais son allure était si fière et si altière qu'elle semblait la porter comme une grâce que Dieu lui aurait octroyée. Elle se rapprocha et je compris tout à coup que c'était son portrait que je venais tout juste d'admirer. Je reconnaissais ses yeux : d'immenses lacs gris sous un front large et masculin. Elle n'était pas précisément belle, mais c'était une femme qu'on ne pouvait aisément oublier.

Sir Francis se porta à sa rencontre, et s'inclina devant elle avec formalisme, même si à l'évidence ils étaient amis de longue date.

— Sir Francis.

— Chère lady Alice, dit-il en portant sa main à ses lèvres.

Elle glissa son bras sous le sien.

— Pardonnez cette intrusion, dit-elle comme il la conduisait vers un siège. Je voulais savoir où en était le portrait de Harry.

— Ma foi, si lord Ormelie daignait venir poser de temps à autre, le tableau serait probablement terminé à l'heure qu'il est.

— J'en étais sûre ! J'étais certaine qu'il essaierait de se défiler !

Il poussa sur le côté une brassée de plumes de paon et de fleurs fanées et installa lady Hambledon sur une banquette recouverte de velours, juste à côté de l'estrade sur laquelle je me tenais.

— Votre fils a sans doute mieux à faire, répliqua-t-il avant de disparaître derrière un grand paravent japonais.

— Oh, croyez-moi, il trouve toujours du temps pour les choses qu'il aime, lança-t-elle derrière lui.

Sir Francis réapparut, brandissant une grosse cloche semblable à celles qu'on attache au cou des vaches. Il l'agita pour appeler son domestique.

— Il m'a parlé d'un projet novateur, une histoire de phares, près de Whitby ?

Le front de lady Hambledon se creusa profondément.

— C'est ma foi vrai. Les phares. Vous avez parfaitement raison. J'avais oublié les phares.

— Il n'avait pas conçu des plans pour installer un chauffage à vapeur dans la bibliothèque de lord Stamford, il y a peu ?

— Mais si ! Son idée a fait merveille, d'ailleurs. Lord Stamford a été très satisfait du résultat.

— Excellente initiative d'investir son énergie dans des problèmes d'économie domestique. Lord Ormelie est un homme résolument moderne.

Un sourire apparut sur le visage de lady Hambledon et sa voix se teinta de tendresse.

— Oh oui. Mon Harry est sans aucun doute un homme moderne – mais il a une âme typiquement médiévale.

C'était une caractéristique que l'on remarquait au bout de quelques minutes seulement en sa présence : le plaisir qu'elle prenait à parler de son fils. Ses yeux gris semblaient s'éclairer de l'intérieur, et elle paraissait tout à la fois plus jeune et plus accessible.

Un vieux domestique aux cheveux grisonnants fit son apparition. Sir Francis lui cria :

— La chaise, Roberts ! La chaise en rotin ! Où est-elle ?

Et ils disparurent tous les deux dans un angle de la pièce masqué par de hauts rideaux.

Lady Hambledon avait fini par remarquer ma présence sur l'estrade. Les mains jointes sur le pommeau en argent de sa canne, elle déclara prosaïquement :

— Mon fils est terriblement difficile à localiser, voyez-vous. Parfois, j'en suis réduite à jouer les espionnes. C'est une situation extrêmement embarrassante pour une mère, ne trouvez-vous pas ?

On m'avait sans doute jugée trop insignifiante pour être présentée. Je fis donc une simple révérence et répondis :

— Oui, madame.

— Comment vous appelez-vous ?

— Veda Grenfell.

— Veda ? Ce n'est pas un prénom chrétien.

— Non, madame. C'est un prénom hindou. Il m'a été donné par mon parrain. J'ai choisi de le porter plutôt que mon nom de baptême.

— Vraiment ?

— Oui, madame.

— Et vos parents ont approuvé cette décision ?

— Pas au début, madame.

— Dois-je en conclure que vous êtes une enfant obstinée ?

— C'est ce que l'on m'a dit, madame.

Ma réponse amena un sourire amusé sur son visage.

Elle laissa son regard dériver dans la pièce, examinant les tableaux d'un œil avisé et critique. Au bout d'un moment, elle se tourna de nouveau vers moi et chuchota, juste assez fort pour que je puisse entendre :

— Ses œuvres sont assez ennuyeuses, mais vous ne trouverez pas de meilleur portraitiste.

Je captai la lueur d'humour dans ses yeux tandis qu'elle ajoutait :

— Bien sûr, les modèles y sont peut-être pour quelque chose. Je connais personnellement un certain nombre d'entre eux, et je peux vous assurer qu'ils n'ont pas de quoi enflammer l'imagination d'un artiste.

Elle pencha la tête sur le côté, m'examinant.

— Vous pourriez vous révéler un sujet intéressant, cependant. J'espère qu'il n'a pas l'intention de réaliser un petit tableau niais dans un décor floral ?

— Je l'ignore, madame.

Elle promena une nouvelle fois son regard dans la pièce.

— Je ne vois pas le portrait de Harry.

Puis, levant sa canne et la pointant dans ma direction :

— Mademoiselle Grenfell, descendez donc de votre perchoir et cherchez cette horrible cloche. Il nous faut absolument du thé. Nous ne pouvons attendre sir Francis, nous mourrons de soif avant.

Obéissant à ses ordres, je soulevai le bas de ma robe et descendis prudemment les marches. Je trouvai la cloche au milieu d'un fouillis de vêtements criblés de taches de peinture et l'agitai énergiquement.

Je m'apprêtais à remonter sur l'estrade, mais elle tapota la banquette à côté d'elle.

— Venez vous asseoir. Vous devez me tenir compagnie puisque sir Francis m'a abandonnée. C'était très incorrect de sa part, non ?

Elle resserra un peu ses jupes pour me faire de la place, et je m'assis près d'elle. Je me retrouvai exposée à son regard scrutateur et froid, mais en même temps, je sentais que son attitude vis-à-vis de moi se réchauffait peu à peu. Je l'observais, enregistrant chaque détail de sa personne, je la trouvais fascinante.

— Grenfell. Il y avait un vieil archevêque de ce nom, si je ne m'abuse. Seriez-vous une de ses parentes ?

— Non, madame. Nous sommes une famille de tailleurs. Dans St. James, ajoutai-je très vite.

Ses sourcils se levèrent, et je me demandai si elle regrettait de m'avoir invitée à venir m'asseoir à côté d'elle. Mais elle dit simplement :

— Ma foi, je suis sûre que votre mère n'a pas besoin de courir à droite et à gauche pour retrouver votre trace, je me trompe ?

Mon visage se décomposa. Son regard se fixa sur ma robe noire et je sus qu'elle avait compris. Je baissai les yeux en priant pour que sir Francis revienne. C'était très gênant. On nous enseignait à ne jamais montrer notre chagrin en public ; ce qu'elle fit donc à cet instant me parut tout à la fois remarquable et courageux : elle me prit la main et la serra dans les siennes.

— Mon Dieu, dit-elle en fronçant les sourcils, mais vous êtes glacée.

La porte s'ouvrit au même moment, et un majordome aux cheveux gris fit son entrée.

— Apportez-nous du thé, Wacey, commanda-t-elle tout en frictionnant ma main dans les siennes. Et montez-nous une chaufferette. Cette jeune fille est transie.

Comme Wacey se retirait, le rideau bougea et sir Francis et Roberts réapparurent, tirant une chaise dorée dans la lumière. Ils la posèrent sur l'estrade, discutèrent quelques instants, puis la rapportèrent derrière le rideau.

Lady Hambledon m'adressa un sourire indulgent tout en déclarant :

— Il lui faut toujours des heures pour se décider. Ensuite, il passera au décor. Autant nous installer confortablement.

Elle avait saisi mon autre main et la frottait vigoureusement. Se penchant vers moi, elle me chuchota d'un ton de conspiratrice :

— Il ne fait jamais de feu dans cette pièce. Avec les tarifs exorbitants qu'il pratique, il pourrait quand même se délester de quelques pelletées de charbon.

Je me mis à rire et elle sourit.

— Ah, enfin ! Un petit rire !

— Vous êtes très spirituelle, madame.

— Seulement lorsque j'ai un public digne de ce nom, ma chère.

Elle cessa de me frictionner, à mon grand soulagement car elle portait de lourdes bagues en or qui me meurtrissaient au moins autant que ses doigts me réchauffaient.

— Voilà, dit-elle en examinant la peau rosie de mes mains. C'est mieux.

— Merci, madame.

— Vous avez perdu votre mère ? demanda-t-elle gentiment.

— Oui. Mon frère aussi, ajoutai-je tout bas.

Je croyais pouvoir me contrôler – après tout, ne venais-je pas de rire un instant plus tôt ? Mais, à ma grande horreur, mes yeux se remplirent de larmes.

— Oh, mon petit, je vous prie de me pardonner, dit-elle d'une voix grave. Je vous ai bouleversée.

Je secouai violemment la tête.

— Non, ne vous excusez pas. Au contraire. Je ne peux en parler avec personne, voyez-vous. Pas même avec mon père.

— Quelle désolation ! Avez-vous d'autres frères et sœurs ?

Je secouai la tête.

— Juste votre père ?

Je hochai la tête. Elle fit alors quelque chose de merveilleux : elle me prit dans ses bras. À mon grand désarroi, les larmes que je tentais farouchement de retenir inondèrent mes joues.

Son étreinte était douce et chaleureuse. Je ne me rappelais pas avoir jamais reçu un témoignage d'affection aussi spontané – ni de mère, qui se contentait d'une vague caresse sur les cheveux quand elle voulait me montrer son approbation, ni de père, dont les marques de tendresse se limitaient à un baiser sur le front ou sur la joue, pas même d'Esther, qui regardait mon chagrin un peu comme une toile sur laquelle il ne restait plus qu'à peindre.

Je sanglotai sans un mot, mon visage niché contre son épaule, oubliant qui elle était, où je me trouvais. Elle continua à me serrer dans ses bras jusqu'à ce que, épuisée, je finisse par me redresser, essuyant maladroitement mes joues du dos de la main.

— Regardez ce que j'ai fait, dit-elle d'un ton léger. Sir Francis va me haïr. Votre joli minois est sens dessus dessous.

Je secouai farouchement la tête.

— Peu… importe.

Elle glissa les doigts dans sa manche et en sortit un mouchoir de batiste qu'elle me tendit.

— Ça va aller ? demanda-t-elle.

Je hochai la tête et me mouchai.

— Je suis désolée… pour votre mouchoir.

— Ma chère, j'en ai des centaines. Conservez-le. Vous me le rendrez la prochaine fois que nous nous verrons.

Elle lissa tendrement mes cheveux qui semblaient n'en avoir fait qu'à leur tête pendant ma crise de larmes. Ma mère ne s'était jamais occupée de moi de cette façon.

— Je déteste porter du noir, articulai-je, un sanglot dans la voix.

Je pris une grande respiration.

— Je ressemble à un gros pâté d'encre.

Elle éclata d'un rire jeune et espiègle, et je fus émerveillée de voir à quel point un visage aussi austère pouvait être transformé par l'âme merveilleusement douce qui logeait à l'intérieur.

— Un gros pâté d'encre, répéta-t-elle avec un sourire tout en continuant à me recoiffer. Ce n'est certes pas l'image qui vient à l'esprit en vous voyant.

Elle jeta un coup d'œil par-dessus son épaule pour voir sir Francis réapparaître avec Roberts, tous deux transportant un long banc en imitation de pierre. Au même instant, Wacey entra dans la pièce, escorté de deux servantes chargée d'un plateau de thé et d'une chaufferette.

— Quelle merveilleuse synchronisation ! Ils convergent tous vers nous en même temps. Vous allez être réchauffée, désaltérée et peinte.

Elle me prit le mouchoir des mains et tamponna délicatement mes joues.

— Ne vous inquiétez pas, mon petit. Il fera juste des esquisses aujourd'hui. La tête que vous avez n'a strictement aucune importance. Vous auriez la varicelle qu'il n'y verrait que du feu.

Pendant que les servantes installaient le service à thé devant nous, sir Francis et Roberts s'activaient pour dresser un décor sur l'estrade. Je n'étais pas pressée de commencer les séances de pose ; j'étais bien là où je me trouvais, à côté de lady Hambledon, buvant du thé et mangeant avec elle des tartines beurrées. Sa façon de passer constamment de la distance à la cordialité aurait pu en déconcerter certains, mais j'avais senti toute la chaleur de son affection, et à présent je ne sentais plus la froideur de son attitude aristocratique.

— C'est bien vous, n'est-ce pas, madame ? demandai-je en désignant d'un signe du menton le tableau installé sur un grand chevalet.

— Effectivement. À l'époque où j'étais jeune et téméraire. Préparez-moi une tartine, ma chère.

Je m'emparai du couteau et elle poursuivit :

— Le cheval s'appelait Hermit. Un animal splendide, vraiment. Le cheval de chasse préféré de lord Hambledon. Le vrai sujet du tableau, c'est lui, pas moi. Vous montez, mon petit ?

— Non, madame.

Je lui tendis le pain beurré.

— Mais mon frère, oui. Ou du moins, il montait. C'est ce qui a causé sa mort.

— Quelle horreur. Je suis navrée.

— Le cheval venait des écuries de lord Bentley.

— Lord Bentley ? Se pourrait-il qu'il s'agisse de Dante ?

— Oui, madame, c'est bien lui.

— Je connaissais ce cheval. C'était un démon. Un véritable démon. Lord Bentley n'aurait jamais dû le vendre.

Elle se tourna vers moi, et ses yeux gris s'écarquillèrent sous le choc.

— Ô mon Dieu, c'était votre frère ? s'écria-t-elle. Cet accident affreux avec Dante ? C'était votre frère ?

— Oui, madame.

— Ma pauvre enfant. Je suis tellement désolée !

— Merci, madame. Votre compassion me touche beaucoup.

Notre attention fut attirée vers l'estrade, où Roberts époussetait une toile de fond représentant un paysage de campagne italienne, avec de hauts cyprès précédant de lointaines collines. Le banc avait été disposé entre deux colonnes en plâtre d'inspiration romaine. Sir Francis me fit signe de monter sur l'estrade.

— Venez, mademoiselle Grenfell. Voyons un peu ce que vous donnez dans ce décor.

Il me tendit la main pour m'aider à monter les marches et me fit asseoir sur le banc.

Je regardai en contrebas et constatai que lady Hambledon s'était levée.

— Sir Francis, dit-elle en s'avançant de son pas claudicant. Je trouve qu'il y a chez Mlle Grenfell quelque chose d'Aurélia. Vous n'êtes pas de mon avis ?

Il m'examina pendant un instant, puis hocha la tête :

— Vous avez raison, lady Alice. Je pense que c'est la bouche.

— En effet. Elle a la bouche d'Aurélia.

— Qui est Aurélia ? demandai-je.

— Aurélia est ma fille.

— A-t-elle mon âge ?

— Quel âge avez-vous, mon enfant ?

— Seize ans.

— Bonté divine ! Je vous en avais donné dix-huit ou dix-neuf ! Pourquoi êtes-vous en noir ?

— Mon père a souhaité qu'il en soit ainsi.

— Je comprends. Oui, je comprends parfaitement.

Elle hocha la tête avec douceur.

— Ma fille Aurélia aura vingt-trois ans cette année. Mais je ne la vois plus. Elle est mariée et vit en France.

Je ne pus faire autrement que de remarquer l'expression gênée qui passa sur le visage de sir Francis, car il se tenait juste devant moi. Il détourna aussitôt les yeux et prit une pose pensive, les mains sur les hanches.

— Je vais commencer par réaliser quelques esquisses, annonça-t-il.

— Je vous laisse, dit lady Hambledon.

Elle fit signe à sir Francis de ne pas bouger.

— Inutile de me reconduire, je connais le chemin.

Elle pointa un doigt vers la chaufferette.

— Roberts, le récipient est froid. Veillez à le remplir de nouveau et à le replacer sous ses pieds.

Elle s'avança vers l'estrade.

— Venez donc prendre le thé chez moi, à Ellesmere House, un de ces jours.

— Oh, merci, madame. Ce sera avec grand plaisir.

Je hochai la tête puis, sans même réfléchir, je me jetai à genoux et je lui tendis la main. Elle la saisit dans la sienne sans une hésitation et la serra avec chaleur.

— La prochaine fois que vous viendrez poser, faites-le-moi savoir. J'enverrai une voiture vous chercher.

— J'en serai ravie !

— J'écrirai un mot à votre père, qu'il n'imagine pas que je vous vole à lui. J'habite tout près d'ici. J'ai l'intention de rester à Londres pendant toute la Saison.

Enfin, la plus grande partie. Quand je ne serai pas occupée à pister Harry.

— Alors, lady Alice, comment dois-je peindre cette jeune fille, selon vous ? demanda sir Francis en sautant agilement de l'estrade pour la rejoindre.

Lady Hambledon s'appuya pensivement sur sa canne.

— Quel que soit l'angle que vous choisirez, veillez à mettre en avant son courage et sa jeunesse pleine de promesses.

Elle se détourna et traversa la pièce, sa silhouette tanguant violemment à chaque pas ; cependant, il se dégageait d'elle une noblesse que la reine elle-même ne possédait pas.

Et tandis que la porte se refermait, je l'imaginai, galopant dans la forêt, forçant son fougueux cheval bai à franchir les obstacles, libre et intrépide.

5

Lady Hambledon n'était pas de celles qui font de grandes promesses et ne les tiennent pas, une fois leur élan de générosité retombé. À l'issue de ma deuxième séance de pose, un attelage m'attendait en bas de l'atelier de sir Francis pour me conduire à Ellesmere House, la résidence de lord et lady Hambledon, dans St. James.

On me fit entrer dans un hall décoré de tapis somptueux et de tableaux de chasse, puis je passai sous le regard impressionnant d'une énorme tête de cerf et gravis un escalier majestueux jusqu'au salon de lady Hambledon, dominant Green Park. Elle m'y attendait, installée sur un siège bizarre, une sorte de chaise ancienne à haut dossier droit en bois sombre qui semblait sortie tout droit d'un monastère ou d'un château féodal, les pieds posés sur un tabouret digne d'une reine. Pour le reste, le décor était assez simple. Les murs étaient tapissés d'aquarelles représentant des fleurs, des oiseaux et des scènes bucoliques, ainsi que d'innombrables portraits et autres esquisses qui me semblèrent être de Harry et d'Aurélia. Le mobilier avait manifestement été choisi pour privilégier le confort et l'intimité au détriment de l'étiquette, et j'imaginais mal qu'elle puisse recevoir des personnages de haut rang dans cette pièce douillette. Sans doute y avait-il des salons de réception à Ellesmere House, mais je ne les vis jamais.

— Mademoiselle Grenfell ! s'écria-t-elle avec l'enthousiasme d'une petite fille.

Je fus tentée de courir vers elle et de me jeter dans ses bras, mais je me contins.

— Votre Grâce, dis-je simplement en effectuant ma plus charmante révérence.

— Oh, venez plutôt m'embrasser. Je suis terriblement en manque d'affection cet après-midi.

J'obéis de bon cœur et me penchai pour presser mes lèvres sur sa joue.

— Vous êtes réellement très grande, commenta-t-elle avec un sourire tandis que je m'asseyais sur un canapé.

— Oui, madame, acquiesçai-je – avant d'ajouter sans réfléchir : Et j'ai des pieds immenses.

J'eus aussitôt envie de me battre, c'était une chose tellement vulgaire à dire ! Mais elle rit de bon cœur.

— C'est logique, ma chère. Vos pieds doivent être proportionnés à votre taille. Du moins, c'est ce qu'affirme Harry. Il est très savant sur ce genre de choses. Mais vous vous déplacez avec infiniment de grâce. Eh oui, je l'ai remarqué. J'ai noté une multitude de détails à votre sujet. Croyez-moi : la prestance est la seule chose qui compte réellement. Pas ces petits défauts dont Dieu, dans sa grande sagesse, nous a lestés.

Elle faisait allusion à elle-même, et cela m'emplit d'humilité.

— Oui, madame.

On frappa à la porte et un valet de pied apparut, portant dans chaque bras un épagneul papillon marron et blanc.

— Ah, voilà mes petits trésors ! Ont-ils fait une bonne promenade, Johns ? Oh, regardez comme leurs yeux brillent ! Donnez-moi Waverley, et confiez Ivanhoé à Mlle Grenfell. Cela ne vous ennuie pas, ma chère, n'est-ce pas ? Vous aimez les chiens, j'en suis sûre.

En fait, non, mais je pouvais certainement apprendre.

— Nous n'avons jamais eu d'animaux à la maison, madame, dis-je en prenant la petite boule de poil dans mes bras.

— Les chiens ne sont pas des animaux, ma chère. Ce sont les meilleurs amis de l'homme. Waverley et Ivanhoé sont les épagneuls de Harry.

Je n'oublierais jamais comment Ivanhoé tourna ses grands yeux bruns vers moi, puis me lécha la main. Je me raidis intérieurement – quelle impression bizarre ! – mais il se roula en boule sur mes genoux, appuya sa tête sur mon bras et poussa un gros soupir de contentement. D'un geste prudent, je posai la main sur son dos et le caressai. Effectivement, c'était très agréable.

— Ivanhoé, murmurai-je, autant pour moi que pour lui.

Je levai les yeux vers lady Hambledon qui grattait Waverly derrière les oreilles.

— Lord Ormelie doit être un passionné de Walter Scott.

Lady Hambledon m'observa avec un soudain intérêt.

— Vous avez lu Scott ?

— Mon frère connaissait tous ses romans par cœur. Après sa mort, je me suis mise à les lire, moi aussi.

Elle m'adressa un sourire approbateur.

— Votre frère doit être fier de vous.

C'était une étrange réponse.

— Vous pensez qu'il le sait ?

— J'en suis certaine, mon petit.

Je baissai les yeux sur Ivanhoé.

— Je ne suis pas sûre qu'il ait pris la bonne décision.

— Qui cela ?

— Ivanhoé. Il aurait dû épouser Rebecca. Elle a beaucoup plus de tempérament que cette insipide petite Rowena.

— Ah, vous avez touché le cœur de l'affaire, mademoiselle Grenfell.

— Oh, je vous en prie, madame, appelez-moi Veda, dis-je en espérant que je n'exigeais pas d'elle une familiarité qu'elle ne souhaitait pas me témoigner.

Mais elle hocha la tête en souriant, apparemment enchantée.

— Très bien, Veda. Oui, Rebecca a sans nul doute du courage, mais Rowena…

Elle caressa pensivement Waverly avant de poursuivre :

— Rowena représente l'épouse idéale. Elle possède cette timidité naturelle et cette dépendance que les hommes trouvent si charmantes.

— Mais ne sont-ce pas des faiblesses ?

— Ce sont les faiblesses les plus exquises du monde.

Ses paroles avaient une résonance troublante dans mon cœur. Je baissai les yeux sur Ivanhoé et dis :

— J'ai peur qu'aucun homme ne me trouve du charme. Je ne suis pas une Rowena. Loin de là.

— Moi non plus, déclara-t-elle posément.

Je levai vers elle un regard attentif et elle se pencha

vers moi afin de donner plus de poids à ce qu'elle allait dire.

— Il y a des exceptions, ma chère. Il existe des hommes qui ont le courage de choisir une femme de caractère. Des hommes qui aiment les Rebeccas.

— Pas s'ils lisent tous Walter Scott ! m'exclamai-je.

J'étais très sérieuse, mais lady Hambledon éclata d'un rire qui résonna joyeusement dans la pièce et fit sursauter les deux épagneuls.

— Ma foi, nous avons aussi notre mot à dire, n'est-ce pas ? C'est à nous de les convaincre.

— Vers laquelle des deux va la préférence de lord Ormelie ?

— Actuellement, Harry est dans une période Rowena. Mais j'ai confiance en lui. Il s'amendera.

On frappa à la porte et la femme de chambre apparut.

— Lady Wotton et sa fille, Mlle Wotton, madame.

Lady Hambledon parut contrariée, puis une expression malicieuse éclaira son visage.

— Faites-les entrer. Et apportez-nous du thé sans attendre, Mary.

La femme de chambre sortie, lady Hambledon se tourna vers moi d'un air amusé.

— Eh bien, ma chère, vous allez rencontrer une parfaite Rowena en devenir. Elle a fait son entrée dans le monde la saison dernière, et depuis sa mère pourchasse Harry comme un vieux dragon. Elles savent que mon fils est à Londres, sinon elles ne seraient pas venues ici aujourd'hui.

Je me redressai et portai la main à mes cheveux. Comme toujours, mon geste n'échappa guère à son regard vigilant.

— Ne vous inquiétez pas, mon petit. Vous êtes très présentable.

Elle sourit.

— Vous vous intéressez à la mode, n'est-ce pas ?

Je dus soudain ressembler à l'un de ses épagneuls, les yeux brillants et l'oreille dressée.

— Oh, oui, madame !

— Je suppose que la conversation abordera largement la question.

— À vrai dire, madame, je préfère la confection masculine.

— Masculine ?

— Oui, madame. Je trouve que nous traversons une période assez laide actuellement. Je parle de la mode féminine.

— Et la mode française, vous l'aimez ?

— Oh oui, madame ! Je préfère largement les couturiers français !

Un bruit de pas retentit dans le hall. Elle se pencha vers moi et me chuchota très vite :

— Lorsque votre période de deuil sera terminée, nous irons à Paris toutes les deux, et vous m'aiderez à choisir une nouvelle garde-robe. Cela vous plairait-il ?

Je restai bouche bée, puis je me ressaisis et tournai mon regard vers la porte pour ne pas manquer l'entrée de lady Wotton et de sa fille. J'avais beau être d'une condition sociale inférieure, j'étais la protégée de lady Hambledon, et le chien de lord Ormelie dormait sur mes genoux. Pour une jeune fille dont l'imagination était prompte à s'enflammer et à s'envoler à la poursuite de rêves impossibles, cela me donnait un avantage non négligeable sur tout ce qui était petit, blond, gracieux, et gâté par ses parents.

Je n'aurais jamais pensé que peindre un portrait puisse prendre autant de temps. La méthode de travail de sir Francis était aussi exhaustive que pointilleuse. Il commençait par des esquisses préliminaires au crayon, puis procédait à des petites études à l'huile lui permettant de déterminer la teinte dominante, tout cela avant même d'attaquer la toile proprement dite ! En raison de ma grande taille et de ma robe de deuil, il avait renoncé à un portrait en pied. Il ne peindrait que mon buste, représenté de trois quarts dos, la tête tournée comme si je regardais quelque chose par-dessus mon épaule, mes cheveux formant une cascade de boucles sur ma nuque. J'étais un peu déçue. J'avais rêvé d'une pose plus majestueuse, plus originale, mais j'avais confiance en lui et j'espérais que le résultat serait à la hauteur.

Un après-midi, j'exprimai mes doutes à lady Hambledon, et le lendemain, à mon grand étonnement, elle rendit visite à sir Francis pendant ma séance de pose. Il était en plein travail et elle fit preuve d'une discrétion inhabituelle, refusant qu'on l'annonce ou même qu'on la débarrasse de son chapeau et de son manteau. Elle traversa l'atelier de sa démarche claudicante et vint se placer derrière sir Francis.

Celui-ci la salua brièvement, un peu contrarié d'être interrompu.

— Ne prenez pas cet air renfrogné, le taquina-t-elle. Je ne reste pas. Retournez à votre muse.

Il ajusta ses lunettes et pivota de nouveau vers le chevalet. Il approchait tellement son visage de la toile, quand il travaillait, qu'il donnait l'impression de peindre avec son nez.

Elle s'avança d'un pas pour regarder par-dessus son épaule.

— Ah, mon ami, c'est une de vos plus belles toiles, murmura-t-elle.

— Je sais, marmonna-t-il.

— Elle a un teint si exquis.

— En effet, grogna-t-il en se grattant la moustache avec l'extrémité de son pinceau. D'une rare pureté. Très difficile à reproduire.

Je rougis, mais ils ne parurent s'en apercevoir ni l'un ni l'autre.

Il y eut un silence, puis, comme si cette pensée venait de lui traverser l'esprit, lady Hambledon reprit nonchalamment :

— Elle a un port de tête exceptionnel. Il est vraiment très dommage qu'on ne voie pas sa nuque.

Elle se pencha et chuchota quelque chose à l'oreille de sir Francis. L'artiste posa sa palette et réfléchit en se grattant la barbe. Au bout d'un moment, il se tourna vers lady Hambledon et fit un commentaire que je n'entendis pas. Elle hocha la tête et s'approcha de l'estrade.

— Veda, le fichu que vous portez, il est cousu à votre robe ?

Je baissai les yeux sur le triangle de tulle noir noué autour de mon cou.

— Non, madame. Il est fixé par une broche.

— Verriez-vous une objection à l'enlever, mon petit ?

Je tournai les yeux vers sir Francis qui hocha la tête. Je dégrafai la broche, la posai sur mes genoux, puis ôtai mon fichu.

— Seriez-vous contrariée si l'on voyait votre nuque sur le portrait ? demanda lady Hambledon. Si c'est le cas, vous devez le dire.

Je contemplai le haut de mon corsage, regrettant de ne pas être plus âgée pour pouvoir porter une robe de soirée décolletée plutôt que cette monstruosité noire. Ma foi, songeai-je, si je ne peux pas changer la robe, je peux tout au moins la porter avec un peu plus d'audace. Je déboutonnai les trois boutons du haut, tirai sur le col afin de le desserrer, puis je nouai le fichu de tulle plus bas sur mes épaules.

Voilà. Et maintenant, voyons ce qu'ils en pensent, décidai-je en redressant la tête.

La première chose que je vis en levant mon regard fut sir Francis qui fonçait vers moi, ses yeux brillant d'enthousiasme. Il s'immobilisa au pied de l'estrade dans une pose recueillie, un doigt sur son menton, les lèvres serrées par la concentration.

— Oui ! cria-t-il subitement.

Il gravit les marches à toute vitesse, et posa les mains sur mes épaules.

— Tournez-vous légèrement. Voilà, comme ça. Oui ! Un peu plus d'angle. La pose n'est pas trop inconfortable ?

— Non, monsieur.

Il arrangea le tulle, l'ajustant pour qu'il ait l'air de glisser sur l'une de mes épaules.

— Et maintenant, placez votre main droite comme ceci, près de votre épaule, légèrement ouverte… Où est votre broche ?

Je la lui remis et il la posa au creux de ma paume.

— Gardez-la comme ça, oui. Comme si vous la tendiez à quelqu'un. Oui. Splendide ! Splendide !

Plus il me regardait, plus il avait l'air enchanté de ce qu'il voyait.

— Roberts ! appela-t-il de toute la force de ses poumons. Roberts !

Il empoigna le bouquet de plumes de paon disposées dans le vase, derrière moi, et le jeta par terre.

Je cherchai lady Hambledon du regard. Elle traversait l'atelier en direction de la sortie. Roberts entra au même moment et, comme il passait près d'elle pour rejoindre son maître, elle me regarda par-dessus son épaule et me sourit.

— Roberts ! cria sir Francis qui avait empoigné à deux mains une colonne en plâtre pour tenter de la déplacer. Aide-moi à me débarrasser de ça. Vite !

Lorsque je tournai à nouveau les yeux vers lady Hambledon, elle avait disparu.

De ce jour, sir Francis travailla avec une fièvre que je ne lui avais encore jamais vue. Les séances de pose duraient deux fois plus longtemps qu'auparavant, et il semblait oublier tout ce qui l'entourait, y compris mon inconfort. Parfois, j'avais même l'impression de ne pas exister, qu'il peignait un produit de son imagination, et non la personne de chair et de sang, percluse de crampes et transie de froid, assise devant lui. Il n'était pas rare qu'il ait des visites. Lady Hambledon n'était pas la seule à oser venir l'interrompre dans son travail, mais désormais sir Francis tolérait ces intrusions avec moins de patience. Certains jours, il refusait même catégoriquement de recevoir qui que ce soit.

C'était précisément le cas le jour où je fis la connaissance de Harry. Sans son insolence souriante, nous ne nous serions probablement jamais rencontrés.

Harry déboula dans l'atelier ce jour-là avec le sans-gêne insouciant d'un homme qui ne s'est jamais vu refuser l'entrée d'un lieu, quel qu'il soit, et par qui que ce soit. Il en força la porte avec ce sourire irrésistible dont il avait le secret, ôtant son chapeau pour un salut débordant de charme, traversant l'atelier d'un pas altier tandis que Roberts courait sur ses talons en marmonnant des protestations. Bien sûr, la première chose qui me frappa fut son allure. Tout ce que j'avais entendu sur lui m'avait favorablement prédisposée à son égard, mais rien ne m'avait préparée à découvrir l'homme que je vis. Non seulement il possédait l'élégance innée commune à la plupart des gentlemen de son rang – veste impeccablement coupée, chapeau parfaitement mis en forme, chemise blanche apprêtée –, mais il y ajoutait cette petite flamme indéfinissable qui s'appelle le style.

— Sir Francis ! s'écria-t-il. Bonjour ! Je vous amène un client peu banal qui souhaite vous commander un portrait !

Comprenant que la bataille était perdue, Roberts renonça à courir derrière l'intrus et annonça en ronchonnant :

— Lord Ormelie.

— Un nouveau client ? grommela sir Francis, le nez collé à sa toile. Je n'ai pas besoin d'un nouveau client, mon cher ami. Ce dont j'ai besoin, c'est travailler sans être interrompu à tout bout de champ. Et en parlant de portrait, j'ai toujours le vôtre à terminer.

— Mais il s'agit d'un modèle original, je dirais même unique en son genre !

— Espérons que ce modèle unique n'est pas aussi insaisissable que vous.

— Pas du tout ! Pas du tout ! Il est enchaîné à Londres par une courte laisse. Aucune comparaison possible avec moi.

Sir Francis posa sa palette et se tourna vers Harry avec l'expression d'un homme qui s'attend à une agréable diversion.

— Et où en sont vos phares, cher ami ?

— Au même point que mon portrait, j'en ai peur.

Harry posa son chapeau sur une chaise, jeta ses gants à l'intérieur, et s'appuya d'une main au manche de son parapluie roulé.

— En l'absence d'un prototype, personne ne veut mettre le projet en pratique.

Puis, en un monologue à la fois rapide et concis, il évoqua la difficulté à faire accepter des idées novatrices par les esprits rétrogrades et frileux.

— Ils s'imaginent que Dieu a prévu une réponse à toute chose. J'aimerais bien savoir comment ils comptent aller de l'avant s'ils sont incapable d'admettre qu'on peut gouverner la nature !

Ces derniers mots furent assenés sur un ton laissant entendre que toute personne d'un avis contraire avait un pois chiche dans la tête.

— Donc, jusqu'à ce que l'illumination gagne leur cerveau, il n'y aura pas de nouveaux phares pour illuminer le monde !

Il s'interrompit pour s'avancer vers le chevalet et regarda par-dessus l'épaule de sir Francis. Ses yeux passèrent de la toile à moi et inversement. Je souris, et Harry me sourit en retour. Il me plut instantanément.

Sir Francis ajusta ses lunettes.

— Lord Ormelie, permettez-moi de vous présenter Mlle Grenfell.

Harry s'inclina.

J'avais ordre de ne pas bouger, mais la politesse voulait que je réponde à ce salut par une révérence. En me voyant rassembler mes jupes pour me lever, sir Francis s'écria :

— Non, non ! Par pitié, mademoiselle Grenfell, gardez la pose. Nous pouvons nous passer des conventions !

J'ignore ce que Harry s'apprêtait à répondre, car il y eut au même instant un remue-ménage près de la porte, et un gentleman apparut tout à coup, tenant un petit singe au bout d'une laisse.

— Bonté divine ! s'écria sir Francis en jaillissant de son tabouret comme s'il était confronté à un éléphant s'apprêtant à charger.

Je me mis à rire, et Harry me lança un regard amusé qui semblait dire : « Eh oui » !

Lord Stamford arborait des favoris roux et était un peu plus âgé que Harry. Le singe était vêtu d'une petite veste rouge brodée de motifs dorés.

Harry procéda aux présentations, mais sa voix fut couverte par les exclamations suffoquées de sir Francis, mêlées aux affirmations réitérées de lord Stamford selon lesquelles Galaad (c'était le nom du singe) était parfaitement dressé et totalement inoffensif.

— Le modèle dont vous m'avez parlé, c'est lui ? s'étrangla sir Francis, incrédule. Un singe ?

— Il appartient à ma femme, expliqua lord Stamford. Et je souhaiterais lui offrir un portrait de son animal fétiche pour son anniversaire.

— Je ne peins pas de singes ! s'indigna sir Francis, visiblement insulté.

— Je vous accorde qu'il ne ressemble pas à vos modèles habituels, intervint Harry d'un ton solennel. Mais sur le plan comportemental, il n'est peut-être pas si différent de vos clients habituels, vous verrez.

Un sourire malicieux éclaira son visage tandis qu'il ajoutait :

— Y compris moi-même.

— Lady Stamford tient votre travail en grande estime. Un portrait de Galaad portant votre signature serait sans prix à ses yeux, renchérit lord Stamford, avec l'assurance d'un homme qui considère que l'espèce humaine n'a été conçue que pour exaucer ses souhaits.

Sir Francis regarda Galaad, sourcils froncés, et se gratta la barbe. Il devait être écartelé entre la répulsion que lui inspirait cette créature et sa réticence à refuser la requête d'un pair – surtout aussi riche que lord Stamford.

— C'est un animal très expressif, reprit Harry en examinant le petit singe qui avait sauté dans les bras de lord Stamford pour nous regarder d'un air défiant. Regardez-le. Observez ses yeux. Fascinant. Absolument fascinant. Une telle intelligence…

Lord Stamford précisa :

— Il s'agirait d'une œuvre modeste, destinée au boudoir de ma femme.

Ils continuèrent sur ce ton pendant un bon moment, lord Stamford et Harry combattant pied à pied les objections de sir Francis jusqu'à ce que ce dernier obtienne l'assurance que le tableau serait réservé à un usage strictement privé et ne serait jamais exhibé en public, ceci afin de protéger l'artiste du ridicule. Après une ultime exigence – un domestique de lord Stamford serait présent à chaque séance de pose afin de tenir la créature en laisse –, le marché fut conclu.

— Et maintenant, déclara lord Stamford, visiblement très content de lui, où allons-nous trouver un costume pour notre petit modèle ?

— Un costume ?

— Absolument. J'aimerais qu'il porte un chapeau haut de forme et une queue-de-pie.

Sir Francis perdait patience.

— Mon bon monsieur, je ne peux vous aider sur ce point. En général, mes clients fournissent eux-mêmes leur tenue.

Lord Stamford regarda Harry, et Harry fit tournoyer son parapluie pour le pointer vers le portrait de sa mère.

— Emmène-le chez le vieux Pauley. Ma mère ne jure que par eux. Il paraît qu'ils sont capables de satisfaire n'importe quelle commande, même les plus difficiles, et mieux que n'importe quel autre tailleur à Londres.

Sans doute le mouvement du parapluie lui rappela-t-il un ancien numéro de cirque, car le singe sauta brusquement de l'épaule de Stamford et s'y suspendit joyeusement d'une main. Surpris, Harry lâcha le parapluie – et du même coup le petit animal, qui atterrit sur le sol en poussant un cri strident de protestation, s'élança dans ma direction et bondit sur l'estrade, puis sur mes genoux, avec une telle rapidité que je n'eus pas le temps d'esquisser le moindre mouvement. Je restai pétrifiée sur mon tabouret, muette d'horreur, n'osant ni bouger ni même respirer, tandis que la créature enserrait mon cou de ses deux petits bras d'un geste pathétique. Lord Stamford et Harry se précipitèrent en se répandant en excuses. Mais lorsque Harry saisit la laisse pour le faire descendre, le singe montra les dents et poussa des cris indignés tout en s'agrippant à moi avec l'énergie du désespoir. La scène devint brusquement comique : je regardai l'expression horrifiée de Harry et fus prise d'un fou rire.

— S'il vous plaît, laissez-le, déclarai-je entre deux éclats de rire. Je crois qu'il ne me veut aucun mal.

— Mademoiselle Grenfell, je suis consterné, mortifié, répondit Harry en rougissant d'embarras. Je vous supplie de me pardonner. Jamais je n'aurais imaginé…

Il se tourna vers son ami et se rebiffa :

— Vraiment, Nolly, c'est intolérable ! Il aurait pu la mordre !

— Tout va bien, monsieur, dis-je, tout en songeant en moi-même qu'il était totalement irrésistible quand il était gêné. Il a l'air très gentil.

En réalité, j'étais loin d'être aussi calme que je

voulais le paraître, car le singe s'était niché sous mes cheveux et je n'avais pas le courage de détacher ses petites mains accrochées à ma nuque.

Ignorant les protestations outrées de sir Francis, lord Stamford se tourna vers Harry d'un air imperturbable :

— Voyons, Harry, Galaad ne ferait jamais de mal à une lady. Il les adore. C'est un parfait petit gentleman. N'est-ce pas, mon ami ?

Lord Stamford s'avança tout en continuant à parler calmement au singe, mais quand il tendit la main pour tenter de le reprendre, il provoqua un déluge de cris stridents et de mimiques dissuasives.

— Bonté divine ! aboya lord Stamford, reculant d'un bond et en me foudroyant des yeux comme si j'avais ensorcelé l'animal.

J'avais conscience que tous les regards étaient rivés sur moi et sur la créature qui tremblait de tous ses membres sur mon épaule, et je décidai que la solution résidait en moi. Rassemblant tout mon courage, je saisis doucement le petit singe.

— Viens là, Galaad, dis-je gentiment. Descends et montre-nous que tu es un vrai gentleman.

Ma voix dut lui paraître apaisante car il se laissa attraper et accepta de descendre sur mes genoux.

— Je suis Mlle Grenfell, déclarai-je en lui serrant la main tout en priant pour qu'il ne me sectionne pas un doigt avec ses dents pointues.

Il découvrit la broche dans les plis de ma robe et parut hypnotisé. Lord Stamford en profita pour l'attraper. Galaad se laissa emmener de bon gré, mais emporta la broche. Il la fourra dans la poche de sa veste et refusa de la rendre.

S'ensuivit une discussion quelque peu houleuse entre lord Stamford, qui, après avoir clamé que l'animal était totalement inoffensif, se montra réticent à forcer Galaad à rendre la broche, de peur de se faire mordre, et sir Francis, insistant pour qu'il oblige le singe à restituer son larcin. Pendant qu'ils s'affrontaient de façon courtoise, mais tendue, Harry récupéra son parapluie et me rejoignit sur l'estrade.

— Vous savez, mademoiselle Grenfell, je ne suis pas un créationniste, et j'avoue qu'en observant le petit compagnon de Nolly je suis plus que jamais enclin à me tourner vers l'histoire naturelle. Des hypothèses tout à fait étonnantes ont vu le jour, je pense notamment à la thèse évolutionniste de ce M. Darwin. La modestie lui a malheureusement interdit de publier ses idées, ce qui est regrettable car nous avons tous besoin d'esprits audacieux et d'hommes courageux pour s'attaquer à ces questions, vous n'êtes pas de mon avis ?

Très franchement, Darwin et l'histoire naturelle étaient le cadet de mes soucis en cet instant. Je nageais en pleine déroute. J'avais fait la connaissance de Harry et j'avais été attaquée par un singe, le tout en l'espace de cinq petites minutes... Mes nerfs mis à rude épreuve me lâchèrent brusquement et j'éclatai en sanglots.

— Mademoiselle Grenfell ? Mademoiselle Grenfell, est-ce que ça va ? demanda-t-il tout bas.

— Non, balbutiai-je en essuyant une grosse larme qui coulait le long de ma joue.

Harry s'approcha et m'observa avec une sollicitude inquiète.

— Quel imbécile je fais, vous êtes en état de choc, naturellement. J'aurais dû y penser.

Il sortit un mouchoir de sa poche.

— Tenez.

— Merci, monsieur, reniflai-je.

— Je suis navré. Vous avez surmonté cette épreuve

avec tant de bonne humeur. Sincèrement. Vous vous êtes montrée très courageuse.

Je reniflai à nouveau, hochai la tête et tamponnai dignement mes paupières.

— Je vous promets que nous récupérerons votre broche.

J'esquissai un geste vague de la main.

— Je ne me soucie pas de la broche.

Finalement, abandonnant toute velléité de mondanité, je me mouchai.

— Je suis désolée pour votre mouchoir, monsieur, marmonnai-je à travers la batiste. Mon Dieu, c'est si humiliant !

— Qu'est-ce qui est humiliant, mademoiselle Grenfell ? demanda-t-il avec une telle gentillesse que j'eus envie de fondre en larmes une deuxième fois.

— De pleurer devant vous.

— Les larmes sont une réponse naturelle à une situation émotionnelle forte. Quand la résistance nerveuse cède, le psychisme s'effondre par contrecoup. C'est un enchaînement inéluctable et l'épreuve que vous avez endurée était particulièrement éprouvante. Vous avez dû avoir très peur.

Je fronçai légèrement les sourcils.

— Vous êtes toujours ainsi ?

— Je vous demande pardon ?

— Je veux dire…

— Ah, vous voulez parler de mon esprit d'analyse, peut-être ?

— Oui. Je crois que c'est ce que je veux dire.

— J'ai bien peur que oui.

Je laissai échapper un long soupir, ponctué de quelques sanglots silencieux. Je songeais à la douceur de son mouchoir, aux années de plus que moi qu'il avait. Je devais lui faire l'effet d'un bébé.

Son regard s'éclaira tout à coup.

— Mais bien sûr ! J'aurais dû comprendre tout de suite qui vous étiez. Le portrait...

— Pardon ?

— Mère m'a parlé de vous.

— Oh. Ce sont mes larmes à répétition qui m'ont trahie.

Ma piètre tentative pour faire de l'humour parut le rassurer.

— Elle m'a raconté, oui. Elle était consternée de vous avoir bouleversée.

— Il n'y a pas lieu, monsieur. Elle s'est montrée d'un grand réconfort.

— Elle s'est prise d'affection pour vous.

— C'est réciproque, monsieur.

— Elle n'est pas coutumière du fait. Ma mère sort rarement de sa réserve, vous savez.

— J'en ai conscience. J'aime beaucoup madame votre mère. Je me sens très honorée qu'elle apprécie ma compagnie.

Il m'observa et je retrouvai le regard perspicace de sa mère dans ses yeux gris-bleu.

— Je ne vois pas, dit-il enfin.

— Quoi donc ?

— La ressemblance avec ma sœur.

— Sir Francis, pourtant, semblait penser qu'il y en avait une.

— Oh, il aura juste voulu faire plaisir à ma mère.

Harry me dévisagea pensivement pendant quelques instants.

— Que vous a-t-elle dit au sujet d'Aurélia ?

— Qu'elle est mariée et qu'elle vit en France.

Il hésita, et je sais aujourd'hui qu'il essayait d'évaluer s'il pouvait me faire confiance ou non.

— Mademoiselle Grenfell, ce qu'elle vous a dit est partiellement exact. Je pense néanmoins que je me dois de vous éclairer, pour le cas où vous seriez amenée à rencontrer des gens qui connaissent l'entière vérité. Ma sœur… ma sœur est effectivement mariée.

Il marqua un temps, puis reprit doucement :

— Elle est mariée au Christ. Elle s'est convertie au catholicisme et elle vit désormais dans le sud de la France. Dans un couvent.

L'onde de choc se répandit doucement en moi, mais je soutins son regard, résolue à me montrer digne de sa confidence.

— Soyez assuré de ma discrétion, lord Ormelie.

— C'est de notoriété publique. Tout le monde le sait.

— Peut-être, mais si votre mère avait voulu que je le sache, elle me l'aurait dit, vous ne croyez pas ?

— Elle préfère prétendre que ce n'est pas vrai.

— En ce cas, je l'imiterai, si telle est sa volonté.

Il me sourit et son visage se détendit.

— Ma mère a un jugement infaillible et elle avait raison à votre sujet.

— Elle ne parle que de vous, monsieur.

— Ciel, quel ennui pour vous !

— Allons donc, monsieur, vous savez bien que non.

Son sourire s'élargit et une lueur amusée pétilla dans ses yeux, trahissant cette aisance désinvolte qui devait l'accompagner partout.

Il se détourna pour répondre à lord Stamford qui avait enfin réussi à récupérer ma broche, et je ne le revis pas avant des mois. Lorsque je me retrouvai une fois encore en face de lui, la vie nous avait profondément changés, l'un et l'autre. Quand je repense à cet après-midi-là, je remercie le ciel d'avoir permis cette rencontre, non seulement à la lumière de ce qui s'est passé par la suite, mais parce qu'elle était inattendue et merveilleusement innocente.

Plus tard, Harry m'avoua qu'il avait souvent pensé à moi et qu'il avait tenté de questionner sa mère à mon sujet, mais elle lui avait simplement répondu que j'étais la fille d'un commerçant respecté, et qu'il ne devait pas chercher à faire ma connaissance. Pour moi, cela était parfaitement clair : ma condition sociale me rendait inférieure. Harry, lui, était convaincu que c'était en raison de ma jeunesse, et qu'elle avait simplement cherché à me protéger de lui.

6

À la fin du mois de mars, mon portrait était presque terminé.

J'étais trop jeune alors pour comprendre que l'abandon subtilement suggéré par le léger désordre de ma robe et l'ambiguïté de mon geste conféraient une force extraordinaire au portrait banal d'une fille de tailleur en deuil. D'après lady Hambledon, le résultat était brillant. Je m'inquiétais bien un peu de la réaction de père, mais dans la mesure où il n'était jamais venu voir comment le travail avançait, je gardai le silence.

Un matin, sir Francis m'annonça qu'il avait décidé de présenter la toile à l'exposition d'été de l'Académie royale, un événement artistique qui donnait le coup d'envoi de la Saison à Londres.

Je ne me tenais plus de joie et de fierté, et j'attendais avec impatience de pouvoir annoncer la grande nouvelle à Esther. Je lui en parlai un après-midi pendant que j'étais à genoux, occupée à marquer l'ourlet d'une robe que je venais tout juste de terminer pour une *soirée*[1] musicale à laquelle elle devait assister chez M. Brown.

— C'est quand même extraordinaire, tu ne trouves pas ? conclus-je en m'asseyant sur mes talons et en lissant un pli de la jupe en soie mauve. Tout ce qui m'arrive depuis quelque temps : ma rencontre avec lady Hambledon, et maintenant ça – mon portrait qui entre en lice dans un concours ! J'ai hâte que tu le voies. Lady Hambledon a l'air de le trouver très réussi, moi je ne sais pas trop. Il est assez ressemblant, oui, mais il y a un je ne sais quoi... une atmosphère... je serais incapable de t'expliquer. Je pense que je parais plus âgée que je ne le suis, ce qui m'ennuie un peu. Pourvu que papa...

Esther me coupa :

— Oh, presse-toi un peu, Topsy, j'en ai assez.

Elle fit passer le poids de son corps d'une jambe sur l'autre avec un gros soupir.

— La soie est une matière très difficile à travailler, protestai-je. Et tu bouges sans arrêt.

— Tu n'as peut-être pas besoin d'y passer des heures. C'est seulement un ourlet.

Le comportement d'Esther me rendait perplexe. Depuis quelque temps, elle se mettait de mauvaise humeur dès que je faisais allusion à mon portrait, et mon intimité grandissante avec lady Hambledon avait le don de l'exaspérer. Elle ne faisait aucun effort pour cacher que mes promenades en calèche dans Hyde Park avec ma nouvelle amie lui déplaisaient au plus haut point, même si elle savait combien j'aimais regarder la parade des *fashionable* dans Rotten Row. Esther avait toujours détesté ce spectacle et passait son temps à faire des

1. Les mots en italique suivis d'un astérique sont en français dans le texte. *(N.d.T.)*

commentaires acerbes sur « ces gens qui n'ont rien de mieux à faire que se pavaner et s'admirer entre eux ». Elle tenait constamment des propos désobligeants sur « ces feignants de riches » et avait l'habitude assez agaçante de tourner en ridicule tout ce que je disais de positif sur la noblesse. La voir se fâcher ou me faire la tête m'effrayait car j'avais le sentiment qu'elle s'éloignait de moi, et l'idée de la perdre m'était insupportable.

— Encore un peu de patience, répondis-je tout en surfilant rapidement les derniers centimètres de tissu. Cela en vaudra la peine, je te le promets. Tu auras l'air d'un ange dans cette robe. La plus jolie fille de la soirée.

— Tu vas arranger les manches, j'espère ? Elles sont si serrées que je ne peux pas remuer les bras, gémit-elle.

— Je m'en occuperai, ne t'inquiète pas. Tu seras fabuleuse, et tu seras remarquée par un homme très, très riche. Il aura un siège au Parlement, quinze mille livres de rente par an, un manoir au milieu d'une propriété immense, et il tombera fou amoureux de toi !

— Un vrai cauchemar, ricana-t-elle d'un ton acide.

— Ne me dis pas que tu ne serais pas ravie de posséder des terres et un titre.

— Je suis très satisfaite de ma condition sociale, riposta-t-elle. Et tu devrais l'être de la tienne.

— Mais je le suis. Qu'est-ce qui te fait penser le contraire ?

— La façon dont tu ne cesses de parler de lady Hambledon et de son fils.

— Tu voudrais que je refuse l'amitié qu'elle m'a offerte spontanément ? À t'entendre, on pourrait croire que je ne suis qu'une petite intrigante.

— Tu n'as pas l'air de comprendre, Vevey. Si un homme se marie en dessous de sa condition sociale, il s'expose – et sa femme aussi, par la même occasion – à des sanctions terribles. Regarde lord Stamford. Tu as vu à quoi ressemble sa vie depuis qu'il a épousé cette artiste de cirque ?

Lady Stamford, je l'avais appris entre-temps, était née Flora Stachelek et avait autrefois effectué des exercices de voltige à cheval dans le cirque de son père. Galaad faisait partie du numéro.

— Que veux-tu dire ?

— Il a perdu tous ses amis ! D'accord, ses chasses à courre sont toujours réputées – il a une propriété immense, et il élève des chiens de meute exceptionnels. Mais plus personne ne vient lui rendre visite. Du moins, plus personne de respectable.

Esther savait pertinemment que lord Stamford était l'un des amis les plus proches de Harry. Le sous-entendu était si appuyé que je ne pus m'empêcher de prendre la mouche.

— Tu es en train de dire que lord Ormelie n'est pas quelqu'un de respectable ?

— Oh, allez, Topsy, tu sais bien qu'il a une certaine réputation.

— Une réputation de quoi ?

— C'est un coureur.

— Qu'est-ce que tu en sais ?

— Je le tiens de Ned. Il le connaît très bien. Ils étaient à Oxford ensemble. Ned s'est rendu dans le Yorkshire pour lui rendre visite dans leur monstrueux château de famille.

— Blackroak Hall ?

— Ils possèdent une fabuleuse collection d'armures médiévales. Ned est allé là-bas réaliser des croquis.

Notre conversation avait pris les allures d'une joute verbale. Je me sentais obligée de contrer chacune de ses attaques, alors que tout ce que je souhaitais, c'était passer un moment agréable et complice avec elle.

— On dirait que tu veux à toute force ternir l'image que j'ai de lui.

— C'est exact.

— Mais pourquoi ?

— Parce que tu as l'air de penser qu'il pourrait s'intéresser à toi.

— Balivernes ! Je ne pense rien de ce genre.

— Je ne te crois pas.

— Et quand bien même ? Admettons – il s'agit d'une simple hypothèse – qu'il me porte effectivement de l'intérêt. Qu'est-ce que tu ferais ?

— J'essaierais de te raisonner, comme en ce moment. Je suis ta dame de compagnie. Et j'ai des responsabilités envers toi, tout comme en aurait une gouvernante.

— Eh bien, quoi que tu aies entendu dire, lord Ormelie est un homme respectable, il n'y a pas la moindre noirceur en lui !

— Ses innombrables conquêtes seront ravies de l'apprendre.

— Oh, Tiggy, c'est mesquin de dire ça !

— Mais c'est la vérité !

— Pourquoi t'en prends-tu aussi méchamment à lui ? demandai-je d'un ton sec. Qu'est-ce qu'il t'a fait ?

— Pourquoi le défends-tu ? Tu ne l'as rencontré qu'une seule fois.

— Et toi, jamais !

Mes mains tremblaient tellement qu'il m'était impossible de finir mon surfilage. Je me redressai et ôtai ma blouse de travail.

— Je terminerai ce soir.

Voyant combien elle m'avait blessée, Esther posa doucement la main sur mon bras, mais je me dégageai.

— Tu es injuste. Lord Ormelie est peut-être un jeune homme insouciant, et il est possible que certaines personnes le jugent instable, mais il reste un gentleman en toute occasion.

Tout en parlant, je remettais nerveusement en place les peignes en nacre qui avaient glissé de mes cheveux.

— Tu sais ce que je pense ? Je pense que c'est un génie. Parfaitement ! Et parfois, je me dis que le génie est un don qui n'a que faire de la respectabilité. Je donnerais cent benêts respectables pour un seul homme de talent !

L'expression d'Esther se radoucit subitement. Elle saisit mes mains qui n'en finissaient pas de tripoter mes cheveux et les serra dans les siennes.

— Je ne fais que te répéter des rumeurs pour te distraire. Ce que toi et moi pensons de lord Ormelie ou de n'importe quel autre membre de la noblesse n'a strictement aucune importance, de toute façon.

— Si, cela en a, argumentai-je tout bas. Parce que quand tu calomnies lord Ormelie, tu calomnies lady Hambledon, et elle est la personne qui incarne le plus à mes yeux l'image d'une mère.

— Hé ! tu oublies ta tante Lavinia, plaisanta-t-elle.

— Ne parle pas de malheur, murmurai-je avec un petit rire.

Tante Lavinia avait manifesté le souhait de revenir habiter à Savile Row pour s'occuper de nous, mais papa avait fermement décliné son offre.

— Cessons de nous chamailler ; aide-moi plutôt à quitter cette robe.

Elle se tourna pour que je dégrafe son corsage.

— J'ai des courses à faire dans Regent Street, tu m'accompagnes ?

Tandis que mes doigts défaisaient les minuscules boutons, je l'avertis tranquillement :

— S'il te plaît, ne te fâche pas après moi, Tiggy. Je ne peux pas le supporter. Cela me donne un tel sentiment de solitude…

— Mais tu ne veux jamais entendre dire du mal de qui que ce soit, et c'est mon devoir de te mettre en garde contre une fréquentation qui nuirait à ta réputation.

Après une hésitation, je demandai :

— Alors, ton ami Ned est allé à Blackroak ?

— Il y a des années de cela.

— A-t-il rencontré Aurélia ? La sœur de Harry ?

— Il a une sœur ? Première nouvelle.

— Elle s'est enfuie. Pour entrer au couvent.

Esther me jeta un regard incrédule par-dessus son épaule.

— Au couvent ?

Je hochai la tête.

— Lady Hambledon ne la voit plus du tout.

Il y eut un silence pesant tandis que je défaisais le dernier bouton, et elle ôta son corsage.

— Tu meurs d'envie de dire quelque chose, déclarai-je d'un ton indulgent. Vas-y. Je t'écoute.

— Tu vas encore m'accuser d'être mesquine, marmonna-t-elle comme je faisais passer la robe par-dessus sa tête.

— Je ne suis pas aussi naïve que tu le penses. Si une jeune fille anglaise se réfugie en France pour entrer au couvent, c'est forcément parce qu'elle fuit quelque chose.

— D'après Ned, le comte est aussi effrayant qu'un ogre. Toujours d'après lui, il est miraculeux qu'avec un tel tyran pour père Harry soit devenu à ce point quelqu'un de bien.

— Oh, oh ! Un mot aimable sur Harry vient de s'échapper de tes lèvres ! la taquinai-je tout en étalant la robe sur mon lit. Ne t'inquiète pas : je sais que ce n'était pas volontaire.

Je ne l'aurais avoué pour rien au monde, mais Harry hantait chacune de mes pensées. Je rêvais de lui tout éveillée. Ma scène préférée était celle où je valsais avec lui dans un bal de la cour, sous le regard approbateur de sa mère. En réalité, il aurait été plus exact de dire que Harry enflammait mon imagination créatrice. J'étais inspirée par son charme, sa beauté et son allure. Comme Esther le résuma si bien des années plus tard, dans un raccourci assez cru mais néanmoins éloquent : je rêvais d'habiller Harry – pas de le déshabiller. Il était pour moi ce que le prince de Galles avait été pour le vieux Pauley : une gravure de mode vivante, l'illustration d'un savoir-faire et d'un raffinement dont seul Grenfell's détenait le secret.

Mais à l'époque, tout ce que je savais, c'était que je voulais désespérément l'impressionner. Je devais attirer son attention, et je savais exactement comment y parvenir…

Le lendemain même du jour de notre rencontre, j'avais entrepris de confectionner en grand secret un costume pour Galaad. Je savais que chez Pauley on accéderait à la requête de lord Stamford avec autant de compétence que de célérité, je devais donc agir très vite. Voilà pourquoi, au lieu de passer par M. Balducci, le nouveau premier coupeur de papa, je commandai directement le tissu au fabricant. Il me fallait une laine extrafine, une matière souple et légère dans laquelle le petit singe puisse se sentir à l'aise. Pour le gilet, je choisis une soierie crème sur laquelle je brodai avec du fil blanc un motif exotique de mon invention, puis je doublai la veste et le gilet de soie bleu roi afin de mettre en valeur les reflets acajou de son pelage. Grenfell's n'avait pas vocation à confectionner des chemises, mais j'en avais assemblé des piles entières depuis que j'étais en âge d'enfiler une aiguille, ce fut donc l'enfance de l'art pour moi que d'en fabriquer une en lin, très légère, garnie d'un fin volant le long du plastron, et fermée par de minuscules boutons de nacre. Pour apprêter et mettre le col en forme, je me rendis chez Dent & Ravenscroft, car aucune autre maison à Londres ne possédait un tel savoir-faire en la matière. Cette étape était capitale, étant donné la minceur du cou de Galaad. Son haut-de-forme viendrait de chez Dobbs & Fils. Je finançai ces dépenses sur mon propre argent de poche et fis livrer les articles à la maison, et non au magasin. Galaad était mon premier vrai client, et je l'habillerais comme un gentleman de haut rang.

Ce projet avait pris naissance dans mon esprit à l'instant même où Harry avait mentionné le nom du vieux Pauley dans l'atelier de sir Francis. Malgré la terreur que m'avait inspirée le petit singe, je l'avais manipulé volontairement, évaluant mentalement son poids, la longueur de ses bras, la largeur de sa cage thoracique, les contours de sa silhouette si spécifique, l'inclinaison de ses épaules. La nuit, dans ma chambre, je bâtissais les pièces de tissu à la lumière de la bougie et les essayais sur une de mes vieilles poupées que j'avais désarticulée pour essayer de reproduire la silhouette de Galaad. Et quand il m'arrivait de m'adosser à ma chaise pour me détendre le dos, je partais d'un fou rire incoercible en regardant mon œuvre. Si j'étais folle, tant mieux, car c'était une folie douce qui me rendait extraordinairement heureuse.

Plusieurs jours après que j'eus envoyé notre commis livrer le paquet à l'adresse londonienne de lord et lady Stamford, Lucy interrompit ma leçon d'algèbre pour m'informer que père voulait me voir au magasin toutes affaires cessantes – et que je devais me recoiffer et enlever mon tablier avant de descendre. Les tailleurs caquetaient comme des pies lorsque j'ouvris la porte de l'arrière-salle, mais ils se turent à la seconde où j'apparus, et piquèrent du nez sur leur ouvrage. Au bout de quelques instants, papa entra à son tour. Jamais il ne m'avait réprimandée devant nos employés, mais à voir son expression, je compris que cette humiliation ne me serait pas épargnée. Il vint se poster devant moi, mâchoires serrées, tirant le bas de son gilet sur son estomac comme chaque fois qu'il essayait de recouvrer son calme.

— Mademoiselle Grenfell ! commença-t-il d'une voix rageuse.

Afin de lui éviter de perdre son temps, je dis simplement :

— C'est le costume du singe, c'est ça ?

Derrière moi, un apprenti gloussa tout bas. J'entendis un bruit sourd, comme si on lui avait donné une claque sur la tête, et le silence retomba.

Papa semblait décontenancé et je chuchotai :

— Nous ne pouvons pas aller en discuter à ton club ?

— Le club est réservé aux hommes, Veda, siffla-t-il tout bas.

— S'il te plaît, dis-moi juste si le costume leur a plu, suppliai-je dans un souffle. J'ai trop envie de savoir. Tu pourras me gronder après.

Papa prit une inspiration furibonde, puis exhala un soupir résigné.

— La réponse est oui, articula-t-il du bout des lèvres. Beaucoup, même.

— Oh, c'est vrai ? criai-je en joignant les mains. Et il lui va ?

— Comme un gant, avoua-t-il d'un ton sinistre.

— Qui est venu ?

— Lady Stamford en personne. Veda…

Il me prit par le bras et m'entraîna dans le couloir.

— Nous ne faisons pas de publicité pour notre maison.

Je voulus l'interrompre, mais il m'imposa le silence.

— Or, c'est exactement ce que tu as fait, n'est-ce pas ?

Je hochai la tête.

— Oui, papa.

— Si lady Stamford souhaite nous commander un habit pour son singe, elle viendra nous le demander. Nous ne démarchons pas les clients.

— Mais mon travail lui a donné satisfaction ?

— Elle veut te rencontrer.

— Je n'ai pas mentionné mon nom, dis-je pour ma défense. Je l'ai juste fait livrer avec les compliments de Grenfell's.

— Il n'a pas été bien difficile de deviner qui était la coupable. Maintenant, viens ici.

Il sortit son mouchoir de sa poche, me frotta rapidement la joue, puis je le suivis dans le magasin. Par chance, il n'y avait pas d'autre client, et seul M. Balducci était présent. Lady Stamford correspondait exactement à ce que j'avais imaginé : une très jolie jeune femme dont la cascade de boucles blondes s'échappait d'un petit chapeau posé sur sa tête selon un angle si incliné que je craignis un instant que la créature en plume perchée dans un nid au sommet du couvre-chef ne dégringole sur son petit nez impertinent au premier mouvement de sa tête. Elle portait un magnifique manteau bordé de vison dont la vue me coupa presque le souffle. À ma grande déception, elle n'avait pas amené Galaad. Je fis une profonde révérence puis croisai sagement les mains sur ma jupe, baissant les yeux avec modestie.

— Très chère mademoiselle Grenfell, déclara-t-elle, Nolly n'avait aucune idée de qui vous étiez lorsqu'il vous a vue, mais il s'avère que cette rencontre a été véritablement providentielle. L'habit que vous avez confectionné pour mon petit Galaad est tout simplement merveilleux ! Et il lui va à la perfection ! Comment avez-vous réussi ce tour de force ? Sans même un essayage !

Je répondis calmement :

— J'ai un œil exercé, lady Stamford.

Puis je demandai à brûle-pourpoint :

— Est-ce qu'il aime son costume ?

Papa me pinça le bras pour me rappeler à l'ordre mais je ne tressaillis même pas.

— Oh, ma chère, il l'adore ! Je n'ai pas pu le lui enlever pendant des jours ! J'étais horrifiée à l'idée qu'il commette une sottise et qu'il l'abîme avant même que nous ayons le temps de faire réaliser son portrait.

Derechef, je m'exprimai avec modestie, malgré le petit sourire qui étirait malgré moi le coin de mes lèvres.

— S'il devait l'abîmer, madame, je serais très heureuse de lui en confectionner un autre.

La main de papa m'enserra le coude comme un étau, et je fis une révérence avant de quitter gracieusement la pièce. De retour à la maison, je montai quatre à quatre au salon, où je trouvai mon professeur de mathématiques endormi sur sa chaise. Je le fis lever en le tirant par la main et l'entraînai, malgré ses vieilles jambes tremblantes, dans une valse effrénée autour de la pièce. Je n'avais pas été aussi heureuse depuis très longtemps.

7

J'aurais bientôt dix-sept ans, et dans un peu moins d'un an mes cours particuliers cesseraient. Je ne ferais alors « plus rien », comme disait tante Lavinia, ce qui signifiait que je serais occupée à me trouver un mari. Ne « plus rien » faire impliquait en réalité une multitude d'activités : j'aurais la permission de m'inscrire dans des clubs, de visiter des bibliothèques, d'assister à des assemblées publiques, à des conférences et à des réceptions privées.

J'avais hâte de faire mes premiers pas dans le monde, mais la perspective de me lancer dans cette aventure sans maman à mes côtés pour me guider m'emplissait d'un sentiment de malaise. Elle me manquait d'une façon que je n'aurais jamais imaginée ; toutes ces règles qui paraissaient si contraignantes lorsque j'étais enfant étaient celles qui, aujourd'hui, me faisaient le plus cruellement défaut. Maman avait structuré ma vie et m'avait tenu la bride serrée. Elle partageait le même amour de l'ordre que papa, et sa gestion judicieuse des affaires domestiques était une vertu pour laquelle père l'avait toujours tenue en haute estime. Chaque fois qu'il la complimentait sur la façon dont elle gérait son budget et sa maison, maman était heureuse comme une reine.

Ma mère était issue d'une famille d'industriels appartenant à la petite noblesse terrienne, et elle administrait notre maison de Londres exactement comme sa grand-mère avait administré leur modeste manoir. Ses livres de comptes étaient les mieux tenus d'Angleterre – fait attesté par tante Lavinia aussi bien que par grand-père. Chaque matin, elle s'installait à son secrétaire pour consigner dans ses précieux registres tout ce qui avait trait au fonctionnement de la maison, parfois en y ajoutant des listes de prix relevés à titre indicatif, des tableaux comparatifs ou des observations personnelles. On pouvait ainsi connaître le montant exact des gages qu'elle avait versés à une certaine Betty Briggs, douze ans auparavant, depuis le jour où elle avait été engagée comme femme de chambre jusqu'à celui où « cette petite impudente » était « partie au beau milieu de la nuit, en nous laissant tout le linge à sécher et à repasser ! ».

Maman notait tout : les meubles envoyés à réparer, le nombre de draps achetés, la date à laquelle les cheminées avaient été ramonées, celle à laquelle les étains et les cuivres avaient été astiqués pour la dernière fois… Elle tenait également un inventaire détaillé des placards à provisions, armoires et coffres de rangement ; elle connaissait l'emplacement de chaque pièce de vaisselle, en porcelaine ou en verre, et d'argenterie, de chaque drap, couvre-lit, oreiller et couette, de chaque fiole de médicament. Elle choisissait elle-même nos fournisseurs, et savait toujours très précisément quelle somme avait été dépensée pour le fonctionnement de la maison, à un penny près. C'était ma mère, et non pas

Cook, qui gérait le renouvellement des marchandises dans le cellier.

Tante Lavinia n'avait jamais digéré que nous ayons refusé son aide après la mort de maman. Elle était prête à partir, ses bagages bouclés, mais ni papa ni moi n'avions souhaité sa présence. Nous avions perdu une mère et une épouse, pour tout le reste nous avions une gouvernante, une cuisinière, des femmes de chambre, des serviteurs. Tante Lavinia était pleine de bonne volonté, mais elle était godiche, terriblement étourdie, et sa mollesse tapait sur les nerfs de papa – sans parler de son obsession pour les travaux d'aiguille qui donnait perpétuellement naissance à des invasions de napperons et de têtières. Tante Lavinia se comportait comme une enfant et usait la patience de papa. Il craignait que son incompétence ne suscite des conflits avec une cuisinière et une gouvernante que maman elle-même reconnaissait avoir des difficultés à tenir.

Maman était convaincue qu'un corps sain était le reflet d'une honnêteté sans faille et que derrière chaque épidémie se cachait une infection morale. Elle avait toujours fait rimer santé avec probité, et probité avec respectabilité, et plus nos affaires prospéraient, plus notre condition sociale s'élevait, plus elle pensait notre famille à l'abri des infections contagieuses. Elle consignait nos rhumes et nos problèmes gastriques dans ses registres comme n'importe quel autre incident domestique. Au fur et à mesure que Grenfell's prospérait, le bouclier protecteur était censé se renforcer entre la maladie et nous.

Même morte, maman continuait à peser sur mes pensées et mes actes, tel un juge omniscient. Et si je feignais d'ignorer sa voix grondeuse, j'étais poursuivie par un sentiment de culpabilité et par l'ombre menaçante d'une punition terrible et immanente. Mes pensées et mes actes rebelles se solderaient par un châtiment exemplaire. Je ne voulais pas penser aux conséquences sur ma santé de ces innombrables séances de pose dans l'atelier traversé de courants d'air de sir Francis, avec mon nez rougi et mes doigts glacés. Le peintre était trop absorbé pour remarquer que je gelais sur place. Parfois, mes dents se mettaient à claquer si fort que ma mâchoire en tremblait. Il se confondait alors en excuses et faisait apporter une chaufferette ou du thé, mais le plus souvent il ne se rendait compte de rien et j'étais trop timide pour oser troubler sa concentration.

L'enthousiasme de sir Francis pour mon portrait flattait ma vanité, et je faisais mine de ne pas entendre la petite voix intérieure qui me mettait en garde. Si maman avait vécu, elle serait restée à mes côtés à chaque séance, et j'aurais été peinte sous la respectable protection d'une robe boutonnée jusqu'au menton, d'un fichu en tulle noué autour du cou et d'un corsage sagement épinglé par ma broche, les mains jointes sur mes genoux. Mon portrait n'aurait enflammé ni l'imagination du peintre, ni celle du spectateur. Il aurait été quelconque. Et peut-être aurais-je été sauvée.

Je ne voulus pas prêter attention aux premiers signes de ma maladie, jusqu'à ce que je me réveille un beau matin dans un lit qui ressemblait davantage à un bateau en pleine tempête qu'à un meuble pourvu de quatre pieds solidement campés sur le sol. Une fois debout, il me fut impossible de me tenir droite, comme si le monde et moi n'étions plus sur le même plan. Je percutai de plein fouet le chambranle en essayant de franchir la porte et regagnai mon lit en chancelant, ma tête tournant comme un manège. Je m'agrippai au matelas comme à un radeau de survie et restai là pendant une éternité, les yeux clos, incapable de bouger, en me demandant ce qui m'arrivait. Le moindre mouvement déclenchait des nausées et des vertiges. Je n'osais pas même tourner la tête. Voyant que je ne descendais pas pour le petit déjeuner, papa finit par m'envoyer Lucy.

— Je t'en prie, ne t'affole pas, balbutiai-je quand celle-ci revint avec lui.

Je m'obligeai à tourner la tête et à ouvrir les yeux. Il n'avait même pas pris le temps d'enlever sa serviette glissée sous son menton. Je me rappelle la goutte de confiture de framboises sur sa joue, parce qu'elle ressortait violemment sur son visage livide. Il était terrifié à l'idée de me perdre.

— Je suis sûre que ce n'est rien, soufflai-je, espérant de le rassurer. Ça va passer.

Mme Arbuthnot fut appelée, et le commis de Grenfell's courut chercher le Dr Lister. On ouvrit les rideaux de ma chambre, puis on les referma parce que la lumière du jour aggravait encore mes vertiges. On tapota mes oreillers pour leur redonner du gonflant, et on m'apporta de la tisane.

Pendant deux jours, les médecins se succédèrent à mon chevet. Le Dr Lister diagnostiqua un refroidissement avec une infection des sinus et des oreilles, mais comme je n'avais pas de fièvre, on commença à se dire que mon affection n'était pas physique mais psychologique.

Le Dr Mosely fut le premier à lui donner un nom.

— *Vis nervosa*, énonça-t-il en souriant, comme s'il s'agissait d'une maladie assez commune, sans danger, voire sympathique.

C'était un de nos nouveaux clients. Je le préférais nettement au Dr Lister, qui avait soigné Reggie et maman. Le Dr Mosely était plus jeune et il avait toutes ses dents, alors que le Dr Lister zézayait et sentait mauvais – une odeur fade qui imprégnait ses vêtements et sa peau.

— Qu'est-ce qu'un… un *vis nervosa* ? demandai-je en soulevant les paupières pour fixer mon regard sur lui.

Il venait d'entrer dans ma chambre. Il avait longuement discuté en bas avec père avant de monter. J'aimais son assurance et la sûreté de son diagnostic. Je voulais tellement comprendre ce qui m'arrivait !

— Ma chère enfant, commença-t-il en approchant une chaise de mon lit, j'ai appris que vous aviez traversé une épreuve très douloureuse, récemment. Une double épreuve, même.

— Oui, chuchotai-je.

— Avez-vous la sensation d'être excessivement nerveuse ces derniers temps ? La moindre émotion suffit-elle à provoquer un déluge de larmes ?

— Ma foi… oui, murmurai-je en me redressant dans mon lit avec un soudain intérêt.

Il savait tout de moi sans même que j'aie eu besoin de dire un seul mot !

— C'est normal. Votre énergie vitale est affaiblie.

— Vraiment ?

— Vous souffrez d'une dépression nerveuse, mon petit.

Il semblait enjoué et réconfortant.

— Est-ce que… cela va passer ?

— Très certainement, mais vous devez y mettre du vôtre afin de la combattre et de la surmonter.

— Comment dois-je m'y prendre ? chuchotai-je, avide de lui donner satisfaction.

— Vous devez vous reposer, et surtout éviter toute émotion, toute contrariété. Il vous faut du calme. Ne pensez qu'à des choses agréables.

Il me tapota la main.

— Songez à des bals, et à de beaux soupirants.

Je passai la journée dans un ennui profond. Tante Lavinia débarqua avec ses valises et s'installa d'autorité dans ma chambre. Elle tira une chaise devant la fenêtre aux tentures fermées et se mit à broder dans le minuscule rai de lumière pâle qui léchait le bord du rideau, exhalant de temps à autre un soupir mélancolique. Elle semblait assez contente ainsi. Elle était tellement discrète qu'à certains moments j'oubliais même qu'elle était là. Quand Esther se présenta, comme tous les après-midi, on la renvoya sous prétexte que sa visite me fatiguerait.

Cette nuit-là, je commençai à tousser, et au matin j'avais de la fièvre. Le Dr Mosely étant introuvable, on fit venir le Dr Lister.

— Une dépression nerveuse, vraiment ! marmonna-t-il d'un ton méprisant, tandis qu'il examinait ma gorge.

Il arracha la bougie des mains de Lucy et l'approcha aussi près que possible de ma bouche.

— Ouvrez. Ouvrez grand. Plus grand !

Il avait l'air si furieux qu'on ait mis son diagnostic en doute que je craignis de recevoir de la cire bouillante sur la langue en guise de représailles.

— Vous êtes beaucoup trop jeune pour une dépression nerveuse, grogna-t-il.

Son haleine sentait la bière et ses yeux étaient injectés de sang.

Il rendit la bougie à Lucy et se tourna vers tante Lavinia.

— C'est un refroidissement, comme je le pensais. Les symptômes ont simplement mis un peu de temps à se déclarer.

Il ordonna à Lucy d'apporter de l'eau chaude et

plusieurs petits linges propres puis se pencha de nouveau sur moi et exerça des pressions sur certains points de mon visage – le front, les ailes du nez, sous les yeux – en demandant si je ressentais une gêne à ces endroits. Quand je dis que oui, il hocha la tête. Il n'avait pas cette assurance pleine de bonhomie du Dr Mosely, mais j'avais quand même le sentiment qu'il savait ce qu'il faisait. Lorsque Lucy réapparut, il trempa les linges dans de l'eau chaude à laquelle il ajouta quelques gouttes d'une fiole qu'il sortit de sa sacoche. L'odeur était puissante mais pas déplaisante. Il appliqua les linges mouillés et chauds sur l'arête de mon nez. L'effet apaisant fut immédiat. Je soupirai de soulagement et fermai les paupières.

— Vous vous sentez mieux ?

— Oh oui, beaucoup mieux.

Je souris. Des larmes me montèrent aux yeux, comme souvent quand quelqu'un me témoignait de la gentillesse. Je luttai pour rester calme, songeant à mon *vis nervosa* et aux recommandations du Dr Mosely pour le combattre.

Le Dr Lister chargea Lucy et tante Lavinia de baigner régulièrement mon visage comme il l'avait fait et déclara qu'il reviendrait voir comment j'allais dans quelques jours.

Forte de ce diagnostic, tante Lavinia envoya Lucy acheter une bouteille d'Élixir Miracle, une potion dont elle disait monts et merveilles. Le goût de cette préparation se révéla si épouvantable que je conclus un marché avec elle : j'en avalerais docilement ma dose quotidienne si Esther était autorisée à venir me voir. L'Élixir Miracle avait malheureusement un défaut : il me plongeait dans une telle torpeur que je me rendais à peine compte de ce qui se passait autour de moi. Dès que je me réveillais, tante Lavinia se levait d'un bond, mesurait soigneusement une cuillerée d'élixir, puis me servait un grand verre de lait.

— Le remède est beaucoup plus efficace si on le prend accompagné de lait sucré avec du miel, affirmait-elle. Voilà, ma chérie. Oui, c'est bien, bois tout jusqu'à la dernière goutte.

J'avalais donc la potion, et en quelques minutes je replongeais dans un sommeil apaisant.

Lorsque j'étais suffisamment éveillée, Esther me faisait la lecture ou jouait aux cartes avec moi. Papa me rendait de fréquentes mais brèves visites. Esther et tante Lavinia passaient leur temps à se chamailler au sujet de la fenêtre : à peine arrivée, Esther l'ouvrait en grand pour « aérer et chasser les microbes » ; et à peine était-elle repartie que tante Lavinia se précipitait pour la refermer avec la fureur vengeresse d'une sainte verrouillant les portes du paradis devant une nuée d'esprits impurs.

Pendant deux semaines je me nourris d'Élixir Miracle, de lait chaud et du bouillon clair de Mme Cook. Mais au moment où mes vertiges commençaient à disparaître et où ma tête ne me faisait plus l'effet d'un énorme ballon gonflé de l'intérieur, je fus terrassée par de violentes douleurs gastriques.

Je revois encore le Dr Lister, tout essoufflé d'avoir monté l'escalier, penchant vers moi son visage barbu.

— Bonté divine ! s'exclama-t-il à l'intention de tante Lavinia qui se tenait au pied de mon lit. Avec quoi avez-vous nourri cette enfant ? Elle a l'air d'un fantôme !

— Elle a avalé un peu de bouillon, docteur. Mais j'ai eu l'occasion de constater que l'Élixir Miracle procurait tous les nutriments nécessaires à...

Il lui coupa la parole.

— S'agit-il de ceci ?

Il avait trouvé une bouteille de l'infâme potion sur ma table de nuit.

— Absolument, docteur. Vous connaissez ce merveilleux remède ?

Il déboucha la bouteille et renifla le liquide.

— Pouah ! Du laudanum pur.

Apprenant que je l'avais ingurgité avec de grandes quantités de lait, il convoqua Mme Arbuthnot et lui demanda le nom de notre fournisseur.

— Jenners, monsieur, répondit notre gouvernante.

Mais je perçus une hésitation dans sa voix. Je la remarquai alors, et je m'en souvins ensuite.

— C'est du bon lait, monsieur.

— Vous ne vous êtes jamais fournie chez la Regulated Dairy Company ?

— Non, monsieur.

Elle tourna les yeux vers moi et sursauta. Ce qu'elle vit dut éveiller un lointain remords dans son cœur sans scrupules car elle fit machine arrière :

— Du moins, pas à ma connaissance, monsieur.

— Que voulez-vous dire ?

— C'est Cook qui passe les commandes, monsieur.

— Dites-lui de venir.

— Elle n'est pas là, monsieur. Elle a pris son après-midi, monsieur.

Le Dr Lister saisit le pichet sur ma table de nuit et regarda à l'intérieur.

— Apportez-moi un pichet de lait. Et un verre propre.

Il attendit à mon côté, me scrutant d'un regard soucieux, les sourcils froncés, tandis qu'il lissait sa barbe d'un geste absent. Il semblait terriblement inquiet.

Tante Lavinia, les yeux écarquillés, me regardait par-dessus son épaule.

— Suis-je très malade ? lui demandai-je enfin.

Il me tapota la main, et dit simplement :

— Nous allons voir ça.

Quand Mme Arbuthnot fut de retour, il versa un peu de lait dans un verre et attendit quelques instants avant de le lever à la lumière. Puis il y trempa le bout de sa langue et le goûta d'un air hésitant. Quand ce fut terminé, il sortit un mouchoir de sa poche et s'essuya la langue.

— Vous dites que Jenners est votre fournisseur ? demanda-t-il à Mme Arbuthnot.

— Nous nous sommes toujours servis chez eux, monsieur, répondit-elle avec raideur. Ma regrettée patronne, Dieu ait son âme, ne cessait de répéter qu'ils étaient les meilleurs.

— Ce lait a été dilué avec de la chaux et de l'eau.

Tante Lavinia poussa un cri étouffé.

Il se tourna de nouveau vers Mme Arbuthnot, qui me parut beaucoup plus pâle que lorsqu'elle était entrée dans la chambre.

— Je suis obligé de mettre en doute la véracité de vos allégations, articula-t-il d'une voix basse et accusatrice. Aucun cas de typhoïde n'a été signalé chez les familles fournies par Jenners. Or, je suis convaincu que Mlle Grenfell souffre de typhoïde.

Tante Lavinia fit un pas en arrière, et un silence glacé tomba dans la pièce. Tout le monde retenait son souffle – au propre comme au figuré, d'ailleurs, car Mme Arbuthnot sortit un mouchoir de sa poche pour s'en couvrir la bouche. Malgré ma faiblesse, mes yeux enregistraient tous les détails de la scène, et je remarquai que ses doigts serraient l'un des jolis mouchoirs en batiste de maman, avec ses initiales brodées en bleu.

— J'interrogerai Cook quand elle rentrera, monsieur, marmonna-t-elle derrière le mouchoir en évitant mon regard. Je lui poserai la question pour le lait, soyez-en assuré.

Elle esquissa une rapide révérence et sortit précipitamment. Je me rappelle son pas dévalant l'escalier, le lourd trousseau de clés cliquetant à sa taille.

À partir de cette minute, la plus grande confusion régna autour de moi. Des gens entraient et sortaient, il y avait des conciliabules dans le couloir, tante Lavinia sanglotait et papa criait – ce qui m'effrayait, parce qu'il n'élevait jamais la voix. Je me rappelle qu'on me laissa seule pendant longtemps, et que je fus prise de crampes épouvantables, sans personne pour m'aider à me lever. Plus tard cet après-midi-là, Esther me trouva gisant à terre dans un état indescriptible. Ce dut être horrible et répugnant de s'occuper de moi, mais elle me nettoya, changea ma chemise de nuit souillée et m'aida à me remettre au lit. Esther m'expliqua que Mme Arbuthnot avait pris la fuite l'après-midi même, ce qui était bien la preuve de sa culpabilité, et qu'à son arrivée Cook avait trouvé un agent de police qui interrogeait Lucy et la fille de cuisine à l'office.

Lucy affirma ne jamais avoir eu connaissance de ce qui se passait, mais confirma que Jenners ne nous avait pas livré de lait depuis des mois et que nous nous fournissions désormais auprès de la Regulated Dairy Company.

— Ils sont moins chers, monsieur, déclara-t-elle sans ambages. J'ai entendu Mme Arbuthnot en parler.

Puis papa alla chercher les registres de maman dans le tiroir de son secrétaire, d'où ils n'avaient pas bougé.

Leur minutie fit grande impression sur l'agent de police. Bien sûr, l'organisation dont ma mère était si fière n'était plus qu'un lointain souvenir car il régnait désormais un effroyable désordre dans les placards de la cuisine et de l'office. Les objets volés se comptaient par centaines – assiettes, plats, bougeoirs, gobelets à vin et service à thé en argent, plats en fine porcelaine, vases, couverts en vermeil…

La scène avait été affreuse, m'avait révélé Esther. Papa était assis à la table de la cuisine, effondré, la tête dans ses mains, tante Lavinia semblait pétrifiée, Lucy pleurait à chaudes larmes et Cook niait farouchement toute implication dans cette affaire, désignant Mme Arbuthnot comme seule et unique responsable.

— Elle disait que notre maître souhaitait se débarrasser de ces objets, qu'elle les avait vendus sur son ordre. Je l'ai crue, évidemment. Pourquoi j'aurais mis sa parole en doute ?

Père renvoya quand même Cook. Elle prépara un dîner froid ce soir-là, et le lendemain matin elle était partie.

Quand papa et tante Lavinia firent le tour de la maison, ils découvrirent qu'en plus de l'argenterie et de la vaisselle, il manquait des parures de lit françaises d'une grande valeur, ainsi que des serviettes à thé délicatement brodées et des draps de bain. Certaines livrées brodées d'or de nos valets de pied avaient même disparu des malles où elles étaient soigneusement rangées. Nous avions payé pour des services qui n'avaient jamais été rendus et pour des marchandises que nous n'avions jamais reçues. Mme Arbuthnot et Cook avaient fait du profit sur nos soupes, sur notre lait, et même sur nos biens personnels, et s'étaient constitué un bon petit pécule. En tout, papa évaluait nos pertes à plus de quatre cents livres.

Je ne conserve que des souvenirs flous des mois qui suivirent. Je me rappelle les soins attentifs d'Esther, papa s'asseyant à mon chevet, me caressant le visage et me tenant la main. Tante Lavinia puisait du réconfort dans les Saintes Écritures, qu'elle me lisait de sa voix grêle et mélancolique. Elle ne pouvait se résoudre à me toucher – Lucy et Esther devaient se relayer pour me laver et m'alimenter – mais elle ne quittait jamais ma chambre, sauf pour manger et dormir. Les yeux baissés sur une broderie ou un tricot, elle pérorait sur l'art de tenir sa maison et ses domestiques, sous-entendant par là que je vivrais assez longtemps pour mettre ses conseils en pratique. Probablement sa façon de me donner de l'espoir.

— Cela me désole de voir la maison de mon frère aussi effroyablement sale ! C'est une chance qu'elle ait été démasquée…

Elle, c'était Mme Arbuthnot, dont le nom était désormais devenu tabou.

— … et même si tu paies chèrement les conséquences de cette malheureuse affaire, je sais que tout finira par s'arranger. Nous avons une nouvelle cuisinière, tu sais. Elle nous a été envoyée provisoirement par un client de ton père, en attendant que nous lui trouvions une remplaçante. Et nous avons aussi une nouvelle gouvernante. Elle s'appelle Mme Scholfield. Elle a l'air assez propre, mais je l'ai à l'œil. Et la fille de Mme Samson vient faire la lessive et le ménage puisque nous avons besoin de Lucy pour s'occuper de toi. Oh ! mais que cela ne t'inquiète pas, surtout ! Nous nous débrouillerons, ma chérie. Nous nous débrouillerons même mieux qu'avant. Je ne blâme pas ton pauvre père, bien sûr, mais que cela lui serve de leçon. Il pensait pouvoir lui faire confiance, mais il a compris à présent. Il a compris.

Elle reposa son tricot pour agiter un doigt dans ma direction.

— On ne doit jamais faire confiance aux domestiques et aux gouvernantes !

Elle s'assit près de la fenêtre et me lut des textes sur l'art de tenir sa maison. Puis, les jours passant, elle eut l'idée de broder des proverbes et des adages sur des housses de coussin.

— Regarde, ma chérie, n'est-ce pas ravissant ? J'ai utilisé du fil à broder lilas et bleu turquoise. Celui-ci dit : « Un tiens vaut mieux que deux tu l'auras. » C'est tellement vrai ! Je ne me rappelle pas si je t'ai parlé de ma cousine Charlotte. Quand son mari a commencé à perdre la tête – il avait quatre-vingts ans, à ce moment-là –, elle n'osait plus me rendre visite parce qu'elle savait qu'en rentrant elle devrait affronter une véritable mutinerie. Pauvre, pauvre Charlotte…

Au bout de quelque temps, je ne fis plus du tout attention à elle.

8

Je survécus à la typhoïde, mais le refroidissement dont j'avais souffert auparavant avait infecté mes oreilles, déclenchant une forte fièvre et une réaction méningée.

D'après le médecin, j'avais de la chance d'être encore en vie. Je crus d'abord que ma perte d'audition était temporaire et que tout rentrerait dans l'ordre au bout de quelques jours. Mais lorsque les forces me revinrent, j'étais toujours sourde. Une atmosphère de crise s'abattit peu à peu sur la maisonnée.

La réalité du monde qui m'entourait s'effaça. J'avais repris pied sur un rivage inconnu où les gens apparaissaient et disparaissaient sans prévenir, tels des fantômes, et où les bouches remuaient sans émettre le moindre son. Chaque jour me réservait un nouveau choc. Les petits gestes simples du quotidien n'avaient plus d'écho. La pointe de ma plume ne crissait plus sur le papier ; ma tasse ne cliquetait plus sur sa soucoupe ; les aiguilles de l'horloge du palier marquaient le temps dans un univers de silence.

Au début, nos proches et moi communiquions avec un crayon et du papier, puis avec des ardoises et de la craie, mais quand mes migraines commencèrent à s'apaiser et que je pus à nouveau supporter la lumière du jour, j'essayai de lire sur les lèvres. Tante Lavinia faisait preuve d'une patience infinie. Elle répétait les mêmes mots cinq ou six fois si cela s'avérait nécessaire, sans jamais s'énerver. Malgré cela, je ne parvenais généralement à saisir que quelques bribes, et je ne pouvais que supposer le reste.

Papa, je le découvris avec consternation, était presque impossible à comprendre : il remuait à peine les lèvres en parlant, et sa moustache me cachait les quelques rares mouvements de sa bouche. Nos échanges se faisaient presque exclusivement par écrit. Il me posait des questions sur ma santé, mais ce n'était pas ce que j'attendais de lui. Je voulais qu'il me parle de Grenfell's, de ses clients, de la nouvelle gouvernante, Mme Scholfield, je voulais savoir comment se débrouillait tante Lavinia, mais ses réponses laconiques, écrites parcimonieusement sur l'ardoise, étaient comme des os décharnés jetés à un homme mourant de faim.

Esther faisait son possible pour maintenir une certaine spontanéité dans nos échanges. Elle s'installait au pied de mon lit avec un encrier et du papier, griffonnant ses pensées à la volée, puis attendait avec impatience pendant que je lisais ce qu'elle avait écrit. Mes conversations avec elle mêlaient avec exubérance mime, messages écrits et réponses parlées. Elle mettait tout son cœur dans cet exercice fastidieux, mais le plus souvent ce n'étaient pour moi que des gesticulations dépourvues de sens et exécutées dans un silence écrasant. Malgré tous mes efforts, je ne comprenais rien. Si nous avions été des enfants, j'aurais trouvé ce nouveau jeu formidablement drôle ; seulement, ce n'était pas un jeu.

Je me rappelle le soir où je descendis dîner pour la première fois, avec l'espoir de laisser dans ma chambre étouffante les pensées déprimantes qui m'escortaient désormais jour et nuit. J'étais encore très faible, et la réaction méningée avait affecté mon équilibre, de sorte que je marchais d'un pas hésitant. Je portais une robe neuve, en tissu mauve pâle puisque je n'étais plus en grand deuil, et je me souviens du plaisir que m'avait procuré ce petit événement. Puis je m'assis à table avec tante Lavinia et papa. Papa se leva, son verre de vin à la main, et dit quelque chose – sans doute des paroles de bienvenue et d'encouragement. Il salua ma robe neuve d'un signe de tête approbateur.

— Est-ce que tu aimes la couleur ? demandai-je.

Il répondit quelque chose que je ne fus pas très sûre de comprendre, mais ses yeux brillaient.

Puis il s'assit et se tourna vers tante Lavinia. Tandis que Lucy nous servait, ils bavardèrent tout à fait normalement et une peur panique s'empara brusquement de moi. Il m'était impossible de suivre leur conversation. Je ne comprenais rien, pas un seul mot ! J'étais isolée, coupée des autres. Toutes ces semaines durant lesquelles j'étais restée confinée dans ma chambre m'avaient d'une certaine manière protégée de la froide réalité : j'étais bannie du monde où les sons existaient.

Comme Lucy posait une tranche de rôti dans mon assiette, un malaise s'empara de moi. J'avais l'impression que ma tête allait éclater, et en même temps une chape de désespoir se referma sur mon cœur, si lourde et écrasante que je crus un moment ne plus pouvoir respirer.

Je dus pousser un gémissement audible, car lorsque je levai les yeux tous les regards étaient fixés sur moi.

— Veuillez m'excuser, balbutiai-je.

Je me levai de table et sortis précipitamment.

Toutes les activités que je menais avant ma maladie s'arrêtèrent d'un coup. Même mes professeurs ne venaient plus : ils n'étaient pas préparés à éduquer une sourde.

À certains moments, je sombrais dans le désespoir tant le mur qui se dressait entre le monde que j'avais connu et celui dans lequel je me débattais désormais semblait infranchissable. Seuls les mots écrits me connectaient encore à ce que j'avais laissé derrière moi. Je me jetai à corps perdu dans la lecture. Je campai dans la chambre de Reggie, enfouie dans ses livres, me sentant plus reliée à lui, mort, qu'au monde des vivants qui s'agitait sans un son derrière ma fenêtre – et qui cessait d'exister dès que je fermais les rideaux.

Je passais des heures à broder au salon, assise en face de tante Lavinia. Elle s'était prise d'affection pour moi, je crois. Elle devait se dire que ma surdité produisait un effet merveilleusement salutaire sur mon caractère impulsif. Elle avait été profondément blessée que papa n'ait pas voulu la laisser venir à la maison après la mort de maman. Mais nous avions fini par mesurer notre erreur et nous nous étions repentis. Après avoir confié grand-père aux bons soins de tante Mary, tante Lavinia était venue occuper la place qui lui revenait logiquement dans la maison de son frère. Nous offrions toutes les deux l'image d'une parfaite sérénité domestique. J'étais là, assise sagement devant la fenêtre, une corbeille de fils à broder à mes pieds. Et pendant que mes doigts s'activaient à un rythme paisible et régulier, mon cœur sombrait dans les profondeurs abyssales de la dépression. Mon univers tout entier n'était plus que ruines. J'étais condamnée à mener une existence inutile.

Mes pensées me ramenaient souvent vers les mois qui avaient précédé ma maladie – les derniers où j'avais mené une vie normale. Je me les remémorais avec une précision étonnante. Peut-être était-ce pour cette raison que la correspondance de lady Hambledon était aussi précieuse à mes yeux. J'avais reçu de nombreux témoignages d'affection et de soutien de ma famille et de mes amis, mais ses lettres à elle, je les gardais précieusement sur moi, attachées avec un ruban bleu. Je les avais lues et relues si souvent que je les connaissais par cœur. C'était un rituel quand je me glissais dans mon lit, tous les soirs. Je dénouais le ruban, je les relisais et je les serrais contre mon cœur. Elles m'aidaient à trouver le sommeil.

Elle écrivait :

> Ma chère enfant,
>
> Je suis heureuse d'apprendre que vous vous rétablissez peu à peu et je me ferai une joie de vous recevoir aussitôt que votre santé le permettra. Votre affection enjouée me manque terriblement.
>
> J'ai eu moi-même l'infortune de me blesser grièvement en tombant de cheval et de devoir rester alitée pendant de longs mois. Ce sont des moments difficiles, qui éprouvent durement notre force morale, mais vous devez plus que jamais avoir confiance dans la miséricorde divine et continuer à regarder vers la lumière. Car il y a de la lumière, ma chérie. *Il* nous la promet. Et *Il* tiendra Sa promesse.
>
> Vous êtes très chère à mon cœur. Je ne prétends pas qu'on puisse jamais remplacer une mère ou une fille,

mais une amitié profonde et sincère peut contribuer à combler le vide créé par l'absence.

Comme vous le savez à présent, ma précieuse Aurélia est à jamais perdue pour moi. Je ne l'ai pas vue depuis huit ans, et l'on m'a dit qu'il était inutile d'espérer : les règles du couvent sont inflexibles. Cependant, il ne se passe pas une seule minute, une seule seconde, sans que je prie pour qu'on m'accorde la grâce de la revoir une dernière fois.

Mais en cet instant, toutes mes prières sont tournées vers vous, ma chère Veda.

Puisse le Seigneur vous bénir et vous protéger.

Puisse-t-Il faire rayonner sa lumière sur vous, et se montrer miséricordieux.

Puisse-t-Il vous soutenir dans cette épreuve
Et vous apporter la paix.

La force de sa foi me rasséréna et me surprit tout à la fois. J'ignorais que la religion tenait une telle place dans sa vie.

Il y avait une deuxième lettre :

Ma chère Veda,

J'ai vu votre portrait achevé : il s'agit sans conteste de l'une des œuvres les plus brillantes de sir Francis ! C'est un artiste accompli, dont le talent n'est plus à prouver, mais il semble que vous lui ayez inspiré le désir de se surpasser. Il n'a cessé d'y travailler pendant votre maladie et m'a demandé de vos nouvelles chaque fois que je lui rendais visite dans son atelier. Il lui semblait toujours vous voir assise sur l'estrade, devant lui, serrant votre broche entre vos doigts. Quand nous avons appris les complications dont vous souffriez, il en a été profondément bouleversé.

« Je ramènerai cette jeune fille à la vie, lady Alice », m'a-t-il affirmé. « À chaque coup de pinceau, je l'amènerai un peu plus sur le chemin de la guérison. Vous verrez ! »

Ma chère Veda, je n'avais encore jamais vu sir Francis se laisser emporter par l'émotion, mais votre épreuve l'avait profondément touché et il semblait sincèrement convaincu que votre guérison était liée à l'achèvement de ce tableau.

Peut-être avait-il raison, puisque vous êtes aujourd'hui guérie et que vous pourrez bientôt venir me rendre à nouveau visite.

Votre portrait trône à une place d'honneur dans son atelier. Sir Francis attend avec impatience le jour où vous vous sentirez suffisamment forte pour venir le contempler.

Avec ma plus profonde affection,

Alice Breadalbane,
comtesse de Hambledon

Par discrétion, lady Hambledon ne mentionnait pas ouvertement ma surdité, mais elle m'envoya un médecin. Il se présenta chez nous avec l'arrogance du grand homme de science qui n'a pas pour habitude de soigner une patiente d'un rang aussi modeste que le mien. Il s'adressa à tante Lavinia, expliquant que les petits os à l'intérieur de mes oreilles étaient durcis et devaient être assouplis pour permettre au son de passer. Il me prescrivit de l'huile de camphre, à verser, tiède, dans le conduit auditif – un traitement que nous avions déjà essayé sans succès. Il préconisait également un changement d'air. Un séjour dans un pays chaud, l'Italie, par exemple, où je pourrais m'asseoir dehors sans chapeau, afin de laisser les rayons du soleil détendre les os de mes oreilles et guérir ma surdité.

De tous les médecins qui vinrent me voir, ce fut le seul qui repartit sans prendre la petite liasse de billets que papa avait discrètement posée sur la table de l'entrée. Papa en fut terriblement vexé.

La dernière lettre, qui me parvint plusieurs semaines plus tard, me brisa le cœur :

Ma chère Veda,

Je vous écris en hâte, car je dois quitter Londres demain matin à l'aube et il me faut mettre mes affaires en ordre avant mon départ. Un problème est survenu et mon mari me réclame de toute urgence à Blackroak Hall.

Je doute de pouvoir revenir à Londres avant l'année prochaine, mais soyez assurée que je vous recevrai alors avec toute la tendresse affectueuse que j'avais l'intention de vous témoigner ces jours-ci. Dans cette attente, nous nous écrirons, et vous me tiendrez informée de vos progrès, n'est-ce pas ? Vous êtes jeune, l'avenir est devant vous. Ne laissez pas un obstacle, si effrayant soit-il, vous décourager. La vie ne dispense pas toujours ses fruits aisément, et lorsque nous ne pouvons atteindre les branches hautes où sont accrochés les plus beaux et les plus savoureux, il nous faut secouer l'arbre. Secouez-le violemment, ma chère Veda ! Secouez-le de toute la force de votre cœur et de votre âme !

De merveilleuses récoltes vous attendent.

Je dois partir. Je suis sincèrement navrée de ne pouvoir assister à l'ouverture de l'Exposition d'été de l'Académie royale. J'aurais tant aimé y voir votre portrait exposé.

Avec mon amitié éternelle,
Alice

Je lui écrivis plusieurs lettres par la suite, mais ne reçus aucune réponse.

Seule la perspective de me rendre à l'Exposition d'été de l'Académie royale me donna la force de résister moralement. Du plus loin qu'il m'en souvienne, maman m'y avait emmenée tous les ans, dès son ouverture au public. Mais cette année, père, tante Lavinia, Esther et moi étions conviés à nous rendre à un vernissage privé, réservé à quelques privilégiés. J'avais entendu dire que M. Gladstone, le chef de file des libéraux, était attendu, et peut-être même aussi M. Disraeli, son adversaire conservateur. Dante Gabriel Rossetti serait là, ainsi que John Everett Millais, qu'Esther avait eu un temps comme professeur. Il y aurait aussi Ford Madox Brown, et John Ruskin, le célèbre critique d'art qui s'était fait voler sa femme par M. Millais. Les noms les plus distingués du monde des lettres, de la musique, du théâtre, et même de l'Église, seraient présents. Mais l'excellence n'était pas la seule clé pour ouvrir les portes du sanctuaire : un titre, de la fortune ou simplement une relation bien placée suffisaient aussi pour décrocher le précieux sésame. Ainsi voyait-on des comtesses et des duchesses déambuler dans la prestigieuse galerie au côté de simples modèles ou de très jolies roturières. C'était un de ces événements prestigieux à l'occasion desquels chacun se parait de ses plus beaux atours, arborant un chapeau à la dernière mode, un bonnet noué à la perfection, un huit-reflets parfaitement mis en forme et brossé ; il fallait absolument y briller de tous ses feux.

Cette journée était terriblement importante pour moi. Non seulement elle marquait mon retour à une vie sociale normale, mais mon portrait – l'une des trois toiles exposées par sir Francis – allait être jugé par certaines des personnes les plus renommées et les plus influentes de Londres. Et même si je n'étais pour rien dans son succès (ou son insuccès), j'étais terriblement angoissée. En plus, papa ne l'avait pas encore vu. Il s'y était refusé par superstition, tant que je luttais contre la mort.

— Je suis une boule de nerfs, confessai-je à Esther le matin du grand jour tandis que Lucy me coiffait. Imagine que le portrait soit raté ?

— Je suis certaine que non.

Lucy prit les dents du peigne dans un entrelacs de boucles, tirant violemment ma tête en arrière. Elle avait horreur de me coiffer.

— Par pitié, Lucy, utilisez la brosse, la priai-je.

Elle dut maugréer parce que Esther lui lança un regard teinté de reproche. C'était souvent cette dernière qui me coiffait, mais aujourd'hui j'avais besoin de l'avoir dans mon champ de vision afin de voir ses lèvres remuer.

— Et si papa ne l'aime pas ? repris-je.

Esther écrivit sa réponse sur l'ardoise et me la tendit.

Ton père est un chou, mais ses goûts en peinture sont affligeants. Un vrai bonnet de nuit.

Elle essayait de faire de l'humour, mais je ne parvenais jamais à sourire longtemps. Les efforts que je déployais pour tenter de lire sur les lèvres m'en ôtaient toute envie.

— J'ai peur, dis-je.

— Peur de quoi ?

— Tous ces gens vont me parler, et je ne comprendrai pas un mot.

— Je serai là.

— Mais nous ne pourrons pas utiliser nos signes.

Esther et moi avions inventé quelques signes simples pour la famille, les domestiques et les activités quotidiennes.

— Pourquoi pas ? demanda-t-elle avec ses mains.

— Nous attirerions l'attention sur nous. Tout le

monde nous regarderait. Et ils comprendraient que je suis sourde.

— Alors je communiquerai avec toi par écrit, proposa-t-elle en faisant le geste de griffonner avec un crayon.

— Mais c'est horriblement lent et fastidieux.

Elle prit l'ardoise et ajouta : *On nous remettra un programme à l'entrée. Les gens s'en servent toujours pour prendre des notes. Ils n'y verront que du feu.*

C'était ma première sortie en attelage depuis ma guérison, et papa avait demandé au cocher de baisser la capote pour que je puisse profiter largement du spectacle. Nous quittâmes la maison tôt, de façon à emprunter un itinéraire plaisant jusqu'à Piccadilly et, de là, jusqu'à l'Académie. Je buvais des yeux tout ce qui s'offrait à moi : les vitrines pimpantes, le vert tendre des premiers feuillages, celui plus soutenu des pelouses, la cohue des attelages et des fiacres, d'où jaillissait de temps à autre un élégant phaéton tiré par un cheval bai à la robe lustrée. Les trottoirs étaient pris d'assaut par une foule dense. Des odeurs ne cessaient de nous assaillir tandis que nous passions d'une rue à l'autre – certaines moins agréables que d'autres, mais toutes typiquement londoniennes. Rien n'avait changé, mais pour moi ce n'était plus la même ville que celle où j'avais vécu jusqu'ici et je me demandai si je serais un jour capable de me sentir à nouveau à l'aise dans cet univers étrange.

On nous remit nos programmes et nous décidâmes d'aller jeter un coup d'œil au *Derby Day*, avant de nous diriger vers la galerie où étaient exposées les œuvres de sir Francis. Présenté comme un « grand panorama de la vie moderne », le tableau de M. Frith avait éveillé l'intérêt des visiteurs, et la foule était si dense autour de l'imposante toile que nous dûmes attendre un long moment avant de pouvoir l'approcher. C'était l'une de ces merveilleuses peintures narratives qu'Esther trouvait toujours si ennuyeuses et que pour ma part j'adorais sans réserve – une toile gigantesque, bourdonnante d'activité, où l'on voyait des gens rassemblés au bord d'un champ de courses. Tout ce petit monde se livrait à des activités diverses : des filous filoutaient ; des réformistes fulminaient ; un jeune acrobate affamé louchait sur le pique-nique que venait d'installer sur l'herbe un valet de pied. Tout à côté, une dame à la mine hautaine attendait dans son attelage ; son visage d'une blancheur de lait exprimait un ennui infini tandis qu'une vieille diseuse de bonne aventure fatiguée lui chuchotait des secrets à l'oreille. Nous étions tous là, immortalisés sur la toile avec nos faiblesses, nos mesquineries et nos folies, société tragiquement coupée en deux par des conventions égoïstes et rigides, le tout formant une composition harmonieuse, extraordinairement brillante. Je songeai que M. Frith nous avait peints tels que Dieu pourrait nous voir : liés les uns aux autres par un destin commun que nous étions trop petits pour comprendre.

Ce fut l'unique tableau de l'exposition qui me toucha vraiment. Il racontait une histoire sans avoir besoin de recourir à des mots, simplement en montrant des bribes de vies interférant les unes avec les autres, et je fus déçue quand tante Lavinia glissa son bras sous le mien pour m'entraîner. Après cela, je trouvai peu d'intérêt aux portraits figés et statiques alignés sur les murs de la galerie, et mon regard s'en détourna assez rapidement pour se poser sur les vrais visages qui m'entouraient. C'était très étrange, toute cette énergie silencieuse autour de moi, ces bouches qui riaient, remuaient, discutaient de choses que j'étais la seule à ne pas entendre. Ce fut probablement à cet instant, dans la galerie de l'Académie royale, que je pris la pleine mesure de ce que j'avais perdu.

Papa connaissait bon nombre d'invités. La plupart d'entre eux nous saluaient d'un signe de tête, d'un mot ou d'un doigt porté à leur chapeau. Seuls deux ou trois d'entre eux firent mine de ne pas nous voir, comme lord Conyers, un député au un visage porcin et aux petits yeux enfoncés sous des paupières bouffies. La grande majorité, cependant, s'arrêtèrent pour nous adresser quelques mots, et je fus impressionnée par la considération que ces hommes de haut rang témoignaient à mon père. Je fus également confrontée pour la première fois à un dilemme qui devait me poursuivre jusqu'à la fin de ma vie : comment concilier la réserve qui sied à une lady avec la nécessité de regarder fixement mon interlocuteur pour comprendre ce qu'il disait ?

Le temps de repérer l'espace réservé à sir Francis, j'étais épuisée par l'effort qu'il me fallait faire pour capter des bribes de conversation, la tête douloureuse. Ce fut Esther qui aperçut l'œuvre la première. Elle me tira par la manche pour attirer mon attention, je suivis la direction de son regard et… J'en eus le souffle coupé. Mon portrait. Il était là, devant moi. Je ne m'étais jamais trouvée jolie, mais, comme Esther me l'avait laissé entendre, sir Francis avait l'art de sublimer ses modèles et de les rendre cent fois plus beaux qu'ils n'étaient dans la réalité. Le tableau était moins grand que la plupart des autres toiles exposées mais il dégageait quelque chose de spécial, étant donné le monde qu'il attirait.

Je me tournai pour scruter l'expression de papa.

— Il te plaît ? lui demandai-je anxieusement.

Je m'étais inquiétée pour rien : quelles que fussent les réserves qu'il aurait pu émettre sur la façon peu conventionnelle dont j'étais représentée, sa fierté l'emporta sur tout le reste. Il rayonnait littéralement.

— Brillant, articula-t-il.

Papa se tenait toujours très droit, mais en cet instant il bombait tellement le torse que je me demandai s'il n'allait pas faire exploser un ou deux boutons de son gilet.

— Absolument brillant ! répéta-t-il en hochant la tête, les yeux fixés sur le tableau.

Tante Lavinia semblait aux anges. J'avais l'impression qu'elle prenait sur elle pour ne pas laisser éclater bruyamment sa joie.

Je me tournai vers Esther. Elle avait gribouillé sur son programme : *Génial !*

— C'est vrai, tu trouves ?

À ce moment précis, j'aperçus sir Francis qui se dirigeait vers moi, se dégageant de la foule d'admirateurs agglutinés sous mon portrait. Deux jeunes ladies, un officier de marine et un gentleman chauve portant des lunettes, à la barbe grise parfaitement taillée, me dévisagèrent avec curiosité. À l'évidence, ils avaient reconnu en moi le modèle du tableau. Sir Francis semblait enchanté, et je mourais d'envie de converser avec lui, mais je restai à ma place, patientant pendant que père et lui se saluaient. J'étais incapable de suivre leur conversation, mais je compris que le portrait soulevait un grand élan d'enthousiasme. Finalement, Esther me fit passer son programme sur lequel elle avait écrit : *Il a déjà reçu des offres pour les droits de gravure.*

Je levai les yeux vers sir Francis.

— Vous voulez dire que le tableau va être reproduit ?

Il sourit et dit quelque chose à papa. Je crus comprendre qu'un accord était à l'étude.

Je me demandais pourquoi quelqu'un pourrait avoir

envie d'acheter une reproduction de mon portrait, mais ce n'aurait pas été le genre de question à poser même si j'avais été en mesure d'entendre la réponse.

Pendant ce temps, sir Francis s'était tourné vers ses amis pour nous les présenter. Par chance, le gentleman barbu semblait connaître Esther, et je pus m'abstraire de la conversation. Je relevai les yeux vers le tableau. Le portrait était très flatteur, bien sûr, mais il y avait autre chose. Le peintre avait réussi à créer une ambiguïté de sens qui, comme me l'avait expliqué lady Hambledon, était au cœur même de sa séduction. J'aurais voulu qu'elle soit là pour le voir. Après tout, c'était son intervention qui avait enflammé l'inspiration de l'artiste.

Au bout d'un moment, sir Francis prit congé de nous. Il était au courant de ma surdité et s'était montré d'une remarquable discrétion, en cette circonstance embarrassante. Il me prit la main pour me faire ses adieux, et j'inclinai la tête pour lui parler, essayant de m'exprimer tout bas, priant pour que mes paroles glissent doucement de mes lèvres.

— Lady Hambledon a-t-elle été informée de cette bonne nouvelle ?

Ma question provoqua un tel changement dans sa physionomie que je crus m'être mal exprimée.

— Je veux parler des droits de gravure. J'ai bien envie de lui écrire, à moins, bien sûr, que vous ne l'ayez déjà fait.

Un embarras visible se répandit dans le petit groupe. Les femmes se mirent à chuchoter sous leur chapeau ; l'officier semblait nerveux. Je me demandai ce que j'avais bien pu dire pour susciter une telle consternation.

Sir Francis me parlait. Je suppose que j'aurais dû l'ignorer et me tourner vers Esther pour obtenir une explication, mais je crus qu'il me serait possible de comprendre par mes propres moyens. Les yeux rivés sur les mouvements de ses lèvres, j'essayai d'identifier au moins quelques syllabes dans l'espoir de former des mots qui, une fois associés, auraient du sens. Quand il se rendit compte que je ne le comprenais pas, une expression stupéfaite se peignit sur son visage. Cette réaction, j'y serais douloureusement confrontée tout le reste de ma vie : l'air d'incrédulité absolue qu'arboreraient les gens quand ils se fracasseraient contre la barrière invisible et impénétrable de ma surdité.

— S'il vous plaît, pouvez-vous parler plus lentement ? lui demandai-je.

Il s'interrompit et me fixa avec une horreur indignée. Puis, exaspéré par mon incapacité à le comprendre, il haussa le ton, peut-être plus qu'il n'en avait l'intention, car des regards surpris et embarrassés se posèrent sur nous. Je pris conscience, trop tard, que tout le monde s'était arrêté de parler : sa voix avait dû résonner dans le silence comme un coup de tonnerre.

J'étais humiliée, au bord des larmes.

— Je ne suis pas dure d'oreille, je suis sourde, dis-je. Cela ne sert à rien de crier.

Sir Francis rougit violemment, marmonna quelque chose et s'éloigna en hâte.

Esther glissa alors son programme sous mon nez. Dessus, elle avait écrit : *Lady Hambledon nous a quittés*.

— Je sais qu'elle est partie, répondis-je. Mais lui est-il arrivé quelque chose ?

Esther tourna impatiemment la page du programme. Au dos, elle avait continué : *Elle est morte*.

Je fixai ces trois petits mots, refusant de croire à leur réalité.

— Je ne comprends pas.

Ma gorge était tellement serrée que je n'étais pas sûre d'avoir parlé.

Esther articula juste deux syllabes : « Mor-te. »

Je continuais à penser que j'avais compris de travers. Forcément.

— Morte ? Est-ce que tu as dit « morte » ?

Les gens se détournaient de nous. Je me donnais en spectacle. Papa était horriblement contrarié. Il voulut me prendre par le coude, mais je me dégageai.

— Que s'est-il passé ? Que t'a-t-il dit ? demandai-je.

Je me retournai pour chercher sir Francis des yeux. Il s'était enfui à l'autre bout de la galerie et conversait avec une dame d'un certain âge, assise sur un banc circulaire. Je relevai le bas de mes jupes et m'élançai vers lui. Avec une détermination farouche et un mépris souverain des convenances, je pris mon programme et mon crayon dans mon sac et les lui fourrai sous le nez. Il sursauta, et la vieille dame laissa échapper ce qui devait être un petit cri de frayeur, mais je restai campée devant eux. Ma lèvre inférieure tremblait. Je ne dis pas un mot, mais il me jeta un regard, et son visage figé s'adoucit. Il me prit le programme des mains et écrivit. Tante Lavinia se matérialisa à mes côtés et dut lui présenter des excuses car il l'arrêta d'un geste et finit d'écrire son message.

Sa main tremblait quand il me rendit le programme.

Elle a sombré dans le coma et s'est éteinte la semaine dernière.

Je plongeai mon regard dans le sien. Ses yeux remplis de larmes exprimaient un chagrin abyssal. Il esquissa un geste en direction de sa tête et murmura quelque chose.

— Comment ?

Il écrivit. *Une blessure à la tête. Consécutive à une mauvaise chute de cheval.*

Je refermai le programme sur ces mots horribles. Mes

mains aussi tremblaient. Le silence autour de moi était écrasant.

Je n'osais pas lever les yeux vers lui. J'avais peur que nous nous effondrions tous les deux. Il me prit la main d'un geste plein de grâce et la serra dans la sienne. J'esquissai une révérence puis, le cœur transpercé de chagrin, je quittai la galerie.

Je gardai mon chagrin pour moi. Je ne m'en ouvris à personne. Quand Esther voulut me prodiguer des paroles de réconfort, je détournai les yeux. La seule personne avec laquelle j'aurais pu partager ma détresse était Harry. Je lui écrivis une lettre puis je décidai de ne pas l'envoyer. Mon amitié avait signifié quelque chose pour lady Hambledon, mais je n'étais qu'une vague connaissance pour Harry. Il y avait peu de chances que nous nous rencontrions à nouveau un jour.

Par politesse, j'envoyai un court message de condoléances à Blackroak Hall. Je reçus en réponse une formule de remerciement imprimée.

9

De tous les professeurs que nous avions contactés pour m'apprendre à lire sur les lèvres, pourquoi fallut-il que Mme Crabtree ait été la seule à accepter le poste ?

Elle avait l'entêtement – et l'apparence – d'un bouledogue. Ses bajoues pendouillaient de chaque côté de son visage, reliées par un menton tout aussi flasque qui dégoulinait sur son cou. Quand elle tournait la tête d'un mouvement brusque, il fallait un bon moment avant que toute cette peau molle se restabilise. Cela me déconcentrait complètement, et Dieu sait pourtant que je n'avais pas besoin d'être distraite quand j'essayais de lire sur les lèvres.

Mme Crabtree dégageait une forte odeur d'huile de friture, et chaque fois qu'elle tapotait ses amples jupes, il s'en échappait une bouffée d'exhalaisons déplaisantes. Une coiffe en dentelle d'une propreté douteuse recouvrait des cheveux grisonnants et clairsemés qu'elle grattait constamment avec la pointe de l'une de ses aiguilles à tricoter – car elle passait son temps à tricoter pendant nos leçons. En fait, sa personne tout entière aurait eu grand besoin d'être brossée et aérée. Papa n'aurait pas supporté de rester en sa présence plus de cinq minutes. Je suppose qu'elle avait accepté de me prendre pour élève uniquement parce qu'elle avait peu de chances de trouver une place ailleurs. Bref, nous étions enchaînées l'une à l'autre.

Du reste, elle ne suivait aucune méthode. Elle se contentait de s'asseoir et de me parler, généralement le nez dans son tricot, répétant encore et toujours les mêmes phrases avec la conviction bornée que je finirais par comprendre.

— Vous devez faire plus d'efforts, mademoiselle Grenfell, articulait-elle en me regardant.

Ces mots-là, je les comprenais. C'était sa réponse toute prête à chacun de mes échecs. Ou : « Vous devez être plus attentive, mademoiselle Grenfell. »

— Je suis attentive, mais ce serait plus facile si vous tourniez la tête vers moi, lui rétorquai-je un jour.

Avec l'expression blessée d'une femme injustement calomniée, elle avait reposé son ouvrage, saisi son ardoise et écrit : *Vous devez vous entraîner à comprendre ce que l'on dit dans n'importe quelle situation. Vous ne pouvez attendre des gens qu'ils fassent constamment des efforts pour vous.*

— Et pour vous satisfaire, dois-je aussi m'entraîner à lire sur la nuque des gens ? avais-je répliqué.

Ma question n'avait pas reçu de réponse. Chaque fois que je me rebellais, elle se retranchait dans un silence vexé, les lèvres serrées, et ne faisait plus le moindre effort pour communiquer avec moi. Je prenais alors un livre et lisais jusqu'à ce qu'il soit temps pour elle de partir.

Elle ne servait à rien. Je ne faisais aucun progrès.

La seule personne qui m'offrit son aide fut M. Nicholls, l'ancien précepteur de Reggie. Au cours de l'hiver qui avait suivi la mort de mon frère, il nous avait invitées chez lui à plusieurs reprises, Esther et moi, pour prendre le thé. Il s'était montré très gentil, plein de sollicitude, et, après ma maladie, il m'avait témoigné une grande compassion. S'il était rarement venu nous rendre visite, c'était par respect pour mon père – il ne comprenait que trop bien le sentiment de culpabilité que nous inspirait la mort de Reggie –, mais il m'écrivait des lettres d'encouragement et m'envoyait quelques-uns de ses précieux livres.

Puis, un jour, je reçus de lui un courrier vraiment extraordinaire :

Chère Mademoiselle Grenfell,

Vous m'avez écrit pour me faire part de votre mécontentement concernant votre nouvelle préceptrice. Persuadé qu'il existe des personnes mieux formées à ce travail que celle que vous employez actuellement, j'ai pris la liberté de contacter une institution à Londres qui a pour vocation d'éduquer les enfants atteints de surdité. Elle s'inspire des méthodes d'enseignement d'une autre institution située à Édimbourg, et qui remporte un franc succès.

J'ose espérer que vous ne me tiendrez pas rigueur de cette initiative, prise sans vous consulter, mais je suis habité par la conviction que le fléau qui s'est abattu sur vous ne peut pas, ne doit pas vous détruire. Il est du devoir de chacun d'entretenir ses facultés intellectuelles et de leur fournir la stimulation dont elles ont besoin pour s'épanouir, sans quoi elles finissent par s'atrophier et s'étioler. L'intelligence est un don de Dieu : on se doit de l'élever avec autant de ferveur que son âme.

Vous m'écrivez que vous vous sentez rabaissée aux

yeux des gens que vous rencontrez, que votre maladresse en société vous humilie et que votre lenteur à comprendre vous désigne comme un être inférieur. À la lecture de ces lignes, j'ai senti qu'il était de mon devoir de réagir.

Je vous écris cette lettre prématurément, peut-être, car mes demandes de renseignements n'ont pas encore été entièrement satisfaites. J'ai déjà rencontré le directeur de l'école, mais je dois retourner là-bas cette semaine afin d'observer une classe au travail. Je suppose qu'il ne sera pas utile que vous suiviez le programme complet, car ces enfants sont sourds de naissance, contrairement à vous. Mais je pourrai au moins me faire une idée précise des techniques pédagogiques utilisées, et je vous transmettrai ces informations dans l'espoir qu'elles pourront être mises en application par votre préceptrice – ou toute autre personne plus compétente.

Votre dévoué ami et serviteur,
M. Edgar Nicholls

Le lundi suivant, je recevais cette lettre :

Chère Mademoiselle Grenfell,

Je vous suis reconnaissant de la confiance que vous m'avez témoignée dans votre bref message, mais j'ai peur d'avoir parlé trop vite car après vérification, cette école s'est révélée inadaptée aux besoins d'une jeune femme pourvue de dons aussi remarquables que les vôtres. Je suis profondément mortifié de vous avoir donné de l'espoir pour le reprendre ensuite, mais ce n'est que partie remise, si je puis m'exprimer ainsi, car je n'ai pas l'intention de baisser les bras.

Lors de ma deuxième visite dans cette institution, j'ai eu l'opportunité d'observer plusieurs élèves modèles. À mon grand étonnement, je me suis rendu compte qu'ils n'étaient pas plus habiles que moi à lire sur les lèvres ! Quant à leur aptitude à la lecture, elle est très limitée. Certes, ils ont réussi à lire des passages de la Bible, mais ils ont éprouvé les plus grandes difficultés à déchiffrer les questions, pourtant simples, que je leur posais par écrit. Leurs réponses, par ailleurs, m'ont fait l'effet d'un fatras de phrases toutes faites, visiblement apprises par cœur pour partie dans les Saintes Écritures, pour partie dans un manuel. Ils semblent avoir peu d'aptitude à s'exprimer spontanément. En fait, la seule vraie façon qu'ils ont de communiquer est une sorte de langage par signes qu'ils ont inventé mais qu'ils pratiquent uniquement entre eux car cela leur est strictement interdit en classe et en présence des professeurs. J'ai pu constater néanmoins que leur visage s'éclairait aussitôt alors, et qu'ils retrouvaient toute l'exubérance des enfants de leur âge. Mais cette solution n'est pas envisageable pour vous car elle ne correspond pas au souci de discrétion qui est le vôtre, même si elle peut se révéler utile à la maison, comme Mlle Tigues et vous-même l'avez déjà démontré.

De retour chez moi (en proie à la déception que vous imaginez), je me suis mis au travail et j'ai imaginé un système d'apprentissage qui, je le crois, devrait pouvoir vous aider à progresser vers une plus grande autonomie. Si vous m'autorisez à vous rendre visite la semaine prochaine, j'aimerais vous soumettre mon idée, ainsi qu'à votre préceptrice.

Je programmai volontairement sa visite le jour où tante Lavinia avait coutume de se rendre à Kensington pour voir grand-père et sa sœur, car je le savais d'expérience : plus y avait de personnes dans une pièce, plus il m'était difficile de suivre une conversation.

Je fus stupéfiée par la transformation qui s'était

opérée chez M. Nicholls depuis l'hiver précédent : il avait un peu forci, ce qui conférait à sa silhouette une allure plus robuste et virile. Sa barbe était taillée avec soin, et il avait coupé très courts ses longs cheveux cuivrés. Sans son manteau bon marché et son chapeau élimé, on aurait pu le prendre pour un gentleman de haut rang. J'étais un peu déconcertée car je trouvais sa nouvelle apparence vraiment agréable.

Il fit apparemment grande impression aussi sur Mme Crabtree. À l'instant où il entra au salon, elle se comporta comme si elle était la maîtresse de maison et moi une enfant sans cervelle. Elle présida au service du thé en minaudant, réprimanda Lucy d'avoir été aussi pingre avec les biscuits et demanda qu'on fasse du feu dans la cheminée alors que nous étions seulement à la mi-septembre. Chaque fois que j'essayais de parler avec M. Nicholls, elle m'imposait le silence d'un regard sévère, puis monopolisait son attention en lui posant des questions. Il lui répondait avec la plus grande courtoisie, mais il devint très vite évident pour lui, comme pour moi, qu'elle m'excluait délibérément et cruellement de la conversation. Malgré l'impossibilité dans laquelle je me trouvais de suivre la discussion, je devinai qu'elle le suppliait de lui expliquer sa nouvelle méthode d'enseignement, comme si elle avait à cœur l'intérêt de son élève, ce que M. Nicholls et moi savions être un énorme mensonge.

Plus les minutes s'égrenaient, plus je voyais s'accroître la perplexité de celui-ci car elle s'interposait dès qu'il essayait de s'adresser à moi. S'il se tournait pour me parler directement, articulant lentement et distinctement pour me permettre de lire sur ses lèvres, elle répondait à ma place. S'il esquissait un geste pour prendre l'ardoise, elle faisait aussitôt diversion en lui posant une question, en lui proposant du thé, ou en lui présentant l'assiette de biscuits. Elle finit par s'emparer purement et simplement de l'ardoise sous le prétexte de l'effacer, puis « oublia » de la lui rendre, de sorte que M. Nicholls se retrouva avec un morceau de craie inutile à la main.

Comprenant que je n'avais plus d'autre choix que de me montrer aussi impolie qu'elle, je reposai ma tasse de thé et me levai d'un mouvement décidé.

— Puis-je disposer de l'ardoise, s'il vous plaît, madame Crabtree ? demandai-je aimablement en tendant la main.

Je dominais sa silhouette courte et trapue de toute la hauteur de mon mètre soixante-quinze, avec cette expression inflexible que je sais si bien prendre quand j'ai décidé de ne pas me laisser faire. Ses lèvres cessèrent instantanément de remuer, et ses bajoues tressaillirent de stupéfaction.

Je répétai fermement :

— Voulez-vous avoir l'obligeance de me rendre l'ardoise afin que M. Nicholls puisse m'expliquer sa méthode d'enseignement, je vous prie ?

Elle me toisa alors avec commisération, comme si elle m'avait momentanément confondue avec une personne douée d'intelligence et qu'elle se fût rappelé brusquement que je n'étais qu'une idiote, qui devait être traitée comme telle.

Saisissant l'ardoise, elle écrivit : *Ne vous mêlez pas de cela. Ces choses-là vous dépassent.*

J'ignore si ce fut la nervosité ou la stupidité de sa réponse, mais j'éclatai de rire.

— Veuillez m'excuser, dis-je en me tournant vers M. Nicholls.

Mon rire avait allumé un pétillement amusé dans ses

yeux mais son sourire s'effaça quand je glissai l'ardoise dans sa main tendue. Je crois bien n'avoir jamais vu un visage passer de l'amusement à l'indignation de façon aussi spectaculaire.

Comme il se levait d'un bond pour prendre ma défense, je pressentis que cet homme, dont je connaissais par ailleurs l'extrême émotivité, avait un caractère aussi flamboyant que sa chevelure. Je posai donc une main apaisante sur son bras et, d'un regard qui n'avait pas perdu son humour, je lui signifiai de me laisser faire.

Il tira sur son gilet et se contint, avec l'expression pugnace d'un boxeur attendant d'entrer sur le ring.

Je me tournai vers ma préceptrice et déclarai, d'une voix que j'espérai empreinte de gentillesse :

— Chère madame Crabtree, puis-je vous rappeler une fois encore que la perte d'un sens ne signifie pas pour autant que l'on soit dépourvu d'intelligence ? Je ne suis pas une enfant sans jugement et sans instruction, et je souhaite être traitée avec un respect égal à celui que vous témoigneriez à une élève dépourvue de handicap. Mais à l'évidence, c'est trop vous demander.

Je marquai un temps, cherchant sur son visage une trace de contrition, mais il n'y en avait pas. Seulement cette expression pincée et bornée qui lui était habituelle. Je pris ma décision dans la seconde et enchaînai :

— Vous êtes renvoyée. À partir de cette minute, vos services ne sont plus désirés.

Je reculai afin de lui laisser de la place pour se lever, car elle était coincée entre M. Nicholls, moi-même et la petite table.

Elle tourna la tête vers M. Nicholls et prononça quelques mots, sans doute pour lui demander d'intercéder, mais je sus, sans même le regarder, qu'il se montrait aussi intraitable que moi.

Je repris doucement :

— S'il vous plaît, emportez votre tricot et allez-vous-en. Tout de suite. Vous reviendrez demain chercher ce qui vous est dû.

Et ce fut terminé. Il n'y eut pas de scène, pas de protestations offensées, seulement une incrédulité abasourdie. Tandis qu'elle rangeait ses pelotes de laine dans son sac, je sonnai Lucy. M. Nicholls avait recouvré son calme mais, juste pour le cas où elle aurait tenté à la dernière minute un acte de résistance, il resta debout à mes côtés, joignant son autorité à la mienne.

Quand elle partit, j'étais tellement folle de joie, tellement soulagée de l'avoir bannie de ma vue pour toujours, que je me mis à danser frénétiquement tout autour du salon tandis que M. Nicholls me regardait en souriant. Je m'immobilisai finalement devant lui dans une dernière pirouette, hors d'haleine.

— Oh, cher monsieur Nicholls, merci ! Vous m'avez sauvée du dragon ! déclarai-je en plaquant une main sur mon cœur dans une pose mélodramatique.

Il écrivit quelque chose sur l'ardoise de son écriture élégante. *Peut-être devrais-je revenir un autre jour, quand votre tante sera là ?* C'était pourtant vrai : nous nous trouvions dans une situation très délicate, sans chaperon. Je n'avais pas pensé à cela.

— Oh, mais cela vous causerait du dérangement, et j'ai le sentiment de n'avoir déjà perdu que trop de temps. Accepteriez-vous de m'apprendre ? Pourriez-vous être mon professeur ?

Ma spontanéité dut le prendre au dépourvu car il rougit jusqu'à la racine de ses cheveux roux.

— J'en serais honoré, dit-il en articulant clairement chaque mot et en s'inclinant brièvement.

Il semblait aussi impatient que moi de commencer.

Il sortit quelques papiers d'une sacoche posée au pied de sa chaise, puis jeta un regard circulaire dans la pièce et me montra le secrétaire de maman.

— Puis-je ?

Nous approchâmes une deuxième chaise et, dès que nous fûmes installés côte à côte, il posa ses notes devant moi. Il s'était donné beaucoup de mal pour présenter de manière exhaustive ses théories sur le papier, de même que la méthode qu'il espérait mettre en pratique. Je pris connaissance de son projet avec un calme apparent, mais en réalité mon cœur se gonflait de gratitude. Sa compassion et l'intérêt qu'il me portait me touchaient profondément. Je comprenais pourquoi Reggie s'était tellement attaché à lui.

On aurait pu croire qu'il avait lu dans mes pensées, car, pendant que je lisais son programme d'enseignement, il avait pris une feuille de papier et y avait écrit quelques lignes qu'il finit par glisser sur le bureau, sous mes yeux.

Mademoiselle Grenfell, il y a quelque chose dont je souhaite vous entretenir avant que nous commencions. C'est très important. Cela concerne votre frère. Acceptez-vous que je vous en parle ?

J'eus intérieurement un mouvement de recul en lisant ces mots, mais je hochai la tête.

J'étais totalement dévoué à votre frère en tant que précepteur, écrivit-il. *Mais seulement en tant que tel. Je n'ai jamais encouragé les sentiments particuliers qu'il me vouait. Quand il s'en est ouvert à moi, je lui ai expliqué que mon affection – qui était immense – était dépourvue d'ambiguïté et qu'il ne devait pas espérer une relation qui dépasse le cadre de la stricte amitié.*

J'étais beaucoup trop émue pour croiser son regard, aussi me contentai-je de murmurer :

— Je comprends, monsieur Nicholls.

Il ajouta, au bas de la feuille : *J'espère que je ne vous ai pas offensée en vous parlant aussi franchement.*

— Pas du tout.

Je marquai une pause, puis ajoutai :

— Je suis infiniment soulagée.

Remontant le châle qui tombait de mes épaules, je fermai mon esprit à ces souvenirs affreux et déclarai :

— Commençons, voulez-vous ?

Ce soir-là, j'attendis la fin du dîner pour annoncer la nouvelle à mon père. Je savais que ma décision lui porterait un coup, et j'espérais qu'il digérerait un peu mieux l'information l'estomac plein…

— Papa, j'ai pris sur moi de renvoyer Mme Crabtree.

Je me demandai un instant si je m'étais exprimée intelligiblement, parce que tante Lavinia se tourna vers moi avec un sourire placide et papa, qui se servait un verre de porto, reposa tranquillement le carafon, ôta ses lunettes et se frotta les yeux.

— Papa ?

Il se tourna vers moi, ses lunettes au bout des doigts, l'air épuisé.

— Tu as renvoyé Mme Crabtree ? répéta-t-il en articulant bien.

— C'était de l'argent gaspillé, elle ne servait à rien. J'ai engagé M. Nicholls à sa place.

À son expression figée, je sus que si je n'avais pas été sourde, il m'aurait dit dans l'instant ce qu'il pensait de cette décision. Mais à moins de prendre une ardoise et d'exprimer sa fureur par écrit, il était obligé de laisser sa colère bouillonner en silence.

Je profitai de son impuissance pour continuer à plaider ma cause :

— Il s'est penché avec compassion sur ma triste situation et il m'a proposé une méthode pour m'apprendre à lire sur les lèvres. Je pense que je pourrai faire des progrès avec lui. Et tu le connais, papa. C'est un homme dévoué et sérieux. J'ai appris cet après-midi qu'il a abandonné l'Église méthodiste et accepté la charge de recteur à St. Alban. Une fonction très prestigieuse, tu en conviendras.

Je continuais à observer le visage de papa, espérant y déceler un signe de radoucissement.

— Il se dit prêt à me donner une heure de cours tous les jours, et deux heures le mardi. C'est vraiment très généreux de la part d'un homme qui a autant d'obligations.

Papa secoua la tête. Je n'aurais su dire s'il exprimait un refus ou un désespoir résigné.

Je me levai de table et m'approchai de lui.

— Je n'aurais jamais rien appris avec elle, papa. Et si je n'apprends pas à lire sur les lèvres, je suis condamnée à un isolement total ! Tu sais combien il nous a été difficile de trouver quelqu'un qui veuille bien essayer d'accomplir cette tâche, et elle est épouvantablement fastidieuse, tu n'as pas idée – même avec M. Nicholls…

Je le vis tressaillir à la seule mention de ce nom et posai une main apaisante sur son bras.

— Je vais bientôt avoir dix-sept ans. Dans un mois, j'aurai l'âge requis pour faire mes débuts dans le monde, à supposer que cela ait encore un sens pour moi. Il n'y aura pas de garden-parties, pas de bals à la cour, pas de soupirants frappant à notre porte. Je… Je veux seulement… Je veux juste…

Il ne me laissa pas terminer. Il me prit par les épaules et m'embrassa sur le front. Papa était si rarement démonstratif qu'il n'en fallut pas davantage pour que ma bravoure s'effrite. À mon grand désespoir, je sentis des larmes ruisseler sur mes joues. Papa me tendit son mouchoir, puis il recula d'un pas, chaussa ses lunettes et s'empara de l'ardoise posée en permanence à côté de son assiette pendant le dîner. Il écrivit : *Je crois que M. Nicholls a été injustement discrédité.*

Puis il quitta la pièce d'un pas fier.

Je fondais de si grands espoirs en M. Nicholls ! Je le guettais tous les jours par la fenêtre. Dès que je le voyais descendre la rue, je me précipitais au salon, je secouais tante Lavinia pour l'arracher à sa torpeur de l'après-midi, je tirais dix fois le cordon de la sonnette pour signifier à Lucy de préparer du thé, puis je m'installais sur une chaise, les mains croisées sur mon tablier, les yeux fixés sur la porte, attendant qu'elle s'ouvre.

Il commençait toujours par lire à voix haute des passages des Saintes Écritures que je connaissais par cœur, convaincu qu'un texte déjà familier m'aiderait à identifier les syllabes sur ses lèvres. Après avoir répété plusieurs fois cet exercice préliminaire, il isolait des morceaux de phrase et certains mots du passage que nous venions de travailler, et les répétait jusqu'à ce que je parvienne à les reconnaître. Puis il les prononçait dans le désordre… et aussitôt j'étais perdue. Il ne cédait cependant jamais au découragement, même si moi, j'étais souvent à deux doigts du désespoir.

Pensant que je serais peut-être plus motivée par des textes laïques, il s'orienta vers la poésie. Chaque jour en partant, M. Nicholls me laissait un nouveau poème à apprendre par cœur. Lors de la leçon suivante, il procédait comme auparavant : il me lisait des passages en vers pendant que je fixais ses lèvres, puis il piochait des phrases courtes et finalement des mots. L'exercice était incroyablement difficile et épuisant. Un cours intensif d'une demi-heure suffisait à me fatiguer les yeux et à mettre ma concentration à l'épreuve. Pour réussir à lire sur les lèvres, l'esprit doit apprendre à enregistrer les mouvements de celles-ci tout en s'efforçant de trouver le sens approprié parmi un vaste choix de possibilités. Les consonnes et les voyelles sont formées par des mouvements de la langue souvent à peine visibles, et certaines labiales comme *p, b, m* ou des sons comme *sh, ch*, et *j* sont impossibles à distinguer les uns des autres. Je désespérais d'y parvenir un jour.

À la fin de chaque cours, avant de partir, M. Nicholls me serrait la main, s'inclinait et m'adressait quelques paroles d'encouragement.

— Bravo, mademoiselle Grenfell. Vous avez progressé aujourd'hui.

— Ce n'est pas vrai.

— Mais si.

— Je suis tellement lente, c'est désespérant !

— « Patience et longueur de temps… », mademoiselle Grenfell.

— Je n'y arriverai jamais.

— Je reviens demain.

Mes moments de satisfaction étaient si rares que le moindre échange réussi avec Lucy, Mme Scholfield ou tante Lavinia me transportait de joie. Même si mon univers se rétrécissait, comme je l'avais craint, le petit monde étroitement circonscrit entre les murs du 19 Savile Row, au moins, n'était plus inintelligible. Entre nos signes, nos gestes et ma détermination à lire sur les lèvres, notre vie domestique s'organisait et retrouvait un semblant de normalité.

Le soir venu, nous allumions une multitude de bougies au salon car j'avais besoin de clarté pour distinguer chaque mouvement de lèvres. La cire coûtait cher, mais c'était une petite folie à laquelle papa sacrifiait volontiers. Dans la lumière chaude et pétillante, nos soirées retrouvaient un peu de la sérénité souriante qu'elles avaient perdue depuis la mort de maman et de Reggie. Avant ma maladie, papa se retirait dans son bureau après le dîner. Maintenant, il s'installait au salon avec tante Lavinia et moi et me faisait la lecture. Afin de me préparer à ces cours du soir, j'étudiais tous les matins les articles qu'il avait sélectionnés pour moi dans le *Times* ainsi que dans des revues spécialisés dans la confection, comme *Tailleur et coupeur*. J'allais parfois jusqu'à apprendre des passages entiers par cœur. Lorsque papa me les lisait à voix haute, j'essayais d'associer à des mots les mouvements de ses lèvres. Du fait de ma situation particulière, j'étais autorisée à feuilleter des publications d'ordinaire interdites aux jeunes femmes avant leur mariage. J'avais un faible pour *Élégance au masculin* et *Uniformes de l'armée*. On y trouvait d'excellentes planches en couleurs et, plus utile encore, une description détaillée des dernières tendances de la mode. Le plus palpitant, bien évidemment, c'était les potins sur la haute société et les conseils pour les ladies et les gentlemen mariés. Mon magazine préféré, et de loin, était *Punch*. Je me cachais de tante Lavinia pour le lire.

Au fil de mes lectures, j'acquis une connaissance du monde et des événements politiques et sociaux à laquelle je n'aurais jamais accédé si j'avais continué à me cantonner à mes quelques centres d'intérêt habituels.

Toutes sortes d'informations me parvenaient ainsi ; or, si l'on en croyait M. Nicholls, le savoir constituait le véritable pouvoir. Je pensais souvent à mon parrain, le colonel von Sacher, et à ses exhortations. J'étais peut-être en train de mériter mon prénom.

Un soir, alors que je ne parvenais pas, malgré tous mes efforts, à comprendre le texte que me lisait papa, je me levai et lançai avec une amertume mêlée de frustration :

— Inutile de perdre davantage ton temps avec moi ce soir. C'est sans espoir !

Mes yeux me faisaient mal d'avoir été rivés à ses lèvres et je me sentais incapable de tout effort supplémentaire. Remontant mon châle sur mes épaules, j'arpentai le salon de long en large. C'était la limite de mon monde – les motifs bleu et crème du papier peint, le miroir sur le manteau de la cheminée dans lequel se reflétaient un bataillon de chandelles allumées dans des bougeoirs en argent et en bronze, quelques portraits d'ancêtres du côté de maman, et des paysages champêtres dans des cadres élégants. Plusieurs esquisses au fusain, réalisées par Esther, étaient venues compléter notre collection au cours des mois écoulés, ainsi que sa magnifique huile d'une Andromède à moitié nue enchaînée à un rocher, que papa, sachant combien j'admirais cette toile, m'avait courageusement offerte pour mon dix-septième anniversaire, malgré les protestations horrifiées de tante Lavinia : elle avait refusé de remettre les pieds au salon pendant des jours quand nous l'avions accrochée au mur, et aujourd'hui encore elle évitait de poser les yeux sur « cette chose ». J'aimais aussi beaucoup les deux aquarelles représentant deux émirs arabes et une vue panoramique d'un village de Ceylan, des œuvres que m'avait léguées le colonel. Le seul tableau qui brillait par son absence, c'était mon portrait. Nous l'avions précieusement remisé en bas, dans l'un des ateliers de Grenfell's, car je ne pouvais le regarder sans penser à lady Hambledon.

Le mobilier était le même depuis des années et n'avait pas bougé d'un centimètre. Le seul changement dans ce décor immuable avait été introduit par tante Lavinia : pas un fauteuil n'avait échappé à ses têtières en crochet, pas une table n'avait été épargnée par son menu fouillis : des petits ouvrages en tricot, du fil à tricoter, des aiguilles, qu'elle posait çà et là et qu'elle oubliait. Il y avait encore un an, ce désordre aurait rendu papa fou. Aujourd'hui, il ne disait plus rien.

Je passai devant tante Lavinia, qui leva les yeux de sa broderie, sourit gentiment et dit quelque chose que je ne saisis pas.

Mon Dieu, songeai-je avec angoisse, comment puis-je espérer vivre normalement si je suis incapable de comprendre le monde qui m'entoure ? Suis-je condamnée à passer le restant de mes jours entre ces murs ?

Le contact d'une main sur mon coude me fit sursauter. Je me retournai et découvris papa devant moi. Il me montrait une ardoise sur laquelle il avait écrit : *Ma chérie, tu as un œil exceptionnel et un sens de l'observation aigu. Si tu as réussi à prendre les mensurations d'un singe d'un seul regard, tu réussiras à lire sur les lèvres.*

Sa foi en moi amena un pâle sourire sur mon visage.

— Merci, papa.

Il me tapota la main.

— Bonne nuit, ma chérie.

— Bonne nuit.

Il quitta la pièce, très élégant, comme toujours, dans

sa veste d'intérieur en velours et ses pantoufles en laine écossaises. Il ne parlait jamais de son chagrin, mais je voyais bien qu'il avait vieilli de dix ans en l'espace de quelques mois et que ses cheveux avaient blanchi. Souvent, quand il m'observait, je lisais la peur dans ses yeux et je savais qu'il était hanté par l'idée de me perdre aussi. Ce fut ce regard, je crois, qui m'obligea à tenir dans les moments de doute, à ne pas sombrer dans le désespoir et à continuer coûte que coûte à travailler, à recommencer les mêmes exercices, ou à apprendre par cœur un texte avant ma prochaine leçon avec M. Nicholls.

Pour que la page se tourne enfin sur cette année de cauchemar, il nous restait encore à affronter le premier anniversaire de la mort de maman et de Reggie. Nous traversâmes cette double épreuve en silence, ou presque, et marquâmes la triste date en allant nous recueillir sur leurs tombes. Noël fut aussi un moment douloureux, mais en moins de temps qu'il n'en faut pour le dire, le pire était derrière nous. La grisaille et le froid cédèrent la place à une douceur annonciatrice du printemps.

M. Nicholls continuait à me prodiguer ses leçons. Il était mon rocher au cœur de la tempête. Jamais il n'annula un cours, même quand il attrapa un rhume et sembla si fiévreux que tante Lavinia le força à avaler une cuillerée de son Élixir Miracle, ce qui le plongea instantanément dans un profond sommeil. (Il passa, paraît-il, l'après-midi à ronfler sur le canapé, couvert de l'un des jetés de lit au crochet de tante Lavinia.)

Nous ne parlions jamais religion à la maison, cependant, je ne me rappelle pas que notre famille ait jamais manqué une seule fois l'office. Après la mort de maman, papa avait trouvé un grand réconfort dans les sermons du révérend Weightman, et nous avions pris l'habitude de retourner à l'église le dimanche soir pour l'écouter prêcher une deuxième fois. Mais comme il ne rimait plus à rien que j'assiste à une messe que je n'entendais pas et que c'était le seul jour que nous pouvions passer ensemble, papa et moi avions instauré une petite routine : nous nous levions tard, prenions notre petit déjeuner au très chic hôtel Langley, puis nous offrions une magnifique promenade en attelage à travers le parc jusqu'à la maison de grand-père, à Kensington, où nous passions le reste de la journée. Je savais que papa regrettait la communauté des fidèles, et je la regrettais moi aussi, mais cela faisait partie des nombreux renoncements que nous imposaient les circonstances.

Puis, un matin, M. Nicholls se présenta à la maison avec une liasse de papiers couverts de son écriture qu'il me tendit en disant :

— Tenez. C'est pour vous.

— Qu'est-ce que c'est ?

De sa longue main pâle il déplia les feuillets et les lissa pour me permettre de les lire.

— C'est un sermon, constatai-je.

— Oui. Celui que je prononcerai dimanche prochain, à St. Alban.

— Votre sermon ?

— Oui. Ou plus exactement, une copie que j'ai faite pour vous.

— Pour moi ?

— Vous pouvez la garder.

— Vous avez écrit toutes ces pages pour moi ?

— Cela vous permettra de suivre l'office. Si votre famille et vous décidez d'assister à la messe, je vous réserverai des places au premier rang, afin que vous puissiez voir mes lèvres.

— Monsieur Nicholls ! C'est une attention d'une telle délicatesse…

Je feuilletai la liasse. Il devait y avoir une trentaine de pages au total.

— Mon Dieu… je n'ose imaginer le temps qu'il a dû vous falloir pour copier tout cela à la main…

Il eut l'air gêné.

— Ce n'est rien, répondit-il avec un mouvement brusque de la tête. Je vous assure. Rien, comparé à vos efforts, mademoiselle Grenfell. À votre détermination…

Ce mot, il l'écrivit sur l'ardoise que je lui tendais. Il décelait toujours le trouble sur mon visage quand je ne réussissais pas à comprendre un terme.

— Votre détermination à surmonter votre affliction…

Il s'interrompit, puis, avec une absence de retenue inhabituelle, il posa la main sur son cœur.

— … est pour moi un sujet d'inspiration constant.

Sa gentillesse me bouleversait, mais je craignais un refus de papa.

— Je dois en parler à mon père. Vous savez combien il est attaché aux prêches du révérend Weightman. Même s'il n'assiste plus à ses offices, à cause de moi, afin de ne pas me laisser seule le dimanche, je crains qu'il ne voie là une trahison.

Il répondit lentement :

— Je comprends. Vous devez respecter la volonté de votre père, mais au moins parlez-lui de mon invitation.

— Bien sûr. Je lui en parlerai.

— Vous ne pouvez pas rester confinée entre ces murs, mademoiselle Grenfell. Vous devez revigorer votre esprit et votre âme.

— Pardon ?

Il s'empara de l'ardoise, y écrivit la phrase qu'il venait de prononcer, et me la rendit.

Je la lus puis levai les yeux tandis qu'il répétait :

— Vous devez revigorer votre esprit et votre âme.

Il y avait une intensité si passionnée dans son regard qu'une gêne soudaine m'envahit. Pour la première fois, je commençai à me demander si son intérêt pour moi ne dépassait pas la simple charité chrétienne.

Je baissai à nouveau les yeux sur l'ardoise ; cependant, même sans le voir, je continuai à sentir son regard incisif et pénétrant fixé sur moi.

Le cours se déroula comme d'habitude, mais la découverte que je venais de faire créa une tension qui n'existait pas auparavant. Je n'étais pas sûre de ce que j'éprouvais. Tout ce que je savais, c'était que j'étais mal à l'aise.

À son arrivée, cet après-midi-là, Esther me trouva dans mon ancienne chambre, occupée à épingler un patron sur un somptueux tissu en satin bleu nuit dont je voulais faire un gilet pour mon père. Il n'avait pas eu le temps de se confectionner le moindre habit depuis un an. Après ma maladie, je m'étais installée dans la chambre de Reggie et j'avais converti ma propre chambre en atelier. C'était la pièce la plus claire de la maison, sous les combles, et chaque fois que ma présence n'était pas indispensable au salon, je montais ici pour travailler à un projet ou un autre.

Esther entra en coup de vent dans la pièce, avec son bonnet et son châle, le visage empourpré et les yeux étincelants, pestant à propos de quelque chose de « plus collant que de la glu ! » – et je devinai qu'elle avait encore été accostée dans la rue.

— Ma pauvre chérie, la taquinai-je en dessinant une

arabesque dans l'espace avec mes grands ciseaux. Tous ces hommes qui ont l'impudence de te trouver jolie ! Comment osent-ils !

Elle grommela quelque chose sur le temps printanier qui les faisait tous sortir de leur tanière.

— Tu as raison. Ils devraient rester calfeutrés chez eux. Ou au moins avoir la décence de changer de trottoir quand ils te voient approcher.

Esther n'était pas sentimentale pour deux sous dans la vie de tous les jours. Elle mettait toutes ses émotions dans ses tableaux.

— Ça suffit !

Elle me débarrassa de mes ciseaux et les posa sur la table.

— Allons nous promener. La suie est un vrai fléau, mais il fait bon. Et tu passes beaucoup trop de temps enfermée ici.

— Non, j'ai à te parler, dis-je en dénouant dans mon dos les cordons de mon tablier.

— Nous pourrons bavarder en marchant. Il est hors de question que je reste cloîtrée ici tout l'après-midi, je deviendrais folle.

— On ne peut pas en parler dehors, c'est important. S'il te plaît, assieds-toi.

Nos conversations intimes avaient nécessairement lieu à la maison car nos dialogues donnaient toujours lieu à un échange animé et extravagant au cours duquel nos mains s'agitaient et nos bouches articulaient exagérément, d'une manière qui n'avait rien de distingué. Ma voix bizarrement timbrée attirait inévitablement les regards dans la rue, et toute conversation tant soit peu prolongée nécessitait que je regarde Esther avec attention, ce qui m'empêchait de profiter de la promenade. Voilà pourquoi nos sorties se déroulaient dans une complicité muette, bras dessus, bras dessous, aussi proches l'une de l'autre que nous y autorisaient nos crinolines.

— Assieds-toi, répétai-je tout en cherchant une ardoise des yeux et en tirant une chaise près de la fenêtre.

— Qu'y a-t-il de si important ?

— C'est au sujet de M. Nicholls.

Je balançais la tête comme un métronome. C'était le code que nous avions choisi pour le désigner, en souvenir du jour où il avait joué du piano en agitant la tête de droite à gauche pendant que nous valsions dans la pièce.

Cette fois, j'avais capté son attention.

— M. Nicholls ?

Avec la mine gourmande de quelqu'un qui s'attend à une révélation sensationnelle, elle dénoua son bonnet, le jeta sur mon lit, et tira une chaise pour s'asseoir en face de moi.

— Vas-y, raconte. Il est arrivé quelque chose ?

Je lui expliquai l'histoire du sermon.

Tout en m'écoutant, elle prit l'ardoise et écrivit : *Quelle audace ! S'imaginer que tu puisses avoir envie de lire ses vieux sermons ennuyeux !*

— Mais c'était par pure gentillesse, protestai-je.

Elle leva les yeux au ciel et j'ajoutai :

— Pourquoi vois-tu toujours le mal partout ? J'ai besoin d'un conseil objectif. Aide-moi, s'il te plaît.

Il lui fallut un moment pour mettre de côté son cynisme habituel, mais finalement elle sourit, serra ma main dans la sienne, puis écrivit posément : *Tu crois qu'il a des sentiments pour toi ?*

— Oh, je ne sais pas.

— Pas de signes extérieurs ?

Elle me fit ostensiblement du pied, et je ris.

— Mon Dieu, non. Il n'a pris aucune liberté avec moi.

Elle mima une poignée de main prolongée et insistante.

Je ris encore.

— Non plus. Il est toujours d'une extrême correction. C'est juste qu'il est si… si intense. Si passionné dans sa volonté de m'aider. Cela me fait peur.

Esther m'observa longuement, comme pour sonder mes sentiments, puis elle me demanda, par gestes : « Qu'est-ce que tu ressens pour lui ? »

— Je ne sais pas.

Je détournai les yeux, mais elle agita la main devant mon visage pour ramener mon attention sur elle.

— Tu es sûre de ne pas savoir ?

J'écartai les mains d'un geste impuissant.

— Oh, Esther, quel espoir ai-je d'attirer un soupirant ? Où sont les invitations à l'opéra et au théâtre ? Où sont les dîners auxquels toute jeune fille à marier est conviée ? La seule chose qui a changé pour moi depuis que j'ai dix-sept ans, c'est que je possède désormais mes propres cartes de visite. Mais chez qui veux-tu que j'aille ? Tous ceux qui ont la malchance de se trouver face à moi restent plantés là d'un air gêné jusqu'à ce que l'occasion se présente de disparaître dans la foule comme des voleurs. C'est pour cela que nous évitons tous les lieux de promenade que tu affectionnais dans le parc, n'est-ce pas ? Pour ne pas risquer de tomber sur une de tes anciennes relations. Je suis un boulet pour tout le monde.

Une expression pleine de compassion apparut sur son visage.

— Oh, Vevey…

Elle avait l'air si embarrassée que je me penchai vers elle.

— Qu'y a-t-il, Esther ? Quelque chose que j'ignore et que je devrais savoir ?

Sa réponse fut longue à venir, et ses yeux avaient une expression coupable.

— Je suis fiancée, Vevey.

— Tu es fiancée ? C'est ce que tu viens de dire ?

Elle hocha la tête.

La stupeur me rendit momentanément muette, puis une salve de questions jaillit de mes lèvres :

— Qui est-ce ? Depuis quand ? Quand l'as-tu rencontré ? Pourquoi ne m'as-tu rien dit ?

Elle me prit l'ardoise des mains et écrivit : *Comment aurais-je pu te parler de mon bonheur alors que tu étais désespérée ?*

— Comment as-tu pu ne rien me dire ?

— Je te le dis. Maintenant.

— Qui est-ce ?

— Ned.

— Ned Jones ?

Il y avait une époque, je me le rappelais, où elle me parlait souvent de lui. Mais c'était avant que je ne devienne sourde.

Elle effaça l'ardoise du bord de son jupon.

— Oh, Esther, pour l'amour du ciel, prends un chiffon !

Je me levai pour aller lui en chercher un, mais elle me retint par la main.

— Reste.

Elle finit d'écrire et me passa l'ardoise. *Nous avons repoussé notre mariage jusqu'à ce que tu sois suffisamment remise pour que je puisse te laisser.*

— Me laisser ?

— Je ne peux pas continuer à être ta dame de compagnie, Topsy.

Je compris chaque mot de cette phrase terrible. Elle résonna si fort dans mon esprit qu'il me sembla en avoir entendu la moindre syllabe.

— Tu ne peux pas m'abandonner, soufflai-je.

Je ne sais même pas si je prononçai ces mots assez fort pour qu'elle les entende. C'était une protestation égoïste. Bien sûr, elle devait partir vivre sa vie. Esther avait vingt-six ans. Je voulais son bonheur plus que tout au monde. Combien de fois avions-nous rêvé de cet événement, évoquant jusqu'à la robe qu'elle porterait et l'endroit où elle se marierait.

Mais à cet instant, la réalité me coupa la respiration.

Cet après-midi-là, tandis que nous traversions en silence les rues animées en direction d'un coin paisible de Green Park, mes pensées se tournèrent à nouveau vers M. Nicholls. Elles s'agrippèrent à lui comme un naufragé enserre de ses bras la seule planche de salut qui flotte encore dans le naufrage de sa vie. J'examinai sa personnalité sous toutes ses facettes, et chaque fois il revenait flotter à la surface de mon océan de détresse.

Il n'était peut-être pas ce à quoi j'aspirais, mais il était celui vers qui ma raison me poussait. D'ailleurs, je ne savais même pas à quoi j'aspirais réellement car mes rêves se fracassaient inéluctablement contre la réalité de mon handicap.

10

En dépit de nos drames personnels et familiaux, l'étoile de Grenfell's brillait toujours plus haut dans le ciel de Savile Row.

De nouveaux clients, et non des moindres, franchirent notre porte ce printemps-là, et *The Town*, la revue des meilleurs artisans de la confection, nous classa parmi la fine fleur des créateurs de mode londoniens. C'est à cette époque que nous rompîmes avec une tradition qui voulait que les commerçants logent au-dessus de leur boutique : nous emménageâmes dans la maison voisine, affectant nos anciens quartiers à l'expansion de Grenfell's. Père me donna carte blanche pour la décoration et je fus très occupée à mesurer les fenêtres, étudier des combinaisons de couleurs et choisir des tissus d'ameublement. J'eus même la permission d'engager Esther comme « consultante », ce qui lui permit de gagner quelques shillings supplémentaires. Tante Lavinia était accommodante au possible et disait amen à toutes mes fantaisies. Ce fut elle qui eut l'idée d'abattre le mur de la salle à manger afin d'annexer le petit salon, juste derrière – « pour les réceptions que tu donneras, ma chérie ».

Seule tante Lavinia gardait encore l'espoir de me voir attirer un soupirant. Elle surmontait sa timidité et sa réserve naturelles pour me faire rencontrer des gens en dehors du cercle étroit formé par Esther, M. Nicholls et Savile Row. Parfois, c'était un dîner donné par une de ses vieilles amies, ou une garden-party organisée par l'un des associés de père. J'acceptais de m'y rendre uniquement pour lui faire plaisir et parce qu'elle s'était donné apparemment beaucoup de mal pour m'obtenir une invitation. Il y avait inévitablement un célibataire ou deux parmi les invités, généralement le fils d'un marchand de tissu ou d'un drapier. Tante Lavinia se démenait pour faciliter un dialogue bancal entre nous, mais – mon Dieu ! – que tout cela était donc pénible ! Je n'avais aucune envie de parler avec des inconnus ; je savais que ma prononciation s'était dégradée, que je devais m'exprimer bizarrement, et lire sur les lèvres de gens que je ne connaissais pas constituait une véritable épreuve. Mon malheureux voisin de table se retrouvait fatalement confronté à un dilemme : soit il me délaissait pour participer à la conversation générale, et il se sentait gêné vis-à-vis de moi ; soit il me consacrait toute son attention, et sa soirée était gâchée. En perdant l'ouïe, j'avais aussi perdu le plaisir des dîners en société.

La fin de la Saison était le seul moment de l'année où père s'accordait des vacances. Après notre arrivée à Savile Row, et pour faire plaisir à mère, nous étions partis plusieurs années de suite en Suisse, dans des villes d'eaux. Nous avions passé aussi un été à Biarritz, ce qui m'avait permis de faire de gros progrès en français. Papa n'avait jamais été un grand amateur de voyages, cependant, et après ma maladie nous achetâmes un cottage au bord de la Tamise, à Mortlake, pour les vacances. La maison était spacieuse et confortable : grand-père et tante Mary nous y rejoignirent pour le mois d'août, de même que la fille de tante Mary, Grace, son mari, et leurs deux enfants. Il y faisait beaucoup plus frais qu'à Londres et il n'y avait pas cette horrible suie qui collait constamment à nos vêtements. Les distractions n'étaient pas très nombreuses ce premier été : je me promenai le long des rives du fleuve et dans les vergers, et je jouai avec le bébé de cousine Grace. J'étais souvent désignée pour pousser le fauteuil roulant de grand-père, car je n'entendais pas ses grommellements perpétuels.

Un après-midi, je manœuvrais son fauteuil dans l'allée gravillonnée afin de le conduire jusqu'à la table qui avait été dressée pour le thé, sur la pelouse, quand il me sembla capter un bruit. C'était très lointain, à peine perceptible, et je crus d'abord qu'il s'agissait d'un simple bourdonnement d'oreilles. Mais lorsque je m'arrêtai de marcher, le bruit s'arrêta aussi. Grand-père se redressa dans son fauteuil et me lança un regard impatient par-dessus son épaule.

— Oui, grand-père. Un instant, dis-je.

Je penchai la tête de côté. Non, rien. Je me remis à avancer, le bruit réapparut. Exactement le même. Je regardai le gravier, sous mes pieds, puis les roues du fauteuil. Je m'immobilisai à nouveau, et à nouveau le bruit cessa. Cette fois, le vieux monsieur se retourna franchement et me foudroya du regard.

— Oui, grand-père, j'y vais, soufflai-je, mais je tremblais intérieurement.

J'agrippai les poignées du fauteuil et le poussai de toutes mes forces devant moi en courant. Oui ! Le bruit était là, toujours lointain et vague, mais bien réel – une sorte de craquement qui coïncidait avec la progression du fauteuil. Ma folle cavalcade devait avoir fortement secoué mon aïeul, parce qu'il s'agrippait aux accoudoirs et il avait perdu sa canne dans l'allée. Tante Lavinia, tante Mary et mes cousines nous regardaient, bouche bée. Leur stupeur était presque comique.

— Grand-père ! J'entends quelque chose ! m'écriai-je d'une voix essoufflée.

Pour vérifier ma théorie, je changeai brusquement de direction, poussant le fauteuil sur la pelouse épaisse. Le bruit cessa instantanément.

— Oui ! exultai-je.

Après avoir mis le fauteuil en sécurité, je regagnai l'allée en courant, relevai le bas de mes jupes et enfonçai les pieds avec force dans le gravier. Le bruit se refit entendre. Un peu plus faiblement que tout à l'heure, mais il était toujours là. Je sautai sur place, agitai les pieds, bondis. Plus de doute. J'avais retrouvé une minuscule fraction de mon ouïe. Je rejoignis le vieux monsieur en courant. Il était visiblement abasourdi par ce qui venait de lui arriver, cramoisi, choqué, mais indemne.

— Grand-père ! déclarai-je en m'arrêtant pour reprendre ma respiration. Je crois que j'ai entendu un son. Non, je *sais* que j'ai entendu un son !

Il me foudroya du regard sans un mot.

— S'il te plaît, grand-père, crie quelque chose !

— C'est inqualifiable ! bafouilla-t-il.

Je ne captai que des bribes sonores à peine audibles, suffisantes néanmoins pour m'aider à lire sur ses lèvres.

— Encore, dis-je en me penchant vers lui.

— En voilà assez ! Cesse à l'instant ces gamineries !

— Gamineries ?

— Oui !

— C'est ce que tu as dit ?

— Absolument !

Je passai les bras autour de son cou et l'embrassai avec effusion, ce qui le secoua plus encore, je crois, que son derby en fauteuil roulant.

L'annonce que j'avais retrouvé une infime partie de mon ouïe fut accueillie avec plus de scepticisme que de jubilation. Même papa semblait réticent à accorder trop d'importance à un événement qui n'en était pas un. Après tout, j'étais toujours sourde.

Ce fut probablement à cet instant que je pris conscience de l'importance de M. Nicholls dans ma vie, car il était probablement la seule personne capable de comprendre la différence énorme que cela faisait pour moi. Je lui écrivis aussitôt, mais il était absent de Londres, et ce ne fut qu'à notre retour à Savile Row, en septembre, que j'eus sa réponse.

Je m'attendais à une lettre, mais il se présenta en personne – et avec un petit bouquet de roses d'un blanc crémeux. Je le rejoignis dans le hall d'entrée.

— Mademoiselle Grenfell, dit-il, comme Lucy le débarrassait de son chapeau. C'est une nouvelle merveilleuse ! Une nouvelle qui mérite d'être célébrée !

Il s'inclina puis m'offrit son bouquet.

Mon visage devint brûlant. Jamais personne ne m'avait offert des fleurs.

— C'est très gentil, balbutiai-je.

J'enfouis mon nez dans les roses. Elles sentaient délicieusement bon.

— S'il vous plaît, Lucy, disposez-les dans un vase. Et dites à tante Lavinia que M. Nicholls est ici.

Nous passâmes au salon et nous installâmes à notre place habituelle, près de la fenêtre.

— Avez-vous vu votre médecin ? demanda-t-il.

— Oui, et il dit que ce n'est pas inhabituel. Il se peut que mon état s'améliore très légèrement au fil des ans, mais rien n'est sûr.

— Vous dites que cela vous aide à lire sur les lèvres ?

— Oh oui. Beaucoup.

Je lui expliquai que je pouvais distinguer les voyelles mais pas les consonnes, et que je percevais uniquement les sons graves. Ils ressemblaient à des bourdonnements assourdis.

— Mais cela suffit à faire une différence ?

— Je ne peine plus autant pour comprendre. Suivre une conversation n'est plus aussi exténuant. Avant, cela relevait de l'impossible. Aujourd'hui, c'est toujours très difficile, mais pas irréalisable.

— J'ai toujours eu la certitude que vous réussiriez, mademoiselle Grenfell. Vous avez réalisé de tels progrès l'année dernière…

— Mais vous, je vous comprends toujours, monsieur Nicholls. Vous faites l'effort de parler distinctement, et pas trop vite.

— Percevez-vous un peu ma voix, à présent ?

— Oh, oui. Son timbre est suffisamment grave. Je n'entends strictement rien quand c'est tante Lavinia qui parle, mais vous, si. Je capte quelques sons.

— En ce cas, il va falloir modifier notre méthode de travail, annonça-t-il, réintégrant son rôle de professeur.

Il réfléchit quelques instants, ses longs doigts pâles pianotant sur l'accoudoir de son fauteuil, les yeux fixés sur la fenêtre.

— Vous pensez donc que les cours sont toujours nécessaires ? demandai-je timidement.

Il tourna vers moi un regard où la surprise le disputait à l'exaltation.

— Mais bien sûr. Plus que jamais, même !

Puis, avec retenue :

— Si vous le souhaitez, naturellement.

À cet instant, il détourna les yeux car je n'avais pas entendu la porte du salon s'ouvrir. Lucy posa le vase contenant le bouquet de roses sur une table basse, puis s'avança vers moi.

— Excusez-moi, mademoiselle, mais votre tante ne se sent pas bien.

Lucy plaqua les mains sur ses tempes – le signe convenu pour évoquer l'une de ces pénibles migraines auxquelles était sujette tante Lavinia.

— Elle vous prie de bien vouloir l'excuser, monsieur.

J'essayai de cacher mon soulagement.

— Merci, Lucy. Dites-lui que je monte prendre de ses nouvelles dans un instant.

Lucy sortie, M. Nicholls se leva.

— En ce cas, je vais me retirer. Il serait incorrect de ma part de rester.

La bienséance aurait voulu que je baisse les yeux, mais je ne pouvais le faire sans me couper complètement de la conversation. Je surpris donc dans le regard de M. Nicholls l'ardeur passionnée qu'il espérait certainement me cacher.

Je me levai, tapotai mes jupes puis le raccompagnai jusqu'à la porte avant de lui tendre la main.

— Nous continuons donc les leçons comme d'habitude ?

— Pas comme d'habitude, répondit-il avec fermeté tout en prolongeant sa poignée de main. Nos séances de travail seront très différentes à partir de maintenant.

Entre août et octobre, l'activité de Grenfell's diminua de moitié par rapport au printemps, et nous ne conservâmes qu'une petite partie de nos ouvriers. Un bon nombre d'entre eux étaient des journaliers qui travaillaient dans nos ateliers de Soho, ou des employés à domicile payés à la pièce. Papa choisit cette période pour déménager toutes nos affaires dans notre nouvelle maison et procéder aux travaux d'agrandissement du magasin. À ma demande, il m'autorisa à conserver mon ancienne chambre mansardée pour mon usage personnel.

Ce fut là, au début du mois d'octobre, que nous eûmes lui et moi une discussion sur mon avenir. Il essayait une veste que j'avais commencée pour lui deux semaines plus tôt et que j'étais sur le point de terminer.

— Voilà, dis-je en effectuant quelques ultimes retouches au niveau de la taille. Ce sera parfait. Tu peux l'enlever maintenant.

— Splendide travail, Veda.

Il se tourna et prit une pose élégante, scrutant son image dans le haut miroir en pied.

— Oui, splendide.

— Merci, papa, mais tu n'en attendrais pas moins de ta fille, n'est-ce pas ?

Je passai le mètre ruban autour de mon cou et l'aidai à quitter la veste.

— Tu vas avoir dix-huit ans ce mois-ci.

Je m'immobilisai, la jaquette pliée sur mon bras. Mon cœur palpita doucement dans ma poitrine. Se rendait-il enfin compte que j'étais en âge de me marier ? La douce persuasion de tante Lavinia et ses remarques subtiles avaient-elles fini par le convaincre qu'il était temps de s'intéresser à ma situation ? Que me trouver un mari était son problème tout autant que le mien ?

— C'est vrai, papa. Je vais avoir dix-huit ans.

Il m'observa pensivement pendant un moment, puis me demanda une ardoise et une craie et écrivit : *J'ai longuement réfléchi à la question, ma chérie. Je sais que c'est très inhabituel et que ce ne sera pas simple à mettre en œuvre, mais je pense que ce pourrait être une solution intelligente à notre problème.*

— Quoi donc ?

Il répondit que j'avais fait d'énormes progrès dans la compréhension et que cela faciliterait d'autant son projet.

— Quel projet ?

— J'aimerais que tu viennes travailler pour moi.

— Travailler… pour toi ?

— Oui.

Je me mis à bafouiller.

— Excuse-moi, mais ce n'est pas ce que j'attendais.

— L'idée ne te séduit pas ?

— Oh, si, si, bien sûr, mais…

J'hésitai, puis me jetai à l'eau :

— Tu n'as jamais envisagé que je pourrais me marier ?

Ma question parut le prendre complètement au dépourvu.

— Te marier ? Mais… ma petite chérie… mon Dieu, naturellement, j'y ai pensé.

— Puis-je te demander ton sentiment sur le sujet ?

— Mon sentiment ? Eh bien, je…

Je lui tendis l'ardoise, le forçant à répondre.

À contrecœur, il prit la craie et écrivit : *Plutôt te garder avec moi que de te voir épouser un homme indigne de toi.*

À l'évidence, M. Nicholls entrait dans cette catégorie, devinai-je.

— Un bon mari est-il si difficile à trouver ? demandai-je.

Un voile de tristesse assombrit son visage et, après une hésitation perceptible, il écrivit : *J'ai fait quelques démarches en ton nom. Je n'ai pas obtenu de réponse favorable.*

Ces mots me firent l'effet un coup de poignard en pleine poitrine.

— Je vois.

Dans une piètre tentative pour détendre l'atmosphère, je dis :

— Je te préviens, si tu projettes de me confiner dans l'arrière-boutique avec les petites mains, non merci. Je préfère rester ici, dans mon atelier privé, et habiller mes amis et ma famille.

Je baissai les yeux sur la veste posée sur mon bras et passai ma paume sur la laine douce. J'avais choisi moi-même le tissu. Sur la table, près de la fenêtre, étaient posés des coupons de soie et des rouleaux de dentelle destinés à la robe de mariée que j'allais créer pour Esther. J'avais largement de quoi m'occuper, si c'était ce qu'il cherchait.

Je levai les yeux pour le voir écrire d'une main fébrile : *Jamais ! Tu es ma fille et ma seule héritière. Tu auras une position privilégiée ! Dans l'atelier de confection, juste derrière le salon de réception. À côté de Balducci.*

Puis, comme je relevais les yeux vers lui, il articula lentement, pour que je puisse comprendre chaque mot :

— Je veux que tu te familiarises avec tous les secteurs de notre entreprise, ma chérie. C'est ton intérêt. Un jour, Grenfell's t'appartiendra.

— À moi ?

Il acquiesça d'un mouvement ferme de la tête.

— Tu veux dire que je dirigerai le magasin ?

Il écrivit : *Tu ne pourras pas apparaître sur le devant de la scène. Il faudra un homme pour représenter Grenfell's. Un premier coupeur ou un administrateur. Quelqu'un comme M. Balducci. Mais l'affaire t'appartiendra et tu pourras tailler, coudre et créer autant que tu le voudras. Tu seras mon successeur et mon héritière et tu perpétueras le nom des Grenfell dans la confection.*

Oh, les rêves merveilleux qui m'agitèrent, cette nuit-là, tandis que je m'imaginais mettant la dernière main à la redingote du comte d'Ormesby, au costume militaire du maharadjah de Beawar ou à une cape de soirée pour le duc d'Aoste ! Je prendrais place parmi les plus grands de la profession, ceux qui habillaient les gentlemen les plus influents et les plus élégants de toute l'Angleterre – et du monde ! D'une certaine façon, l'idée de me marier et de fonder une famille pâlissait face à la perspective de prendre un jour les rênes de Grenfell's.

Certains de nos tailleurs travaillaient déjà pour grand-père et m'avaient connue toute petite, ce qui facilita mon intégration dans l'entreprise. Mais ils durent quand même regarder d'un œil amusé, si ce n'est circonspect, l'arrivée d'une femme au sein de leur bataillon. De mon côté, je pris quelques dispositions indispensables. À la grande horreur de Lucy, je me séparai de ma crinoline – si je l'avais gardée, il m'aurait été tout simplement impossible de me faufiler entre les établis.

— Dans certaines circonstances, une dame doit faire passer les considérations pratiques avant les convenances, décrétai-je comme elle m'aidait à m'habiller au matin de mon premier jour de travail.

— Oui, mademoiselle, articula-t-elle, les yeux habités par le doute.

Je demandai également un poste de travail au fond de l'atelier afin d'avoir une vue d'ensemble sur tout ce qui se passait autour de moi. Ce fut cette exigence, je le découvris plus tard, qui incita un culottier hargneux à faire courir le bruit ridicule que le patron avait introduit sa fille sourde dans l'atelier pour les espionner. Certains crurent cette absurdité et me tinrent à distance, mais la plupart des tailleurs savaient que mon amour du métier était sincère, et ils m'acceptèrent – dans certaines limites – comme l'une des leurs.

Voilà comment, au lieu de me rendre à des bals et à des *soirées** musicales au bras d'un fringant cavalier, de danser des quadrilles et des valses, de participer à de somptueux soupers au cours desquels j'aurais échangé des traits d'esprit avec de charmants convives célibataires tout en dégustant du chapon et des sorbets à la groseille, je fis mes débuts dans le monde dans un atelier de confection de Savile Row, au milieu d'une escouade de tailleurs assis jambes croisées, le dos courbé sur leur ouvrage et les yeux rivés sur leur aiguille.

Je compris immédiatement que M. Nicholls n'approuvait pas cette nouvelle situation. Cela se voyait sur son visage – à cette petite lueur d'inquiétude qui crépitait dans ses yeux quand je le rejoignais au salon, généralement hors d'haleine, pour notre leçon quotidienne.

Le pauvre, je le faisais souvent attendre car le temps filait à une allure vertigineuse quand je travaillais à l'atelier. Lucy était parfois obligée de m'envoyer un commis pour m'avertir de son arrivée. Je me confondais invariablement en excuses, promettant de faire plus attention à l'heure la fois suivante. Il se montrait toujours très compréhensif, mais une tension perceptible flottait dans l'air dès que je parlais de mon travail. Il devait avoir pesé le pour et le contre et estimé qu'il ne serait pas dans son intérêt d'exprimer ses objections tout haut, car il se rendait bien compte des changements intervenus dans ma vie en l'espace d'un an. D'abord notre emménagement dans cette maison élégante, puis la récupération d'une petite fraction de mon ouïe, et finalement le plaisir que je prenais à exercer une activité qu'il estimait sans doute indigne de moi mais qui redonnait un sens à une vie que j'avais crue vouée à l'inaction.

Esther, pour sa part, ne se gêna pas pour me donner son opinion. J'y eus même droit avec tous les détails un après-midi de novembre, alors que nous nous rendions en fiacre à Bayswater, chez un mécène de Ned, afin de lui livrer un tableau.

— Comment peux-tu tolérer une chose pareille ? s'indigna-t-elle tout en dénouant les rubans de son chapeau. Passer toute la sainte journée dans cette espèce de crypte, au milieu de tous ces rustres ?

Elle ôta son bonnet et le posa sur ses genoux afin de mettre son visage en pleine lumière.

— Les employés qui travaillent dans notre atelier de Savile Row sont des gens très respectables, Tiggy, affirmai-je calmement.

— Mais c'est scandaleux ! Propulser une jeune femme dans cet univers masculin !

— Je n'ai pas la moindre idée de ce qu'ils peuvent se raconter entre eux. Pour le savoir, il faudrait que je lève les yeux pour lire sur leurs lèvres, et je t'assure que je suis beaucoup trop occupée pour perdre mon temps à ça.

— Je ne comprends pas ton père. C'est barbare !

— Barbare ? Explique-moi en quoi ils sont plus barbares que certains de tes amis peintres ?

L'attelage passa sur un nid-de-poule et la voiture tangua violemment. Esther retint d'une main le tableau posé sur le siège à côté d'elle.

— Je peins parce que j'y suis obligée, répondit-elle. C'est mon moyen de subsistance. Bien sûr, j'aurais pu rester chez moi, chercher un riche mari, comme l'ont fait mes sœurs, et dessiner des petits paysages bien sages ou des bouquets de fleurs, mais autant m'arracher le cœur et l'empaler sur une branche pour le faire sécher !

— Et pourquoi mon cœur n'aurait-il pas aussi son mot à dire ? Tu crois que tu aimes plus ta peinture que moi la confection ?

Elle me regarda gravement, comme si cette pensée ne lui avait jamais effleuré l'esprit.

— Mais c'est différent, souligna-t-elle.

Puis, avec une certaine délicatesse, elle ajouta :

— La confection est un métier d'homme. Il y a forcément un contact physique, n'est-ce pas, Vevey ? Avec les clients ?

— Je ne suis pas présente dans le salon de réception. Le client ne me voit pas. Mais ce n'est pas ta véritable objection. En fait, tu as peur que le fait de travailler avec des tailleurs ne nuise à ma réputation. Tu te dis qu'aucun gentleman ne voudra plus de moi après cela. Mais quelle différence ? Qui voudrait d'une fille sourde, de toute façon ?

Je détournai les yeux et ajoutai tout bas :

— À part ce pauvre M. Nicholls.

Esther tira doucement sur ma jupe et je la regardai à contrecœur.

— Tu n'envisages pas cette solution, j'espère ?

— Et pourquoi pas ?

— Parce qu'il est ennuyeux à mourir !

— Ce n'est pas vrai. Et il est très gentil.

— Il est pauvre.

— Et Ned ?

Esther était très chatouilleuse sur les origines modestes de Ned, j'avais eu l'occasion de m'en rendre compte. Mais elle ne l'en défendait pas moins avec ferveur.

— Ned est brillant et il a des projets brillants ! Il n'y a pas un seul homme fortuné et bien né dans toute l'Angleterre que je préférerais à mon Ned. Pas un seul !

Ned appartenait à une famille humble, extrêmement pieuse. Très croyant lui-même, il avait envisagé un temps d'entrer dans les ordres. Puis, alors qu'il étudiait à Oxford, il était tombé sous le charme de Byron, de Scott et de Keats, et sous celui, plus puissant encore, de *La Mort d'Arthur*, de Thomas Malory. Les mêmes livres, exactement, que ceux qui avaient tant inspiré Reggie... Un été, Harry, qui étudiait lui aussi à Oxford, l'avait généreusement invité à l'accompagner en Europe. Ned avait été très impressionné par les cathédrales du nord de la France, et à son retour il s'était consacré à la peinture avec une passion presque mystique. Rossetti l'avait alors pris comme élève et l'avait introduit dans le monde de l'art. À l'instant où ses yeux s'étaient posés sur Esther, dans le hall de la National Gallery, quatre ans plus tôt, son destin avait été scellé... du moins, dans ma version romantique. Le récit d'Esther était un peu plus prosaïque. Ned avait simplement attendu que son travail commence à porter ses fruits pour lui déclarer sa flamme. Tout cela, Esther me l'avait raconté dans une longue lettre écrite le lendemain même du jour où elle m'avait révélé ses fiançailles. Je n'avais pas encore eu l'occasion de rencontrer

M. Jones : il sillonnait l'Italie, à nouveau sous l'égide de lord Ormelie. Esther me parlait davantage de ses œuvres que de l'homme lui-même, mais il n'était pas difficile de se rendre compte qu'elle était follement amoureuse de lui et que ses difficultés financières ne représentaient pas un obstacle à ses yeux.

Un incident bloqua la circulation, et notre attelage s'arrêta brutalement. Esther se pencha par la fenêtre pour voir ce qui se passait et je me renfonçai dans l'angle de la voiture. La moindre conversation drainait mon énergie et je détestais déployer autant d'efforts pour me quereller avec Esther. Je ne pouvais m'empêcher de me remémorer ce jour, il y avait maintenant plus d'un an, où nous nous étions disputées au sujet de Harry et de sa respectabilité. Elle m'avait reproché alors de regarder trop haut, vers une société dont j'étais, par ma naissance, exclue. Et aujourd'hui, elle me reprochait de me rabaisser en travaillant dans l'entreprise de mon père, avec de simples ouvriers. Tout le monde voulait que je reste à ma place – quelle qu'elle soit.

Même tante Lavinia désapprouvait que je me rende tous les jours dans l'atelier, *ce terrier grouillant de rustres*, comme elle me l'avait écrit un jour avec force sur une ardoise. La vraie décadence à ses yeux, je crois, tenait moins à l'affront que je faisais à mon rang qu'à l'insulte que je faisais à mon sexe.

Juste avant Noël, je donnai mon premier dîner mondain. Ned était rentré d'Italie, et ce serait pour moi l'occasion de célébrer à la fois le futur mariage d'Esther et notre nouvelle demeure.

— C'est ridicule, n'est-ce pas ? confiai-je à Esther ce matin-là comme elle admirait la magnifique table en acajou et les chaises assorties que j'avais commandées pour la salle à manger. Je veux dire : combien de réceptions peut espérer donner une maîtresse de maison sourde ?

— Beaucoup, j'espère. Une fois qu'elle sera convenablement mariée.

— Tu es une incorrigible rêveuse, protestai-je – mais sa réponse m'avait fait plaisir. Que penses-tu des rideaux ?

— La pièce est splendide, Vevey. La maison entière est magnifique. Sincèrement.

— Oh, mais c'est loin d'être terminé !

— Tu as un goût exquis.

— Ce n'est pas très difficile avec le compte en banque de papa.

Je souris, glissai mon bras sous le sien et la guidai vers le salon.

— Ce sera une soirée délicieuse, qui célébrera un événement merveilleux.

— Tu es sûre de vouloir faire tout ça ?

— Pourquoi pas ? Tu sais, Tiggy, ce n'est pas vraiment une réception, plutôt un dîner en famille, avec M. Jones comme invité d'honneur.

— Je t'en prie, appelle-le Ned.

— Je n'y manquerai pas, quand nous aurons été présentés.

Si l'on m'avait donné à choisir dans une pièce remplie de gentlemen, Ned Jones aurait été la dernière personne que j'aurais désignée pour Esther. J'aurais recherché un homme solide et sûr de lui, capable de la dompter, car elle avait développé une certaine tendance à l'indépendance et à l'insouciance qui n'allait pas forcément de pair avec une vie conjugale harmonieuse. Même avec beaucoup d'imagination, j'avais du mal à croire qu'un homme aussi fluet et timide puisse l'apprivoiser. Je l'aimais bien, cependant, et je pense que j'aurais éprouvé la même sympathie pour lui s'il n'avait pas été fiancé à Esther.

Je le savais du même âge qu'elle, mais il paraissait beaucoup plus vieux. Ses cheveux bruns étaient dégarnis sur le dessus, et il portait une longue barbe peu élégante ainsi qu'une moustache qui recouvrait partiellement sa lèvre supérieure. Je me rendis compte avec effroi que je serais dans l'impossibilité de déchiffrer un seul des mots que formerait cette bouche, à moitié cachée comme elle l'était derrière un buisson de poils. Son visage mince avait une expression sévère, mais dès que la conversation portait sur l'art, une sorte de ferveur de missionnaire étincelait dans ses yeux. Je me rappelai que sa première vocation avait été religieuse et qu'il avait transposé cette dévotion dans l'art. Je lui trouvai une certaine ressemblance avec M. Nicholls. Je savais déjà qu'il s'agissait d'un homme de principes, mais en le voyant avec Esther, ce soir-là, alors qu'il recevait au salon les félicitations de papa, il me fit aussi l'effet d'un homme fiable et sérieux.

Il ne s'agissait que d'un petit dîner intime, sans commune mesure avec ce qui se faisait dans le grand monde, mais j'avais quand même étudié scrupuleusement les livres de savoir-vivre de maman, consulté une nouvelle revue que tante Lavinia avait repérée en douce dans la vitrine de Lever's Books, dans Oxford Street, et m'étais entretenue longuement avec Mme Scholfield pour m'assurer que le service serait parfait. Comme aucun de nos invités n'était titré, nous pouvions nous affranchir des règles compliquées de l'étiquette et placer les convives autour de la table en fonction des affinités.

— Monsieur Jones, déclarai-je comme Ned m'offrait son bras pour m'escorter jusqu'à la salle à manger, ne vous croyez surtout pas obligé de me consacrer votre attention lorsque nous serons à table. Vous êtes notre invité d'honneur, et c'est vous qui devez vous sentir à l'aise. Je me suis permis de poser une ardoise à côté de votre assiette pour vous permettre d'écrire tout ce que vous pourriez avoir envie de me dire.

Il répondit quelque chose d'incompréhensible et je me mis à rire.

— Oh, monsieur Jones, je vais devoir recourir à la télépathie avec vous, ou bien vous envoyer un barbier.

Il s'arrêta à la porte et se retourna pour montrer d'un geste le tableau de sir Francis, qui ornait désormais l'un des murs de notre nouveau salon. Puis il lissa ses moustaches pour dégager ses lèvres et articula avec soin :

— J'ai beaucoup entendu parler de ce portrait.

— Mon portrait ?

— Par lord Ormelie. Il est l'un de mes fidèles mécènes.

D'une pression sur son bras, je l'attirai à l'écart, laissant les autres descendre vers la salle à manger, puis je me tournai vers lui :

— Monsieur Jones, si vous parliez un peu plus fort, et face à la lumière – oui, comme ça –, je pense que je vous comprendrais mieux. Je vous en prie, continuez.

Accédant à ma requête, il m'expliqua que lord Ormelie n'avait pas été en mesure de se rendre à l'exposition d'été de l'Académie royale en raison du décès de sa mère, mais qu'il avait eu vent du succès remporté par le portrait, tant auprès du public que des critiques d'art.

— Vous êtes des amis de longue date, n'est-ce pas ? demandai-je.

— En effet.

— Connaissiez-vous également sa mère, lady Hambledon ?

— Oui. Sa mort a été une véritable tragédie.

Dans le silence qui suivit, ses yeux ne se détournèrent pas des miens et un sentiment de sympathie réciproque passa entre nous. Désignant à nouveau le tableau, je repris :

— Je n'ai pas eu le courage de l'accrocher au mur pendant plus d'un an. Il me faisait trop penser à elle. Peut-être le savez-vous, mais c'est pendant que je posais pour ce portrait que j'ai fait la connaissance de lady Hambledon.

— Oui, Harry me l'a dit.

— Je l'ai rencontré, un jour.

Ned secoua la tête, comme pour chasser la tristesse qui voilait ses yeux.

— Il a été terriblement affecté.

— Oui, j'en suis sûre.

Il marmonna quelque chose que je ne saisis pas.

— Il a… quoi ?

— Il a changé, répéta-t-il d'un air sombre.

Lucy apparut au même instant, un peu fébrile, et je me rendis compte tout à coup qu'on devait se demander ce que nous étions devenus. Je glissai mon bras sous celui de Ned et nous descendîmes ensemble.

Je pris un grand plaisir à observer ma famille et mes amis, ce soir-là. La salle à manger était magnifique. J'avais choisi une peinture vieux rose pour les murs, installé un palmier vert sombre près de la fenêtre et des fougères d'un vert lumineux sur des stèles ; des candélabres étaient disposés aux quatre coins de la pièce, et les trente chandelles du lustre en cristal, au-dessus de nos têtes, répandaient sur nous une douce lumière rosée, particulièrement flatteuse pour les dames. Une ravissante composition florale ornait le centre de la table, dressée avec des couverts en vermeil tout neufs. Le service de M. Tibbs fut irréprochable, le dîner acclamé et notre vin de Bordeaux, cru 1841, suscita une pluie d'éloges d'un bout à l'autre du repas.

Quand j'étais fatiguée d'essayer de suivre la conversation, je me retirais un moment dans mon petit monde, observant les visages, laissant mes pensées vagabonder. Je ne pouvais pas m'empêcher de songer à Harry. La façon dont nos vies s'étaient croisées et continuaient à se croiser m'intriguait.

À plusieurs reprises pendant le dîner, je surpris les regards fiévreux que M. Nicholls posait sur moi – j'étais devenue experte dans l'art d'interpréter les jeux de physionomie, sans en avoir l'air. Il paraissait inhabituellement défait, ce soir, et arborait une mine de chien battu qui ne lui ressemblait pas. Peut-être était-il déçu de ne pas avoir été autorisé à s'asseoir à côté de moi. Il reviendrait lundi, à l'heure habituelle, pour une nouvelle leçon, et je me promis en moi-même de lui accorder toute mon attention.

Après le dîner, pendant que papa offrait son madère et des cigares à ces messieurs dans la salle à manger, nous nous retirâmes au salon. Tante Lavinia avait bu trop de bordeaux et lutta pour ne pas piquer du nez pendant que nous disputions une petite partie d'hombre. Quand les gentlemen furent de retour, M. Nicholls prit place devant notre piano flambant neuf et joua une pièce de Chopin. Peu après, nos invités prirent congé.

Je considérai la soirée comme un franc succès.

11

Depuis que Ned était rentré d'Italie, Esther ne décolérait pas après Harry qui, selon elle, abusait de ses prérogatives de mécène pour saper le moral de son fiancé. Elle trouvait ce comportement exaspérant, mais comme elle ne pouvait rien dire à Ned, ni à l'intéressé, elle s'en plaignait à moi.

— Attention, ne va pas t'imaginer que Ned est à la botte de lord Ormelie, ce n'est pas ça du tout, se hâta-t-elle de préciser.

— À la quoi ?

Je savais que ce serait l'une de ces discussions où je ne saisirais pas la moitié de ses propos. Je la fis donc asseoir devant le secrétaire et elle s'empara d'une ardoise.

Les critiques de L.O. mettent Ned dans tous ses états, du coup il n'arrive pas à travailler, et nous nous disputons, et c'est sur moi *que ça retombe.*

— Ce n'est pas juste ! ajouta-t-elle en soulignant le *moi* d'un trait de craie outré.

— Mais qu'est-ce qu'il critique ? demandai-je, car

au dire de tout le monde, la technique de Ned était sans faille.

Les sujets de ses tableaux, griffonna-t-elle. *La civilisation médiévale.*

— Lord Ormelie n'a pas d'attirance pour les nobles chevaliers et les dames en détresse, c'est cela ?

D'un air pincé, elle gribouilla :

Culture dépassée et totalement inutile, selon L.O.

Ned peignait de petites aquarelles d'inspiration médiévale, mais l'innocence apparente des thèmes était contrebalancée par un style puissant, résolument moderne à mes yeux. Je savais que Rossetti, son ancien professeur, l'avait encouragé à affirmer sa personnalité, à faire preuve de plus d'audace et, surtout, à ne pas courir après un succès populaire.

Esther effaça l'ardoise d'un geste impatient et ajouta : *Ned ne tient aucun compte de mon opinion. Il suffit que L.O. mette son grain de sel pour que tout ce que je lui ai dit de positif tombe aux oubliettes !*

— Lord Ormelie lui a-t-il suggéré d'aborder d'autres sujets ? demandai-je.

Elle reprit l'ardoise d'une main indignée.

Il voudrait que Ned s'installe au milieu de Threadneedle Street avec son chevalet et qu'il peigne la banque et le bureau de change royal ! L.O. raffole des peintres réalistes français. Courbet. Ned trouve leurs toiles d'une laideur insupportable.

— Ma foi, d'après ce que j'ai entendu dire de lord Ormelie, c'est un homme résolument moderne, tourné vers l'avenir. Il croit au progrès et à l'industrie.

Qu'il le peigne lui-même, son fichu progrès ! griffonna-t-elle rageusement.

— Reconnais quand même que c'est un mécène extrêmement généreux, lui rappelai-je d'une voix douce. Tu m'as dit toi-même que c'était lui qui avait entièrement financé le voyage de Ned en Italie.

Esther leva les yeux vers moi et secoua la tête d'un air dédaigneux :

— L'argent n'est pas tout. Personnellement, je ne pourrais pas rester polie avec quelqu'un qui passe son temps à dire pis que pendre de mon art. Et encore moins l'appeler mon ami !

— Écoute, Tiggy, quelle importance si lord Ormelie n'apprécie pas les sujets de ses tableaux ? Il a quand même le droit d'exprimer son opinion. Et puis, cela ne l'a pas empêché d'inviter Ned à Blackroak Hall pour qu'il puisse réaliser des croquis de leur collection d'armures. C'est quand même le signe d'une belle ouverture d'esprit, tu ne trouves pas ?

— Ned ne va plus là-bas, répondit Esther en effaçant l'ardoise. Plus personne ne veut plus y aller, d'ailleurs.

— À Blackroak ?

— Il paraît que c'est encore plus sinistre depuis la mort de lady Hambledon.

Elle s'interrompit et son regard s'adoucit.

— Ned dit que le décès de sa mère a beaucoup changé Harry. C'est vraiment une tragédie, cet accident. Je me demande…

Elle continua à parler, mais je regardais ailleurs. Notre conversation s'arrêta là.

Le mariage de Ned et Esther fut repoussé une fois encore, et plutôt que de rester tout le mois d'août séparés, ils décidèrent de venir avec nous à Mortlake, où ils auraient toute une escouade de personnes âgées et de petits enfants pour leur servir de chaperons.

Ned fut enchanté par l'emplacement du cottage : sur

un vaste terrain au bord de la Tamise, avec un petit bois, des kilomètres de rives et un embarcadère privé. Il passait toutes ses journées au grand air, par tous les temps, réalisant des croquis d'une partie du fleuve particulièrement spectaculaire, et d'un petit pavillon mangé de lierre dont les marches descendaient dans l'eau. Ce décor lui servirait d'arrière-plan pour son prochain tableau, une scène inspirée de *La Mort d'Arthur* de Malory : celle où la princesse Élaine au Cœur Brisé dérive le long du fleuve dans sa barque funéraire jusqu'au palais d'Arthur. À en croire la légende, Élaine était la dernière descendante de Joseph d'Arimathie, m'expliqua Ned. Abandonnée par Lancelot, elle donna naissance à un fils illégitime, Galaad, qui devint le plus pur et le plus noble de tous les chevaliers de la Table ronde. J'étais tellement captivée par cette histoire que j'envoyai quelqu'un à Savile Row chercher l'exemplaire de Reggie du chef-d'œuvre de Malory, ainsi que *Les Idylles du roi* de Tennyson. Ainsi, pendant que mes amis peignaient et dessinaient des croquis, je m'installais à l'ombre d'un arbre pour lire le récit qui était à la source même de leur inspiration. Ned et Esther étaient enchantés de ma compagnie : ma présence garantissait l'observance des règles de bienséance, et ils pouvaient converser entre eux en toute intimité.

Un après-midi où il faisait particulièrement chaud, je m'endormis sur mon livre et fus réveillée par un petit coup de langue tiède et humide sur ma joue. Je sursautai de terreur et me redressai juste à temps pour voir le chien faire demi-tour et s'élancer vers le bois. Je l'avais tout juste entraperçu, mais il ressemblait à s'y méprendre à l'un des petits épagneuls de Harry. Je me levai précipitamment, secouai ma jupe et regardai autour de moi, mais il n'y avait personne. Le chevalet et le tabouret de

Ned étaient toujours à leur place, les carnets de dessins d'Esther éparpillés sur le plaid écossais avec les boîtes de peinture et les pinceaux. J'appelai, mais personne n'apparut. Puis je remarquai un bateau à rames amarré au ponton et m'en approchai. Les passagers devaient être d'humeur festive car le fond de l'embarcation était jonché de bouteilles de bière vides. En me retournant, j'aperçus la petite troupe qui émergeait des bois : Harry en tête, suivi de deux amis, visiblement très éméchés. Esther, nu-tête, les cheveux en désordre, et Ned, en bras de chemise, fermaient la marche. Les compagnons de Harry semblaient trouver leur farce très drôle. Ils sortirent du bois en trébuchant, le visage tout rouge, essayant de se soutenir mutuellement, jusqu'à ce que le plus massif des deux trébuche sur une branche morte et disparaisse dans les broussailles. L'autre s'affala de tout son long sur le plaid, roula sur le dos, les bras en croix, et sembla perdre connaissance. Visiblement très en colère, Ned pivota vers Harry pendant qu'Esther, les yeux rivés au sol, tentait sans grand succès de rattacher ses cheveux dénoués.

Bien sûr, je n'avais pu entendre la petite troupe de Harry s'approcher de nous par surprise. Me trouvant endormie, ils étaient partis à la recherche des amoureux fugitifs et les avaient trouvés dans une situation plus que compromettante. C'était une très mauvaise plaisanterie, et ni Ned ni Esther n'avaient envie de rire. Moi non plus. J'en voulais à mes amis de m'avoir abandonnée alors que j'étais sans défense, mais, surtout, j'étais mortifiée de penser que des ivrognes m'avaient regardée dormir.

Comme je contemplais cette scène muette, Ivanhoé réapparut et longea la rive en courant, jusqu'à l'appontement. J'ignore s'il était simplement effrayé, ou s'il se souvenait de moi, mais il se blottit contre mes jambes en tremblant et je me penchai pour le prendre dans mes bras.

— Pauvre petit, murmurai-je. Que t'ont-ils fait ?

Lorsque je relevai les yeux, Harry s'était avancé et se tenait à une dizaine de mètres de moi, aussi immobile qu'une statue. Je me demandai s'il était trop ivre pour se souvenir de moi. Sa tenue négligée confirma mes soupçons. Il portait une culotte de cheval et des bottes, mais il était tête nue, en bras de chemise, son gilet n'était pas boutonné, et sa cravate dénouée pendait de son cou.

J'aurais dû esquisser une révérence, mais je n'avais aucune envie de m'incliner devant un homme qui se comportait de manière aussi inqualifiable. Le voyant figé sur la berge, je songeai néanmoins que je devais lui rendre son pauvre chien et je m'avançai vers lui. Je distinguai alors l'expression de son visage et mon indignation s'évanouit. Ses yeux, autrefois pétillants de vie et d'humour, étaient voilés par une tristesse que je ne connaissais que trop. Il était aussi ébouriffé que ses compagnons ivres, mais je pense que l'alcool n'en était pas la cause. Il semblait pathétiquement sobre.

Il s'inclina, profondément et respectueusement, puis repoussa ses cheveux humides en arrière.

Ivanhoé se tortilla joyeusement dans mes bras, impatient de le rejoindre.

— Reprenez-le, monsieur. Je crois qu'il a eu peur.

Il me remercia et glissa l'épagneul sous son bras.

Harry était au courant de ma surdité et ne savait manifestement pas comment communiquer avec moi. Il ne montra cependant aucune hâte à s'éloigner et resta là, caressant Ivanhoé, ses yeux rivés aux miens. J'avais le sentiment qu'il m'aurait présenté des excuses si j'avais été en mesure de l'entendre.

Il me suivit du regard tandis que je passais devant lui

puis longeais la rive. Ned s'évertuait à secouer l'ami ivre de Harry pour le faire bouger du plaid, et Esther rangeait leur matériel de peinture. Je me détournai, rassemblai mes livres et repris le chemin de la maison.

Ce soir-là, Esther brandit vers moi une ardoise où elle avait consigné rageusement tous les crimes de Harry : son comportement indigne, ses manières de rustre, sa vie de débauché… Elle s'était disputée avec Ned et elle était d'une humeur exécrable. Leur fâcherie dura plusieurs jours. Ned partit peindre de son côté pendant qu'Esther restait à la maison, boudant, lisant et dormant. Je rejoignis les enfants pour le goûter et confectionnai un costume pour leur vieux chat ronchon.

Quelques jours plus tard, je prenais mon petit déjeuner en compagnie de grand-père quand Smithy, notre bonne, nous annonça une visite. Je me replongeai dans la lecture du journal du matin, persuadée qu'il s'agissait d'un voisin ou d'un ami de grand-père, mais une secousse fit vibrer la table et, en levant les yeux, je vis ce dernier agiter la main en direction de la porte.

— C'est pour moi ? demandai-je à Smithy, et quand elle hocha la tête, je posai ma serviette et me levai.

Une fois dans le couloir, elle se tourna vers moi, les yeux écarquillés, et dit quelque chose que je ne parvins pas à comprendre.

— Qu'est-ce qu'ils veulent ? demandai-je.

Elle secoua simplement la tête et me fit signe de la suivre jusqu'à la porte.

Un attelage tiré par deux chevaux magnifiques attendait dans l'allée et sur les marches, devant moi, se tenait un jeune homme en livrée. Il s'inclina et – apparemment averti de ma surdité – se tourna vers Smithy pour lui demander si j'étais bien Mlle Veda Grenfell. Après confirmation, il se dirigea vers l'attelage, ouvrit la portière et en sortit un grand panier en osier rempli de jouets pour animaux, qu'il posa à mes pieds. Puis il s'inclina et me remit une lettre.

Sans l'ouvrir, je demandai :

— Venez-vous de la part de lord Ormelie ?

Il hocha la tête.

— Laissez-moi deviner. Vous m'amenez Ivanhoé ?

Il hocha encore une fois la tête et fit de son mieux pour dissimuler un sourire amusé.

Je ne pus m'empêcher de sourire à mon tour tandis que je brisais le sceau et lisais :

Chère Mademoiselle Grenfell,

Aucun mot n'est assez fort pour vous exprimer la profondeur de mes regrets. Mes amis n'ont aucune part de responsabilité dans ce qui s'est passé : ils se plient à toutes mes fantaisies et ne portent aucun jugement sur mes actes. Je vous supplie donc de ne pas leur tenir rigueur pour leur comportement. Je ne mérite pas une telle mansuétude.

Ivanhoé est à vous si vous le souhaitez. C'est en vous apercevant près de l'embarcadère qu'il m'est apparu comme une évidence que le trésor de ma mère ne pourrait trouver meilleur gardien que vous. Waverley nous a quittés à Blackroak, et Ivanhoé est désormais très triste et très seul. Bien qu'il m'appartienne de fait, je ne suis pas le maître qu'il faut à cette petite créature en manque d'affection.

Ivanhoé est le plus doux, le mieux élevé et le plus intelligent des animaux de sa race. En vous le confiant, je ne cherche ni à vous forcer la main ni à faire appel à votre charité, mais plutôt à vous transmettre un souvenir de celle qui vous tenait en haute estime. Si toutefois ce présent vous paraît un fardeau, je vous supplie de vous sentir libre de le refuser. Il mérite un foyer aimant et ne doit pas avoir à souffrir de mon manque de discernement.

Votre ami,
Harry Breadalbane, lord Ormelie

P.-S. Ivanhoé apprécie une promenade de temps à autre et une petite récompense à l'heure du repas (mais pas trop souvent).

Le valet d'écurie était allé chercher dans l'attelage le petit épagneul qui fixait maintenant sur moi ses grands yeux bruns, comme si j'étais le seul espoir qui lui restait en ce monde.

— Ô mon Dieu ! soufflai-je, autant pour moi que pour le valet qui attendait ma réponse. Nous n'avons jamais eu d'animaux à la maison. Ils perdent leurs poils, voyez-vous, et mon père est tellement pointilleux sur ce genre de choses…

Mais comment résister à ce regard suppliant ? D'autant qu'Ivanhoé était un cadeau de Harry et, d'une certaine façon, de sa mère. Glissant sa lettre dans la poche de ma robe, je tendis les mains pour prendre l'épagneul. Il se blottit contre moi. Il ne devait pas peser plus de quelques livres.

— Nous allons nous en sortir, n'est-ce pas ? lui chuchotai-je.

Je remerciai le domestique, lui demandai de bien vouloir attendre une réponse, puis j'ordonnai à Smithy de monter les affaires du chien dans ma chambre.

— Essayez de cacher tout ce désordre, Smithy, jusqu'à ce que j'aie eu le temps d'en parler avec mon père.

Installée à mon secrétaire, Ivanhoé en boule sur mes genoux, j'écrivis :

Cher Lord Ormelie,

Je me sens très honorée de recevoir un cadeau aussi précieux. Ivanhoé est déjà une vieille connaissance, en réalité. Il fut à l'origine d'une longue conversation que j'eus avec votre mère sur les mérites respectifs des Rowenas et des Rebeccas. Ivanhoé fut le témoin privilégié ce débat, tout comme son frère Waverley, dont je suis désolée d'apprendre la disparition. Soyez assuré que je ferai de mon mieux pour qu'il souffre le moins possible de l'absence de ceux qui représentaient tout son univers.

Mon amitié avec lady Hambledon était d'une nature exceptionnelle – détachée de toute notion sociale – et une partie de mon cœur ne cesse de pleurer sa disparition. Le fait que vous m'ayez offert un lien tangible avec sa mémoire signifie beaucoup plus pour moi que je ne saurais le dire.

Bien à vous,
Veda Grenfell

P.-S. Je veillerai à ce qu'Ivanhoé n'abuse pas des récompenses à table.

Il me fallut près de vingt-cinq minutes pour rédiger cette courte lettre, et ce ne fut qu'après un nombre incalculable de brouillons et d'essais avortés que je finis par la sceller et la faire porter au valet de Harry.

Un peu plus tard dans la matinée, comme je rentrais du village, j'aperçus Esther qui courait vers moi. Elle semblait si bouleversée – je la vis trébucher à plusieurs reprises dans l'allée – que je crus que quelque chose d'affreux était arrivé. Puis je m'aperçus que son visage était illuminé par un grand sourire. Elle s'arrêta devant moi, hors d'haleine, me prit aux épaules et m'entraîna dans une ronde effrénée jusqu'à ce que nous nous écroulions toutes les deux dans l'herbe. Il avait plu pendant la nuit, le sol était boueux, et je lui lançai un regard mécontent tout en ramassant mon panier, que j'avais lâché, et un petit paquet de déchets de viande que j'étais allée chercher chez le boucher. Il me fut impossible de me mettre en colère, cependant, car je n'avais jamais vu Esther aussi heureuse. Elle se releva d'un bond et épousseta ma jupe en même temps que la sienne, tout en me faisant des excuses d'un air rieur, puis elle sortit un courrier de sa poche et me le tendit. Je reconnus instantanément le papier à lettres de lord Ormelie : il portait les armoiries des comtes de Hambledon. Il était adressé à Ned.

Mon cher ami,

Je regrette profondément, cher Ned, la façon indigne dont je me suis comporté l'autre jour. Ce n'est pas parce que je fuis le mariage comme la peste que je dois saboter celui des autres. C'est seulement à l'occasion de notre petite dispute que j'ai pris conscience des heurts que j'ai dû provoquer entre ta fiancée et toi. Je fais référence, bien évidemment, à ton prochain voyage en Europe et à tes noces, qui ont dû être repoussées d'autant. Tu dois te dire que je suis un pervers qui prend plaisir à gâcher le bonheur d'autrui, mais je t'assure qu'il n'en est rien. Je suis juste un imbécile distrait et égoïste, qui ne pense qu'à ses propres désirs, sans tenir compte de ceux des autres. Afin de réparer l'injustice dont je me suis rendu coupable, et dans l'espoir de redonner des couleurs à ma réputation de mécène bienveillant, quelque peu ternie par cette affaire, j'ai décidé de t'allouer une somme supplémentaire (dont le montant sera à débattre avec mon comptable) – afin de te permettre d'emmener ton épouse en Europe. Ce sera mon cadeau de mariage. Paris me semble une destination assez plaisante pour une lune de miel.

Ton ami sincère,
Harry

Je me sentais assez triomphante, je l'avoue, quand je repliai la lettre pour la rendre à Esther.

— J'espère que maintenant tu le vois sous un autre jour, déclarai-je tandis que nous regagnions la maison, bras dessus, bras dessous.

Elle s'arrêta et se tourna vers moi avec un sourire rêveur.

— Ned peut peindre tous les bureaux de change du monde, je ne dirai rien.

Jamais je n'aurais cru qu'un visage puisse être à ce point transfiguré par la joie. Par l'amour.

La date du mariage fut finalement fixée à la fin du mois de septembre, ce qui ne me laissait que quelques semaines pour achever la robe. Estimant qu'elle avait passé l'âge de se marier en blanc, Esther avait tout d'abord fixé son choix sur de la soie gris pâle, mais elle changea d'avis quand je lui montrai mes croquis, et s'enthousiasma pour une soie couleur crème que j'avais trouvée chez un marchand de tissu de Knightsbridge.

Nous étions tombées toutes les deux d'accord sur le fait que sa robe devrait être simple et agréable à porter. Esther ne s'était jamais beaucoup préoccupée de son habillement, et une toilette trop sophistiquée qui entraverait sa liberté de mouvement risquait de lui gâcher sa journée. La mode londonienne flattant davantage les femmes plantureuses que les jeunes mariées sveltes et élancées, je m'inspirai de modèles français, trouvés dans des revues. Le résultat fut une pure merveille. La jupe à godets formait un ample tourbillon de soie crémeuse, bordée par deux larges rubans en satin. La veste, cintrée afin de mettre en valeur la finesse de sa silhouette, était pourvue de manches pagode légèrement évasées, révélant des sous-manches réalisées dans la même dentelle brodée que son voile. Une guirlande mêlant du jasmin, des fleurs d'oranger et de petits nœuds de satin blanc dessinait un gracieux entrelacs autour de sa taille. La même composition de fleurs et de tissu, tressée en couronne, tiendrait son voile.

Durant les derniers jours de septembre, alors que je travaillais devant la fenêtre de mon atelier privé, penchée sur un océan de soie crémeuse et de dentelle française, je songeais à Harry. Sa présence imaginaire était presque aussi réelle que les kilomètres de volants, de rubans et de satin tout autour de moi. Son visage se mêlait à ceux d'Esther, de Ned, de Reggie, de ma mère et de lady Hambledon – m'entraînant dans une longue méditation sur la mort, l'espoir, l'amour, les rêves impossibles qui deviennent réalité.

À Mortlake, cet été-là, quand je me promenais dans notre roseraie, très tôt le matin, je puisais un plaisir infini à regarder les minuscules bourgeons encore emperlés de rosée s'ouvrir et se métamorphoser peu à peu en fleurs. Harry semblait avoir le même effet sur moi. Il suffisait que je revoie en pensée son sourire ou l'un de ses gestes pour que mon cœur, encore glacé par un long et froid hiver, se réchauffe et s'ouvre progressivement à la lumière, pétale par pétale.

Le mariage d'Esther et de Ned rassembla la collection d'invités la plus disparate que l'on puisse imaginer. Des artistes à l'allure excentrique, accompagnés de leurs épouses habillées de façon non moins excentrique, formaient le plus gros du contingent. Ils dépassaient largement en nombre les invités plus platement ordinaires et les riches mécènes : commerçants, banquiers, industriels – venus eux aussi avec leurs épouses – qui commençaient à s'intéresser aux œuvres de Ned – et à celles d'Esther, également. La mariée arriva à l'église avec son père dans un magnifique attelage tiré par quatre chevaux blancs et mené par des postillons en perruque et livrée, une extravagance qui, je l'appris plus tard, avait été payée par Harry. Ned était très élégant : il portait un habit d'une coupe irréprochable et un gilet en soie grise brochée confectionnés par père, et sa barbe était taillée avec soin. Je le trouvai très beau, et très nerveux.

Harry était là, accompagné par l'un des deux canoteurs qui nous avaient surpris à Mortlake. Je l'aperçus pendant la réception qui suivit la cérémonie religieuse, mais il discutait avec le pasteur, et ensuite ce furent Ford Madox Brown et sa femme qui l'accaparèrent. J'étais sûre qu'il m'avait remarquée et je mourais d'envie qu'il vienne vers moi, car les convenances m'interdisaient de faire le premier pas. J'étais écartelée entre la crainte de paraître effrontée en cherchant trop ostensiblement son regard et la certitude déchirante qu'il risquait de s'écouler très longtemps avant que nos routes se croisent à nouveau. Puis l'attelage s'arrêta devant l'église pour emmener les jeunes mariés jusqu'à la côte et, dans l'effervescence des derniers instants, je perdis Harry de vue.

Esther partie en voyage de noces, un profond sentiment de solitude s'abattit sur moi. Nos week-ends à Mortlake ne faisaient qu'accroître ma mélancolie. Je ne trouvais de réconfort que dans mon travail.

Ce contexte particulier eut certainement une large part de responsabilité dans les événements qui suivirent, notamment la façon dont je commençai à remarquer M. Balducci, notre premier coupeur.

Balducci était venu travailler chez nous à la suite d'un différent avec la maison Pauley, décision dont père ne cessait de se féliciter, car en plus de son talent, l'Italien avait amené certains des noms les plus prestigieux de l'aristocratie anglaise. Grenfell's comptait quelques lords parmi sa clientèle, mais ils appartenaient essentiellement à la petite noblesse terrienne, et leurs exigences vestimentaires étaient sans commune mesure avec celles d'un homme de haut rang. Un aristocrate pouvait être amené à se changer quatre à cinq fois de la tête aux pieds dans la même journée. Et à cette impressionnante garde-robe commandée par les privilèges et les obligations de la vie citadine, il fallait encore ajouter tout un arsenal de tenues spécifiques aux activités de plein air : promenades, équitation, pêche, chasse... Conquérir la clientèle de l'élite londonienne serait donc non seulement une manne financière inestimable pour la maison Grenfell's, mais une véritable consécration personnelle. Balducci s'était promis d'atteindre cet objectif en arrivant chez nous, et il était en train de tenir parole : en l'espace de deux ans, notre livre de commandes s'était mis à ressembler au *Burke's Peerage*, l'annuaire de l'aristocratie britannique.

L'influence de Balducci ne se limitait pas simplement à la conduite de nos affaires ; elle s'étendait aussi à notre situation personnelle. Les travaux d'agrandissement de Grenfell's, avec la création de son magnifique salon de réception, et notre emménagement dans la maison voisine, entièrement rénovée par mes soins, c'était également son idée. Balducci partait du principe que l'argent attire l'argent, et qu'une réussite affichée débouche à plus ou moins long terme sur une réussite effective. C'était exactement la philosophie de grand-père, et il va sans dire que Balducci avait trouvé en lui un ardent défenseur, car sa santé déclinante ne l'empêchait pas de continuer à donner son avis sur les sujets importants. Grenfell's bénéficiait déjà d'une solide réputation de sérieux et de qualité. La seule chose qui lui manquait encore, c'était une nouvelle image afin d'attirer la noblesse titrée. Si Père s'était toujours montré réfractaire au changement, la présence de Balducci en porte-flambeau d'un renouveau rendait cette perspective brusquement plus attrayante.

En octobre, Père invita M. Balducci à dîner – une initiative assez inhabituelle car il veillait toujours à maintenir une distance entre ses employés et lui. M. Samson, le premier coupeur que Balducci avait remplacé deux ans plus tôt, travaillait déjà chez Grenfell's à l'époque de grand-père et n'avait cependant jamais été convié à la maison.

Balducci était un homme élégant, rasé de près, aux cheveux noirs ondulés soigneusement séparés d'un côté par une raie. Malgré sa petite taille, il possédait un physique puissant qui ne semblait pas avoir pâti des longues heures passées courbé sur son plan de coupe. Dans l'atelier, il retirait sa veste et roulait ses manches sur ses avant-bras, comme tous les ouvriers coupeurs et tailleurs, mais alors que les autres se tenaient voûtés dans une posture qui trahissait l'ennui et la pénibilité de leur travail, Balducci, lui, conservait une attitude fière et digne, comme s'il savait d'instinct qu'il était promis à un destin plus élevé. Son profil évoquait celui des Médicis : un nez à l'arête aiguë et une bouche finement ciselée, éclipsés par des yeux d'un noir intense. Il n'était pas beau selon nos critères anglais ; en réalité, ses traits étaient si expressifs qu'ils conféraient une sorte de théâtralité à son visage. Un jour, dans l'atelier, je l'avais vu examiner une cape de soirée destinée au comte de Claremont. Il l'avait déployée devant lui avant de la draper sur ses épaules d'un geste de tragédien, et soudain je l'avais imaginé dans un bal vénitien, vêtu d'un costume d'apparat, le visage masqué par un loup, à la fois sublime et grotesque.

Au cours de l'année que je venais de passer à l'atelier, je l'avais peu vu. Il travaillait surtout dans la salle de coupe ou le salon de réception. Mon opinion était fondée exclusivement sur l'observation car je ne pouvais pas entendre les bavardages des employés, et mes rares échanges avec les tailleurs tournaient toujours autour du travail. J'avais l'impression qu'il favorisait les employés étrangers, les Italiens, comme lui, et les Allemands, mais je n'y voyais rien de répréhensible. Il y avait des petits désaccords, de temps à autre, entre les tailleurs et lui, mais je n'en savais pas plus car les mises au point avaient toujours lieu hors de ma vue. Cela dit, si un culottier ou un giletier revenait à sa place le visage fermé et rageur, il était clair que c'était parce que son travail n'avait pas donné satisfaction à M. Balducci. Il était possible que son tempérament latin s'échauffe à l'occasion, mais c'était pour la bonne cause. Tout comme nous, il exigeait l'excellence.

Ce soir-là, au dîner, avec cette emphase typiquement méditerranéenne, Balducci se fit la voix de nos ambitions les plus secrètes. Lorsqu'il salua en père le maître tailleur le plus talentueux de Londres et qu'il exprima la conviction que Grenfell's pouvait et *devait* s'élever au-dessus de tous ses rivaux, il formula simplement tout haut ce que nous souhaitions au fond de notre cœur.

Dans la bouche d'un Anglais, un tel discours aurait résonné comme de la pure flagornerie, mais M. Balducci nous flattait avec panache. Son maniérisme était peut-être un peu trop italien aux yeux de tante Lavinia, son teint un peu trop olivâtre à son goût, mais en ce qui me concernait, l'expressivité de son visage et de ses mains était une bénédiction, comparée à la froide réserve britannique. Bien que son accent me rendît assez difficile la lecture sur ses lèvres, je suivais sa conversation avec une certaine aisance. Et quand j'étais trop fatiguée pour continuer à essayer de suivre les mouvements de sa bouche, ses gestes et ses mimiques m'offraient à eux seuls un spectacle. N'ayant jamais rencontré pareille personnalité, j'étais incontestablement intriguée.

Ce soir-là, pendant le dîner (j'appris plus tard qu'il avait été organisé à mon intention), il me fit une proposition pour le moins stupéfiante : il avait remarqué mon talent et souhaitait me confier la direction d'un département spécialisé dans les tenues de cheval pour dames. J'aurais deux couturières sous mes ordres.

Je n'étais pas particulièrement attirée par la confection féminine, mais les amazones c'était tout autre chose, et je me savais de taille à relever ce défi. Il ne me fallut pas longtemps pour jeter mes forces dans la croisade italienne destinée à attirer à nous la fine fleur de la société londonienne. Le fait que Balducci me considère comme un élément actif dans l'élaboration de notre nouvelle image était plus que flatteur pour une jeune fille sourde qui, il n'y avait pas si longtemps, se croyait condamnée à mener une vie inutile et déconnectée du monde.

12

L'une des premières choses qui me frappèrent chez Balducci lorsque je commençai à travailler avec lui à la création d'un « département des Amazones », ce fut cette connaissance intuitive qu'il avait des femmes.

S'il avait autant de succès comme tailleur, je l'entrevoyais à présent, c'était parce que quand il habillait un gentleman, il pensait avant tout à nous plaire, à nous, les dames. Dans sa relation de travail avec moi, sa faculté d'écoute et l'intérêt qu'il portait à mon jugement illustraient parfaitement ce respect du point de vue féminin. Tous nos tailleurs avaient de la considération pour moi, mais aucun ne sollicitait mon avis avec autant d'attention que M. Balducci. Il voulait que je participe à chaque étape du projet, m'organisant des rendez-vous pour me faire rencontrer les fabricants de tissu et les fournisseurs de passementerie, m'arrachant à mon poste de travail pour solliciter mon opinion sur tel ou tel élément de la future décoration. Mais aussi et surtout, il apaisait mes craintes en affirmant que je saurais parfaitement m'occuper de mes clientes le moment venu. Lorsque je lui fis part de mon appréhension à l'idée d'être confrontée à des personnes que je ne connaissais pas – j'étais encore peu encline à engager la conversation avec qui que ce soit à l'extérieur de mon petit cercle d'amis ou de mon lieu de travail –, il me fit parvenir ce message :

> Ne vous tourmentez pas, Cara. Nous nous entraînerons aussi longtemps qu'il le faudra, et vous apprendrez à votre assistante ces petits signes que vous utilisez avec vos amies. J'ai souvent eu l'occasion de travailler pour des clients étrangers : la démarche est la même. L'important est de les rassurer et de leur donner confiance et vous n'y parviendrez que si vous croyez en vous-même. Vous possédez l'essentiel, Cara : le talent. Il ne vous reste qu'à l'exprimer en adaptant votre savoir-faire à chaque cas particulier et en vous montrant sûre de vos choix. Je suis certain que vous les servirez mieux que quiconque en raison même de votre handicap. J'ai appris à vous connaître, Cara, j'ai vu avec quelle concentration vous scrutiez les mouvements des lèvres de vos interlocuteurs et les expressions de leur visage. Croyez-moi, il n'est rien de plus gratifiant que cette attention sans partage que vous accordez à ceux qui vous entourent. Vos clientes ne remarqueront que cela et oublieront le reste. Et même, elles seront convaincues que votre vue est infaillible en compensation de cette défaillance. Ne vous inquiétez pas, Cara. C'est un expert qui vous le dit.

M. Nicholls n'avait jamais approuvé ma décision de travailler pour Grenfell's. S'il lui arrivait de manifester sa désapprobation en me témoignant une certaine froideur, il restait cependant fidèle à sa mission pédagogique. Nos séances de travail se limitant désormais à deux heures hebdomadaires, j'insistai pour mettre momentanément de côté les textes bibliques et littéraires afin de consacrer celles-ci à des exercices plus adaptés à ma future pratique. Je lui fournis une liste de mots couramment utilisés dans le petit monde de la confection, et l'emmenai visiter l'atelier, la salle de coupe et le salon d'essayage afin de le familiariser avec les instruments et les outils de notre profession. Ce fut la seule et unique fois qu'il rencontra M. Balducci, mais je sentis tout de suite son aversion immédiate et viscérale pour notre nouvel administrateur.

Cependant M. Nicholls ne m'en dit pas un mot. Il attendit la veille de Noël pour aborder le sujet. Il m'avait demandé de l'aider à décorer St. Alban, estimant probablement que ma connaissance de la mode me conférait une certaine autorité en matière de décoration d'intérieur. Quoi qu'il en soit, j'étais heureuse de lui offrir mes conseils, même si la tâche se limitait à suspendre ici et là quelques branches de houx et de sapin. Deux jeunes garçons de la paroisse s'en chargèrent. En dépit de quelques frayeurs sur la grande échelle, il n'y eut aucun accident à déplorer, et M. Nicholls se montra très satisfait du résultat. Nous nous assîmes côte à côte sur les marches, au pied de la chaire, tandis que les garçons balayaient les débris de branche et les aiguilles tombés au sol. La lumière du jour, par les vitraux, dessinait des ronds de couleur sur les murs.

— St. Alban n'a jamais été aussi belle.

Je lisais sur les lèvres de M. Nicholls avec une extraordinaire facilité. Au fil des ans, nous avions pris l'habitude de ces conversations. M. Nicholls veillait toujours à ce que son visage soit en pleine lumière – en l'occurrence, il avait placé une bougie sur la chaire et en tenait une deuxième dans sa main – et il parlait posément, sans exagérer ni dissimuler les mouvements de ses lèvres. Il était rare que j'aie besoin de lui demander de répéter.

— Pas plus que l'année dernière, protestai-je avec amusement.

— Oh, que si ! Vous avez intégré les arches et les piliers. C'est magnifique. Je vous suis très reconnaissant de m'avoir consacré du temps.

Il marqua une pause.

— Je sais que vous êtes très occupée en ce moment.

— C'est vrai. Et c'est une occupation positive.

Il hocha la tête, mais je ne fus pas dupe.

— Vous n'approuvez toujours pas ma décision de travailler au magasin ? Même à la tête d'un département féminin ?

Il tourna vers moi un regard ardent.

— Mon opinion a-t-elle une quelconque importance à vos yeux ?

— Bien sûr. Vous êtes mon ami.

Il ne répondit pas, me contraignant à reprendre l'initiative.

— Vous n'appréciez pas M. Balducci, n'est-ce pas ?

— Je n'aimerais pas que vous travailliez sous sa direction.

Il articulait très distinctement, rendant impossible toute erreur d'interprétation.

— Pourquoi ?

— J'ai le sentiment qu'il n'est pas digne de confiance.

— Parce qu'il est étranger ? Vous laissez vos préjugés prendre le pas sur votre raison.

— Votre ambition vous empêche de voir sa vraie nature.

Je fus tellement stupéfaite que je luï demandai de répéter.

— Mon ambition ? dis-je alors, ébahie.

— Vous nourrissez trop d'espoirs, trop d'attentes.

— Monsieur Nicholls, l'ambition est dans ma nature. Dois-je vous rappeler qu'après ma maladie, quand je vous ai avoué mon désespoir, mon sentiment d'inutilité, la manière dont je me sentais humiliée et rabaissée aux yeux du monde, c'est vous qui êtes venu vers moi en brandissant l'étendard de l'espoir ? Vous ne vous êtes pas contenté de m'offrir des paroles de réconfort, vous avez agi, monsieur Nicholls. Vous avez travaillé sans relâche pour me fournir l'unique outil dont je dispose pour avoir ma place dans le monde des entendants. Sans votre acharnement à m'apprendre à lire sur les lèvres – et votre certitude que je finirais par y arriver –, j'ignore ce qu'il serait advenu de moi.

Je secouai la tête, la gorge serrée.

— Aujourd'hui, on m'offre l'occasion de faire un pas de plus vers la normalité, et en exerçant une profession que j'aime par-dessus tout. Cette espérance que Dieu m'octroie dans Son infinie générosité dépasse tout ce que j'aurais jamais osé imaginer. S'il vous plaît, ne me condamnez pas ; je ne voudrais pas avoir à choisir entre un ami tel que vous et la promesse d'une vie utile et enrichissante.

Son regard était si intense que je baissai les yeux, et il dut me toucher le bras pour que je puisse lire sa réponse sur ses lèvres.

— Si je suis un ami si précieux, me permettez-vous de vous parler franchement ?

— Il me semble que vous l'avez déjà fait.

— Vous a-t-il demandé votre main ?

— Monsieur Nicholls !

— Oui ou non ?

— Mais… Il ne pense pas du tout à ça !

— Il ne pense qu'à ça, au contraire.

Je détournai les yeux, le visage brûlant, refusant de continuer à lire sur ses lèvres. Mon cœur cognait à toute volée dans ma poitrine et j'étais trop agitée pour parler. J'esquissai un mouvement pour partir, mais il m'arrêta et je fus forcée de le regarder de nouveau.

— Vous ne devez pas confier votre bonheur à un homme tel que lui.

— Pourquoi pas ? Il est le bras droit de mon père, son administrateur, et il a les intérêts de Grenfell's à cœur !

— C'est son propre intérêt qu'il a à cœur.

— Vous le calomniez injustement. Rien, absolument rien, ne peut motiver des accusations aussi… aussi outrageantes !

— C'est donc un outrage de demander votre main ? demanda-t-il alors, avec une expression si abattue et si amère que ma gorge se serra.

Je ne sus que dire. Il me semblait que ma réponse, quelle qu'elle fût, me condamnerait – soit à paraître prétentieuse, soit à me rabaisser.

— Je préfère ne pas évoquer ce sujet, articulai-je en me détournant.

Il vint se placer devant moi, le visage tout près de la bougie pour attirer mon regard sur le mouvement de ses lèvres.

— L'année prochaine, vous aurez vingt et un ans. Et une certaine volonté d'indépendance verra le jour en vous.

— Sous-entendez-vous que je pourrais décider de me marier contre la volonté de mon père ?

— Non. Je sais que vous ne feriez jamais une chose pareille. Je comprends – non, *j'approuve* – le respect que vous témoignez à votre père. Mais je crois qu'une jeune femme est plus à même de chercher la vérité au fond de son cœur quand elle devient plus âgée et plus sage.

— Monsieur Nicholls, l'interrompis-je d'une voix suppliante.

Il ne tint pas compte de mon intervention et se rapprocha encore, jusqu'à ce que son visage se trouve tout près du mien et que je ne puisse ignorer son expression ardente.

— Rassurez-vous, je ne vais pas céder à la tentation d'avouer des sentiments que je garde en moi depuis longtemps. Je les ai tus parce que, de toute évidence, vous n'étiez pas prête à les écouter. Mais aujourd'hui je crains que vous ne soyez sur le point de vous engager dans une voie qui pourrait rendre leur expression à tout jamais impossible.

— Et pourquoi cela ?

— Vous devez savoir que la modestie est l'une des vertus premières que l'on attend de l'épouse d'un pasteur.

Je rougis.

— Monsieur Nicholls, je trouve cette conversation extrêmement embarrassante et déplacée. Et pour être franche, je ne souhaite pas la poursuivre une minute de plus.

Je me détournai, attrapai mon bonnet sur le banc et le nouai sous mon menton en remontant l'allée centrale d'un pas précipité. Il allait me suivre, c'était certain, pour me raccompagner, mais je n'avais aucune envie de subir sa présence désapprobatrice pendant tout le trajet.

Malgré le froid et les marches verglacées de l'église, je m'élançai dans la rue et, à mon grand soulagement, j'aperçus un coche garé non loin dans la rue. Il y restait une place libre. Je m'y installai, mais juste comme l'attelage s'ébranlait, M. Nicholls jaillit de l'édifice et descendit l'escalier à toute vitesse, son chapeau à la main, en faisant signe au cocher de s'arrêter. Il glissa brusquement sur une plaque de glace et s'étala de tout son long. Je criai au conducteur de s'arrêter, et sautai à terre sans même attendre qu'il abaisse le marchepied.

— Monsieur Nicholls ! m'écriai-je en m'agenouillant près de lui. Oh, monsieur Nicholls, êtes-vous blessé ?

Il se redressa, s'assit et épousseta dignement son manteau. À son expression je devinai sa souffrance et sa profonde humiliation. Des passants s'arrêtèrent pour lui demander s'il avait besoin d'aide, mais il les congédia.

— Je vous en prie, pardonnez-moi, le suppliai-je.

J'aurais voulu pouvoir le secourir d'une façon ou d'une autre, mais je n'osais pas le toucher.

— J'ai cédé à mon impulsivité, et voilà le résultat. Pourrez-vous jamais me pardonner, monsieur Nicholls ?

Il secoua la tête, comme dégoûté de lui-même, puis se leva.

Il me raccompagna chez moi, mais nous n'échangeâmes pas un mot pendant tout le trajet jusqu'à St. James. J'aurais pourtant eu tellement de choses à lui dire. J'aurais voulu qu'il sache combien sa persévérance me donnait du courage, combien j'avais conscience de la pureté et de la sincérité de ses sentiments. Mais il aurait fatalement interprété mes paroles comme un encouragement, et je n'étais pas prête à franchir ce pas.

Ce serait un mensonge de prétendre que je n'avais jamais caressé l'idée d'un mariage avec M. Balducci.

Il avait presque quarante ans et, de son propre aveu, il ne s'était jamais marié parce que son travail ne lui laissait pas le temps de s'occuper d'une femme et d'une famille. L'attrait d'une telle union (hormis le charme de cet homme et son talent pour me valoriser), c'était l'association idéale qu'elle constituerait. Un tel mari, qui partageait la même passion que moi pour le métier de tailleur, le même amour que ma famille pour le travail bien fait, la même exigence de perfection, prendrait tout naturellement la direction de Grenfell's...

Cela me paraissait presque trop beau pour être vrai. Nous formerions une équipe formidable. Même Esther était d'accord, pour une fois. De Paris, elle m'écrivit :

Ma Vevey chérie,

Tu as raison, il n'y a rien de plus exaltant que de voir le monde à travers le même prisme que son mari. Notre passion pour l'art est notre univers et nous le parcourons d'un même pas enthousiaste, Ned et moi. Bien sûr, il nous arrive de temps à autre de ne pas être d'accord sur de menus détails, mais sur les sujets importants nous ne faisons qu'un. Si ta relation avec ce M. Balducci évolue vers une demande en mariage, n'hésite pas : fonce ! Ne fais pas attention à ce que raconte M. Nicholls, c'est un rabat-joie, beaucoup trop sinistre pour toi. Tu imagines ? Poursuivre l'œuvre de ton père, garder l'entreprise dans la famille, avoir la possibilité de t'adonner librement à ta passion, vous investir tous les deux dans une entreprise commune ! Et plus tard, quand vous aurez des enfants et que tu te consacreras à ton foyer, lui offrir le soutien éclairé d'une collaboratrice qui connaît ses difficultés et peut lui prêter une oreille attentive et compréhensive... Ce serait l'union parfaite !

Je ne parle pas de l'aspect plus intime du mariage – dans ce domaine, tu es seule juge. J'aurai tant de choses à partager avec toi à mon retour… des choses dont il m'est impossible de parler ici. Prépare-toi donc à « m'entendre » car il n'y a qu'avec toi que je peux ouvrir mon cœur, ma chère Vevey. Je me suis montrée terriblement irascible l'année dernière, en grande partie à cause de ces fiançailles interminables, mais à présent nous naviguons dans des eaux paisibles, Ned et moi, et la traversée est encore plus fabuleuse que tout ce que j'imaginais ! Surtout, n'écoute pas les sornettes des médecins sur les femmes et le plaisir. Ce sont des ânes. Vivre au grand jour mon amour avec Ned sous le ciel de Paris a été une expérience d'une intensité inimaginable. C'est une ville tellement magique pour des artistes, si propice aux émotions. Nous ne ressentons pas les mêmes contraintes qu'à Londres. Nous sommes plus libres dans nos pensées comme dans nos actes, et, de ce fait, intensément heureux.

Par pitié, brûle cette lettre quand tu l'auras lue, qu'elle n'aille pas tomber entre les mains de tante Lavinia !

Ta Tiggy affectionnée

Cet hiver-là, M. Balducci devint un habitué de notre maison. Il n'était plus un simple employé ; il avait acquis le statut d'ami de la famille. Sans se montrer paternel à mon égard, il ne me témoignait pas pour autant cet intérêt attentif et pressant que l'on est en droit d'attendre d'un prétendant potentiel. En fait, il me traitait exactement comme tante Lavinia ; nous taquinant toutes les deux d'une manière charmante et charmeuse, mais toujours avec une infinie correction. C'était un amuseur-né. Bien qu'il me fût impossible d'apprécier ses intonations, il était si expressif dans ses gestes et ses mimiques que je ne m'ennuyais jamais en sa compagnie.

M. Balducci adorait l'opéra et nous avait proposé à de multiples reprises de nous joindre à lui. N'ayant aucun goût pour la musique et sachant que pour ma part je n'y prendrais aucun plaisir, papa avait toujours décliné ses invitations. Balducci semblait néanmoins convaincu que ma surdité ne m'empêcherait en rien de profiter d'un spectacle qui se savourait autant avec les yeux qu'avec les oreilles.

— Vous savez, Cara, j'ai ma loge attitrée, me dit-il un soir.

Il était venu dîner à la maison et s'était attardé un peu trop longtemps au salon après le repas : papa bâillait, tante Lavinia dormait à poings fermés, le menton sur la poitrine.

— Oui. Vous me l'avez déjà dit, lui rappelai-je avec un sourire.

Il s'empara de l'ardoise posée près de lui et écrivit : *Le duc d'Aoste – je l'ai invité pour* Otello.

— Oui, acquiesçai-je en hochant la tête. Vous m'en avez parlé, je crois.

— Une représentation magnifique ! dit-il en agitant les mains. Et avec les jumelles de théâtre…

Il mima des jumelles imaginaires, feignant de les braquer sur tante Lavinia, de l'autre côté de la pièce.

— … vous pouvez voir tout ce qui se passe sur la scène.

Je ne pus m'empêcher de rire. Il s'adossa à son siège, un large sourire aux lèvres, visiblement ravi d'avoir réussi à m'amuser. Il me faisait penser à un petit coq au très beau plumage.

— Vous êtes tous mes invités, insista-t-il avec un geste de la main qui engloba toute la pièce.

— Monsieur Balducci, c'est très généreux de votre part, mais je ne ferais pas honneur à votre invitation : je suis sourde, je ne peux pas apprécier un opéra.

Papa nous observait depuis son fauteuil – jambes croisées, les mains jointes sur son estomac, dans l'attitude d'un homme soudain très attentif à ce qui se passe autour de lui. Balducci se leva de sa chaise et lui dit quelque chose que je ne pus saisir. Papa répondit d'un hochement de tête approbateur. Balducci s'empara alors de l'ardoise et s'assit sur le canapé, à côté de moi, lui tournant le dos. Il n'avait jamais pris une telle liberté auparavant, et je songeai qu'il avait dû demander la permission.

L'opéra n'est pas seulement de la musique, écrivit-il. *C'est un spectacle à part entière, avec des costumes, des lumières, une mise en scène grandiose.*

Je hochai la tête, plus amusée que convaincue.

J'attendis qu'il continue à écrire, mais constatant qu'il n'en faisait rien, je levai les yeux. Son expression s'était complètement transformée, comme ces acteurs qui se glissent dans la peau de leur personnage et ne font plus qu'un avec lui, au point d'en devenir méconnaissables. Aucun homme, jamais, n'avait osé me regarder de cette façon. Une sensation étrange et troublante, totalement inconnue, se lova au creux de mon ventre. Je cessai probablement de respirer une seconde ou deux.

Puis, reprenant l'ardoise, M. Balducci écrivit : *L'opéra exalte la passion. Vous ressentirez cette passion. Je vous en fais la promesse.*

J'avais à peine eu le temps de lire ces mots qu'il les effaça d'un geste appliqué. Je tremblais intérieurement, fixant l'ardoise grisâtre en essayant de réprimer l'excitation qui montait en moi.

— Peut-être… peut-être que si j'avais la possibilité

de lire le livret auparavant, dis-je, les yeux baissés, en me demandant si mon trouble était perceptible.

Il avait ma réponse. Il se leva, chercha ma main pour la porter à ses lèvres, comme à son habitude, et prit congé.

Au cours de l'hiver, j'assistai à quatre opéras, invitée par M. Balducci. Après deux représentations, papa se désista, mais tante Lavinia accepta de m'accompagner de bonne grâce, bien qu'elle dormît généralement avant même le début du deuxième acte. La loge, située au premier balcon, avait appartenu au duc de Burlington, l'un des clients de Balducci. Comment l'avait-il acquise, mystère. Mais elle était à lui depuis un certain temps.

Balducci était comme un poisson dans l'eau, à l'opéra. Quand j'en avais assez de regarder la scène ou de scruter le public avec mes jumelles dans l'espoir d'apercevoir Harry, j'observais mon ami italien. Il vivait si complètement la musique qu'il en était comique. S'il surprenait mon regard amusé, il se mettait à sourire. Un soir, il m'écrivit : *Cara, vous vous moquez de moi, mais je ne m'en vexe pas. Je prends l'opéra très au sérieux, mais pas ma propre personne. Riez de moi si cela vous rend heureuse.*

Le dernier spectacle de la saison était *La Traviata*, et Balducci avait invité le duc de Gênes et son cousin à partager notre loge. Je fus étonnée par la familiarité avec laquelle ils se parlaient, et je songeai que peut-être la société italienne n'était pas régie par une hiérarchie aussi rigide que la nôtre.

Le lendemain matin, je descendis prendre mon petit déjeuner tôt, afin de parler seule à seul avec papa, avant que tante Lavinia ne nous rejoigne. Quand je lui dis que le duc de Gênes s'était joint à nous, il parut impressionné mais pas autrement surpris.

— M. Balducci entretient des relations très amicales avec ses clients, Veda. Il y a même quelques lords anglais qui l'invitent sur leurs terres.

Il chassa une miette de toast accrochée à sa moustache puis s'adossa à sa chaise et posa sur moi un regard appuyé.

— Veda, j'ai l'impression que M. Balducci est sous ton charme.

— C'est fort possible, acquiesçai-je – non sans une certaine coquetterie, je dois l'avouer.

— J'ai dans l'idée qu'il pourrait prendre une décision sérieuse à ton sujet dans un proche avenir. Aurais-tu des objections, si tel était le cas ?

Je n'étais pas préparée à cette question. Il y avait eu un temps où l'idée même d'un mariage me paraissait relever de l'impossible. Et aujourd'hui, mon père me demandait si j'avais des réserves à formuler sur un soupirant ?

— Penses-tu qu'il ferait un bon mari ? demandai-je prudemment.

Papa fut brusquement très ému, ses yeux se mouillèrent de larmes.

— Te voir faire un mariage heureux…

Il fut incapable de terminer.

— Je ne suis pas sûre de mes sentiments pour lui, déclarai-je. Mais cette union présenterait de nombreux avantages. Nous le savons tous les deux.

Il me demanda si le fait qu'il fût étranger était un obstacle à mes yeux.

— En réalité, non. Bien sûr, il est très différent des Anglais…

Papa en convint d'un hochement de tête.

— Mais de mon point de vue, ces différences tournent plutôt à son avantage. Naturellement, nous sommes conscients de son talent et de l'atout qu'il représenterait pour Grenfell's. Quant à sa personne…

Je m'interrompis, ne sachant trop comment exprimer clairement des sentiments que j'avais moi-même du mal à analyser.

— Eh bien, c'est un homme énergique, intelligent, et je pense que je ne devrais pas m'ennuyer à ses côtés.

— Et talentueux. Très talentueux ! Il a réalisé un travail de premier ordre pour Marlborough. L'as-tu vu, ma chérie ?

— L'uniforme de cérémonie ? Je l'ai vu, oui. Remarquable.

Papa parut momentanément oublier de quel gentleman nous étions en train de vanter les mérites. Après quelques instants de rêverie, cependant, il prit note de mon expression pleine d'attente et se ressaisit.

— Ah oui. Hum. Le mariage. Maintenant, voyons ce qu'il en est de ses qualités morales. Quelle est ton opinion, Veda ?

J'hésitai. Sur ce point, j'étais un peu moins sûre de mon jugement.

— Il est ambitieux, proposai-je.

— Et d'humeur toujours égale.

— Absolument.

Je marquai une pause.

— Tout au moins, avec toi et moi. Je ne suis pas sûre qu'il en aille de même avec nos employés.

— Tu veux parler de son caractère ?

Je hochai la tête.

— J'ai rarement eu l'occasion d'en juger par moi-même, mais j'ai cru comprendre qu'il lui arrivait de s'emporter violemment.

Je savais que papa ignorait tout, ou presque, de ce qui se passait chez Grenfell's. Il était très souvent en déplacement à l'extérieur, chez des clients, mais même quand il restait au magasin, il travaillait presque exclusivement dans le salon d'essayage, avec seulement un ou deux tailleurs triés sur le volet. Or, plus d'une soixantaine d'employés – tailleurs, coupeurs, culottiers, giletiers, apiéceurs, repasseurs – se répartissaient désormais sur les quatre étages de notre ancienne maison. Il y avait même un bureau des comptes à l'arrière du magasin, et nous employions sept emballeurs uniquement pour empaqueter et expédier les vêtements. Grenfell's n'avait plus rien d'une petite entreprise familiale.

— Certains employés s'en plaignent, ajoutai-je, avec un peu d'embarras, car je n'aimais pas projeter l'ombre de la médisance sur un homme de mérite.

— C'est assez normal, ma chérie. Ils sont jaloux de son talent.

— Et voient en lui un étranger.

— Il est certain qu'il favorise ses compatriotes. Il a engagé un Italien pas plus tard que la semaine dernière.

— Encore ? Mais pourquoi ?

— Il estime davantage la qualité de leur travail.

— C'est aussi ton opinion, papa ?

— Ma foi, si les clients sont satisfaits…

Il haussa les épaules.

— … pourquoi verrais-je une objection à ses initiatives ?

Papa sortit sa montre, y jeta un coup d'œil, puis la remit dans sa poche. Son visage exprimait le soulagement d'un homme qui vient d'alléger sa conscience.

— Ma chérie, je suis content.

Il posa sa serviette à côté de son assiette et se leva de table.

— Oui, très content.

Il tira sur son gilet.

— Nous allons peut-être nous en sortir au mieux, finalement. Dieu sait que je n'en espérais pas tant.

La subtilité de cette remarque ne m'échappa guère, en dépit de ma surdité : papa n'avait aucune envie de se débarrasser de moi, bien au contraire. Son refus de voir en M. Nicholls un prétendant digne de ce nom ne tenait pas réellement à la personnalité du pasteur, mais plutôt à sa peur de me perdre. Mon mariage avec Balducci lui apporterait la garantie que je resterais toujours avec lui.

M. Balducci était mon champion, et j'étais peu disposée à lui trouver des défauts. Pour cette raison, justement, j'avais attendu de mon père qu'il se montre plus critique, qu'il formule, même, certains de mes doutes. Si j'avais espéré quelque circonspection de sa part, je m'étais lourdement trompée.

M. Balducci, je le découvris, prenait autant de plaisir que moi à se promener en attelage dans Rotten Row aux heures de la grande parade des *fashionable*. Il était indispensable, affirmait-il, que j'observe d'un œil professionnel les nobles dames qui se montraient dans Hyde Park juchées en amazone sur de ravissants poneys. Je devais me familiariser avec leur nom, leur silhouette, leur façon de monter et leur talent en la matière, mais aussi mémoriser la race, la robe et la taille de leur monture, ainsi que le style et la couleur du cuir de la selle et des harnais. Toutes ces informations m'aideraient à tirer le meilleur parti de mon talent et à mettre mes clientes en valeur.

Ce printemps-là, M. Balducci et moi prîmes une part active au spectacle élégant et raffiné qui se donnait quotidiennement entre dix heures et midi dans les allées du parc. Ces sorties, lui conduisant le phaéton de mon père, moi perchée à son côté dans une robe vaporeuse en soie pastel, protégée du soleil par une ombrelle délicate, m'ouvrirent les portes d'un monde merveilleux dont mes yeux et mon cœur absorbaient chaque détail. Jamais je ne m'étais sentie autant en harmonie avec un lieu et une heure de la journée. J'avais le sentiment d'être née pour cela, pour ce faste et cette élégance stylée. Bien que M. Balducci me témoignât le plus grand respect et n'eût jamais tenté la moindre avance, nous savions l'un comme l'autre que nous plantions le décor d'un événement qui finirait par se produire mais que nous ne souhaitions précipiter ni l'un ni l'autre.

Au cours de nos promenades, je mesurais à chaque instant la notoriété dont jouissait M. Balducci. Des lords et des ladies le saluaient d'un signe de tête ou d'un sourire, et si certains faisaient mine de l'ignorer, il prenait la rebuffade avec humour, sans se départir de sa bonne humeur. De temps à autre, l'une de ses connaissances arrêtait son attelage à la hauteur du nôtre, et ils échangeaient aimablement quelques mots. M. Balducci me présentait et je souriais gracieusement sous mes rosettes et mes rubans, tout en analysant la coupe de la veste du baronet et la qualité du tissu.

Au retour de notre promenade, l'esprit fourmillant d'idées, je notais fébrilement quelques suggestions à l'intention de M. Balducci.

Lady Ashelford serait beaucoup plus à son avantage, il me semble, dans une veste droite, et non pas croisée. Et il faudrait également limiter l'usage des dentelles, qui ne la flattent pas. J'exécutai ensuite un croquis du modèle que j'imaginais, en y joignant des échantillons de tissus et de parements.

Il me retournait toujours mes messages avec un petit commentaire informel écrit à la plume au bas de la feuille : *Cara, vous êtes extraordinaire ! Magnifique !*

D'autres auraient peut-être été embarrassées par ces compliments excessifs, mais je savais que l'exubérance faisait simplement partie de son tempérament.

Comme convenu, nous engageâmes deux couturières expérimentées pour me servir d'assistantes, et nous passâmes plusieurs semaines à les former à un système de communication – elles recourraient à des signes discrets afin de faciliter ma compréhension pendant les séances d'essayage. M. Balducci procéderait lui-même aux présentations lors du premier rendez-vous et se chargerait des discussions initiales, mais je me tiendrais à ses côtés, proposant mes suggestions et mes idées lorsqu'on me le demanderait. Puis, aidée de mon assistante, je prendrais les mesures de la dame et, à partir de cette étape, la confection du costume et les essayages suivants seraient entièrement sous ma responsabilité.

Malgré toutes ces précautions, la partie était loin d'être gagnée : lorsque je m'avançai vers lady Dentworth, après que Balducci eut procédé aux présentations, elle fut si choquée d'avoir affaire à une sourde (elle me regardait avec les yeux ronds, la bouche entrouverte, de quelqu'un qui vient de recevoir un coup sur la tête) qu'elle enfila son manteau, appela sa domestique, et s'enfuit comme si elle avait le diable à ses trousses.

Quelques jours plus tard, je recevais la visite de sa belle-sœur, lady Cummings. Les deux femmes ne pouvaient pas se souffrir et, en apprenant l'incident, la seconde avait immédiatement décidé de damer le pion à la première en venant me commander une amazone. Lorsqu'elle apparut dans Rotten Row au début du printemps, éblouissante dans son habit de cheval de chez

Grenfell's, suscitant l'admiration de la foule – et le dépit de sa belle-sœur –, je m'estimai amplement vengée.

Mais pour Balducci, observer les cavalières du haut d'un phaéton n'était plus suffisant.

Cara, écrivit-il un jour sur une ardoise. *Vous devez prendre des leçons d'équitation. Il faut que vous sachiez ce que l'on ressent quand on monte en amazone un magnifique poney et que l'on caracole dans Hyde Park, suivie par tous les regards.*

— C'est impossible, répondis-je.

— Pourquoi ?

— Papa ne le permettra jamais.

Je lui parlai de l'accident de Reggie et de sa mort tragique.

Mais, Cara, il est hors de question de vous exposer de quelque façon que ce soit. Vous monterez un cheval parfaitement dressé, sous la conduite du meilleur instructeur de la cavalerie. Je ne tolérerais pas qu'il en soit autrement.

Balducci finit par vaincre la peur de mon père et mes propres angoisses, et les leçons d'équitation débutèrent ce printemps-là. Nous essayâmes trois instructeurs successifs avant d'en trouver un qui accepte d'adapter ses méthodes d'enseignement à une jeune femme sourde ; les autres se contentaient de hurler, ce qui ne servait à rien et ne réussissait qu'à les mettre de mauvaise humeur. De guerre lasse, nous avions fini par abandonner l'idée de nous adresser à un écuyer de la cavalerie et notre choix s'était porté sur un dresseur de chevaux à la retraite, un vieux bonhomme acariâtre, originaire de North Yorks, répondant au nom de William Goodburne.

Après toute une vie passée en compagnie des chevaux, « Burnes », comme on l'appelait, en était arrivé à la conclusion que les humains étaient largement inférieurs aux équidés – une opinion dont il ne faisait pas mystère et qui avait creusé peu à peu le vide autour de lui : seuls des jockeys et des entraîneurs supportaient encore son caractère aigri et coléreux. M. Balducci avait commencé par refuser que je prenne des cours avec un personnage aussi grossier, mais j'étais fatiguée par mes échecs précédents et beaucoup trop désespérée pour ne pas donner sa chance à un candidat sérieux. Je me présentai donc un matin au manège vêtue de ma tenue d'équitation la plus élégante, mon chapeau haut de forme ceint d'un voile flottant perché fièrement sur ma tête, une cravache dans ma main gantée. Papa voulait m'accompagner, mais j'avais refusé tout net. J'emmènerais Lucy et, si je n'étais pas satisfaite de M. Goodburne pour une raison ou une autre, nous partirions immédiatement.

Burnes traversa le sable du manège en boitant, époussetant un petit morceau de paille accroché à la manche de sa veste élimée au col et aux poignets, chaussé de bottes éculées. À mon grand soulagement, il n'avait pas de moustache, seulement de gros favoris où étaient restées accrochées quelques miettes de son petit déjeuner. Ses yeux étaient injectés de sang et son haleine empestait le tabac. Il m'adressa un bref bonjour puis gratta ses favoris, m'évaluant silencieusement. À l'évidence, ma grande taille le surprenait. Après quelques minutes de concertation avec le palefrenier, ils firent entrer un hongre gris et me hissèrent sur la selle. Contrairement aux autres instructeurs, restés au bord de la piste pendant toute la leçon en me criant des ordres que je n'entendais pas, il monta sur un cheval bai et trotta à mes côtés.

Burnes n'était pas un homme patient. Mais il

s'aperçut rapidement qu'il pouvait piquer des colères sans craindre de choquer mes chastes oreilles. De mon côté, je n'avais qu'à lui tourner le dos pour l'ignorer complètement. La situation nous convenait donc à tous deux. Ses emportements ne duraient jamais bien longtemps, néanmoins, et il n'hésitait pas à gesticuler dans tous les sens pour me montrer comment je devais m'y prendre. Je me sentis tout d'abord terriblement frustrée par l'absence de résultat, mais Burnes décela en moi de sérieuses dispositions. À son avis, une fois que j'aurais compris ce qu'il attendait de moi, je ferais rapidement des progrès. Il ne se trompait pas : peu à peu, le cheval commença à répondre aux pressions de mes jambes et aux sollicitations de mes mains, et je me pris de passion pour l'équitation. Je n'avais pas besoin d'entendre pour communiquer avec ma monture. J'avais trouvé un ami qui ne se souciait pas que je sois sourde.

Si j'avais été élevée à la campagne, j'aurais pratiqué l'équitation depuis mon plus jeune âge, mais mon expérience des chevaux était celle d'une jeune fille de la ville : méfiante et circonspecte. Maman avait toujours trouvé ces animaux dangereux et avait découragé Reggie de pratiquer ce sport. Seules les femmes de haut rang ou les dames fortunées montaient pour le plaisir, ou quand elles chassaient à courre, et chacune de mes séances avec Burnes ravivait dans mon esprit l'image de lady Hambledon. Je me remémorais le tableau sur lequel elle apparaissait avec son cheval, le terrible Hermit, et je m'interrogeais sur le tragique accident qui lui avait coûté la vie. En dépit du danger – encore aggravé par ma surdité –, j'avais le sentiment qu'elle aurait approuvé ma pugnacité et mon courage. Comme toujours quand je pensais à elle, le souvenir de Harry, tapi en embuscade, venait flotter tout autour de moi.

Cette passion me fit sacrifier l'une de mes deux leçons hebdomadaires avec M. Nicholls. J'attendais avec impatience le jour où je pourrais quitter le manège et me mêler au flot des amazones dans Hyde Park, mais les rues encombrées de Londres étaient excessivement dangereuses pour une cavalière inexpérimentée – et, à plus forte raison, sourde.

Burnes fut littéralement enchanté quand je lui demandai de m'apprendre le saut d'obstacles.

— Au cas où je serais invitée à une partie de chasse, lançai-je avec un sourire facétieux.

Mais il prit cette requête très au sérieux et commença le jour même à me faire sauter mes premières barres transversales.

L'exercice se révéla beaucoup plus compliqué que nous ne l'avions pensé, lui et moi, car il avait l'habitude de crier ses directives au cavalier pendant la préparation du saut, voire quelques foulées seulement avant l'obstacle, ne serait-ce que pour lui dire de renoncer. J'apprenais toujours mes erreurs après coup, et même s'il bouillait parfois de frustration, il admirait ma détermination. Je fus victime ainsi d'un bon nombre de refus devant l'obstacle et de chutes spectaculaires, petits incidents que nous cachions à papa. J'avais arraché à Lucy la promesse de ne rien dire, et même quand je rentrais à la maison raide et contusionnée, je faisais comme si de rien n'était. Je savais très bien que s'il avait eu vent des risques que je prenais, papa aurait mis immédiatement un terme à mes leçons, et quelque chose serait mort en moi. Mes séances d'équitation représentaient mon seul espace de liberté à l'extérieur du monde familier de Grenfell's. Et c'étaient aussi les seuls moments où je me sentais à nouveau presque normale.

En juillet, alors que nous passions le week-end à Mortlake, Smithy surgit à mes côtés pendant que je prenais mon petit déjeuner et me glissa un message sous le nez. Il disait :

Ma fille chérie,

Tu auras vingt ans en octobre, mais rien ne m'interdit de célébrer ton anniversaire avec un peu d'avance.

Viens dehors accueillir ton cadeau.

Ton papa qui t'aime

Je poussai un cri perçant, puis me levai d'un bond et m'élançai hors de la maison. Papa discutait dans l'allée gravillonnée avec un homme monté sur un cheval ; derrière lui, tenu par une longe, m'attendait un très joli alezan arabe.

Je le baptisai First.

J'appris par la suite que M. Balducci avait largement contribué à son acquisition – tout comme il avait incité papa à acheter une grande partie des terres qui constituaient aujourd'hui un très joli domaine autour du cottage.

Je lui adressai ces quelques lignes :

Vous êtes un ami précieux. First est le plus doux, le plus obéissant des chevaux que j'aie jamais montés. Même Burnes le trouve parfait, et Dieu sait que Burnes est difficile.

Balducci me répondit par retour du courrier depuis sa retraite d'été à Menaggio, sur le lac de Côme.

Vous serez magnifique, Cara. Je vous imagine descendant Rotten Row au petit trot, sublime dans une amazone de chez Grenfell's, traînant dans votre sillage le regard envieux des autres femmes et le cœur des gentlemen. Un véritable coup de tonnerre dans le ciel londonien !

La seule personne à ne pas partager mon enthousiasme fut M. Nicholls. Il n'approuvait pas du tout mes cours d'équitation, et estimait que ma famille n'aurait jamais dû m'encourager à pratiquer ce sport. J'avais insisté auprès de papa pour qu'il l'invite à Mortlake cet été-là – une politesse dont nous lui étions redevables depuis longtemps –, mais en recevant sa réponse sinistre et désobligeante, je décidai de me passer de la compagnie d'un tel rabat-joie.

J'écrivis à Esther :

Tu te rends compte ? Mon propre petit alezan arabe ! J'aurais voulu que tu sois là quand j'ai emmené Ivanhoé dans l'écurie et que je l'ai pris dans mes bras pour que First puisse le renifler – mon pauvre Ivanhoé s'est mis à trembler si fort que j'ai cru qu'il allait avoir une attaque ! C'est trop bête : c'est le plus bel été de toute ma vie, et il n'y a personne pour partager ma joie avec moi. Ma cousine Grace et ses enfants sont au pays de Galles, toi et Ned vous trouvez au loin, Balducci est en Italie… Je pensais avoir la visite de M. Nicholls pendant la deuxième quinzaine d'août, mais il est tellement réfrigérant – toujours pontifiant, désapprobateur, sans une once d'humour ! Je ne l'inviterai pas à Mortlake, finalement. Je n'ai pas très bonne conscience, parce que papa était enfin prêt à le recevoir sous notre toit, ce qui représente un gros effort pour lui, tu le sais. Ou peut-être pas tant que ça. En fait, je crois que papa est mieux disposé à son égard simplement parce qu'il ne le considère plus comme un danger.

Je sais qu'il est toujours amoureux de moi. Autrefois,

il réussissait à cacher ses sentiments, mais maintenant il a toujours l'air malheureux et abattu. Ça me serre le cœur parce qu'il ferait un bon mari, doux et dévoué, et il possède une grande érudition. Mais j'aime trop le métier de la couture et, si je l'épousais, je perdrais cette étincelle magique qui crépite en moi. Ou plutôt, elle continuerait à briller dans l'obscurité, et je serais malheureuse.

Tu te demandes pourquoi je continue à envisager l'idée de me marier avec lui ? Je ne peux pas être totalement sûre des intentions de M. Balducci. Nous éprouvons de la sympathie l'un pour l'autre, c'est indéniable, et nous travaillons en parfaite harmonie. Mais rien jusqu'ici dans son attitude ne m'a laissé supposer qu'il pensait au mariage. Alors que les intentions de M. Nicholls sont très claires. Pauvre M. Nicholls. Parfois, j'ai presque envie de l'épouser juste pour apaiser ses souffrances. Et pourtant, je voudrais tellement faire un mariage d'amour ! Connaître la même passion enivrante que celle qui vous unit, Ned et toi. C'est possible, tu crois ? Oh, je l'espère, parce que autrement, je serais inconsolable jusqu'à la fin de mes jours…

Je vis très peu Esther pendant la première année de son mariage avec Ned, mais nous correspondions régulièrement. À leur retour d'Italie, ils passèrent trois mois à Oxford pour travailler à une fresque. Au début, je craignais que sa condition nouvelle ne mette un terme à cette merveilleuse complicité que nous avions toujours eue, toutes les deux. Je me disais que, peut-être, elle réserverait désormais ses confidences à son seul mari ; qu'il aurait un droit de regard sur les personnes qu'elle fréquenterait, sur le courrier qu'elle recevrait ou écrirait.

Mais Ned était un mari peu ordinaire, tout comme leur mariage : il n'avait aucune envie de s'immiscer dans notre amitié. Un jour, Esther m'écrivit que Ned était marié avant tout à son art, et qu'elle n'était que sa maîtresse. Mais que, dans la mesure où leur union avait été sanctifiée par Dieu, cela lui convenait parfaitement.

13

Malgré des signes avant-coureurs, ce fut seulement quelque temps après l'extension de Grenfell's que nous prîmes conscience des rivalités qui régnaient dans certains départements du magasin. Si les coupeurs avaient pu constater que travailler avec M. Balducci n'était pas chose aisée, les employés du bureau des comptes, eux, l'ignoraient.

Avec son territoire nettement délimité par de solides comptoirs en marbre abrités derrière des panneaux en acajou luisant, le bureau des comptes constituait un département autonome, totalement distinct de la partie confection. Comparable à une petite banque, il obéissait à un mode de fonctionnement immuable. Le jeune M. Kirkwood faisait son travail de vérification comme tous ses prédécesseurs avant lui : s'il apparaissait qu'un compte était débiteur et qu'aucun versement n'avait été enregistré depuis plus de douze mois, il envoyait au client indélicat une lettre de relance, dont chaque mot était soigneusement pesé. Ce qui troublait M. Kirkwood depuis quelque temps, c'était la multiplication anormale des comptes débiteurs – ou, plus exactement, la multiplication de ces comptes parmi les clients de M. Balducci. Grenfell's avait toujours eu pour règle de ne plus fournir les clients dont la dette remontait à dix-huit mois. Quelqu'un qui n'avait pas payé un habit qu'il portait depuis plus d'un an ne pouvait logiquement espérer que nous lui en confectionnions un nouveau tant qu'il n'aurait pas réglé le premier. Les clients de Père connaissaient la politique de la maison et s'y pliaient.

Ceux de Balducci avaient apparemment été habitués à plus de souplesse. Aussi, lorsque notre zélé vérificateur envoya des courriers au grand-duc de… ou au prince héritier de… pour leur rafraîchir la mémoire, ces rappels à l'ordre furent-ils accueillis avec horreur par les uns, avec effroi par les autres, le ton lisse et poli étant unanimement vécu comme une agression insupportable. Voilà pourquoi, lorsque le duc de Montrose voulut passer commande d'une nouvelle livrée pour son cocher et qu'il reçut en retour une fin de non-recevoir, son secrétaire adressa à M. Balducci une lettre cinglante et indignée – lettre que ce dernier lut ensuite à voix haute à M. Kirkwood, non pas dans les locaux du bureau des comptes, mais dans le salon de réception du rez-de-chaussée, et en présence des coupeurs, des tailleurs, ainsi que de tout le personnel de la comptabilité, afin d'infliger au trop zélé vérificateur une humiliation cuisante.

M. Balducci programma cette exécution publique en dehors des heures ouvrables, après avoir eu soin de faire dire aux chefs d'équipe des différents départements que leur présence était requise en fin de journée pour une affaire de la plus haute importance. Papa était absent, lord Montesquieu l'ayant appelé dans sa maison de campagne pour des essayages.

Ce fut tout à fait par hasard, alors que je revenais de chez le papetier avec Lucy, que je remarquai de la lumière au rez-de-chaussée du magasin. Le salon de réception était bondé.

Ma première impulsion fut de poursuivre ma route pour rentrer chez nous, une porte plus loin, mais je fus prise d'un doute et me tournai vers Lucy.

— Lucy, allez voir ce qui se passe.

Nous étions en novembre, et il faisait déjà nuit. Les réverbères à gaz peinaient à transpercer l'obscurité, de sorte que Lucy put s'approcher de la fenêtre, côté rue, sans risquer d'être vue par ceux qui se trouvaient à l'intérieur. Croisant étroitement les pans de son châle pour se protéger du vent pénétrant, elle revint vers moi au bout de quelques minutes.

— Alors ? lui demandai-je.

Elle me fit signe qu'elle ne comprenait pas ce qui se passait, mais que M. Balducci était présent.

— Il fait un discours ? dis-je, interprétant son geste.

Elle hocha la tête.

— Qui d'autre est là ? M. Crawley ?

Nouveau hochement de tête.

Je n'avais aucune envie d'être prise en flagrant délit d'espionnage de l'entreprise familiale, mais il me semblait pour le moins étrange qu'une réunion du personnel ait été organisée en l'absence de mon père, et que je n'en aie pas été informée. Bien sûr, j'aurais pu me glisser à l'intérieur du magasin en passant par-derrière, mais marcher sur la pointe des pieds n'était pas mon fort. Je ne savais jamais si je faisais du bruit ou non, si les portes ou le plancher grinçaient… Je retraversai donc la rue avec Lucy. Je confesse que je me sentais un peu stupide, debout dans le froid, tapie dans l'ombre d'un fiacre en stationnement, mais j'avais le sentiment que je devais essayer de comprendre ce qui se passait, que c'était important.

Les circonstances m'étaient favorables : le salon était vivement éclairé, et les visages des protagonistes se détachaient avec une telle clarté que je ne pouvais manquer de comprendre la scène en train de se dérouler sous nos yeux.

— Il réprimande M. Kirkwood, chuchotai-je à Lucy. Seigneur, il s'adresse à lui d'une façon… Il lit une lettre à voix haute. Il est question d'un client… Le voilà qui s'en prend encore à M. Kirkwood… Ô mon Dieu ! Quelle virulence… M. Crawley est livide. Oh ! Et M. Blodgett, notre chef comptable, est là lui aussi. Il a l'air effondré. Attention, Balducci se tourne à nouveau de ce côté, et…

Je cessai mes commentaires à partir de cet instant. Je ne saisissais pas tout ce que disait Balducci, et m'en félicitais, mais nul besoin de lire sur ses lèvres pour comprendre que les mots qu'il utilisait étaient horribles. Je l'avais déjà vu s'emporter contre un employé, mais jamais avec cette cruauté ni cette violence.

Toute la scène – le comportement odieux de Balducci, l'expression mortifiée des tailleurs et des employés du bureau des comptes, les joues blêmes de M. Kirkwood – prenait une dimension encore plus terrible du fait qu'elle se déroulait devant mes yeux, dans un silence de plomb. Mon cœur saignait de voir une telle souffrance dans le regard de ces pauvres gens. Je n'arrivais pas à comprendre comment un homme qui s'était montré si charmant et attentionné avec moi pouvait tout à coup dévoiler un visage aussi diabolique.

— J'ai froid, rentrons, dis-je à Lucy en serrant ma cape autour de mes épaules.

Le lendemain, j'allai travailler comme si de rien

n'était, mais une tension palpable régnait dans l'atelier. Personne ne parlait, et quand je fis un saut jusqu'au bureau des comptes sous prétexte de jeter un coup d'œil au cahier de commande de lady Cartwright, je constatai que la place de M. Kirkwood était vide.

Quand papa rentra, je lui demandai des explications. Il me répondit brièvement que M. Kirkwood avait adressé une lettre de rappel si maladroite à un client que celui-ci s'était senti insulté et avait décidé de nous retirer sa clientèle. Papa ne semblait pas prendre l'affaire à la légère, mais, à l'évidence, il ne souhaitait pas non plus s'étendre sur le sujet.

Quelques jours plus tard, grand-père vint dîner à la maison. C'était le signe qu'il se passait quelque chose de grave car il ne quittait plus son fauteuil roulant et le moindre déplacement lui était très pénible. Je crus comprendre qu'une réunion se tiendrait au salon après le repas, en présence de M. Blodgett, notre chef comptable, afin d'étudier la situation financière de Grenfell's.

— Puis-je venir ? demandai-je à papa comme il s'apprêtait à passer au salon. J'aimerais assister à la discussion. Ne t'inquiète pas, tu n'auras pas besoin d'écrire ou de répéter quoi que ce soit. Je ne vous dérangerai pas.

Il me donna son assentiment et nous prîmes place tous les quatre dans la pièce. Je les observai avec attention, pendant qu'ils discutaient de la situation financière de Grenfell's. Certains termes m'étaient incompréhensibles car le vocabulaire de la finance ne m'était pas familier. Je saisis néanmoins l'expression « déficits abyssaux ». M. Blodgett la répéta avec emphase pendant toute la soirée. Il avait apporté ses livres de comptes et les ouvrit pour nous montrer les commandes, souvent extravagantes, que nous avaient passées des clients qui ne nous avaient jamais payés. Le problème venait de M. Balducci. Celui-ci exigeait que nous continuions à faire crédit même quand il y avait peu de chances que nous soyons remboursés un jour.

— Il nous a donné des instructions très claires à ce sujet. Pas de harcèlement, précisa M. Blodgett.

On aurait dit qu'il avait peur de révéler ces choses à papa, de crainte que Balducci ne l'apprenne et ne cherche à se venger de lui. Et comme il tournait les pages de ses gros registres, montrant les écritures d'un doigt mal assuré et taché d'encre, il me fit davantage penser à un traître qu'à un chef comptable faisant son rapport.

— Bien sûr, il n'est pas question d'insister trop lourdement, déclara grand-père. Nos clients sont nos amis.

Mais à son expression, il était clair que la situation avait largement dépassé les limites de ce que nous avions autrefois considéré comme des pratiques commerciales raisonnables.

Ils se mirent à discuter de sujets extérieurs à l'entreprise, de propriétés et de loyers, d'emprunts et de remboursements. Ils évoquèrent la maison de Mortlake, et celle de Kensington où grand-père vivait avec tante Mary.

Mes yeux étaient douloureux et j'avais mal à la tête à force de suivre une conversation aux échanges si rapides, mais j'étais déterminée à comprendre le plus de choses possible. Papa me lançait de temps à autre un bref regard, et je lui répondais d'un sourire rassurant, mais il n'avait même pas le courage de me sourire en retour. Je ne comprenais peut-être pas tout, mais un point était clair : papa s'était montré négligent, et il était seul responsable de nos problèmes financiers. Nous menions un train de vie extravagant, et si Grenfell's donnait l'image d'une réussite insolente alors que nos caisses étaient vides, c'était le résultat de sa gestion imprudente. À en juger par son visage tendu, il en avait parfaitement conscience.

Lorsque la réunion se termina, une certitude alarmante s'était imposée à nous : nous avions accumulé des dettes colossales, et nos profits avaient chuté d'une manière inquiétante. Si nous ne prenions pas rapidement des mesures pour redresser la situation, tout ce que nous avions bâti s'écroulerait comme un château de cartes.

Le dimanche après-midi qui suivit, M. Balducci vint nous rendre visite et s'enferma dans la bibliothèque avec mon père. Je n'eus connaissance de sa présence à la maison qu'en descendant au salon où tante Lavinia était installée avec tout un attirail de pelotes de fil à broder sur les genoux. Elle me regarda par-dessus la monture de ses lunettes et un sourire complice éclaira son visage. Elle dit quelque chose que je ne compris pas, mais il me sembla saisir le nom de Balducci sur ses lèvres. Puis elle rangea rapidement les pelotes dans sa corbeille à ouvrage, se leva et entreprit d'arranger ma coiffure.

— Tante Lavinia, mais qu'est-ce que tu fais ? m'écriai-je, comme elle manquait me transpercer le crâne avec une épingle à cheveux.

Au même instant, papa entra dans la pièce et referma la porte derrière lui. Il parla à tante Lavinia qui récupéra sa corbeille et sortit aussitôt.

La pendule dut sonner, parce que papa y jeta un coup d'œil, sortit sa montre pour vérifier l'heure, puis la rangea dans la poche de son gilet. Je ne voyais pas ses yeux, je ne parvenais donc pas à deviner ce qui se passait. Mais à l'évidence il était tendu et anxieux.

— M. Balducci est ici ? l'interrogeai-je.

Il tourna le regard vers moi avec l'attitude prudente d'un homme déterminé à garder ses pensées pour lui, acquiesça et m'annonça lentement que M. Balducci était venu lui demander ma main.

Je crus avoir mal compris et je le lui dis, mais il secoua lentement la tête, répétant l'information très distinctement pour qu'il n'y ait pas de malentendu possible.

Le jour tant attendu était donc enfin arrivé et, à ma grande stupeur, je me rendis compte que je n'étais absolument pas prête.

— Ô mon Dieu, murmurai-je.

Mes paumes devinrent brusquement moites et mon cœur battit à se rompre dans ma poitrine.

— Ô mon Dieu ! répétai-je. Qu'est-ce que tu lui as répondu ?

— Ma chérie, dit-il avec un fin sourire, je n'ai pas l'intention de t'imposer quoi que ce soit en matière de sentiments.

La solennité du moment me laissait sans voix. Je me rendais compte tout à coup que l'heure n'était plus aux rêveries éveillées ni aux minauderies – on me demandait de prendre une décision qui engagerait mon bonheur à venir, et j'avais les genoux qui tremblaient d'émoi.

— Mais ce mariage est ce que tu souhaites, n'est-ce pas ? demandai-je.

— J'en serais très heureux, oui.

Je ne fus pas convaincue.

— Papa, tu es soucieux.

J'avais à peine prononcé ces mots que sa détermination fléchit. Il me prit la main et la tapota nerveusement.

— Peut-être, si tu demandais un peu de temps… pour réfléchir, suggéra-t-il.

— As-tu donné ton accord, sur le principe ?

Il hocha la tête, mais ses yeux semblaient fatigués et éteints. On aurait dit un homme qui vient d'offrir sa fille en sacrifice.

— Papa, chuchotai-je comme si nous étions deux conspirateurs dans un camp ennemi. Je ne suis pas très sûre de mes sentiments pour lui. Je ne suis pas certaine de le connaître réellement.

Tandis que je murmurais cet aveu, mes doutes semblèrent se refléter dans ses yeux.

— Alors, tu dois demander du temps, dit-il en pressant ma main avec force dans la sienne.

Puis il tourna les yeux vers la porte, m'indiquant que Balducci attendait.

— Va, dit-il.

Il contemplait mon portrait au-dessus de la cheminée, et je remarquai qu'on avait allumé du feu.

— Bonsoir, dis-je.

Il posa son verre de porto sur le manteau de marbre blanc et se retourna.

Depuis le fameux soir où il m'avait convaincue de l'accompagner à l'opéra, l'hiver précédent, jamais il n'avait osé – malgré d'innombrables opportunités – me regarder de nouveau de cette manière intense et troublante… Un frisson me parcourut, une faiblesse mêlée d'excitation m'envahit de la tête aux pieds. Je me demandai tout à coup s'il avait été intime avec d'autres femmes. J'eus la certitude que la réponse était oui et mon visage devint brûlant.

Il plongea lentement la main dans la poche de sa veste pour y prendre une lettre, qu'il me tendit ensuite entre le pouce et l'index d'un geste que je trouvai assez fascinant. Ses yeux rivés sur moi étincelaient et ses lèvres, mouillées par le porto, luisaient dans la lumière des bougies. Quand je pris la lettre, il baissa la tête, presque imperceptiblement, et sa façon de m'observer sous ses épais sourcils noirs me produisit une impression désagréable. Comment un homme pouvait-il m'inspirer tout à la fois de l'attirance et de la répulsion ?

Je refusai de m'asseoir dans le fauteuil, en dépit de son insistance ; je ne voulais pas qu'il soit là, devant moi, pendant que je lirais sa demande en mariage. Mes mains tremblaient, et les sentiments contradictoires qui faisaient rage en moi me coupaient les jambes et m'empêchaient de raisonner sainement. Je m'emparai d'un bougeoir en argent, sur le manteau de la cheminée, et me dirigeai vers le canapé. Je m'y installai, arrangeant mes jupes sur le siège en velours afin de le décourager de venir s'asseoir à côté de moi, puis je me penchai vers la table basse où j'avais posé la bougie.

Je dépliai la feuille et constatai avec étonnement qu'il m'avait écrit sur le nouveau papier à en-tête de Grenfell's, celui où apparaissaient, à côté de notre nom, les armoiries des familles royales dont nous avions désormais officiellement la clientèle – grâce à lui.

Carissima,

Si vous lisez ces lignes, c'est que tous les obstacles qui auraient pu m'imposer de garder le silence ont été effacés. Désormais, seule l'intransigeance de votre cœur peut faire barrage à mon plus ardent désir, qui est que vous deveniez ma femme.

Vous vous êtes certainement demandé pourquoi un gentleman de trente-huit ans n'était pas encore marié, et vous êtes en droit de connaître la réponse à cette question. Mon travail est ma passion, et il me serait tout simplement impossible d'épouser une femme étrangère à notre monde. Mais en vous, Cara, j'ai trouvé la partenaire parfaite. Ne partagez-vous pas cette impression ? Ne sentez-vous pas que nous sommes faits de la même étoffe ?

Depuis que vous travaillez à mes côtés (oui, Cara, je vous considère comme mon égale), j'ai eu l'occasion de vous voir à l'œuvre, confrontée à des situations où ma future épouse sera amenée à jouer un rôle important, et cela n'a fait que me conforter dans ma décision. Je sais que votre moralité est irréprochable et que vous êtes d'un naturel agréable et généreux. Nos employés vous considèrent comme juste et digne de confiance, et votre autorité repose tout autant sur vos mérites que sur votre nom. À mes yeux vous êtes la femme idéale.

Je suis très impatient, Carissima. Ne me demandez pas d'attendre trop longtemps votre réponse.

Votre dévoué serviteur,
Antonio Balducci

Je repliai la lettre et croisai les mains par-dessus. Je savais qu'il me fallait préparer mentalement une réponse avant de lever les yeux, mais je n'avais aucune idée de ce que je pourrais dire. À aucun moment il ne faisait état d'un sentiment amoureux, ou même d'un attachement quelconque pour moi. Quant à ses compliments, je les aurais certainement appréciés s'ils étaient venus de mon père, mais pas d'un soupirant. J'étais stupéfaite, terriblement déçue, et je sentais instinctivement que je ne pourrais jamais épouser cet homme. La seule pensée de devenir sa femme, de vivre intimement avec lui, de me soumettre à sa personne, corps et âme, me faisait frémir de terreur.

Je forçai mes lèvres à former un sourire modeste et innocent, et me tournai vers lui.

— Cher monsieur Balducci…

— Antonio, rectifia-t-il aussitôt.

Il me rejoignit en quelques enjambées, prit ma main, et la pressa si longuement contre ses lèvres humides qu'un frisson de répulsion me parcourut de la tête aux pieds.

Je m'obligeai à ne pas broncher, luttant pour réprimer mon dégoût, puis je retirai doucement ma main.

— Je suis profondément honorée par votre demande, mais…

Je baissai les yeux. Son regard me terrifiait. On y décelait une intensité presque sauvage, et j'eus le sentiment que je devais quitter la pièce aussi rapidement que possible.

— Pardonnez mon émotion, repris-je, sincèrement troublée. Mais c'est très inattendu. Il me faut un peu de temps pour considérer votre…

Avant même que j'aie pu finir, il s'assit à côté de moi – dans l'espace limité que lui laissaient les volants de ma robe – et étendit d'autorité son bras sur le dossier en bois sculpté du canapé, juste derrière moi. Il y avait quelque chose d'infiniment déplaisant dans ce geste, comme dans la façon dont ses yeux caressèrent la courbe de mon épaule et de ma nuque au lieu de chercher mon regard. Un sentiment de panique s'empara de moi.

— S'il vous plaît, monsieur, dis-je, en espérant que le ton de ma voix ne trahissait pas ma peur, vous ne devez pas me contraindre.

Je me levai et quittai la pièce en toute hâte, refermant soigneusement la porte derrière moi. Une fois dehors, je fus submergée par une violente répulsion. Je rassemblai mes jupes et montai l'escalier en courant. Papa apparut dans le hall et me parla, mais je ne voulais pas l'entendre. Dans ma chambre, j'attrapai mon châle sur le dossier de la chaise, retirai mes souliers et me jetai sur le lit, à côté d'Ivanhoé. L'épagneul tourna vers moi un regard surpris. Je m'enveloppai dans le châle, installai le chien sur mes genoux et restai là à caresser sa fourrure douce en essayant de me calmer. J'ignorais ce qui s'était passé et pourquoi j'avais subitement vu cet homme sous un jour aussi étrange et inquiétant. Tout ce que je savais, c'était que je ne voulais plus jamais me retrouver seule avec lui dans une pièce.

Pendant une année entière, j'avais édifié mon futur bonheur sur un possible mariage avec Balducci, et découvrir que j'étais incapable de faire face à la réalité me plongeait dans une totale confusion. Que resterait-il de mes projets si Balducci ne devenait pas mon mari et Grenfell's notre héritage commun ? Quelle autre option me restait-il ? Sans lui, quelle physionomie aurait mon avenir ?

Descendre travailler tous les matins dans l'atelier devint une épreuve. Balducci n'était pas toujours là, Dieu merci, mais l'arrogance et la certitude qu'il affichait en ma présence parlaient d'elles-mêmes : il prenait ma réserve pour de la pudeur, et il était convaincu que sous mes airs de jeune femme intrépide se cachait un cœur conquis et consentant.

J'évitais de croiser son regard, mais je redoutais à chaque instant qu'il surgisse près de moi à l'improviste ou qu'il me touche. Je savais reconnaître son parfum depuis longtemps déjà – il utilisait une eau de Cologne boisée –, mais j'avais l'impression qu'il avait la main plus lourde depuis sa demande en mariage, comme s'il s'imaginait qu'en forçant sur l'eau de toilette il vaincrait plus aisément mes résistances. J'en étais réduite à flairer l'air tout autour de moi pour tenter de détecter son approche. J'étais constamment sur le qui-vive, incapable de me concentrer, et ce fut donc avec un soulagement indicible que j'appris son départ : le duc de Marlborough l'avait fait appeler dans sa propriété à la campagne pour s'occuper de l'un de ses hôtes de passage – un prince belge qui avait besoin de toute urgence d'un habit de soirée. Il resterait absent plusieurs jours.

Peut-être les récents événements m'avaient-ils ouvert les yeux mais je fus frappée par l'atmosphère de liberté retrouvée qui régna aussitôt dans l'atelier. On aurait dit qu'un mauvais sort venait d'être levé. Les visages étaient souriants et détendus, une bonne humeur communicative se répandait chez Grenfell's. Les ouvriers plaisantaient entre eux pendant les pauses, sans que cela nuise en rien à leur efficacité. Le changement était si spectaculaire que je décidai d'en avoir le cœur net. S'il y avait un problème entre nos employés et Balducci, je devais en être informée d'une manière ou d'une autre. Je savais qu'aucun d'entre eux n'oserait jamais se plaindre à mon père, estimant, non sans raison, qu'il prendrait toujours le parti de son administrateur. Mais j'espérais les convaincre qu'ils pouvaient me faire confiance, à moi, et que, malgré ma surdité, je serais à l'écoute de leurs revendications.

Ce ne fut pas chose aisée que d'organiser un rendez-vous avec le vieux Crawley sans éveiller les soupçons du personnel, mais je m'arrangeai pour qu'on l'envoie faire une course chez un fournisseur et je le rejoignis dans Regent Street, devant la Red Bull Tavern, où il m'attendait dans un fiacre. De là, nous prîmes la direction du parc. J'avais eu soin d'emporter une ardoise et de la craie, même si Crawley avait appris quelques-uns des signes que j'utilisais avec Lucy et Esther et n'hésitait pas à gesticuler pour se faire comprendre.

Cet après-midi-là, garés au bord d'une allée fraîche et lumineuse du parc, je découvris le climat de dissension qui gangrenait désormais tous les rouages de notre entreprise. Le personnel était divisé en deux camps : d'un côté les protégés de Balducci, de l'autre les tailleurs qui avaient autrefois travaillé avec M. Samson. Ces derniers étaient tombés en disgrâce, leur nombre ne cessait de diminuer, et ils craignaient tous de perdre leur travail, sachant que la moindre protestation serait considérée comme un signe d'insubordination.

À mon grand désarroi, il apparut que de nombreux clients avaient écrit pour se plaindre de retards de livraison (des lettres que mon père n'avait jamais vues !) et que lord Roeberry en personne était venu un soir au magasin – visite qui n'avait rien de courtois et que Balducci nous avait soigneusement cachée. Je n'ignorais pas que l'administrateur de mon père, qui s'était bombardé « artiste en confection », n'hésitait pas à faire recommencer un travail qui ne lui donnait pas entière satisfaction. La réputation d'excellence de Grenfell's était à ce prix, et si j'approuvais cette règle d'exigence, j'appris de la bouche de M. Crawley que Balducci s'en servait uniquement pour discréditer et sanctionner des tailleurs dont il souhaitait se débarrasser. Il refusait leur ouvrage sous prétexte qu'il était bâclé et indigne de la maison qui les employait, et les mettait ainsi dans l'impossibilité de respecter les délais.

— Mais il ment, mademoiselle Grenfell ! affirma Crawley en appuyant ses paroles d'un mouvement de tête vigoureux. Leur travail est parfait. Excellent, même. Il n'y a rien à y redire. J'en suis témoin !

Il m'expliqua comment ces ralentissements créaient des tensions entre les différents départements, les équipes étant parfois contraintes de bouleverser tout leur planning pour terminer un vêtement à temps. Toute la chaîne des opérations était affectée par les manigances de Balducci, depuis la fabrication des boutonnières jusqu'à l'emballage et la livraison des commandes.

— Ce ne sont pas des procédés. Il monte les gens les uns contre les autres. Non, ce ne sont pas des procédés, répéta-t-il en triturant le bord du chapeau posé sur ses genoux.

Je dus le tirer par la manche pour lui rappeler de me regarder pour que je puisse lire sur ses lèvres. Malgré ses quatre-vingts ans, M. Crawley avait toujours une vue perçante, mais son crâne s'était dégarni et toute une vie passée à coudre des habits, courbé sur son ouvrage, avait voûté sa silhouette frêle et déformé ses doigts.

— Que puis-je faire ? demandai-je quand il leva les yeux vers moi.

Il secoua tristement la tête en signe d'impuissance.

— Il a piégé le patron comme un renard dans un terrier.

Il referma le poing, en un geste qui me rappela Smithy quand elle tordait le cou d'un poulet dans la cour de la ferme, à Mortlake.

— Vous voulez dire : parce que nous sommes terriblement dépendants des clients de Balducci ?

Il hocha la tête.

Il ignorait que lesdits clients contribuaient seulement à faire valoir l'image de notre réussite, et non à renflouer nos caisses.

En dépit de toutes nos précautions, M. Crawley craignait que le personnel, voire Balducci lui-même, n'ait vent de notre rendez-vous secret : après notre conversation, il fut pris d'une peur panique et se fit porter pâle pendant trois jours. Dans le même temps, j'allai trouver papa avec tout ce que j'avais appris.

J'attendis derrière Lucy pendant qu'elle frappait à la porte de son bureau. Quand il répondit d'entrer, je m'engouffrai dans la pièce, un candélabre à la main, signe que je souhaitais avoir une conversation sérieuse avec lui. Il leva vers moi un regard las. Il était en robe de chambre, un registre ouvert sur la table, devant lui. Autrefois, je ne le voyais pour ainsi dire jamais s'occuper des comptes à la maison ; désormais, c'était une routine quasi quotidienne.

— Nous devons nous débarrasser de lui, décrétai-je en posant le candélabre sur le manteau de la cheminée et en sortant une boîte d'allumettes de ma poche. Soit nous trouvons un moyen de reprendre le contrôle de l'entreprise, soit nous le renvoyons.

Lorsque je me retournai après avoir allumé toutes les bougies, je le trouvai occupé à écrire à toute vitesse sur une ardoise qu'il me tendit.

Nous ne devons pas agir avec précipitation. Tout finira par s'arranger.

— Il y a de graves conflits internes. Nos employés sont à bout.

Si c'est le cas, c'est à eux de m'en parler !

— Ils ne le feront pas. Ils ont peur que tu ne te ranges aux côtés de Balducci. C'est ce que tu as toujours fait par le passé. C'est pour ça que j'ai pris sur moi d'interroger M. Crawley. De façon très discrète, rassure-toi. Il m'a parlé avec beaucoup de franchise d'un certain nombre de problèmes graves.

Crawley ? Comment ose-t-il discuter de ces choses avec toi !

— Et pourquoi pas ? Grenfell's est ma deuxième

famille, et ils le savent. Tu devrais te réjouir qu'ils me voient comme quelqu'un de juste et d'ouvert, avec qui on peut parler. Même Balducci me l'a confirmé.

Misérable traître !

— Qui ? Moi ?

Crawley !

— Le vieux Crawley ? Soixante ans à notre service, et tu le traites de traître ? Tu n'utilisais jamais un mot comme celui-là avant Balducci. Avant que je sois sourde, je ne t'entendais jamais t'exprimer avec cette virulence.

Tu étais trop jeune pour t'en souvenir.

— Il t'a embobiné.

Il essaya de me dire quelque chose, mais je refusai de l'écouter.

— Sais-tu que Balducci soudoie les emballeurs pour qu'ils traitent ses vêtements en priorité ? Et que lord Roeberry en personne est venu au magasin par la porte de derrière – absolument fou de rage, comme tu peux l'imaginer – parce que sa commande avait trois semaines de retard ? Et quand son secrétaire t'a écrit pour s'en plaindre, Balducci a intercepté la lettre et l'a détruite ! Il est cupide, malhonnête, et sous ses airs affables se cache une nature sombre et diabolique que je commence tout juste à entrevoir. C'est à un homme comme lui que tu voudrais remettre les rênes de Grenfell's ? C'est un homme comme lui que tu voudrais me voir épouser ?

Comme je n'entends pas ma voix, je ne sais jamais si ma diction est correcte. Mais lorsque je conclus ma tirade et que je lançai cette ultime question, je vis que je m'étais parfaitement fait comprendre et que mes arguments avaient porté parce que mon père devint tout pâle.

Il se détourna, enfouit son visage dans ses mains tremblantes, et mon cœur saigna pour lui.

— Oh, papa !

Je m'agenouillai près de lui, l'implorant de m'écouter.

— Je ne dis pas ces choses pour te faire du mal, mais parce que j'ai peur. Grenfell's est tout ce que nous avons. Je ne peux pas laisser Balducci détruire la seule chose pour laquelle j'aie envie de me battre.

Je saisis doucement ses poignets.

— S'il te plaît, regarde-moi. Je ne sais pas ce que tu penses quand je ne vois pas ton visage.

J'étais devenue si habile à lire dans ses yeux qu'il lui était presque impossible de me cacher ses pensées, et il le savait.

Finalement, il laissa retomber ses mains et se tourna vers moi.

— Oh non, murmurai-je – et mon cœur cessa de battre. Dis-moi que je me trompe. Dis-moi que je n'ai pas compris…

Il s'inclina sur l'ardoise, la nettoya avec un chiffon puis écrivit : *Tu dois l'épouser. Nous n'avons pas le choix.*

— Pas le choix ? Mais tu as dit toi-même que tu ne pouvais pas m'imposer quoi que ce soit en matière de sentiments.

— Si tu refuses, il nous quittera.

Je me levai si précipitamment que je trébuchai sur le bas de ma jupe et dus poser la main sur le bureau pour retrouver mon équilibre.

— Tu ne le connais pas, affirmai-je d'une voix ferme. Il n'est pas celui que tu crois. Nous serons beaucoup mieux sans lui.

— S'il te plaît, ma chérie. Je t'en supplie. Examine sa demande.

— C'est ce que j'ai fait. Je ne consentirai jamais à devenir sa femme, et je suis effarée de penser que *toi*, papa, tu m'encourages à épouser un homme aussi faux, cruel et… et répugnant !

Je traversai rageusement la pièce pour partir, et me retournai au moment de franchir la porte.

— Agis comme tu l'entends en ce qui concerne Grenfell's. Mais ne compte pas sur moi pour te servir de pion.

Il s'était levé et me regardait, l'expression défaite, les mains enfoncées dans les poches de sa robe de chambre.

— Je t'en prie, Veda, si tu dois l'éconduire…

— Oh, ce n'est pas une hypothèse, mais une certitude !

— Au moins, attends. Laisse-moi le temps de me retourner, je t'en supplie.

— Je te donnerai autant de temps qu'il m'en laissera, lui. S'il me presse de lui donner ma réponse, je l'éconduirai.

Je sortis comme une tornade et passai devant tante Lavinia qui venait manifestement d'écouter aux portes. Elle se tordait les mains en fixant sur moi un regard navré et compatissant, toute gentillette dans sa robe grise qui fleurait bon la lavande et sa petite coiffe en dentelle blanche.

Je fus brusquement frappée par son impuissance, et je m'arrêtai pour la serrer très fort dans mes bras – un geste qui la prit complètement au dépourvu car elle pensait certainement que c'était moi qui avais besoin d'être réconfortée.

— Ça va aller, lui dis-je à l'oreille.

Elle eut l'air rassurée.

14

Désormais, à cause de Balducci, j'avais peur d'entrer chez Grenfell's. Il avait réussi à me priver de mon unique sanctuaire, et sa présence, ses attentions m'étaient devenues insupportables. Il était beaucoup trop présomptueux et imbu de lui-même pour imaginer que je puisse l'éconduire, et mes rebuffades n'avaient aucun effet sur lui. Le personnage qu'il avait joué – ses encouragements, l'intérêt qu'il semblait porter à mon talent, la façon dont il avait convaincu mon père de m'accorder une multitude de privilèges – m'avait conduite à le voir sous un jour favorable. Mais l'homme que j'avais pris pour mon champion avait peu à peu dévoilé son vrai visage. Récemment, Ernestine, l'une de mes assistantes couturières, m'avait raconté en quels termes il m'évoquait, clamant qu'il avait transformé une fille empotée et timide en publicité vivante pour le département féminin de notre maison. Il se vantait ouvertement de son œuvre, parlant de moi comme de sa « plus belle création ».

L'activité de notre « département des Amazones »

étant encore modeste (je n'avais que sept clientes), je retournais rarement au magasin l'après-midi. J'enfilais ma tenue d'équitation, sautais dans un fiacre pour me rendre au manège et je passais le reste de la journée à monter First. C'était la seule occupation qui me permettait de chasser l'horrible petit homme de mon esprit. Sa présence infectait jusqu'à l'air que je respirais à Grenfell's. Je préférais encore affronter les rues encombrées de Londres et leurs dangers plutôt que de rester enfermée dans l'atmosphère confinée de l'atelier. Il n'avait pas pris conscience du changement qui s'était opéré en moi, et ce simple fait en disait long sur le personnage. Je le haïssais de m'avoir chassée de mon jardin d'Éden.

Par un froid après-midi d'octobre, j'arrivai aux écuries presque en larmes. J'avais passé la matinée à travailler aux côtés de Balducci. Il m'avait demandé mon avis pour la conception d'un motif destiné au revers d'un habit de soirée et avait profité de ce qu'il me montrait des dessins pour me caresser le poignet à plusieurs reprises et se coller à moi sous prétexte de regarder par-dessus mon épaule. Comme il opérait en douce pour que personne ne le voie, je n'avais pas d'autre recours que mourir de honte sur ma chaise et essayer de me dégager. C'était un jeu pour lui, et même si je tentais de le tenir à distance d'un mot, d'un regard, tous les muscles raidis, il continuait à me poursuivre de ses avances avec une jubilation perverse. Une fois à la maison, je m'étais précipitée dans ma chambre, criant à Lucy de venir m'aider à enfiler ma tenue d'équitation. Quelques minutes plus tard, je dégringolais l'escalier, mon chapeau au bout des doigts, et sautais dans l'attelage qui m'attendait dans la rue.

Nous avions eu la chance de pouvoir mettre First en

pension dans une écurie de Bayswater où Burnes aimait donner ses cours. Ce n'était pas un endroit à la mode, mais je pouvais m'y rendre seule, et sans m'exposer au risque d'y croiser des ladies que je risquais de recevoir ensuite comme clientes chez Grenfell's. Les garçons d'écurie connaissaient mes habitudes et savaient comment s'adresser à moi.

Cet après-midi-là, tandis que j'attendais qu'on m'amène First, très élégante dans mon amazone bleu nuit et mon haut-de-forme orné d'une plume blanche, il me fut impossible de chasser de mon esprit les avances de Balducci. J'avais l'impression de sentir encore son pouce caresser ma paume, là où la peau est le plus vulnérable. Ce souvenir devint si oppressant que je fus prise d'un malaise. Je me réfugiai dans un box vide, arrachai mes gants, m'accroupis dans la paille et plongeai mes deux mains dans un seau d'eau glacée. Je les lavai encore et encore jusqu'à ce qu'elles soient toutes rouges et engourdies par le froid, puis je saisis une poignée de paille et les frottai jusqu'au sang. Je ne pouvais m'arrêter de songer à ce qu'il se passerait quand nous serions mariés, au droit qu'il aurait d'user de mon corps comme il l'entendrait. Cette pensée m'était si insupportable que je me mis à sangloter, et plus je martyrisais mes mains, plus mes pleurs redoublaient.

Je sentis tout à coup quelqu'un me toucher l'épaule, et cette intrusion d'un étranger alors que je me croyais seule me causa une frayeur sans nom. Je me levai d'un bond et perdis l'équilibre. Le visage de Harry exprimait une telle tendresse mêlée d'inquiétude que mes jambes fléchirent et que je tombai – littéralement – dans ses bras. Il m'attrapa par la taille pour me soutenir et ses lèvres remuèrent sans que je comprenne un seul mot. Il était visiblement très soucieux, craignant sans doute que je n'aie été victime d'une agression. Je jetai mes bras autour de son cou, enfouis mon visage contre son épaule, et m'abandonnai à mon désespoir. Il me serra alors doucement contre lui, sans se soucier des larmes qui mouillaient le col amidonné de sa chemise.

Finalement, je me calmai peu à peu, et il agita devant mon nez un mouchoir dont je fis bon usage. J'étais encore en proie à ces sanglots étranglés et sporadiques qui vous secouent de la tête aux pieds dans les moments de grande détresse. Il continua à me soutenir, tandis que j'essuyais mes joues trempées de larmes. Au bout d'un moment, il prit l'une de mes mains rougies et meurtries dans la sienne et l'examina avec une expression douloureuse.

Pourquoi ?

Je secouai la tête, comme quelqu'un qui ne veut pas discuter d'un sujet pénible. Il m'observa avec attention, puis, constatant avec soulagement que le pire était passé, il lâcha ma taille, se baissa et ramassa mes gants. Après m'avoir fait signe de tendre les mains, il me les enfila l'un après l'autre, et en ferma délicatement les boutons sur les poignets.

Pendant tout ce temps, je n'avais pas cessé de le contempler fixement.

Peut-être fut-ce ma hardiesse involontaire, la façon dont j'étais obligée de scruter les visages pour capter les moindres expressions, même fugitives, peut-être fut-ce cela qui alluma la petite flamme qui crépita à l'unisson dans nos cœurs à ce moment-là, car lorsqu'il eut fini de boutonner mes gants, il ne lâcha pas mes mains et je ne cherchai pas à les lui retirer.

— Pouvez-vous me comprendre ? demanda-t-il.

— Oui, acquiesçai-je, un sourire perçant à travers

mes larmes. Quand vous parlez de cette façon et que vous vous tenez près de moi.

— Ned…

— Oui… Ned.

— Ned dit que vous lisez sur les lèvres.

— Lire sur les lèvres n'est pas une science exacte, monsieur, et je me rappelle que vous êtes un homme de science. Ne vous attendez donc pas à ce que ma compréhension soit parfaite.

— La compréhension parfaite n'existe pas. Même chez ceux qui entendent.

— Non, monsieur, vous avez raison.

Ses sourcils se froncèrent et il lança un regard peiné à mes mains, qu'il n'avait toujours pas lâchées.

— Je suis désolé, dit-il – et il y avait une compassion sincère dans ses yeux.

— Je suis heureuse que vous ayez été là.

— Je vous demande pardon ?

Je rougis.

— Pardonnez-moi. Je sais que je m'exprime bizarrement. Du moins, on me l'a dit. Ma prononciation a été altérée par ma surdité.

— C'est une voix adorable, dit-il.

— Adorable ? demandai-je, un peu amusée.

— Oui.

Il sourit.

— Adorable.

— Il paraît qu'elle ressemble au cri d'une mouette. Mais je ne me rappelle pas le cri des mouettes.

— Peut-être, si vous alliez sur la côte…

Il continua, mais je ne compris pas car je m'étais perdue au fond de ses yeux.

— Excusez-moi, pouvez-vous répéter ?

— Cela pourrait vous revenir. Le souvenir du cri des mouettes.

— Je n'ai aucune mémoire des sons.

Ma phrase fut hachée par un ultime sanglot, qui remonta sans prévenir des profondeurs de ma gorge, et une tendresse infinie baigna le visage de Harry.

— En revanche, je me rappelle tous les détails visuels d'une scène, poursuivis-je. À condition qu'il s'agisse d'un moment important, bien sûr.

— Vraiment ? C'est très intéressant.

— Oui. Un peu comme une image photographique.

— Et ce moment-ci ? Vous vous souviendrez de tous les détails ? me demanda-t-il d'un ton taquin.

Je pris une profonde inspiration avant de répondre :

— Je me les remémorerai aussi fidèlement que si j'étais peintre, monsieur, je pourrais reproduire votre visage sur la toile longtemps après que vous serez parti.

Il dut être saisi par la franchise de ma réponse à ce qui n'avait été qu'un badinage, car son regard m'étudia pensivement, mais avant qu'il ait pu répondre, un bruit attira son attention vers l'entrée de l'écurie.

— On vous cherche, je crois, m'informa-t-il.

— Alors, vous devez libérer mes mains, monsieur, pour me permettre d'y aller.

En dépit de l'étrangeté de ma voix, il y avait une lueur de provocation au fond de mes yeux, et il sourit.

— Je les libérerai, articula-t-il distinctement, uniquement si vous me promettez de les traiter avec douceur.

— De les traiter… ?

Je n'étais pas sûre d'avoir compris.

— Comme ceci, dit-il.

Et il les porta l'une après l'autre à ses lèvres.

Je ne pouvais laisser cet instant s'envoler à jamais. Je pressai donc ma paume sur sa joue pour prolonger un peu la chaleur de son baiser et lus sur son visage de la surprise durant ce geste, mais une surprise agréable. Il posa sa main sur la mienne et la garda prisonnière contre sa joue. J'aurais voulu que le temps s'arrête, qu'il me tienne ainsi captive pour toujours.

— Merci pour votre sollicitude, monsieur.

— Tout le plaisir est pour moi.

Je reculai à regret, mais mon regard, rivé sur ses lèvres, devait sûrement trahir ce que je ressentais.

— Je vous suis infiniment reconnaissante pour votre aide, monsieur.

Je lui tendis le mouchoir mais il le pressa dans ma main.

— J'en ai déjà un, identique à celui-ci, déclarai-je, en regardant les armoiries des Hambledon brodées dans un coin de la batiste.

Je levai les yeux vers Harry.

— Votre mère m'en avait donné un, que je garde précieusement dans le tiroir de ma commode, en souvenir d'elle.

À ces mots, il esquissa un sourire teinté de tristesse.

— Ah, mon petit Ivanhoé !

Et il ajouta quelque chose que je ne compris pas.

— Si vous vous informez de sa santé, soyez rassuré : il va bien et il s'est parfaitement adapté à sa famille d'adoption.

Je souris, de plus en plus à l'aise malgré l'émotion qui me nouait l'estomac.

— C'est un compagnon bien dodu, maintenant.

— Je vous avais mise en garde…

Il agita un doigt ganté dans ma direction.

— Je l'avoue, il ne se promène pas aussi souvent qu'il le devrait. Mais il est trop content sur mes genoux – quand il ne dort pas au pied de mon lit.

En dépit des limites de notre échange, je sentais la volonté de Harry de dialoguer avec moi. J'avais presque l'impression de voir les rouages de son cerveau opérer derrière ses yeux gris changeants tandis qu'il cherchait un moyen de communiquer. Même en cet instant, alors que notre relation n'en était qu'à ses balbutiements, Harry était désarmé face à mon mur de silence.

Mon calme retrouvé, je chassai les brins de paille accrochés à ma jupe, esquissai une révérence et m'éloignai.

Je résistai à l'envie de me retourner et me dirigeai vers le manège où First m'attendait, tenu par un valet d'écurie impatient. Comme je lui tendais ma cravache et me préparais à me hisser sur la selle, je notai que Harry m'avait suivie et mon cœur bondit de joie.

Il traversa le sol sablonneux pour me rejoindre.

— Montez-vous en solitaire, mademoiselle Grenfell ? me demanda-t-il.

— Je ne m'aventure pas hors du manège, monsieur.

Il me posa une question, mais Burnes approchait et, à mon grand étonnement, Harry l'accueillit comme un vieil ami. J'étais terriblement frustrée de ne pouvoir suivre leur échange, mais il y avait entre eux une jovialité pleine de chaleur, et ils semblaient découvrir l'un comme l'autre qu'ils me connaissaient tous les deux.

Visiblement ravi, Harry se tourna vers moi et me dit quelque chose à propos d'un cheval. Après plusieurs tentatives et beaucoup de patience de sa part, je compris que Burnes entraînait le nouveau cheval de chasse de Harry.

— Il m'entraîne moi aussi, déclarai-je avec humour.

Je lançai un regard malicieux à Burnes dans l'estime duquel il me semblait être grimpée, maintenant qu'il me savait amie avec lord Ormelie.

— Mais je représente un défi bien plus grand que n'importe quel équidé, ajoutai-je avec un sourire.

Burnes haussa un sourcil broussailleux et admit que c'était la vérité. Après un court échange avec lui, Harry revint vers moi.

— Burnes me dit que votre père ne vous autorise pas à vous rendre à cheval dans le parc.

— Mon père est très soucieux de ma sécurité.

— Et si vous…

— Je vous demande pardon ?

— Si vous aviez un compagnon ? Quelqu'un qui chevaucherait à vos côtés ?

— Je n'ai personne avec qui chevaucher, monsieur.

— Maintenant, si.

Harry me fit signe d'attendre, lança un ordre au valet d'écurie et tourna les talons. Burnes lui cria quelque chose ; apparemment, les deux hommes étaient en désaccord. Burnes m'adressa un regard d'avertissement – que je fis semblant de ne pas voir – et s'élança derrière Harry.

Le temps n'était pas idéal pour une promenade à cheval. Le soleil était enfoui sous un ciel d'un gris crayeux. Nous descendîmes côte à côte l'allée pavée, Harry et moi, puis nous frayâmes un passage au milieu du flot tumultueux des charrettes et des attelages pour pénétrer dans le parc. Je jetai un coup d'œil par-dessus mon épaule tandis que le rideau d'arbres se refermait derrière nous et je me demandai si les lieux étaient aussi paisibles que l'image qu'ils me renvoyaient. Il y avait peu de cavaliers. La haute société préférait évoluer dans Rotten Row, à l'autre bout du parc, mais pour une fois j'étais heureuse de me trouver loin de cette foule élégante.

Burnes avait averti Harry que j'étais une novice et

qu'il serait responsable s'il m'arrivait quelque chose. Il craignait surtout que First, grisé par un sentiment de liberté, ne devienne difficile à contrôler une fois dans le parc. Il ne s'était pas trompé car je perçus son excitation à l'instant où nous quittâmes la rue pour pénétrer sous le couvert des arbres.

Burnes avait néanmoins toute confiance en Harry, et là encore, il avait raison. Mon apprentissage s'étant fait uniquement par l'observation, j'avais appris à étudier chaque mouvement du torse et des mains, même imperceptible, chaque pression des cuisses et des mollets correspondant à un ordre, et je pouvais me rendre compte que Harry était un cavalier émérite, à la fois élégant et racé. Il montait un splendide cheval arabe appelé Fellow qui semblait avoir conquis le cœur de mon First.

Prenant courageusement l'initiative d'un dialogue, j'en fis la remarque à Harry.

— Je le vois aux signaux qu'il lui lance avec ses oreilles, dis-je en tournant la tête vers Harry avec un sourire amusé.

Ses yeux étaient rivés sur moi.

— Vous connaissez donc bien les chevaux ? demanda-t-il en veillant à articuler distinctement.

— Non, mais je commence à connaître celui-là.

Il semblait désireux de me parler, mais lorsque j'échouai à comprendre sa phrase suivante, je vis une expression embarrassée se peindre sur son visage.

— Nous ne sommes pas obligés de parler, déclarai-je, essayant de masquer ma propre gêne. Nous pouvons savourer simplement le plaisir de la promenade.

— Mais j'ai très envie de discuter avec vous,

mademoiselle Grenfell, dit-il en s'inclinant vers moi pour me permettre de lire plus aisément sur ses lèvres.

Il faisait visiblement un effort pour s'exprimer lentement, et cette contrainte qu'il s'imposait lui pesait sans doute.

Je surpris le regard pensif qu'il posait sur moi.

— Vous montez très bien, commenta-t-il. Burnes m'a dit que vous aviez une bonne assiette. Il a raison.

— Ah, mais la tenue d'équitation des dames dissimule une multitude de défauts.

— Ma mère montait souvent…

Je ne compris pas le reste de sa phrase, frappée par le changement soudain qui était apparu sur son visage au moment où il avait prononcé son nom. Une révérence mêlée de souffrance.

Je tirai sur les rênes de First pour l'arrêter.

— S'il vous plaît, monsieur, pourriez-vous avoir l'obligeance de répéter ? Même si j'essaie de le cacher, la plupart du temps, je ne saisis que le sens global d'une conversation, je l'avoue, et je procède beaucoup par déduction. Mais si vous parlez de votre mère, je tiens à comprendre chaque mot.

Stoppant à côté de moi, il répéta :

— Ma mère disait la même chose.

Il montra d'un geste la jupe de mon amazone dont les plis cascadaient le long du flanc de First.

— Elle détestait la selle d'amazone. Elle la trouvait…

— Restrictive ? répétai-je en espérant que j'avais bien compris.

Il hocha la tête.

— Oui. Sur nos terres, à Blackroak, elle montait toujours comme un homme, à califourchon.

Je souris.

— Cela ne m'étonne pas. C'était tout à fait dans son caractère.

Harry sombra dans un silence mélancolique et je regrettai d'avoir évoqué le sujet. Il continuait à me regarder comme s'il souhaitait réengager la conversation mais ne savait comment dialoguer avec moi. De même que tous ceux de son rang, il répugnait à utiliser les gestes, et ce n'était pas un homme patient ; il était habitué à parler rapidement, avec cet esprit brillant qui charmait ses interlocuteurs – une verve perdue pour moi.

— Ne vous croyez pas obligé de me faire la conversation, dis-je au bout d'un moment. Ma vue me sert non seulement à comprendre mais aussi à profiter du spectacle de la vie. Je suis beaucoup plus sensible qu'autrefois à la beauté de la nature. S'il vous plaît, profitons simplement de cette chevauchée à deux. J'adore le parc, même par temps gris, comme aujourd'hui.

Je poussai First au trot, et Harry suivit le mouvement.

Le ciel morose et noirci par les fumées était pour moi le seul indice me rappelant la présence de la ville tout autour de nous. Je n'entendais ni le fracas des charrettes descendant bruyamment les rues pavées avec leur chargement, ni le martèlement des sabots sur le macadam, ni le grondement des fardiers, des fiacres et des diligences bondés, ni le brouhaha d'une foule en perpétuel mouvement. Je ne voyais que la beauté majestueuse des larges allées verdoyantes. L'automne avait apporté une touche de douceur dans les sous-bois ; cependant, seuls les noisetiers et les ormes avaient perdu leurs feuilles. Elles formaient d'épais tapis jaune et brun qui exhalaient sur notre passage une odeur d'humus et de terre mouillée.

Ce fut Harry qui décida de notre itinéraire cet

après-midi-là. Il avait d'abord eu l'intention de traverser le parc pour gagner Rotten Row, mais lorsque j'exprimai des réserves, il convint que nous serions plus à l'aise dans un endroit moins fréquenté. Nous nous promenâmes au petit galop pendant un moment, puis, apercevant un arbre couché sur le bas-côté de l'allée, je décidai de profiter de l'expérience de Harry pour lui demander quelques conseils. Ce fut en me voyant sauter qu'il mesura pleinement le travail accompli par Burnes.

— Comment s'y est-il pris ? me demanda-t-il tandis que je le rejoignais au petit trot pour m'arrêter à côté de lui, les pommettes empourprées par l'effort et le souffle court.

— Je vous demande pardon, monsieur ?

— C'est Burnes qui vous a appris à monter à cheval ?

— Oui.

— Sincèrement, mademoiselle Grenfell, je vous admire. Burnes est remarquable avec les chevaux, mais avec les gens, c'est un rustre.

— Cela n'a pas été facile tous les jours, admis-je en enroulant les rênes autour mon genou pendant que je retirais mon aiguille à chapeau pour rajuster mon couvre-chef. Ce n'est pas un homme patient.

— Délicieuse.

— Délictueux ?

— Délicieuse, répéta-t-il. Ravissante.

J'enfonçai l'aiguille dans mon chapeau puis tamponnai ma nuque avec le mouchoir de Harry, que j'avais glissé à l'intérieur de ma manche.

— Je ne suis pas sûr d'avoir saisi, monsieur.

— Vous avez beaucoup changé.

— J'ai changé ?

— Vous êtes époustouflante, mademoiselle Grenfell.

J'observais les mouvements de sa bouche, le jeu des muscles pendant qu'il parlait, et j'essayais d'imaginer sa voix.

— Avez-vous saisi ce que j'ai dit ? demanda-t-il, déconcerté par mon regard attentif.

— Je crois avoir capté l'idée générale, monsieur.

— Je tiens à ce que vous compreniez parfaitement.

— Même si c'était le cas, la modestie m'interdirait de le montrer, monsieur.

À cet instant, son attention se focalisa sur un point, au-dessus de mon épaule. Je crus d'abord qu'il venait d'apercevoir une connaissance, mais son froncement de sourcils et la façon dont ses yeux pivotèrent vers moi m'indiquèrent qu'il ne s'agissait pas de cela.

Il se pencha sur sa selle et dit :

— Il y a un gentleman qui vous observe avec insistance. Il est juste derrière vous, dans un phaéton.

— Dans un phaéton ?

Harry hocha la tête.

— Tiré par deux chevaux gris ?

Nouveau hochement de tête.

Balducci ! C'était forcément lui. Parfois, il venait au manège me regarder monter. Il y prenait un plaisir immense, disait-il, bien qu'il ait dû y renoncer ces derniers temps, faute de loisir.

— Un homme petit, brun, qui me fixe de façon obsessionnelle ? demandai-je à Harry.

— Petit et brun, oui, mais c'est moi qu'il fixe – et son regard n'a rien d'amical. Connaissez-vous ce gentleman ?

Comme j'aurais aimé pouvoir répondre par la négative et lancer Harry sur lui à la façon d'un faucon sur un rat !

— C'est un…

Je m'arrêtai et esquissai un pâle sourire avant de reprendre :

— Un ami de la famille.

— Je n'ai donc pas besoin de défendre votre honneur ?

— Vous pouvez me défendre si vous le souhaitez, monsieur, répondis-je en haussant coquettement un sourcil.

— Il fait de grands gestes pour attirer votre attention – et il crie votre nom.

— Je n'ai aucun moyen de le savoir, monsieur, puisque je lui tourne le dos.

— Mais *moi* je le vois et je l'entends.

— Vous pouvez choisir de l'ignorer.

— Est-ce ce que vous souhaitez ?

— Oui.

— En ce cas, j'obéis, dit-il avec une expression espiègle.

Il enfonça fermement son chapeau sur sa tête, m'adressa un signe discret que je ne pouvais manquer de comprendre, et pressa ses talons dans les flancs de Fellow. En l'espace de deux foulées, nos montures s'étaient élancées côte à côte au petit galop. Tandis que le vent fouettait mon visage, j'éprouvai une merveilleuse sensation de liberté, comme si toutes les attaches qui me rivaient à ce monde s'étaient rompues et que l'homme qui chevauchait près de moi allât m'emporter dans les airs, tel un ange ailé, pour me conduire en un monde insouciant où tous les êtres se comprenaient sans effort et où l'orgueil n'existait pas.

Je payai cher ma rébellion. Balducci m'évita toute la journée du lendemain, et lorsque je descendis dîner, je compris immédiatement à la mine chiffonnée de tante Lavinia, à ses regards furtifs et à sa manière de jouer avec ses couverts sans toucher à son repas, que j'allais avoir droit à une scène.

Je ne fus donc pas étonnée quand Lucy vint m'annoncer dans la soirée que papa souhaitait me voir dans son bureau. Je le trouvai occupé à m'écrire. Bien que le papier coûtât cher, il préférait cette solution à l'ardoise, quand il voulait discuter d'un sujet important. Je constatai qu'il avait déjà vidé son verre de porto et m'approchai du carafon pour le resservir, remplissant au passage un petit verre pour moi.

Je sentis le sol vibrer légèrement : il tapait du pied pour attirer mon attention – sans nul doute pour me signifier sa désapprobation –, mais je l'ignorai.

— Si je dois être condamnée, déclarai-je en me retournant, autant me rendre sur le lieu de mon supplice légèrement étourdie et de joyeuse humeur.

Il secoua la tête, les lèvres serrées, mais continua à écrire afin de ne pas perdre le fil de ses pensées. Il fut néanmoins contraint de s'interrompre lorsque Lucy apparut, annonçant une visite.

— Qui est-ce ? demandai-je quand nous fûmes seuls à nouveau, car j'avais vu ses traits se crisper.

Il se leva sans répondre et me fit signe de sortir, prenant quelques secondes pour rectifier son apparence. Je le regardai resserrer la ceinture de sa robe de chambre, lisser ses cheveux en arrière, et je devinai que notre visiteur devait être une personne de haut rang. Je pris tout mon temps pour partir, revenant lentement vers la console pour y poser mon verre, de sorte que je n'étais pas encore à la porte quand lord Roeberry entra, avec l'arrogance d'un homme qui estime que son titre de comte lui donne le droit de venir chez son tailleur quand bon lui semble. Il était habillé pour se rendre au théâtre : cape noire et gants blancs immaculés, et il apportait avec lui le froid de la nuit. Ma présence le surprit car il s'immobilisa avec une certaine raideur avant d'ôter son chapeau et de me saluer d'une brève inclination du buste. J'esquissai une petite révérence et m'éclipsai.

Après avoir trouvé Lucy et lui avoir fait signe d'écouter ce qui se disait dans le bureau, je m'assis dans l'escalier au bout du hall, une bougie posée sur la marche à côté de moi, pour lire la lettre de papa. Je l'avais subtilisée sur son bureau pendant qu'il avait le dos tourné, pliée et glissée dans ma manche.

> Balducci affirme que tu l'as gravement insulté, hier, alors qu'il était parti à ta recherche dans le parc. Il était très inquiet pour ta sécurité – sachant que je ne veux pas que tu montes hors du manège – et ses intentions étaient parfaitement honorables. Il dit t'avoir surprise en tête-à-tête « suspect » avec lord Ormelie, qu'il a défini comme un « libertin de la pire espèce ». Il demande que tu exprimes des regrets sincères, faute de quoi il estimera avoir été offensé – avec toutes les conséquences que cela pourrait avoir pour nous. Il insiste également pour que nous fixions dès à présent la date du mariage.
>
> Ma chérie, je vais être franc avec toi. Tu as pris le temps de la réflexion, mais il a assez attendu. Tu l'as laissé mariner trop longtemps pour l'éconduire maintenant.

Quelle absurdité ! Je fixai sur la lettre un regard luisant de fureur, dans l'espoir puéril que la flamme de ma colère réduirait en cendres le nom de Balducci. Lord Ormelie un « libertin de la pire espèce » ? J'avais fait « mariner » Balducci, moi ? Ce n'était pas ainsi que papa avait analysé la situation quand nous en avions discuté ensemble. À l'évidence, on l'avait contraint à adopter cette position. J'avais été prise au piège par Balducci et sacrifiée par mon père.

Je levai les yeux ; Lucy tirait sur ma jupe pour attirer mon attention. Lord Roeberry s'en allait. Je montai l'escalier à toute vitesse et attendis dans le couloir. Au bout d'un moment, Lucy réapparut en bas de l'escalier. Lord Roeberry était parti. Je fis signe à la jeune femme de me rejoindre pour me raconter ce qu'elle avait entendu. Lord Roeberry s'était plaint d'une commande qui ne lui avait pas été livrée. C'était la deuxième fois que cela se produisait. Je n'avais pas besoin de saisir tous les mots prononcés par Lucy pour imaginer la colère de notre visiteur. Les gentlemen de haut rang – surtout quand ils étaient aussi snobs que lord Roeberry – ne se rendaient pas chez leur tailleur à onze heures du soir sans un motif d'importance.

Il y avait un point de son récit que je lui fis répéter plusieurs fois, sans parvenir à saisir exactement ce qu'elle voulait dire. Cela concernait Balducci. Finalement, je l'emmenai dans ma chambre et lui tendis une ardoise et une craie. J'appris ainsi que papa avait demandé à lord Roeberry pourquoi il n'était pas venu le trouver lors du premier incident. Lord Roeberry lui avait rapporté l'explication de Balducci : celui-ci étant l'associé de mon père, les réclamations devaient désormais lui être adressées personnellement.

Je savais très précisément ce que Balducci essayait de faire. Il avait dénigré nos employés afin de dissimuler les tensions grandissantes dans l'atelier, et il avait essayé de passer sous silence les plaintes de clients mécontents qui auraient porté atteinte à sa réputation en mettant en lumière ses manigances. Mais en mentant sur son statut dans l'entreprise, en s'autobombardant associé, à égalité avec mon père, il avait commis une erreur fatale.

J'attendis que papa me convoque à nouveau dans son bureau, mais il n'en fit rien. Avant de me coucher, je déchirai sa lettre et en jetai les morceaux sur la grille de l'âtre, où elle brûlerait au matin quand Lucy viendrait faire du feu dans ma chambre.

Il y eut une ultime scène, épouvantable. Mon vingt et unième anniversaire tombait le dimanche suivant, et une grande réunion familiale avait été organisée pour fêter l'événement. Ma cousine Grace, son mari et ses enfants arrivèrent de Bath le vendredi ; grand-père et tante Mary firent le trajet dans la matinée depuis Kensington et, à ma grande joie, Esther et Ned vinrent tout spécialement d'Oxford. Balducci avait été invité de longue date.

Je supposai que papa n'avait toujours pas pris de décision à son sujet car il lui réserva un accueil chaleureux. De son côté, Balducci se montra mielleux, comme à son habitude, avec toute ma famille. Grand-père lui servit notre meilleur vin de Bordeaux, qu'il dégusta tout en m'observant par-dessus le bord de son verre, son petit doigt délicatement recourbé en un geste calculé pour attirer l'attention sur sa chevalière en or et ses ongles parfaitement manucurés. Comme il s'agissait de ma journée et que j'étais au centre de toutes les attentions, je fus protégée de ses flatteries obséquieuses par le rempart de ma famille et de mes amis.

Le repas terminé, quand les invités se mirent à discuter par petits groupes et que grand-père s'installa dans son fauteuil près de la fenêtre pour lire son journal, je chuchotai à papa que j'étais fatiguée et que je montais me reposer un moment dans ma chambre. Je traversais le hall en direction de l'escalier lorsqu'une main me happa le coude, me faisant violemment sursauter. Je compris dans la seconde qu'il s'agissait de Balducci, et je me retournai si vivement qu'il resta interdit.

— Cara…

— Vous m'avez fait peur. Je n'ai aucun moyen de vous entendre approcher.

— Je souhaiterais vous parler seul à seule.

— Je viens de fournir de gros efforts pendant tous le repas, je suis fatiguée. Si vous pouviez…

Il se plaça devant moi, me barrant le passage, et me lança un regard implorant que je trouvai grotesque et pathétique. Déterminée à en finir une fois pour toutes avec lui, je lui fis signe de me suivre au salon, mais j'eus soin de laisser la porte grande ouverte – une précaution qui alluma une lueur de dépit dans ses yeux noirs.

Il se mit à me parler de l'incident du parc. J'affichai un air attentif et poli, tout à fait de circonstance. Cela lui donna sans doute l'illusion que je comprenais tout ce qu'il disait, ce qui était loin d'être le cas. Lorsqu'il en eut enfin terminé avec son ennuyeux monologue et qu'il exigea une réponse, je me contentai de sourire. Il me saisit alors à bras-le-corps et posa violemment sur ma bouche un long baiser humide qui me souleva le cœur. Abasourdie, je mis plusieurs secondes à réagir. Je le repoussai alors de toutes mes forces, mais il m'attrapa les poignets et me plaqua contre le mur en fixant sur moi son regard terrifiant. Tous les muscles de son visage étaient tendus par une détermination farouche, et sa bouche entrouverte, comme prête à fondre à nouveau sur moi. Je réussis à libérer l'une de mes mains et le giflai à toute volée.

Le choc sembla rallumer une étincelle de raison dans son pauvre cerveau. Il recula de plusieurs pas, pressant sa paume sur sa joue brûlante, puis se redressa fièrement, et je me rendis compte alors que nous n'étions plus seuls : Esther et Ned nous observaient depuis le couloir, stupéfaits. Ned entra dans la pièce d'un pas déterminé, pendant que je me réfugiais auprès d'Esther. Quand je me retournai, Ned refermait la porte du salon derrière lui.

Père engagea un avocat pour négocier les conditions du départ de Balducci. Les exigences et les griefs étant nombreux de part et d'autre, ce ne fut pas une séparation à l'amiable. Balducci obtint de conserver ses commandes en cours et de continuer à percevoir son salaire jusqu'à la fin de l'année, et en l'espace d'un petit mois, il avait déjà loué un local dans Regent Street et créé sa propre entreprise. Seuls une poignée de tailleurs le suivirent, pour la plupart des Italiens. Tous les autres nous restèrent loyaux, et le soulagement et la joie qui régnèrent dans toute la maison Grenfell's après son départ compensèrent presque le désastre qui s'ensuivit.

Balducci ne recula devant aucune bassesse pour se venger avant de partir. Il répandit de fausses rumeurs sur mon compte, émit des doutes sur ma vertu et mon talent. J'en fus informée par Ernestine, à qui il n'était pas difficile de tirer les vers du nez. Aucun de nos employés n'aurait osé répéter ces accusations immondes. Cette malheureuse affaire m'aurait au moins enseigné une leçon précieuse : un homme qui possède deux visages ne peut dissimuler longtemps sa vraie nature. Tôt ou tard, il finit par tourner la tête, révélant sa face cachée. Je m'étais crue à l'abri de sa férocité, mais je m'étais lourdement trompée.

Si les tailleurs le méprisaient, il n'en allait pas de

même de ses clients : la majorité d'entre eux lui furent fidèles et nous quittèrent. Balducci avait fait vivre un enfer à nos employés, mais nul n'aurait songé à nier l'excellence de son travail. Bien sûr, le crédit illimité qu'il offrait à sa pratique n'était pas étranger à son succès. Papa et moi ne voyions pas très bien comment il pouvait espérer s'en sortir ainsi, mais ce n'était pas notre problème. Notre problème, c'était de savoir comment *nous* allions nous en sortir.

Nous gardâmes le magasin de Savile Row ainsi que notre maison voisine, mais il fallut vendre la propriété de Kensington, et grand-père et tante Mary furent contraints de s'installer à Mortlake. Grand-père le prit assez mal, car la maison était humide en hiver et les cheminées tiraient mal, mais les traites étaient infimes, comparées à celles de Kensington. Nous réduisîmes toutes nos dépenses au maximum. Papa se sépara de tous nos attelages, à l'exception de notre calèche, et ne garda que deux chevaux, de façon à réduire nos frais d'écurie. Je fus néanmoins autorisée à garder First. Nous nous débarrassâmes des tableaux du salon de réception et des meubles français si chers que Balducci nous avait poussés à acheter pour impressionner nos clients. Nous renonçâmes également au piano. Ironiquement, M. Nicholls était le seul à en avoir jamais joué. Pour ce qui était de notre logis, nous ne conservâmes que le strict nécessaire ; tout le reste partit chez le commissaire-priseur. Bien qu'on nous en eût proposé un très bon prix, papa refusa catégoriquement de vendre mon portrait.

La perte d'une partie de notre clientèle nous contraignit à fermer notre atelier de Soho, et à réduire nos effectifs. Le « département des Amazones » cessa d'exister, et je retrouvai mon poste de travail au fond de l'atelier. Si papa avait des doutes sur la personne susceptible de devenir son bras droit à la place de Balducci, les tailleurs et les coupeurs, eux, n'en avaient aucun. En dépit de mon sexe et de mon handicap, j'avais gagné leur confiance. Ils ne s'étonnaient plus de me voir aller et venir dans l'atelier, sans crinoline, serrant mes jupes autour de mes genoux, adresser à Crawley des signes bizarres, et communiquer par ardoises interposées. Je connaissais désormais toutes les facettes de la profession, chaque secteur d'activité, chaque étape de fabrication. J'étais capable tout aussi bien d'emballer un habit à livrer que de couper une veste dans un rouleau de cachemire pour le duc de Montrose. Tout ce dont nous avions besoin, à présent, c'était du temps pour nous remettre du coup porté à notre honneur et à notre réputation. Nous étions déterminés à y consacrer toute notre volonté et notre énergie.

Après tout, travailler dur ne nous avait jamais fait peur.

15

Ce fut peut-être une chance pour moi qu'Esther se trouvât à Oxford pendant cette période difficile, car notre correspondance m'aida à clarifier mes sentiments.

Ce que je ressens face à ce désastre, me demandes-tu ? Un immense soulagement – tel Prométhée redescendant, libre, du mont où il était enchaîné. Et en même temps, je suis ébranlée par l'incident. Un incident. C'était plus que cela, tu crois ? Des fiançailles ? Et si oui, qui les a rompues ? Lui ou moi ? Très honnêtement, Tiggy, je suis aussi dégoûtée de moi-même que de Balducci. Quelle effroyable erreur de jugement ! Je sais que pour toi, la fautive c'est tante Lavinia, mais tu te trompes. Tante Lavinia s'est peut-être montrée autoritaire quand j'étais malade (et avec quel résultat !), mais elle n'oserait jamais défier papa en émettant un avis défavorable sur un prétendant de son choix. Très sincèrement, je n'ai aucune idée de l'opinion qu'elle avait de Balducci. Je ne suis même pas sûre qu'elle ait jamais eu un avis sur la question. Pauvre chère tante. Elle est gentille, mais on ne peut pas dire qu'elle soit un soutien dans ma vie.

En tout cas, ce naufrage m'aura apporté une certitude : j'espère vraiment me marier un jour. Je t'imagine en train de hausser les épaules en lisant ces mots et de maugréer : « Pardi ! » Mais essaie de comprendre : ma maladie avait détruit tous mes rêves, tous mes projets. J'étais sûre de finir vieille fille. Balducci m'a démontré qu'un homme ambitieux, promis à un avenir brillant, pouvait s'intéresser à moi et souhaiter que je devienne son épouse, la mère de ses enfants, et même sa partenaire dans son travail. L'ironie de l'histoire, c'est qu'il se soit révélé au final si méprisable, parce qu'il m'avait redonné foi en moi-même.

Non, les seuls responsables de ce fiasco, ce sont papa et moi, à parts égales, bien que je croie que mon pauvre papa a été aveuglé par le charme et le talent de Balducci. Balducci était réellement brillant, à sa manière. Dieu nous protège des hommes brillants et charmeurs !

Esther me répondit :

Ma chère Topsy,

Tu t'angoisses sans raison. Évidemment, tu te marieras et tu auras des enfants ! Comment peux-tu en douter ? J'aimerais être auprès de toi pour te rassurer dans ces moments difficiles. Je trouve désolant que tu te sentes coupable d'une faute que tu n'as pas commise. Non, Topsy, quoi que tu en dises, les seuls responsables sont ton père et ta tante. Il est de leur devoir de te protéger et de t'éviter de te retrouver dans ce genre de situation. Ton père n'aurait jamais dû laisser cet horrible petit homme tisser sa toile autour de toi. Quand je pense à la scène dont Ned et moi avons été témoins, je ne peux m'empêcher de frissonner ! Dieu merci, Ned était là. S'il n'avait tenu qu'à moi, j'aurais arraché les yeux de ce monstre ! Tu n'as aucune expérience dans ce domaine, et tu n'as rien à te reprocher.

Nous sommes tous amenés à modifier l'opinion que nous avons de certaines personnes quand nous les voyons sous un autre jour. Mon point de vue sur les amis de Ned – et sur lord Ormelie en particulier – a bien changé depuis notre mariage. Les premiers temps, j'étais plutôt possessive vis-à-vis de mon mari et voyais d'un mauvais œil toute intrusion extérieure, mais je reconnais que lord Ormelie s'est montré d'une grande générosité à l'égard de Ned et d'un soutien précieux, surtout avec les changements qui s'annoncent dans notre vie.

J'en arrive à la grande nouvelle que je brûlais d'impatience de t'annoncer : nous quittons Oxford. Nous partons vivre à Burford, un charmant petit village, non loin d'ici, où plusieurs amis de Ned se sont installés. Ils ont décidé de s'associer pour créer des décors sur des supports usuels – carrelages, tapisseries, céramiques… Apparemment, le stylisme est une activité très lucrative. Tout s'est décidé très vite car la maison vient juste de se libérer et nous déménageons à la fin de la semaine. Burford se trouve à trois kilomètres de Longmeade, la propriété de lord Stamford. Ned doit d'ailleurs concevoir un vitrail pour la chapelle qu'ils sont en train de restaurer. Lady Stamford lui a également commandé une fresque représentant Cupidon et Psyché pour sa chambre à coucher !

J'ai entendu dire que lord Ormelie faisait de fréquents séjours à Longmeade. On aperçoit le château (en réalité, il s'agit d'un méli-mélo de vieilles pierres et de tours plus ou moins rapiécées, mais les propriétaires tiennent absolument au terme de « château ») depuis le sentier qui serpente le long de la colline, derrière notre nouveau logis. Il y a un nombre impressionnant de maisons en construction par ici. Tu as déjà rencontré lady Stamford à l'occasion de cette histoire de singe, je crois ? Il paraît qu'elle a entrepris des travaux dans les dépendances et qu'elle fait construire une nouvelle aile pour loger ses domestiques, de façon à séparer les quartiers des hommes de ceux des femmes – une nécessité morale par les temps qui courent. Bien sûr, nous savons tous combien lady Stamford a à cœur de se faire accepter par la haute société. La vieille noblesse continue à la snober – la reine a toujours refusé de la recevoir à la Cour. Mais les choses évoluent : regarde les fréquentations du prince. D'après lord Ormelie, ses soirées sont peuplées d'actrices, d'Américains et de juifs. Pour peu que tu sois riche et que tu aies un beau plumage, notre cher prince Bertie te reçoit à sa table !

Ned est enchanté que L.O. séjourne de temps à autre dans la région. En fait, il est venu deux fois déjà à Longmeade, l'année dernière. Mais il ne reste jamais longtemps nulle part. J'ai entendu dire que ces dames se battaient presque pour le compter parmi leurs invités le temps d'un week-end ou d'un bal. Mais il est insaisissable. D'après Ned, il joue beaucoup depuis quelque temps. Il a passé tout l'été à Newmarket où il a perdu très gros aux courses. Certains des chevaux sur lesquels il a misé lui appartenaient, mais il les a revendus et en a racheté d'autres, qu'il a ramenés à Londres par le train – pour les confier à cet homme qui t'a donné des leçons d'équitation. Voilà pourquoi tu l'as rencontré là-bas. Il séjourne très peu à Blackroak, même après la Saison. Je crois que ses relations avec son père sont plus tendues que jamais. En septembre, il se rendra en Écosse chasser la grouse sur les terres ancestrales de ses cousins, et sur le chemin du retour il s'arrêtera dans plusieurs nobles demeures où il est invité à des chasses à courre. Il est toujours un hôte privilégié à Quorn Hall, dans le Leicestershire, et je crois qu'avec le château de lord Stamford, où il doit rester jusqu'aux vacances de Noël, c'est le seul endroit où tu peux être sûre de le trouver.

Mon Dieu, tout ce bavardage consacré aux escapades

de lord Ormelie ! Je suis en train de devenir une affreuse commère. Mais ces nouvelles te passionneront, je n'en doute pas. Je *sais* que tu as le béguin pour lui, même si tu ne veux pas l'avouer.

Tu dois absolument venir nous rendre visite dès que nous aurons emménagé. Cela te fera du bien. Tu as beau essayer de donner le change, je vois bien que tu as été profondément blessée par ce sale petit Italien.

En novembre, je répondis à l'invitation d'Esther et partis m'installer à Burford pendant tout un mois.

La maison avait appartenu à un artiste qui avait transformé le dernier étage en atelier assez spacieux pour que Ned et Esther puissent y travailler tous les deux. Elle était placée le long de la route, près de l'entrée du village, et juste au bas de la rue de l'auberge-relais. Ce n'était pas l'idéal, surtout les jours de marché, quand les rues étaient impraticables et que des moutons envahissaient le village. Certains s'échappaient du troupeau et mangeaient tous les bourgeons qu'ils rencontraient. Les villageoises jaillissaient alors des maisons en agitant leur tablier pour les chasser.

Le lendemain de mon arrivée, tout le monde était déjà au courant de mon handicap : impossible de faire deux pas dehors sans me heurter à des regards déprimants et à une bonne dose de stupidité de la part de certains vauriens du village, qui me suivaient dans la rue en hurlant ou en agitant une cloche de vache pour voir si j'étais vraiment sourde. Lorsqu'elle entendait ce tintamarre, Esther se précipitait pour les disperser, et il arrivait que Ned soit obligé de rendre visite au père d'un gamin particulièrement sadique pour mettre un terme à ces persécutions. Je compris à cette occasion combien

Londres m'avait protégée de l'humiliation en m'offrant l'anonymat d'une grande ville ; là-bas, j'arrivais toujours à cacher ma surdité, mais dans un village comme celui-ci, il était impossible de tricher.

La campagne environnante me procurait un agréable refuge. La nature commençait tout juste à se dépouiller à l'approche de l'hiver, et, les clairières offrant encore suffisamment de couvert pour le gibier, il n'était pas rare que j'effraie un couple de faisans ou de perdrix en m'avançant dans les sous-bois ; un matin, très tôt, j'aperçus même une biche qui broutait dans un vallon ensoleillé. Le dépaysement invitait mon esprit au repos et, pour la première fois de ma vie, probablement, je ne pensais pas à Grenfell's. Les seuls moments où je maniais une aiguille, c'était le soir, après le dîner, quand je m'installais devant le feu pour repriser des nappes, des chemises et des jupons pour Esther. Elle n'avait jamais été une femme d'intérieur, et le mariage n'y avait rien changé.

Chaque jour, je m'aventurais un peu plus loin du village. Les premiers temps je suivais sagement la rivière, mais très vite je pris l'habitude de couper à travers champs. J'aimais me fixer un but quand je partais en promenade et bientôt ce fut Longmeade, la propriété de lord Stamford. Non pas pour rendre visite à cet aristocrate hautain et à sa ravissante épouse, mais simplement parce qu'il était impossible d'échapper à l'imposant édifice. Il suffisait de gravir une colline ou de traverser une haie de hêtres pour qu'il surgisse à l'horizon, ses pignons et ses tourelles transperçant fièrement la brume matinale comme pour affirmer son droit irréfragable de se dresser sur ces terres. Quand il faisait beau et qu'Esther avait le temps de m'accompagner, nous préparions un pique-nique composé de viandes froides, de fromage et de bière, mais le plus souvent j'emportais seulement un livre et un petit carré de toile cirée pour m'asseoir, et parfois une ombrelle. La seule fois où j'emmenai Ivanhoé, il trembla si fort que je ne renouvelai pas l'expérience et le laissai à la maison. À part une pluie battante ou un vent glacial, rien n'aurait pu me faire renoncer à mes promenades matinales. La beauté de la nature qui m'entourait chassait toute tristesse de mon esprit.

Puis, au début de décembre, un attelage s'arrêta sur la place du marché. Un gentleman très digne, à la peau sombre, vêtu d'une tunique blanche sous son manteau et chaussé de petites mules en descendit, escorté par le cuisinier de lord Stamford. Tous deux fondirent sur les étals et, en l'espace d'une heure, il n'y avait plus rien à vendre. Les commérages furent bien la seule chose que les villageoises rapportèrent dans leur cabas ce jour-là. Nous apprîmes ainsi qu'un maharadjah, en voyage officiel à Londres, avait manifesté le souhait de participer à une chasse, si possible sur les terres de lord Stamford avec qui il entretenait depuis fort longtemps des liens d'amitié.

Le lendemain, l'aube se leva sur un petit matin froid mais sans vent ni pluie, et je préparai rapidement un en-cas à emporter avant de me mettre en route. Je m'étais découvert un vrai tempérament d'exploratrice, favorisé par mon sens de l'observation et une bonne dose de jugeote. J'étais peut-être un peu trop sûre de moi, mais j'avais toujours retrouvé mon chemin pour rentrer à la maison. Ce matin-là, je décidai de visiter une succession de petites collines, de l'autre côté du château de Longmeade, et, après avoir progressé pendant plus de deux heures à travers des prairies et des bois, je m'arrêtai au bord d'une clairière pour me reposer.

Je déployai mon rectangle de toile cirée derrière une haie de hauts buissons, à l'abri du vent, et me restaurai. Comme je n'étais pas pressée, j'ôtai mon bonnet, étendis mon manteau sur le sol et m'allongeai dans l'herbe, laissant le vent et le soleil caresser mon visage.

Je dus m'endormir parce que je me réveillai en sursaut, avec la sensation que quelque chose de chaud et d'humide venait de heurter ma joue. En portant la main à mon visage, je vis du sang sur mes doigts. Je songeai tout d'abord que, peut-être, je m'étais écorchée sur un roncier, mais en me levant je découvris que ma robe était elle aussi éclaboussée de traces sanglantes. Au même moment, une ombre, au-dessus de ma tête, attira mon regard. Un oiseau tomba du ciel, suivi d'un deuxième puis d'un troisième. Mon cœur se serra d'effroi : je me trouvais au beau milieu d'un terrain de chasse ! Récupérant mes affaires d'une main tremblante, je traversai la clairière en courant.

Un vol de faisans décolla littéralement sous mes pieds ; trois splendides créatures pourvues d'une longue queue dorée qui jaillirent des buissons dans un battement d'ailes affolé. Ils ne s'étaient pas plus tôt envolés de la cime des arbres qu'ils furent abattus. L'un d'eux disparut dans les broussailles, mais un autre tomba au sol, devant moi. Il n'était pas mort et gisait dans son magnifique plumage coloré, agitant une aile barbouillée de sang. J'étais horrifiée, et pas seulement sous le choc, devant l'agonie de cette pauvre bête ; je me rendais compte que j'étais autant en danger que cet oiseau. Je n'avais rien entendu : les coups de feu devaient être trop lointains ou bien ma perception trop faible, mais même si j'avais capté quelque chose, j'aurais été incapable de distinguer d'où venait le bruit.

Comme je restais là, paralysée de peur, ne sachant où

me réfugier, un autre vol d'oiseaux assombrit le ciel. Cette fois ils se mirent à pleuvoir sur moi par dizaines. Il s'agissait d'une espèce plus petite – des perdrix, je crois. Certaines avaient encore la force de se traîner sur quelques mètres avant de s'effondrer. On aurait dit un tapis brun ensanglanté. Je me mis à crier à l'aide. Je n'avais aucune possibilité de mesurer la puissance de ma voix, ni même si on m'entendrait, mais je hurlai quand même, pendant que des oiseaux morts continuaient à tomber du ciel, m'éclaboussant de leur sang.

J'ignore combien de temps je criai. Je suppose que ma voix n'était plus qu'un souffle quand finalement on me trouva. À en juger d'après l'expression des deux rabatteurs qui surgirent devant moi, je devais avoir l'air d'une suppliciée échappée d'une chambre de torture, à genoux dans l'herbe, le visage et les mains barbouillés de larmes et de sang. Ils pensaient qu'un coup de feu m'avait atteinte. Par chance ils étaient originaires du village. Ils me reconnurent et se rappelèrent que j'étais sourde.

En l'espace de quelques instants, une chasse entière déferla sur moi. À sa tête se trouvait le maharadjah en personne, vêtu d'une redingote en tweed et d'un turban d'un blanc immaculé qui faisait ressortir sa peau sombre et sa barbe d'un noir de jais. Je ne sais lequel de nous deux fut le plus saisi. Je n'essayai même pas de m'expliquer car d'autres le faisaient pour moi. Je restai prostrée dans ma robe éclaboussée de sang, des plumes collées à mes mains, essayant de retrouver mon sang-froid, horriblement humiliée de m'être aventurée à l'aveuglette dans un domaine privé et de me donner en spectacle. Après avoir constaté que je n'étais pas blessée, on éloigna le maharadjah. Puis un valet d'écurie apparut sur un cheval, tirant une deuxième monture derrière lui.

Je fus hissée sans cérémonie sur la selle et conduite hors de la propriété de lord Stamford.

Après avoir surmonté le choc, Esther ordonna qu'on apporte de l'eau pour un bain, et je me lavai fébrilement de la tête aux pieds pour faire disparaître le sang et les plumes dont j'étais couverte. Lorsque finalement je m'assis devant le feu avec une tasse de thé bien fort, nous commencions toutes les deux à trouver l'incident comique. Quand Ned rentra, Esther alla chercher une bouteille de cognac et, au moment de passer à table pour le dîner, nous riions tous les trois aux éclats en repensant à la scène.

Bien sûr, le lendemain, quand l'effet du cognac se fut dissipé, j'avais tellement honte que je n'osai pas mettre le nez dehors. Je restai enfermée à la maison, regardant les villageois s'arrêter devant la fenêtre et me montrer du doigt avec une expression tantôt hilare, tantôt horrifiée. Je vivais en recluse depuis deux jours quand, en fin d'après-midi, la bonne entra dans ma chambre pour m'annoncer une visite. Ni Ned ni Esther n'étaient à la maison, et j'étais nerveuse à l'idée de recevoir seule un inconnu, mais plutôt que de demander de plus amples informations à la bonne, j'essayai de remettre de l'ordre dans mes cheveux, ajustai mon châle, lissai ma jupe, puis je descendis au salon.

Il se tenait près de la porte, le visage dans l'ombre, et ce fut seulement quand il s'avança que je le reconnus.

— Harry ! m'écriai-je.

Il saisit mes mains et les serra dans les siennes avec chaleur, imprimant fermement un baiser sur l'une, puis sur l'autre.

Il attendit, pendant que j'allumais une bougie et la posais sur la table. Puis j'allai chercher sur une console une ardoise, un morceau de craie, et nous nous assîmes côte à côte pour bavarder.

Il avait appris l'incident à son arrivée, la veille au soir, et avait voulu vérifier que je n'étais pas blessée. Je lui assurai que seule ma fierté avait souffert et que j'étais horriblement gênée par toute cette affaire. Harry semblait penser que lord Stamford était tellement occupé à impressionner le maharadjah qu'il avait manqué à tous ses devoirs envers moi : la moindre des choses eût été d'envoyer quelqu'un s'informer de ma santé. Mais j'étais heureuse qu'il n'en ait rien fait. Cela donnait à Harry un prétexte pour passer me voir, un devoir qu'il semblait accomplir avec joie.

Lord Stamford est conscient d'avoir fait preuve d'une négligence coupable, écrivit-il sur l'ardoise.

— Il ne peut pas être constamment sur le qui-vive pour le cas où une jeune femme sourde viendrait se promener sur ses terres, Harry, répondis-je avec un sourire crispé.

Il souhaiterait que vous veniez tous au bal qu'il donne samedi.

Je levai les yeux de l'ardoise pour scruter son visage, persuadée qu'il s'agissait d'une plaisanterie.

— Un bal ? Nous sommes invités à un bal ?

— Tous les trois. Ned et Esther aussi.

— À Longmeade ?

Il se rendit compte de ma stupéfaction et chercha sans doute à dissiper mon inquiétude en écrivant sur l'ardoise :

Les invités de lord Stamford appartiennent à des milieux très variés. Vous vous amuserez beaucoup.

— Je suis honorée, sincèrement, dis-je en essayant de ne pas avoir l'air d'une ingrate. Je suis certaine que Ned et Esther seront ravis d'y assister, mais…

J'hésitai, déconcentrée par sa présence toute proche et la force de son attention rivée sur moi. Il y avait une intensité si troublante au fond de ses yeux gris-bleu que je me demandai si par hasard il ne ressentait pas la même émotion enivrante que moi.

— Mais je ne puis accepter votre invitation, conclus-je.

— Pourquoi ? demanda-t-il avec incrédulité. Même si vous ne dansez pas, ce sera très plaisant, articula-t-il lentement.

— Oh, je n'en doute pas, mais ce serait extrêmement égoïste de ma part d'imposer à votre hôtesse la corvée de chercher quelqu'un pour me tenir compagnie.

Harry écrivit énergiquement sa réponse puis fourra l'ardoise sous mon nez avec cette impatience qui faisait partie de son caractère.

Je vous tiendrai compagnie. Non seulement ce sera un honneur pour moi mais un grand plaisir. Votre conversation est mille fois plus stimulante que celle que tiennent mes fréquentations habituelles.

Dès que j'eus fini de lire ces lignes, il reprit l'ardoise, l'effaça et, me faisant signe d'attendre, il se remit à écrire. Il s'interrompit brièvement pour rapprocher sa chaise de la mienne, comme M. Nicholls et moi l'avions fait si souvent, afin que je puisse lire au fur et à mesure.

Mes « amis » n'ont qu'un seul centre d'intérêt à longueur d'année : la chasse. Ils ne savent parler que de ça. Ils se vantent de leur oisiveté et de leur arrogance.

Voyant que j'avais fini de lire, il effaça l'ardoise et poursuivit :

Quand je rencontre quelqu'un capable de discuter de manière intelligente, avec conviction et passion, je l'écoute avec bonheur. Je…

Je lui touchai doucement la main et, avec un sourire, je lui dis :

— Harry, parlez-moi lentement. J'essaierai de lire sur vos lèvres.

Un immense soulagement se peignit sur son visage, et il m'apparut tout à coup que je devais réellement être importante à ses yeux pour qu'il persiste dans cet échange lent et laborieux.

— Prenez Burnes, par exemple, articula-t-il distinctement. Il me captive chaque fois qu'il évoque ses chevaux.

— Et moi, que pourrais-je vous dire de captivant, monsieur ? Je ne m'y connais qu'en tissus, en bâtis et en ourlets.

— Je ne me rappelle pas vous avoir jamais entendue aborder un de ces sujets.

— C'est que nous avons eu peu d'occasions de discuter ensemble.

Ma réponse parut le stupéfier et, après une pause, il reprit l'ardoise et écrivit :

Vous avez raison. Pourtant, il me semble que nous avons bavardé des heures durant, vous et moi. Je me demande d'où vient cette illusion ?

— Je l'ignore, répondis-je quand j'eus fini de lire, car c'est une impression que je ne partage pas. Pour ma part, j'ai le sentiment de savoir beaucoup de choses sur vous, et cependant de ne pas vous connaître du tout.

— Ah, oui. Peut-être est-ce cela.

Il marqua un temps, posa la craie et s'adressa à moi directement.

— Je ne suis pas facile à cerner, mademoiselle Grenfell. Même si certaines personnes sont convaincues du contraire.

Puis, une petite flamme au fond des yeux, il ajouta :

— J'aimerais que *vous*, vous me connaissiez.

J'ignore si mon visage trahit la tempête d'émotions qui fit rage dans mon cœur à cet instant, mais je réussis à contrôler mon impulsivité et répondis simplement :

— Je ne sais si vous aurez la patience nécessaire, monsieur.

— Ah, je vois que vous me connaissez déjà, acquiesça-t-il avec un large sourire. Peut-être m'enseignerez-vous la patience ?

— Je pourrais tout au plus l'inspirer.

— Vous me comprenez parfaitement quand j'élève la voix et que je parle lentement.

— Mais cette diction appuyée n'est pas dans votre nature, n'est-ce pas ? Vous êtes un homme qui s'exprime avec une grande spontanéité.

Une expression perplexe voila son regard et je compris que j'avais dû mal prononcer le mot. Je lui pris l'ardoise des mains et l'écrivis.

— « Spontanéité », répéta-t-il quand je lui passai l'ardoise. En effet.

— Et doté d'une grande vivacité d'esprit.

Il le reconnut d'un hochement de tête.

— Deux qualités qui sont malheureusement perdues pour moi.

— Je dois bien avoir quelques qualités dont vous pouvez profiter ?

Il me fut impossible de soutenir son regard. Je baissai les yeux, et il me prit l'ardoise des mains. *Je vous prie de m'excuser. Je suis allé trop loin*, écrivit-il.

Je lus ces mots et affichai un sourire posé.

— Qu'est-ce qui me pousse à me comporter aussi bizarrement en votre présence, mademoiselle Grenfell ?

— En quoi votre comportement est-il bizarre ?

Il sourit sans répondre.

— Je crois que nous devrions interrompre cette conversation pour aujourd'hui, monsieur, dis-je, troublée. Nous avons fait suffisamment d'efforts l'un comme l'autre. Peut-être lors de notre prochaine rencontre pourrons-nous nous promener dans les alentours ? Je trouve la région très agréable.

— Ce n'est pas la meilleure période de l'année pour une excursion. Les routes sont boueuses et dangereuses.

— C'est possible, mais je ne peux pas passer le reste de mon séjour ici enfermée à la maison. Naturellement, il n'est plus question de tenter une excursion à pied.

Je me repris aussitôt, avec un sourire confus :

— Loin de moi l'idée de vous imposer ma compagnie, monsieur.

Il s'empara de l'ardoise et l'effaça d'un geste vif, comme s'il était impatient d'apporter un rectificatif à ma remarque, et écrivit :

Si j'ai parlé du mauvais état des routes, c'était uniquement en pensant à votre sécurité et à votre plaisir. Je serai enchanté de vous accompagner là où vous le souhaiterez. Je suppose que Mme Jones se joindra à nous ?

— Très certainement. Elle n'a pas encore eu l'occasion de visiter la région comme elle l'aurait désiré.

— En ce cas, je vais prendre des dispositions.

Il se leva brusquement, s'inclina profondément, me souhaita une bonne journée et partit.

Je restai tout étourdie plusieurs minutes après son départ, frémissante d'excitation, regrettant de n'avoir personne avec qui partager ma joie. Je marchais de long en large dans le salon pour dépenser mon trop-plein d'énergie quand je perçus une vibration sur le sol : la bonne frappait du pied pour attirer mon attention. Elle me fit signe de la suivre à la cuisine.

En me voyant, la cuisinière m'adressa un sourire édenté et pointa son doigt sur deux gros faisans posés sur la planche à découper.

— De Longmeade, dit-elle.

Et, comme elle continuait à sourire, les mains sur les hanches, son visage émerveillé me rappela celui de nos coupeurs quand ils recevaient un coupon d'une étoffe précieuse réservée à un duc.

Mon excursion avec Harry n'eut jamais lieu. Le lendemain même de sa visite, je reçus une lettre de lui, écrite en hâte, dans laquelle il m'informait que son père requérait de façon urgente sa présence à Blackroak. Le temps qu'elle me parvienne, il était déjà en route pour le Yorkshire. Ce contretemps me désola, mais je ne doutai pas d'avoir de ses nouvelles sous peu.

16

Noël à Mortlake fut une parenthèse confortable mais ennuyeuse. Grand-père pestait de se trouver immobilisé là tout l'hiver, et les cheminées tiraient mal, comme à leur habitude, remplissant les pièces d'une fumée qui piquait les yeux. Puis, au début de janvier, un grand paquet arriva à mon nom, envoyé par Harry. Je l'emportai aussitôt à l'étage pour l'ouvrir dans l'intimité de ma chambre. À l'intérieur, je découvris un très beau collier en cuir clouté d'argent pour Ivanhoé et un magnifique livre d'or avec une couverture en cuir rouge pour moi. Sur la première page Harry avait écrit :

> Chère Mademoiselle Grenfell,
>
> J'ai longuement réfléchi à un moyen de communiquer plus aisément avec vous, c'est pourquoi je me permets de vous adresser ce « Livre de conversation » dans lequel, si vous le désirez, nous pourrons noter nos réflexions et nos commentaires chaque fois que nous en éprouverons l'envie ou le besoin. Considérez ce présent comme un humble témoignage du plaisir que j'ai pris à

dialoguer avec vous pendant les précieux moments que nous avons passés ensemble. Puisse-t-il me permettre d'apprécier toutes les subtilités d'un esprit que je suis avide de mieux connaître.

Vous trouverez également un dispositif que j'ai conçu moi-même et dont j'ai confié la réalisation à notre charpentier, ici, à Blackroak. Il a la forme d'un petit pupitre portatif en bois de cèdre sur lequel vous pourrez poser le Livre de conversation si nous nous trouvons hors de tout confort domestique. J'attire votre attention sur la cavité creusée en haut à droite, destinée à accueillir une bouteille d'encre, et sur les courroies en cuir, de chaque côté, qui vous permettront d'avoir toujours sous la main des fioles de sable ou des feuilles de papier buvard, selon votre préférence.

Je n'aurai qu'une seule requête en retour : que vous ne partagiez le Livre de conversation avec personne d'autre que moi.

Dans l'attente de ce jour, je reste

Votre ami dévoué,

Harry

P.-S. J'espère que le collier aura l'approbation d'Ivanhoé.

Cet hiver-là me parut interminable. Nous commencions à subir les conséquences du départ de Balducci : c'était un crève-cœur de voir nos tailleurs assis sur leur banc, quasiment désœuvrés. Une lueur de panique s'allumait dans leurs yeux chaque fois que Père entrait dans l'atelier. Finalement, leurs craintes s'avérèrent fondées car il fut contraint de se séparer d'une partie de notre équipe permanente. Nous ne conservâmes qu'un seul atelier, en dehors de celui du magasin.

Mes seuls moments de plaisir, je les trouvais dans mes leçons d'équitation avec Burnes, mon travail, et les lettres de Harry. Ah, ses lettres… Je les attendais comme on retient sa respiration sous l'eau ; les jours se succédaient jusqu'à ce que mes poumons soient près d'exploser. Et quand enfin il en arrivait une, j'avais l'impression en l'ouvrant que toute la monotonie et toute la grisaille de ma vie s'envolaient d'un coup et que je respirais une bouffée de sa vie à lui, fraîche et enivrante. Je lisais et je relisais les mots qu'il avait écrits jusqu'à les connaître par cœur. Je créais mentalement tout un univers autour de ces lignes tracées de sa main : je voyais Harry ôter son chapeau et sa cravate puis, une fois installé à son bureau, desserrer son col et rouler ses manches sur ses avant-bras avant de prendre une feuille du papier frappé à ses armoiries. Je me représentais le décor de la pièce, la flamme crépitante de la bougie faisant danser des ombres sur son visage, ou le pâle soleil d'hiver caressant sa main tandis qu'il plongeait sa plume dans une encre d'un noir de jais.

Chacune de ses lettres était un moment de réflexion où se dessinaient les mécanismes de sa pensée. Il parlait peu de son quotidien, et j'étais parfois surprise de découvrir qu'il m'écrivait de Longmeade ou du Leicestershire ou de Newmarket alors que je le croyais à Blackroak Hall. Le joueur invétéré, le familier des champs de courses, le séducteur volage n'apparaissaient pas dans ses lettres, même si je savais qu'ils faisaient partie de Harry. Celles-ci me révélaient la vraie personnalité dissimulée sous ce vernis d'insouciance et me laissaient entrevoir une âme tourmentée, un homme insaisissable et complexe.

Harry me parlait de sa sœur Aurélia, de la ferveur religieuse qui l'avait consumée au printemps de sa vie, et de son incompréhension devant ce destin brisé. Il ne mentionnait jamais son père, le comte de Hambledon, et cependant son ombre planait derrière chaque phrase, chaque mot, quand il évoquait Blackroak. À croire que sa présence hantait les murs de cette sombre et mystérieuse demeure. Parfois il retraçait son enfance à Blackroak et l'époque où il était étudiant à Oxford comme si le jeune homme dont il était question n'existait plus. Parfois aussi, il racontait une expérience qu'il avait menée étant jeune, ou une cause qu'il avait défendue avec passion. Je sentais alors la flamme de son enthousiasme se rallumer en m'écrivant et j'avais la sensation qu'il m'en attribuait le mérite – à tort ou à raison.

Le sérieux de ces lettres n'occultait pas pour autant le causeur charmant et l'esprit brillant dont la compagnie était si prisée dans les soirées mondaines et les réunions d'intellectuels. Simplement, il n'avait pas envie de mettre en avant cette facette de sa personnalité. Je crois qu'il était fatigué de devoir toujours jouer un rôle, et qu'il voyait dans ce règne de l'apparence une réponse arrogante et égocentrique de la noblesse aux problèmes de l'époque. Harry tentait de comprendre la complexité du monde à travers l'analyse de son cas particulier, et il m'avait choisie pour confidente, moi, une jeune femme étrangère à sa caste, dont il pouvait solliciter l'opinion sans s'exposer à des railleries.

Il écrivait :

Même mon éducation s'est très vite éloignée des sentiers arpentés par les jeunes gens de mon rang. Ned vous confirmera mon désespoir quand je découvris qu'Oxford était sous l'influence du mouvement religieux de M. Newman. Je quittai aussitôt cette excellente institution pour me tourner vers Édimbourg, qui fut longtemps l'un des plus grands centres intellectuels d'Europe. Il y avait dans cette illustre université des astronomes et des architectes, des ingénieurs et des physiciens qui livraient bataille, non pas contre des dragons imaginaires mais contre les noirs démons de la maladie et des désastres naturels, de la sottise et de l'impuissance. Auprès de ces hommes, je découvris un univers passionnant, où l'intelligence se mettait au service du vaste monde. Pour moi il y avait davantage de poésie dans la chimie de l'argile et de l'émail à poterie, ou dans la science du climat et de l'atmosphère, que dans tous les ouvrages de Malory et de Tennyson réunis !

Et cependant, il m'est impossible de poursuivre mes investigations dans aucun de ces domaines, fût-ce pour en faire bénéficier mes semblables : la société me l'interdit. Je dois parader à cheval, chasser, et perdre de l'argent au jeu avec une élégance digne de mon rang. Je suis un totem, une statue de la virilité de notre nation juchée au sommet de la colonne de l'industrie, décorative, pompeuse et inutile.

Vous m'avez écrit, avec une intuition admirable, que vous me trouviez « ambitieux par nature » et « douloureusement contraint à l'oisiveté par un code d'honneur immuable ». En lisant ces lignes, j'ai eu le sentiment que vous m'aviez perçu aussi clairement que si vous m'aviez regardé à travers une loupe.

Et pourtant, malgré tous mes efforts pour résister à son appel, je ne puis m'imaginer dans cette vie sans Blackroak. Malgré le temps qui passe, c'est toujours le même émerveillement devant chaque morceau de falaise déchiquetée, chaque rocher incrusté de mousse, chaque petite fleur sauvage et odorante qui résiste à ses hivers impitoyables. Peut-être aspirerai-je un jour à ce que Blackroak me laisse partir, mais je ne pourrai jamais partir de moi-même.

Parfois, Harry me parlait de sa révolte contre la religion, de la distance qu'il avait prise vis-à-vis de l'Église, de son rejet de l'évangélisme et de sa quête d'un « Graal brisé et terni ». Il écrivait :

> Je crois que les zélotes n'ont pas le monopole de la moralité et qu'une ferveur de missionnaire peut animer même une âme déchue comme la mienne ; je crois que je peux faire un peu de bien en ce monde, même si mon coursier boite, si ma lance est émoussée, et si j'ai pour seule armure mon honneur en lambeaux.

Il me confia beaucoup plus tard que ce fut à l'occasion de ces échanges épistolaires, au cours de ces longs mois d'absence, de ces heures passées à m'écrire, qu'il tomba tendrement amoureux de moi. Ses lettres dévoilaient des sentiments dont il n'avait pas encore pris conscience. Moi, si. Je les sentais palpiter un peu plus dans chacune de ses lettres. Parfois, je me mettais à trembler à la seule perspective de le revoir.

Quand le printemps arriva, et avec lui l'éventualité d'un retour inopiné de Harry, je me rendis, le cœur battant, à Bayswater pour mes leçons quotidiennes avec Burnes, défaillant presque à l'idée que le hasard puisse nous mettre brusquement face à face comme cela s'était produit une fois déjà. Puis, quand il devenait évident qu'il ne viendrait pas, je rentrais chez moi, partagée entre la tristesse et le soulagement. Que pouvait-il advenir de notre relation, de toute façon ? Fallait-il la laisser mourir d'elle-même ou bien y mettre résolument un terme ? Je n'avais qu'une seule certitude : elle était sans espoir.

Afin de mieux cerner Harry, je refis appel à la grande culture de M. Nicholls. S'il fut étonné de me voir me replonger dans Malory et Tennyson, et exprimer le souhait de lire *La Ligue des gentlemen extraordinaires* de Digby et *Passé et présent* de Carlyle, il n'en montra rien. De mon côté, je ne donnai aucune explication à cette soudaine lubie.

Harry occupant toutes mes pensées, il était logique, je suppose, que je me prenne à rêver de l'habiller. Je fis confectionner un mannequin à ses mesures et je commençai par dessiner différents styles de vestes pour lui, réfléchissant à la meilleure manière de mettre sa silhouette en valeur. Je cherchai dans notre catalogue de fournitures les boutons les plus raffinés, essayant d'imaginer quelle nuance de soie brochée pour un gilet mettrait le mieux en valeur la teinte bleu-gris de ses yeux et le brun chaud de ses cheveux. Ma chambre redevint mon atelier secret, comme elle l'avait été autrefois quand je travaillais pour Reggie, et je renonçai à mes soirées au salon pour confectionner des habits destinés à Harry, à la lumière d'une bougie.

Par une nuit chaude et humide, alors que je ne parvenais pas à trouver le sommeil, je me levai pour ouvrir la fenêtre. Il n'y avait pas un souffle d'air. La lune brillait au-dessus des toits, projetant une lumière pâle et fantomatique sur le ruban sombre de la rue, à mes pieds. Un fin panache de fumée noire montait d'une cheminée, au loin, et des nuages aussi fins que des lambeaux de brume flottaient à la surface du ciel. Je restai immobile devant la fenêtre, derrière mon propre rideau de silence, attendant de voir surgir une charrette, un fiacre, ou n'importe quelle forme de vie, car rien ne m'angoissait autant que l'obscurité et l'absence de mouvement. La nuit, le monde cessait d'exister pour moi.

Déterminée à chasser mes idées noires, j'allumai une bougie et, comme je me retournais pour la poser à côté de mon lit, la lumière vacillante illumina le mannequin. J'avais réalisé l'une de mes plus belles œuvres pour Harry, et il m'apparut tout à coup pathétique de créer des vêtements aussi élégants pour un homme qui ne les porterait jamais. Je caressai le revers en velours de la veste en soie bleu vénitien que je venais de terminer, et j'éprouvai tout à coup le désir de l'essayer sur moi. Pièce par pièce, je dévêtis le mannequin puis posai un à un les éléments du costume sur mon lit. Ce fut à cet instant que l'idée commença à se faire jour en moi. Je me voyais dans ces habits que j'avais conçus moi-même : une silhouette élégante et stylée que les hommes regarderaient avec envie. Je connaissais mieux que quiconque le rôle que joue l'apparence dans la perception que l'on a d'un individu – elle compte au moins autant que sa personnalité ou sa manière de se tenir en société. Si cela se vérifiait, si l'habillement permettait réellement d'influer sur le regard que l'on portait sur les autres, alors je n'aurais qu'à adapter ma tenue à l'image que je voudrais donner.

Je retirai ma chemise de nuit et, dans le silence de mon propre monde, au cœur de la nuit, je m'initiai au rituel masculin dont ma famille avait fait sa profession, et que mon père plaçait pratiquement au-dessus de tous les autres. Maman, je le savais, s'était toujours levée très tôt le matin afin de ne pas troubler la concentration dont il avait besoin pour se préparer. L'agencement de la chambre avait peu changé depuis cette époque : il y avait toujours la grande penderie dans un angle de la pièce, le miroir en pied, la table de toilette avec une cuvette et une tablette de chaque côté pour ses affaires personnelles, et la commode avec ses trois tiroirs tapissés de soie où il rangeait ses accessoires ainsi que les brosses, les linges et les éponges nécessaires à l'entretien de ses costumes. Peu après la mort de maman et de Reggie, il m'avait autorisée un matin à entrer dans son dressing pour que je puisse assister au cérémonial.

Je le revoyais, debout devant sa table de toilette, en robe de chambre, pendant que Lucy emportait la cuvette et la serviette de toilette. Il venait de finir de se tailler la barbe et inspectait ses ongles.

« Le linge propre est la marque d'un gentleman, ma fille, avait-il énoncé. Chemise et cravate doivent être changées tous les jours. »

Cela, je le savais déjà. C'était le legs du Beau Brummel. Grand-père nous parlait souvent de l'élégance légendaire du célèbre dandy, de son « goût exquis » et de la « perfection de sa ligne ». Son souci du détail était tel, disait-on, qu'il cirait même la semelle de ses bottes.

Papa avait ensuite ouvert les portes de sa penderie d'un geste solennel et s'était abîmé dans la contemplation des vestes alignées devant lui. Je me rappelle encore sa pose méditative tandis qu'il lissait pensivement sa moustache, les yeux mi-clos. Au terme de ce qui m'avait semblé une éternité, sa main s'était projetée en avant avec la rapidité et la précision implacables d'un serpent fondant sur sa proie, happant une veste bleu nuit qu'il avait jetée sur le lit. Il avait procédé de la même manière pour le pantalon couleur chamois. Ensuite était venu le choix du gilet. Il les avait passés en revue un à un, hésitant entre un brocart beurre-frais, un satin crème et une soie cerise. Puis il y avait eu le col, la cravate, et la sélection minutieuse de tous les accessoires : montre, chaîne de montre, boîte d'allumettes en or travaillé, étui à souverains, boutons de manchettes, boutons de col, en émail ou imitation bijoux, sans oublier les épingles à cravate munies d'une tête en or ou en nacre... Papa avait un coffret rien que pour ranger ses chaînes de montre : à rang simple, en or, en argent, entrelacées de fils de soie, à rang double, munies d'une barrette, de deux barrettes, ou simplement en ébonite noire, comme celles qu'il porta après la mort de maman.

Ses choix terminés, Père avait soigneusement tout remis en place, et j'avais attendu dans le couloir pendant qu'il s'habillait. Puis il m'avait fait entrer à nouveau pour me permettre d'assister aux derniers « réglages » : le gilet, la cravate, l'épingle à cravate, les boutons de manchettes et de col, la chaîne de montre et, pour finir, la veste. Alors seulement il avait repris la parole :

« Hygiène et simplicité sont le reflet d'une moralité sans tache, ma fille. Tout gentleman qui se respecte ne doit pas porter le même costume plus de deux jours. Au-delà, la saleté sera incrustée dans le tissu et impossible à déloger. Un bon entretien passe par un brossage régulier. S'il est sali, le vêtement doit être épongé délicatement avec un linge humide. Et on ne doit jamais trop serrer les habits dans une armoire : les fibres ont besoin de respirer. Bien sûr, c'est au valet de veiller à ces choses, mais un gentleman doit savoir ce qu'il en est afin de s'assurer que tout est fait selon les règles. »

À présent je regardais cet autre gentleman – moi – qui se reflétait dans le miroir en pied. Le pantalon me faisait un effet bizarre, et les épaules de la veste étaient trop larges, mais le gilet n'était pas trop long car j'étais presque aussi grande que Harry. En dépit de toutes les imperfections ici et là, j'aimais assez ce que je voyais. J'allai chercher ma brosse sur ma coiffeuse et j'enroulai mes cheveux sur ma nuque, en un chignon bas. Je pris une pose, les mains dans mon dos. Incroyable. Il ne manquait qu'un chapeau et des gants pour que la métamorphose soit complète. Oui !

À cet instant, j'étais réellement convaincue que je pourrais servir les intérêts de Grenfell's sous cette apparence, et à un poste qui me permettrait d'exprimer mon talent. Non seulement j'aurais le droit d'entrer dans le salon de réception, mais je pourrais monter First dans Rotten Row comme l'avait fait une fois le fils du vieux Pauley : je deviendrais une vitrine de l'élégance, du savoir-faire et de l'originalité de Grenfell's !

Bien évidemment, quand je me réveillai dans la lumière crue du petit matin et jetai un regard à la forme en bois sans tête devant moi, je songeai que j'étais devenue folle – ou que j'avais été entraînée dans un cauchemar fantasmagorique. Mais plus la journée avançait, plus je commençais à apprivoiser ma vision nocturne et à évaluer les obstacles qu'il me faudrait franchir pour qu'elle devienne une réalité… à commencer par l'opposition de mon père. Sachant que je courais à ma perte si je lui faisais part de mes intentions, je résolus de travailler en secret à me confectionner une garde-robe entière afin de lui prouver qu'il ne s'agissait pas d'une idée en l'air mais d'un projet sérieux. J'avais déjà ouvert un compte chez nous au nom d'un certain M. Goodfellow pour réaliser les costumes de Harry, et payé les commandes avec mon argent de poche. Je décidai de mettre Thomas, mon apprenti, et Ernestine, mon ancienne couturière, dans la confidence. Ernestine m'assista pour les derniers essayages et Thomas réalisa les pantalons. Un soir, je revêtis le plus sobre et le plus conventionnel de mes costumes : une veste en fine laine noire et un gilet en soie brochée gris Oxford, je coiffai mes cheveux en un chignon serré, et je descendis dîner.

Lorsque papa entra au salon et qu'il m'aperçut, campée fièrement devant la cheminée, mains croisées dans le dos, je compris tout de suite à la brusque tension de ses lèvres et la crispation de sa mâchoire qu'il avait deviné où je voulais en venir. Il ne s'agissait pas d'un simple déguisement d'un soir, mais bien d'une revendication : je voulais qu'il me voie comme son successeur légitime. À l'avenir, je serais présente dans le salon de réception et je participerais aux discussions avec les clients. Et un jour, ce serait mon visage qui représenterait le nom de Grenfell's. Mon apparence suffirait à convaincre les plus réticents de mon talent et de mon savoir-faire. Je restai donc plantée devant lui avec obstination, vivante incarnation de notre principe d'excellence.

Tante Lavinia entra dans la pièce à cet instant. Elle eut un tel sursaut en me voyant que je regrettai de ne pas avoir prévenu la pauvre chère femme. Sa réaction fut spectaculaire : ses mains se plaquèrent sur son cœur, puis sur sa bouche, puis encore sur son cœur, comme si elle ne savait lequel de ces organes était le plus en perdition. Finalement, elle s'effondra sur le canapé comme une poupée de chiffon et s'éventa maladroitement avec son mouchoir en dentelle pendant que Lucy se précipitait pour déboutonner le col montant de son chemisier afin de lui permettre de respirer. Ses bons yeux étaient rivés sur moi avec horreur, et je me sentis sincèrement désolée de lui avoir causé un tel choc. Papa, de son côté, sembla trouver sa réaction tout à fait disproportionnée. Il haussa un sourcil agacé pendant que Mme Scholfield accourait avec des sels et les lui faisait respirer. Lucy, au courant de mon coup d'éclat, était la discrétion même. Elle s'appliqua à ne pas regarder dans ma direction.

Finalement, papa dit quelque chose à tante Lavinia. Le ton devait être très sec car sa crise de nerfs s'arrêta net et elle recouvra instantanément son calme. Une fois Lucy et Mme Scholfield parties, papa lui demanda d'aller nous attendre dans la salle à manger. Tante Lavinia tapota ses cheveux, se leva maladroitement et quitta la pièce d'un pas vacillant.

Papa s'avança alors vers moi et déclara avec une emphase inhabituelle :

— Quand ma fille sera descendue, nous passerons à table.

— Papa, dis-je en soutenant son regard, je souhaite être présente dans le salon de réception, demain. Et les jours suivants. J'accepterai la tâche que tu me confieras. J'ouvrirai la porte aux clients, je tiendrai ta craie de tailleur, ton carnet de notes pendant les essayages, peu m'importe, mais je veux être là.

— Dans cet accoutrement ?

— Oui.

— Serais-tu devenue folle ?

— Ça peut marcher, papa, j'en suis convaincue ! Au début, je resterai très discrète. Et une fois que nos clients se seront habitués à ma présence, tu m'appelleras pour un essayage, tu me demanderas mon opinion. Quand ils constateront que nous formons une équipe, le fait que je sois une femme n'aura plus aucune importance. Ces vêtements n'ont pas pour fonction de masquer ma féminité : ils sont une illustration de mon savoir-faire.

— Nos clients prendront la fuite.

— Et moi, je te parie que les jeunes gens à la mode viendront en foule pour que je les habille.

— Nous serons la risée de tous !

— Pas quand ils auront vu de quoi je suis capable. Tu sais que j'ai plus de talent qu'une douzaine de Balduccis !

— Je n'ai jamais mis ton talent en doute, ma chérie.

— Alors donne-moi la possibilité de l'exprimer !

— Et ta réputation, tu y penses ?

— Je suis sourde, papa. Je n'ai pas les mêmes perspectives d'avenir qu'une jeune femme normale, alors pourquoi devrais-je être bridée par les mêmes règles ? Tant qu'à être différente, mieux vaut l'être avec panache. Et, tel un phénix, Grenfell's renaîtra de ses cendres !

La fin de ma tirade devait avoir résonné de manière un peu trop pompeuse – même si c'était un cri du cœur –, car une expression amusée passa sur le visage de mon père, et sa résistance céda.

— Ma Veda, murmura-t-il en me prenant par les épaules.

Il m'embrassa tendrement sur le front puis, incapable de résister, il examina ma veste en détail. Une lueur d'admiration étincela dans ses yeux tandis qu'il examinait la ligne du col et des épaules. Il prêta une attention particulière à la façon dont j'avais noué ma cravate, sans la serrer.

— Ton avis ? demandai-je.

Il secoua la tête avec incrédulité.

— C'est un travail admirable, ma chérie. Je dois reconnaître que tu as beaucoup d'allure. Un vrai gentleman.

Je crus que mon cœur allait éclater de fierté.

— Demain, lord Bentley doit venir pour ses essayages, lui rappelai-je.

— En effet.

— Nous pourrions commencer avec lui. Il a les idées larges. Il apprécie le music-hall, tu sais.

— Oui, il aime beaucoup le théâtre.

— Puis-je t'assister dans le salon d'essayage ? Ce sera un bon test, je crois.

Papa me prit par le bras et m'entraîna vers la salle à manger.

— Pas de précipitation, Veda. Tu lui ouvriras la porte et tu l'accueilleras. Nous attendrons de voir sa réaction avant d'aller plus avant.

À notre grande surprise, il n'y eut pas de réaction – ou presque. Lord Bentley était un homme de goût mais d'une incommensurable vanité, qui s'intéressait beaucoup plus à son apparence qu'à ma présence. Je ne pense même pas qu'il me remarqua lorsque je l'accueillis à la porte. Quand j'apparus dans le salon d'essayage au côté de l'assistant de papa, il me fixa simplement avec curiosité, vissa son monocle sur son œil et m'observa de la tête aux pieds avant de faire une remarque sur la couleur saisissante de mon gilet.

— Mon neveu pourrait aimer quelque chose de ce genre, concéda-t-il. Trop excentrique pour moi.

Et voilà comment je pris place aux côtés de mon père. Ainsi que je l'avais espéré, mon apparition discrète dans le salon de réception, sans effet d'annonce, et ce travail en équipe facilitèrent mon acceptation. Papa me rapporta qu'il y avait bien quelques petites discussions à mon sujet dans son club privé, mais en dehors d'un sentiment de sympathie inspiré par ma surdité, tous étaient frappés par le respect que le personnel me témoignait et, surtout, par la façon dont j'étais habillée. Ma singularité m'autorisait une certaine liberté de style, une touche de fantaisie discrète mais originale, ici ou là.

Je suis certaine qu'il y avait des salons à Londres où un tel manquement aux convenances faisait jaser, mais la réputation de notre maison et la qualité des habits que nous livrions suffisaient à défendre notre image. Loin de choquer, ma présence dans le salon de réception vêtue d'un costume à la pointe de la mode s'avéra peu à peu un atout de poids pour Grenfell's. On se mit à guetter mon apparition avec curiosité, et je devins une sorte de référence pour les jeunes gens dans le vent, lassés des règles strictes édictées par la reine et recherchant un style vestimentaire amusant et nouveau.

Malgré toute l'importance que représentait ce tournant dans ma vie – à mes yeux, il s'agissait ni plus ni moins d'un miracle –, je n'en soufflai pas un mot à Harry. Je savais qu'il avait toujours préféré ignorer le milieu dans lequel je vivais. Depuis notre toute première rencontre, dans l'atelier de sir Francis, Harry avait vu en moi une jeune femme de bonne famille, parfaitement instruite et éduquée, et non la fille d'un tailleur. J'étais peut-être atteinte d'un handicap, mais mon éducation, elle, était sans faille. La personnalité que lui montraient mes lettres était ma propre création. Grâce à Reggie, à M. Nicholls et au fait que les livres avaient été pendant longtemps mes seuls compagnons, j'avais acquis une certaine facilité d'expression, et mon style n'avait rien à envier à celui de certaines jeunes ladies. À en croire Esther, c'était même tout le contraire : j'étais infiniment plus cultivée que la plupart de ces demoiselles de bonne naissance aux yeux desquelles il suffisait de savoir tapoter vaguement sur le clavier d'un piano et d'avoir lu deux ou trois ouvrages niais pour conquérir le cœur d'un riche mari.

Lorsque la Saison commença et que la noblesse anglaise vint à Londres pour l'ouverture du Parlement et les manifestations estivales, un bon nombre de jeunes aristocrates avaient entendu parler du tournant opéré par Grenfell's et poussèrent notre porte. Parmi eux se trouvait le neveu de lord Stamford. Il nous était adressé par lord Bentley (qui avait admiré mon gilet) et, à la stupéfaction de papa, il demanda expressément à avoir affaire à moi. Il fut sans doute satisfait de mes services car il m'envoya à son tour un client peu ordinaire : un fonctionnaire américain pour qui je réalisai une splendide redingote en laine d'agneau caracul, avec des revers et un col en velours.

Le bruit de mon succès grandissant ne tarda pas à se répandre et, en juillet, je reçus une lettre, brève, mais très déstabilisante, de Harry.

> Dites-moi que ce n'est pas vous. Une jeune femme déguisée en homme qui travaille comme tailleur pour son père ? Et l'entreprise en question s'appelle Grenfell's ? Je ne vous imaginais pas sous ce jour, je l'avoue, et vous n'avez rien laissé filtrer de cette activité secrète dans vos lettres. Comment ces deux ladies (à supposer qu'elles soient toutes les deux des ladies) peuvent-elles cohabiter à l'intérieur de la même personne ? Je suis choqué, je ne vous le cache pas, et je m'étonne que votre père – qui semble avoir parfaitement éduqué la jeune femme que je croyais connaître – tolère une pareille situation. Connaissant votre force de caractère, je ne puis imaginer que vous ayez été contrainte à jouer ce rôle contre votre volonté.
>
> Se pourrait-il que je sois le seul à être scandalisé ? Car je dois le reconnaître, les rumeurs qui sont parvenues à mes oreilles n'avaient pas l'accent de la réprobation. Tout au contraire : l'entourage de lord

Lansderry ne tarit pas d'éloges au sujet de la somptueuse garde-robe que vous lui avez confectionnée, votre père et vous. Je suppose que votre père incarne le phare de la stabilité et que vous êtes la nouvelle flèche de lumière qui montre le chemin…

Je n'avais pas la moindre idée de la réponse que je pourrais apporter à cette lettre. Je n'aimais pas son sous-entendu selon lequel j'aurais été enrôlée par un père négrier, mais d'un autre côté, je savais quelle aversion il nourrissait pour mon activité dans la confection. Notre amitié en souffrirait. Après une multitude de brouillons, je finis donc par lui envoyer cette lettre :

Cher ami,

Ainsi donc, vous m'avez démasquée.

Cette découverte semblant jeter le trouble dans votre esprit, faisons comme si de rien n'était, voulez-vous ? Et puisque selon vous ces deux femmes ne peuvent cohabiter à l'intérieur de la même personne, rassurez-vous : l'effrontée dissimulera son visage et seule l'autre, celle que vous connaissez, sera présente lors de nos rencontres.

L'Amazone, comme nous l'appellerons désormais, restera une énigme pour vous. Je vous promets qu'elle n'apparaîtra pas à Burford, chez nos amis communs, et qu'elle n'aura jamais l'impudence de se montrer devant vous sans y avoir été invitée.

Je pense néanmoins que vous vous faites du tort en la condamnant sans même lui avoir permis de s'expliquer. Il s'agit d'une jeune femme passionnée, presque jusqu'à l'obsession, par l'habillement. Et, bien que cela puisse paraître étrange, elle a une sorte de don pour la mode masculine, à tel point que des jeunes gens viennent de loin pour prendre conseil auprès d'elle. D'après ce que je sais, elle possède un caractère impétueux et une grande force morale car elle souffre du même handicap que moi – ce qui ne simplifie pas ses relations avec sa famille et ses amis, mais lui pose encore plus de problèmes lorsqu'il lui faut composer avec une société souvent méprisante et obtuse.

Je vous mets en garde cependant : l'Amazone pourrait bien avoir envie un jour de s'aventurer hors des murs de Grenfell's, dans son habit de gentleman. Elle se rendrait alors à Bayswater, et elle monterait First comme un homme, à califourchon. Ah, voilà qui serait *vraiment* choquant et scandaleux… si on venait à la reconnaître, bien sûr. Sinon, elle pourrait trouver l'expérience extrêmement libératrice, je crois. Oui, ce serait certainement très plaisant de sortir dans la rue déguisée en homme. Ne pas craindre d'être accostée, fumer une cigarette, acheter le journal et s'entendre dire « monsieur ».

Mais l'Amazone ne fera rien de tout cela. Sauf peut-être dans ses rêves. Des rêves stupides dans lesquels elle serait une personne différente que celle qu'a créée le Tout-Puissant.

Je séjournerai certainement à Burford vers la fin de la Saison. Et comme il m'est désormais interdit de vagabonder seule dans la campagne, je serai très heureuse de me promener en votre compagnie si vous vous trouvez dans le voisinage.

Votre amie dévouée,
Veda

Harry me répondit par retour du courrier :

Je suis à la fois intrigué et mortifié par votre lettre. Je ne suis cependant pas pressé de rencontrer cette Amazone. Je préfère conserver de vous une image qui ne soit pas entachée par de tels enfantillages. Je compte me rendre à Longmeade en août. Lady Stamford aura certainement prévu une multitude de festivités, je pense que vous trouverez une ou deux distractions à votre goût. Si l'Amazone trouve en elle suffisamment de ressources pour prendre les mesures de ce vieux grincheux de lord Doonesborough en vue de lui confectionner une redingote, Mlle Grenfell aura certainement le courage d'affronter une garden-party ensoleillée sur la pelouse de Longmeade…

Des enfantillages ? Il me fallut plusieurs semaines pour digérer cet affront. Qu'il aille au diable ! Il me prenait au sérieux uniquement quand je portais une de ces stupides crinolines !

Mon indignation avait eu le temps de retomber lorsque je partis finalement pour Burford. Esther m'attendait à la gare d'Oxford et me signala sa présence d'un geste de la main à l'instant où je posai le pied sur le quai bondé. Un seul coup d'œil me suffit pour deviner qu'elle attendait un heureux événement. Après des embrassades émues, quelques larmes, et de nouvelles effusions, j'effleurai d'un regard explicite sa taille légèrement épaissie : je voulais tout savoir sur cette merveilleuse nouvelle. Elle hocha la tête avec un large sourire et m'indiqua qu'elle me raconterait tout à la maison. Il nous fallut encore supporter un interminable voyage dans un coche surchauffé jusqu'à Burford. Je me précipitai dans ma chambre pour me rafraîchir le visage et enlever ma crinoline, et je pris le temps de lisser mes cheveux, ébouriffés par la moiteur du train, avant de redescendre au salon.

Esther m'attendait, assise sur une jolie chaise en chintz, le visage fendu par un sourire radieux.

— Tiens, me dit-elle en sortant une lettre de sa poche. J'ai tout écrit pour que ce soit plus facile pour toi.

— Oh, sois bénie, Tiggy, soupirai-je en songeant combien sa compagnie et son affection m'avaient manqué durant l'année écoulée.

Je posai la bougie près de mon coude et lus :

Ma Topsy chérie,

Avant toute chose : je vais bien – j'ai retrouvé mes forces et le grand événement est prévu pour le mois de janvier. Ned est aux anges, et moi j'ai fini par me résigner à l'inévitable. Comme tu le sais, je n'étais pas pressée de fonder une famille et je me félicite d'y avoir échappé jusqu'ici. Les enfants sont de tels dévoreurs d'énergie, je crains qu'il ne m'en reste plus pour mon travail qui exige énormément de concentration et d'abnégation. Je préfère ne pas penser à la frustration qui m'attend et aux concessions qu'il me faudra faire pour concilier ma vie professionnelle et ma vie de famille, même si Ned m'a promis d'engager une nounou. Je crains même pour notre amitié, car je n'aurai pour ainsi dire plus de temps à moi : j'en serai réduite à t'écrire des lettres hâtives, dans un style lapidaire, et dénuées de toute profondeur.

Je levai les yeux pour la rassurer : bien sûr que notre amitié survivrait à la naissance de son premier enfant – et à tous ceux qui viendraient après lui ! Mais ma chère Esther s'était endormie, sa tasse de thé en équilibre sur ses genoux. Sans la réveiller, je détachai tout doucement la fine porcelaine de ses doigts et la posai sur la table. Puis je bus rapidement mon thé et laissai mes pensées dériver vers les semaines de vacances qui m'attendaient.

J'avais écrit à Harry aux bons soins de Scrimshire – le

secrétaire de son cercle à Londres, la seule personne en Angleterre qui sût toujours où se trouvait Harry, à n'importe quel moment de l'année – pour l'informer des dates de mon séjour à Burford. Étant donné son imprévisibilité, je m'habillais avec le plus grand soin tous les matins, pour être prête à l'accueillir. Cette année, j'étais venue avec une garde-robe complète, créée spécialement pour l'occasion. Ma malle renfermait des jupes en soie bleu paon, rouge incarnat, bleu azur, chacune se déclinant avec sa veste coordonnée. Il y avait aussi de ravissants chemisiers assortis, entièrement brodés à la main, ainsi qu'un étonnant corsage ivoire réalisé en piqué et rehaussé d'un petit galon en velours noir que je porterais avec une jupe en soie à motifs noir et rouge. J'avais commandé trois nouvelles ombrelles, et deux chapeaux de paille à bord étroit. Je n'avais peut-être pas une grande expérience de la vie à la campagne, mais je savais précisément comment m'habiller.

À mon grand étonnement, le lendemain même de mon arrivée, une lettre arriva au courrier, adressée à Esther. Harry lui annonçait sa venue à Longmeade deux jours plus tard, et disait vouloir tenir la promesse qu'il m'avait faite l'année précédente de nous emmener en excursion dans les alentours. Il pensait que, peut-être, nous aimerions nous rendre sur le site de l'Iron Bridge : « un fleuron de l'architecture moderne », précisait-il, « de loin le monument le plus admirable de la région ».

Je levai les yeux de la lettre et vis qu'Esther me faisait de grands gestes.

— Quoi ?

— Ironbridge se situe de l'autre côté de Birmingham ! C'est à des kilomètres d'ici !

— Il propose le train.

— Mais c'est le site le moins romantique et le plus

laid qu'on puisse trouver à des lieues à la ronde ! Nous avons de si jolis paysages dans les alentours…

— C'est tout Harry.

Elle me lança un regard perplexe.

— Il adore les machines, et ce genre de choses, lui expliquai-je brièvement.

— Comment le sais-tu ?

— Il me l'a dit dans ses lettres.

— *Ses lettres* ?

Esther savait que Harry et moi correspondions de loin en loin. Mais elle n'imaginait pas qu'il puisse s'agir d'autre chose que d'un échange formel. Elle était persuadée que Harry ne voyait en moi qu'une amie par raccroc. Impression que je ne faisais aucun effort pour démentir.

— Tu veux dire qu'il t'a écrit plus d'une fois ?

— Oui, acquiesçai-je avec une satisfaction paisible.

Elle me dévisagea pensivement et, au lieu de faire preuve de son scepticisme habituel, elle me demanda :

— Est-ce que tu es amoureuse de lui ?

— Ce serait une belle stupidité, répondis-je avec un sourire amusé, destiné à lui donner le change. Au moins aussi idiot que de vouloir prendre des leçons de piano.

Elle parut soulagée.

— Peut-être, si nous lui demandions, la changerait-il, suggéra-t-elle avec espoir.

— Changer quoi ?

— Notre excursion. Il y a un adorable vieux prieuré pas très loin d'ici. Et une forteresse romane.

— Mais il a tellement envie de voir le pont.

— Franchement, je considère comme un manque de considération de sa part de vouloir me faire voyager aussi loin, dans mon état.

— Il ignore que tu attends un bébé, Tiggy chérie.

— Ah, oui. C'est vrai.

Elle fronça les sourcils.

— Tu veux vraiment aller voir cette chose ?

— C'est certainement très intéressant.

— C'est surtout d'une laideur monstrueuse, Topsy. Et en plus, l'odeur doit être épouvantable. Tu imagines, tout ce minerai de fer, et la chaleur des fonderies, en plein mois d'août ?

— Ça t'ennuierait beaucoup si j'y allais ?

— Toute seule ?

— J'ai très envie de sortir, et il s'agit d'une invitation tout ce qu'il y a d'officiel.

Elle plissa les yeux.

— Si j'étais ta mère, ma réponse serait un non ferme et définitif.

— Mais tu n'es pas ma mère et j'ai presque vingt-deux ans.

— Possible, mais tu es sous ma responsabilité.

— Nous ne serons pas vraiment seuls, il y aura une armée de domestiques autour de nous.

— La belle affaire ! Les domestiques ne servent rigoureusement à rien : ils regardent ailleurs.

— Allez, Esther ! Il ne va quand même pas se jeter sur moi.

— Il ne manquerait plus que ça !

— Il me considère plus ou moins comme sa sœur, affirmai-je, en priant tout bas que ce ne soit pas vrai. Il m'a parlé d'elle dans ses lettres, tu sais. Et sa mère m'avait dit la même chose : elle trouvait que je lui ressemblais.

— Ah bon ?

À nouveau, je vis son inquiétude se muer en soulagement.

— Ce sera infiniment convenable, assurai-je.

— Il peut se comporter comme un vrai vaurien, tu sais.

— Il s'est toujours montré très gentil, très respectueux, et très généreux avec moi.

— Oh, très bien, en ce cas…

Elle plissa les lèvres d'un air désapprobateur.

— Mais cette sortie n'est vraiment pas orthodoxe.

Elle leva les yeux au ciel.

— Ironbridge !

Nous partîmes de Burford juste avant l'aube, dans un élégant fiacre fermé, à destination d'Oxford. Là-bas, nous prendrions le train pour Birmingham puis nous monterions à bord d'un autre attelage qui nous conduirait jusqu'au site d'Ironbridge.

Nous échangeâmes à peine quelques mots jusqu'à Oxford car le soleil commençait tout juste à percer à travers la brume matinale, et il faisait trop sombre pour que je puisse lire sur les lèvres de Harry. Chaque fois que je tournais les yeux vers lui, cependant, il me renvoyait un sourire chaleureux, et je sentais toute sa frustration de ne pouvoir discuter avec moi comme il l'aurait souhaité.

À la gare, un porteur chargea dans le train une malle en osier remplie de provisions, tandis que Harry et moi prenions place dans un compartiment de première classe qu'il avait entièrement réservé. À peine installée, j'ouvris mon sac de voyage pour en sortir le pupitre et le magnifique livre d'or relié en cuir qu'il m'avait offerts. Le soulagement que je lus sur son visage me toucha. Je ne voulus pas prendre l'initiative ; j'avais trop peur que le tremblement de ma main ne me trahisse, je lui tendis donc le pupitre et la plume en déclarant :

— Expliquez-moi ce que nous allons voir aujourd'hui, Harry.

Regarder Harry écrire était l'un de mes grands plaisirs. Si je ne pouvais entendre sa voix, j'avais le privilège de l'observer tout à loisir dans ces moments paisibles. Sa tête inclinée se trouvait tout près de la mienne, et le moindre de ses gestes, le plus petit détail de son visage, finissait par me devenir si familier que j'aurais pu dessiner de mémoire la forme de sa main, ses longs doigts tenant élégamment la plume ; la façon dont ses favoris s'élargissaient en suivant la courbe de sa joue ; les jeux d'ombre et de lumière sur son menton, tôt le matin, juste quand il venait de se raser, et tard le soir, quand un voile de barbe commençait à l'assombrir. Je connaissais par cœur les moindres nuances de ses cheveux châtains – plus sombres près de la racine, puis progressivement plus chauds, là où le soleil les avait éclaircis, avec quelques reflets d'or rouge çà et là. Je savais comment ils tombaient sur son front en une vague douce, comment ils effleuraient son col en lin immaculé. J'observais à loisir toutes ces merveilles tandis que sa plume courait ardemment sur le papier. Puis il se redressait, et ses yeux bleu-gris éclipsaient tout à coup tout le reste de son visage, tandis qu'il me tendait le Livre de conversation avec une expression pleine d'attente.

Je crois qu'il doutait de lui-même en ma présence. Il devait penser que le rayonnement qui lui permettait de briller en société n'avait aucun effet sur moi du fait de ma surdité, car il me lançait de brefs regards pendant qu'il écrivait, comme s'il se demandait si j'aurais la patience de supporter ce silence. Il ne pouvait pas comprendre que ma vie n'était *que* silence.

Dans le train pour Birmingham, quand il me passa le

livre pour me montrer ce qu'il avait écrit, je compris tout à coup combien cette excursion était importante pour lui. Il avait rédigé à mon intention un bref historique du Lunar Club de Birmingham, une société d'astronomes amateurs qui se réunissaient autrefois à chaque nouvelle lune pour débattre de thèmes liés à la science et à l'industrie. Il m'expliquait son admiration pour ces génies qui avaient tous apporté leur pierre au progrès, des ingénieurs comme James Watt et Matthew Boulton, des industriels comme Josiah Wedgwood, ou encore le naturaliste Charles Darwin.

Je ne prêtai aucune attention au panorama qui défilait derrière la fenêtre du train ce matin-là : mon seul paysage était le visage de Harry.

À notre descente du train, à Birmingham, l'un des attelages privés de lord Stamford, peint à ses armes, nous attendait. Harry l'avait fait partir la veille afin que nous puissions nous rendre confortablement sur le site d'Ironbridge. Je n'avais jamais voyagé dans de telle conditions. L'habitacle était entièrement capitonné de tissu bleu ciel ; l'extérieur, bleu roi, faisait ressortir les armoiries d'or qui étincelaient sur les portières. Tous les autres véhicules que nous croisions sur la route à une vitesse vertigineuse étaient tenus de s'écarter devant nous. Des charrettes lourdement chargées pour se rendre au marché se rangeaient sur le bas-côté, des paysans dans les champs ôtaient respectueusement leur chapeau en nous regardant passer ; à un moment, un cabriolet se retrouva dans le fossé parce que, à en croire Harry, le conducteur n'avait pas été assez prompt à réagir au cri d'avertissement du cocher. Tout cela était incroyablement nouveau pour moi, et un peu grisant, je l'avoue. Pour Harry, en revanche, c'était simplement la routine : il regardait sans broncher le monde s'ouvrir devant lui pour lui frayer un passage. Mais surtout, ce qu'il y avait d'extraordinaire à mes yeux, c'était qu'il m'avait choisie, moi, alors que toutes les jeunes femmes de haut rang auraient donné n'importe quoi pour passer la journée avec lui.

Après un arrêt dans un relais pour désaltérer les chevaux, la voiture abandonna la grande voie qui longeait la Severn et s'engagea sur une route plus étroite et pentue, au milieu des collines. Finalement, le cocher fit halte au bord d'une prairie en pente douce. Le valet déplia le marchepied et me tendit la main pour m'aider à descendre. Je sautai à terre et retins mon souffle : au loin, à des kilomètres en aval du fleuve, un immense pont de fer enjambait hardiment la gorge. L'apparition était si saisissante et si inattendue – cet énorme ouvrage d'art qui s'élevait entre les rives boisées de la Severn, écrasant de toute sa taille gigantesque le village et les fonderies fumantes à ses pieds – que je sursautai quand Harry me toucha le bras.

— C'est incroyable, soufflai-je. Qu'un cerveau humain ait pu concevoir un tel projet et qu'il ait ensuite réalisé l'exploit de concrétiser sa vision.

Mon enthousiasme était sincère, il venait du cœur, et Harry dut s'en rendre compte. Sa main pressa mon épaule d'un geste chaleureux pour confirmer qu'il partageait mon sentiment. J'étais immensément heureuse en cet instant… et infiniment soulagée qu'Esther n'ait pas pu se joindre à nous.

Comme s'il avait lu dans mes pensées, Harry me toucha le bras pour attirer mon attention.

— Je regrette que Mme Jones n'ait pas pu nous accompagner, mais je me demande si l'excursion lui aurait plu.

— Certainement pas autant qu'à moi, monsieur.

Un peu plus bas, à l'orée d'un bois, le valet déployait un plaid à l'ombre des arbres. J'ouvris mon ombrelle et pris le bras que m'offrait Harry. La pente était prononcée et je dus m'appuyer pesamment contre lui. Mais j'aurais traversé cet immense pont en fer les yeux fermés, je crois, si Harry avait été près de moi.

Cet après-midi-là, il ne me fut plus possible de douter de l'intérêt qu'il me portait. J'étais devenue experte dans l'art de déchiffrer les signes, pas seulement ceux qui m'étaient destinés, mais aussi et surtout ceux qui transparaissent dans les moments où l'on ne se croit pas observé. L'attention avec laquelle je le fixais le mit tout d'abord un peu mal à l'aise, mais il s'habitua rapidement à ma façon de faire, et sa gêne s'envola. Nous nous passions spontanément le Livre de conversation, et bientôt il se mit à regarder par-dessus mon épaule quand j'écrivais, et j'en fis autant de mon côté. Je le pressai de me parler afin de m'habituer à lire sur ses lèvres. Chaque personne avait une façon d'articuler bien à elle, et seule la pratique me permettait de progresser. Il prit sur lui pour s'exprimer avec clarté, n'hésitant pas à répéter aussi souvent que nécessaire.

Il faisait chaud, même à l'ombre, et nous nous étendîmes sur le plaid, festoyant de viandes froides, de bière et de fraises à la crème. Nous nous débarrassâmes du formalisme de nos précédentes rencontres, au sens littéral, car je retirai ma veste et Harry ôta sa jaquette et sa cravate. De ce jour-là, il adapta son rythme au mien. Ma surdité l'incitait à modérer son impétuosité. Après s'être heurté au mur de mon silence il avait appris peu à peu à composer avec l'obstacle. Je ne pense pas qu'il soit possible pour une personne entendante de comprendre réellement ce que peut éprouver un sourd profond ; Harry débuta néanmoins son voyage dans mon monde cet après-midi-là.

Après le déjeuner, il fit la sieste pendant que je réalisais quelques croquis du pont afin de saisir toute la complexité de la structure en ferronnerie des arches et des piliers. Finalement, je reposai mon cahier, m'allongeai sur le plaid et m'endormis à mon tour. À mon réveil, Harry n'était plus là. Il avait longé le petit bois pour contempler la vue plongeante sur la gorge. Quand il me vit me redresser et me recoiffer, il revint s'asseoir à mon côté.

— Il va nous falloir songer à rentrer.

— Nous n'allons pas jusqu'à la ville ?

— Nous n'avons pas le temps, et de toute façon elle ne présente pas grand intérêt.

— J'aurais bien aimé traverser le pont.

Il garda le silence, pendant que je baissais les yeux pour remettre en place un peigne en nacre qui avait glissé de mes cheveux. Lorsque je levai à nouveau le regard vers lui, son expression me coupa le souffle.

— Je me demande, dis-je en joignant les mains sur mes genoux pour les empêcher de trembler, pourquoi vous vous donnez tout ce mal pour moi. Il y a tellement de jeunes femmes qui sont d'une compagnie plus agréable que la mienne, et auprès desquelles il vous est plus facile de briller.

— Je ne vois pas avec qui j'aurais pu passer une journée aussi délicieuse.

— Mais discuter avec moi est un exercice épuisant.

— En effet. Plus pour vous que pour moi. Vous avez une excellente influence sur moi, mademoiselle Grenfell.

— Comment cela ?

Il ramassa le pupitre, se rapprocha de moi et écrivit :

Vous stimulez mon esprit, mais mon âme est apaisée. À votre contact, je redécouvre quelque chose que je n'avais pas ressenti depuis très longtemps.

— Et c'est… ?

Je pense que c'est la joie de vivre.

— J'ai remarqué que votre impétuosité et votre éclat habituels semblaient se voiler en ma présence, mais j'ai cru que cela venait de ma surdité et des problèmes de communication qui en découlent.

Dois-je en conclure que je brille moins à vos yeux qu'à ceux de ces jeunes femmes dont je suis censé rechercher la compagnie ?

— Je ne puis répondre, monsieur, car j'ignore la magnitude de votre étoile, ailleurs qu'à travers mes propres yeux.

Il sourit tout en écrivant :

Vous esquivez la question avec un art consommé.

— Je suis novice en la matière, monsieur.

Il me lança un regard amusé.

— Parlons-nous bien de la même chose ?

— Je le crois, oui. Je sais que certaines personnes ont l'habitude de jouer à ce petit jeu et s'en sont fait une spécialité, mais cela n'a jamais été mon cas. Je n'ai pas eu l'occasion de pratiquer le marivaudage. Il n'y a pas eu de défilé de prétendants devant ma porte, ni de rendez-vous romantiques dans des décors propices aux déclarations.

— Vous avez un esprit et une distance extraordinaires pour une femme aussi jeune et aussi marquée par la tragédie.

— Parfois, je me demande si vous m'auriez porté autant d'intérêt si je n'avais pas été sourde.

— Voilà une remarque incroyablement cruelle ! protesta-t-il en se mordant les lèvres.

Voyant que je l'avais profondément blessé, je lui subtilisai la plume des mains et posai le pupitre sur mes genoux, car je ne voulais pas qu'il y ait la moindre ambiguïté dans ma réponse.

Tout est toujours si facile pour vous, Harry. Vous passez avec un égal succès de l'élevage des chevaux de race à celui des chiens de meute ou à la construction de phares. Et quand vous avez deux minutes à tuer avant de vous rendre à un dîner, vous écrivez des vers. Alors oui, c'est vrai, je ne peux m'empêcher de me demander si ma surdité ne représente pas simplement un nouveau défi pour vous. Un nouvel univers à explorer et à conquérir.

J'observai attentivement son visage tandis qu'il lisait ces lignes, convaincue qu'il allait voir une insulte là où il n'y en avait pas, mais c'était un risque que je devais prendre. Mon cœur était sur le point de plonger de beaucoup plus haut encore que de ce pont immense, là-bas, et si je n'étais pour lui qu'un objet de curiosité, je devais absolument m'empêcher de sauter dans le vide pendant qu'il en était encore temps.

À ma grande surprise, il parut comprendre mes craintes. Il secoua violemment la tête en signe de dénégation, m'enleva la plume des doigts, la trempa dans l'encrier et écrivit :

J'ai trop de facilités dans beaucoup trop de domaines. J'aimerais resserrer mes centres d'intérêt, mais rien ne retient longtemps mon attention.

Je lui touchai doucement la main et il cessa d'écrire.

— Et les gens ? N'y a-t-il personne qui parvienne à retenir longtemps votre attention ?

Je pense qu'il était tout aussi réticent à me donner une réponse que je l'étais à la déchiffrer sur ses lèvres, car il hésita un long moment, fixant sur moi un regard qui laissa mon cœur et ma respiration en suspens.

— Je pense que vous êtes la meilleure candidate, mademoiselle Grenfell, dit-il enfin avec un sourire.

Et afin de s'assurer que je comprenais bien, il écrivit sa réponse dans le livre. Je regardai la plume former les lettres, et il me fut impossible de réprimer un sourire. Je voulus le dissimuler derrière ma main, mais Harry remarqua mon geste et je me mis à rougir.

Je sais que je n'aurais opposé aucune résistance s'il m'avait embrassée à cet instant, et que je l'aurais regretté plus tard. Mais Harry ne m'avait pas amenée ici pour profiter de la situation, et il était beaucoup trop conscient de la perfection de la journée pour risquer de la gâcher. Il sécha donc l'encre sur la page avec un buvard et referma le livre. Puis il se leva et me tendit la main pour m'aider à en faire autant.

Ce soir-là, quand je rentrai à la maison, Esther m'attendait au salon, les yeux brillants de curiosité. Elle me demanda par un geste explicite : « Alors ? Comment ça s'est passé ? »

Je haussai les épaules d'un air faussement blasé.

— C'était un pont.

Et je bâillai ostensiblement. Puis je l'embrassai pour lui souhaiter bonne nuit et montai me coucher.

17

Nous étions invités à une garden-party à Longmeade.

Tous les notables du comté seraient présent : l'évêque, l'archidiacre, la petite noblesse du voisinage, de riches propriétaires terriens et quelques personnalités locales comme M. Rose, un peintre paysagiste renommé, membre de l'Académie royale, qui habitait non loin. Le bruit courait qu'y assisterait un riche homme d'affaires américain, originaire de Virginie, de passage en Angleterre avec sa fille, ainsi que l'un de leurs compatriotes romancier, dont les ouvrages étaient aussi populaires dans son pays que les romans de M. Dickens dans le nôtre, accompagné de son éditeur anglais. Ce serait une assemblée pour le moins hétéroclite, mais lady Stamford aimait secouer les vieilles convenances poussiéreuses en mêlant à l'occasion un étranger de passage ou un artiste ou deux à ses hôtes les plus bigots et les plus rigoristes.

Même si plusieurs vieilles familles locales pinçaient les lèvres à la vue de certains invités et restaient entre elles pendant les festivités, personne ne manquait jamais à l'appel. Les réceptions de lady Stamford étaient bien les seuls événements qui avaient jamais lieu à Longmeade et les jeunes gens en raffolaient : refuser une invitation à l'un de ses bals ou à l'une de ses *soirées** théâtrales aurait provoqué une émeute. Les plus âgés accompagnaient donc les plus jeunes, tout en s'appliquant à ne pas montrer qu'ils s'amusaient.

La garden-party, baptisée « goûter champêtre », débuterait à quinze heures. Le « goûter » lui-même serait servi à partir de dix-sept heures par des domestiques vêtus pour l'occasion d'extravagantes tenues de jardiniers. Différentes activités seraient proposées aux invités : tir à l'arc, croquet, tennis sur gazon. Il y aurait même un arbre de mai autour duquel on danserait tout l'après-midi. Pour ceux qui le souhaitaient, les danses se poursuivraient sous des tentes jusqu'à minuit.

J'avais espéré que ce serait l'occasion de visiter Longmeade, mais après avoir remonté une longue *allée** d'ifs sculptés, notre voiture fut déviée sur la droite avant d'atteindre le « château » proprement dit. Nous entrâmes dans une vaste avant-cour ceinturée d'une balustrade en pierre, au pied de laquelle s'épanouissaient des buissons luxuriants de roses et de clématites, d'asters et de reines-marguerites. Des petites tables rondes étaient disposées sur tout un côté de la pelouse, sous des dais soutenus par des poteaux décorés de rubans aux couleurs pimpantes. Au fond du parc, sous une vaste tente, jouait un petit orchestre. Une partie de croquet était déjà en cours, et de l'autre côté d'une magnifique grille en fer forgé, sur une vaste esplanade verdoyante qui marquait jadis l'entrée de la propriété, des jeunes gens faisaient étalage de leur habileté au tir à l'arc. Je ne pus m'empêcher de comparer cette ambiance colorée et vivante à celle d'un cirque.

Comme nous gravissions les marches du porche où le comte et la comtesse accueillaient leurs hôtes, je frémis à l'idée que lord Stamford reconnaisse en moi la jeune femme sourde qui avait interrompu la partie de chasse du maharadjah, l'été précédent, ou, pis encore, que lady Stamford se remémore cette fille de tailleur qui avait autrefois conçu un costume de soirée pour son ami primate. Mais je m'étais inquiétée pour rien : on me présenta simplement comme Mlle Grenfell, de Londres, et lady Stamford n'eut pas un tressaillement en me voyant. Libérée de ce souci et de l'inquiétude où m'avait plongée la nécessité de cacher ma surdité, je me détendis et m'installai sur une chaise avec Esther pendant que Ned se lançait à la recherche de M. Rose. J'observai les allées et venues, tentant de découvrir Harry dans la foule.

Il était hors de question pour moi de me mêler aux invités, mais Esther ne demandait pas mieux que de me tenir compagnie, comme au bon vieux temps. Nous savourâmes le plaisir simple d'être ensemble, dégustant une boisson glacée à la menthe que nous proposa un vieux domestique habillé d'une tunique de jardinier et d'un chapeau de paille, échangeant de petits signes discrets quand nous remarquions quelque chose d'amusant. L'archidiacre me tint compagnie pendant qu'Esther partait jouer au croquet, et il eut la gentillesse de se promener avec moi autour de la pelouse afin de me permettre d'admirer la profusion de fleurs en pleine éclosion. C'était un homme charmant, un botaniste amateur qui s'intéressait davantage à la flore qu'à l'espèce humaine. Il articulait soigneusement chaque nom de fleur, dessinant les lettres sur sa paume quand je ne comprenais pas.

En réalité, cette flânerie n'avait pas d'autre but pour

moi que de me rapprocher sans en avoir l'air d'un petit groupe d'archers engagés dans une compétition amicale, de l'autre côté de la grille. J'avais en effet aperçu Harry parmi eux. Une jeune fille munie d'un arc faisait sensation : elle était la seule représentante de notre sexe dans ce milieu exclusivement masculin. Il m'était impossible de distinguer son visage : elle était trop loin et portait un chapeau à voilette. Sa robe couleur jonquille était très jolie, quoiqu'un peu ostentatoire. Harry se tenait en retrait, mais il était évident que la jeune Diane n'avait d'attention que pour lui, se retournant constamment de son côté pour quémander son approbation, comme si les autres n'existaient pas. La jeune femme maniait manifestement l'arc avec une parfaite maîtrise car toutes ses flèches se fichaient près du centre, suscitant les applaudissements et les acclamations de ses admirateurs. Seul Harry – dont je ne parvenais pas à distinguer l'expression – semblait rester sur la réserve. Je crus percevoir une certaine raideur dans son attitude et regrettai de ne pas me trouver assez près pour voir son visage, car j'aurais pu lire alors presque à coup sûr dans ses pensées.

Mes pensées à moi ne parvenaient pas à se détacher de notre conversation, un an plus tôt, quand il m'avait invitée à venir danser à Longmeade, promettant qu'il s'occuperait de moi toute la soirée et qu'à aucun moment je ne me sentirais abandonnée. Et je me retrouvais ici, à présent, m'efforçant de me rappeler le nom de ces petites fleurs pourpres qui ressemblaient à des clochettes, alors qu'une migraine, probablement due au soleil et au punch légèrement alcoolisé, m'enserrait les tempes, et tout mon univers semblait s'écrouler parce qu'une jeune femme tentait de conquérir Harry sous mes yeux. Bien sûr, je n'étais pas stupide, je savais qu'il était un célibataire très convoité. Il aurait bientôt trente ans, une foule de jeunes filles en âge de se marier devaient se dire que c'était le moment ou jamais, qu'il se rangerait bien un jour. Mais je n'avais jamais été témoin de cette âpre chasse au mari. Cet après-midi-là, la froide réalité me transperça le cœur comme un coup de poignard. J'avais beau savoir que notre relation, si tendre fût-elle, ne dépasserait jamais le stade de l'amitié, que jamais Harry ne m'épouserait, assister à cette pantomime amoureuse m'était totalement insupportable.

Je pris congé de mon ami botaniste et, déterminée à m'amuser coûte que coûte, je traversai la pelouse, tête haute, en direction du jeu de croquet. J'arrivai juste à temps pour m'emparer d'un maillet et m'engager dans une partie qui débutait. Je fixai résolument mon attention sur les joueurs, refusant de regarder à nouveau dans la direction de Harry, mais à la cinquième porte, alors que je venais d'envoyer promener à plusieurs mètres la boule de mon adversaire, je levai les yeux et découvris Harry à côté de moi. Il s'appuyait avec insolence sur un maillet et me souriait comme s'il se croyait le soleil de ma vie. Je n'avais pas l'intention de lui faire payer ma déconvenue, sincèrement, mais mon cœur était tellement bouleversé que je le toisai avec un mépris glacial avant de lui tourner le dos pour observer le joueur suivant. Je sentis aussitôt sa main sur mon coude, mais je l'ignorai, si bien qu'il n'eut d'autre choix que de se placer dans mon champ de vision.

— Veda, dit-il en posant sur moi un regard troublé. Que se passe-t-il ?

Au même moment, à quelques mètres de lui, la jeune Diane chasseresse apparut au bras d'un homme d'un certain âge. Ils devisaient ensemble, mais Harry était à l'évidence le sujet de leur conversation car ils regardaient tous les deux dans notre direction. La jeune femme souleva la voilette de son chapeau jaune pâle, et je pus alors contempler son visage. Son menton altier n'avait rien à envier à ses yeux, d'un bleu si clair qu'il en était presque transparent, percés au centre par deux pupilles d'un noir intense. Ils paraissaient immenses dans son petit visage délicatement ciselé. Ce regard, que n'importe quel peintre aurait rêvé d'immortaliser sur la toile, me parut aussi vide et mort que celui des statues antiques. Ses cheveux d'un blond très pâle, presque argenté, dessinaient des arabesques gracieuses sur sa nuque.

Harry suivit la direction de mon regard, s'attirant un signe de tête poli du gentleman, mais la jeune femme baissa pudiquement ses cils pâles avant de traverser avec grâce la pelouse en direction des tables.

Ils s'étaient à peine éloignés que Harry se tourna derechef vers moi. Je vis alors le sourire qui flottait encore sur ses lèvres – un sourire contraint, très différent de ceux qu'il me réservait. Il me dit quelque chose, et je compris vaguement qu'il s'agissait de l'homme d'affaires américain et de sa fille, mais ce fut à peu près tout ce que je réussis à saisir. Je me sentais incapable de me concentrer davantage en cet instant. Je fis de mon mieux pour plaquer une expression enjouée sur mon visage et donner le change, mais Harry ne fut pas dupe, je crois, et il comprit qu'il m'avait blessée. Lorsque vint mon tour, je n'avais plus aucune force dans les mains, et je tapai à côté de la boule. Si j'avais eu le courage de lever mon regard, je suis sûre que je me serais retrouvée entourée par une haie de visages hilares. Je tendis mon maillet à Harry, prétextant un coup de chaleur, et me dirigeai rapidement vers la tente où Esther et Ned s'étaient installés à une table avec un groupe d'invités.

On servit le goûter, mais je fus incapable d'avaler quoi que ce soit. Mes yeux étaient fixés sur Harry et la jeune femme blonde assis côte à côte à la table de lord Stamford. Mon estomac refusait l'idée même d'absorber de la nourriture et je fus soulagée quand Esther manifesta finalement le souhait de rentrer. Elle ne se sentait pas très bien et Ned l'avait agacée : il avait discuté tout l'après-midi avec M. Rose, sans lui prêter la moindre attention. Après plusieurs demandes, Ned consentit à partir.

Nous attendions notre voiture dans la cour quand Harry apparut à l'angle de la maison, visiblement de méchante humeur. Il semblait dépité que nous partions si tôt, mais Ned le prit à part et il dut lui annoncer la nouvelle qu'il avait précieusement gardée jusqu'ici parce que le visage fermé de Harry s'éclaira et je vis naître sur ses lèvres ce sourire enfantin que j'adorais. Il se précipita vers Esther et serra ses mains dans les siennes avec une chaleur et une sincérité si charmantes que mon amie rosit de plaisir.

Il regarda ensuite notre attelage s'éloigner dans l'allée et il ne faisait guère de doute qu'il était très déçu de nous voir partir.

Durant les jours qui suivirent, il me fut quasiment impossible de chasser Harry de mes pensées. Pourtant, ce n'était pas faute de m'occuper l'esprit. Esther et moi allions nous promener presque tous les jours. Le reste du temps, je m'essayais au jardinage à ses côtés, mais sans grande conviction : je n'étais pas très douée. Nous étions souvent invités par des collectionneurs ou des propriétaires de galeries car les tableaux de Ned commençaient à remporter un vif succès. Il était plus ou moins établi qu'il serait nommé à l'Académie royale l'année suivante. Il n'était pas rare que cette société se réunît à la maison de façon informelle pour parler d'art et de voyages. Je n'avais d'autre choix alors que de m'installer dans un coin du salon avec des travaux d'aiguille.

Esther et moi prenions fréquemment le cabriolet pour nous promener dans la campagne environnante. Un jour, nous partîmes jusqu'à Oxford, où elle devait acheter du matériel de peinture pour Ned. Nous y retournâmes pour visiter l'université, mais sans les étudiants et les professeurs en toge noire, le lieu était étrangement dépourvu d'âme. L'archidiacre botaniste que j'avais rencontré à Longmeade s'était pris d'affection pour moi de façon assez ridicule et vint me rendre visite avec sa fille, bizarre, très pâle, avec de grands cernes sombres sous les yeux. Elle ne prononça pas un mot de toute la visite, assise avec raideur sur sa chaise, serrant sa bible dans ses gros doigts semblables à ceux d'une paysanne. J'étais épuisée après leur départ et dus monter me reposer dans ma chambre.

J'étais perpétuellement à l'affût de nouvelles de Harry, et il m'était difficile de cacher ma déception chaque fois qu'Esther s'installait à la table du petit déjeuner avec le courrier du matin où ne figurait pas la lettre tant espérée. Je n'arrivais pas à avaler quoi que ce soit. Quand Esther m'en fit la remarque, je prétendis que c'était à cause de la chaleur.

Vers la fin du mois d'août, deux jours avant la date prévue pour mon retour à Londres, je reçus enfin une lettre de Harry.

Ma chère Veda,

Je vous ai délaissée d'une façon honteuse, mais ce n'était pas intentionnel, seulement inévitable, je le crains. J'ai passé ces deux dernières semaines à visiter l'Angleterre avec la jeune femme et le gentleman que vous avez aperçus à Longmeade. Je voulais vous écrire tout de suite pour vous en informer, mais chaque minute de chaque journée leur a été consacrée, et j'ai passé toutes mes soirées à organiser des excursions et à leur trouver un logement chez différents amis. Le gentleman est M. Erskine, un éminent banquier américain que mon père a rencontré à Paris au printemps dernier. Il est accompagné par sa fille, Mlle Arabella Erskine. Ils ont loué notre maison de Londres et, à la demande de mon père, lord Stamford a eu la gentillesse de les inviter à Longmeade car Londres est terriblement désagréable en août. Malheureusement, le gentleman est un effroyable raseur dès qu'il ne parle pas de plans d'investissement ou de financement des chemins de fer. Sympathique par ailleurs, mais épuisant à fortes doses. Sa fille est immature et souffre du mal du pays. Apparemment, sa mère est invalide, et elle n'a guère eu l'occasion de voyager avant aujourd'hui. Ses questions et ses observations d'une incroyable naïveté ont mis ma patience à rude épreuve, mais j'ai accompli mon devoir filial et respecté la promesse que j'avais faite à mon père. Leur compagnie m'a fait regretter plus que jamais la vôtre, si cela peut vous être d'un quelconque réconfort, car je sais que je me suis montré d'une négligence coupable envers vous. J'avais réellement l'intention de m'accorder quelques jours de repos à Longmeade et j'avais espéré vous faire visiter le château, car j'ai travaillé avec l'architecte au projet de restauration. La chapelle sera bientôt terminée, et la fin des travaux donnera certainement lieu à une célébration, sous une forme ou une autre. Ned sera bien évidemment présent puisqu'il a réalisé les dessins des vitraux. J'ignore encore quand aura lieu l'événement, mais votre nom figurera en bonne place sur la liste des invités, j'y veillerai.

J'ai longuement réfléchi à votre théorie concernant

notre amitié. Si j'étais léger, je trouverais vos soupçons offensants, mais ce n'est pas le cas, et je vous assure que je comprends tout à fait vos interrogations. De grâce, ne présupposez pas que mon manque de patience induit un manque de jugement. Se pourrait-il que vous sous-estimiez votre charme et votre intelligence, et que vous les imaginiez affectés de quelque façon que ce soit par votre infirmité ?

Je me trouve actuellement en Écosse où je chasse à courre pour essayer d'oublier la sinistre réalité des rues bondées et crasseuses de la ville. Londres suffoque littéralement en ce moment et transpire de la suie noire. Je m'y sens tellement mal à cette époque de l'année que je ne m'y serais jamais rendu si ce n'avait été pour obéir à la volonté de mon père.

J'attends des nouvelles de vos propres aventures à Burford,

Votre ami affectionné,
Harry

Comme d'habitude, sa lettre produisit sur moi un effet doux-amer : elle me rassurait car il m'y témoignait une affection que j'avais crue émoussée, mais Dieu seul savait quand je le reverrais.

Si je nourrissais encore de tendres illusions sur mon avenir avec Harry, elles furent réduites définitivement en miettes la veille de mon départ. J'étais à genoux devant ma malle, tentant de remettre de l'ordre dans mes affaires mises à mal par la bonne, quand une main se posa sur mon épaule, me faisant violemment sursauter. Esther se dressait devant moi. Elle me lança un regard coupable tout en se tenant les reins comme quand elle avait peur d'en avoir trop fait.

— Désolée, Topsy, s'excusa-t-elle en tirant une chaise à elle. Je ne voulais pas t'effrayer.

Mes visiteurs avaient pour consigne de frapper le sol avec leur pied pour s'annoncer car je sentais les vibrations sur le parquet et j'allais alors ouvrir la porte. Mais Esther trouvait le procédé ridicule et mal élevé, et avait décidé depuis longtemps de s'exonérer de « ces pitreries ».

Estimant que j'avais fait tout ce qui était en mon pouvoir pour minimiser les dégâts occasionnés à mes robes, je fermai la malle et m'assis sur le couvercle.

— Tu as fini ? demanda-t-elle.

— Oui.

— Tu vas me manquer, Topsy, dit-elle en serrant mes mains dans les siennes.

Ses yeux se remplirent de larmes et elle eut l'air brusquement très malheureuse. Elle était terriblement émotive ces derniers temps.

— Mais je reviendrai te voir cet automne, repris-je. Pour la consécration de la chapelle. Je ne veux pas manquer ça.

— Oui, bien sûr, acquiesça-t-elle en essuyant maladroitement une larme qui coulait sur sa joue. Mais c'est dans des mois. Et le bébé sera né, et moi je serai cloîtrée ici jusqu'à... jusqu'à la fin des temps !

Elle poussa un soupir mélancolique.

— Quand tu auras ton enfant, Tiggy, dis-je en serrant sa main dans la mienne avec chaleur, tu n'auras envie de rien d'autre.

— Si. J'aurai envie de sentir l'odeur de la peinture, et des toiles, et des pinceaux neufs !

On aurait dit une petite fille. Elle avait presque trente ans, et moi pas encore vingt-deux, mais à certains moments je me sentais plus mûre qu'elle.

— Je viendrai te voir.

Elle sortit un mouchoir de sa manche et se moucha

doucement, puis elle me regarda avec des yeux malheureux et je compris instantanément que quelque chose la troublait.

— Qu'y a-t-il ? demandai-je, subitement alarmée.

— C'est Harry.

Je sursautai.

— Il lui est arrivé quelque chose ?

— Eh bien, dans un sens, oui. Je veux dire…

Elle détourna les yeux, comme si elle hésitait à parler, puis elle se leva, trouva une ardoise et une craie sur la coiffeuse, et me fit signe de venir m'asseoir à côté d'elle sur le lit.

Elle écrivit :

Cette jeune femme américaine à Longmeade…

Je hochai la tête.

— Oui.

Il est question de mariage…

— Un mariage ? Avec qui ?

— Harry, articula-t-elle d'un air solennel.

Je baissai les yeux sur l'ardoise, le regard vide. Je sentais mes sourcils se contracter malgré moi. Je ne comprenais pas.

— Oh, Topsy, dit-elle en se penchant pour entrer dans mon champ de vision afin de capter mon attention. Tu es amoureuse de lui, n'est-ce pas ?

— Absolument pas ! rétorquai-je sèchement.

Puis, m'efforçant d'adoucir ma voix, j'ajoutai :

— Harry est mon ami, rien de plus.

— Alors, je suis sûre qu'il t'en parlera.

— J'en suis certaine.

Elle s'empara du chiffon, effaça l'ardoise, et écrivit :

C'est son père qui tire les ficelles. Il veut que son fils se marie.

Puis elle ajouta à voix haute :

— Ces Américains sont très riches.

— Mais Harry possède une fortune personnelle.

— Je crois qu'elle a été en grande partie dilapidée.

— Comment est-ce possible ?

Elle secoua la tête.

— Je ne sais pas. Les chevaux, peut-être. Son père a sa propre écurie, lui aussi.

— Et cette... cette fille serait la solution ? demandai-je, incrédule.

— Le comte en semble convaincu.

— Et Harry ? Il n'a pas son mot à dire ?

Esther haussa les épaules.

— Il est l'héritier du titre. Il se doit d'obéir à la volonté de son père.

Je repoussai cette absurdité d'un haussement d'épaules dédaigneux.

— Harry n'est pas la marionnette de son père.

— Sommes-nous si différents ? Tu étais prête à épouser Balducci pour donner satisfaction à ton père, non ?

— Seulement au début, quand je pensais que ce mariage serait une bonne chose pour moi, rectifiai-je. Mais je me trompais.

Je devais avoir l'air vraiment retournée parce qu'il y avait de la compassion dans le regard qu'Esther posait sur moi. Je redressai le menton, résolue à ne pas trahir ma détresse et mon désespoir.

— S'il doit se marier, pourquoi avec cette Américaine ? Il y a forcément de très bon partis parmi toutes les jeunes filles anglaises qui tournent autour de lui, non ?

Esther reprit l'ardoise :

C'est à cause de son père – personne ne veut vivre à

Blackroak, maintenant que lady Hambledon est décédée.

— Bonté divine, son père est-il à ce point une brute ?

Esther me lança un regard grave.

— Je n'aime pas écrire ces choses-là.

— Quelles choses ?

— Ned m'a fait jurer de garder le secret.

— Pour l'amour du ciel, Esther ! J'ai horreur des cachotteries.

— Mais ce n'est qu'une rumeur…

— Quoi ?

— L'accident de cheval de lady Hambledon, quand elle s'est brisé la hanche…

— Un accident ? J'ai toujours cru qu'elle était née avec son infirmité.

— Mon Dieu, non. Ils ont dit que c'était une chute de cheval. Mais la rumeur a fait courir le bruit que le comte l'aurait poussée dans un escalier.

— D'où tiens-tu cette information ? demandai-je avec méfiance.

— Lady Stamford l'a dit à Ned. Les commérages sont repartis de plus belle après la mort de lady Hambledon, parce que tout le monde pensait : « Tiens donc, encore un accident de cheval », enfin… tu vois.

— Je suis sûre que ce ne sont que des racontars dénués de tout fondement.

— Lady Stamford tient cette histoire de son mari.

— Tu insinues que le comte aurait assassiné sa femme ?

Esther écrivit rapidement sa réponse.

Le comte n'est pour rien dans sa mort, mais tu imagines les réactions après le premier « accident » qui, lui, était de son fait.

Je me sentis soudain malade à l'idée des souffrances qu'avait endurées cette femme merveilleuse.

— Mais si réellement il lui a fait du mal… Je ne peux pas croire qu'elle ait accepté de continuer à vivre avec lui. Pas elle, entre toutes les femmes…

— Et que pouvait-elle faire d'autre ?

Elle reprit l'ardoise :

La loi ne nous offre guère de protection dans de telles situations.

— Non. Je suppose que non.

Notre seul espoir est de confier notre cœur à quelqu'un qui sache en prendre soin.

— Harry ne ferait jamais de mal à son épouse, si c'est ce que tu sous-entends, protestai-je.

Ces hommes de haut rang se croient tous au-dessus des lois – tu le sais bien, tu as été témoin de leur arrogance. Ils estiment que les droits d'un époux les autorisent à tous les excès, y compris à tromper ou à frapper leur femme. Ils n'ont aucun sens moral.

Je pensai brusquement à Aurélia. Je m'étais toujours demandé si sa fuite n'avait pas été motivée par autre chose qu'une simple ferveur religieuse.

— Donc, épouser une Américaine serait une solution, dis-je.

— S'ils ignorent les rumeurs, pourquoi pas ? Difficile pour la famille de savoir ce qui se passe à des milliers de kilomètres ou de venir ici le temps d'un week-end, n'est-ce pas ?

Elle reprit sa craie. *J'ai entendu dire qu'il avait eu quelques flirts sérieux au cours de ces dernières années et qu'à chaque fois les parents des jeunes filles étaient intervenus pour y mettre un terme. S'il ne tenait qu'à elles, les demoiselles seraient toutes prêtes à courir le risque, bien sûr.*

Elle reposa sa craie et me regarda :

— Tu n'en ferais pas autant, toi ? Pour Harry ?

Je souris.

— Donc, tu reconnais qu'il a du charme.

— Évidemment, bécasse.

— C'est un lieu tellement sinistre ? Blackroak ?

— Plus isolé que sinistre, je crois.

Je réfléchis.

— C'est étrange. J'ai toujours imaginé que c'était un endroit délicieux. Sauvage, mais délicieux.

Qu'il était bon d'être de retour à Savile Row ! L'odeur des rouleaux de laine et de soie fraîchement déballés, les tailleurs en train de besogner sur leur banc, courbés sur leur ouvrage ou assis jambes croisées autour du poêle à charbon, un mètre ruban autour du cou, leurs doigts noueux déformés par des années à coudre de lourds habits. J'avais l'impression d'avoir regagné la terre ferme après des mois passés en mer. Je m'inquiétais bien un peu d'avoir quelque difficulté à endosser de nouveau mes vêtements masculins, mais il en aurait fallu bien davantage pour me décourager. J'avais plus que jamais la conviction que le métier de tailleur était ma destinée.

Je repris mon aiguille avec un petit sentiment de revanche ; je savais combien Harry avait été choqué d'apprendre ce que je faisais, et il ne me déplaisait pas de braver son interdit. Je n'étais pas certaine d'attacher autant d'importance à son opinion, désormais. J'avais longuement réfléchi aux critiques que M. Nicholls et lui m'avaient adressées et j'étais plus que jamais déterminée à aller de l'avant. Personne n'avait à me dicter ma vie. J'étais née pour être tailleur de la même façon que

Harry était né pour jouir de son rang et de ses privilèges, et je refusais de me laisser brider par mon sexe. Si le fait que je porte une robe posait un problème, alors je n'en porterais plus !

Chez Grenfell's, mon statut ne faisait plus l'objet de la moindre discussion. Si j'étais retournée travailler au fond de l'atelier avec mes jupes, comme n'importe quelle banale couturière, je crois que nos employés auraient été déçus. Au printemps précédent, mon apparition dans le salon de réception avait suscité un certain émoi dans la profession, et quelques voix outragées s'étaient fait entendre dans la presse spécialisée. Puis, en septembre, on avait encore parlé de moi dans *Tailleur et coupeur*. Si les journalistes soulignaient toujours l'inconvenance de ma démarche, ils tempéraient néanmoins leurs propos en mentionnant mon talent indéniable et la dignité de mon attitude. Apparemment, j'avais produit une forte impression sur les clients qui avaient osé s'en remettre à moi. Il n'était fait aucune mention de ma surdité et l'omission de ce « détail » m'amena à penser que l'opinion m'avait accordé, du fait même de cette infirmité, une liberté que l'on n'aurait tolérée chez aucune autre femme.

Début octobre, papa m'emmena comme assistante chez le colonel Hayworth, à Kensington. J'avais effectué des retouches sur son veston au printemps, modifiant les revers et les boutons et ajoutant deux ou trois petites innovations spécialement adaptées aux besoins d'un gentleman fumeur. Il s'était montré tellement enchanté par mon travail qu'il avait tenu absolument à ce que ce soit moi qui lui confectionne un deuxième veston, ainsi qu'une cape en astrakan bordée de castor. C'était la première fois que j'assistais à un essayage ailleurs que chez Grenfell's, et cela constituait tout un symbole pour moi.

Petite fille, quand je regardais mon père partir avec son meilleur assistant et toute une collection de vêtements soigneusement enveloppés dans des housses de papier brun, j'imaginais combien il devait être exaltant d'entrer dans ces somptueux appartements privés. Les tailleurs possédaient l'immense privilège d'être mis dans la confidence des hommes les plus importants ; ils connaissaient leurs défauts, réels ou imaginaires, leurs points faibles, travaillant à faire disparaître un embonpoint, des épaules tombantes, un dos voûté. Aujourd'hui, j'avais gagné ce privilège. J'exercerais mon art telle une magicienne, utilisant ma craie et mes ciseaux à la façon d'une baguette magique pour défier les lois de l'*optique* et de la *physique*. Je façonnerais la coquille vide d'un tissu afin de réduire des imperfections – non pas en les faisant disparaître, mais en les apprivoisant !

Je commençais à me demander si je n'avais pas jugé un peu trop hâtivement Harry, car il était encore plus constant dans sa correspondance qu'il ne l'avait été l'année précédente, et beaucoup moins réservé. Ses lettres étaient courtes mais pleines d'esprit et souvent sans concession pour ses congénères. Ses récits de parties de chasse ou de pêche mettaient en scène des hommes butés et arrogants jusqu'au grotesque qui tentaient de se montrer aimables les uns avec les autres alors qu'en réalité ils ne pouvaient pas se souffrir. Il me racontait des accidents risibles, des mésaventures ridicules, toujours avec humour, mais sous le trait de plume vif et teinté de dérision se dessinait une subtile condamnation de cette société du paraître à laquelle il appartenait et l'amertume qui le rongeait.

On ne pouvait imaginer monde plus éloigné du mien. Cependant, dans mes réponses je m'efforçais de tisser une toile tout autour d'un petit détail de sa vie afin de le réconforter. Lorsque je ne trouvais pas les mots, je lui envoyais des dessins humoristiques illustrant certaines scènes qu'il m'avait racontées, ou des caricatures amusantes de lui-même. C'étaient les seuls moments où je lui laissais entrevoir mon talent, car je ne l'entretenais jamais de mon travail. De son côté, Harry ne faisait jamais allusion à Mlle Erskine, ni à son père, ni à un éventuel mariage. Mais je pouvais difficilement lui reprocher de se montrer cachottier car l'image qui se formait devant ses yeux quand il pensait à Mlle Grenfell n'avait sûrement pas grand-chose en commun avec la jeune femme qui se postait tous les matins devant sa glace pour ajuster son épingle de cravate…

À la mi-octobre, il me laissa sans voix en me faisant parvenir un cadeau pour mon anniversaire : un minuscule crayon mécanique en or glissé dans un fourreau de porcelaine rouge et noir et attaché par une fine chaîne en or à une épingle afin d'être porté comme une broche. C'était un objet absolument magnifique, aussi ravissant qu'un bijou, et tout aussi coûteux, j'en étais certaine. Je faillis fondre en larmes. Papa sembla pétrifié. Je pense que pour la première fois il prenait conscience que lord Ormelie n'était pas seulement un mirage né de l'imagination de sa fille, mais un admirateur bien réel.

Un jour de novembre, je m'étais rendue dans l'atelier pour voir où en était le montage d'un habit commandé par l'un de mes nouveaux clients, quand Lucy surgit tout à coup à côté de moi. Je lui lançai un regard étonné car elle ne mettait jamais les pieds au magasin, puis je suivis attentivement les mouvements de ses lèvres.

— C'est lui, mademoiselle. Il est là !

— Qui ?

Elle fusilla des yeux un tailleur qui avait levé le nez de son ouvrage pour nous observer et attendit qu'il ait cessé de nous regarder pour articuler silencieusement : « Lord Ormelie. »

— Tu es sûre ?

Elle hocha vigoureusement la tête.

— Où est-il ?

Elle m'indiqua d'un signe de la tête et d'un petit mouvement des yeux qu'il m'attendait à la maison.

— Ô mon Dieu ! balbutiai-je, le souffle coupé par le choc.

Elle regarda ma tenue – j'étais en pantalon et en gilet – et esquissa une grimace.

Je regagnai à toute vitesse mon domicile en passant par la cuisine et montai furtivement dans ma chambre en me cachant derrière la jupe de Lucy, terrifiée à l'idée que Harry pût sortir abruptement du salon sans que je l'entende. Lucy lui avait raconté que je m'étais absentée pour faire une course mais que j'allais rentrer d'un moment à l'autre, et l'avait supplié d'attendre, ce à quoi il avait consenti. Malheureusement, tante Lavinia se trouvait à Mortlake et ne pouvait donc lui tenir compagnie pour le faire patienter. Quelques instants suffirent pour me débarrasser de mes vêtements d'homme, mais ensuite il me fallut enfiler ma chemise et mes bas, et la crinoline et le corset, et agrafer tous les minuscules crochets de ma robe en soie couleur safran avec ses crevés en dentelle. J'étais dans un tel état de nerfs, les paumes moites et les jambes flageolantes, que je dus m'asseoir sur le lit pendant que Lucy me tamponnait la nuque avec un peu d'eau froide. Elle me brossait les cheveux quand Mme Scholfied passa la tête dans la pièce, nous informant que lord Ormelie avait déjà failli partir une fois, qu'elle avait réussi à gagner du temps mais que nous avions intérêt à nous dépêcher, sinon elle ne répondait plus de rien. Lucy fixa précipitamment mes boucles de Méduse en les criblant d'épingles à cheveux, et je faillis éclater en sanglots en me regardant dans le miroir. Au moins, mes joues étaient colorées.

À l'instant où j'entrai au salon et où il se leva, mes appréhensions s'envolèrent. Il semblait si heureux de me voir que mon cœur bondit littéralement dans ma poitrine, et j'oubliai complètement ma coiffure hideuse.

— Veda, dit-il en s'inclinant profondément.

Il saisit mes deux mains et les serra dans les siennes avec chaleur, tandis que nous nous regardions en souriant dans la lumière grise de l'automne.

Je lui fis signe de s'asseoir sur le canapé et lui montrai l'ardoise sur la table basse, tout à côté, avant de me rendre compte avec embarras que nous n'avions pas de craie. Je sonnai Lucy pour qu'elle nous en apporte.

— Où est notre Livre de conversation ? demanda-t-il en faisant le geste d'ouvrir un cahier.

— Oh !

Je sursautai.

— Oui, bien sûr. J'aurais dû y penser. J'envoie tout de suite Lucy le chercher.

— Je vous prie de m'excuser. J'aurais peut-être dû vous envoyer un mot pour m'annoncer.

— Un mot ? Oh non, ce n'était pas nécessaire. Vous êtes le bienvenu à n'importe quel moment.

— J'ignorais votre jour de réception.

— Nous n'avons pas de jour attitré, avouai-je en

cillant. Je n'ai pas beaucoup de visites, voyez-vous. La moindre conversation devient très vite une épreuve avec moi.

Un sourire apparut sur le visage de Harry et je me mis à rire sans raison, ce qui le fit rire aussi. En un clin d'œil, nous étions aussi à l'aise que si nous ne nous étions jamais quittés.

— Vous m'avez manqué, Veda, dit-il en reprenant son sérieux.

Je ne répondis pas, mais mes yeux brillants devaient parler pour moi.

Lucy apparut au même instant, et je l'envoyai chercher le Livre de conversation ainsi que de la craie. Elle s'arrêta sur le seuil pour lancer un regard furtif à Harry avant de sortir.

Une gêne passa entre nous, puis nous parlâmes tous les deux en même temps, et nous nous mîmes à rire encore une fois.

— Qu'est-ce qui vous amène à Londres ? demandai-je.

— Mon père.

Il hésita, puis ajouta :

— Il m'a demandé de passer voir nos avocats à propos d'une affaire concernant Blackroak.

Je devinai à son air sombre que ce n'était pas une mission plaisante et m'abstins de poursuivre sur le sujet.

— Je suis très heureuse que vous soyez passé me voir.

— Je n'étais pas sûr de vous trouver.

Lucy revint avec le livre et nous nous assîmes à la table. Nous patientâmes pendant qu'elle disposait les encriers et les plumes. Quand elle s'éclipsa, Harry se tourna vers moi et articula lentement :

— J'ai regretté de ne pas l'avoir gardé avec moi pour me remémorer notre pique-nique, cet été.

Je hochai la tête.

— Oui. C'est une agréable façon de feuilleter ses souvenirs.

Il tourna quelques pages.

— Mais il manque un grand nombre de vos réponses, constata-t-il avec consternation.

— À moi, elles ne me manquent pas, dis-je avec un sourire.

Il me dévisagea pensivement, puis plongea sa plume dans l'encre et écrivit :

Vous ne ressemblez pas aux jeunes femmes de votre milieu.

— Que voulez-vous dire, monsieur ? demandai-je après avoir lu ces lignes.

Les commerçants. Ils sont souvent dépourvus de ce savoir-vivre qui va de pair avec une bonne éducation.

Je pris ma propre plume, tirai le livre à moi, et écrivis : *Je crois, monsieur, que la politesse peut être apprise par tous ceux qui en manifestent le désir. Et son absence n'est pas l'apanage des gens de condition modeste.*

Il répondit : *Ce ne sont pas les gens de condition modeste qui sont choquants mais ceux qui transpirent l'avarice et la malhonnêteté.*

Je ripostai aussitôt : *Et selon vous, tous les commerçants transpirent ce fumet peu ragoûtant ?*

Bon nombre d'entre eux, oui.

Au risque de vous surprendre, certains commerçants ne sont pas motivés par l'argent mais par l'amour de leur métier. Et je trouve ce préjugé pour le moins étonnant de la part d'un homme qui affirme croire au progrès, à une structure plus rationnelle de la société, et à une plus grande équité pour tous.

Ce sont mes propres termes ?

Mot pour mot. Puisés dans vos lettres, monsieur.

Nous écrivions épaule contre épaule, et plus nos plumes ferraillaient sur le papier, plus nos esprits s'enhardissaient. Chaque fois que nous nous passions le livre ou que nous nous interrompions pour presser le buvard sur la page, nos mains se touchaient sans que nous ressentions le moindre embarras.

Vous avez une mémoire extraordinaire, mademoiselle Grenfell. Elle n'a d'égale que votre observation de la nature humaine.

En ce cas, puis-je vous faire une observation sans vous offenser ?

Vous m'inspirez trop de respect pour m'offenser jamais.

J'esquissai un sourire espiègle, puis écrivis : *Vous seriez beaucoup plus heureux si vous n'étiez pas aussi titré, je crois. Vous pourriez alors mettre votre intelligence brillante au service des causes qui vous tiennent à cœur, sans vous soucier du regard des autres.*

Oui. C'est terrible d'être condamné par sa naissance à une vie qui bâillonne vos aspirations. Je suis bridé par mon rang autant que vous l'êtes par votre sexe.

Oh ? Et d'où tirez-vous cette conclusion à mon propos ?

On m'a rapporté des informations.

Je reposai ma plume.

— Des informations ? Ou des rumeurs ?

Il me répondit, articulant lentement :

— Je n'écoute pas les rumeurs. Seules les informations m'intéressent.

— Et puis-je savoir ce que disent ces informations ?

— Que vous êtes un excellent tailleur.

Je scrutai son visage, mais il était difficile de lire dans ses pensées car il me savait maîtresse dans cet art et se tenait sur ses gardes.

— Laissez-moi mesurer votre nez, Harry.

— Mon nez ?

— Que je puisse calculer l'étendue de votre mensonge.

Il éclata de rire. Même si je ne l'entendais pas, sa gaieté était si communicative que je l'imitai. Il reprit son sérieux et exhala un soupir teinté d'impuissance.

— Je ne parviens pas à vous imaginer. Même si j'avais un millier d'années devant moi, je crois que je n'y arriverais pas.

Il secoua la tête, visiblement désarçonné, mais il y avait tant de chaleur et de douceur dans son attitude que je lui pardonnai son manque d'imagination.

Il trempa de nouveau sa plume dans l'encrier. *Je pense que vous ne me montrez que ce que vous voulez que je voie.*

Quand je lus ces mots, je posai ma main sur la sienne.

— C'est pour le bien de notre amitié que j'agis ainsi.

Son regard se voila, et je crois que si je lui avais donné le plus petit signe d'encouragement, il m'aurait embrassé. Je lus dans ses yeux le combat qu'il menait pour refréner son désir, et mon souffle en fut altéré. Je retirai ma main. Suivit un long moment d'embarras durant lequel nous regardâmes tous deux la page où nous avions consigné nos pensées.

Harry reprit finalement la plume et écrivit : *Nos vies seraient beaucoup plus simples, en vérité, si nous n'étions pas prisonniers de lois qui ne sont que des conventions.*

Vous ne croyez donc pas que ce sont des lois édictées par Dieu ?

Il hésita, puis répondit longuement : *Je crois que certaines lois résultent de l'expérience et des avancées sociales – elles ne sont donc ni divines, ni immuables.*

Peut-être la sagesse serait-elle de comprendre que le changement n'est pas forcément un mal auquel il faut résister, et qu'il ne tiendrait qu'à nous qu'il soit porteur d'espoir et de renouveau.

Il reposa sa plume puis se tourna vers moi.

— Nous sommes devenus terriblement sérieux, déclara-t-il avec un sourire.

— Pourquoi n'êtes-vous pas au Parlement ? demandai-je.

Il parut oublier un moment ma question, tant il semblait fasciné par mon visage. Finalement il répondit :

— Pourquoi ? Parce que je suis un hypocrite.

— Un hypocrite ?

Il reprit sa plume : *J'ai peur de ne pouvoir saluer mes collègues députés sans éprouver aussitôt le besoin de me laver les mains. C'est une attitude arrogante, je le sais, mais je suis impuissant face à mes propres préjugés.*

Je protestai :

— Ce n'est pas l'homme que vous m'avez révélé dans vos lettres.

Il me lança un regard incisif, et je saisis l'ironie de ma remarque.

Je souris.

— Je vois. Nous sommes donc tous les deux des simulateurs ?

— Peut-être est-ce en parlant de nos simulations que nous parvenons à être authentiques.

Puis il écrivit : *Parfois, je pense que je pourrais me défaire de ces préjugés si je partais à l'étranger.*

— Vous pensez que ce serait aussi facile ?

Certains préjugés sont gravés si profondément en nous qu'ils nous habitent jusqu'à la fin de nos jours.

Mais il est des hommes que ces préjugés emprisonnent comme les murs d'une prison. S'ils parvenaient à s'échapper de cette geôle, alors ils pourraient agir selon leur cœur, guidés par des principes universels de dignité humaine plutôt que par un arsenal de lois rigides enracinées dans la tradition et les privilèges et par l'illusion d'une prétendue supériorité morale.

Puis il reposa sa plume et, notant que je l'observais, le menton appuyé dans ma main, il fronça les sourcils.

— Je suis impardonnable, je vous ai épuisée.

Je me redressai aussitôt, gênée de m'être laissée aller ainsi en sa présence, et secouai la tête.

— Pas du tout.

— Suivre une conversation exige de vous une telle concentration, une telle somme d'efforts. J'aurais dû m'en rendre compte.

J'esquissai un sourire las.

— Vous en valez la peine, Harry.

Il y eut un long moment de calme pendant lequel nous nous regardâmes sans rien dire, puis il déclara :

— Je suis resté trop longtemps. Il faut que je parte.

Je me levai en même temps que lui et, une fois à la porte, il se retourna et promena son regard dans la pièce.

— Où est votre portrait ?

— Dans le bureau de mon père.

— Puis-je le voir ?

— Certainement.

Il me suivit dans le couloir et de là dans le bureau de papa. J'observai son visage tandis qu'il examinait le tableau. Il ne dit rien, mais comme nous nous tenions côte à côte en silence, je sentis sa main chercher la mienne.

Puis il se tourna vers moi et, articulant chaque mot

lentement et distinctement pour que je ne puisse manquer de comprendre, il dit :

— Je vais voir ce que je peux faire pour nous libérer de cette geôle.

Il dut y avoir un bruit dans le couloir car il lâcha aussitôt ma main. C'était seulement Lucy qui lui apportait son chapeau et ses gants. L'instant d'après il était parti.

Ce soir-là, je repensai à notre conversation. Les révélations d'Esther projetaient un éclairage nouveau sur la situation de Harry et j'avais le sentiment de le comprendre mieux que je ne l'avais jamais fait jusqu'ici. Les paroles mystérieuses qu'il avait prononcées avant de partir me troublèrent plusieurs semaines durant. Heureusement, j'avais mon travail pour m'occuper l'esprit, et le temps était assez clément, de sorte que je montais à cheval presque tous les jours. À Noël, comme je n'avais toujours pas de ses nouvelles, je lui envoyai une jolie carte de vœux – une toute nouvelle coutume dans la haute société. Je reçus en réponse un petit mot gentil, mais impersonnel. Puis plus rien.

18

Toutes les occasions que j'aurais pu avoir de rencontrer Harry tombèrent à l'eau l'une après l'autre. Lorsque la date prévue pour la consécration de la chapelle de Longmeade fut reportée, je me consolai en songeant que je le verrais au baptême du bébé d'Esther, car nous avions été choisis tous les deux pour faire partie des parrains et des marraines. Mais Esther fut prise d'une forte fièvre après l'accouchement, et sa tante de Londres se rendit à son chevet pour la soigner. Sachant que je ne serais qu'un fardeau, je jugeai plus sage de remettre ma visite à plus tard. Inquiète pour la santé de son bébé, Esther voulut procéder immédiatement au baptême, renonçant aux festivités, et la cérémonie eut donc lieu précipitamment le 1er février, dans l'église de Burford, et en tout petit comité.

Quelques jours plus tard, je recevais une lettre de Harry.

Ma chère Veda,

Quelle déception de ne pas vous voir au baptême de la petite Ellen ! Moi j'étais là, fidèle au poste, bien que le roc spirituel auquel elle pourra agripper sa jeune vie doive être, sans nul doute, son autre parrain, le frère aîné de Ned, un pasteur.

Je commence à avoir une collection impressionnante de filleuls, je l'avoue. Le rôle de parrain me va comme un gant, apparemment. Serait-ce en raison de ma vie exemplaire ? Je crois plutôt que les pères de famille se disent que j'aurai mon utilité quand leur fils sera en âge de monter à cheval et de chasser, et les mères que j'aurai mon utilité quand leur fille sera en âge de choisir un prétendant.

Je plaisante, bien sûr. Le bébé de Ned est une petite chose chiffonnée et assez laide qui se transformera, je n'en doute pas, en jeune fille ravissante. Je suis très honoré de faire partie de sa vie.

Ned est aux anges et ne semble pas du tout contrarié que ce ne soit pas un garçon. J'espère seulement que son statut de papa ne le fera pas délaisser sa peinture.

Esther m'a expliqué que vous aviez justifié votre absence en décrétant que vous seriez un poids pour sa famille dans un moment aussi délicat ? C'est ridicule.

Esther se remet rapidement, et me charge de vous transmettre toute sa tendresse et son espoir de vous voir bientôt.

Votre ami,
Harry

Quelle lettre exaspérante ! Il se disait désolé de ne pas m'avoir vue à Burford, mais ne proposait pas l'ombre d'un plan pour me rencontrer ailleurs ! Et cette formule toute plate, à la fin – *Votre ami* – alors qu'habituellement il signait *Votre ami dévoué* ou *Votre ami fidèle*, ajoutant toujours un petit qualificatif pour distinguer ses sentiments de l'ordinaire. Il est vrai qu'il ne s'était montré ni fidèle ni dévoué…

Je réécrivis ma réponse un nombre incalculable de fois, et dans chacune de mes tentatives mon bon sens fut aux prises avec ma susceptibilité blessée, car son long silence m'avait profondément meurtrie. Finalement, au prix d'un très gros effort sur moi-même pour tempérer ma plume, je parvins à éliminer de ma missive toute trace d'acrimonie.

Cher Harry,

Je suis flattée que mon absence vous ait causé une certaine déception, mais il s'agissait d'une décision mûrement réfléchie et qui ne fut pas facile à prendre. Esther est toujours très soucieuse de mon bien-être et je la connais suffisamment pour savoir qu'elle se serait inquiétée de ma sécurité tout autant que de mon confort. Peut-être ne vous l'a-t-elle pas dit, mais ma tante Lavinia, qui devait m'accompagner à Burford et loger avec moi dans l'auberge-relais, souffre d'une attaque de goutte extrêmement douloureuse qui lui interdit de se déplacer sans aide. J'étais toute prête à venir quand même et à séjourner seule à l'auberge, mais Esther n'a rien voulu savoir. C'est elle qui a insisté pour que je repousse ma visite à plus tard, quand elle pourrait mieux profiter de ma présence. Croyez bien que j'ai regretté de manquer l'événement. Je me réconforte en me disant que les devoirs d'une marraine s'étendent bien au-delà de la cérémonie du baptême et que j'aurai toute la vie pour tenir mon rôle au mieux de mes possibilités.

Votre présence aura certainement compensé mon absence. La rapidité avec laquelle vous avez réussi à vous libérer de vos obligations dans un délai aussi court en dit long sur votre loyauté. Je sais combien votre amitié est importante pour Ned. Et je ne pense pas qu'il y ait la moindre raison de s'inquiéter pour sa peinture.

En ce qui concerne ma tendance ridicule à me considérer comme un poids, vous serez peut-être satisfait d'apprendre que j'ai finalement accepté une invitation à un bal. Il est donné par la comtesse d'Alba, réputée pour ses soirées extravagantes auxquelles elle convie des personnes de toute nationalité – mais je suis sûre que vous le savez déjà car je crois qu'elle est une de vos lointaines relations. On m'a dit qu'elle avait fait venir d'authentiques sauvages originaires du fin fond de l'Amérique et des îles du Pacifique. Pour cette fois, elle célèbre un aventurier de la littérature, un jeune poète français, qui s'est aliéné jusqu'à son éditeur par ses poèmes licencieux. Ma présence à cette soirée est l'œuvre de mon fidèle précepteur, le révérend Nicholls, qui – en plus de son excellent enseignement et de ses prêches inspirés – s'est distingué par ses traductions des pièces religieuses de Racine, *Esther* et *Athalie*. M. Nicholls juge la poésie de ce M. Baudelaire scandaleuse, mais le devoir lui impose d'être présent car ce dernier connaît les traductions de M. Nicholls et souhaite faire sa connaissance dans l'espoir qu'il acceptera de traduire son dernier recueil de poèmes. Connaissant ma prédilection pour la poésie française – à laquelle il m'a initiée –, M. Nicholls a obtenu une invitation pour mon père et moi-même. Il y aura d'autres grands noms de la littérature, ainsi qu'un dramaturge et plusieurs acteurs, je crois. M. Nicholls m'a assuré qu'une jeune femme sourde passerait complètement inaperçue au milieu du miroitement des colliers tribaux et des peintures de guerre.

Je pense que ce sera une soirée parfaite pour mes débuts dans le monde. Mon français sera certainement mis à l'épreuve : j'ai eu peu d'occasions de le pratiquer ou de le lire sur les lèvres depuis ma maladie – bien que M. Nicholls ait conçu une série d'exercices pour m'aider à remédier à cette lacune. C'est un homme extraordinairement dévoué et consciencieux, et je lui suis infiniment reconnaissante de la constance et l'affection qu'il me témoigne depuis des années.

J'envoie cette lettre à votre cercle à Londres, supposant que vous avez dû quitter Burford à l'heure qu'il est. Peut-être êtes-vous parti en Amérique, qui sait ?

Je n'en demeure pas moins votre amie affectionnée,

Veda

Je pliai ma lettre, satisfaite qu'elle ne soit en aucune manière offensante, la scellai avec soin, et l'envoyai à son cercle. Je me sentis mieux quand ce fut fait. À présent, je pouvais me concentrer sur un sujet beaucoup plus agréable : la toilette que je porterais au bal de la comtesse, car je n'avais aucune intention de passer inaperçue.

Par chance, j'eus amplement le temps de travailler à la question avec une couturière française qui avait déjà réalisé ma garde-robe, l'été précédent. Elle et moi convînmes que ma robe devrait refléter la tendance du moment mais que nous y ajouterions de-ci de-là quelques petites touches innovantes – discrètes mais originales. Mon statut de jeune fille non mariée m'interdisait de porter des dentelles ou des broderies en perles extravagantes, mais il était hors de question pour autant que j'adopte le style virginal et dépouillé qui est le lot des débutantes lors de leur première sortie dans le monde. Nous optâmes pour une jupe en soie blanche légèrement irisée de reflets roses, soulignée par des ruchés en tulle de soie et un volant de dentelle *blonde**. Une autre jupe en tulle brodée à la main et piquée de rosettes en satin viendrait se superposer à elle en donnant de l'ampleur à l'ensemble sans l'alourdir. Le corsage, lui aussi en tulle de soie et en dentelle *blonde*, très décolleté, dénuderait mes épaules et mes bras. Connaissant mon aversion pour ces affreuses crinolines en forme de cloche, la couturière française accepta, en s'inspirant de la nouvelle mode, d'en créer une spécialement pour moi, moins évasée et plus ramassée vers l'arrière, de façon à adoucir la ligne de la taille.

Pour mes cheveux, nous renonçâmes aux anglaises, mes boucles folles rendant impossible ce style de coiffure. Lucy les rassemblerait simplement en un chignon souple sur la nuque, qu'elle couvrirait d'une résille en chenille blanche fabriquée tout exprès à Paris par la modiste attitrée de Mme Le Prince. Les résilles étaient très en vogue pendant la journée, mais *Madame** n'en avait jamais vu porter à l'occasion d'une soirée. Sa modiste nous fit cependant parvenir un modèle si ravissant qu'il nous fut impossible de résister : une petite merveille entièrement réalisée au crochet, sertie de minuscules perles blanches et ornée de bouquets de plumes duveteuses disposées de telle sorte qu'elles semblaient former un doux diadème. Je n'arborerais pas de bijoux, seulement les pendants d'oreilles en perles de maman.

Mes pieds seraient chaussés de pantoufles en satin blanc sur lesquelles apparaîtrait un entrelacs fin de roses dessiné au pinceau. Comme nous étions en hiver, j'avais saisi l'occasion pour créer ce qui serait probablement la plus belle parure de mon ensemble : une ample cape à capuche en cachemire blanc doublée de satin vieux rose et bordée de laine d'agneau.

Papa était particulièrement à son avantage ce soir-là, très élégant dans son habit de soirée à queue de pie et son haut-de-forme noirs, ses gants blancs en chevreau assortis à son gilet en soie brodé. Il avait accepté de venir à cette soirée un peu contraint – il n'avait pas assisté à un bal depuis la mort de maman –, mais comme nous nous arrêtions au pied du large escalier en marbre de Melrose House et que je posais ma main sur mon bras, je songeai que je n'avais jamais vu son visage refléter une telle fierté. Je soulevai délicatement le bas de ma robe et nous gravîmes lentement les marches afin d'être présentés à la comtesse – une vieille lady lourdement fardée et couverte de bijoux qui semblait accablée par un ennui sans fin. Je me demandai comment, avec un visage aussi sinistre, ses fêtes pouvaient être aussi réputées. Elle fixa sur moi un regard acéré et évaluateur, car je crois que nous avions été invités contre son avis, mais ses traits sévères s'adoucirent lorsque j'exécutai une révérence parfaite avant de saisir la main qu'elle me tendait. Sur le plan vestimentaire comme sur celui de l'étiquette, ni papa ni moi ne pouvions être pris en défaut. Après tout, nous côtoyions constamment des aristocrates, des lords, des élèves d'Eton… rien que des gens très pointilleux sur le respect du code social.

M. Nicholls, dont on avait sollicité les services comme interprète, se tenait un peu plus loin, à côté du poète français. Sa vue me procura un réconfort immédiat et un plaisir inattendu. C'était la première fois que je le voyais en tenue de soirée, et il était réellement très beau. Il devint nerveux quand il m'aperçut, triturant ses gants, rajustant son col. Contrairement à ce que je craignais, le bref cérémonial des présentations se déroula sans aucune anicroche, et avant que j'aie eu le temps de m'en rendre compte papa et moi faisions notre entrée dans la salle de bal.

C'était une pièce immense au vaste plafond décoré, si haut que les lustres en cristal ressemblaient à des lunes distantes dans un ciel doré et azuré. Sur le sol en parquet luisant, des dizaines de candélabres en bronze aussi grands que des réverbères éclairaient les danseurs. Le long des murs étaient disposés de luxueux canapés en brocart rouge ornés de lourdes franges de couleur or. Le gigantisme de la salle était tel que les invités qui s'y pavanaient, vêtus de leurs plus beaux atours, ressemblaient par contraste à des nains.

Le début de la soirée fut plutôt flatteur pour moi car je fus assaillie par un essaim de soupirants. Leur déconvenue n'eut d'égal que leur embarras quand ils apprirent que j'étais sourde. L'information dut néanmoins circuler rapidement : comme les minutes s'égrenaient, je remarquai que certains nouveaux arrivants regardaient avec insistance dans ma direction tandis que des amis leur parlaient à l'oreille, les dissuadant de m'aborder.

M. Nicholls eut la gentillesse de conduire M. Baudelaire dans un endroit paisible du jardin d'hiver afin de me permettre de le rencontrer. Là, je lui révélai que j'avais réussi à me procurer en France un exemplaire de son recueil de poèmes, et que je les avais lus avec beaucoup d'émotion. Je les avais trouvés d'une beauté sauvage et mélancolique, presque angoissante par moments. Il comprit mon français beaucoup mieux que je ne l'avais espéré, bien que de mon côté j'eusse énormément de difficulté à lire sur ses lèvres. Il parut sincèrement flatté par mes compliments, même venant d'une profane comme moi. M. Nicholls, pour sa part, avait l'air extrêmement contrarié parce que j'avais lu ces poèmes. Un masque de sévérité contracta ses traits, et il évita de me regarder pendant un bon moment.

Ce fut une soirée très longue pour papa et moi, car je ne pouvais pas danser, et papa devait attendre que M. Nicholls vienne me tenir compagnie pour s'éloigner.

J'avais souvent essayé d'imaginer à quoi ressemblerait mon premier bal quand j'étais petite fille, mais je n'avais jamais pensé que mon expérience se résumerait à cela : des centaines de bouches conversant et riant dans un silence de plomb ; des pantoufles de satin et d'élégantes semelles de cuir flottant sur un parquet poli comme un miroir au son d'une musique fantôme. J'avais beau ne plus me rappeler le son produit par le froissement de la soie et du satin ni le cliquetis délicat d'un bracelet précieux au poignet d'une dame, je savais que tous ces petits bruits magiques m'environnaient. Je ne pouvais que regarder les danseurs exécuter les déplacements complexes et rapides d'un quadrille ou le galop d'une polka, ou encore tournoyer sans fin dans une valse gracieuse qui dévoilait des tourbillons de soie, de mousseline et de tulle. La gaieté que je lisais sur tous les visages avait quelque chose d'étrange car je ne pouvais entendre ni les plaisanteries qui l'accompagnaient ni les rires qui lui donnaient vie. Puis, comme la soirée avançait, un sentiment de mélancolie s'insinua peu à peu dans mon cœur.

Je fus subitement taraudée par l'envie de voir Harry. En observant ces nobles dames couvertes de bijoux, ces lords élégants, et tout ce faste qui m'entourait – les dorures, les lustres de cristal, les domestiques en livrée, le parquet poli comme un miroir où se reflétaient un million de bougies –, je songeai que ce genre de soirée devait lui être tout à fait familier. Pour me distraire, j'essayai de l'imaginer dans une salle de bal comme celle-ci et tout à coup, comme par enchantement, il fut là : immobile dans un angle de la pièce, à côté d'un palmier, inaccessible et lointain, le visage fermé. Il y resta quelques instants, puis disparut.

Je racontai à M. Nicholls que j'allais me repoudrer le

nez et je quittai la salle de bal, longeant prudemment les murs pour ne pas gêner les danseurs, passant dans un salon attenant où des ladies et des gentlemen d'un certain âge jouaient aux cartes. Un majordome s'avança vers moi et me dit quelque chose que je ne compris pas. Je me détournai, repérai une porte donnant dans un couloir et sortis rapidement. J'ignorais où Harry avait bien pu aller, mais j'étais résolue à le trouver.

Le couloir débouchait dans d'autres pièces, et comme je m'y arrêtais, m'éventant près d'une fenêtre en essayant d'avoir l'air naturel, deux jeunes gens passèrent près de moi et frappèrent à l'une des portes. Un valet leur ouvrit. Je jetai un coup d'œil par-dessus leur épaule : des hommes jouaient aux cartes autour d'une table, dans un épais nuage de fumée. Je n'avais aucune chance d'entrer. Brusquement, une main se posa sur mon épaule et je bondis de frayeur.

C'était Harry. Il m'entraîna au bout du couloir, jusqu'à une console éclairée par un candélabre.

— Je vous ai cherchée partout, dit-il.

Il avait l'air un peu ivre, assez défait et très fatigué.

J'agitai mon éventail devant son visage.

— Vous empestez le cigare, Harry.

— Pas étonnant, dit-il en sortant sa montre. Je suis ici depuis plus d'une heure.

Il remit sa montre dans la poche de son gilet et me dévisagea, les sourcils froncés.

— Combien de temps avez-vous passé à jouer aux cartes ? demandai-je malicieusement.

— Je gagnais. Une veine insolente. Mais j'ai quitté la table pour retourner vous chercher. Ce qui m'a rendu très impopulaire auprès de ces messieurs. En particulier lord Haversham.

— Pourquoi ne m'avez-vous pas dit que vous étiez invité, vous aussi ?

— Je me suis invité tout seul, lâcha-t-il d'un air indifférent. La comtesse est la cousine de mon père.

Il leva un doigt en signe d'avertissement.

— Ne bougez pas. J'ai laissé mes gants dans la pièce. Je reviens vous chercher. Ne vous éloignez pas.

Il disparut derrière la porte puis reparut, serrant ses gants blancs dans sa main.

— Venez, dit-il en me prenant par le coude.

Je résistai.

— Je ne peux pas. Je dois regagner la salle de bal. M. Nicholls va s'inquiéter.

— M. Nicholls ?

Je songeai qu'il faisait exprès d'être aussi obtus.

— Oui. M. Nicholls.

— Oh, la barbe avec M. Nicholls !

— Harry !

— Vous ne savez parler que de M. Nicholls dans vos lettres. M. Nicholls par-ci, M. Nicholls par-là. Allez-vous épouser ce M. Nicholls ?

Je le dévisageai avec stupéfaction. Il était malheureux, aussi malheureux que moi, et je n'avais aucun désir de le torturer.

Je secouai gentiment la tête.

— Rien ne pourrait être plus éloigné de mon esprit.

Ma réponse parut l'apaiser un peu, et son expression se radoucit.

— Je veux danser avec vous, déclara-t-il.

— Danser avec moi ?

Il hocha la tête.

— Mais je ne peux pas danser, Harry, dis-je, trouvant la scène plutôt amusante et très touchante – Harry, légèrement ivre, me demandant une danse.

Il fronça les sourcils.

— Vous avez dansé avec lui ?

— Avec M. Nicholls ? Bien sûr que non. D'ailleurs, il n'aime pas danser. C'est un homme très strict.

— S'il vous plaît, dansez avec moi.

— Je ne peux pas, plaidai-je en lui frappant la poitrine avec mon éventail d'un geste taquin. Comment voulez-vous qu'une jeune femme sourde puisse danser ?

— Moi je ne suis pas sourd. J'entends la musique. Vous n'aurez qu'à suivre mes mouvements.

Sa réponse me prit par surprise. Il y avait une certaine logique dans ce qu'il disait.

— Mais je ne connais pas les pas. Je vais me rendre ridicule.

— Alors nous irons dehors, sur la terrasse.

— Dehors ?

— Il n'y a personne.

Il regarda autour de lui pour vérifier qu'on ne pouvait pas l'entendre, puis il s'inclina pour que je puisse aisément lire sur ses lèvres et il articula lentement :

— Je vous en conjure, Veda. Accordez-moi cet honneur. Après ce soir, je n'exigerai plus rien de vous. Je vous laisserai à votre M. Nicholls.

Je compris tout à coup ce que cela signifiait. Une boule d'angoisse se logea au creux de mon estomac et je songeai que j'allais être malade.

Ses doigts touchèrent mon menton et ramenèrent mon regard sur ses lèvres.

— Ne détournez pas les yeux.

J'aurais pu me noyer dans son regard jusqu'à la fin de mes jours, et même au-delà, mais je ne disposais que d'une seule nuit.

— Allez-vous vous marier ? demandai-je, sans

même savoir si j'avais parlé assez fort pour qu'il m'entende.

— Ne parlons pas de ça.

Je pris son bras et il m'escorta dans le couloir, puis dans le salon. Des invités s'étaient rassemblés autour d'une table où on servait des glaces et du café. Un à un, les visages se tournèrent vers nous avec un air de condescendance mêlée d'ennui. J'aurais bien aimé savoir ce qu'ils chuchotaient entre eux, mais sans doute valait-il mieux que je l'ignore. Un vieux gentleman et deux dames d'âge mûr saluèrent Harry, s'approchant pour échanger quelques mots avec lui. J'eus tout à coup très peur d'être entraînée dans une conversation. Percevant ma réticence, Harry posa la main sur la mienne comme s'il craignait que je ne prenne la fuite, et au bout de quelques secondes seulement nous poursuivîmes notre chemin.

Il connaissait très bien les lieux, apparemment, car il me conduisit sans hésiter de l'autre côté du hall, dans une bibliothèque où plusieurs invités admiraient une série de gravures disposées sur une table. Harry se dirigea vers une fenêtre qui donnait sur l'arrière de la vieille demeure de style néoclassique.

— Voilà, dit-il en montrant du doigt une terrasse en pierre, un étage plus bas. Nous allons descendre là.

— Vous pourrez entendre la musique, vous croyez ? demandai-je.

Il m'adressa le plus adorable des sourires et m'observa attentivement, comme s'il prenait seulement maintenant le temps de me regarder vraiment.

— Absolument, acquiesça-t-il.

Nous nous détournions pour partir quand la comtesse entra dans la bibliothèque, escortée de M. Baudelaire. Mon cœur fit un bond dans ma poitrine car j'avais très peur que M. Nicholls soit avec eux. Heureusement, il n'en était rien. La comtesse marqua un arrêt en nous voyant, puis s'avança vers Harry d'un pas brusquement alerte.

— Ah, lord Ormelie, lança-t-elle, apparemment enjouée.

Son regard m'effleura avant de revenir se fixer sur Harry.

— Je vois que vous connaissez cette jeune fille.

— En effet, comtesse. Mademoiselle est une amie.

Je remarquai qu'il avait gardé le visage tourné vers moi afin de me permettre de lire sa réponse sur ses lèvres. À l'instant où il finit de parler, mes yeux revinrent se poser sur la comtesse.

— Plus d'un jeune homme est venu me presser de questions à son sujet, ce soir.

Puis, tournant vers moi un regard condescendant, elle ajouta lentement, avec une emphase délibérée :

— Quel dommage qu'elle soit sourde !

Harry me prit aussitôt la main. Il dit quelque chose que je ne compris pas, pas plus que je ne saisis sa réponse à elle, car mes yeux s'étaient remplis de larmes. Cette vieille femme venait de me blesser gratuitement, et Harry le savait. Je détournai la tête, me coupant volontairement de la suite de la conversation, et fus soulagée quand Harry s'inclina. J'effectuai ma révérence, et nous partîmes.

Nous descendîmes le large escalier et, une fois dans le hall, Harry s'arrêta pour dire quelques mots à un valet de pied en livrée et perruque. Celui-ci s'empara d'un candélabre en argent, nous éclaira le chemin jusqu'à une lourde porte puis jusqu'à un salon plongé dans l'obscurité. Il ouvrit alors un lourd rideau, dévoilant une porte-fenêtre donnant sur l'arrière de la maison. Obéissant aux directives de Harry, il enleva une plante verte d'une sellette et lui substitua le candélabre, afin d'éclairer la terrasse. Puis il ouvrit la porte-fenêtre, et nous sortîmes. La nuit était froide et un brouillard bas flottait sur la ville. La brume feutrait la lumière vive de la salle de bal, au-dessus de nous, nous enveloppant d'un immense halo doré.

Harry se tourna vers moi.

— Je vous demande pardon. J'ai négligé de prendre votre manteau.

Puis il recula et ôta sa veste.

— Vous ne voyez pas d'objection à porter une veste d'homme, je présume ?

Sa taquinerie me fit sourire. Il passa derrière moi et je glissai mes bras dans les manches. La chaleur du vêtement se répandit sur mes épaules et mon buste comme celle d'une étreinte.

Harry glissa sa main dans la mienne et me conduisit au centre de la terrasse. Mon cœur battait à se rompre. Je craignais d'être ridicule et de gâcher la beauté de ce moment. J'essayai de me remémorer les pas que j'avais dansés autrefois avec M. Nicholls, mais la dernière chose que je souhaitais en cet instant, c'était de penser à M. Nicholls. Harry glissa son bras autour de ma taille, m'attirant plus près de lui, et un frisson qui n'avait rien à voir avec le froid me parcourut de la tête aux pieds. Sa main gantée trouva la mienne, je plaçai doucement mon autre main sur son épaule et le regardai dans les yeux. Nous n'avions pas esquissé un seul mouvement.

— Quel genre de musique joue-t-on en ce moment ? demandai-je un peu nerveusement. Est-ce une valse ? Je crois que j'arriverais à me débrouiller si c'était une valse. Je pourrais me rappeler les pas, si vous êtes patient.

Je n'oublierai jamais cet instant, sa silhouette immobile, presque irréelle, tout comme ce brouillard qui flottait autour de nous. Je n'eus pas conscience qu'il inclinait son visage vers le mien, pas plus que je ne me rendis compte que je levais le mien, mais la distance entre nous s'abolit tout à coup. Je perçus la chaleur de son souffle tandis que ses lèvres effleuraient les miennes. Il recula imperceptiblement, hésita, ses lèvres à un cheveu des miennes, et il me sembla entendre son cœur battre follement dans la nuit. J'étais statufiée, je ne pouvais même pas respirer, mon propre cœur semblait pétrifié.

Lorsqu'il m'embrassa de nouveau, je fus incapable de répondre. Je me disais que si je bougeais ne fût-ce qu'un cil, Harry se dissoudrait instantanément dans le brouillard, et je me retrouverais seule sur cette terrasse, toute seule dans la nuit froide.

Il releva la tête et chercha un signe dans mes yeux.

— Veda, chuchota-t-il.

Je ne savais pas comment lui dire que je voulais qu'il m'embrasse encore. Je suivis donc le seul guide dont je disposais : mon cœur. Je me blottis contre Harry et m'abandonnai voluptueusement à son baiser. Jamais je ne m'étais trouvée aussi près d'un homme, jamais je n'avais senti la texture d'une joue masculine, un peu râpeuse de barbe, la rudesse d'un corps viril contre le mien. Chacune de ces découvertes éveillait en moi une sensation inconnue qui s'apparentait à une faim dévorante.

Ce fut Harry qui mit le premier un terme à notre étreinte en reculant d'un pas mal assuré. Je soulevai les paupières mais il me fallut plusieurs secondes avant de réussir à fixer mon regard. Lorsque j'y parvins, je lus dans ses yeux un reflet exact du trouble qui m'habitait.

Je me rendis compte aussi qu'il s'efforçait de le contrôler.

Il reprit ma main, enserra doucement ma taille de son bras, et avant que j'aie eu le temps de comprendre, je dansais avec lui. Je trébuchai un peu au début et j'étais terriblement tendue, mais comme je suivais son impulsion, mon corps se remémora progressivement le rythme. Harry dansait à la perfection.

— Détendez-vous, chuchota-t-il en souriant. Détendez-vous.

Je lui obéis et bientôt je commençai à anticiper ses mouvements. C'était très simple, finalement. Le même pas, en tournant encore et encore. Ma robe tourbillonnait avec moi, et j'avais l'impression de flotter au-dessus du sol, comme si mes pieds ne touchaient plus terre. Je riais, et il me souriait, il me semblait ne l'avoir jamais vu aussi heureux.

Je ne me rappelle pas très bien le reste de la soirée. Il y eut un moment assez désagréable quand Harry me ramena dans la salle de bal et se trouva face à M. Nicholls et à papa. Il me fut impossible de saisir l'intégralité des propos échangés, mais leurs visages parlaient pour eux. M. Nicholls était visiblement très en colère, et s'apprêtait à me le faire savoir quand il comprit qui était Harry. Il devint alors muet et fut apparemment un peu intimidé, bien que Harry se montrât sincèrement désolé de les avoir contrariés. Papa, de son côté, ne savait plus quelle contenance adopter : il voulait montrer sa réprobation mais pas trop quand même, de peur d'offenser un futur comte. Je ne m'amusai pas pendant le dîner, assise à côté d'un M. Nicholls morose et sinistre. Pendant le trajet de retour, seule dans l'attelage avec papa, l'obscurité me dispensa de toute conversation et je réussis à garder le monde à distance – et Harry près de mon cœur.

Le lendemain matin, je reçus un énorme bouquet de roses blanches accompagné de la carte de Harry, au dos de laquelle il sollicitait la permission de me voir le lendemain.

Ce fut terriblement gênant car papa voulait à toute force avoir une conversation avec lui à son arrivée. Je lui opposai un refus catégorique : tante Lavinia serait présente pendant sa visite, mais il était hors de question que papa lui pose la moindre question sur ses intentions. Je lui expliquai qu'en m'envoyant des fleurs il avait voulu célébrer mes débuts tant attendus dans le monde, et rien de plus. Je n'aimais pas devoir mentir à papa, mais je ne pouvais pas non plus lui révéler ce qui se passait entre Harry et moi. Je n'étais sûre de rien, si ce n'était que je l'aimais et que je croyais qu'il m'aimait aussi.

Je parlai le moins possible avec papa pendant le petit déjeuner, et refusai obstinément de le regarder quand il s'adressa à moi. Je me montrai assez dure avec lui, ce jour-là, j'en ai peur. Je crois qu'après l'affaire Balducci, il n'avait plus confiance dans son propre jugement et s'en remettait à ma raison, en priant pour qu'elle soit bonne conseillère.

Papa finit par m'autoriser à recevoir Harry à la maison. Je n'aurais su dire s'il avait cru ou non à mes explications, mais ce dont j'étais certaine, c'était que je me sentais différente depuis le bal. Papa n'était peut-être pas assez subtil pour déceler le changement qui s'était opéré en moi, mais tante Lavinia, elle, s'en aperçut tout de suite. Elle avait ce don de me surprendre, parfois. Quoique insignifiante à bien des égards – c'était une personne falote et assez ennuyeuse –, elle était capable de mettre le doigt sur un secret que vous gardiez enfoui au fond de votre cœur, quelque chose que vous pensiez avoir réussi à cacher au monde entier.

Elle resta assise au salon pendant toute la visite de Harry, son pied goutteux posé sur un tabouret bas, Ivanhoé roulé en boule sur ses genoux. Le petit épagneul l'avait adoptée car elle passait toutes ses journées à la maison avec lui et cédait à tous ses caprices. Harry m'avoua plus tard que tante Lavinia était la personne la plus placide qu'il ait jamais rencontrée et que, sans le cliquetis de ses aiguilles à tricoter et le petit soupir de contentement qu'elle laissait échapper de temps à autre, il n'aurait jamais su qu'elle se trouvait dans la pièce.

Harry se montra tout à fait charmant avec elle lorsque je les présentai. Elle était habituée à me voir m'installer à la table pour converser avec mes amis, de sorte que nous fûmes autorisés à une forme d'intimité qui aurait pu paraître inconvenante en d'autres circonstances. Je pense qu'elle sentit dès les premiers instants qu'il était spécial. Elle avait mis sa plus jolie robe d'intérieur et une coiffe en dentelle toute neuve pour le recevoir, et il y avait une douceur attendrie dans les sourires qu'elle nous adressait, ce qui m'amène à supposer qu'elle savait.

De mon côté, c'était à peine si j'osais lever les yeux vers lui. Je ne cessais de penser à son baiser, et je n'aurais pas pu croiser son regard sans rougir. Je me serais rappelé ses lèvres sur les miennes, la pression de sa main sur ma taille, et mon cœur se serait mis à battre comme un fou tandis que mes os se seraient transformés en gelée. J'eus la plus grande difficulté à comprendre ce qu'il disait. Je me sentais tout à la fois malheureuse et folle de bonheur, et je n'aspirais qu'à une chose : être près de lui.

Dieu merci, il garda son sang-froid. Il s'installa à côté de moi à la table où j'avais préparé des plumes, un encrier et notre Livre de conversation et, comme j'esquissai le geste de l'ouvrir d'un geste tremblant, il posa sa main sur la mienne pour la calmer. Je levai les yeux vers les siens et il me sourit. Puis il trempa sa plume dans l'encrier et écrivit :

Je vous présente mes plus sincères excuses pour mon comportement, l'autre soir.

Je secouai la tête.

Vous n'avez rien obtenu de moi qui n'ait été librement accordé.

Il hésita longuement avant de répondre et je sentis qu'il cherchait soigneusement ses mots afin de ne pas dénaturer sa pensée. Finalement, il écrivit : *Mon comportement aurait pu être le prélude d'une démarche honorable, mais je ne suis malheureusement pas libre de mes actes. Je n'ai pas le droit de laisser parler mon cœur. Je suis soumis à des devoirs et à des obligations qui pèsent sur moi et que je hais de toutes mes forces.*

Est-ce pour cette raison que vous m'avez abandonnée ? demandai-je. *Vous vous êtes éloigné de moi après Longmeade. Comme si le silence dans lequel je vis n'était pas assez lourd, vous avez condamné mon cœur à un silence plus désolant encore.*

Il serra les lèvres. *Je n'ai jamais voulu vous faire souffrir. J'ai toujours nourri l'espoir de changer le cours des choses, de les rendre conformes à mes vœux. J'y suis déjà parvenu par le passé, mais cette fois, je me suis heurté à un mur aussi impénétrable que votre silence.*

Cela signifie-t-il la fin de notre amitié ?

Il me lança un bref regard. *Ni le temps ni l'éloignement ne pourront atténuer la force de mon amour pour vous. Je ne suis pas un homme sans expérience, Veda. J'ai déjà aimé, ou du moins je l'ai cru. Mais ce que j'éprouve pour vous éclipse tout ce que j'ai pu ressentir par le passé. Je n'ai jamais eu le courage de vous interroger sur vos sentiments à mon égard…*

J'arrêtai sa main, m'emparai avec impatience de l'ardoise et griffonnai à la craie : *Vous devez bien vous en douter.*

Il répondit : *Alors, je ne me trompe pas en pensant que vous ressentez ne serait-ce qu'une parcelle de ce que je viens de vous avouer ?*

Je ne pus m'empêcher de sourire, pris ma plume et écrivis ma propre confession, sous la sienne : *Comment pourriez-vous douter des sentiments qui habitent mon cœur alors qu'ils s'affichent avec tant de défi sur mon visage en dépit de tous mes efforts pour les cacher ?*

Je sais que vous avez eu d'autres soupirants.

C'est vrai. Mais aucun d'eux n'a reçu de moi le moindre signe d'encouragement.

Il reposa sa plume, s'adossa à sa chaise et m'observa avec un soulagement visible. Je pouvais seulement essayer d'imaginer ce que cet homme, qui avait toujours obtenu tout ce qu'il désirait, pouvait ressentir face une telle déroute.

Je demandai : *Donc, c'est décidé. Vous allez vous marier ?*

Il ramena le cahier à lui. *Ils complotent dans ce sens. En ce moment même, mon avenir est disséqué paragraphe après paragraphe, par quelque clerc anonyme dans le cabinet de notre avocat.*

Avec Mlle Erskine ?

Il refusa une fois encore de répondre directement, et écrivit : *Mon père souhaite que je me marie. Il veut une châtelaine à Blackroak, et comme il n'a aucune envie de s'encombrer d'une nouvelle épouse, c'est à moi qu'il impose ce devoir. J'ai réussi à tenir bon jusqu'ici, mais pour la première fois j'ai peur de perdre la partie. Les enjeux n'ont jamais été aussi élevés.*

19

Harry me tenait rarement informée de ses projets, et quand par hasard c'était le cas, un petit grain de sable venait toujours contrarier ses plans à la dernière minute. En fait, même s'il ne restait jamais longtemps absent de ma vie, il exigeait de moi une patience que je n'aurais eue pour personne d'autre.

Son séjour à Londres avait été de courte durée car, bien qu'il ne l'ait pas dit ouvertement, à l'évidence il n'était venu que pour moi. Je vécus cette période comme un grand chaos émotionnel, passant sans transition de l'euphorie la plus totale au désespoir le plus sombre. Et comme toujours dans ces cas-là, je puisais du réconfort dans mon travail. Le soir venu, je me livrais à de petits rituels ridicules qui offraient un peu de consolation à mon cœur désolé. Je faisais sécher ses roses blanches puis les pressais une à une entre les pages d'un livre ; je relisais pendant des heures des poèmes dont j'avais oublié jusqu'à l'existence, mais qui semblaient désormais n'avoir été écrits que pour moi ; je dessinais sans fin des portraits de Harry, reproduisant au détail près sa silhouette élégante, son allure incomparable. Mon cahier de croquis regorgeait de ces petits riens amoureusement reproduits : sa façon de nouer sa cravate, les bijoux qu'il affectionnait entre tous – il avait une prédilection pour les topazes et les rubis –, les boutons de manchettes en nacre qu'il portait le jour où il m'avait déclaré son amour…

Le trésor que je chérissais entre tous était notre Livre de conversation, que je gardais désormais précieusement enfermé dans un petit coffre dont je portais la clé autour du cou, au bout d'une chaîne en or. Tous les soirs avant de dormir, je lisais et relisais les mots qu'il avait écrits, jusqu'à être capable de les réciter de mémoire. Puis j'enveloppais le livre précieux dans un carré de soie de la couleur exacte de ses yeux et je m'endormais en le serrant sur mon cœur.

Il me faisait parvenir toutes sortes de gages d'affection par l'intermédiaire de Scrimshire, le secrétaire du White's Club qui recevait et faisait suivre son courrier personnel : un jour c'était un magnifique bouquet de pivoines cultivées en serre, un autre un petit recueil de poésies délicieusement insipides – il doutait qu'elles soient de mon goût, précisait-il sur une petite carte de visite jointe, mais il craignait qu'un ouvrage plus conforme à mes souhaits n'encoure la censure de mon père. Il y avait aussi de tendres messages, écrits à la hâte alors qu'un fiacre l'attendait devant sa porte pour l'emmener à quelque manifestation mondaine à laquelle il ne pouvait se soustraire.

Lucy devint rapidement experte dans l'art de repérer et de subtiliser ses lettres dans la pile de courrier qu'elle apportait chaque matin à père, car je craignais que toutes ces marques d'attention de la part du vicomte Ormelie ne finissent par éveiller ses soupçons.

Un matin, au petit déjeuner, j'eus un coup au cœur en le voyant manipuler une lettre portant le sceau de Harry.

— De quoi s'agit-il ? demanda-t-il en me lançant un regard méfiant par-dessus la monture de ses lunettes.

— Je n'en ai pas la moindre idée, répondis-je calmement.

Je lançai subrepticement un coup d'œil à Lucy, qui quittait la salle à manger. Elle m'adressa un petit signe d'impuissance pour m'indiquer qu'elle n'y était pour rien, puis ferma la porte derrière elle. Tante Lavinia tapa sur la table du manche de son couteau à beurre pour attirer mon attention et dit en souriant :

— Ce charmant jeune homme veut peut-être te demander la permission de faire la cour à ta fille, George.

On aurait pu se demander si, de nous deux, ce n'était pas papa qui était devenu sourd, car il ne se donna même pas la peine de répondre. Tante Lavinia m'adressa un petit sourire fataliste et piqua du nez dans le pot de confiture. On l'avait ignorée toute sa vie ; elle avait fini par se faire une raison.

Je n'avais pas la moindre idée de ce qui avait pu pousser Harry à écrire à père. Il ne s'était pas contenté de quelques lignes, je m'en rendais compte, mais impossible de déchiffrer le moindre indice sur le visage impassible de papa. Sa lecture terminée, il replia la lettre et me la tendit avec un regard qui me parut légèrement narquois.

Harry évoquait un article écrit pour le *Times* par Mencken Benchley, un député libéral atteint de surdité profonde. Ce dernier expliquait que, contrairement aux idées reçues, la musique était un plaisir parfaitement accessible aux personnes non entendantes. Il fondait sa théorie sur le principe de la conductibilité de certains matériaux qui, selon lui, permettait au son de traverser le corps humain sous forme de vibrations. Afin de prouver ses dires, et avec l'assistance d'un ami pianiste, il avait conçu un petit répertoire de pièces musicales spécialement conçues pour les personnes sourdes ou dures d'oreille.

Harry faisait preuve dans sa lettre d'une retenue admirable : le connaissant, je n'aurais pas été surprise qu'il se soit lancé dans un traité de vingt pages sur la conductivité du son.

Parvenue à la fin de la lettre, je levai les yeux avec un sourire amusé.

— C'est tout H…

Je me repris juste à temps. Je devais constamment me surveiller pour ne pas l'appeler par son prénom.

— C'est tout lui, conclus-je simplement.

Je repliai la lettre, puis, avec une expression indulgente teintée d'indifférence, je déclarai :

— Il me considère comme une grande cause à défendre. Je ne peux lui en vouloir, c'est dans sa nature. Il est animé par la même générosité que sa mère. Mon bonheur lui tient à cœur et il s'inquiète de me voir vivre en recluse.

Papa s'était emparé d'une ardoise pendant que je parlais. Il finit d'y écrire un message et me la passa. *Tu comptes le laisser tenter des expériences avec toi, comme si tu étais une machine qui a besoin d'un réglage ?*

— Eh bien, cette attitude reflète parfaitement la personnalité de lord Ormelie. C'est un homme brillant, qui a une âme d'ingénieur. S'il se propose de percer des ouvertures dans mon mur de silence et de construire de petites fenêtres sur le monde extérieur afin que je profite davantage de la vie, je ne peux que lui être reconnaissante de me témoigner autant de gentillesse et d'attention.

Papa secoua la tête et découpa ses côtelettes grillées d'un geste rageur.

— Cela ne me plaît pas.

— Il agit par amitié, parce qu'il s'intéresse à mon bien-être.

— Et pour quelle raison ? Qu'est-ce que tu es donc pour lui ? Et moi ?

— Je suis son amie.

— Moi, je crois qu'il joue avec tes sentiments, et que c'est un comportement contraire à l'honneur ! Je ne veux pas qu'il te fasse miroiter je ne sais quels rêves qui ne se réaliseront jamais.

— Lord Ormelie ne s'intéresse pas à moi de cette façon. Il va bientôt annoncer ses fiançailles avec une riche héritière américaine. Tout ce qu'il me propose, c'est de participer à une petite soirée musicale. Et je vais accepter son invitation. Il serait indélicat de ma part d'agir autrement.

Il finit ses côtelettes sans un mot. Je posai la lettre à côté de mon assiette et grignotai un toast. Finalement, il plia sa serviette et se leva.

— Ta tante Lavinia te chaperonnera, décréta-t-il en me regardant.

— Naturellement, affirmai-je en me tournant vers elle avec un large sourire.

Mais elle ne nous écoutait plus. Elle s'était dirigée vers le buffet et se servait une grosse cuillerée de marmelade. Au sourire béat qui flottait sur son visage, j'imaginai qu'elle devait fredonner.

Ce matin-là, je rédigeai rapidement un message à l'intention de Harry et l'envoyai aussitôt par la poste :

Mon très cher Harry,

J'espère que papa vous écrira pour vous remercier de votre offre généreuse, mais s'il ne le fait pas, considérez cette lettre comme une réponse favorable. Il est dans tous ses états parce qu'il n'aime pas me voir fréquenter la haute société. Il est très à cheval sur les principes. Mais il m'a finalement donné son accord. Je vous attendrai donc mercredi prochain. Je suis très impatiente de découvrir ce que vous avez organisé pour me distraire.

Tendrement,
Veda

Honnêtement, peu m'importait ce qu'il avait planifié. J'aurais été ravie de m'asseoir simplement avec lui sur un banc dans un parc – sous la pluie, la neige ou un soleil de plomb.

M. Benchley et son épouse vivaient à Bayswater. Harry vint nous chercher en attelage et se montra adorable avec tante Lavinia pendant tout le trajet. Bien qu'il me fût difficile de suivre leur dialogue dans la pénombre de la voiture, je devinais beaucoup de choses simplement en observant leurs visages. C'était la première fois qu'ils se parlaient réellement, et je fus frappée par la gentillesse et l'attention qu'il lui témoignait. Tante Lavinia s'animait et devenait presque belle à la lumière de ses compliments. Une fois de plus, je voyais opérer ce charme rayonnant, cette fascination que Harry exerçait presque malgré lui sur tous ceux qu'il approchait. Sa séduction n'était ni forcée ni calculée, elle faisait simplement partie de lui-même. Il possédait cette assurance propre aux aristocrates, mais la prétendue supériorité hiérarchique de ces derniers ne l'empêchait pas, lui, de converser sur un pied d'égalité avec tout un chacun.

Nous passâmes une très agréable soirée, et je constatai avec étonnement que M. et Mme Benchley recouraient spontanément à des gestes pour communiquer. Si Lucy et moi procédions ainsi aussi souvent que possible, papa, lui, s'y était toujours refusé, ce qui rendait souvent notre quotidien laborieux. Il ne s'agissait pas d'une *soirée** musicale comme une autre, mais plutôt d'une initiation au cours de laquelle on me montra cette façon toute nouvelle de partager le plaisir de la musique avec des malentendants.

À mon grand soulagement, il n'y avait pas de tam-tams (je trouvais leur martèlement pénible et agaçant). Il n'y avait pas non plus d'instruments à vent : M. Tuckner, le pianiste, m'expliqua que la gamme de sons qu'ils produisaient était indécelable pour les sourds. En fait, l'orchestre se limitait à un violon, un violoncelle et un piano. M. Tuckner m'enjoignit de venir me placer derrière le piano, un magnifique Pleyel français laqué noir, et me dit d'appuyer mes doigts sur le bois, à l'intérieur, tout à côté de l'endroit où les marteaux frappent les cordes. Puis il joua une série de gammes et, à mon grand étonnement, je m'aperçus que lorsqu'il jouait des notes aiguës, je percevais une sensation agréable au bout des phalanges. J'étais assez crispée au début, mais M. Benchley me rejoignit et me montra comment je pourrais profiter plus intensément de l'expérience en appuyant ma tête sur le piano. Sa gentillesse dénuée d'affectation m'aida à me détendre et j'abandonnai mes inhibitions pour me plier à ses directives.

M. Tuckner se mit alors à jouer et, très vite, j'oubliai tout ce qui m'entourait. Les yeux fermés, j'écoutais la musique entrer en moi par vagues successives pour envahir peu à peu tout mon être. Mon imagination prit alors le relais, habillant mes sensations de couleurs chatoyantes, les parant de mille émotions. Lorsque M. Tuckner termina le dernier morceau, mes joues étaient trempées de larmes. M. Benchley, qui s'était tenu à mes côtés pendant toute l'expérience, parut touché par cette émotion, et s'interposa avec beaucoup de tact, me permettant de me ressaisir à l'abri des regards.

Ce fut une soirée merveilleuse, mais nerveusement épuisante. Chaque fois que je tournais la tête vers Harry, je le surprenais qui m'observait. L'indifférence à laquelle nous étions contraints en public exacerbait l'intensité de nos émotions. Dès que je croisais son regard ou que j'échangeais quelques mots anodins avec lui, un courant semblait passer entre nous. Il monopolisait toutes mes pensées. Je ne prêtais aucune attention aux conversations alentour. Comme je ne pouvais entendre ni sa voix ni son rire, je compensais ces lacunes par une intense observation. Je n'eus d'yeux que pour lui pendant toute la soirée.

Ce fut seulement lors du trajet de retour, tante Lavinia s'étant endormie dans l'angle de la voiture, que nous pûmes partager un petit moment d'intimité. Harry saisit ma main et la serra passionnément dans la sienne, ses doigts enlaçant les miens. Je ne pouvais me résoudre à le quitter de cette façon. Juste avant que nous arrivions à la maison, je pris dans mon sac le petit crayon mécanique qu'il m'avait offert et griffonnai rapidement quelques mots au dos de l'une de mes cartes de visite pour lui demander de revenir dans Savile Row une quinzaine de minutes plus tard et de m'attendre.

Après qu'il nous eut toutes deux déposées devant notre porte et que nous lui eûmes souhaité bonne nuit, je montai quatre à quatre dans ma chambre, ôtai ma robe de soirée et cette maudite crinoline, et j'enfilai une jupe chaude et un corsage. Puis je me postai derrière la fenêtre et guettai la rue jusqu'à ce que son attelage apparaisse. Emmitouflée dans une cape à capuche, je descendis furtivement l'escalier plongé dans l'obscurité.

Je n'avais pas encore conscience de ce que notre situation avait de désespéré. La confirmation de notre amour l'un pour l'autre s'imposait, ne laissant aucune place dans mon esprit pour quoi que ce soit d'autre. La seule chose qui m'importait, c'était d'être avec lui.

Cette nuit-là, comme je refermais la porte de la maison derrière moi et m'élançais vers l'attelage stationné le long du trottoir, j'étais si nerveuse que je craignis un moment que mes jambes ne se dérobent sous moi. Je me hissai sur le siège à côté de Harry, tapotai mes jupes, puis rabattis ma capuche en arrière. Il n'eut pas une seule seconde d'hésitation avant de saisir mon visage dans ses mains et de m'embrasser.

L'attelage s'ébranla. Je n'avais aucune idée de l'endroit où nous allions et cela m'était égal. Dans l'obscurité, derrière mon mur de silence, Harry représentait mon seul lien tangible avec le monde, ses baisers constituaient mon unique univers.

Harry partit le lendemain pour Newmarket voir ses chevaux. Il regagnerait ensuite Blackroak jusqu'à la saison des courses. Je ne pouvais espérer le revoir avant des semaines, des mois même, et je me plongeai à corps perdu dans le travail. Il suffisait que je reprenne ma place dans l'atelier, derrière le vieux Crawley, et que mon aiguille pique des milliers de petits points réguliers dans le tissu pour que mes angoisses et mes soucis s'effacent. Le bruit courait qu'aucun autre tailleur de chez Grenfell's ne pouvait désormais rivaliser avec ma rapidité et mon savoir-faire, et j'éprouvais le sentiment d'avoir mérité mes galons.

Contre toute attente, Harry revint à Londres moins d'une semaine plus tard et me prit complètement au dépourvu en se présentant à la maison, un matin, alors que je travaillais au magasin. Je vérifiais la commande que le marquis de Harrington m'avait passée la veille : une redingote en velours vert émeraude avec des manches à revers boutonnés, un caban en laine grise Oxford bordé de galon noir et doublé de lin à carreaux, et deux vestes d'intérieur en soie. La matinée avait été merveilleusement stimulante. Je n'avais pas vu le temps passer car le marquis était un homme très exigeant (et très influent), aux goûts bien arrêtés. C'était la deuxième commande qu'il me confiait cette année. Sa fidélité confirmait une tendance que nous commencions à voir se dessiner : à partir du moment où un gentleman acceptait de s'en remettre à moi, le souci de sa propre image et de la façon dont je comptais la mettre en valeur prenait vite le pas sur ma propre apparence, si peu conventionnelle fût-elle.

Lorsque mon apprenti me remit le message de Lucy m'informant de la présence de Harry, j'eus la sensation que le sol s'ouvrait sous mes pieds. La dernière fois qu'il était passé sans prévenir, j'avais tout mis en œuvre pour lui cacher mon activité professionnelle. Mais j'avais totalement changé d'optique, à présent. Je mourais simplement d'impatience de le voir, et n'avais plus envie de lui dissimuler cet autre aspect de mon existence. Je me rappelais fort bien la lettre dans laquelle je m'étais engagée à ne lui montrer que l'un de mes visages : celui de la jeune femme lisse et convenable dont il appréciait la compagnie. Du coup, Harry avait pu s'imaginer que je menais la vie de n'importe quelle jeune lady distinguée, partageant mon temps entre des goûters mondains, des emplettes et des promenades à cheval. Il n'y avait de place nulle part dans ce portrait idyllique pour « l'autre femme », celle qui passait ses journées dans le salon d'essayage ou dans l'atelier de Grenfell's, habillée en homme. Peut-être s'imaginait-il qu'elle avait disparu d'un coup de baguette magique, qu'elle avait purement et simplement cessé d'exister. Mais elle était toujours là. Et à mon avis, il était temps qu'elle et lui se rencontrent.

Il ne me fallut qu'une minute pour courir à la maison en passant par la cuisine. Lucy m'attendait de pied ferme dans ma chambre, le visage impénétrable, mon corset dans une main, ma crinoline sur le sol, n'attendant plus que je m'y glisse. Au lieu de quoi, je m'assis sur une chaise et lui dis que j'allais le recevoir dans la tenue que je portais.

Elle hocha la tête.

— Bien, mademoiselle.

Mais à l'évidence, elle pensait que j'étais devenue folle.

— Et vos cheveux, mademoiselle, comment voulez-vous que je les coiffe ? Je dégage quelques boucles ? demanda-t-elle, illustrant sa question par des gestes.

Je me levai et m'avançai vers la glace en pied, dans l'angle de ma chambre, l'inclinant de telle sorte que mon image s'y reflète intégralement. Chaque fois que je m'habillais en homme, je rassemblais mes boucles indisciplinées en un chignon bas et serré. Mon but était toujours de créer l'*illusion* d'un gentleman, mais pour rien au monde je n'aurais souhaité être confondue avec ces caricatures de femmes qui s'habillaient de costumes en tweed grossier, fumaient et vivaient seules dans des appartements, comme des hommes.

— Non, je vais les laisser flotter librement sur mes épaules, Lucy.

— Librement, sur vos épaules, mademoiselle ?

— Oui, acquiesçai-je tout en ôtant les épingles qui retenaient mon chignon.

J'étudiai mon reflet tandis qu'elle défaisait mes cheveux en hâte puis glissait une brosse dans mes boucles. L'effet était réussi ; je ressemblais à ces femmes sur les tableaux préraphaélites. Si Harry devait recevoir un choc, autant l'adoucir dans la mesure de mes moyens.

— Donne-moi du baume pour les lèvres, dis-je en montrant ma table de toilette.

En guise de touche finale, j'attachai le petit crayon mécanique à la poche de mon gilet avec une chaîne de montre. Lucy brossa le dos et les épaules de ma veste, et je fus prête.

Malgré les regards critiques et sans concession auxquels j'étais exposée quotidiennement dans le cadre de mon travail, personne, jamais, n'avait pu me prendre en défaut sur ma présentation. Peut-être était-ce un don de la nature ou simplement le fruit de mon observation, mais j'avais acquis l'élégance pleine d'allure de papa. Lorsque je m'habillais en homme, j'étais obligée de repenser tous mes gestes car un gentleman n'avait pas les mêmes attitudes qu'une lady. Ma prestation se rapprochait sans doute de celle d'un dandy, mais sans le maniérisme, car je refusais de renoncer de quelque façon que ce soit à ma féminité. En fait, mon attitude visait seulement à mettre en valeur la tenue que je portais et à produire un certain effet. Dans mon cas, on ne pouvait dire que l'habit faisait réellement le moine, car si je n'éprouvais aucune difficulté à me glisser dans mon personnage quand je portais une veste et un pantalon, je restais spectatrice de l'image que je projetais, un peu comme un acteur de théâtre.

Tout en descendant l'escalier pour me rendre au salon, je me demandai avec angoisse quelle serait la réaction de Harry en me voyant. Éclaterait-il de rire ? Serait-il scandalisé ? Cesserait-il de m'aimer dans la seconde ?

J'allais être fixée dans un instant. Je pris une grande inspiration et ouvris la porte. Harry m'attendait devant la cheminée, les mains dans les poches de sa veste. À l'instant où il me vit apparaître, son sourire tendre et amoureux s'effaça, comme balayé par un vent arctique. Sa bouche se contracta. S'il dit quelque chose, je fus incapable de le lire sur ses lèvres figées. Il sortit les mains de ses poches, adopta une attitude guindée, puis expliqua qu'il était rentré de Newmarket la nuit précédente. Il devait se rendre chez son avocat, puis regagnerait Blackroak. Il semblait horriblement gêné, comme s'il m'avait surprise dévêtue.

Finalement, il secoua la tête.

— J'ai beaucoup de mal à vous regarder dans cette tenue. C'est très perturbant et je me sens mal à l'aise.

Je traversai la pièce sans un mot et tirai le cordon de la sonnette pour appeler Lucy car nous n'avions pas d'ardoises, et j'avais complètement oublié notre Livre de conversation.

Je me tournai ensuite vers Harry et lui adressai un sourire paisible. Je refusais de me laisser impressionner par sa gêne.

— Je suis navrée, mon chéri. Mais si j'avais pris le temps de me changer, vous seriez peut-être reparti, et j'aurais été inconsolable. J'ai toujours peur de ne plus vous revoir. Chaque fois que vous me quittez, je ne sais jamais si le hasard nous remettra en présence l'un de l'autre.

Il se détendit un peu, et une certaine chaleur réapparut dans ses yeux.

— Je suis désolé, je ne sais pas comment vous accueillir.

— Qu'auriez-vous fait en temps normal ?

— Je vous aurais embrassée.

— Harry, ce ne sont que des vêtements.

— Vous avez l'air différente.

— Je suis une vitrine, rien d'autre.

— Mais cela me met mal à l'aise.

Lucy entra à cet instant, et je lui demandai de descendre mon Livre de conversation. Quand elle sortit, je me tournai à nouveau vers Harry. Il avait l'expression perdue et blessée d'un homme qui vient d'être victime d'une mauvaise plaisanterie.

— Harry, je suis tailleur par passion, et non par nécessité. Vous me connaissez assez pour savoir que je ne me contenterai jamais de vivre la petite vie ordinaire d'une femme ordinaire.

— Mais vous allez trop loin. Ce défi aux convenances est une tache sur votre réputation.

— Oh, j'en ai assez d'être jugée par des hommes qui se font les champions de mon honneur ! Assez de tous ces esprits bien-pensants qui prêchent la pénitence dans ce monde et les flammes de l'enfer dans l'autre. J'ai eu plus que mon compte de remontrances. Je n'en peux plus !

Harry s'avança vers moi. Il avait très bien compris à qui je faisais allusion.

— Veda…

Je regrettai aussitôt mon éclat. Le sang me monta au visage.

— Je me suis montrée terriblement injuste, l'interrompis-je. Je n'aurais pas dû parler aussi durement d'un ami très cher. Je n'avais pas l'intention de le condamner ainsi.

— Vous aviez tout d'une grande dame en cet instant, dit-il avec un sourire très doux en me soulevant le menton pour que je puisse lire sur ses lèvres.

— Je suis toujours la même.

— Vous ne pouvez pas continuer ainsi. Vous devez mettre un terme à cela.

— À mon travail ?

— Vous venez de dire vous-même que vous n'en aviez pas besoin.

— Mon esprit en a besoin.

— Je ne peux l'accepter, Veda. Je ne le peux pas. Il m'est impossible de rester votre ami si vous persistez dans cette activité.

— Je me présente ainsi devant mes clients depuis un an, je travaille pour mon père depuis plus longtemps encore, et c'est seulement maintenant que cela vous offense ?

— Mais tout a changé, à présent.

— Rien n'a changé. Vous avez décidé que nous ne serions jamais mari et femme. Or, je ne saurais avoir une relation avec un homme en dehors des liens du mariage. Quel droit prétendez-vous exercer sur moi ? Vous possédez mon cœur. Que voulez-vous d'autre ?

— Vous êtes une tête de mule.

— Vous voulez me voler mon libre arbitre. Mais c'est tout ce que je possède, c'est la seule liberté dont je dispose jusqu'à ce que je sois fiancée et que je me soumette à l'autorité légitime de mon époux.

Lucy apparut avec le coffret et le posa sur la table. Je sortis la petite clé qui pendait à mon cou, cachée sous ma chemise, ouvris la serrure et pris le livre relié de cuir rouge.

— Vous voyez quel trésor vous êtes pour moi ? Je conserve pieusement vos paroles sous clé, dis-je avec amertume, et je m'assis à la table, repoussant mes cheveux en arrière.

Je trempai ma plume dans l'encre et écrivis sur une page neuve : *Harry, je ne cherche pas à vous heurter. Mais je ne puis renoncer à la seule chose dans ma vie qui m'offre des garanties et de l'espoir. Vous allez épouser une autre femme. Qu'adviendra-t-il de moi à ce moment-là ?*

Il vint se placer derrière moi, lisant par-dessus mon épaule les mots au fur et à mesure que je les écrivais, puis il s'assit à mon côté et répondit :

Vous ne manqueriez pas de soupirants si vous aviez été correctement introduite dans le monde.

Je secouai la tête avec dérision : *Dans quel monde ? Vous croyez qu'il existe une société spéciale réservée aux filles de commerçants atteintes de surdité ? Une société bien comme il faut, naturellement, fréquentée uniquement par des demoiselles fortunées – car pour vous, malgré son handicap, une jeune fille à marier doit être bien élevée et avoir une jolie dot. Bien sûr, certains prétendants peu scrupuleux pourraient être tentés de l'épouser uniquement pour son héritage. Mais même ces hommes sans honneur y regarderaient sans doute à deux fois avant de renoncer à toute vie sociale : quel gentleman aurait envie d'épouser une femme qui ne sera même pas capable d'assumer son rôle d'hôtesse quand il souhaitera recevoir quelques amis à dîner ?*

Harry lut ce que je venais d'écrire, mâchoires serrées.

Ce n'est pas vrai. Vous vous excluez vous-même beaucoup plus souvent que les autres ne vous excluent.

La politesse m'interdit d'être un poids pour eux, Harry.

Alors laissez les autres vous prouver leur valeur et vous montrer qu'ils sont dignes de vous ! Et si votre handicap les gêne, qu'ils s'en aillent. C'est à votre mari de vous protéger de ces faux amis, de faire en sorte que vous soyez acceptée partout et d'établir les règles : vous, ou rien !

Il écrivait avec tant de passion que l'encre giclait de sa plume. Des larmes brillaient dans ses yeux. Il finit par se lever d'un bond et fit rageusement les cent pas dans la pièce, les mains serrées dans son dos, tel un prisonnier menotté – mais peut-être était-ce ce qu'il ressentait.

— Et où voulez-vous que je trouve ce noble chevalier, Harry ? demandai-je en me retournant sur ma chaise. Ce gentleman courageux et fier, animé d'un esprit aussi généreux. Où suis-je censée le trouver ?

Il pivota soudain vers moi avec une expression bouleversée et désigna sa poitrine d'un geste désespéré.

— Je serais cet homme si je le pouvais. Si seulement je le pouvais !

Je crois que je n'avais pas complètement cru en Harry jusqu'à cet instant. Mais à cette seconde, tous mes doutes s'envolèrent et je lus clairement dans son cœur. Je me levai, saisis sans l'ombre d'une hésitation son visage dans mes mains et l'attirai à moi pour un baiser. Il ne se souciait plus le moins du monde des vêtements que je portais.

De ce moment, dans le coin de l'esprit où les pensées attendent d'être ciselées par des mots que l'on n'ose encore formuler, je sus qu'un jour nous serions amants.

20

Pendant un moment cet été-là, je commis la folie de croire à l'impossible. Je n'avais jamais réellement pris la mesure des difficultés auxquelles Harry devait faire face car il se montrait toujours très vague quand il évoquait sa situation. Son amour pour moi semblait inextricablement enchevêtré avec la relation complexe et difficile qu'il entretenait avec son père.

Il se montrait très protecteur à mon égard et semblait intimement persuadé que j'étais mon pire ennemi. Il ne cessait d'évoquer les risques inconsidérés que j'avais pris le soir où je l'avais rejoint dans son attelage, jurant qu'il était revenu uniquement pour ne pas me laisser en plan au milieu de la rue à minuit passé. Sur quoi je lui faisais remarquer que son accueil ne m'avait pas frappée par sa froideur, et qu'il n'avait pas protesté bien longtemps une fois que j'avais été dans ses bras.

Il n'évoquait jamais son projet de mariage avec Mlle Erskine. De mon côté, je ne lui posais pas de questions, mais j'avais conscience de son anxiété et je devinais que le problème n'avait pas entièrement disparu, même si les pourparlers étaient apparemment suspendus. Cet été-là, Harry loua un pied-à-terre dans St. James, tout près de son cercle – et de moi. Une décision sans doute prise tout autant par commodité que pour des raisons financières car, je l'appris de la bouche du capitaine Naylor pendant que je montais une épaule de son uniforme de cérémonie dans le salon d'essayage, Ellesmere House avait été louée pour la Saison et pourrait bien être vendue, le comte de Hambledon ne venant quasiment plus à Londres depuis le décès de sa femme.

Depuis quelque temps, Harry et moi ne correspondions plus que par l'intermédiaire de Scrimshire. Nous parlions trop librement de nos sentiments, désormais, pour risquer que l'une de nos missives tombe par inadvertance entre les mains de mon père. Tous les mardis et vendredis, Lucy portait ma lettre au White's Club, et prenait le courrier déposé là-bas à mon intention. De retour à la maison, elle cachait le ou les plis dans la poche intérieure de la veste d'Adolphe (c'était le petit nom que j'avais donné au mannequin, dans ma chambre), où j'allais les récupérer après le dîner.

De l'avis unanime, Londres vivait une Saison exceptionnellement brillante. Bien que la reine fût toujours en grand deuil (certains estimant qu'elle pleurerait le prince Albert jusqu'à la fin de ses jours), la société londonienne commençait à secouer la lourde chape de solennité qui pesait sur elle depuis des années. Après le mariage du jeune prince de Galles avec sa jolie princesse danoise et leur installation à Marlborough House, notre jeune aristocratie avide de distractions retrouva enfin la faveur royale. Contrairement à ses austères parents qui n'avaient que mépris pour les *fashionable* et leur calendrier mondain ponctué de festivités futiles et de soirées frivoles, Bertie remit le divertissement au goût du jour. Mieux : il en devint le premier consommateur.

Ce changement de cap entraîna un frémissement général dont les effets se firent sentir jusque dans notre secteur d'activité. Nous nous en aperçûmes juste après les fêtes de Pâques : les commandes augmentèrent de façon si significative que papa commença à mentionner le prince Bertie dans ses actions de grâces, le soir, avant le dîner. En juin, elles avaient littéralement doublé, et les demandes de mes propres clients avaient augmenté dans des proportions similaires. J'étais de plus en plus souvent appelée chez des particuliers, pour procéder à des essayages. Je me rendais sur place avec mon équipe, apportant nos catalogues d'échantillons de tissus et de parements.

Mon travail ne me laissait guère le temps de me languir de Harry. Souvent, j'étais tellement épuisée à la fin de la journée que j'avais tout juste le courage de lui écrire quelques lignes avant de m'écrouler sur mon lit. Mais au moins, maintenant, il savait de quoi était fait mon quotidien, même si j'évoquais très rarement le sujet avec lui – et encore, toujours sur la pointe des pieds et sans entrer dans les détails.

Malgré notre proximité géographique, nous avions le plus grand mal à organiser un tête-à-tête clandestin respectant à la fois l'idée très stricte que Harry se faisait de la bienséance et mon emploi du temps surchargé. Je faisais mon possible pour me libérer quelques heures, déplaçant un rendez-vous avec un client, travaillant toute la nuit pour terminer un bâti avant un essayage. Et quand nous parvenions enfin à nous retrouver quelque part, il y avait toujours quelque chose ou quelqu'un pour venir gâcher les quelques instants d'intimité auxquels nous aspirions tant.

Pour voir Harry, j'assistais à des expositions florales, à des vernissages, à des conférences sur des sujets dont j'ignorais absolument tout en arrivant – et en repartant. Je restais debout des heures dans une chaleur écrasante au milieu d'une assemblée d'auditeurs captivés, emmurée vivante dans mon silence, feignant de me passionner pour ce que racontait un vieux bonhomme bedonnant debout sur une estrade. Fixer une moustache grise en train de remuer était aussi stimulant que de regarder un œuf bouillir.

Le pire des supplices était probablement l'attente. Harry semblait avoir le don de changer la nature même du temps ; tantôt il le lestait comme du plomb, tantôt il lui donnait des ailes et le faisait s'envoler. Je cherchais son visage dans la foule, puis, quand je l'avais trouvé, je formais le vœu qu'il me voie à son tour. Les quelques minutes qui s'écoulaient entre le moment où il m'apercevait et celui où il traversait la foule pour parvenir jusqu'à moi me semblaient une éternité. Parfois, j'avais peur de défaillir et je fermais les yeux tout en m'éventant fébrilement tandis qu'il approchait. Je n'avais conscience alors que de l'épais silence noir au fond duquel j'étais engloutie et de la chaleur suffocante. Puis Lucy reculait et je savais qu'il était là. Il glissait furtivement sa main dans la mienne, et mon cœur, qui semblait à deux doigts de s'arrêter un instant plus tôt, se mettait à battre joyeusement. Un jour, je sentis qu'il détachait doucement le bouton de mon gant, sur mon poignet. Lorsqu'il l'ôta pour presser sa main contre ma paume nue, ce fut comme s'il me déshabillait, là, au beau milieu de la foule.

Cet été-là, nous prîmes l'habitude d'aller faire du cheval ensemble dans le parc, très tôt le matin, quand nous n'avions aucune chance de tomber sur l'une de ses connaissances. Souvent, Harry venait directement de son cercle où il avait passé la nuit à jouer aux cartes. Il n'avait pas dormi du tout – ou à peine quelques minutes, juste le temps du trajet en fiacre jusqu'aux écuries. Pendant que le palefrenier sellait Fellow et First, j'entraînais malicieusement Harry dans un box vide pour lui voler un baiser. Il faisait semblant de désapprouver, mais il était généralement trop fatigué pour résister. Je l'adorais dans ces moments-là – ses cheveux emmêlés, ses vêtements un peu froissés, ses joues piquantes de barbe. Il était terriblement viril et toujours très gentil. La nuit avait feutré son éclat et son énergie, et sa tendresse avait une douceur particulière. Après ces quelques instants volés, nous nous élancions au galop dans les allées du parc juste après l'aube, alors que des lambeaux de brume restaient accrochés aux branches des arbres et que la rosée exhalait tous les parfums de la nuit. C'était magique. Nous n'éprouvions pas le besoin de communiquer pendant ces chevauchées matinales. Nous savourions le simple plaisir d'être ensemble, sans nous préoccuper du lendemain.

Comme le mois de juillet touchait à sa fin, un sentiment d'angoisse m'envahit peu à peu. Je m'en ouvris à Harry dans une lettre.

Mon chéri,

Il est tard, mais je sais que je ne pourrai pas trouver le sommeil tant que je ne vous aurai pas confié mes craintes.

Je redoute la fin de la Saison. J'ai peur que ce ne soient les derniers moments que nous passions ensemble. Vous n'évoquez jamais votre mariage devant moi, mais je sais que si rien n'est encore arrêté, vous n'avez pas obtenu gain de cause, comme vous l'espériez. Je remarque tout, Harry, et l'expression d'un visage, une attitude ou un regard en disent parfois plus long qu'un discours. J'ai compris sans doute plus de choses que vous ne le voudriez.

Nous devons absolument trouver un moyen de nous voir en août. Je compte me rendre à Burford vers le 8 et j'y resterai probablement une quinzaine de jours, peut-être davantage. Vous pouvez certainement faire en sorte de venir passer quelques jours à Longmeade.

Pendant votre séjour, j'aimerais que nous partions tous les deux quelque part. J'ai très peu voyagé depuis ma maladie, et je voudrais revoir la mer, avec vous. Je vous supplie d'accéder à ce caprice, rien qu'une fois.

Votre Veda

Lucy déposa ma lettre à son cercle juste après le petit déjeuner, et le soir même je trouvai une réponse de Harry dans la poche d'Adolphe. Je brisai le sceau d'une main que la fébrilité faisait trembler.

Mon aimée,

Votre lettre a jeté le trouble dans mon esprit. Il semble que je doive être le gardien de votre vertu, puisque que vous en faites si peu de cas.

Si tenté que puisse l'être mon cœur, il m'est impossible d'accéder à votre demande. Heureusement pour nous deux, ma raison prévaut encore, sur ces questions. Je vous verrai à Burford, mais nous nous rencontrerons dans des circonstances qui ne porteront pas atteinte à votre réputation.

Je n'ai pas le temps de vous écrire plus longuement, mais mes pensées ne vous quittent pas.

Harry

Je ruminai son refus toute la journée, passant de la déception à la colère, et de la colère au désespoir. De temps à autre, la raison faisait une brève incursion dans ce tumulte d'émotions, mais elle ne s'imposait jamais très longtemps. Je commençai à envisager de lui rendre visite chez lui et, le soir venu, quand tout le monde fut couché, je décidai de mettre mon projet à exécution. Je refusais de rester cloîtrée avec interdiction de voir qui je voulais, quand je voulais, simplement parce que j'étais une femme et que je devais préserver ma réputation. Au diable tout cela ! J'irais chez lui habillée en homme.

Je subtilisai un chapeau haut de forme dans une vitrine du magasin, puis je sautai dans un fiacre à Regent Street et donnai l'adresse de son pied-à-terre, à Pickering Place. Une fois sur place, j'envoyai le valet de pied au White's Club avec un message informant lord Ormelie que son ami Adolphe l'attendait devant chez lui.

Je guettai son arrivée sur le trottoir, sous un réverbère. À l'instant où je vis sa silhouette traverser la place, je me rendis compte à ses longues enjambées rageuses qu'il était très en colère. Il me salua froidement et m'invita à entrer dans son salon. Tandis que la femme de chambre allumait des chandelles, Harry servit deux verres de cognac. Il m'en tendit un. Je refusai d'un signe de la tête, mais il insista et je le pris. Il n'alla pas jusqu'à me proposer une cigarette, même s'il en alluma une pour lui. Je voyais bien qu'il voulait me donner une leçon. Après avoir congédié la femme de chambre, il resta debout et fit tourner son cognac dans son verre tout en tirant sur sa cigarette, les yeux fixés sur le foyer éteint de la cheminée. J'étais trop blessée par son accueil glacial pour tenter de me justifier, de lui expliquer que j'étais lasse de jouer la comédie, d'attendre qu'il me fasse part de ses intentions, de l'hypocrisie de nos vies.

Plus je restais plantée là, serrant ce maudit verre dans ma main, moins j'avais envie de rester. La pièce commença à se remplir de fumée.

— S'il vous plaît, toussai-je en m'éventant de la main et en posant mon verre sur une table basse. J'ai compris le message.

Comme dégoûté de lui-même, Harry lança sa cigarette sur les cendres froides de l'âtre, s'empara du verre que je venais de poser et jeta son contenu sur la cigarette qui se consumait. Puis il remplit le verre avec l'eau d'un pichet et me le tendit en marmonnant des excuses.

Je bus d'un trait, puis posai le verre sur la table. Je n'osais pas lever les yeux vers lui, de peur de me mettre à pleurer de rage. Comment lui faire comprendre le désarroi et la peur qui habitaient mon cœur, comment lui expliquer que c'était ce trop-plein d'émotions qui m'avait amenée devant sa porte à une heure du matin ?

Déployant toute la dignité dont j'étais capable, je dis :

— Je vous serais reconnaissante de bien vouloir me raccompagner jusqu'à un fiacre. Je ne puis m'aventurer seule dans la rue à cette heure de la nuit.

Je me détournai pour chercher mon chapeau. La femme de chambre me l'avait pris à mon arrivée, mais je n'avais pas prêté attention à l'endroit où elle l'avait mis. Je le trouvai sur une chaise près de la porte. Comme j'esquissais un mouvement pour le prendre, la main de Harry se posa sur mon bras. Il me saisit doucement par les épaules pour me faire pivoter vers lui et souleva mon menton afin que je puisse lire sur ses lèvres.

— Il m'est très difficile de me disputer avec vous si vous ne me regardez pas.

— Je ne suis pas venue me disputer avec vous. Je ne

supporterais pas de me disputer avec vous. Mais vous m'avez manqué de respect et je ne méritais pas d'être traitée ainsi.

— Vous avez toutes les raisons de m'en vouloir. Je vous demande pardon. Je ne voulais pas vous blesser.

Lentement, comme s'il était au-dessus de ses forces de résister, il inclina son visage vers le mien et m'embrassa.

— C'est tout ce que j'étais venue chercher, balbutiai-je. Un baiser. Je voulais juste un baiser.

— Je sais.

Il m'embrassa de nouveau puis demanda :

— C'est mieux, ainsi ?

— Beaucoup mieux, murmurai-je.

— Votre message est arrivé au mauvais moment, je le crains.

— Vous jouiez aux cartes.

— Et je perdais. Gros.

— Je ne sais plus à quoi me raccrocher, Harry. J'ai peur qu'un beau jour vous ne disparaissiez et que tout soit alors terminé. Comme ça. Votre billet était si bref. À chacune de vos lettres, je suis hantée par la crainte que ce ne soit la dernière.

Il me lâcha et se dirigea vers son bureau. Ouvrant un tiroir, il en sortit une feuille de papier frappée à ses armoiries qu'il me tendit.

— Je l'ai commencée après le déjeuner, mais je n'ai pas eu le temps de la terminer. Je vous l'aurais envoyée demain.

Je m'approchai de la cheminée et lus à la flamme du candélabre :

Ma chérie,

Je me suis montré trop brusque dans ma réponse, tout à l'heure, mais j'étais pressé par le temps. Peut-être aurait-il mieux valu que je garde le silence une journée, plutôt que de vous faire parvenir un message aussi bref et sévère.

S'il n'y avait que nous deux à considérer, je ferais fi de toutes les règles qui nous séparent. Mais le préjudice porterait atteinte à d'autres, et nous ne devons rien faire qui puisse embarrasser votre père ou votre famille, et ruiner tout ce que vous avez patiemment construit. Je vais peut-être vous étonner, mais j'ai le plus grand respect pour les hommes d'honneur qui exercent un métier digne d'estime, et je sais que votre père fait partie de ceux-là. Ce sont des hommes comme lui, dotés d'un caractère d'exception, qui hissent leur profession à un niveau supérieur et constituent un exemple pour tous les autres.

Ma chérie, j'ai mes espions et je sais que vous avez réussi, presque miraculeusement, à vous forger une réputation professionnelle sans que votre condition en soit altérée. Si vous saviez tout ce qui est parvenu à mes oreilles ! Je vous ai laissée croire que j'ignorais les rumeurs parce que je ne souhaitais pas qu'elles deviennent un sujet de discussion entre nous. Mais au fil du temps, j'ai appris à accepter cette partie inexplorée de votre personnalité, et à la comprendre. Bien sûr, il y a toujours des esprits étriqués prêts à exploiter une situation peu ordinaire pour en faire des gorges chaudes, mais, ces exceptions mises à part, on parle de vous presque avec déférence. Combien de fois, en écoutant l'un de vos clients évoquer la toute première fois où vous lui êtes apparue, j'ai dû prendre sur moi pour cacher ma fierté. Tous affirment que vous avez une allure phénoménale et qu'ils ont rarement vu un « gentleman » aussi élégant que vous. Si je n'étais pas amoureux de vous, il y a longtemps que je serais venu vous voir pour vous commander une garde-robe.

Il est temps de parler de la menace qui est restée suspendue au-dessus de nos têtes pendant tout l'été : mon mariage avec Mlle Erskine. Si j'avais su que mes sentiments pour vous évolueraient de cette façon, ma chérie, jamais je n'aurais permis que les tractations aillent aussi loin. Mais il y a de l'espoir. Il semble que je dispose d'une marge de manœuvre légale pour me rétracter.

C'est mon père qui est à l'origine de ce projet et il fait preuve, je dois l'avouer, d'un intérêt déplacé pour toute cette affaire. Il a toujours vécu retranché du monde, à Blackroak. Il ne vient à Londres, qu'il déteste, que pour l'ouverture du Parlement ou en cas de vote important à la Chambre des lords, puis il rentre aussitôt dans le Yorkshire. Blackroak est bien plus qu'une demeure ancestrale à ses yeux : le château et lui ne font qu'un. Les pierres semblent avoir bu son âme, et l'esprit même du lieu coule dans ses veines. Comment une telle osmose entre une bâtisse et un être de chair et de sang est-elle possible ? Cela reste un mystère pour moi. Mais tous ceux qui se sont rendus sur place en sont arrivés à la même conclusion.

Je retournai la page, mais la lettre s'arrêtait là. J'étais sous le choc de ce que je venais de lire. C'était la première fois que Harry parlait aussi ouvertement de ma famille, de notre profession, et jamais je n'aurais imaginé qu'il puisse le faire en des termes aussi élogieux. Je commençais à penser qu'il me comprenait beaucoup mieux que je ne l'avais soupçonné.

Je levai les yeux vers lui.

— Elle n'est pas terminée.

— Non.

— Que vouliez-vous me dire d'autre ?

Il garda le silence pendant un long moment, cherchant mon regard, et il me fut impossible de lire quoi que ce soit sur son visage. Finalement, il récupéra la lettre, la posa sur le manteau de la cheminée et me prit dans ses bras. Il m'embrassa doucement sur le front avant de déclarer :

— Je ferai ce que vous vouliez. Je vous emmènerai voir la mer. Nous irons à Whitby, tous les deux. Mais j'y mets une condition, et elle est incontournable.

— Quelle est-elle ?

— J'ai votre promesse ?

— Tout ce que vous voudrez.

— Une fois là-bas, vous deviendrez mon épouse.

J'eus peur d'avoir mal compris. La gorge horriblement serrée, je demandai :

— Vous voulez que… que je me fasse passer pour votre épouse ?

— Non, Veda. Je ne veux pas faire semblant. Je veux que vous soyez ma femme, maintenant et pour toujours.

Il sourit de mon expression effarée et effleura mes lèvres d'un baiser.

— Nous ne pouvons pas vivre en marge des lois, et vous traitez votre réputation avec beaucoup trop de désinvolture. Vous m'avez dit un jour que seul votre mari serait autorisé à exercer son autorité sur vous. Qu'à cela ne tienne. Il est temps que quelqu'un vous protège contre vous-même.

21

Comme Harry me l'écrivit dans une lettre, un peu plus tard, cette semaine-là : *Nos actes ont pour fin le salut de notre âme, dussions-nous voir notre réputation voler en éclats.* Sa volonté faisait écho à la mienne. Malgré notre angoisse et nos incertitudes, notre détermination ne faiblit à aucun moment.

Les préparatifs de notre mariage devraient avoir lieu en grand secret – pour Harry comme pour moi, annoncer nos intentions à qui que ce soit serait revenu à donner un coup de hache à notre projet. Balducci n'avait jamais menacé la structure même de mon existence : mon travail et ma famille, les deux pôles autour desquels s'était construite toute ma vie. En épousant Harry, j'allais sauter dans le vide, vers l'inconnu, en abandonnant derrière moi tous mes repères, passés et présents. Jamais je n'avais relevé un défi aussi immense.

La nuit, je me retournais dans mon lit en songeant au séisme que j'allais provoquer autour de moi : mes clients, sur lesquels reposait désormais une bonne partie de la réputation de Grenfell's et que j'allais abandonner ; mes amis tailleurs qui m'avaient acceptée comme l'une des leurs et que j'allais trahir. Et surtout... papa. Je n'avais jamais visualisé mon avenir sans lui. Je crois qu'il avait fini par penser que je m'assiérais toute ma vie en face de lui, au petit déjeuner et au dîner, griffonnant des messages sur mon ardoise, faisant des gestes avec mes mains et émettant ces sons bizarres auxquels il ne s'était jamais complètement habitué.

Je dus verser davantage de larmes d'angoisse que de joie pendant cette période. Un mariage secret signifiait qu'il n'y aurait ni faire-part ni festivités d'aucune sorte. Pas de dîner de célébration, pas de toasts portés aux jeunes mariés, pas de vœux de bonheur, pas de présents pour notre nouveau foyer, rien. Je n'aurais même pas le temps de me confectionner une robe. Je me contentai de reprendre le ravissant tulle de soie blanc que j'avais arboré lors de mon premier et unique bal, celui où Harry m'avait embrassée pour la première fois. Cela me permit de travailler toutes les nuits à réaliser pour Harry un splendide gilet en satin crème orné de délicats motifs de myosotis et de fougères. La doublure, entièrement brodée avec un fil d'or très fin, reproduisait à l'infini nos initiales enlacées.

La fin de la Saison était toujours une période très chargée au magasin, les clients voulant que les commandes leur soient livrées avant leur départ en villégiature. Toute cette effervescence ne me laissait guère le temps de réfléchir à l'après. Harry avait décidé de partir dès à présent pour Whitby et de s'y installer jusqu'au jour J afin d'obtenir une licence de mariage. Nous serions unis dans la chapelle Sainte-Mary par un pasteur tout à fait digne de confiance, qui avait été autrefois le conseiller spirituel de lady Hambledon. Plus nos plans prenaient forme, plus le poids du secret pesait lourd sur mes épaules, car je n'avais jamais imaginé me marier un jour sans ma famille et mes amis à mes côtés. Je songeais à tout ce que j'allais laisser derrière moi et me sentais chaque jour un peu plus perdue, comme déjà coupée de mes attaches, à la dérive, sans rien ni personne à qui m'agripper. J'écrivais de longues lettres effrayées à Harry. Un autre que lui aurait sans doute été exaspéré par mes doutes et mes hésitations, mais il était ma fontaine d'espoir et je puisais ma force en lui.

Juste avant son départ, je le rejoignis chez lui pour une ultime mise au point. Il me confia ce soir-là qu'il m'aurait épousée depuis longtemps si sa mère avait encore été de ce monde. Je gardai précieusement cette pensée dans mon cœur. J'avais le sentiment qu'elle bénissait notre union. Oui, j'étais convaincue qu'elle nous regardait depuis le ciel et qu'elle applaudissait à notre décision de toutes ses forces.

Quand papa me mit dans le train pour Oxford et m'embrassa en me disant au revoir, j'éclatai en sanglots et me donnai lamentablement en spectacle. Il dut trouver ma réaction d'autant plus déconcertante qu'il savait combien j'aimais rendre visite à Esther. Je lui adressai de grands signes d'adieu par la fenêtre du compartiment et continuai à agiter mon mouchoir en soie canari bien après que le train eut quitté la gare. Puis je sortis de mon sac un recueil de poèmes de Robert Southey et, incapable de m'arrêter de pleurer, dus me cacher derrière pendant presque tout le voyage.

Une fois à Burford, loin de l'atmosphère suffocante et surmenée de l'atelier et de la puanteur irrespirable de Londres en été, je commençai à me détendre un peu. Mon esprit put alors voguer vers des rivages plus souriants. Parfois, je me levais à l'aube, écartais les rideaux de dentelle de la fenêtre de ma chambre, et contemplais la campagne paisible en songeant que dans quelques jours je serais mariée à un vicomte.

J'avais rendu visite à Esther un peu plus tôt dans le courant de l'année, juste avant Pâques. Je lui avais apporté plusieurs robes que je lui avais faites, ainsi que deux ravissantes couvertures ornées de rubans pour la petite Ellen. Mon séjour avait été bref et un peu difficile : Esther n'avait d'yeux que pour son bébé. J'avais trouvé Ned assez sombre, et je me demandais s'il en était toujours ainsi dans un couple après un an de mariage.

Je ne trouvai pas de grand changement depuis ma précédente visite, si ce n'est qu'Esther avait des difficultés à se faire obéir de ses domestiques. La nounou lui ayant donné son congé, elle couchait désormais avec la petite dans la nursery, au grand dam de Ned. La tension qui régnait entre eux était particulièrement perceptible pour quelqu'un comme moi, habituée à interpréter les silences. Même si j'étais heureuse d'avoir quitté Londres, je me sentais un peu abandonnée. Converser avec moi était toujours un exercice compliqué et Esther n'était guère patiente ces temps-ci. Je passai des heures à me promener le long de la rivière et à écrire à Harry.

Nous avions résolu d'informer Esther et Ned par lettre, après mon départ, mais ce silence m'étouffait. J'aurais tellement voulu pouvoir confier mon secret à quelqu'un ! Je me posais tant de questions, tant d'inquiétudes me taraudaient ! J'allais m'engager dans le mariage sans avoir la moindre idée de ce qui m'attendait. Je me souvenais avoir entendu tante Lavinia évoquer avec horreur le « devoir » conjugal et les actes dégradants que les maris exigeaient de leur femme, mais je ne voulais pas m'arrêter à une vision aussi pessimiste de l'avenir. Ma confiance en Harry était irrévocable et totale. Je savais qu'il était le plus tendre et le plus attentionné des hommes, et je pressentais que le mariage recelait de merveilleuses surprises dont tante Lavinia ne soupçonnait même pas l'existence. En fait, ma plus grande crainte était de ne pas savoir comment m'y prendre pour plaire à Harry. Mais apparemment, il me faudrait m'en remettre à lui pour l'apprendre.

Le matin de mon départ pour Oxford, j'avais la sensation d'avoir livré un combat épuisant, tant le secret m'avait pesé. Mais j'étais soulagée et fière d'avoir réussi à garder le silence par la seule force de ma volonté. J'appartenais déjà à Harry, de la manière la plus absolue et la plus définitive qui soit.

La diligence passait à Burford aux petites heures de l'aube. Sachant qu'Esther dormait peu la nuit à cause du bébé, j'avais insisté pour lui dire au revoir la veille. Ned m'accompagna jusqu'à l'auberge-relais et, tandis que nous regardions le valet d'écurie hisser mes malles sur la galerie, je glissai ma lettre dans sa main.

— Qu'est-ce que c'est ? demanda-t-il avec un froncement de sourcils inquiet.

— Mon cher Ned, il y a une nouvelle à l'intérieur que je brûlais d'envie de partager avec vous deux, mais qu'il m'était impossible de vous révéler avant cet instant. Je regrette que les circonstances n'aient pas été différentes.

Il esquissa un geste pour briser le sceau, mais je l'arrêtai.

— Attendez qu'Esther soit à vos côtés. J'espère que vous vous réjouirez tous les deux pour nous.

Je l'embrassai affectueusement sur la joue et montai dans la diligence. Une fois installée avec les autres passagers, je me tournai vers la fenêtre. Il avait l'air perplexe, son regard ne cessait de passer de la lettre scellée à moi, puis tout à coup, il comprit. Son regard s'illumina et un large sourire apparut sur son visage.

Pointant un doigt sur la lettre, il articula : « Harry et vous ? »

Je hochai la tête en souriant. Il paraissait fou de joie et je crus un moment qu'il allait se mettre à danser au milieu de la rue. Comme la diligence démarrait, il articula les mots : « Bonne chance ! » et agita l'enveloppe en l'air. Je faillis fondre en larmes, soulagée que quelqu'un partage, même brièvement, mon bonheur.

Le trajet jusqu'à Oxford se déroula dans une chaleur suffocante. J'étais assise en face d'une vieille fermière édentée et coiffée d'un bonnet d'une propreté douteuse, coincée entre deux jeunes garçons de ferme. L'un des trois dégageait une abominable odeur de fumier, encore qu'il me fût impossible de deviner qui. J'étais terrifiée, perdue. Et si Harry ne venait pas ? Je m'étais mis en tête qu'un événement rendrait notre mariage impossible, que son père avait tout découvert et enfermé son fils dans un sombre donjon de Blackroak. Je ne savais pas mon imagination capable de telles stupidités. J'étais dans un tel état de nerfs et de fatigue quand nous arrivâmes à Oxford que ce fut à peine si j'eus la force de me lever. Mes malles furent descendues et posées sur le sol, à mes pieds. Je m'assis sur l'une d'elles, dénouai les rubans de mon bonnet, et m'éventai avec en priant pour que Harry me trouve avant que je ne m'évanouisse.

Mes vœux furent exaucés : en levant les yeux, je l'aperçus qui remontait le quai dans ma direction, sa silhouette élégante fendant la foule avec assurance, son chapeau parfaitement lustré et mis en forme, sa canne à pommeau doré dans une main, sa cravate nouée avec juste un brin d'insouciance, comme pour revendiquer son droit à refuser la perfection. Sa seule vue balaya mes inquiétudes et me propulsa dans son univers. Je n'étais qu'une pâle étoile face à son rayonnement, attirée dans son orbite par la douce et invincible attraction de l'amour.

Mon angoisse devait se refléter sur mon visage car son sourire se teinta d'inquiétude.

— Venez, ma chérie.

Il m'offrit son bras pour que je puisse m'y appuyer tandis qu'il donnait des instructions à un porteur. Puis il me conduisit dans un salon de thé jusqu'à une table paisible située dans un angle et commanda du thé et des sandwiches. Je pressai un mouchoir roulé en boule sur ma gorge et mon cou, et il m'observa avec une tendre sollicitude.

— Je me faisais du souci, dit-il en posant sa main sur la mienne. Je n'aime pas que vous voyagiez seule.

— Tout va bien, maintenant.

Lui-même était arrivé de Whitby la veille par le train et avait passé la nuit à Oxford afin de faire la route dans l'autre sens avec moi.

— Vous devez être épuisé, mon chéri. Vous avez vous-même fait un long voyage. Et à présent vous devez en entreprendre un autre.

— Peu m'importe puisque nous serons ensemble.

— Je suis dans un état de nerfs épouvantable.

— Je m'en doutais.

— J'étais terrifiée à l'idée que quelque chose vous empêche de venir.

— Rien ni personne n'aurait pu m'empêcher de vous rejoindre.

— Combien de temps dure le trajet jusqu'à Whitby ?

— Il faut compter cinq heures jusqu'à York. Puis nous changerons de train. Et nous changerons à nouveau à Pickering. Nous n'arriverons pas à destination avant ce soir.

La serveuse nous apporta notre thé. J'essayai de remplir nos tasses, mais ma main tremblait si fort que je dus y renoncer. Harry m'ôta doucement la théière des doigts.

— Tout est prévu, dit-il en me servant. Nous avons des chambres séparées pour ce soir, et la cérémonie aura lieu dans la chapelle Sainte-Mary dans la matinée.

— Tôt, j'espère ?

— Il faut quand même que vous ayez le temps de vous habiller. Je ne vous imagine pas vous préparant à toute vitesse le jour de votre mariage, chérie.

— Bah, j'ai toujours été une lève-tôt. Demain ne fera pas exception.

Il me sembla qu'il réprimait un sourire, comme si une pensée agréable, mais impossible à formuler tout haut, lui traversait l'esprit. Finalement, il déclara :

— J'espère qu'il y aura beaucoup d'exceptions après la journée de demain.

— Harry ! protestai-je, tandis que le sang me montait au visage.

Je me rendais compte que j'étais écarlate, mais son humour taquin me mit à l'aise et j'esquissai un sourire. Je respirai profondément et portai ma tasse à mes lèvres, plus détendue.

— J'ai engagé une femme de chambre. J'espère qu'elle vous conviendra.

— Je suis sûre qu'elle sera parfaite.

— Je vais prendre soin de vous, Veda. À partir de cette minute, vous n'aurez plus jamais à redouter quoi que ce soit.

Ses paroles me bouleversèrent au point que je dus baisser les yeux, une attitude que je m'autorise rarement car elle dresse immédiatement une barrière entre les autres et moi. Quand j'osai à nouveau le regarder, son visage reflétait une telle intensité de sentiment que je dus derechef détourner les yeux.

— Si je défaille, ce ne sera pas à cause de la chaleur, dis-je, en espérant que c'était un chuchotement.

Il posa la main sur la mienne.

— Essayez de manger un peu, ma chérie. Vous devez prendre des forces. Le train ne va pas tarder à arriver.

Je lui obéis et me forçai à grignoter un sandwich desséché.

Comme le jour de notre excursion, Harry avait réservé un compartiment pour nous tout seuls. Tandis que nous nous installions, on frappa à plusieurs reprises à la porte et des voyageurs jetèrent un regard d'envie à nos sièges libres, car en ce mois d'août le train était bondé. Harry échangea quelques mots avec le porteur et lui glissa une pièce ou deux. Après quoi nous ne fûmes plus dérangés.

Une fois dans l'intimité de notre compartiment, je me sentis libre d'ôter mon bonnet et mes gants. Harry retira sa veste et la posa dans le porte-bagages, au-dessus de nos têtes. Il ouvrit un journal qu'il avait acheté à un petit vendeur à la criée en montant dans le train et je sortis mon recueil de poèmes de mon sac. En remarquant le nom de l'auteur, Harry déclara en souriant :

— Ah, ce cher Southey. C'est lui qui m'a convaincu de vous épouser.

— Comment cela ? protestai-je en riant. Il est mort depuis au moins vingt ans.

Harry me prit le livre des mains et le feuilleta jusqu'à ce qu'il trouve ce qu'il cherchait.

— Lisez cela.

Je regardai l'endroit qu'il m'indiquait du doigt :

Qui sait de quelle audace
est capable la plus douce des femmes
Quand la passion donne des ailes
à son imagination ?

— Eh bien, commentai-je avec coquetterie, il semble que je ne sois pas la première que l'amour enhardit.

Je refermai le recueil, appuyai ma tête sur l'épaule de Harry, et quelques minutes plus tard, je dormais profondément.

À l'instant où nous descendîmes du train, accueillis par une bouffée d'air piquant et salin, je fus saisie d'effroi par la sauvagerie des côtes du Yorkshire. Je ne connaissais que les régions les plus douillettes de l'Angleterre et le climat agréable des villes d'eaux suisses où nous passions nos vacances avant la mort de maman. Dans mon innocence, je m'étais représenté Whitby comme une réplique de la station balnéaire de Scarborough, en plus petit et en moins couru. Mais comme notre fiacre longeait le port puis traversait l'Esk, je jetai un regard au ciel chaotique, aux falaises déchiquetées, à la baie qui s'ouvrait tel un gouffre noir à nos pieds, et j'eus l'impression de m'être échouée sur une terre étrangère, hostile et glacée. Ce n'était pas l'Angleterre ! Les brigantins et les lougres amarrés dans le port ressemblaient à une forêt de mâts et de gréements secouée de convulsions, les bâtiments oscillant et se soulevant au gré de la houle dans la lumière menaçante du crépuscule. En haut de la route escarpée, des pêcheurs assis sur des casiers à homards fumaient la pipe devant une taverne. Ils nous regardèrent passer avec une sorte d'inimitié paisible, dénuée de curiosité.

Il y avait très peu de monde dehors – une paysanne portant une miche de pain sous chaque bras s'écarta d'un bond devant nous ; un petit garçon pieds nus, avec une cheville bandée, nous regarda fixement depuis le seuil d'une maison. Je songeai que c'était un endroit horrible pour se marier et passer sa lune de miel.

L'auberge du Griffon Blanc était cependant chaleureuse et accueillante, et je constatai très vite que Harry avait tout organisé pour mon arrivée : le personnel au complet nous attendait dans la salle à manger, au rez-de-chaussée. Tous avaient visiblement fait un effort pour soigner leur tenue. Ma chambre au troisième étage – que je partagerais ensuite avec Harry – était très spacieuse et confortable, avec un salon attenant donnant sur la cour intérieure. Comme je m'étonnais plus tard de ne rencontrer aucun client, j'appris que Harry avait loué l'auberge tout entière pour les deux semaines de notre séjour.

Malgré notre épuisement, Harry demanda que l'on nous monte un dîner léger. Je m'éclipsai quelques instants dans le cabinet de toilette, le temps de me recoiffer et de me laver le visage et les mains. À mon retour, la table avait été dressée au salon. Deux chandeliers éclairaient un ravissant service en fine porcelaine et des coupes en argent que le valet de Harry avait apportés de Blackroak Hall. À côté de mon assiette était posée une petite bourse en soie à l'intérieur de laquelle je découvris une bague en rubis sertie de diamants qui avait appartenu à la mère de Harry. Je m'étais promis à moi-même de ne plus pleurer, même de joie, mais ce geste me toucha au-delà de toute expression. Harry, de son côté, fut très impressionné par mon gilet. Il voulut l'essayer sur-le-champ et fut stupéfait de constater qu'il lui allait à la perfection. Lorsque je l'aidai à l'enlever et lui montrai nos initiales brodées sur la doublure, il resta silencieux et examina mon œuvre pendant un long moment.

— J'espère que vous ne regretterez pas de renoncer à tout cela, dit-il enfin en se tournant vers moi.

— Vous voulez dire, concevoir des vêtements ?

— Oui.

— Mais je continuerai à le faire. Pour vous.

— Certes. Mais pour personne d'autre.

— Sauf pour nos fils.

À ces mots, son visage devint grave et il suspendit le gilet sur le dossier de sa chaise avant de se tourner vers moi. Prenant mes deux mains dans les siennes, il m'embrassa très chastement sur le front et me demanda :

— Vous voulez avoir des enfants tout de suite ?

Je rougis si violemment que je me sentis obligée de baisser les yeux. Jamais je n'aurais imaginé qu'il puisse un jour me poser cette question. Je ne savais même pas que j'avais le choix.

Il attendit patiemment ma réponse, serrant toujours mes mains dans les siennes.

— Eh bien… si c'est possible, je crois… je crois que j'aimerais vous avoir pour moi toute seule pendant quelque temps, soufflai-je enfin en levant les yeux pour saisir sa réponse.

— Bien, dit-il avec soulagement.

— J'ai vu les tensions qu'un bébé peut générer dans un jeune couple. J'ai l'impression que, parfois, cela crée des différends entre le mari et la femme, n'est-ce pas ?

— Cela peut arriver, oui.

— Je n'aimerais pas que quoi que ce soit se mette entre nous. Pas si vite.

Il parut très satisfait de ma réponse.

— En ce cas, nous attendrons.

Je demandai d'un ton hésitant :

— J'ai peur d'être très ignorante sur le chapitre du mariage, Harry, dis-je timidement, sans même savoir si je parlais assez fort pour qu'il puisse m'entendre.

— Je vous apprendrai tout ce que vous avez besoin de savoir.

— Il y a un point…

J'hésitai à poursuivre.

— Oui ?

Je baissai les yeux en rougissant. Il souleva mon menton avec son doigt.

— Demandez-moi. N'ayez pas peur.

— C'est très… délicat. Je n'ai jamais abordé ce sujet avec personne. Pas même avec Esther.

— Ni avec votre tante Lavinia ? plaisanta-t-il.

Je ne pus m'empêcher de rire.

— Non, pas même avec cette chère tante Lavinia.

Il y eut une longue pause, puis je demandai timidement :

— Est-ce que… est-ce qu'il y a des choses qu'une épouse ne doit pas faire ?

— Comment cela ?

— Je veux dire… est-ce qu'il y a des choses qu'une maîtresse a le droit de faire, mais pas une épouse ?

Ma question parut l'amuser au plus haut point.

— Je ne pense pas qu'il y ait une seule chose qui vous soit interdite à l'intérieur des liens sacrés du mariage.

— Oh… bien ! J'aime mieux ça, parce que parfois je m'interroge… Je me demande si ce n'est pas un péché de penser à vous comme je le fais.

— Pas si nous sommes mariés.

— Alors, je suis rassurée. Bien sûr, je suis un peu nerveuse, mais je n'ai pas peur. Quand je suis avec vous, je ne peux pas m'empêcher d'avoir envie de vous toucher, de sentir vos lèvres sur les miennes...

Je lui entourai le cou de mes bras.

— Ne me tentez pas, dit-il en détachant doucement mes mains et en les embrassant l'une après l'autre.

Il me souhaita bonne nuit et m'envoya me coucher.

La chapelle Sainte-Mary se dressait au sommet d'une falaise surplombant la mer. Je me rappelle l'attelage gravissant péniblement le chemin étroit et escarpé sous un ciel d'ardoise, puis mon arrivée devant la petite église, le vent tire-bouchonnant ma jupe autour de mes jambes, ma femme de chambre essayant de saisir mon voile au vol pour l'empêcher de se tordre dans tous les sens. Pour le reste, mes souvenirs sont confus, à l'image de la cérémonie elle-même : l'église sombre comme une grotte, le visage flou des témoins, l'échange de consentements que je n'entendis pas. Je n'avais conscience que de la présence de Harry à côté de moi. Jamais je ne l'avais vu aussi serein ni aussi sûr de lui. Et jamais sans doute les paroles d'un prêtre n'avaient été à ce point superflues : elles fermaient simplement les portes de la vie derrière nous. Nous étions depuis longtemps passés dans un état de grâce.

Après la cérémonie, nous restâmes un long moment immobiles sur la falaise dominant la mer, le cimetière battu par le vent derrière nous. Harry me tenait serrée contre lui, submergé d'émotion. Il pressa ses lèvres sur la paume de ma main d'un geste rempli de gratitude, les yeux mouillés de larmes.

Une fois à l'auberge, la femme de chambre se présenta pour m'aider mais je la renvoyai et demandai à voir Harry. Quand il ouvrit la porte et me trouva encore vêtue de ma robe de mariage, occupée à retirer mes boucles d'oreilles, il crut que je l'avais congédiée parce que je n'étais pas satisfaite de ses services. Mais je souris et il comprit.

Comme il traversait la pièce pour me rejoindre, je murmurai :

— Déshabillez-moi, Harry.

Je ne perçois pas le tonnerre, et je n'entends pas les mugissements furieux du vent qui souffle de la mer. Harry me raconta que les éléments se déchaînèrent pendant les jours qui suivirent, et cependant jamais mon sommeil ne fut plus paisible que durant ces moments-là, blottie contre lui. Notre lien charnel était si puissant qu'il unissait non seulement nos deux corps mais nos deux âmes. Dans ses bras, j'oubliais ma timidité et les voix austères qui résonnaient dans ma tête. Il n'y avait plus que nous deux sur terre. Le monde s'arrêtait à la porte de notre chambre.

Je me réveillai dans la lueur vacillante d'une bougie. C'était le milieu de la nuit, et Harry écrivait, penché sur le bureau. Il m'entendit me lever et se tourna tandis que j'enfilais ma robe de chambre et traversais la pièce pour le rejoindre. Il posa sa plume et me sourit avec l'expression d'un homme qui voit arriver des renforts au moment où il allait ployer devant l'ennemi.

— Tu lui écris ? C'est bien, dis-je en lui enlaçant la taille de mes bras.

Il n'avait cessé de remettre au lendemain la tâche difficile d'informer son père de notre mariage secret. Pour ma part, j'avais eu la sagesse d'écrire au mien pendant mon séjour à Burford, quand j'étais encore disposée à passer des heures penchée sur une feuille blanche, en me torturant l'esprit pour trouver la meilleure façon de lui annoncer ce que nous avions fait. J'avais envoyé ma lettre de Whitby le lendemain même de la cérémonie. La tâche de Harry était infiniment plus compliquée. Plus il attendait, plus son humeur s'assombrissait. Aussi, ce soir-là, j'avais préparé du papier et une plume sur le bureau et je l'avais exhorté à se mettre au travail avant que nous allions nous coucher. Mais il s'était endormi dans mes bras, et je n'avais pas voulu le réveiller.

Je me blottis sur ses genoux, et la couleur de ses yeux changea comme chaque fois que je me lovais contre lui.

— Cesse de te tracasser comme ça, dis-je en embrassant les deux plis verticaux entre ses sourcils pour les effacer.

— Facile à dire.

— Tu as terminé ?

Il tourna la lettre pour que je puisse la lire.

Je fus surprise par le ton. Je savais qu'il entretenait avec son père une relation difficile, et cependant le style était extrêmement respectueux. Pour la première fois, j'entrevis l'image que Harry avait de moi, ou du moins celle qu'il souhaitait donner de moi à son père.

— Mon Dieu, chéri, tu me flattes, dis-je en souriant. Mais tu ne lui dis pas que je suis sourde, ajoutai-je.

— Mon père méprise toute forme de faiblesse. Et il considérera ta surdité comme une faiblesse.

Il m'embrassa sur le bout du nez avant de poursuivre :

— Il ne prendra pas cette affaire à la légère, tu sais. À ses yeux, je serai doublement coupable. D'abord d'avoir épousé la fille d'un commerçant, et ensuite de l'avoir défié.

— Nous l'amènerons à réviser son jugement, mon chéri. Tous les deux ensemble. Cela prendra peut-être des années, mais nous y parviendrons. Il changera d'avis.

Je n'avais jamais osé le questionner sur sa relation avec cette jeune femme américaine et, même maintenant, dans un moment d'intimité conjugale, j'hésitais à explorer son cœur.

— Harry, est-ce que tu éprouvais des sentiments pour Mlle Erskine ?

Il scruta mon visage avec tendresse, comme s'il avait peur de me blesser.

— Je trouvais sa compagnie très agréable.

— Ce n'est pas ce que tu m'as écrit.

— Je ne me souviens pas de ce que j'ai écrit.

— Tu disais qu'elle était immature.

— Elle pouvait l'être. À certains moments.

— Et tu l'aurais épousée ?

— Oui, parce que son père était prêt à fermer les yeux sur notre situation financière. Il était disposé à lui acheter un mari vicomte.

Il prononça ces mots avec un sourire légèrement cynique, mais je sus qu'il cherchait seulement à dédramatiser un sujet grave.

Avant de quitter Londres pour Whitby, Harry m'avait mise au courant de sa situation financière avec une franchise tout à son honneur. Confirmant les rumeurs d'insolvabilité parvenues jusqu'à moi, il m'avait avoué que Blackroak était dans un état de délabrement effroyable. Le lieu était à peine habitable, le personnel insuffisant. Il m'avait également révélé une information que je connaissais déjà : par le passé, deux de ses demandes en mariage avaient été rejetées par les parents des demoiselles, justement pour cette raison. Harry n'avait cependant fait aucune allusion à la personnalité du comte, ni à la responsabilité qu'il pouvait avoir eue dans ces affaires.

— Je ne suis pas certain que Mlle Erskine ait bien compris ce à quoi elle s'exposait, reprit-il, repoussant tendrement une boucle de cheveux qui me tombait dans les yeux. Mais son père, lui, était parfaitement informé. Père a fait leur connaissance à Paris, tu sais, à Longchamp.

— À Paris… où ?

Il s'empara d'une feuille de papier et nota le nom.

— Oh, oui. Les courses.

— Ils appartiennent à une lignée vraiment illustre.

— Vraiment… quoi ?

Il trempa sa plume dans l'encrier et écrivit : *Une lignée illustre. Je parle des Erskine. Ils descendent de la prestigieuse dynastie des Mar et Kellie. Père était très impressionné.*

J'aurais pu dire que Harry, lui aussi, était impressionné. Il y avait une certaine arrogance derrière son sourire, tout à coup. Je ne pus m'empêcher de penser à sa mère, et à la facilité avec laquelle son visage pouvait passer de l'affabilité à une froideur tout aristocratique.

— Et elle est riche, je suppose ? demandai-je.

— Excessivement.

En un clin d'œil, il redevint chaleureux et tendre, comme s'il s'était brièvement égaré au milieu des méandres du passé. Il m'embrassa sur la bouche.

— Pourquoi cette inquiétude, Veda ? Je ne pense jamais à elle. Je n'ai qu'une préoccupation : toi. Depuis l'instant où je t'ai vue devant l'arrêt de la diligence, à Oxford, assise sur ta malle, si effrayée et perdue, je n'ai songé à rien d'autre qu'à ton bonheur.

Son regard caressa ma nuque. Il fit glisser ma robe de

chambre en soie sur mon épaule pour y presser ses lèvres.

— Harry, regarde-moi, dis-je en respirant avec délices l'odeur désormais familière de ses cheveux et de sa peau. Parle-moi d'elle. J'ai besoin de savoir.

Il leva la tête.

— Que puis-je te dire d'autre ? Tu l'as vue.

— Elle est très jolie, concédai-je. Mais pour quelle raison voudrait-elle vivre en Angleterre ? Pourquoi ne cherche-t-elle pas un mari dans son propre pays ?

— Elle a déjà été fiancée. Un capitaine sudiste. Il a été tué au début de la guerre.

— Quelle horreur.

— Son père l'a emmenée à l'étranger en pensant que ça l'aiderait à oublier.

— Ont-ils visité Blackroak ?

— Grand Dieu, non ! Père a prétexté des travaux de restauration pour les tenir éloignés. Mais il leur a montré des tableaux, bien sûr. Le château a très fière allure en peinture.

Après un moment de réflexion, je déclarai :

— Mais quand leurs avocats ont négocié les termes du contrat de mariage, ils ont bien dû mener une enquête ?

— En effet. Mais leurs conclusions n'ont pas découragé M. Erskine.

Il essaya encore de m'embrasser, mais je pris son visage entre mes mains pour capter son attention.

— Harry…

Il sourit.

— D'accord.

Il m'installa plus confortablement sur ses genoux et attrapa notre Livre de conversation au milieu d'une petite pile d'ouvrages, sur le bureau.

Il écrivit : *Erskine ne voyait aucune objection à investir des sommes colossales dans la restauration d'une propriété dont son petit-fils aurait hérité plus tard. Pour ce qui est des dettes, il n'aurait sûrement pas reproché à mon père sa passion pour les chevaux : lui-même dépense des sommes folles dans les courses. La seule chose qui aurait pu dissuader sa fille de m'épouser c'est l'isolement du château. Elle aurait été coupée du reste du monde, là-bas.*

Reposant sa plume, il ajouta tout haut :

— Elle n'imaginait sûrement pas à quel point les hivers peuvent être sinistres à Blackroak. Je doute que quelqu'un le lui ait dit.

— Peut-être que si. Mais elle a passé outre parce qu'elle était amoureuse de toi.

Ma remarque le prit par surprise et je lus la réponse dans ses yeux avant qu'il ait eu le temps de modifier son expression.

— Ah, murmurai-je en l'observant. Donc, c'est vrai.

— Disons que je ne lui étais pas indifférent.

— Je me demande combien de cœurs tu as traînés derrière toi, soupirai-je, sentant l'aiguillon de la jalousie se planter dans ma chair. Je me rappelle, quand j'avais juste quinze ans, ta mère m'a invitée à prendre le thé à Ellesmere House, et j'ai rencontré là-bas une Mlle Wotton qui était complètement folle de toi.

Harry renversa la tête en arrière et éclata de rire.

— Mlle Wotton ! Bonté divine, tu as une mémoire d'éléphant.

J'en profitai pour l'embrasser dans le cou et je sentis aussitôt ses bras se resserrer autour de moi.

— Ma chérie, tout ceci ne présente aucun intérêt, crois-moi, affirma-t-il en effleurant mes lèvres d'un baiser.

Il reprit sa plume et je lus au fur et à mesure ce qu'il écrivait : *J'ai vu ce qu'il advient d'un mariage où il n'y a pas de complicité entre les époux, pas d'amour, pas de respect pour la femme – je me suis juré à moi-même de ne pas commettre la même erreur.*

Il s'interrompit, le temps de sécher l'encre avec un buvard, et tourna la page. Il faisait référence à ses parents. C'était la première fois qu'il me livrait une confidence corroborant les rumeurs selon lesquelles son père brutalisait sa mère.

Ma mère comprenait mon refus de me marier. Elle me disait d'attendre que mon cœur parle plus fort que ma raison et, le jour où cela m'arriverait, de passer une saison entière loin de la femme que j'aimais. Si je réussissais à renforcer cet amour en tissant avec elle des liens d'amitié, alors j'aurais trouvé celle que je devais épouser. J'ai suivi ses conseils à la lettre. À chaque heure que nous passons ensemble, je suis un peu plus convaincu que nous sommes faits l'un pour l'autre. Tu ne comprends peut-être pas chaque mot que je prononce, mais ta compréhension va au-delà. Tu lis dans mes yeux, dans mon cœur – et tu me donnes le sentiment d'appartenir enfin à quelqu'un.

J'étais comblée par cet aveu. Je ne me souciais plus du tout de sa relation avec Mlle Erskine. Je l'embrassai fougueusement, puis l'exhortai à finir rapidement sa lettre et à revenir se coucher.

La nouvelle de notre mariage n'avait pas tardé à se répandre en ville. Partout où nous allions – le long de la plage où des jeunes femmes ramassaient des patelles sur les rochers, dans l'atelier où l'on travaillait le jais et où Harry m'acheta de ravissantes boucles d'oreilles, au bout de la jetée où nous allions regarder les mouettes dériver au gré du vent –, partout nous étions accueillis par des sourires et des révérences. Quand l'homme qui tenait la confiserie m'appela lady Ormelie, j'esquissai un sourire timide. C'était la première fois que je lisais mon titre sur les lèvres de quelqu'un.

Mon lieu de promenade préféré, de loin, était Robin Hood's Bay : nous nous installions main dans la main sur un rocher, face au large, la mer bouillonnant à nos pieds, et nous regardions Ravenscar se dessiner dans le lointain tandis que les rafales de vent nous fouettaient le visage. Ensuite, nous remontions dans l'attelage et nous longions la côte jusqu'à Hayburn Wyke. Là, nous empruntions à pied un sentier qui s'enfonçait au milieu des arbres jusqu'à un petit paradis de verdure où un ruisseau tombant d'un promontoire rocheux se précipitait dans une vasque d'eau verte et transparente. Un arc-en-ciel s'accrochait au brouillard frais qui s'échappait de la cascade, et l'air était chaud et vibrant. Je me débarrassais de ma crinoline, de mes souliers et de mes bas et je relevais le bas de ma jupe pour tremper mes pieds dans le bassin avec Harry.

Tous les soirs, après le dîner, nous allions nous promener sur la jetée car il n'y avait pas spectacle plus fascinant pour moi que le tournoiement des mouettes au-dessus de nos têtes, les vagues s'écrasant contre la digue et les nuages noirs, annonciateurs de tempête, telle une armée marchant vers la mer. Chacune de ces images animées parlait à mon imaginaire et je me félicitais que Harry ait choisi ce lieu entre tous pour notre lune de miel, avec ses odeurs puissantes, ses pêcheurs burinés, ses enfants chahuteurs, ses marchés aux poissons, et sa flottille de bateaux de pêche filant intrépidement vers la haute mer.

À l'auberge, nous passions des heures penchés sur des dessins de Blackroak que Harry avait apportés. Il me montrait les appartements où nous vivrions, et nous cherchions ensemble comment nous pourrions financer les travaux qu'il avait en tête, car il voulait rendre la demeure aussi confortable que possible. Nous savions qu'il y aurait des cris et des grincements de dents à l'annonce publique de notre mariage, et nous avions l'intention de n'inviter que quelques fidèles parmi les fidèles pour fêter l'événement. Nous avions résolu de ne pas affronter l'hiver à Blackroak mais de partir sur le continent visiter Paris, Monte-Carlo, Rome – pourquoi pas ? Nous regagnerions Blackroak au printemps, quand la neige aurait fondu. Harry voulait que la première image que j'aie du domaine soit celle des jonquilles tapissant les rives de la Dove.

La réponse de papa me parvint six jours plus tard. Il avait des mots sévères pour nous deux, comparant notre union à l'attitude d'un jeune gentleman fougueux qui, aveuglé par son enthousiasme et sa passion pour la mode, tombe dans des excès vestimentaires ridicules, s'exposant aux railleries de ceux-là mêmes qu'il avait espéré éblouir. Sa lettre, rédigée avec beaucoup de soin, révélait l'homme rompu depuis des années à composer avec les grands de ce monde. Il instillait dans ses propos juste ce qu'il fallait de déférence et de dignité, réussissant à condamner notre mariage sans formuler la moindre critique à l'encontre de Harry.

Notre statut de commerçants nous interdit de nous mêler à la haute société, ma chérie. Au mieux pouvons-nous l'observer de loin, tout en continuant à mener notre existence avec dignité et modestie à l'intérieur de notre groupe social. Souviens-toi : la familiarité qui s'exprime dans mon petit salon privé s'arrête à la porte et ne la franchit jamais. Je ne tolérerais pas que ma fille soit obligée de s'humilier pour se faire accepter par des gens incapables d'apprécier ses qualités à leur juste valeur. Si le comte ne voyait pas d'objection à ce mariage, bien sûr, je me sentirais honoré par une telle union, mais tu dis que ce n'est pas le cas et que c'est la raison de votre subterfuge. Comment peux-tu croire qu'une telle duplicité rendra votre cause plus facile à gagner ? C'est tout le contraire. Si tu avais fait preuve de franchise et cherché à gagner son approbation en ralliant à ta cause tes amis et ta famille, je suis sûr que tu aurais obtenu son consentement. Mais en défiant sa volonté et en agissant sournoisement, il y a de fortes chances qu'il te rejette, et je ne supporte pas l'idée de te voir exclue de la société quand tu t'es battue si fort pour sortir de ton isolement. Tu mérites d'être accueillie à bras ouverts, et non d'être traitée en paria. Tu es un trésor trop précieux pour t'exposer ainsi au mépris de la communauté.

À mon grand soulagement, il ne faisait aucune allusion à mon travail, ni aux conséquences que mon absence pourrait avoir sur notre entreprise. Mais papa n'aurait jamais évoqué un sujet aussi trivial dans une discussion mettant en cause mon mariage avec le fils d'un comte. Il terminait sa lettre en assurant que, conformément à ma volonté, il garderait le secret sur notre union (sauf avis contraire), ajoutant que nous recevrions un accueil chaleureux lors de notre venue. Il s'occupait dès à présent de prendre des dispositions financières en ma faveur.

Sa lecture achevée, Harry tourna vers moi le visage

stupéfait d'un homme dont les préjugés viennent d'être réduits en miettes.

— Quel sang-froid, quelle retenue. Vraiment, c'est une réponse admirable. Bien sûr, il ne connaît pas mon père, il ne peut donc savoir qu'il se trompe du tout au tout. Mais sa réaction est celle d'un gentleman. Oui, c'est le mot qui convient : ton père est en tout point un gentleman.

Harry n'aurait pu lui faire plus beau compliment.

Au premier septembre, nous n'avions toujours pas de réponse de lord Hambledon. Harry en conclut que son père avait décidé de ne rien changer à son programme habituel et qu'il était parti comme tous les ans chasser la grouse en Écosse. Son silence n'était probablement que la première d'une longue série de rebuffades que nous aurions à supporter.

La veille de notre départ, je sortis acheter quelques bijoux en jais pour ma famille. J'avais repéré des broches délicatement travaillées qui plairaient sans nul doute à tante Lavinia et à tante Mary, ainsi que des boutons de manchettes pour papa et grand-père. Lorsque je regagnai l'auberge, Harry était enfermé au salon et son valet montait la garde devant la porte.

— Que se passe-t-il ? demandai-je tout en dénouant mon bonnet et en le tendant à la femme de chambre.

— M. Collingwood, l'avocat de lord Ormelie, est ici, répondit-il.

Il dut répéter plusieurs fois avant que je comprenne car il remuait à peine les lèvres en parlant.

— Il est venu de Londres ?

— Oui, madame.

— Mon Dieu, il a fait tout le trajet jusqu'ici pour voir lord Ormelie ?

— Oui, madame.

Mon cœur se mit à battre la chamade. Cela n'augurait rien de bon. Je posai mes achats sur la console, puis je passai dans notre chambre pour me recoiffer. Lorsque je ressortis, j'aperçus la silhouette de M. Collingwood qui disparaissait dans le couloir de l'hôtel.

Harry contemplait fixement l'âtre, les mains appuyées au manteau de la cheminée. Il ne se retourna même pas quand je refermai la porte. Je m'assis rapidement et attendis. Un long moment s'écoula avant qu'il prenne conscience de ma présence. Il tendit la main vers moi, et je me levai pour le rejoindre. Puis il me fit signe de lui servir un verre de vin de Bordeaux. Il le but d'un trait, alors que je me détournais pour allumer des bougies car le jour déclinait.

— Grotesque, articula-t-il enfin.

Il répéta le même mot plusieurs fois, puis marmonna quelque chose que je ne compris pas. Lorsqu'il réussit à dominer sa colère, il se tourna vers moi. Ses traits crispés s'adoucirent, et il secoua la tête avec une expression incrédule.

— De quelles représailles t'a-t-il menacé ? demandai-je calmement.

Il me dit de lui apporter une ardoise et de la craie, et nous nous assîmes à la table.

Il veut entamer des poursuites judiciaires. Contre moi.

— Pour quel motif ?

Violation de promesse de mariage.

— Mais tu avais des recours légaux pour annuler ta demande.

Cette action a été bloquée par l'avocat de mon père – il s'est passé de moi pour finaliser le contrat. Et maintenant, mon père me menace de poursuites si je romps mon engagement.

— Il peut faire ça ?

Tout au début, je l'avais autorisé à agir en mon nom. Quand je l'ai rencontrée pour la première fois.

Il n'avait pas la patience de continuer à écrire. Il jeta la craie, saisit mes mains dans les siennes et articula lentement :

— Mon père ne veut pas se remarier, c'est donc à moi qu'il incombe de produire un héritier. Dans le cas contraire, le titre et le domaine reviendraient à son cousin, que mon père hait. Il préférerait mourir plutôt que de le voir régner sur Blackroak. C'est pour cela qu'il ne me déshéritera jamais, quoi qu'il arrive. Ce serait faire le jeu de son cousin. Tu comprends ?

Je hochai la tête.

— Il ne peut donc utiliser cette arme contre moi. Voilà pourquoi il cherche d'autres moyens de pression.

— Mais cette action en justice… ton avocat ne peut pas l'empêcher ?

— Il faut que je parle à mon père. Je ne vais pas me laisser intimider par des menaces et des effets de manches.

Je mêlai mes doigts aux siens.

— Peut-être vaut-il mieux que tu ailles le voir seul.

Harry commença à protester, mais je l'arrêtai :

— Donne-lui du temps. Nous avons gardé notre mariage secret jusqu'ici, nous pouvons attendre quelques semaines de plus avant de l'annoncer. Clamer notre union alors qu'il y est encore si farouchement opposé ne ferait qu'envenimer les choses. Je vais rentrer à Londres et t'y attendre. Avec le temps, ton père se montrera plus raisonnable. Après tout, qu'il le veuille ou non, nous sommes mariés. Il n'y peut plus rien.

— Ha ! C'est ce que tu crois !

— Pardon ?

— Il exige l'annulation.

— Il exige quoi ?

Il écrivit le mot sur l'ardoise et un vertige m'envahit. Ce que je ressentais n'était pas un simple malaise consécutif à un choc émotionnel. C'était beaucoup plus profond. Mon existence tout entière, la façon dont j'envisageais de la passer aux côtés de Harry, tout s'écroulait sous le poids de ce petit mot lapidaire.

Je me levai et m'approchai de la fenêtre. La nuit était tombée dehors, et il ne subsistait plus qu'une vague lueur dans le ciel, en direction de l'ouest. En bas, un vieil homme voûté tirait un âne dans la rue escarpée. Le monde semblait soudain noir et sans espoir. Je sentis la main de Harry sur mon épaule, et je sus qu'il voulait me parler, mais j'étais incapable de le regarder. Le bonheur que nous avions connu pendant ces quelques semaines me paraissait désormais fragile, incertain.

— Est-ce ce que tu souhaites ? articulai-je en me demandant si ma voix reflétait le froid mortel qui m'habitait.

Il me saisit par les épaules et me fit pivoter vers lui.

— Comment peux-tu dire une chose pareille ? Comment peux-tu douter de moi ?

Il y avait une telle émotion sur son visage que j'eus honte de mes propres incertitudes. Il m'attira et me serra farouchement contre lui. Je perçus sa force et sa détermination, et je me pris à croire à l'impossible.

En raison de notre séparation désormais imminente, notre dernière nuit à Whitby ressembla davantage à une fin qu'à un commencement, et l'angoisse de l'avenir nous jeta dans les bras l'un de l'autre avec une intensité mêlée de désespoir.

22

C'était étrange d'être de retour dans une maison où rien n'avait changé, quand je me sentais moi-même si profondément différente.

Tante Lavinia arborait la même coiffe de dentelle blanche et le même sourire charmant et vide à la table du petit déjeuner ; papa continuait à se pomponner dans tous les miroirs de l'entrée quand il partait travailler ; Lucy astiquait toujours avec zèle la poussière invisible de la rampe chaque fois que quelqu'un empruntait l'escalier, mais moi je n'étais plus la même. J'avais conscience du changement, le soir, quand je me déshabillais, ou quand je faisais ma toilette et que j'apercevais mon reflet dans le miroir en pied. Tout mon corps s'enflammait à l'idée que Harry m'avait vue ainsi. Jamais je n'aurais imaginé qu'une relation charnelle puisse être aussi puissante, qu'elle puisse affecter jusqu'à la conscience que j'avais de ma propre personne. Chaque parcelle de ma peau conservait, intacte, la mémoire de ses caresses, et il me suffisait de fermer les yeux pour sentir sa présence.

Le soir de mon retour, pendant que Lucy déballait mes malles, je me rendis dans le bureau de mon père. J'avais voyagé toute la journée en train depuis Whitby et je n'aspirais qu'à me reposer dans le cadre familier de ma chambre. Mais auparavant, il me fallait expliquer à papa le problème auquel nous étions confrontés, Harry et moi.

D'aussi loin qu'il me souvienne, papa avait toujours été mon plus ardent défenseur. Il avait applaudi à mon courage, mon talent, et mon ambition, si peu conformiste fût-elle, l'avait rempli de fierté. Mais il avait aussi le don de flairer le danger chaque fois que son petit confort personnel était menacé, et il pouvait alors se montrer sans pitié – comme avec M. Nicholls. J'avais espéré que sa ferveur paternelle l'emporterait sur ses instincts plus égoïstes, mais je m'étais, hélas, lourdement trompée.

Il devait ruminer depuis un bon moment déjà en m'attendant, car il explosa à la seconde même où je franchis le seuil de son bureau.

— Tu m'as menti ! cria-t-il en agitant son cigare d'un geste vengeur. Tu m'as honteusement trahi ! Il t'a courtisée depuis le début, à mon nez et à ma barbe, n'est-ce pas ? Le jour où tu as snobé Balducci dans le parc, tu étais avec lui, non ? Vous vous êtes joués de moi tous les deux ! Je suis outré, Veda. Scandalisé ! Un tel manque de respect…

J'approchai une chaise du bureau, et m'assis calmement en face de lui, les mains jointes sur mes genoux.

— Tu n'es pas heureux pour moi ?

Il croisa les jambes d'un mouvement brusque et se détourna comme un enfant boudeur, tirant furieusement sur son cigare. Je trouvai son attitude consternante.

— Je reconnais que tu n'as pas eu la possibilité de

juger les qualités de Harry, et je le regrette, déclarai-je d'un ton apaisant. Mais c'est un homme d'honneur et il m'aime sincèrement.

Il épousseta une cendre sur le revers de sa robe de chambre en soie tout en s'obstinant à ne pas me regarder.

— Tu es furieux parce qu'il est noble et que nous n'appartenons pas au même monde ? Mais je ne l'ai pas épousé pour son titre, papa. Je me suis mariée par amour.

Sa riposte fut instantanée et cinglante.

— Ah, l'amour ! ricana-t-il en pivotant vers moi, les narines frémissantes de colère. Bien sûr. Nos vies sont complètement chamboulées mais ce n'est pas grave : nous avons l'amour !

— Tu aurais préféré me voir épouser un homme que je n'aimais pas pour ne pas chambouler *ta* vie ? ripostai-je, en rebondissant sur son allusion à Balducci.

— Si tu n'avais pas traité Balducci avec un tel mépris, tout ce gâchis aurait pu être évité ! Il était l'homme qu'il nous fallait.

— Qu'il *nous* fallait, papa ? Est-ce que mon bonheur ne représente rien ? Dis-moi, quelle est cette étrange morale qui interdit à une jeune femme de gravir l'échelle sociale si l'opportunité se présente à elle ? Et les valeurs humaines de Harry, tu les oublies ? Fais le compte : tu ne crois pas que l'homme qu'il est et l'amour qu'il me porte sont plus importants que tout le reste ?

Mais il refusait de m'entendre, le visage buté.

— Je suis troublée, papa. La lettre que tu m'as écrite était si…

Il me coupa.

— Tu croyais peut-être que j'étalerais mes griefs

dans un message que ton mari allait lire ? Je ne suis pas si stupide !

Il rumina quelques instants avant d'ajouter :

— Et tes clients ? Qu'est-ce que je vais leur dire ? Je t'ai introduite dans la place, je t'ai mise en avant, et voilà comment tu me remercies ! Grenfell's ne signifie donc plus rien pour toi ? Et moi ? Je ne représente plus rien non plus ?

D'une voix lasse, je lui expliquai que notre mariage devrait rester secret pendant quelque temps encore. Je n'entrai pas dans les détails, indiquant simplement que Harry était allé rejoindre son père, en Écosse, afin d'aplanir les choses, et qu'il regagnerait Londres dès que tout serait arrangé. Nous annoncerions publiquement notre mariage à ce moment-là.

— En attendant, le mieux, je suppose, est que je retourne travailler au magasin, conclus-je calmement. J'assurerai la transition jusqu'au retour de Harry, après quoi tu devras me trouver un remplaçant car nous avons l'intention de partir sur le continent pour notre voyage de noces.

Papa me lança un regard glacial et une veine se mit à palpiter sur sa tempe.

— Tu m'as renié. De la pire façon qui soit, tu m'as abandonné.

Il écrasa son cigare et se leva avec raideur de son fauteuil. Les poings enfoncés dans les poches de sa robe de chambre, il sortit sans rien ajouter.

J'écrivis juste quelques mots à Harry, ce soir-là, que je lui envoyai dans la matinée :

> Mon chéri, reviens vite. Tout s'écroule autour de moi. Je me fais l'effet d'être une étrangère dans ma propre maison.

En l'espace de quelques jours, je retournai à ma vie de tailleur, maniant l'aiguille, courbée sur mon ouvrage, mon alliance pendue à une chaîne en or, sous mon corsage. Je m'habillais en homme uniquement si j'attendais un client pour un essayage. Le reste du temps, je m'installais à mon ancien poste, au fond de l'atelier. La familiarité du lieu me procurait un certain réconfort, mais je ne m'y sentais plus intégrée comme avant. Parfois, perdue dans mes pensées, je songeais à la complexité de ma vie. Par choix ou par nécessité, j'étais sans cesse contrainte de me faire passer pour quelqu'un que je n'étais pas. Je rêvais du jour où je pourrais être simplement la femme de Harry.

J'évitais les tête-à-tête avec papa. Les soirs où il dînait à son cercle, je descendais tenir compagnie à tante Lavinia, mais quand il restait à la maison, je faisais seller First et j'allais me promener dans le parc jusqu'à la tombée de la nuit. Je soupais ensuite d'un plateau que je faisais monter dans ma chambre. Quand j'avais trop le cafard, j'arrachais Ivanhoé aux genoux de ma tante et je me blottissais avec lui sur mon lit. Mais mon plus grand réconfort, c'était de travailler pour Harry. J'avais rapporté de Whitby un patron à ses mesures, et je m'appliquais à lui confectionner des habits somptueux, enfermée dans ma chambre transformée en atelier. Créer des vêtements à son intention me donnait l'illusion qu'il était un peu avec moi.

Dénouer la situation se révéla beaucoup plus long et compliqué que je ne l'avais pensé, et quand finalement Harry rentra à Londres, nous dûmes continuer à nous cacher. Ce soir-là, je le rejoignis dans son pied-à-terre, à St. James, et nous décidâmes d'un commun accord de mettre de côté nos histoires de pères en colère et d'avocats. Nous étions ensemble, rien d'autre ne comptait. Je remis mon alliance à mon doigt. À minuit, Harry m'offrit des huîtres et du champagne. En retour, je lui fis essayer les vêtements que j'avais confectionnés pour lui. Je travaillais pieds nus, en chemise de nuit, mes cheveux relevés et noués à la diable avec sa cravate, ajustant les épaules d'une splendide redingote couleur chamois avec des poignets et des revers en velours mordoré. Il fut très impressionné.

— Ma foi, je ne crois pas avoir jamais été aussi élégant.

— J'en avais assez de te voir toujours débraillé, le taquinai-je.

Il éclata de rire, tira sur la cravate, et mes boucles tombèrent en cascade devant mes yeux.

Les soirs suivants, je m'installais pour coudre pendant qu'il examinait son courrier. Ou bien nous nous asseyions tous les deux pour lire, lui sa gazette, moi *Les Pierres de Venise* de Ruskin, m'immergeant par la pensée dans des lieux que je visiterais bientôt avec Harry. J'avais vraiment la sensation de partager sa vie, d'être sa femme, de façon plus casanière, plus « conjugale » qu'à l'auberge de Whitby. J'apportai deux ou trois objets de Savile Row, des babioles que maman m'avait laissées, et je les disposai çà et là dans le salon. J'apportai même quelques-unes des têtières de tante Lavinia, dont les piles ne cessaient de croître dans la lingerie. Harry n'y voyait pas d'inconvénient. Il décrétait avoir perdu tout goût pour le célibat.

Il devait me cacher certaines choses car je décelais parfois une angoisse au fond de ses yeux. Si j'essayais de l'interroger, il se montrait merveilleusement tendre avec moi mais refusait de se confier. Il cherchait seulement à me protéger. Malheureusement, le résultat en fut encore aggravé car je ne vis pas arriver le coup. Harry savait que j'avais une foi aveugle en lui, j'étais certaine qu'il arrangerait tout.

Cet après-midi-là, j'avais acheté des scones à la boulangerie et des fleurs à un petit vendeur à la criée, sur la place. Tout en gravissant l'escalier, comme je secouais mon bonnet pour faire tomber la pluie, je croisai la gouvernante et lui demandai de nous monter du thé. Harry lui avait dit que j'étais sa femme, mais elle ne le croyait pas. Elle me suivait toujours d'un regard insolent.

Harry se leva d'un bond quand j'ouvris la porte.

— Ma pauvre chérie, tu t'es fait surprendre par l'averse !

— Regarde ! J'apporte des scones de cette merveilleuse boulangerie, dans Piccadilly Street. Ils sont encore tout chauds ! m'écriai-je joyeusement en lui tendant le paquet. Et j'ai demandé du thé.

Il avait allumé du feu dans la cheminée, et la pièce était délicieusement tiède et douillette. Nous n'avions que la gouvernante pour nous aider, mais nous nous débrouillions très bien tous les deux. Harry était plus tatillon que moi sur ces questions. Il était habitué à avoir des domestiques pour l'assister dans les moindres petites choses, mais je n'avais aucune envie d'être sur mes gardes quand nous étions ensemble et je ne les entendais jamais aller et venir.

Je disposais les fleurs dans un vase quand je sentis qu'il me prenait aux épaules. Je pressai en souriant ma joue contre sa main, les yeux clos. Je n'en demandais pas davantage. La seule présence de Harry près de moi était le paradis.

Il s'éloigna et je me retournai pour le voir allumer une bougie sur la table. Il me fit signe de venir m'asseoir près de lui, et comme je prenais place sur une chaise, je remarquai combien son visage était tendu.

— Mon Dieu, il est arrivé quelque chose ? demandai-je.

Il était en train d'effacer l'ardoise. Cela signifiait qu'il avait quelque chose d'important à m'annoncer. Un nœud se referma autour de ma gorge.

— Oh, Harry, ne me dis pas que ce sont de mauvaises nouvelles. Je ne pourrai pas le supporter.

Je posai la main sur sa joue et son expression s'adoucit. Il pressa ses lèvres sur ma paume et murmura des mots que je ne saisis pas.

— Je les méprise, tous, pour ce qu'ils te font, dis-je en lui caressant les cheveux de ma main libre.

Il saisit la craie et écrivit : *Il est allé plus loin que je ne l'aurais cru possible.*

— Ton père ?

Son avocat. Heaton. C'est sûrement son idée. Cet homme est un monstre, écrivit-il en soulignant le mot d'un trait rageur.

— Mon Dieu. Qu'a-t-il trouvé comme moyen de pression ?

Il n'eut pas le courage de me regarder.

Le commerce de ton père.

— Eh bien ?

Il dit qu'il peut le mettre en liquidation.

— Comment cela ?

En exigeant le remboursement immédiat de vos crédits.

Je restai pétrifiée tandis qu'un petit frisson glacé me parcourait la nuque.

— Il a enquêté sur nos finances ?

Harry hocha la tête et écrivit : *Vous avez contracté un prêt chez Solomon.*

— Mais Solomon ne ferait jamais une chose pareille. Il gère notre dossier depuis des années. Papa traite avec lui de toute éternité.

Père a le pouvoir de retourner Solomon s'il le souhaite.

— Mais c'est impossible ! m'écriai-je. Notre entreprise a besoin de ce crédit pour vivre. Tous les tailleurs travaillent de cette façon. Si Solomon exige le remboursement, nous n'aurons plus qu'à mettre la clé sous la porte !

Harry répondit sur l'ardoise et me la fit passer. *Il y a d'autres organismes de prêt. Nous trouverons une solution.*

— Est-il déjà passé à l'action ?

— Il prétend que oui. Mais ce n'est peut-être qu'une manœuvre d'intimidation.

— Et si ce n'est pas le cas ? Harry, il faut absolument l'arrêter !

— Cela ne se fera pas du jour au lendemain. Je veillerai à ce que ça n'arrive pas. Et dans le même temps, nous chercherons d'autres prêteurs.

— Mais, Harry, si ton père est prêt à détruire ma famille pour obtenir ce qu'il veut, s'il est capable de faire quelque chose d'aussi… d'aussi méprisable et dévastateur… et si nous continuons à lui résister, quelle arme utilisera-t-il ensuite contre nous ?

Le regard de Harry pivota vers la porte. La gouvernante avait frappé.

Quand elle eut apporté le thé et qu'elle fut partie, nous nous assîmes devant la cheminée, notre tasse sur les genoux, les yeux fixés sur le feu. Le sac de scones resta intact sur la table, derrière moi.

Il n'avait pas répondu à ma question, mais elle continuait à flotter au-dessus de nos têtes comme un nuage noir. Malgré tout ce que j'avais entendu dire sur le comte, je n'avais jamais imaginé qu'il exercerait son autorité d'une manière aussi abominable.

Au bout d'un long moment, Harry posa sa tasse, se tourna vers moi et prit mes mains dans les siennes.

— Veda, mon père n'est pas un méchant homme. Il est… Il… il peut se montrer…

Sa voix mourut. Je songeai combien il devait être difficile pour lui de prendre la défense d'un tyran qu'il ne pouvait s'empêcher d'aimer.

Il lâcha mes mains, se dirigea vers son bureau et écrivit :

Je regrette que tu ne voies que son visage le plus sombre. En bonne compagnie, il peut se montrer très affable et jovial, mais il ne supporte pas qu'on défie son autorité. Il est obstiné, et rien ne peut le faire changer d'avis une fois qu'il a arrêté une décision. Cependant, il m'aime à sa façon. Il n'est pas facile d'être aimé par quelqu'un qui attend en retour que vous voyiez le monde à travers son regard. Dans ce genre de prison, les détenus subissent une très grande injustice. Et si l'un d'eux tente de s'échapper, il s'expose à des humiliations cinglantes et à un mépris sans bornes. Ma sœur a choisi d'abandonner notre famille. Moi, je n'ai pas pu. Quand ma mère était là, c'était plus facile pour moi. Elle m'exhortait sans cesse à être mon propre maître, à renoncer à me faire aimer de lui plutôt que de lui vendre mon âme. Mais maintenant que nous ne sommes plus que tous les deux, nos liens se sont resserrés. Il a besoin de moi comme jamais, mais il estime que mon premier devoir de fils est de me conformer en tout point à sa volonté.

Quand je finis de lire ces lignes, je le contemplai avec

une infinie tendresse et lui posai enfin la question qui me brûlait les lèvres depuis des mois :

— Pourquoi Aurélia s'est-elle enfuie ? Cela a-t-il un rapport avec ton père ?

Son regard se perdit dans le lointain pendant un long moment, puis il attrapa une ardoise et écrivit : *Aurélia était très pieuse, plus encore que ma mère. Mais sa raison était chancelante – elle était parfois en proie à des accès de colère d'une extrême violence, de véritables crises de démence, pendant lesquelles elle hurlait des choses abominables. Elle voulait à toute force se convertir au catholicisme, et rien ne pouvait l'en dissuader, c'était une obsession. Je te laisse imaginer la réaction de père. Elle finit par s'enfermer à clé dans sa chambre et refusa de s'alimenter pendant six jours. Le matin du septième jour, la bonne la trouva dans le couloir. Elle était si faible qu'elle rampait sur le sol. Ma mère l'emmena sur le continent et elle recouvra peu à peu des forces. Mais au moment de rentrer, Aurélia disparut. Des mois plus tard, on apprit qu'elle avait été recueillie par des religieuses dans une chapelle à Saint-Germain-en-Laye, en France. Ma mère en eut le cœur brisé.*

Dès qu'il eut fini d'écrire, Harry effaça l'ardoise jusqu'à ce qu'il ne reste rien de ce récit accablant.

— Je n'en avais jamais parlé à personne, dit-il.

Je serrai sa main dans la mienne.

— Je ne suis pas ton juge, Harry. Toutes les familles traversent des épreuves.

Plus tard dans la soirée, je le regardai écrire à des avocats, à des banquiers, à des gens susceptibles de nous venir en aide. Il refusait de s'avouer vaincu, mais je savais que c'était inutile. Blottie dans ses bras, cette nuit-là, je ne ressentis rien d'autre qu'un vide immense. Toute passion s'était enfuie.

En l'espace d'un mois, mon monde merveilleux était devenu un champ de ruines.

Papa ne sut jamais rien de la menace qui pesait sur notre entreprise, pas plus qu'il n'eut conscience des efforts désespérés de Harry pour contrecarrer les plans de Heaton – les lettres, les visites discrètes à l'organisme de prêt qui gérait nos finances. Pendant tout ce temps, il ne cessa de m'asticoter.

— Alors, ce mariage, vous comptez l'annoncer quand ? C'est très bizarre, cette obstination à ne vouloir mettre personne de la famille au courant. Très suspect, en vérité. As-tu, oui ou non, épousé un vicomte ?

Chaque fois qu'il me questionnait, je faisais semblant de ne pas comprendre et je regardais ailleurs.

Papa dut néanmoins habilement soutirer des informations à l'un de ses clients, parce qu'un soir, juste avant le dîner, il me coinça dans son bureau avec une nouvelle explosive. Selon la rumeur, lord Ormelie allait se marier avec une riche Américaine.

— Qu'as-tu à répondre à cela, ma fille ?

— C'est exact. Notre mariage va être annulé.

— Qu'est-ce que ça veut dire ?

— Que je ne serai plus mariée avec lui.

— Je sais ce que c'est qu'une annulation ! Comment est-ce possible ?

— Le comte était résolument opposé à notre union. Il a exercé des pressions.

— Alors, au premier obstacle, ton mari se débarrasse de toi comme d'un paquet de linge sale ? Mais cela ne se passera pas comme ça ! Tu as été gravement offensée.

Et de la manière la plus abjecte qui soit ! Nous pouvons le poursuivre en justice, tu sais.

— Nous ne ferons rien de tel.

— Oh, mais si ! Je te jure bien que nous allons le traîner devant les tribunaux ! C'est scandaleux !

— Puis-je te rappeler que tu étais farouchement opposé à ce mariage ?

— C'est moi qui suis en tort, peut-être ? Ton mari est un pourceau, Veda ! Voilà ce qu'il est ! Un lâche, sans honneur !

Je voulus partir mais il tapa du pied sur le sol.

— Je n'ai pas fini ! Que tu le veuilles ou non, tu vas connaître le fond de ma pensée !

Il m'enjoignit d'un geste rageur à m'approcher de son bureau.

Je n'eus pas d'autre choix que de rester là pendant qu'il plongeait sa plume dans l'encrier et déversait sa bile sur le papier d'une écriture rageuse. De temps à autre, il relevait la tête pour me crier quelque chose, puis il se remettait à écrire avec fureur.

Voilà ce qui arrive quand on agit sans réfléchir. Quel désastre ! Quelle bouffonnerie, ton mariage ! Dieu merci, personne n'est au courant. Tu te rends compte de quoi nous aurions l'air si la nouvelle s'était ébruitée ? Je savais que ça finirait mal. Tu es la fille d'un tailleur. Nous sommes des commerçants. Des serviteurs de la société. Nous ne vivons pas sur un pied d'égalité avec des lords. Je refuse qu'on me regarde en ricanant, et qu'on te traite avec mépris. Une chance que cette mascarade soit terminée. Un vicomte et la fille d'un tailleur ! Grotesque ! Je suis bien content que tu sois débarrassée de lui. Bon vent ! Quel genre de mari est-il pour renoncer à toi aussi aisément ? À la première petite anicroche, il te laisse tomber comme…

Je me levai et quittai la pièce. Pendant des semaines, je ne descendis pas dîner.

Harry m'envoya une copie des documents entérinant la dissolution de notre mariage, mais je les brûlai sans même les lire.

Nous continuions à nous voir dans son appartement de Pickering Place chaque fois qu'il venait à Londres. C'était le seul foyer que nous ayons jamais partagé et il le resta jusqu'à la fin. Nous étions convenus de ne plus nous revoir, ni de communiquer de quelque façon que ce soit après son mariage. Harry avait tenté de discuter ce point, mais il savait aussi bien que moi que conserver un contact n'aurait eu pour effet que d'attiser notre souffrance.

La nuit qui précéda ses noces fut la dernière que nous passâmes ensemble. C'était le mois de décembre, une semaine seulement avant Noël. Il neigeait à gros flocons, et à notre réveil, la place était recouverte d'un épais tapis blanc. J'aidai Harry à se préparer comme s'il s'agissait d'un jour parfaitement ordinaire, et qu'il s'habillât pour partir déjeuner à son cercle.

Papa se souciait comme d'une guigne que j'aie le cœur brisé. Ma tristesse ne lui inspirait aucune compassion, seulement des regards sarcastiques. Je le détestai vraiment pendant cette période. Je m'en ouvris auprès d'Esther et elle me donna son sentiment avec sa franchise habituelle.

> Malgré toutes les qualités de ton cher papa, qui sont nombreuses, c'est un égoïste qui place ses propres intérêts avant les tiens. Il n'a plus que toi au monde, alors forcément, ton départ serait pour lui une vraie

catastrophe. Sans parler du magasin, qui souffrirait beaucoup de ton absence. Tu es devenue une vraie référence dans le métier – et tu le sais très bien. Ton mariage avec Harry l'aurait privé à la fois d'une associée et d'une fille. S'il pouvait choisir, je suis sûre que ton père voudrait que tu restes vieille fille jusqu'à la fin de tes jours, quitte à moisir sur pied, simplement parce que ça l'arrangerait !

L'annulation a dû être un coup terrible porté à sa fierté. Même s'il était opposé à ce mariage sur le principe, quelle apothéose pour lui ! Sa fille mariée à un lord ! On peut dire que tu t'es surpassée. Ah, Topsy, tu lui en as vraiment fait voir de toutes les couleurs, tu sais.

Moi aussi, j'ai essayé de te détourner de Harry. Je me rappelle nos disputes à son sujet. Je te trouvais naïve et immature. Se pourrait-il que j'aie été inconsciemment jalouse ? Peut-être. J'adore Ned, mais Harry est… eh bien, pour reprendre une expression chère à Rossetti, il est « du tonnerre » ! À l'instant où Ned m'a montré la lettre où tu nous annonçais votre mariage secret, mon cœur et mon esprit se sont réjouis pour toi, pour vous. Harry doit t'avoir aimée désespérément pour oser braver son ogre de père. Nourrir de telles ambitions pour son fils et le voir s'enfuir avec la fille d'un tailleur… On peut dire que Harry s'est surpassé, lui aussi.

Je viendrais bien te voir, mais notre nourrice est tombée malade et j'essaie vainement de lui trouver une remplaçante avant Noël. Mes sœurs vont venir passer les fêtes avec nous, et la maison sera pleine comme un œuf. Ellen aura un an en janvier. Il faut absolument que tu sois présente à son anniversaire. Ne t'inquiète pas, tu n'y rencontreras pas Harry – ni maintenant, ni même au retour de son voyage de noces : Ned est furieux contre lui et regrette de l'avoir choisi pour parrain. Il ne veut plus le voir à la maison. Laisse tes amis exprimer leur indignation en ton nom : je sais que tu es trop malheureuse pour avoir envie de te mettre en colère. Sache néanmoins que Harry t'aimait et qu'il t'aime certainement toujours – si cette pensée peut t'être d'un quelconque réconfort.

Une sensation étrange se fit alors jour en moi, le sentiment indéfinissable que mon corps essayait de me chuchoter un secret. Je n'avais aucune expérience et il n'y avait personne dans mon entourage pour m'éclairer. J'étais souvent nauséeuse. Je le fus trop pour assister à l'anniversaire d'Ellen en janvier. Je continuai à m'enfoncer dans l'ignorance jusqu'à ce que l'évidence devienne ridiculement flagrante.

J'écrivis alors à Harry, à son cercle, aux bons soins de Scrimshire, comme je l'avais toujours fait.

Mon chéri,

Quelques semaines seulement se sont écoulées depuis ton départ et je romps déjà notre serment, mais j'y suis contrainte.

J'attends un enfant. Mon état a été confirmé par deux médecins.

Pour le moment, personne encore n'est au courant. Pas même papa ni Esther.

Que dois-je faire ? Je m'en remets à ton jugement. Je ne suis pas en état de raisonner clairement. Le fait que notre mariage ait été gardé secret rend ma situation encore plus délicate.

Je t'en supplie, réponds-moi vite. J'ai besoin de tes conseils.

Ta Veda qui t'aime

J'attendis trois longues semaines avant de recevoir une réponse.

Mademoiselle Grenfell :

Le vicomte Ormelie est actuellement en voyage sur le continent avec son épouse.

Il m'a chargé de vous informer que les circonstances lui imposaient à l'avenir de rompre tout contact avec vous ou avec votre enfant. La somme généreuse qu'il vous a allouée suite à l'annulation de votre mariage devrait suffire amplement à couvrir les dépenses inhérentes à votre état.

Je vous prie de croire, Mademoiselle, à l'assurance de mes sentiments dévoués,

Sir Douglas Heaton,
Avocat de Henry Breadalbane
et du vicomte Ormelie

Heaton ! L'avocat de Harry était M. Collingwood. Pour une raison inconnue, ma lettre était tombée entre les mains de l'avocat du comte ! Je n'osais imaginer ce que cela signifiait.

Le lendemain, je me fis conduire aux abords du White's Club et j'attendis dans l'attelage pendant qu'on portait mon message à Scrimshire. Au bout d'un moment, le jeune garçon revint vers moi avec cette réponse :

Madame,

J'ai le regret de vous informer qu'il m'est désormais impossible de faire parvenir votre lettre au vicomte Ormelie. J'ai reçu pour instructions de remettre toute correspondance à sir Douglas Heaton.

Je regrette de ne pouvoir vous être d'une plus grande assistance.

Je vous prie de croire, Madame, à l'assurance de mes sentiments dévoués,

Jonathan Scrimshire

Cet après-midi-là, j'écrivis un mot affolé à Esther, et elle me répondit par retour du courrier.

> Tu peux être sûre qu'ils ne lui ont pas envoyé la lettre ! Harry n'aurait jamais répondu aussi cruellement. Ned ignore où il se trouve, mais il peut essayer de se renseigner auprès de lady Stamford : son mari sait peut-être quelque chose. En dernier recours, nous essaierons les hôtels où il a ses habitudes. Ils ont souvent une liste d'adresses où faire suivre le courrier.
>
> Impossible de savoir si Heaton a informé le comte de la teneur de ta lettre et, si oui, quelle a été sa réaction. Peut-être vaut-il mieux que tu cesses d'essayer de contacter Harry par le biais de son cercle ou de ses amis. Il faut songer à ta réputation. Personne ne sait que vous avez été mariés. Oh, ma pauvre chérie, dans quelle situation affreuse tu te trouves !
>
> Le plus important pour le moment, c'est de prendre soin de toi et du bébé. Ne t'inquiète pas pour tes clients ou pour ton père. Il faut que tu quittes Londres et que tu t'installes au calme aussi rapidement que possible. Je suis d'accord avec toi : la France me paraît une bonne idée. Je vais envoyer quelques lettres en ton nom – je connais quelqu'un qui pourrait nous aider. Courage, Vevey ! Aie confiance : je vais te trouver un refuge où tu seras en sécurité.

Papa suggéra que j'abandonne le bébé à sa naissance – à cousine Grace, par exemple. Je ne dis rien, mais la raideur de mes épaules dut parler pour moi : il n'aborda plus jamais le sujet. Je puisai du courage dans la pensée que l'enfant de Harry grandissait en moi. Cela, au moins, personne ne pourrait l'annuler. Non, personne !

23

Le château du Gué du Sassetôt était la demeure ancestrale du vicomte du Baffy. J'avais voyagé en France quand j'étais très jeune, et j'avais conservé le souvenir d'élégantes gentilhommières au charme romantique. La réalité était tout autre : le château en question était un vieux manoir Renaissance en pierres rouges branlantes, mangé par le lierre et traversé de courants d'air. À l'instant où je franchis le seuil, j'envoyai le jeune Renaud chercher des bougies pour que nous ayons un peu de lumière.

À l'intérieur, les pièces renfermaient un fouillis ridicule de dorures, de miroirs tarabiscotés aussi hauts que les plafonds, de tapisseries fanées et de chaises mangées aux mites. Et partout, des vases remplis de fleurs desséchées et poussiéreuses que je m'empressai de jeter. Le lieu était beaucoup plus éloigné de la mer que ce que l'on m'avait dit. En réalité, rien ou presque ne correspondait à ce que l'on nous avait annoncé. La seule ville à proximité était un bourg minuscule qui comptait en tout et pour tout une hôtellerie – l'auberge des Trois Chats –, une boulangerie et un maréchal-ferrant. La boulangerie vendait un peu de fruits et de légumes, dont la plupart venaient de la ferme du château.

Les du Baffy étaient probablement dans le même état de délabrement que leur château. Ils avaient confié depuis des années la gestion du domaine à un régisseur – censé nous accueillir à notre arrivée, mais que nous ne vîmes jamais. Le fermier et ses deux fils travaillaient aux champs et s'occupaient des bêtes pendant que leurs épouses vaquaient aux tâches domestiques tout en élevant des enfants remuants dont il me fut impossible de déterminer le nombre exact car je ne les vis jamais tous ensemble. Tous semblaient conçus sur le même modèle : des joues rouges, des yeux brillants, une tignasse sombre – seules différaient la taille et la longueur des cheveux. Jeanne, la fille aînée, faisait le ménage pour nous, et Mme Tessier, la femme du fermier, s'occupait de la cuisine. C'était sa réputation comme sage-femme qui m'avait conduite ici. Je priais pour que ses compétences dans ce domaine ne soient pas aussi décevantes que le reste. Les Tessier savaient simplement que j'étais la femme d'un lord anglais qui m'avait épousée contre la volonté de sa famille. Mais je doute qu'ils croyaient à cette histoire.

J'avais amené avec moi une fille de ferme du Suffolk prénommée Nelly, que j'avais engagée comme femme de chambre. Elle m'avait rejointe à Douvres, où j'avais prévu de rester quelques jours avant d'effectuer la traversée pour la France. Nelly avait un frère sourd de naissance dont elle était très proche, d'où ma préférence pour elle, alors que d'autres postulantes étaient autrement plus stylées. En réalité, elle possédait une intelligence assez remarquable pour une jeune femme issue d'un milieu aussi modeste. Elle savait lire et écrire, avec une certaine élégance, même, et n'éprouvait aucun complexe à s'exprimer avec ses mains. Mieux : elle avait mis au point avec sa famille toute une gestuelle qu'elle s'employa à m'enseigner pendant la traversée (que je vécus comme un calvaire, souffrant toujours de nausées matinales). La seule chose que je reprochais à Nelly, c'était son hygiène très approximative, difficile à supporter pour une maniaque de la propreté. Je l'avertis, avant même que nous quittions Douvres, qu'elle devrait y remédier et se baigner plus souvent si elle voulait continuer à travailler pour moi, mais c'était une bataille quotidienne.

Nelly devint rapidement mon plus précieux soutien dans cet environnement étranger. Bien qu'elle ne parlât pas un mot de français, elle était débrouillarde, fiable, et d'une loyauté à toute épreuve. Bien sûr, l'isolement nous rapprochait l'une de l'autre, mais je crois que la générosité était tout simplement dans sa nature. C'était un cœur tendre, et elle avait foi en moi bien plus que mon père. Papa ne me croyait pas capable d'élever seule un enfant. Il disait que je n'entendrais pas le bébé crier s'il avait besoin de moi, que je ne saurais pas s'il tombait ou s'il faisait une bêtise à moins de garder constamment les yeux fixés sur lui. Nelly affirmait que toutes les mamans gardaient les yeux fixés sur leur bébé, que je serais deux fois plus attentive que les autres, et donc une meilleure mère.

J'avais remarqué Renaud à l'instant où nous étions arrivées : c'était le seul que je parvenais à identifier au milieu de sa nuée de frères et sœurs. Il était l'aîné de la tribu, très timide, et jouait les messagers zélés quand on le lui demandait. Un après-midi, depuis la fenêtre de ma chambre, je le vis s'élancer vers le village avec une lettre pour la poste. Il dévalait le chemin boueux à une telle vitesse que les chiens n'arrivaient pas à le suivre. Il avait probablement remarqué que je l'observais et voulait m'impressionner. Lorsque nous souhaitions nous promener dans les alentours, je l'envoyais chez le maréchal-ferrant pour qu'il attelle une vieille calèche de location.

Je me considérais toujours comme l'épouse de Harry. Je portais mon alliance et conservais précieusement les menus cadeaux qu'il m'avait offerts avant et pendant notre mariage dans un petit coffret en cuir brun – une rose blanche séchée, des poèmes, un bracelet, mes boucles d'oreilles en jais, le petit crayon mécanique, des lettres attachées par un ruban bleu. J'avais l'impression qu'il était mort mais que notre union se poursuivait malgré tout. C'était la seule façon de rendre son absence tolérable.

J'écrivais à Esther de longues lettres méditatives :

> Le fardeau du qu'en-dira-t-on s'est envolé de mes épaules. Ni les Tessier ni les villageois ne se soucient de mon état. J'ai peut-être le mal du pays mais je me sens finalement beaucoup plus à l'aise ici qu'à la maison. J'aurais été horriblement malheureuse si j'étais restée à Londres, j'en suis certaine. C'est effrayant de voir à quel point le jugement d'autrui peut nous empoisonner l'esprit !

Ma correspondance avec papa était d'une nature très différente. Je lui écrivais simplement pour l'informer que j'allais bien et qu'on s'occupait bien de moi. Ses lettres à lui ne parlaient que des soucis qu'il rencontrait avec mes clients. Je n'étais pas mécontente, je l'avoue, de le voir admettre que j'avais su composer avec certains caractères difficiles, comme avec M. Percy

Naylor, un gentleman pour le moins spécial qui refusait systématiquement tous les vêtements qu'il avait commandés. Papa devait également s'accommoder de l'épouse de sir Henry Pennyman, une vieille dame acariâtre qui accompagnait son mari à tous ses essayages afin de dicter sa loi. Après chaque séance, sir Henry revenait en catimini au magasin pour me supplier de procéder à quelques modifications en espérant que sa femme ne s'en apercevrait pas la fois suivante. Il prenait de l'âge et souhaitait simplement conserver le plus longtemps possible une silhouette élégante ; son épouse, elle, souhaitait simplement le pousser plus vite dans la tombe.

Papa avait promu à mon poste M. Shaw, notre premier coupeur. Il restait très prudent, néanmoins, et ne lui témoignait pas une confiance aveugle, comme il l'avait fait autrefois avec Balducci. M. Shaw était un employé compétent et loyal, mais papa trouvait toujours des raisons pour se plaindre de lui. Parfois, ses lettres étaient si déprimantes que je les mettais de côté pour les lire un autre jour.

Je devais faire face à des problèmes pratiques et, très vite, je mobilisai toute mon énergie pour nous concevoir des robes, à Nelly et moi. Nous transformâmes l'un des salons du rez-de-chaussée en atelier. C'était la pièce la plus lumineuse du château et la mieux exposée, avec deux hautes fenêtres orientées à l'ouest et une porte-fenêtre s'ouvrant sur une terrasse plein sud. Nelly et Jeanne nettoyèrent un établi dans la remise puis le transportèrent au salon. Elles brossèrent et lavèrent aussi le sol à grande eau, car je n'aurais pas toléré la moindre poussière.

Le jour où on livra ma première commande de tissu, tout le monde fit cercle autour de moi tandis que je défaisais les ballots un à un. Et lorsque je déroulai quelques métrages de soie améthyste pour les draper sur le dossier d'une chaise, les yeux s'ouvrirent comme des soucoupes. Je pense qu'aucune des personnes présentes n'avait jamais vu de sa vie d'étoffes aussi précieuses.

Nelly maniait l'aiguille avec une habileté qui me surprit. Je n'avais pas l'intention de la former comme apprentie, mais les travaux qu'elle me rendait étaient propres et soignés – pas de nœud ni de fils emmêlés. Nous prîmes donc l'habitude de travailler côte à côte. J'appréciais sa compagnie.

Un matin, je reçus une lettre du prêtre du village. Le père Hérault m'expliquait qu'il avait la visite inattendue de l'un de ses vieux amis, l'abbé Oddos. Ce dernier était accompagné d'un jeune homme – un certain M. Leclerc – qui se rendait à Caen pour donner des cours dans une école destinée à des enfants atteints de surdité. M. Leclerc, lui-même sourd de naissance, souhaitait vivement me rencontrer. Il avait également très envie de connaître les méthodes d'enseignement pratiquées en Angleterre. Tous deux séjourneraient chez lui jusqu'à la fin de la semaine : si j'acceptais sa modeste hospitalité, il serait très honoré de me recevoir n'importe quel après-midi à ma convenance.

Le messager du père Hérault patienta pendant que je rédigeais ma réponse. Je les conviais, ses deux invités et lui, à venir dîner au château le lendemain soir. De cette façon, nous aurions l'occasion de communiquer tout à loisir sur les sujets qui les intéressaient. L'abbé Oddos était un homme important dans la région : à l'instant où elle apprit sa visite, Mme Tessier lâcha tout ce qu'elle était en train de faire pour préparer son arrivée. Pendant vingt-quatre heures, Sassetôt fut en proie à une fièvre de nettoyage : tout un bataillon de femmes du village déferla chez nous – des visages que je n'avais jamais vus auparavant. L'argenterie fut exhumée des placards et astiquée jusqu'à ce qu'elle brille de mille feux ; les sols brossés et lavés, les escalier balayés, les tapisseries décrochées et dépoussiérées à grands coups de battoir à tapis. Un ravissant service en porcelaine orné d'un liseré d'or portant les armoiries des du Baffy se matérialisa sur la desserte, et les assiettes ébréchées dans lesquelles Nelly et moi étions servies depuis notre arrivée furent remisées dans un coin.

Le château connut une véritable renaissance, ce soir-là. Les fenêtres avaient été laissées ouvertes toute la journée pour permettre à la brise de mai d'entrer, et l'air embaumait le lilas dont les grosses grappes fleurissaient à l'angle de la terrasse. Des dizaines de bougies illuminaient le salon et la salle à manger, et un feu avait été allumé dans les deux pièces. En Angleterre nous n'aurions jamais gaspillé du bois ou du charbon alors que la soirée était aussi douce, mais la chaleur absorbait l'humidité de l'air et les flammes rougeoyantes formaient un décor très agréable. Des bouquets de fleurs fraîches avaient été disposés au salon et sur la table du dîner.

Je n'avais aucune idée de ce que je devais attendre de ce M. Leclerc, et je n'avais vraiment pas grand-chose à dire sur les méthodes d'enseignement utilisées en Angleterre pour les enfants sourds. J'étais cependant curieuse de le rencontrer. J'invitai Nelly à se joindre à nous pour me servir d'interprète. J'étais inquiète à l'idée de recevoir de parfaits inconnus, et j'avais besoin de sa présence familière pour me rassurer. J'éprouvais d'énormes difficulté à lire le français sur les lèvres, et mon accent semblait dérouter les Tessier, de sorte que j'en serais probablement réduite à communiquer toute la soirée par écrit. Par précaution, j'avais placé plusieurs ardoises dans la pièce, à des endroits stratégiques.

À l'instant où ils franchirent la porte, je compris que ces gentlemen n'avaient besoin ni d'ardoise ni de craie. Entre le moment des présentations et celui où ils s'assirent, M. Leclerc et l'abbé échangèrent une série de signes d'une telle complexité et d'une telle vélocité que Nelly et moi en restâmes stupéfaites. Aucun rapport avec les signaux presque enfantins que nous avions inventés pour nous parler. Il s'agissait de mouvements extrêmement rapides et élaborés, effectués tout près du corps. Leurs doigts semblaient décrire une sorte de ballet acrobatique, d'une grande dextérité. Des expressions du visage complétaient leur gestuelle, et la logique des enchaînements indiquait qu'il s'agissait d'un langage très structuré. Pas une seule fois ils n'eurent besoin de recourir à une ardoise pour se parler. Lorsqu'ils voulaient citer des noms propres, ils utilisaient un alphabet spécial, épelé avec leurs mains. J'étais sous le charme. Les mots semblaient s'envoler de leurs doigts.

Avant même que nous passions à table, M. Leclerc m'avait déjà appris les premières lettres de l'alphabet. Il possédait des talents de pédagogue remarquables et faisait preuve d'une patience infinie. Il était à peine plus âgé que moi, mais avait été éduqué dans la célèbre école pour sourds-muets fondée par l'abbé de l'Épée, à Paris, où l'on enseignait ce langage. Je lui expliquai qu'à Londres, si un enfant sourd s'exprimait avec des gestes, on lui donnait des coups de règle sur les doigts.

Mme Tessier fut de très méchante humeur ce soir-là : nos mains étaient tellement occupées à communiquer par signes que nous en oubliâmes de manger notre soupe. Résultat : tout le dîner prit du retard et son gigot d'agneau et ses pommes de terre rôties étaient froids quand elle les servit. Pour ma part, j'aurais été bien incapable de dire ce qu'il y avait au menu. J'étais émerveillée de découvrir qu'il existait un langage conçu spécifiquement pour les sourds.

Il fut décidé que M. Leclerc reviendrait dès le lendemain nous donner notre premier cours, à Nelly et moi. Il continuerait ainsi jusqu'à son départ pour Caen – qu'il accepta généreusement de différer d'une semaine, le temps pour nous d'acquérir les bases du système. Il nous rendrait visite ensuite une fois par semaine afin de poursuivre notre enseignement.

Je me passionnai instantanément pour l'apprentissage de cette langue. Elle était beaucoup moins simple dans la pratique qu'il n'y paraissait au premier abord. Mes mains étaient si raides et malhabiles, comparées aux doigts agiles de M. Leclerc ! Ses gestes à lui étaient d'une éloquence incroyable, son langage magnifiquement expressif. En comparaison, les signes que Nelly et moi avions inventés semblaient aussi grotesques et balourds qu'un clown essayant d'imiter une ballerine. Mais nous persévérions et, peu à peu, nos efforts portèrent leurs fruits : en l'espace de deux mois nous avions fait des progrès stupéfiants. À notre grand amusement, nous nous aperçûmes que Renaud nous observait en cachette et essayait de nous imiter. Il s'y prenait si maladroitement que nous décidâmes de lui donner quelques cours. Dès qu'il avait une minute de liberté, il se postait derrière les fenêtres ouvertes du salon et nous regardait travailler. Nous lui parlions par signes et il nous répondait de la même façon.

— J'ai décidé d'ouvrir un magasin de vêtements à Londres, Nelly, annonçai-je un matin comme elle versait de l'eau dans mon bain. J'aimerais que tu sois mon assistante.

Elle vida le seau, le posa et répondit par gestes tout en parlant : *Vous voulez dire une assistante couturière, madame ?*

— Oui. Une assistante couturière.

— Mais je n'ai pas les moyens de suivre une formation.

— Je prendrai ta formation à ma charge. Et je te verserai un salaire, de sorte que tu ne peux pas refuser.

J'ôtai mon peignoir, montai dans le baquet, et Nelly m'aida à m'installer dans l'eau chaude.

— Tu es trop précieuse pour que je te perde, dis-je en la regardant.

Elle s'affaira les yeux baissés dans la salle de bains, ramassant mes sous-vêtements et les jetant sur son bras.

— Alors ? Qu'en penses-tu ? Retourne-toi et regarde-moi pour que je puisse lire sur tes lèvres.

— Cela me plairait beaucoup, madame, répondit-elle timidement.

— Alors c'est entendu ?

— Vous pouvez compter sur moi, madame, acquiesça-t-elle, un sourire effleurant son visage lunaire.

— Peut-être sera-ce à Paris. Paris pourrait être un bon endroit pour commencer. Qu'en penses-tu ? demandai-je en tendant la main vers l'éponge qui flottait à la surface de l'eau.

Je préférerais Londres, répondit-elle par signes, tandis que son sourire s'élargissait.

— Oui, je suppose que tu as raison, répondis-je en

songeant à mes fournisseurs et au local qu'il me faudrait trouver.

À Londres, je saurais exactement comment procéder.

— Mais j'aime l'idée d'aller à Paris. Nous ne devons pas éliminer complètement cette option.

— Votre eau est-elle assez chaude ?

— Encore un seau et cela suffira.

— Bien, madame.

Elle fit une révérence, quitta la pièce, et je contemplai mon ventre épanoui qui affleurait à la surface de l'eau. Un mont pâle et ferme, une fleur près d'éclore. Je fermai les yeux et songeai à Harry.

Les efforts d'Esther pour le localiser n'avaient rien donné. Je regrettais profondément qu'il ait été exclu de la naissance de son premier enfant, mais je m'étais résignée. Nous aurions tout le temps plus tard de partager la merveilleuse nouvelle. J'étais terriblement fière de ma transformation physique et j'aurais voulu que Harry puisse me voir ainsi. J'aimais le plaisir sensuel que me procurait mon propre poids quand j'allais me promener avec Nelly, furetant autour des fermes et vadrouillant à travers champs. Je n'aurais pas pu savourer ces mois d'attente à Londres. À Sassetôt, je ne ressentais ni honte, ni embarras. Ici, mon corps et mon esprit pouvaient s'épanouir à l'abri des regards réprobateurs et austères.

Le délabrement du château me déprimait, certes, mais rien ne me revigorait comme la campagne verdoyante de la Normandie. Elle était si belle dans la lumière du printemps et sous le soleil estival ! Les fleurs des pommiers qui étoilaient les collines ; les rhododendrons pourpres et mauves le long des chemins ; les jacinthes des bois qui saupoudraient les vallons de clochettes roses et bleues. Nous étions arrivées trop tard pour voir percer les jonquilles, mais j'en étais heureuse : elles m'auraient rappelé trop vivement la promesse que m'avait faite Harry de rentrer à Blackroak au printemps quand les jonquilles tapisseraient les rives de la Dove…

J'avais espéré trouver un peu d'affection auprès de Mme Tessier ou de sa fille, mais elles se montraient distantes à mon égard et traitaient Nelly avec un mépris souverain. Papa et moi avions négocié pour notre pension une somme généreuse, repas inclus, que je leur payais rubis sur l'ongle le premier jour de chaque mois. Au bout de quelques semaines, cependant, la qualité des prestations commença à baisser et le menu de nos repas s'allégea, à l'image de notre soupe du soir, remplacée peu à peu par un bouillon clair. Quand j'estimais qu'elles passaient vraiment les bornes, je relevais le bas de mes jupes et je pataugeais dans la boue de la cour, mon ardoise à la main, pour demander des explications à Mme Tessier. Celle-ci finissait toujours par m'extorquer un peu plus d'argent, et la qualité des repas s'améliorait pendant une semaine ou deux – puis tout recommençait comme avant. En juillet, sa gelée de groseille et ses bocaux de cerises n'auraient jamais trouvé le chemin de notre table si Renaud n'en avait pas chapardé un pot ou deux pour nous, et il y avait des soirs où une délicieuse odeur d'agneau rôti s'échappait de leur cottage alors que nous dînions d'un hachis Parmentier semi-liquide. Nelly tempêtait, la traitait de voleuse, mais nous étions à sa merci et nous ne pouvions pas faire grand-chose à part nous plaindre. Cela m'inquiétait un peu. Je me rendais compte que cette femme n'avait pas de parole et qu'elle était prête à saisir la première occasion pour grappiller un peu d'argent. Mais on l'appelait aux quatre coins de la province pour ses talents d'accoucheuse. C'était finalement la seule chose importante.

Je perdis les eaux la première semaine du mois d'août. Mme Tessier envoya aussitôt l'une de ses filles à Caen avec Nelly chercher un médecin. Quand je lui demandai pourquoi, elle me répondit que c'était la loi : j'étais anglaise, il fallait qu'un médecin anglais soit présent lors de la naissance. Je n'avais jamais entendu parler de cette règle, et Nelly était tout aussi perdue que moi. Je ne voulais pas que Nelly parte, mais tout se passa si vite que l'attelage l'emmena avant même que j'aie eu le temps de protester.

Le travail dura un jour et une nuit, et je souffris horriblement. Mme Tessier et sa belle-fille se montraient très dures avec moi, me traitant de sotte quand je pleurais. Je me sentais perdue et terrifiée. Je compris très vite qu'il se passait quelque chose d'anormal. Je le devinais à leur nervosité, à la façon dont elles détournaient la tête quand elles se parlaient pour que je ne puisse pas lire sur leurs lèvres.

J'étais résignée à la douleur inévitable de l'accouchement, mais pas à cette torture morale. Je ne pouvais pas avoir perdu Harry et perdre ensuite son enfant. Ce n'était pas possible. Le sort ne pouvait pas se montrer d'une cruauté aussi raffinée en rouvrant une plaie encore à vif.

Le deuxième jour, je notai vaguement la présence d'un étranger dans la pièce. Je crus d'abord qu'il s'agissait du médecin anglais, mais il ne s'approcha de moi à aucun moment. Il restait dans le couloir ou bien dans l'ombre, au fond de la chambre. Ses traits étaient flous et imprécis car j'étais épuisée et très affaiblie par mon calvaire. Mme Tessier finit par m'informer qu'il s'agissait d'un prêtre. Il était là pour bénir le corps de mon bébé et faire monter son âme au ciel.

Je ne vis jamais mon petit garçon. On ne me laissa même pas l'entrevoir. Elles l'emmaillotèrent et l'emmenèrent aussitôt hors de la pièce. Il valait mieux que je ne le voie pas, c'était une monstruosité, une erreur de la nature. Je devais seulement penser à son âme, qui était parfaite et belle, et qui était partie rejoindre son Créateur. J'étais furieuse qu'on l'ait soustrait à mon regard. Je n'avais rien entendu – pas un cri, pas un pleur, pas un de ces bruits de victoire qui accompagnent une naissance. Et maintenant, je n'avais plus rien. On m'avait privée du seul souvenir de lui que j'aurais pu conserver toute ma vie. Lorsque finalement Nelly revint de Caen, il était trop tard. Tout était fini.

Les Tessier se montrèrent plus gentilles avec moi après mon deuil. Elles avaient des remèdes pour soulager ma poitrine douloureuse et éviter une hémorragie. Elles prirent également soin de me nourrir correctement. Elles me faisaient boire des tisanes aux herbes, m'apportaient des soupes délicieuses et des pâtisseries délicates que nous n'avions jamais vues auparavant – des petits pains fourrés à la crème et aux raisins secs, et des tartes aux pommes. Nelly m'aidait à avaler ce que je pouvais, c'est-à-dire pas grand-chose, et finissait le reste. Elle fut admirable de dévouement et ne me quitta pas un instant. Elle dormait avec moi dans le lit à baldaquin, et quand mes sanglots la réveillaient au milieu de la nuit, elle me consolait avec la tendresse d'une mère. Elle avait été la seule à partager ma joie, et désormais elle était la seule à partager ma peine.

J'écrivis à Esther chez ses parents, dans le Wessex, où Ned et elle passaient l'été.

Qui suis-je à présent ? Une mère ? Une épouse ? Une veuve ? Pourquoi n'existe-t-il aucun mot dans notre langue pour évoquer une femme qui a perdu son enfant ? Je n'avais rien et cependant j'ai tout perdu. Papa m'exhorte dans ses lettres à me montrer forte et à surmonter ma douleur, mais la douleur et moi ne faisons qu'une. Je n'ai plus aucune substance, si ce n'est ce désespoir qui m'accompagne à chaque heure de la journée, à tel point que ma vie n'est plus qu'un cauchemar effrayant qui me donne envie de sombrer dans un sommeil profond comme la mort. Quel espoir me reste-t-il ? Qui pourrait me donner la force d'aller de l'avant ? Où est ma famille ? Où est mon mari ? mon enfant ? Je suis anéantie par le chagrin.

Dès que j'en eus la force, je me rendis au cimetière du village voisin d'Orbec, où mon enfant avait été enterré, et je commandai une dalle en marbre pour sa tombe. Je restai le temps nécessaire pour la voir poser, puis nous fîmes nos bagages et nous quittâmes Sassetôt. Je ne voulais plus jamais revoir cet horrible manoir. Nelly et moi partîmes pour Caen, où M. Leclerc nous accueillit très chaleureusement dans l'école que l'abbé Oddos avait créée pour les sourds. La vivacité et l'expressivité des enfants me touchèrent profondément. Plus les jours passaient, et moins j'éprouvais le désir de repartir. Mon esprit hébété de douleur n'était bon qu'à accomplir mécaniquement la routine quotidienne. Il était hors de question que je rentre à Londres. Cette seule idée m'était insupportable. J'avais l'impression que la mort de mon bébé avait rompu tout lien avec ma vie passée, et cependant je n'avais aucun projet défini pour l'avenir. Esther serait venue me voir si Ned ne s'y était farouchement opposé : elle attendait un deuxième enfant, et un long voyage aurait été tout à la fois épuisant et imprudent.

Au bout d'un mois, je cédai aux douces instances de Nelly, et nous partîmes vers le sud – d'abord jusqu'à Cannes, puis Rome, espérant que le climat plus chaud me ferait du bien. Je ne pris aucun plaisir à nos excursions, mais en dépit de mon apathie, j'avais conscience de la nécessité d'aller de l'avant. Nelly fut émerveillée par ce voyage. Elle n'avait jamais quitté son village avant de venir travailler pour moi, et cela me faisait plaisir de la récompenser pour sa loyauté, même modestement. L'argent n'était jamais un problème. Papa télégraphiait immédiatement l'ordre qu'on me verse la somme que je lui demandais.

24

L'hiver venu, nous regagnâmes Nice, où je m'installai comme couturière dans une petite boutique de la *vieille ville**. Je travaillais juste pour quelques clientes car je voulais simplement avoir de quoi m'occuper les mains. Le reste du temps, mes distractions se limitaient à peu de choses, toujours les mêmes ; l'été, je longeais le front de mer, une ombrelle à la main, un petit recueil de poèmes sous le bras, cherchant du regard un endroit sur la plage de galets où m'installer pour lire ; l'hiver, s'il pleuvait, je passais des heures à la fenêtre, les pensées engluées dans un silence couleur de grisaille. Même sous la lumière aveuglante de la côte méditerranéenne, la mer étincelant à nos pieds, je me sentais glacée.

Papa était soulagé que j'aie mis un terme à mes voyages et que je me sois enfin fixée quelque part. Il se donnait du mal pour m'écrire longuement, mais m'agaçait à me parler constamment de mon retour. Parfois, je ne finissais même pas sa lettre. Je la donnais à lire à Nelly et elle se chargeait de lui répondre. Elle se montrait fort habile pour le rassurer.

Je devais traverser seule cette première année de deuil et les dates terribles qui la jalonnaient – l'anniversaire de notre mariage, et la naissance de mon bébé. Ce ne serait qu'en ayant mis tous ces kilomètres de mer, de plaines et de montagnes entre ces événements et moi que je trouverais peut-être la force de continuer. J'avais perdu toute envie de revoir Harry. Esther et Ned n'avaient plus eu de ses nouvelles depuis son mariage avec Mlle Erskine. Il avait rompu toute relation avec la plupart de ses anciens amis, et ne fréquentait plus les mêmes cercles. En questionnant habilement une blanchisseuse dont la fille était employée à Longmeade, Esther avait appris que le vicomte Ormelie s'y était rendu une seule fois avec sa femme avant de se retirer à Blackroak. Selon une rumeur, il se consacrait à sa famille, désormais ; un bébé s'annonçait. Chaque bribe d'information me brisait le cœur, au point que je finis par demander à Esther de cesser de me parler de lui.

Ce fut également Esther qui m'apprit le mariage de M. Nicholls avec une riche veuve de sa paroisse et me fit suivre cette lettre :

Chère amie,

C'est un profond soulagement pour moi d'avoir enfin le moyen de renouer le fil qui s'est cassé brusquement entre nous, rendant toute communication impossible. Il y a presque deux ans maintenant que vous me tenez à distance, pour une raison que j'ignore mais que j'ai respectée. Lorsque vous êtes partie sur le continent et que mes questions se sont heurtées au silence sans appel de votre père, j'ai craint que ne fussiez gravement malade. L'impuissance dans laquelle je me trouvais de vous offrir mon soutien moral a été pour moi un tourment de chaque instant. Si je n'avais croisé par hasard Esther dans une exposition de peinture, à Londres, le contact aurait probablement été rompu à tout jamais car je pars m'installer à York, où j'ai accepté un poste d'archidiacre, avec mon épouse, Mme Charlotte Iceton, veuve du capitaine William Lacey Iceton.

Je suis béni d'avoir attiré sur moi l'affection bienveillante d'une personne aussi vertueuse et aussi digne de respect. Après avoir persévéré pendant de si nombreuses années dans mon attachement pour vous, malgré une opposition hostile et injuste, j'en suis finalement arrivé à la conclusion que vous avez eu raison de me refuser votre cœur. Plutôt que de continuer à pourchasser une ombre vide, il était de mon devoir de chercher une union qui serait un moyen de *Le* glorifier. J'ai le sentiment que mon mariage avec Mme Iceton concrétisera ce noble dessein et mettra un terme à une solitude devenue trop lourde à supporter.

Je ne pourrais prétendre avoir achevé mon devoir d'ami et de conseiller si je ne vous exhortais à vous réconcilier avec le Christ notre Sauveur qui voit toutes nos souffrances et nous pardonne tous nos péchés. Les Saintes Écritures nous enseignent que les fruits ne tombent pas tous dans des lieux agréables, que c'est en modérant nos attentes avec patience et résignation que nous pouvons cultiver une vie féconde et vertueuse.

Je reste votre ami dévoué,
Edgar Nicholls

Je m'étais tellement habituée à ses sentiments pour moi que j'avais fini par ne plus y prêter attention. Mais en lisant ces lignes, je pris soudain toute la mesure de l'amour qu'il m'avait porté, et derrière sa rectitude hautaine, je perçus une profonde mélancolie pour ce qui aurait pu être et ne serait jamais. D'aussi loin qu'il m'en souvienne, j'avais toujours régné sur son cœur, et maintenant qu'il l'avait donné à quelqu'un d'autre, je me sentais bizarrement dépossédée, comme si un fantôme qui aurait flotté autour de moi pendant des années m'avait finalement abandonnée, et je ressentais un vide que je n'avais aucun droit d'éprouver. Sa sincérité me touchait plus qu'il n'aurait pu l'imaginer. C'était une exhortation à me ressaisir et, tout au fond de moi, je sentis frémir la jeune femme fière et volontaire que j'avais été autrefois. Le moment était venu de rentrer à la maison.

Nous prîmes le chemin du retour en août. En arrivant en Normandie, nous fîmes halte à Caen pour rendre visite à M. Leclerc. J'avais correspondu régulièrement avec lui au cours de cette année. Sachant que l'école avait très peu de moyens pour fonctionner et que l'argent servait principalement à la nourriture, nous avions pris l'initiative, Nelly et moi, de confectionner des vêtements pour enfants que nous envoyions tous les mois par la poste.

Converser avec M. Leclerc et les autres enseignants était extrêmement agréable car j'utilisais désormais presque exclusivement le langage des signes avec Nelly, et m'exprimer m'était devenu aussi naturel que de respirer. Le deuxième soir, comme nous nous installions pour dîner à la modeste table de M. Leclerc, il m'informa que je devais me préparer à recevoir une visite d'ici quelques jours.

Qui est-ce ?

Un jeune ami qui a attendu longtemps pour vous revoir.

Quel ami ?

Il s'agit de ce jeune garçon de Sassetôt, Renaud.

(Il épela le nom en langage des signes.) *Vous vous souvenez de lui ?*

Naturellement. Vous dites qu'il est en route pour venir ici ? Pour me voir ?

Oui. Il est venu me trouver après votre départ. Il voulait absolument vous parler – il était atterré quand il a appris que vous étiez partie.

Que voulait-il ?

Vous révéler quelque chose. Quelque chose de très important, apparemment.

Quoi donc ?

Il n'a pas voulu me le dire. Il est reparti chez lui, mais il a insisté pour que je le prévienne immédiatement si jamais vous reveniez.

C'est étrange. Vous ne voyez vraiment pas de quoi il peut s'agir ?

Absolument pas. Il ne voulait parler qu'à vous.

Je me suis souvent demandé ce qui se serait passé sans l'intervention providentielle de Renaud. Parfois, je suis tentée de croire que c'était un ange qui avait pris l'apparence d'un petit paysan crasseux.

Il se tenait dans la cour de l'école, pétrissant sa casquette dans ses mains. Il s'était frotté si fort les joues pour les débarbouiller que sa figure brillait comme une pomme fraîchement astiquée. Je me penchai par la fenêtre et lui fis signe d'entrer.

Sa timidité lui interdit de s'asseoir et il resta devant moi, à se dandiner maladroitement d'un pied sur l'autre. Je lui dis de cesser de martyriser son couvre-chef et lui proposai une boisson fraîche, mais il refusa. Je fus étonnée de voir qu'il se rappelait encore les quelques signes que nous lui avions appris pendant notre séjour à Sassetôt.

C'est au sujet du bébé. Il utilisa le signe convenu, ses

doigts frappant le creux du coude, là où une mère berce son enfant.

Un frisson me parcourut.

— Tu veux parler de mon bébé ?

Il hocha la tête.

— J'étais là, m'dame. Ils m'ont envoyé dehors, mais j'ai regardé par la fenêtre et j'ai tout vu. Ça s'est pas passé comme ils vous ont raconté !

Je regardais fixement ses lèvres, butant sur son français un peu gauche. Mais de quoi parlait-il ?

— Que veux-tu dire ?

— Il y avait un homme dans la pièce. Il a pris votre bébé.

— Le prêtre, oui. Il l'a emmené pour l'enterrer.

— Non. C'était pas un prêtre.

Je me remémorai le visage dissimulé dans l'ombre de ma chambre. Je secouai la tête.

— Je ne comprends pas.

— Je l'ai pas vu, votre bébé, mais il était pas mort. Ça j'en suis sûr. Il criait quand il est né. Je l'ai entendu. Il criait fort.

Il se répéta, pour être sûr que je comprenne bien. Je rivai sur lui un regard incrédule.

— Tu dis que… que mon bébé était vivant et qu'on l'a emmené avec lui ?

— Oui, m'dame. Un Anglais.

— Un Anglais ?

Il hocha la tête.

— Comment le sais-tu ?

Il redressa le menton avec indignation.

— Je sais reconnaître un Anglais quand j'en vois un, m'dame.

Je m'humectai les lèvres.

— Tu es en train de m'expliquer que… que cette terrible tragédie n'aurait été qu'une farce ?

Il baissa honteusement la tête et se remit à triturer sa casquette.

— Ta mère, tes tantes, ta famille – tout le monde m'aurait menti ?

— Oui, m'dame.

— Mais… pourquoi ? Pourquoi m'auraient-ils joué cette comédie atroce ?

Il secoua la tête, comme s'il ignorait la réponse, mais j'eus la conviction qu'il mentait.

— Pourquoi ? criai-je, avec la sensation que ma gorge avait subitement enflé. Regarde-moi, Renaud ! Pourquoi m'ont-ils menti ? Tu le sais ! Parle !

Il se mordit la lèvre puis fit un geste sans équivoque avec son pouce et son index.

— De l'argent ? Quelqu'un leur a donné de l'argent ?

Il hocha la tête.

— On les a payés pour me faire croire que mon bébé était mort-né ?

Nouveau signe de tête.

— Mais… comment ?

Je me remémorai tout à coup la façon dont on m'avait privée de Nelly. On l'avait expédiée au loin, sous prétexte d'aller chercher un médecin, et à son retour, tout était terminé.

— Ils ont volontairement éloigné Nelly ?

Il acquiesça, le visage assombri par le remords. Je me mis à trembler et réprimai une envie de hurler.

— Pourquoi ne m'as-tu rien dit à ce moment-là ? Comment as-tu pu me laisser partir alors que je croyais que mon bébé était mort ?

Il leva vers moi un regard si apeuré que, malgré ma colère, je fus incapable de le condamner.

D'autres détails troublants me revenaient, maintenant – les regards entre les deux femmes, leurs visages détournés. J'avais interprété la nervosité de Mme Tessier comme de l'inquiétude pour mon bébé et moi – mais je me trompais. En réalité, elle avait simplement peur que je puisse lire sur leurs lèvres ce qui était en train de se passer. On m'avait volé mon bébé en le faisant passer pour mort. Elles avaient profité de ma surdité pour me tromper de la manière la plus abjecte, la plus méprisable qui soit !

Elles nous avaient vendus, mon enfant et moi.

Non. Ce n'était pas possible.

Mon cœur cognait si fort dans ma poitrine que j'avais l'impression qu'il allait exploser. Je dus m'asseoir : mes jambes ne me portaient plus.

Renaud semblait effrayé. J'essayai d'adoucir mon expression pour ne pas l'intimider.

— Qui était l'homme ? demandai-je.

Il l'ignorait.

— Mais il était anglais, c'est bien ce que tu as dit ?

— Oui, m'dame.

— Tu as entendu son nom ?

— Non, m'dame.

— Mais sûrement quelqu'un a dû l'apercevoir au village ?

Il réfléchit tout en pétrissant son couvre-chef.

— Il est arrivé avec la calèche du maréchal-ferrant.

— Celle qui est à louer ?

Il hocha la tête.

— En ce cas, il a dû loger à l'auberge.

Renaud se frappa brusquement le front.

— Pierrot ! Le fils du maréchal-ferrant ! C'est un ami. Je peux lui demander, si vous voulez.

— Oui, acquiesçai-je en me levant d'un mouvement fébrile. Va lui demander. Tout de suite.

Je lui ôtai sa casquette des mains et l'enfonçai fermement sur sa tête.

— Et s'il sait quelque chose – n'importe quoi –, amène-le-moi. Vous aurez une récompense tous les deux. Et plus encore si tu m'aides à retrouver l'homme qui a pris mon enfant.

Je connaissais déjà son identité. Pour moi, cela ne faisait aucun doute.

Je sortis une bourse de ma poche.

— Merci, mon cher petit. Merci du fond du cœur.

Je glissai plusieurs pièces dans sa main.

— Comment es-tu venu jusqu'ici ?

— À pied jusqu'à Saint-Pierre, et après dans une charrette.

Il y avait une vingtaine de kilomètres depuis Saint-Pierre.

— Tiens, dis-je en lui donnant une autre pièce. Va jusqu'à la taverne, un peu plus loin dans la rue. Il y a un cocher là-bas qui loue ses services. Et mange quelque chose avant de partir.

Il serra l'argent dans son poing, le regard résolu, et dévala l'escalier quatre à quatre.

On me secouait doucement l'épaule. J'ouvris les yeux et découvris Nelly, penchée sur moi, en chemise de nuit, une bougie à la main.

Le garçon, annonça-t-elle, épelant le nom de Renaud avec ses doigts.

— Il est ici ?

Elle hocha la tête.

Je m'enveloppai de mon châle et suivis Nelly dans l'escalier. Renaud était revenu la nuit même, sous la pluie, amenant Pierrot. Tous deux se tenaient dans l'entrée, trempés de la tête aux pieds. Nelly leur demanda d'ôter leurs bottes boueuses puis les fit entrer au salon.

Aussitôt que Nelly eut allumé quelques bougies, Pierrot commença son récit :

— Y avait deux hommes, m'dame. L'un était sûrement quelqu'un d'important. Un noble.

— Comment le sais-tu ?

— À cause de la façon dont on lui causait, m'dame.

— Quel âge avait-il ?

Il haussa les épaules.

— Vieux.

— L'autre homme avec lui. C'était un domestique ?

— Non. Lui, tout le monde l'appelait « maître ». Y avait une femme avec eux. Une nourrice anglaise. Le noble, il est resté tout le temps à l'auberge. Il mangeait dans sa chambre. Sûrement, il voulait pas qu'on le voie. Le maître, lui, il a loué notre calèche et il est parti à Sassetôt. Quand il est revenu à l'auberge, il avait un bébé avec lui. Il l'a monté à l'étage pour le donner à la nourrice. Ils sont partis tout de suite après.

— Sais-tu où ils allaient ?

— À Lisieux, m'dame, annonça-t-il fièrement. J'ai reconnu le cocher : il était déjà venu à Orbec.

Je m'humectai les lèvres.

— Si je te paie, tu pourras retrouver ce cocher ?

— Sûr.

— Et si tu reviens avec le nom de l'auberge où ils sont descendus à Lisieux, je te paierai encore plus.

— Je trouverai, m'dame.

Mon cœur battait si fort que je dus attendre un instant avant de parvenir à poser la question qui me hantait depuis les révélations effarantes de Renaud.

— Alors... dans le cimetière d'Orbec, sous cette dalle en marbre, il n'y a rien d'autre que... qu'un petit cercueil... vide ?

Les garçons baissèrent la tête d'un air honteux, mais un sourire radieux illumina le visage de Nelly.

Il est vivant ! me dit-elle par signes.

Oui, acquiesçai-je en réprimant un vertige. *Oui, Nelly. Il est vivant !*

La semaine suivante, l'abbé Oddos m'accompagna dans son attelage privé jusqu'à Lisieux. C'était un homme influent, et nous obtînmes facilement l'information dont nous avions besoin auprès de l'aubergiste du Cheval Blanc. Nous apprîmes que le « gentleman anglais » – qui n'était autre que Heaton, l'avocat du comte, j'en étais sûre et certaine ! – avait loué une chambre à l'auberge pendant un mois. Sans doute pour y attendre tranquillement le jour de l'accouchement. Le deuxième gentleman était arrivé beaucoup plus tard. Je ne pouvais croire que le comte de Hambledon se soit déplacé en personne pour me voler mon enfant, même s'il ne faisait aucun doute dans mon esprit qu'il était l'instigateur de ce complot infâme.

L'abbé suggéra de faire une enquête auprès de la banque pour le cas où les ravisseurs auraient reçu des fonds d'Angleterre pendant leur séjour à Lisieux. Il avait vu juste : de l'argent avait effectivement été câblé à l'un des deux gentlemen depuis une banque londonienne.

L'employé inscrivit à mon intention l'identité de l'expéditeur sur une feuille de papier.

Je regardai le nom dans un silence pétrifié.

— Vous êtes sûr ? demandai-je finalement.

— Absolument, madame.

— Avez-vous la trace d'une transaction établie au nom de Douglas Heaton ?

— Non, madame.

— Vous en êtes absolument certain ?

— Oui, madame.

Il faisait atrocement chaud dans l'attelage qui nous ramena à Caen.

— Cette chaleur est insupportable, dis-je en dénouant les rubans de mon bonnet. Vous permettez ?

Je vous en prie, madame, faites, répondit l'abbé par signes.

J'ôtai mon chapeau, le posai sur la banquette, puis déboutonnai mon col. Je devais être livide, en dépit de la fournaise, car mon compagnon me demanda : *Êtes-vous souffrante ?*

— Je ne me sens pas très bien, en effet, avouai-je.

Voulez-vous que nous fassions halte ?

— Oui, s'il vous plaît.

Nous étendîmes une couverture à l'ombre d'un châtaignier et nous restâmes là pendant que le soleil descendait peu à peu vers l'horizon. Le cocher s'était étendu sous un arbre, près de la route, et les chevaux broutaient l'herbe du talus. Personne ne passa sur la route. Il faisait presque trop chaud pour voyager.

— Ce n'est pas l'homme que je suspectais, dis-je finalement.

Oui. J'ai remarqué. Vous avez changé de figure.

— Ce n'est pas l'avocat du comte, mais M. Collingwood. M. Collingwood était l'avocat de mon mari. S'il était là, cela signifie… cela signifie que mon mari est impliqué d'une manière ou d'une autre.

Votre mari ?

— Oui.

Vous pensez que votre mari a enlevé l'enfant ?

Je n'eus pas le courage de répondre.

Au bout d'un long moment, je repris avec effort :

— Est-ce que vous croyez que…

Il me fut impossible de terminer ma phrase.

Quoi donc, ma chère enfant ?

— … que c'est parce que je suis sourde ?

Je ne connais pas votre mari, ma chère. Je ne peux répondre.

— Mais j'aurais été une bonne mère. J'en suis certaine.

Je n'en doute pas.

Je me remémorai ma conversation avec Harry la nuit de notre mariage, son soulagement quand je lui avais répondu que je ne tenais pas à avoir un enfant tout de suite. Peut-être avait-il pensé que je n'étais pas apte à être mère. Peut-être n'avait-il jamais eu l'intention de fonder une famille avec moi.

— Sans doute a-t-il estimé que je serais incapable de l'élever seule, déclarai-je à voix haute.

Beaucoup de gens pensent que les personnes atteintes de surdité ne sont pas capables de mener une vie normale.

Il ajouta quelque chose en langage des signes, mais les larmes brouillaient ma vue et je ne pus interpréter les mouvements de ses mains.

Je pressai mes paumes sur mes paupières.

— Je vous prie de m'excuser, mon père. C'est la chaleur.

Mon retour à la maison fut éclipsé par un événement imprévu : une menace de grève des quelque deux mille tailleurs qui travaillaient dans les différents ateliers de la capitale. En sa qualité de président de l'Association des maîtres tailleurs, papa tentait de négocier depuis vingt-quatre heures avec le syndicat. Il se trouvait justement à une réunion quand j'arrivai à la maison avec Nelly, et, malgré la tension des débats, il rentra en toute hâte pour m'accueillir.

Il me reçut dans son bureau, droit comme un I, un cigare éteint à la main, élégant jusqu'au bout de ses souliers impeccablement cirés. Il avait peut-être un peu forci, et son visage était creusé par l'inquiétude et le manque de sommeil, mais sa cravate était nouée à la perfection, son costume parfaitement ajusté, son allure irréprochable. Ma longue absence me rendait plus sensible à son apparence, et mon cœur s'attendrit tandis que je songeais à la passion presque obsessionnelle que nous avions partagée pour l'art de l'habillement.

Il m'accueillit par un baiser sur le front, affectant une sévérité qui n'était qu'une façade, je le savais. Je ne lâchai pas ses mains et les serrai longuement dans les miennes. Puis je cédai à l'émotion et me jetai dans ses bras, l'étreignant presque sauvagement. Il me caressa les cheveux d'un geste bourru et desserra tendrement mon étreinte.

— Tu sembles en excellente forme, ma fille.

— Tu trouves ?

— Absolument.

— J'ai repris goût à la vie. Cela se voit peut-être sur mon visage.

— Cela se voit, en effet.

— Je sais qu'il est tard et que nous sommes fatigués tous les deux, mais il s'est produit quelque chose de très important dont je dois t'entretenir. Cela ne peut pas attendre demain.

Je lui tendis une lettre que j'avais écrite à son intention lorsque j'étais encore à Caen, et dans laquelle je lui expliquais tout ce que j'avais découvert.

— Lis. Tu verras, ce sont des nouvelles vraiment… extraordinaires.

Il s'installa dans son fauteuil et ajusta ses lunettes sur son nez. Lorsqu'il acheva sa lecture, il semblait plus soucieux que réjoui.

— Ma pauvre enfant, dit-il en secouant la tête avec tristesse.

Il ôta ses lunettes et leva vers moi un regard débordant de compassion.

— Ma chère fille, tu as déjà tant souffert. Je ne peux te laisser courir après une illusion.

— Tu n'y crois pas ? demandai-je en m'asseyant sur une chaise, en face de lui.

— Voyons, comment peux-tu ajouter foi à cette histoire ? Imaginer que cette famille t'a menti, qu'elle t'a joué cette comédie sinistre. C'est insensé.

— Pourtant ils l'ont fait. Il n'y a pas le moindre doute.

— Ma chérie…

Il se pencha pour me prendre la main et la tapota affectueusement.

— Accepte la réalité. T'accrocher à un rêve ne fera qu'accroître ton chagrin.

— Relis ma lettre ! Comment peux-tu douter ?

— Tu ne vois donc pas que ce gamin attardé, ce Renaud, t'a raconté n'importe quoi pour se rendre intéressant ?

— Ce n'est pas vrai !

— Reprends tes esprits, ma chérie. Ressaisis-toi.

— Je crois que c'est Harry qui est descendu dans cette auberge à Lisieux. Pas son père. C'était lui. J'en suis sûre et certaine !

— Peut-être. Peut-être est-ce la vérité. Mais en ce cas, tu dois t'incliner. Il a pris la bonne décision.

Je sursautai.

— Comment ?

Je cherchai une ardoise des yeux, mais il n'y en avait pas. Naturellement. J'étais partie depuis plus d'un an.

À regret, papa jeta son cigare éteint dans la cheminée et s'assit à son bureau.

Ta vie sera beaucoup plus simple sans cet enfant et l'enfant sera plus heureux sans toi. Voudrais-tu passer le reste de ta vie à te cacher derrière des mensonges, à supporter les insultes et le mépris, et à être mise au ban de la société ? Même si tu acceptais de vivre en paria, songe aux conséquences pour lui !

Je regardai par-dessus son épaule pendant qu'il écrivait.

— Non ! intervins-je avant même qu'il ait terminé. C'est ridicule.

Il reposa sa plume et pivota vers moi d'un mouvement brusque.

— Ridicule ? Tu as dit ridicule ?

— Je vais poursuivre mon plan comme j'en avais l'intention.

— Quel plan ?

— Je vais retrouver mon fils. Et le ramener !

— Je te l'interdis !

— Tu me l'interdis ? J'ai presque vingt-cinq ans, papa. J'ai été mariée et j'ai donné naissance à un enfant. Que veux-tu dire par : « je te l'interdis » ?

— Tu es beaucoup trop impulsive. Tu dois écouter la voix de la sagesse.

— En vertu de quelle sagesse conseillerait-on à une mère d'abandonner son fils ?

— Laisse-le là où il est. S'il est avec son père, il ne manquera de rien.

Je me levai avec raideur.

— Je regrette que mon retour n'ait réussi qu'à ramener la discorde dans notre famille. Je suis trop fatiguée pour poursuivre cette discussion. Bonne nuit.

Une fois dans ma chambre, je me dirigeai immédiatement vers mon bureau et rédigeai un message que je lui remettrais le lendemain :

> Je sais où est mon devoir, et je ne laisserai personne se mettre en travers de mon chemin. Toute ma vie, on a désapprouvé ma façon de me conduire. On m'a reproché mon impulsivité, ma témérité, mon mépris des convenances. Mais les épreuves que j'ai traversées m'ont convaincue que je devais me fier à mon intuition et à mon seul jugement. Longtemps j'ai regretté de ne pas posséder ces qualités féminines que la société prise tant : la retenue, la timidité, la soumission, mais c'est terminé. Je veux qu'on me rende l'enfant qu'on m'a arraché. Je redeviendrai alors une mère car telle fut la volonté de Dieu, et on m'a dépossédée de ce droit.

Esther m'avait terriblement manqué pendant mon long exil sur le continent, mais Ned et elle vivaient maintenant à Londres et il me fut à nouveau possible de leur rendre de fréquentes visites. L'admission de Ned à l'Académie royale avait résolu leurs problèmes financiers, leur permettant de louer une grande maison dans Holland Park. L'une des chambres à l'étage avait été transformée en atelier, à l'usage d'Esther, et ce fut là qu'elle me reçut cet hiver-là, après mon retour.

Elle était devenue une mère de famille accomplie, et maintenant qu'ils pouvaient engager davantage de personnel, elle s'était remise à sa peinture. Sa passion pour les sujets mythologique était passée, et elle puisait désormais son inspiration dans son quotidien. En fait, elle peignait très exactement ce qu'elle décriait tant autrefois : des portraits au fusain de ses deux enfants, Frederick et Ellen, et des peintures à l'huile évoquant de paisibles scènes domestiques. Elle me soutenait ardemment dans ma décision de récupérer mon fils.

Je reposai ma tasse de thé et tournai les yeux vers Esther qui dessinait mon profil sur son cahier de croquis.

— Viens bavarder avec moi, Tiggy, dis-je en tapotant les coussins à côté de moi. J'ai besoin de tes encouragements.

Elle donna quelques ultimes coups de crayon, puis ôta sa blouse et vint me rejoindre sur le canapé.

— Quand pars-tu ? demanda-t-elle.

— Le mois prochain. Dès que le dégel sera amorcé.

— Tu as un plan ?

— J'en ai plusieurs, mais aucun ne me satisfait vraiment.

— Tu as eu une réponse de M. Nicholls ?

— Oui. Il m'a écrit, sur un ton assez hautain, d'ailleurs.

— Tu m'étonnes !

Elle saisit une ardoise et écrivit : *Influence de sa femme*.

J'avais montré à Esther la lettre qu'il m'avait adressée. D'après elle, j'aurais dû me sentir offensée.

Comment l'a-t-il décrite, déjà ? Une personne vertueuse et digne de respect ? Qu'est-ce qu'il sous-entend par là ? Que toi tu ne l'es pas ?

— Je ne l'ai pas pris comme une insulte. Loin de là. Mais j'espérais qu'il pourrait m'aider. Un archidiacre doit avoir accès aux registres des naissances et des baptêmes dans tout le Yorkshire. Je suis sûre que Harry a fait baptiser notre fils.

— Et ensuite ?

— Eh bien…

Je lissai mes jupes d'un geste nerveux.

— Quoi ? insista Esther en plissant les yeux. Qu'est-ce que tu comptes faire ?

— Tu ne vas pas approuver.

Elle éclata de rire.

— Ce ne serait pas la première fois. Et cela ne t'a jamais arrêtée.

Elle reposa l'ardoise et me prit affectueusement la main.

— Pas plus que ça n'a porté atteinte à notre amitié.

— J'ai longuement réfléchi à la question, tu sais. Je suis sûre que mon bébé se trouve quelque part près de Blackroak. Caché dans une famille qui vit sur leurs terres, peut-être.

— Oui, et alors ?

— Alors il faut que j'arrive à délier les langues. Quelqu'un a forcément entendu parler d'un petit garçon sans mère.

Esther esquissa une moue dubitative.

— Tu espères délier la langue à des gens qui ne te connaissent pas ?

— J'ai un talent qui peut me servir : je suis tailleur. Et dans les campagnes, il n'est pas rare que des tailleurs itinérants proposent leurs services chez des particuliers.

Je serai nourrie et logée auprès de familles pendant que je travaillerai à confectionner des habits pour eux et leurs employés. Et j'apprendrai tout ce que je veux savoir.

— Aller de maison en maison pour proposer tes services ? Tu n'y penses pas ! Il est hors de question que tu te lances dans un projet aussi insensé !

— Je ne serai pas seule, j'emmène Nelly. Elle m'est précieuse, et je l'ai bien formée. J'engagerai un apprenti, une fois à York, un garçon qui s'occupera des tâches masculines.

— C'est de la folie ! Et c'est très dangereux ! Ce serait imprudent – et compromettant – pour n'importe quelle jeune femme, alors toi qui ne peux même pas entendre un coche débouler dans la rue avec fracas ? Et occuper un emploi aussi dégradant ! Vivre avec des ouvriers et des fermiers ! Quel scandale !

— Mes aïeux gagnaient leur vie de cette façon. Ils travaillaient comme tailleurs journaliers.

— Oh, Vevey ! s'écria-t-elle – et ses yeux se mouillèrent de larmes d'émotion.

Elle saisit un éventail sur la table basse, s'éventa vigoureusement, puis tourna vers moi un regard débordant de compassion.

— Comment Harry a-t-il pu te faire une chose pareille ? Et pourquoi ?

— Je crois connaître ses raisons. Mais je ne suis pas sûre.

— Enfin, il t'a épousée. Tu aurais été la mère de ses enfants.

— Mais notre mariage a été dissous et désormais je ne suis plus que la fille sourde d'un commerçant. Il est noble. La noblesse édicte ses propres règles.

L'idée de partir pour York me faisait horreur. Bien

que papa préférât désormais dîner à son cercle, me laissant en tête-à-tête avec tante Lavinia et son tricot, la vue de nos tailleurs courbés sur leur ouvrage, des commis revenant de leurs livraisons en courant dans les rues balayées par le vent glacial, et l'odeur de la laine et du cachemire fraîchement déballés me réchauffaient le cœur.

Quand Nelly revint d'une visite amplement méritée dans sa famille, nous partîmes pour York.

J'avais espéré que M. Nicholls me convierait chez lui et que j'aurais ainsi l'honneur de rencontrer sa femme, mais il n'y eut pas d'invitation. Il me reçut dans son bureau, à l'intérieur du palais épiscopal.

À la lecture de sa lettre j'avais cru comprendre qu'il avait deviné la raison pour laquelle j'avais quitté l'Angleterre. En réalité il n'en était rien : il n'était pas préparé du tout à ce que j'allais lui dire. Il trônait derrière un imposant bureau, entouré d'une muraille d'ouvrages théologiques, nimbé par la lumière ambrée qui filtrait d'un vitrail au-dessus de sa tête, et il m'écoutait parler avec l'expression d'un gardien du temple dont le sanctuaire vient d'être profané. Je pense qu'il aurait quitté la pièce en courant s'il avait pu le faire avec dignité.

Si j'avais espéré qu'il me témoignerait de la compassion, je m'étais lourdement trompée. Je n'avais jamais oublié son affection sincère pour Reggie et le fait que, en dépit des sentiments contre nature que mon frère lui avait voués, il ne l'avait jamais jugé. Mais j'étais une femme, et les règles de tolérance étaient très différentes à notre égard. Il n'y avait pas de place pour le moindre faux pas dans son idéal, et tandis que j'étais assise là, en face de lui, il me vint à l'esprit qu'être aussi éperdument amoureux d'une femme qu'il désapprouvait aussi farouchement devait avoir été sa croix.

J'avais espéré que le mariage aurait assoupli son austérité et son puritanisme, mais apparemment il avait trouvé une épouse aussi rigoriste que lui. Peut-être ne lui inspirait-elle pas la même passion dévorante que moi, mais il la tenait en haute estime et leur union serait indestructible.

Quand j'en arrivai enfin à lui expliquer comment j'espérais retrouver mon fils, il croisa les mains sous son menton et répondit :

— C'est extrêmement risqué. C'est de la folie.

— Parce que la folie, ce n'est pas d'arracher un nouveau-né à sa mère ?

— Je n'excuse pas le préjudice qu'on vous a causé, mais vous devez recourir à un moyen légal pour reprendre votre fils.

— La loi donnera raison au père. Le combat durera des mois et au final je n'obtiendrai rien d'autre qu'un scandale public.

— Vous n'avez aucun indice concernant le lieu où pourrait se trouver l'enfant ?

— Je ne dispose que de ma raison – et de mon intuition. En les associant, je pense réussir à obtenir des résultats. Ou tout au moins une piste.

— Comment avez-vous l'intention de procéder ?

— Il existe des registres dans chaque paroisse. J'avais pensé que, peut-être, vous accepteriez d'user de votre influence pour m'y livrer accès. Il a forcément été baptisé.

— Vous voulez vous lancer à la poursuite de tous les petits garçons âgés de deux ans ?

— Pourquoi pas ? C'est un commencement.

Il hésita un long moment, ses mains pressées sur son front. Puis il se leva et tendit la main vers moi.

— Je vais prier Notre-Seigneur pour qu'Il vous aide dans vos recherches.

Le Tout-Puissant dut lui adresser une fin de non-recevoir car je n'entendis plus jamais parler de lui.

25

On dit que le vent ici est aussi tranchant qu'une lame et qu'il émet une plainte si lugubre que même les âmes les plus aguerries ne peuvent s'empêcher de frissonner en l'entendant. Parfois, Nelly interrompait net son ouvrage et jetait un regard effrayé par-dessus son épaule, les yeux écarquillés de terreur comme si elle s'attendait à voir apparaître un spectre.

Les gens du pays étaient inhospitaliers, m'avait-on avertie, ils n'aimaient pas les étrangers. Je n'avais pas tardé à découvrir que leur humeur hargneuse s'exerçait sans discrimination sur tout un chacun, y compris leur propre famille. En réalité, seuls les marais et la lande commandaient leur respect – ce qui était loin d'être le cas du genre humain.

Dans ce décor hanté par les légendes et le brouillard se dressait Blackroak Hall : l'ancienne place forte des comtes de Hambledon. Arc-bouté face au souffle du modernisme qui avait balayé le pays de part en part, le château ancrait son pouvoir dans des traditions séculaires et immuables. Ses nobles habitants ne s'étaient jamais repentis, ni de leurs excès ni de leur arrogance (il n'y avait pas de chapelle à Blackroak), pas plus qu'ils n'avaient travaillé à améliorer les conditions de vie de leurs paysans éparpillés sur ce qui subsistait d'un domaine jadis immense.

Les comtes de Hambledon descendaient de la noble lignée des Breadalbane – l'une des branches du clan Campbell – par le biais d'un lointain ancêtre, dépossédé du titre au profit de son frère cadet. Furieux, le fils déshérité avait franchi la frontière avec ses loyaux partisans, ralliant les puissants ducs de Cumbria et de Northumberland. En récompense de ses hauts faits, il s'était vu octroyer des terres et des forêts dans l'immense étendue de lande située au nord de la vallée de Swidden. Par le jeu des mariages et l'acquisition de nouvelles terres – au sud jusqu'à Holmsley et à l'ouest jusqu'à Bramsdale –, leur domaine n'avait cessé de s'étendre. De cet immense empire, seul subsistait aujourd'hui Blackroak.

Cet ultime bastion aurait lui-même pu tomber en ruine sans les caprices du destin. Plusieurs projets de transfert du fief familial sur des terres plus accueillantes avaient vu le jour. Mais chaque fois, un événement inattendu avait ramené les malheureux Breadalbane pieds et poings liés à Blackroak, comme si la forteresse refusait de les laisser partir. Les femmes, surtout, redoutaient cet endroit, car en dépit des efforts poursuivis par plusieurs générations pour doter les immenses pièces d'un certain confort « moderne », le lieu avait conservé l'austérité effrayante et guerrière héritée de son passé féodal.

Nous étions en juin, et après trois mois passés à trimer de ferme en ferme et de chaumière en chaumière avec

Nelly et Jack, l'apprenti que j'avais engagé à York, j'avais fini par m'acclimater peu à peu à cette région dure et à ses rudes habitants. Je ne cessais de m'étonner que Harry ait pu développer des idées aussi résolument modernes après avoir grandi dans un endroit à ce point âpre et sauvage. Sa mère n'était certainement pas étrangère à son ouverture d'esprit et je me demandais souvent ce qu'elle avait pu ressentir, cloîtrée pendant des mois dans un lieu aussi reculé, condamnée à attendre la visite de sa famille et de ses amis pour égayer un peu la morosité de sa vie. Je m'interrogeais également sur la jeune femme que Harry avait épousée. Comment s'était-elle faite à cette existence austère, à cet isolement forcé ?

Même dans ces contrées hostiles où les langues se déliaient difficilement, le bouche-à-oreille fonctionnait à merveille : en l'espace de quelques mois, le bruit avait couru que la veuve du tailleur cousait des habits comme on n'en trouvait que dans les plus élégantes boutiques de Londres. Un jour, c'était un riche meunier qui m'envoyait l'un de ses garçons pour me demander de me rendre chez l'un de ses fils, à six ou sept kilomètres de là, afin de lui confectionner un costume de mariage ; un autre, c'était un lord qui me faisait venir dans son manoir, sur les hauteurs de Booze Moor, afin de réaliser une nouvelle livrée pour son cocher. Les tailleurs itinérants effectuaient souvent un travail de qualité médiocre, faute de temps, de passion ou de talent. Moi, non. Je mettais autant de soin à couper une veste pour un charron ou un fermier que si elle m'avait été commandée par le duc de Manchester. Certes, le vêtement était de confection simple, et l'homme qui le porterait avait sans doute une nature fruste, des mains rugueuses et une silhouette lourdaude, mais j'aurais eu honte de bâcler mon ouvrage, même si je recevais rarement des compliments de mes clients. Les femmes étaient davantage sensibles à la qualité de mon travail car elles savaient combien il était rare de trouver une couturière capable de couper, de coudre ou de réaliser des boutonnières telles qu'elles n'en avaient jamais vu. Les hommes, eux, voulaient seulement un vêtement bon marché et résistant dans lequel ils se sentaient à l'aise. Le reste n'avait aucune importance.

On nous confiait également beaucoup de petits travaux ingrats, comme rapiécer ou transformer les habits des aînés pour les ajuster à la taille des cadets. Nelly en effectuait la plus grande partie, ce qui l'agaçait. Jack, lui, se chargeait des pantalons. Il n'était pas très vif, mais il avait bon caractère et ne se plaignait jamais. Le tailleur chez qui je l'avais recruté le battait, l'accusant de fainéantise et de vol, bien que cela n'ait jamais été prouvé. Jack détestait son patron et avait sauté sur l'occasion de mettre un terme au contrat qui le liait à lui. Je lui avais dit que j'étais la veuve d'un maître tailleur et que les circonstances m'imposaient de travailler comme journalière pour vivre. Jack n'était peut-être pas très malin, mais il était loin d'être sot et il se doutait bien qu'on lui cachait une partie de la vérité. S'il était effectivement paresseux, il accomplissait sans rechigner sa part de travail et acceptait des conditions de vie beaucoup plus rudes qu'à York. Là où Nelly et moi avions généralement droit à un lit ou un matelas sur le sol de la chambre commune, Jack, lui, devait se contenter de dormir dans la grange ou sur une paillasse, à côté d'une cheminée éteinte. Je l'intimidais un peu, je crois, et il avait le béguin pour Nelly. Elle s'amusait à le taquiner pour le seul plaisir de voir rougir ses grandes oreilles.

Les fermes étaient rudimentaires et froides – des pièces sombres, jonchées de paille ou de sciure, des plafonds bas noircis par la suie. La vie y était simple, imprégnée des odeurs fortes du quotidien : celles des galettes d'avoine cuisant sur une pierre fumante, du duvet d'oie mêlé de sang, de la fiente animale, de la transpiration des hommes au retour des champs. Il n'y avait rien de beau à contempler ici – en dehors de la lande, dont je tombai éperdument amoureuse. Je me demandais souvent à quoi aurait ressemblé ma vie ici, si j'avais été l'épouse de Harry. Parfois, j'essayais de me convaincre qu'il n'était pour rien dans ce complot, puis tout me revenait et sa trahison me lacérait le cœur. C'était comme si je me réveillais d'un cauchemar et que la réalité se révélât plus horrible encore.

Dès que nous terminions notre travail dans une ferme, nous nous rendions dans la suivante, et l'espoir renaissait en moi. Peut-être était-ce ici, derrière cette porte, que se trouvait la clé du mystère que je cherchais si désespérément à percer. J'avais résolu de visiter une à une toutes les familles installées sur le domaine car j'avais la conviction que mon fils était caché non loin de Blackroak Hall. Ne disait-on pas que Harry ne se rendait plus ni à Londres ni dans la propriété de lord Stamford ? Mes recherches finiraient tôt ou tard par aboutir, j'en étais persuadée. Chaque fois que notre charrette s'arrêtait devant une maison, j'observais les enfants en train de jouer dans la cour et j'essayais d'évaluer leur âge. Si mon regard tombait sur un petit garçon susceptible d'être le mien, mon cœur se mettait à battre comme un fou. Bien sûr, l'illusion ne durait jamais longtemps et je m'apercevais très vite qu'il ne pouvait s'agir de mon fils. Mais je ne me décourageais pas. Quelqu'un, quelque part, savait forcément quelque chose, j'en avais la conviction. Tôt ou tard, je finirais par le trouver.

Dans chaque logis on avait une histoire à raconter sur Blackroak Hall et ses habitants. Tout en travaillant, j'essayais de lire sur les lèvres et de glaner des bribes d'information que plus tard Nelly me restituerait dans leur intégralité, quand nous pourrions parler librement avec nos mains, blotties l'une contre l'autre devant la cheminée. La plupart des commérages concernaient lady Ormelie. Chaque famille semblait avoir une médisance à rapporter à son sujet. Les uns affirmaient qu'elle était fausse comme un jeton, une sale petite vipère ; on l'avait surprise en train d'espionner par les trous de serrure ; on l'avait vue fouiller parmi les papiers et le courrier du comte, dans son bureau. Les autres rapportaient que les domestiques la narguaient ouvertement et qu'elle était incapable de s'en faire obéir. Certains voyaient dans ce climat délétère le reflet de la guerre sans merci que se livraient le comte et sa belle-fille pour asseoir leur autorité. Ainsi, si elle congédiait une servante pour son impertinence, le comte la rengageait sur-le-champ ; si elle donnait un ordre, il donnait immédiatement un contrordre.

Au début de leur mariage, lord Ormelie se montrait gentil et attentionné avec elle, mais ses crises d'hystérie avaient fini par avoir raison de sa persévérance. Chaque fois qu'il partait, même pour peu de temps, elle lui faisait une scène épouvantable. Après son départ, elle lui écrivait d'interminables lettres de récriminations, parfois jusqu'à trois par jour. Et à son retour, elle le punissait en refusant de lui adresser la parole pendant des semaines. Elle lui interdisait l'accès à sa chambre la nuit.

Pauvre homme, elle l'avait poussé à bout.

Pas étonnant qu'il fût écœuré.

Toute jolie qu'elle était, il ne la touchait plus.

Ces portraits peu flatteurs de l'épouse de Harry ne faisaient qu'alimenter mon antipathie pour elle. J'avais détesté Arabella Erskine à la minute où je l'avais aperçue sur la pelouse de la propriété de lord Stamford, ravissante dans sa robe couleur maïs et son chapeau à voilette, exhibant ses talents d'archer devant des jeunes gens admiratifs et suivant Harry du regard comme un faucon qui s'apprête à fondre sur une mésange. Elle était ravissante, riche, gâtée par la vie et de bonne naissance. Je l'avais jugée stupide et creuse. Une parfaite Rowena.

Si lady Ormelie focalisait toutes les critiques, personne, jamais, ne disait quoi que soit contre le comte de Hambledon. Une sorte de révérence superstitieuse semblait entourer son nom, comme si en lui manquant de respect, ne fût-ce qu'en pensée, on risquait d'attirer sur soi la colère divine.

Je me trouvais à la ferme des Richmond quand on m'informa que le fermier Platt, de Rushcross Grange, avait été tué par la foudre alors qu'il descendait des plateaux avec ses moutons. Sa femme m'envoyait son fils avec un message me suppliant de venir chez elle aussi vite que possible afin de lui confectionner une robe de deuil. Je m'étais arrêtée à Rushcross Grange une semaine plus tôt afin de réaliser un costume pour M. Platt – le premier depuis son mariage. Hannah Platt m'avait fait l'effet d'une femme affable et généreuse. Elle m'avait témoigné une réelle sympathie et avait montré de l'intérêt pour mon handicap et la façon dont Nelly et moi communiquions.

Je laissai Nelly et Jack terminer notre travail chez les Richmond et me mis en route pour Rushcross le lendemain. L'effervescence qui entoure un décès ne m'était que trop familière, et la maisonnée remarqua à peine mon arrivée. Je me mis au travail le soir même, dans une chambre à l'étage, coupant à la lumière d'une bougie le tissu de laine noire que j'avais apporté. Au matin, après quelques instants de repos, j'avais bâti le corsage et il ne me restait plus qu'à l'essayer. Mme Platt, en chemise et jupon, resta immobile et silencieuse devant moi pendant que j'ajustais l'une des manches. Sans doute parce que nous étions seules, loin des regards, elle fondit en larmes.

Elle séchait ses yeux avec le mouchoir que je lui avais donné quand elle regarda tout à coup vers la fenêtre avec une expression inquiète. Elle avait dû entendre du bruit dehors. Puis sa sœur ouvrit la porte à la volée et lui dit quelque chose qui la plongea dans une grande fébrilité. J'essayai de l'aider à quitter son corsage, mais elle se remit à pleurer. Sa sœur repartit puis réapparut quelques instants plus tard. Mme Platt dit : « Oui, très bien », et sa sœur s'éloigna de nouveau. Après cela, Mme Platt fit des efforts visibles pour recouvrer son sang-froid.

La porte se rouvrit et Arabella apparut. Le contraste entre son élégance princière et le décor misérable de la pièce mansardée était si saisissant que nous restâmes pétrifiées toutes les deux. Malgré le désir que j'avais de lui trouver des défauts, je ne trouvai rien à redire à son apparence : la moire de soie bleu Napoléon et le manteau en velours de Gênes, le chapeau orné d'une plume, les boucles d'oreilles – tout était parfait. Elle était aussi ravissante que dans mon souvenir, et tout aussi hautaine. Elle paraissait cependant étonnamment à l'aise dans cet humble lieu et j'eus la conviction que ce n'était pas sa première visite. Elle regarda dans ma direction et, l'espace d'un instant, je craignis qu'elle ne se remémore cet après-midi à Longmeade, des années plus tôt, où elle avait vu Harry me parler devant le jeu de croquet. Mais je m'étais inquiétée pour rien : son regard revint se poser sur Mme Platt comme si je n'existais pas.

— Où sont-ils tous passés, Hannah ? La maison est déserte.

— Ils sont à Beech Beck, madame. Ils s'occupent des bêtes.

— C'est très contrariant. Ils devraient tous être là à vos côtés.

— Il n'y avait pas moyen de faire autrement, madame.

Juste avant l'accident, M. Platt avait demandé aux voisins de venir l'aider à laver les moutons. Un barrage avait déjà été construit sur le ruisseau. On pleurerait le pauvre homme une fois le travail terminé.

— Je suis sincèrement navrée, Hannah.

— Vous êtes très bonne, madame.

— Quand l'enterrement aura-t-il lieu ?

— Jeudi, madame.

— Dans l'église de Swidden ?

— Oui, madame.

Arabella sortit une petite bourse et la pressa dans la main tremblante de Mme Platt.

— Voilà. Pour vous aider à acheter une pierre tombale et quelques vêtements de deuil à vos enfants.

— C'est très généreux de votre part. Merci.

— La vie n'est pas facile, Hannah.

La fermière hocha lourdement la tête.

Elles gardèrent le silence pendant un moment, sans qu'il semble y avoir de gêne entre elles. Puis soudain, à mon grand étonnement, Arabella serra Mme Platt dans ses bras. Elle lui murmura quelque chose que je ne compris pas, mais il s'agissait probablement de paroles de réconfort.

Lady Ormelie recula et dit :

— Je vois que vous avez trouvé quelqu'un pour vous confectionner une robe de deuil.

Mme Platt tamponna ses paupières avec le mouchoir et esquissa un pâle sourire.

— Mme Truelock a beaucoup de talent. Elle possédait un magasin de vêtements à Nice, madame.

— À Nice ?

Je hochai la tête et elle tendit la main vers moi en guise de présentations. Je la saisis et esquissai une révérence, les yeux modestement baissés. Ses doigts agrippaient fermement les miens et quand je me redressai, je vis que son regard d'un bleu incisif était toujours rivé sur moi.

Elle se détourna pour examiner le tissu de laine que j'avais coupé pour la jupe et étalé sur le lit.

— Hannah, vous devriez porter une robe en crêpe durant la période de deuil. Je vous en commanderai une.

— Oh, celle-ci fera très bien l'affaire, répondit Hannah. Le crêpe est trop fragile, madame. Il ne convient pas à la vie que nous menons ici.

— Mais vous devriez posséder au moins une robe en crêpe. Pour les dimanches et les jours de fête.

Elle leva son regard vers moi, et je vis une intelligence affûtée dans ces yeux d'un bleu perçant.

— Si cette femme ne sait pas travailler le crêpe, je demanderai à la couturière de Swidden de la faire.

— Je sais travailler le crêpe, ripostai-je avec fierté, avant de me mordre la langue.

Elle me jaugea froidement puis se retourna vers Hannah.

— C'est à vous de juger, dit-elle.

— Mme Truelock fait de l'excellent travail, madame. On n'a jamais vu une couturière comme elle dans le pays. Elle est la veuve d'un maître tailleur, et elle a confectionné à M. Platt le plus beau costume qu'il ait jamais porté.

Ses yeux se mouillèrent.

— C'est celui qu'il porte en ce moment. Il sera enterré avec.

— Là, là, Hannah, protesta Arabella en lui tapotant gentiment la main. Je ne suis pas venue pour vous faire pleurer. Nous avons versé suffisamment de larmes ensemble, vous et moi.

Elle se tourna vers moi, le regard animé par un intérêt soudain.

— Si vous aviez une boutique à Nice, vous devez connaître la mode française.

— Bien sûr.

— Est-ce vous qui avez réalisé la livrée du cocher de sir William ?

— Oui, madame.

— Il en était très satisfait. Apparemment, vous avez réussi quelque chose de spectaculaire.

Je hochai brièvement la tête, les yeux fixés sur son visage, redoutant de comprendre de travers.

— J'aimerais renouveler la livrée de notre intendant et de nos valets de pied.

Elle lança un regard en direction de Hannah et ajouta avec un bref sourire désabusé :

— Si toutefois M. le comte n'y voit pas d'objection, bien sûr.

Puis elle ajouta, à mon intention :

— Vous m'obligeriez en venant à Blackroak.

Comme je ne répondais pas, elle demanda :

— Avez-vous compris ce que je viens de dire ?

— Oui.

Elle approcha sa main gantée de son oreille.

— Vous êtes dure d'oreille, n'est-ce pas ?

— Légèrement, mentis-je.

Elle parut méditer ma réponse, mais son visage resta impénétrable et il me fut impossible de lire dans ses pensées. Puis elle me demanda quand j'en aurais terminé avec la robe de Mme Pratt.

— Ce sera fini demain, madame.

— Vous êtes rapide, déclara-t-elle d'un air incrédule. En ce cas, venez demain.

Puis elle étreignit la main de Hannah et s'en alla.

Cette nuit-là, à la lueur tremblante d'une bougie, j'écrivis une lettre effrayée à Esther.

Dieu me vienne en aide ! Qu'ai-je fait ? Je vais me jeter dans la gueule du loup ! Et cependant c'est la route que la Providence a ouverte devant moi : je la suivrai donc. Mes recherches ont été vaines jusqu'ici – comme tout le monde me l'avait plus ou moins prédit. Mon fils est peut-être loin d'ici, dans un autre comté ou même dans un autre pays. Mon intuition me crie qu'il est tout près, mais comment en être sûre ? J'ai tellement pris l'habitude de m'accrocher au moindre indice, à la plus petite lueur d'espoir... Et si j'avais tout imaginé ? Quelle folie de me lancer dans cette aventure, de mener cette vie rude et misérable sur ces terres lointaines et hostiles alors que Nelly et moi pourrions travailler confortablement dans une boutique de confection d'Oxford Street. Ma détermination n'a cessé de fléchir ces dernières semaines, je l'avoue. Je commençais à penser que mon impulsivité nous avait exposées, ma fidèle Nelly et moi, à des risques inconsidérés, mais cette rencontre avec Arabella Erskine me semble un signe du destin – n'est-ce pas ?

D'après Mme Platt, Harry ne serait pas à Blackroak en ce moment, mais elle n'en est pas certaine. En revanche, le comte est bel et bien là. Je frémis à l'idée de rencontrer ce monstre ; cependant, je suis prête à prendre d'énormes risques pour le voir, ne serait-ce qu'une fois. Mais le château est immense et je serai logée avec le personnel : il est donc peu probable que je croise le chemin de Harry ou de son père. Je m'efforcerai de glaner le plus d'informations possible auprès des domestiques, mais sans Nelly auprès de moi, la tâche sera terriblement compliquée. Je la ferai venir, ainsi que Jack, dès qu'ils en auront terminé chez les Richmond.

Arabella Erskine n'est pas du tout telle que je l'imaginais. Elle m'est apparue très sûre d'elle et parfaitement à l'aise dans son rôle de châtelaine. Elle a indéniablement beaucoup d'allure. Je l'ai trouvée plus sympathique que je ne le pensais, je l'avoue. Elle a en Mme Platt une amie dévouée, loyale – et discrète car elle ne s'est livrée à aucune confidence après son départ. J'ai réussi à saisir la plus grande partie de leur conversation : apparemment, elle a traversé des moments difficiles dont Hannah a été le témoin privilégié. Physiquement, elle est plus mince que dans mon souvenir, presque fragile, avec un teint de porcelaine et des yeux de poupée. Cependant, il n'y a rien de fade dans son attitude. Son visage est très expressif et son regard hardi. Je m'interroge sur le timbre de sa voix. Je l'imagine assez haut perché. Elle était habillée avec beaucoup d'élégance – une femme très décorative, et cependant j'ai le sentiment qu'elle n'apprécie pas d'être cantonnée dans un rôle purement ornemental. Je me souviens que Harry l'avait trouvée immature, mais il s'est écoulé plus de deux ans, elle a dû changer.

Et si c'était mon orgueil blessé qui me poussait à commettre cette folie ? Je vais prendre sur moi pour me plier à ses ordres sans me montrer impertinente, mais… Ô Seigneur, Esther ! J'ai été lady Ormelie moi aussi, et avant elle. Je ne l'oublie pas une seule seconde !

Tout est si confus, je suis incapable d'imaginer comment cela va tourner. Que le ciel me vienne en aide !

26

Je quittai Rushcross Grange juste après l'aube. Après avoir traversé de verts pâturages semblables à de gros édredons, je pris la direction du nord, vers les hauts plateaux derrière lesquels se dressait Blackroak Hall. Le ciel était noir, et le vent sentait la pluie. Je dépassai une ferme où j'avais travaillé un mois plus tôt, et j'aperçus au loin les Kerton et leurs enfants, occupés à couper de la tourbe sur les pentes de Moor Close. Leur vieux chien de berger se figea en me voyant et garda les yeux rivés sur moi jusqu'à ce que je disparaisse dans le sentier, en contrebas.

Plus loin sur le vallon, des moutons broutaient des parcelles d'herbe rase, délimitées par des murets de pierres sèches. Dans cet horizon sans arbres, ils donnaient l'impression d'être la seule forme de vie à des lieues à la ronde. Malgré les ruisseaux qui prenaient des reflets d'acier dans la lumière trouble et les fleurs sauvages qui tapissaient les prairies en ce début d'été, on aurait dit un paysage déserté par l'homme : on ne distinguait pas l'ombre d'une habitation alentour.

Je ne parvenais pas à m'habituer à la rudesse de ma nouvelle vie. Certaines nuits, je gémissais encore en songeant au confort laissé derrière moi – mon matelas douillet, mon oreiller en plumes, mes livres, les domestiques qui lavaient mes affaires et me servaient à table. Je faisais tout cela moi-même, désormais. J'avais constamment mal au dos, et je ne parvenais pas à empêcher ma tête de dodeliner, le soir, à l'heure du dîner. Cependant, j'avais le sentiment de comprendre cette terre étrange mieux que tout autre lieu au monde. Les nuages qui traversaient le ciel, projetant des ombres mouvantes sur le flanc des collines, le vent cinglant qui déferlait dans les terres, transformant les prairies en une houle frissonnante, les éclairs qui déchiraient le ciel tandis qu'au loin la pluie tombait comme un rideau de cendres – tout cela trouvait un écho assourdissant dans mon imagination. La force de ces images était telle qu'à certains moments, j'avais presque l'impression d'avoir retrouvé l'ouïe et d'entendre la nature me parler.

J'arrivai à Blackroak Hall peu avant la nuit. Le château surgit tout à coup devant moi, juste comme j'atteignais le sommet d'une colline. Quelques timides rayons de soleil avaient réussi à se faufiler entre les nuages noirs et projetaient sur les murs une lumière dorée. Je posai mon sac de voyage à mes pieds et contemplai le lieu qui hantait mes pensées depuis tant d'années.

Dans notre Livre de conversation, Harry avait écrit :

Blackroak est un splendide amalgame de styles. Un énorme manoir Tudor auquel se mêlent les vestiges d'une abbaye médiévale. Toute cette symétrie rigoureuse est jetée à bas par un escadron de tours qui s'égrènent pêle-mêle le long de l'aile ouest, avant d'être absorbées dans le paysage. Pauvre vieux, il n'a jamais été capable de rompre avec son passé de ruine.

Il y avait peu de signes d'activité à l'extérieur, si ce n'était deux ou trois garçons de ferme qui trayaient des vaches dans le pré, assis sur des tabourets, et un jeune paysan qui tirait un âne chargé de paniers. Un jardinier muni d'une brouette s'arrêta pour me regarder tandis que je descendais le sentier. Je contournai une haie d'ifs, puis longeai les écuries et une remise. J'atteignis enfin une petite cour extérieure et effrayai involontairement une fille de cuisine qui faillit se trouver mal tant elle eut peur. Elle se réfugia dans la maison comme si elle avait le diable à ses trousses et, surgie de nulle part, une meute de chiens menaçants fit cercle autour de moi en montrant les dents. Je restai paralysée de terreur jusqu'à ce qu'une femme apparaisse sur le seuil. Elle portait une coiffe blanche et s'essuyait les mains sur un tablier assorti. Elle me dit quelque chose mais elle était trop loin pour que je puisse lire sur ses lèvres, et je n'osai pas faire un pas. Je lui criai donc mon nom, ajoutant que j'étais ici à la requête de lady Ormelie. Finalement, une gouvernante apparut et les chiens se dispersèrent.

La femme me fit signe de la suivre et je traversai successivement une buanderie et la cour des cuisines avant de longer un couloir tortueux où mon odorat, aiguisé par la faim, identifia le fumet d'une pièce de viande rôtissant sur une broche. Il y eut quelques marches à monter, puis une porte s'ouvrit sur une cuisine enfumée où s'activait un bataillon de tabliers blancs. Une deuxième porte, massive et cloutée de fer, nous conduisit dans un autre couloir. Une courte halte, le temps pour mon guide d'allumer une bougie, et un escalier étroit et sombre nous conduisit au sommet d'une tour, quatre étages plus haut. Je débouchai dans une pièce minuscule dont le plafond, fortement incliné, était soutenu par des poutres noircies. La gouvernante s'arrêta pour allumer une bougie sur le rebord de la fenêtre, puis elle pivota vers moi et l'affolement me gagna quand je compris que j'allais loger ici. Seul un mince rai de lumière filtrait à travers une étroite fenêtre asphyxiée par les toiles d'araignées et la poussière. La cheminée en pierre nue, dépourvue de tout ornement, était froide et humide. Le mobilier se réduisait à un lit dans l'angle, une armoire mangée aux vers et un chevet. Il n'y avait pas même une table ou une chaise.

La femme m'expliquait quelque chose, mais la lumière était trop faible pour me permettre de lire sur ses lèvres. Mes yeux affolés ne cessaient de fouiller ce lieu exigu et sombre. J'allais être emprisonnée ici. Comme elle se détournait pour partir, je lui saisis le bras. Elle me repoussa sans ménagement et me toisa avec mépris. Elle avait peut-être été jolie à une époque, mais ses traits s'était aigris et durcis avec l'âge et ses cheveux gris, tirés en arrière, ne faisaient rien pour adoucir son expression hargneuse. Je lui demandai de m'indiquer où se trouvaient les bougies et les allumettes. En entendant ma voix étrange, elle leva sa bougie vers mon visage et m'examina comme si j'étais un veau à deux têtes.

— Vous êtes sourde ! cria-t-elle.

— Je suis un peu dure d'oreille, en effet. Dois-je comprendre que cet endroit est ma chambre ?

Il me fut impossible de saisir sa réponse. Quand je m'agenouillai pour sortir mon ardoise de mon sac et la lui tendis, elle l'écarta d'un geste exaspéré. À l'évidence, je ne pouvais espérer d'une telle mégère qu'elle fasse le moindre effort pour composer avec mon infirmité. Elle m'attrapa par le coude et m'entraîna dans la pièce, ouvrant l'armoire pour me montrer des bougies, des draps et un pot de chambre à l'ancienne. Je compris que je devrais aller chercher mon eau tous les matins. Finalement, pour se débarrasser plus vite de moi, elle posa sa bougie, s'empara de l'ardoise et griffonna : *Petit déjeuner 6 h 30*. Je n'aurais donc rien à manger d'ici là.

Quand je lui demandai son nom, elle écrivit lentement et solennellement : *Mme Brumfit*.

Puis elle récupéra sa bougie et disparut dans l'escalier.

Jamais, depuis que j'étais devenue sourde, je n'avais été aussi isolée du reste du monde que cette nuit-là, emprisonnée dans une pièce minuscule, quelque part au milieu des ténèbres épaisses d'une tour décrépite, entourée par un silence plus épais que tous ceux que j'avais connus jusqu'alors.

Très vite, j'allumai d'autres bougies, puis je me ravisai en pensant à la maigre réserve dont je disposais, et je les éteignis pour n'en garder qu'une seule. Son maigre halo me permettait à peine de distinguer les poutres basses, et je restai un long moment assise sur mon lit, luttant pour contrôler les battements désordonnés de mon cœur. Finalement, je rassemblai suffisamment de courage pour explorer les lieux. En dehors de la porte de l'escalier par laquelle nous étions entrées, une deuxième porte conduisait sans doute à une antichambre et au reste de la maison. Mais elle était fermée à clé. Je ne réussis pas davantage à ouvrir le grand coffre en bois sculpté au pied de mon lit. Après avoir sondé les zones d'ombre et constaté qu'elles n'abritaient pas de monstres, je me dévêtis et me glissai dans mon lit humide et froid en essayant de me convaincre que tout irait mieux dès que le jour serait levé. Je sortis de mon sac le seul livre que j'avais emporté : le recueil de M. Baudelaire, le poète français que j'avais rencontré à Londres lors de mon premier et unique bal, la nuit où Harry m'avait embrassée. J'essayais de me convaincre que je ne le conservais pas pour des raisons sentimentales, mais à cause de la nature rebelle des textes qui le composaient. Je n'avais peut-être pas assez l'expérience du monde pour en apprécier la beauté décadente, mais leur force et leur pouvoir de suggestion résonnaient en moi avec d'autant plus d'intensité que je ne pouvais pas entendre leur musique. Cela me demanda un gros effort de concentration, mais finalement je m'abandonnai à la voix du poète. L'obscurité menaçante autour de moi disparut, et je sombrai dans un profond sommeil.

Je fus réveillée par de la lumière dans la pièce et crus tout d'abord que c'était le matin. Puis je vis Arabella, assise sur le coffre en bois, au pied de mon lit. Sa tête était inclinée, et une lanterne à gaz brûlait sur le sol, à côté d'elle. Je m'assis dans mon lit, croisant mon châle sur ma poitrine, et me rendis compte avec un choc qu'elle lisait mon recueil de poèmes.

— Puis-je savoir ce que vous faites ?

Elle leva les yeux. Ses cheveux blonds formaient un ravissant entrelacs de boucles sur sa nuque. Elle portait une splendide robe de soirée et une parure de diamants.

— Je lis votre livre, répondit-elle platement.

— Je le vois bien. Veuillez me le rendre, je vous prie, dis-je en tendant la main. Vous n'avez pas le droit de fouiller dans mes affaires. Je ne suis pas l'une de vos servantes.

— Il est écrit en français, répondit-elle, ignorant mon

geste. Comment se fait-il qu'une petite couturière lise de la poésie française ?

— J'ai vécu en France. Je vous l'ai dit, j'avais une boutique là-bas.

— J'ai entendu parler de ce poète. M. Baudelaire. Ce qu'il écrit est très choquant. Il a fait scandale dans son pays.

Ma main resta tendue.

— Mon livre, s'il vous plaît.

— Mais puisque vous avez été mariée, vous avez le droit de lire ce que vous voulez.

Elle m'observa en silence pendant un long moment, ses yeux reflétant cette intelligence affûtée que j'avais décelée chez Hannah Platt.

— Vous n'êtes pas ce que vous prétendez être, déclara-t-elle lentement.

Déstabilisée, je secouai la tête sans répondre.

Elle se pencha plus près et répéta :

— Vous n'êtes pas du tout ce que vous prétendez être. Où avez-vous étudié ?

— Chez moi, avec des précepteurs. Je ne suis pas sourde de naissance.

— Mais votre façon de parler est bizarre.

— Il est difficile de contrôler sa diction quand on ne peut pas s'entendre, rétorquai-je, assez vertement car je n'étais pas encore bien réveillée.

— Je suppose, en effet.

Elle me dévisagea ostensiblement.

— Je n'avais encore jamais rencontré une sourde.

Elle regarda pensivement le livre sur ses genoux, le ferma, et me le tendit. Il y avait quelque chose d'étonnant chez elle, une originalité, une liberté totale dans sa façon de réagir à une situation.

— Votre robe est très élégante, dit-elle en désignant

d'un geste le vêtement en soie noire que j'avais suspendu à la porte de l'armoire.

— Je n'ai pas toujours été pauvre.

— Quel âge avez-vous ?

— Vingt-cinq ans.

— Vous n'êtes pas beaucoup plus âgée que moi.

Elle m'observa pensivement.

— Vous n'avez pas eu de chance.

Puis, remarquant l'ardoise et la craie que j'avais posées sur le coffre où elle était assise, elle s'en empara.

— Pourquoi avez-vous besoin de cela ? Vous semblez comprendre parfaitement ce que je dis.

— Je triche, avouai-je avec un frisson en serrant plus étroitement mon châle sur mes épaules.

Elle parut trouver ma réponse très amusante, sans se douter que je venais simplement d'exprimer la vérité.

Elle examina l'ardoise comme s'il s'agissait d'un jouet destiné à la distraire, et après un moment de réflexion, elle écrivit : *Je crois que je préférerais votre compagnie à celle de ces femmes stupides et jalouses que je dois supporter chaque fois que nous donnons un de ces dîners mortels. Vous êtes loin d'être sotte et vous connaissez le malheur*. Après m'avoir passé l'ardoise pour me permettre de la lire, elle tendit la main et ajouta :

— Venez vous promener avec moi.

Sa façon d'être me déconcertait, mais je ne pus m'empêcher de la suivre, fût-ce par curiosité. Elle me donna la lanterne tandis qu'elle-même prenait une bougie ; j'attrapai mon ardoise avant de lui emboîter le pas. La porte de communication que j'avais trouvée fermée dans la soirée était maintenant grande ouverte. Elle conduisait à une antichambre, à peine plus grande que mon réduit mais confortablement meublée, avec des rideaux aux fenêtres, un tapis, et un miroir accroché au mur en stuc. Arabella dit quelque chose que je ne saisis pas, mais je devinai que c'était là qu'on aurait dû m'installer, et non dans le petit cagibi lugubre où elle m'avait trouvée endormie. La gouvernante – « cette sorcière de Brumfit ! », je crois que ce furent ses mots – avait volontairement désobéi à ses ordres. Apparemment, c'était cet acte d'insubordination, bien plus que mon éventuel inconfort, qui la mettait en rage.

Après m'avoir expliqué que je logerais ici à partir du lendemain, elle entra dans une deuxième chambre, luxueuse, lambrissée de chêne, au plafond mouluré. Ses appartements, m'expliqua-t-elle. La pièce aurait pu être une bibliothèque, mais les murs ne comportaient aucun rayonnage. Quant à la décoration et au mobilier, ils étaient caractérisés par leur touche féminine : une table ronde recouverte d'un châle indien à longues franges, sur laquelle étaient rangées des piles bien droites de livres et de journaux, côtoyait une chaise confortable et des coussins ainsi qu'un secrétaire équipé d'un nécessaire à écrire et d'une série d'encriers en argent parfaitement alignés ; un paravent chinois voisinait avec plusieurs vases orientaux de couleurs vives et un grand palmier en pot trônait près de la fenêtre. De hauts miroirs dorés réfléchissaient la lumière de ma lanterne. Tout était impeccablement en ordre. Arabella s'arrêta pour pincer la feuille sèche d'une azalée.

— Ils n'arrosent jamais mes plantes. Ils oublient tout le temps, commenta-t-elle avec une moue.

Puis elle se tourna vers moi et ajouta joyeusement :

— Il a promis de me faire construire une serre. J'y tiens absolument. Je dois avoir de la verdure à l'intérieur pendant les grands froids. Les hivers sont tellement horribles ici.

Impossible de savoir si elle parlait de Harry ou du

comte, mais je n'osai pas lui poser la question. Je la laissai babiller tandis que nous franchissions une autre porte et concentrai mon attention sur la longue galerie sombre, devant nous. Tout au bout, la pâle clarté de la lune filtrait à travers une fenêtre en rotonde. Au fur et à mesure que nous avancions, la lumière de la lanterne faisait sortir un à un de l'ombre les portraits des comtes de Hambledon. Même morts, ils continuaient à défier le monde des vivants, telle une armée invincible. Soudés, inséparables, épaule contre épaule. Une longue lignée de tyrans arrogants. Le bonheur individuel ne signifiait rien pour eux.

— Le portrait du comte est-il ici ? demandai-je.

Arabella me lança un regard amusé.

— J'aimerais bien !

Puis elle éclata de rire.

— Il faut être mort pour avoir l'honneur de figurer dans cette galerie. Les vivants sont exposés en bas, où tout le monde peut les voir.

Un peu plus loin, un guerrier médiéval montait la garde – probablement un vestige de la vaste collection d'armures qui s'alignaient jadis le long des murs. Arabella allongea le pas, protégeant de la paume la flamme de sa bougie, et me jeta un regard par-dessus son épaule en me criant quelque chose, probablement une invitation à la suivre. Elle s'immobilisa devant le chevalier en armes, fit couler une petite flaque de cire sur le sommet du heaume et y ficha sa bougie. Puis elle regarda droit dans les fentes de son casque, et lui adressa une parodie de salut militaire avant de reculer et de se mettre à rire. Je grimaçai un sourire sans joie. Je n'étais pas dupe de cette petite mise en scène. J'étais là uniquement pour tenir compagnie à Mme la vicomtesse. Mon inconfort lui était parfaitement indifférent. Le sol était glacé et je ne portais pas de pantoufles, seulement un châle que je croisais sur ma poitrine d'une main, tout en serrant mon ardoise dans l'autre. Cependant, j'étais touchée par cette tentative maladroite pour m'amuser. Arabella avait le charme d'une petite fille innocente mais capricieuse qui veut que tout le monde l'aime tout de suite. Sa solitude était criante, et je fus malgré moi envahie par un sentiment de compassion.

Elle traversa brusquement la galerie en direction d'une petite salle où trônait une table de billard. Elle fit glisser sa main sur le tapis vert et me regarda avec un sourire interrogateur, visiblement dans l'attente d'une réponse à une question que je n'avais pas comprise. Une expression exaspérée apparut sur son visage. Elle releva le bas de sa robe et passa devant moi en marmonnant des propos qui ne devaient pas être aimables. J'en avais assez. Je posai la lanterne sur une table basse, m'élançai derrière elle et lui fourrai l'ardoise et un morceau de craie sous le nez.

— Je regrette, mais il m'est impossible de lire sur vos lèvres dans le noir, ou quand vous me tournez le dos. Si vos commentaires appellent une réponse, je vous saurais gré de les noter par écrit.

Elle écarquilla les yeux.

— Ne soyez pas impertinente avec moi.

Puis, m'arrachant l'ardoise des mains, elle griffonna : *Tout le monde est méchant avec moi ici. Si vous l'êtes aussi, je vous renverrai.*

Sa réaction était celle d'une petite fille immature, et je m'efforçai de pondérer ma réponse :

— Je n'avais pas l'intention de me montrer désagréable, madame la vicomtesse. Mais vous devez tenir compte de mon handicap si vous souhaitez que je comprenne ce que vous dites.

Elle me regarda pensivement, comme si elle se rendait compte pour la première fois que j'étais un être humain, capable d'éprouver des sentiments. Selon toute apparence, elle n'avait pas l'habitude de considérer les gens sous cet angle.

Elle effaça l'ardoise, la posa sur le bord de la table de billard et écrivit : *En vous voyant, on ne peut pas se douter que vous êtes atteinte d'un handicap – ce n'est pas comme si vous étiez aveugle, ou estropiée.*

— C'est exact, acquiesçai-je. Et cela donne lieu à bon nombre de malentendus.

Son regard s'adoucit. Elle effaça l'ardoise et nota : *Nous sommes nombreux dans ce cas. Il nous manque une petite pièce à l'intérieur, mais personne ne peut le deviner en nous regardant, n'est-ce pas ?*

Sa remarque me stupéfia. Pendant que je cherchais à en percer le sens, elle effaça l'ardoise et reprit : *Il adore le billard. Une passion qu'il a découverte sur le tard. Il en a deux autres au château – et un dans sa tour. Un meuble impressionnant, d'origine maure, incrusté d'ivoire et de perles.*

À nouveau, elle parlait du comte. Il m'apparut tout à coup que chaque fois qu'elle évoquait sa vie à Blackroak, elle mentionnait non pas Harry mais son père.

— Je joue avec lui, de temps en temps. Il m'apprend, dit-elle en époussetant une trace de craie sur sa jupe.

Soudain, elle redressa la tête, son attention attirée vers le fond de la galerie ; quelqu'un approchait. Mon cœur bondit d'effroi. Craignant que ce ne soit le comte, je reculai dans l'ombre. Une petite flamme transperça l'obscurité, et une femme d'un certain âge, portant une coiffe blanche, s'avança avec une bougie – il s'agissait de sa femme de chambre.

Arabella se tourna vers moi, articulant avec un zèle exagéré des mots que je devinai être un chuchotement :

— Ils me retrouvent toujours.

Elle tapota une boucle d'oreille en diamants.

— Ils veulent mettre les bijoux en sûreté.

Puis, après une seconde de réflexion, elle se pencha sur la table de billard et nota : *C'est parfait ! J'écrirai sur votre ardoise, et puis j'effacerai tout, comme ça personne ne saura ce que nous disons et il n'y aura aucune trace de nos conversations !*

Elle empoigna la lanterne avant de s'éloigner d'un pas vif et je fus prise de panique, car la bougie qu'elle avait plantée sur le heaume du chevalier avait presque entièrement fondu.

— S'il vous plaît ! criai-je en m'élançant derrière elle. Madame la vicomtesse, laissez-moi la lanterne, je vous en supplie !

Elle se retourna avec hauteur, comme si je venais de lui demander un trésor, puis ses traits s'adoucirent et elle me sourit avec gentillesse.

— Mais bien sûr, acquiesça-t-elle en me la tendant.

Elle partit hâtivement. La soie pâle de sa robe transperça l'obscurité avant de s'y engloutir.

Le lendemain matin, après le petit déjeuner, le personnel au grand complet se rassembla dans le hall pour les dévotions matinales. Comme j'ignorais tout des usages dans une noble demeure, je ne savais absolument pas à quoi m'attendre jusqu'à ce que le comte en personne apparaisse au balcon de la galerie, juste au-dessus de nous. Ce fut un choc terrible de me trouver en présence de l'être diabolique qui s'était acharné à détruire mon bonheur. Il posa ses lunettes sur son nez et se tourna vers Mme Brumfit qui lui remit cérémonieusement une bible volumineuse. Toute sourde que j'étais, je sentais le silence absolu qui régnait autour de moi. Personne ne bougeait.

Le comte était un homme colossal – au bas mot un mètre quatre-vingt-quinze – d'une carrure impressionnante, avec des mains à l'avenant. Une barbe et de gros favoris roux lui mangeaient la moitié du visage, accentuant sa ressemblance avec un ogre. Il ajusta ses lunettes puis commença à lire. Je ne pensais pas pouvoir suivre le service, mais toutes ces années où j'avais appris par cœur des passages entiers de la Bible avec M. Nicholls révélèrent très utiles : je reconnus rapidement le premier livre des Chroniques :

> À toi, ô Éternel, la grandeur, la force et la magnificence, l'éternité et la splendeur ; car tout ce qui est dans les cieux et sur la terre t'appartient. À toi, ô Éternel, la royauté, à toi la domination suprême sur toutes choses.

Il parlait avec une telle autorité que, même sans entendre le son de sa voix, mon cœur était effrayé. Je jetai un regard furtif autour de moi. Je percevais sur tous les visages la même allégeance muette mais contrainte, une loyauté fondée sur la peur. Comme je les observais, une main de glace se referma sur mon cœur et le broya lentement, m'amenant au bord de la suffocation. Participer à cette tartuferie était au-dessus de mes forces. Je n'avais cependant pas le choix. Je m'y plierais comme les autres, chaque matin, aussi longtemps que je vivrais sous son toit. Sa lecture biblique achevée, il mit un terme à la prière et les domestiques se dispersèrent. Je lui jetai un ultime regard tandis qu'il refermait la bible et la rendait à la gouvernante. Puis je m'éloignai à mon tour.

Il s'écoula plusieurs jours avant qu'Arabella me redonne signe de vie. Je les passai à repriser les redingotes du comte, confinée dans ma chambre, et à regarder par la fenêtre le peu d'activité que je pouvais apercevoir dans la cour, à mes pieds. Un matin, profitant de ce que le comte était absent, je promis un gilet neuf à un jeune valet d'écurie s'il me faisait visiter le château, car je m'étais perdue un nombre incalculable de fois dans le labyrinthe des couloirs en voulant me rendre dans les cuisines. L'apparente symétrie du bâtiment principal était trompeuse car l'aile ouest avait amalgamé un ensemble de vieilles tours médiévales, et le parc lui-même intégrait les vestiges d'une abbaye. À l'intérieur comme à l'extérieur des murs, on n'était jamais tout à fait sûr de l'endroit où l'on se trouvait, ni du lieu dans lequel on allait déboucher. On ne pouvait même pas se fier au soleil, qui ne perçait jamais assez longtemps à travers les nuages noirs pour permettre de s'orienter.

Une arrogance lugubre flottait sur Blackroak Hall. L'endroit me faisait penser à un aristocrate en guenilles qui continuerait à s'agripper de toutes ses forces à une prétendue supériorité fondée sur un mythe en décomposition. L'image me renvoyait sans cesse à ce que Harry m'avait dit à propos de son père et de la relation presque fusionnelle qui l'unissait au domaine. Seules quelques pièces étaient meublées : la chambre de maître, la bibliothèque, un salon, et la salle à manger du rez-de-chaussée, à laquelle on pouvait accéder uniquement en traversant le grand hall médiéval ou en longeant un couloir construit à une époque beaucoup plus tardive, mais tout aussi sinistre et plein de courants d'air. Le gigantisme des pièces et leur magnificence éclipsaient les quelques éléments de confort disséminés çà et là – banquettes, fauteuils rembourrés, tables basses ou cendriers.

Où que je me tourne, des têtes de cerf et de sanglier surgissaient sur les murs, au-dessus des portes et des cheminées, m'observant de leur regard fixe. Une peau de tigre tapissait le sol de la bibliothèque, trophée rapporté par le comte d'un voyage en Inde. Partout on se heurtait à des renards empaillés, figés sur leurs petites pattes maigres, babines retroussées. Il n'y avait aucune concession au raffinement, aucun effort pour rendre les lieux plus accueillants. Ce qui aurait dû se limiter au fumoir d'un gentleman avait envahi toutes les pièces à vivre. Arabella avait dû être aussi déconcertée et effrayée que moi en découvrant les lieux. C'était un endroit abominable pour recevoir des amis à dîner, donner des soirées musicales et des bals, tout ce que rêve de faire n'importe quelle jeune femme. D'après le valet d'écurie, la seule fois où on avait dansé à Blackroak depuis la mort de lady Hambledon, c'était à l'occasion du mariage de lord Ormelie avec l'Américaine ; c'était aussi la dernière. Depuis, il n'y avait plus eu de festivités au château.

Le portrait du comte trônait au rez-de-chaussée, sur un panneau en bois sculpté, à l'entrée du hall. Il avait été réalisé à l'époque où il avait hérité de son titre : on y voyait un jeune homme imberbe, en costume de cour, arborant un air de souverain mépris. Sa couronne de comte était posée sur une table, à côté de lui. À l'évidence, il avait été beau, mais ses traits orgueilleux semblaient coulés dans un moule impitoyable. Du moins, c'était ainsi que je le ressentais.

Le portrait de Harry se trouvait à l'autre bout du hall, à côté de celui de sa mère. Je faillis fondre en larmes en le voyant. Harry paraissait si grand, si invincible, si… réel. Je fus totalement bouleversée. J'arrêtai ma visite là et regagnai ma chambre.

Je cherchai un portrait d'Aurélia, la sœur perdue de Harry, mais il n'y en avait pas.

Au quatrième jour, j'écrivis à Nelly, chez les Richmond, pour lui donner des instructions. Je me rendis à pied jusqu'à Lowendale afin de poster moi-même la lettre car je n'avais pas confiance dans les domestiques.

> On m'a enfin assigné une tâche digne de mon savoir-faire : je vais réaliser des robes pour Mme la vicomtesse. Tu seras sans doute étonnée d'apprendre qu'elle n'a rien de la peste arrogante et sotte que les villageois nous ont dépeinte. J'ai entrevu un aspect de sa personnalité dont je ne soupçonnais pas l'existence, et qui la rend moins antipathique que je ne le pensais. Elle semble être en guerre avec la gouvernante (une horrible mégère), mais je ne perçois pas une réelle animosité envers son beau-père – au contraire, elle paraît complètement soumise à ce sinistre personnage. Je ne me suis pas encore fait d'elle une opinion définitive. La mauvaise nouvelle, c'est qu'elle s'oppose à ta venue. Je ne m'explique pas pourquoi. Elle prétend ne pas vouloir d'un groupe de tailleurs itinérants sous son toit. Je crois plutôt que c'est à cause du comte et de la méfiance que lui inspirent les étrangers. À moins qu'elle ne veuille me garder sous son contrôle, tout simplement – car je suis visiblement l'une des rares personnes qu'elle a le sentiment de pouvoir commander à loisir. Quand je lui ai expliqué que tu m'étais d'une aide précieuse pour comprendre ce qui se disait et que nous communiquions toutes les deux par signes, elle a écrit sur l'ardoise : « Alors vous parleriez ensemble devant moi et je ne

saurais pas ce que vous êtes en train de dire ? Je n'aimerais pas cela du tout. »

Je suis atterrée de savoir que je devrai me débrouiller sans toi, car les efforts que je prodigue en permanence pour comprendre ce qui se dit autour de moi drainent toute mon énergie, et mon moral est au plus bas. Cet endroit est vraiment terrifiant, par moments. Je suis sûre que j'entendrais des fantômes, si je n'étais pas sourde.

Vous devez retourner à Swidden, Jack et toi, et vous installer à l'auberge du Chêne Royal en attendant mon retour. Je compte sur toi pour tenir Jack occupé et l'empêcher de faire des bêtises car il peut nous être utile. Je suis peut-être dans l'antre du voleur mais jusqu'ici il n'y a aucune trace du trésor que je cherche.

Arabella m'avait informée qu'ils se rendraient à Londres pour le reste de la Saison dès que Harry serait rentré d'Écosse. Il serait alors trop tard pour renouveler sa garde-robe, et il était impératif qu'elle arrive avec des toilettes dernier cri.

Nous passâmes des heures à feuilleter *La Mode illustrée*, qu'elle recevait directement de Paris par la poste. Elle possédait de véritables trésors : de somptueux tissus et parements achetés sans discernement chez des marchands à York et à Londres et soigneusement rangés dans des coffres. Elle notait scrupuleusement les dimensions et l'emplacement exacts de chaque petit volant, de chaque fronce sur les modèles que nous étudiions. Je découvris très vite, toutefois, qu'elle était incapable de prendre une décision. À peine étions-nous tombées d'accord sur une robe en popeline bleu pervenche avec une jupe volantée et un jupon blanc qu'elle se tordait les mains en criant que c'était hideux, qu'elle préférerait mourir plutôt que d'être vue dans de tels oripeaux. Nous rangions alors la popeline bleue dans la malle, nous déroulions un coupon de soie chinée grise à fines rayures, et nous reprenions tout depuis le début. Elle mettait des jours à choisir un modèle. Jamais je n'avais coupé un tissu avec autant d'appréhension que la soie moirée brune qu'elle choisit finalement pour une robe d'après-midi. J'éprouvais un grand sentiment de compassion pour toutes les couturières, moins expérimentées que moi, qui avaient supporté ses exigences. Elle était maniaque jusqu'au fanatisme. Un après-midi, elle réprimanda la bonne pendant cinq minutes à cause d'une tache sur la dentelle de sa coiffe. Elle venait tous les jours inspecter ma chambre pour vérifier que mes pantoufles ne traînaient pas et que je n'avais pas laissé de cheveux sur mon peigne. Si elle remarquait une minuscule craquelure dans son éventail en bois de santal, elle le jetait aussitôt dans le feu. Un jour où je lui demandai pourquoi elle ne l'avait pas plutôt donné à l'une des bonnes, elle répondit :

— Mais il avait un défaut. Personne ne voudrait d'un objet qui a un défaut.

Son salon me servait d'atelier pendant la journée, et la porte de l'antichambre où je dormais n'était plus fermée à clé, ce qui me laissait la liberté d'aller et venir dans les étages supérieurs du bâtiment principal. Il n'y avait aucun risque que je croise qui que ce soit car personne ne montait jamais dans la galerie, à part la femme de chambre et un vieux domestique qui astiquait un miroir ou deux puis disparaissait. Depuis cette hauteur, la vue était d'une beauté à couper le souffle. Je pouvais rester assise devant la fenêtre pendant des heures, cousant ou bien essayant de décrypter le va-et-vient dans la cour et les écuries, à mes pieds. Parfois, je contemplais simplement la lande dans le lointain, fascinée par la beauté sauvage de ce paysage de bruyère qui virait lentement au pourpre sous un ciel livide. Je commençais à m'interroger sur les étranges méandres de mon cœur, car j'étais de plus en plus sous le charme de la beauté tourmentée et sombre de Blackroak. L'idée que Harry risquait d'apparaître d'un jour à l'autre me plongeait dans un état de fébrilité continu. Je n'avais pas la moindre idée de ce que je ferais s'il me trouvait ici. J'étais venue pour tenter de retrouver mon fils, mais je m'étais plus ou moins égarée en chemin.

Mon statut particulier ne facilitait pas mes relations avec le personnel de Blackroak. Les domestiques étaient jaloux de moi et n'appréciaient pas le traitement de faveur dont je bénéficiais auprès de lady Ormelie. Je prenais mon petit déjeuner en haut, dans la chambre de Mme Brumfit, avec les servantes affectées à l'étage, et je dînais en bas, dans le réfectoire situé près des cuisines. Dans l'après-midi, j'avais le privilège de prendre le thé dans ma propre chambre, bien que ce fût l'homme à tout faire, et non une bonne, qui me l'apportât, et qu'il fût systématiquement froid. Ma surdité leur fournissait à tous un excellent prétexte pour m'exclure de la conversation, même si je comprenais beaucoup plus de choses qu'ils ne le pensaient.

J'observai attentivement le comte au cours de ces semaines. J'étudiais ses allées et venues depuis ma fenêtre, et je commençais à comprendre à quel moment il allait dans les écuries pour rendre visite à ses chevaux de course, à quel autre il enfourchait son cheval de chasse pour une promenade matinale. Je le regardais pendant ses dévotions matinales dans le hall du château, et aussi le dimanche, après l'office, quand nous nous éparpillions tous sur les marches de la chapelle de Lowendale et qu'il échangeait quelques mots avec le pasteur. Il était toujours trop loin pour que je puisse distinguer l'expression de son regard, mais même sans cela, j'étais saisie par sa stature de géant, par sa présence phénoménale. Tout en lui était écrasant – sa barbe rouge broussailleuse, ses favoris arrogants, son torse aussi massif que la proue d'un navire, la façon dont il semblait s'élancer à chaque pas à la conquête du monde. Il masquait sa bestialité sous des dehors affables et une allure aristocratique. Quand il riait, il basculait la tête en arrière, et tout le monde riait avec lui, mais c'était une attitude contrainte. Un jour, je le vis s'emparer d'une fourche et pourchasser un garçon d'écurie qui l'avait mécontenté. Quand le pauvre gosse trébucha et s'affala de tout son long, le comte s'immobilisa et éclata de rire. Tout le monde l'imita, sauf le gamin, recroquevillé dans le crottin, livide de peur.

Il nourrissait une passion obsessionnelle pour ses chevaux, et sa meute rampait devant lui avec cette adoration perverse qu'ont les chiens pour un maître qui les maltraite. Mon mépris pour lui ne cessa de croître durant ces semaines, avant même qu'il ait noté ma présence.

Il y avait une forme d'ironie amère à ce que je devienne, moi, une femme sourde, la confidente d'Arabella. Le matin, s'il n'y avait pas de visites, elle me rejoignait et s'installait pour broder ou pour écrire dans son carnet pendant que je cousais. Il lui arrivait de repartir sans avoir dit un mot. À d'autres moments, au contraire, elle était intarissable et je devais poser mes rubans et mes volants pour me concentrer sur les mouvements de ses lèvres. J'avais beau l'inciter à se servir de l'ardoise, elle n'avait pas la patience et estimait que c'était inutile, de toute façon, puisque je la comprenais très bien. Parfois, elle se mettait à bavarder alors que j'étais retournée à mon ouvrage. Peut-être ressentait-elle simplement le besoin de parler pour se libérer. Le fait que je ne sois ni une domestique à la solde du comte ni l'épouse indiscrète du propriétaire d'un domaine voisin plaidait en ma faveur.

Un parfum de mystère entourait le fameux carnet dans lequel elle notait toutes ses pensées, et je la soupçonnais de ne pas monter dans le salon du haut uniquement pour profiter de ma compagnie, mais parce qu'elle échappait ainsi aux regards inquisiteurs des domestiques. Elle passait des heures à écrire puis enfermait son carnet à clé dans le coffre, au pied du lit où j'avais dormi la première nuit.

Un jour, après avoir attiré mon attention en lâchant un presse-papiers sur le sol, elle reposa sa plume et annonça :

— Madame Truelock, peut-être un jour vous ferai-je lire quelques-uns de mes poèmes.

— J'en serais honorée, répondis-je tout en massant le bout de mon doigt qu'avait piqué l'aiguille, car elle m'avait fait sursauter.

— Vous savez, ma première impression à votre sujet ne s'est pas démentie. Je parle de ce recueil de poèmes de M. Baudelaire. C'est un poète d'une sensibilité exceptionnelle.

— En effet.

— Si j'avais été un homme, j'aurais voulu être un Baudelaire.

— Mais la société le méprise, lui rappelai-je.

— C'est possible, mais je suis certaine qu'il n'éprouve pas de mépris pour lui-même.

Elle m'observa en silence pendant quelques instants,

et je retournai à mon travail. Le presse-papiers retomba et je levai les yeux.

— Il est désolant que vous en soyez réduite à vivre de cette façon.

— Je ne me plains pas.

— Non, naturellement. Vous n'avez pas le choix. Mais vous êtes dotée d'une grande force de caractère. C'est une chance.

Elle posa la plume, et son regard se perdit au loin. Je retournai à ma couture. Au bout de quelques minutes, je tressaillis en découvrant sa présence à mes côtés.

— Posez votre travail et venez avec moi.

Je la suivis dans ma chambre puis dans le réduit où j'avais dormi la nuit de mon arrivée. Elle puisa une clé dans sa poche, s'agenouilla devant le coffre en bois et l'ouvrit. À l'intérieur, des dizaines de petits carnets reliés en cuir étaient rangés en piles bien nettes.

— Vous voyez ? dit-elle avec un sourire. Voici mes œuvres poétiques complètes.

Elle saisit l'un des carnets et l'ouvrit. Les pages étaient entièrement recouvertes d'une écriture microscopique, indéchiffrable. Je n'arrivais pas à croire qu'on puisse écrire aussi petit. À en juger par son expression satisfaite, cet exploit avait une signification très importante pour elle. Elle m'adressa un sourire complice, puis referma à clé le coffre.

Une fois au salon, elle s'installa à son secrétaire et me fit signe de venir m'asseoir à côté d'elle. Elle saisit sa plume et écrivit :

Voilà ! Maintenant, vous les avez vus. C'est étrange, n'est-ce pas ? Mon âme déborde d'émotions – parfois violentes – et au final, elles se réduisent à cela. En fait, je ne sais pas trop quoi faire d'autre avec eux.

Je voulus parler, mais elle pressa un doigt sur ses

lèvres pour m'inviter au silence. Je pris sa plume et écrivis : *Eux ?*

Mes sentiments. Si peu d'espace pour exprimer des tourments aussi gigantesques.

Et l'écriture est minuscule, elle aussi, ajoutai-je.

À l'image du confinement de mon âme. Si je dissimule mes pensées au reste du monde, c'est parce que je sais que le monde me condamnerait. Ou pis encore : il ne me croirait pas.

Elle s'interrompit pour scruter mon visage. Ce qu'elle y lut dut la satisfaire car elle se remit à écrire :

La colère est malséante chez une lady, n'est-ce pas ? Je suis très en colère contre mes émotions, mais je n'arrive pas à comprendre pourquoi. J'en conclus que je suis mauvaise et coupable. Vous voyez, je suis condamnée aux ténèbres. J'ai bien peur de ne pas être digne d'aller au ciel.

Elle m'arracha subitement le papier des mains et le jeta dans la cheminée. Elle le regarda brûler, puis éparpilla les cendres avec un tisonnier. Quand il n'en resta plus rien, elle s'essuya les mains sur un mouchoir et quitta la pièce sans un mot.

J'avais travaillé sans relâche à la robe en soie moirée brune, et nous étions enfin prêtes pour un essayage. Arabella entra au salon ce matin-là suivie par sa bonne, les bras chargés de jupons, mais la maladresse de celle-ci ne tarda pas à l'exaspérer, et elle la congédia.

Le modèle que j'avais réalisé était à la pointe de la mode. Nous nous étions affranchies de ces affreuses crinolines en forme de cloche pour obtenir une silhouette plus seyante et plus élancée, comme ce qui se faisait en France. Le corset se portait très serré et la taille était mise en valeur par un drapé élégant qui rassemblait sur l'arrière toute l'ampleur de la jupe. Arabella était en extase et ne tenait pas en place. Avant même que j'aie eu le temps de préparer les derniers ajustements, elle parada dans la pièce, passant de miroir en miroir pour contempler son reflet en mouvement, prenant une pose, puis une autre, de dos, de côté, de face… Elle était ravie par la longueur de la jupe, légèrement plus courte qu'à l'habitude, qui laissait deviner le pied et l'amorce de la cheville.

J'avais réussi à la persuader de se tenir tranquille et j'étais à genoux devant elle, occupée à marquer l'ourlet, quand, en levant les yeux, je découvris avec un choc le reflet immense du comte dans le miroir en pied. Il se dressait derrière nous en tenue de cheval et frappait ses bottes boueuses du bout de sa cravache tout en observant sa belle-fille, les paupières plissées. Elle l'accueillit d'un charmant sourire, mais il y avait de la peur dans la raideur imperceptible de ses épaules et la façon dont ses mains se crispèrent sur le tissu de sa jupe. Comme si elle maîtrisait difficilement un mouvement de recul. C'était presque insoupçonnable, mais j'étais devenue experte dans l'art de déchiffrer l'indicible.

J'ignorais qu'il m'avait parlé. Voyant que je ne répondais pas, il s'avança d'un mouvement brusque et me tapa l'épaule de sa cravache, me faisant signe de sortir. Mon cœur sauta dans ma poitrine et je me levai d'un bond. J'aurais protesté avec indignation si Arabella ne m'avait arrêtée en posant la main sur mon bras.

— Tout va bien. Je vous en prie, restez, madame Truelock, dit-elle.

Puis, requérant l'indulgence du comte avec un charmant sourire, elle lui demanda son avis sur sa robe. D'un petit mouvement de l'épaule, elle attira l'attention du comte sur son dos cambré et sa taille étroite. Mes yeux ne se fixaient pas sur la robe, mais l'observaient, lui, et ce que je vis alors sur son visage m'emplit d'un profond malaise. Jamais je n'avais été confrontée à une expression aussi bestiale. Bien sûr, certaines toilettes étaient conçues pour susciter l'admiration, mais dans toute société qui se respecte il existait des règles de bienséance, or ces règles venaient d'être transgressées. Je ne comprenais pas exactement ce que cela signifiait, mais quelque chose dans son regard lubrique avait déclenché en moi un trouble mêlé de répulsion.

Je l'observai tandis qu'il tournait autour d'elle. Il semblait amusé et satisfait par la façon dont la robe mettait ses courbes en valeur. Du bout de sa cravache il explorait le drapé, effleurait les nœuds, taquinait les rosettes cousues sur le galon de la jupe. Je restais pétrifiée, écœurée par son comportement vulgaire, songeant qu'elle aurait au moins dû écarter de la main cet accessoire grossier. Mais elle se soumettait à cette inspection comme l'aurait fait une esclave favorite, consciente que sa soumission serait récompensée et sa rébellion châtiée.

Il promena un regard intrigué dans le salon. Il n'avait pas dû venir souvent ici car il observait la pièce comme s'il la découvrait. Toujours à l'aide de sa cravache, il feuilleta quelques pages de *La Mode illustrée* et se pencha pour regarder de plus près un modèle de robe qu'il étudia pendant quelques instants.

— Elle me plaît, dit-il en tapant la page avec le bout de sa cravache. Celle-là. Je voudrais vous voir la porter.

Il releva la tête et gratta son menton barbu, puis se tourna vers Arabella.

— Harry sera à la maison mardi prochain, dit-il. Une excellente occasion d'apparaître à votre avantage, non ?

Son regard tomba sur le petit amoncellement que formaient les jupons, sur le sofa. Un ravissant fouillis de flanelle rouge et de volants de dentelle blanche. Il en souleva un du bout de sa cravache puis se tourna vers nous avec un sourire narquois et dit quelque chose que je ne compris pas. Jetant le jupon sur une chaise, il quitta la pièce.

Après son départ, Arabella perdit tout intérêt pour ses essayages. Elle semblait ailleurs et triturait nerveusement le galon en velours de ses poignets, évitant de regarder son reflet dans le miroir.

27

Je ne parvenais pas à oublier ce que j'avais vu. Le vrai visage du comte, soudain révélé en pleine lumière, me hantait.

Assise devant la fenêtre, le chaud soleil de juillet filtrant à travers les épaisses vitres en verre cathédrale, je doublais de soie le corsage en satin de la robe d'Arabella comme si je fabriquais le plastron d'une armure et que les milliers de points que piquait mon aiguille aient eu le pouvoir de la rendre invulnérable aux tentatives de séduction du comte. C'était le rôle d'une mère de la protéger, mais nos mères nous avaient abandonnées, elle et moi. Harry était absent. Il était toujours absent. Il n'y avait personne pour la protéger – sauf moi.

La robe serait un ravissement, tout en satinette grenat, avec un profond décolleté qui dégageait les épaules et des ruchés en dentelle noire. Arabella passait brièvement tous les matins pour un essayage, mais rien ne trouvait grâce à ses yeux. Elle n'aimait pas le galon que j'avais utilisé pour la jupe, et j'avais eu juste assez de dentelle pour le corsage.

— Je voulais des rosettes, dit-elle en regardant son reflet d'un air boudeur.

— Il y a une très jolie ganse de soie dans la malle. Nous pourrions l'utiliser à la place du galon. J'ai encore le temps de confectionner un jupon festonné, si vous voulez.

— Je déteste cette robe. Elle est horrible. Monstrueuse !

— Je suis certaine que lord Ormelie vous trouvera merveilleuse.

— Je ne la porterai pas. Je m'y refuse. Elle est hideuse ! J'attendrai d'être à Londres pour commander une robe. De toute façon, mon mari se moque de ce que je porte. Il ne le remarquera même pas. Il me hait. Il voudrait que je sois morte !

Une fois de plus, elle s'était mise dans tous ses états et des larmes brillaient dans ses yeux.

— Enlevez-la-moi ! ordonna-t-elle en tapant du pied. Tout de suite !

Elle avait mis ma patience à rude épreuve, ce matin, et il me fut impossible de supporter une minute de plus ses caprices sans rien dire. Je reculai d'un pas, les mains sur les hanches, mon mètre ruban autour du cou, et déclarai fermement :

— Il n'y a rien à redire à cette robe, madame la vicomtesse.

Elle pivota vers moi, les yeux rougis et baignés de larmes.

— Évidemment, il n'y a rien à redire à la robe, pauvre idiote. C'est moi ! C'est moi ! cria-t-elle.

Avec le visage d'une folle, elle s'élança vers ma table de travail, s'empara de mes ciseaux et se mit à lacérer sa jupe. Je n'osai pas intervenir, de peur qu'elle ne retourne son arme contre moi, et je ne pus que la regarder faire, impuissante, tout en la suppliant d'arrêter. Finalement, elle s'effondra sur une chaise, la tête dans ses mains, après avoir envoyé voltiger les ciseaux à travers la pièce. Je les récupérai, les cachai dans ma chambre, et fermai la porte à clé en ressortant.

Arabella s'était calmée et contemplait sa robe saccagée avec effroi. Elle leva vers moi un regard hanté par le remords et essuya du dos de la main ses joues marbrées de larmes.

— C'est réparable, dis-je en espérant que ma voix ne trahissait pas mon tremblement intérieur.

Elle se leva et s'avança vers le miroir.

— Faites-moi ressembler à un ange, madame Truelock, dit-elle en se tournant vers moi d'un air suppliant. Je dois paraître angélique.

Il n'y avait pas moyen de la raisonner. Quoi qu'on dise, elle ne voyait pas la créature ravissante qui se reflétait dans le miroir – les boucles blondes soyeuses, les joues creusées de fossettes, le teint de porcelaine ; elle voyait quelqu'un d'autre, quelqu'un d'effrayant, qui lui faisait horreur.

Après son départ, je m'assis à ma table de travail, la robe lacérée sur mes genoux, et je me mis à sangloter. J'étais pleine d'amertume et de ressentiment. Elle m'avait volé jusqu'à mes émotions. J'étais tellement préoccupée par sa vie à elle que j'avais perdu le fil de ma propre existence. Ma tragédie avait été complètement éclipsée par la sienne. Pourtant, comme mes doigts se refermaient sur le tissu soyeux et que je mettais mon imagination au travail pour trouver un moyen de dissimuler les dégâts, le calme se fit peu à peu en moi et je retrouvai mon sang-froid.

Ce soir-là, je me réveillai en sursaut au beau milieu de la nuit. Elle était là, devant moi, en chemise de nuit, une bougie à la main, et elle me parlait. Comme je ne comprenais pas, elle posa la bougie sur ma table de nuit, repoussa la couverture et se glissa dans le lit à côté de moi. J'étais trop fatiguée pour protester. En dépit de ses crises de rage, elle ne me faisait pas peur. Elle était toute menue, et semblait plus minuscule encore sans son armure de ruchés, de volants et sa crinoline. Je trouvai sa présence réconfortante, et je la savais en sécurité avec moi. Pour la première fois depuis très longtemps, je dormis paisiblement.

Le dimanche matin, comme je reprenais le chemin du château après avoir assisté à la messe, à Lowendale, j'aperçus une silhouette solitaire qui suivait le sentier tout en haut de Beeching Rigg. Je ralentis le pas, laissant le personnel de Blackroak passer devant, puis, quand je fus certaine que personne ne regardait, je quittai la route et coupai à travers la bruyère afin de rejoindre l'intersection où le sentier de Beeching Rigg rejoignait le chemin de Blackroak Hall. Même à cette distance, j'avais reconnu le manteau que portait la femme : il s'agissait d'Hannah Platt. Après avoir vécu cloîtrée trois semaines à Blackroak, j'étais ravie d'avoir l'occasion de bavarder un peu avec quelqu'un – surtout une personne aussi gentille que Mme Platt. Je lui causai une belle frayeur car je surgis littéralement devant elle. Elle fut contente de me voir mais se montra évasive sur les raisons de sa présence à proximité du château et brusqua nos adieux. Ma déception devait se lire sur mon visage, car elle posa doucement la main sur mon bras pour me retenir au moment où je m'éloignais.

— Je suis venue rendre hommage à la comtesse, avoua-t-elle.

Je crus d'abord avoir mal compris car Arabella était absente pour toute la journée. Mais elle souleva son panier, montrant d'un geste le bouquet de fleurs des champs qu'elle avait cueilli.

— Pour sa tombe.

— Vous voulez parler de lady Hambledon ?

Elle hocha la tête.

— Elle est enterrée près d'ici ?

Elle me montra les ruines de l'abbaye.

— Il y a un petit cimetière familial où reposent plusieurs Breadalbane. C'est ici que sera enseveli M. le comte.

— Vous voulez bien m'y emmener ?

Elle me conduisit jusqu'à un espace boisé, derrière ce qui avait été le mur sud de l'abbaye. Plusieurs mausolées en marbre portant les armoiries des Breadalbane et surmontés d'anges en pierre s'y alignaient. Je suivis Mme Platt de l'autre côté d'une grille en fer jusqu'à une dalle grise, et le choc de découvrir cette noble dame enterrée dans un lieu si sauvage me fit monter les larmes aux yeux.

— Elle est ici ? demandai-je.

Ma surprise dut transparaître dans ma voix car Mme Platt me lança un regard intrigué.

— Vous la connaissiez ?

Je plongeai mes yeux au fond des siens, essayant de juger si je pouvais lui faire confiance, puis j'acquiesçai :

— En effet.

— Vous avez travaillé pour elle comme couturière ?

J'hésitai avant de secouer la tête.

— Non. Elle était mon amie. J'avais perdu ma mère, elle avait perdu une fille.

Je contemplai la pierre tombale.

— Quand j'ai été si malade, elle m'a écrit des lettres très gentilles. Sa mort m'a bouleversée.

Je m'assis au bord d'une tombe voisine et me

recueillis, le visage baissé. Je priai pour son âme et pour la mienne ; pour l'âme de sa fille, et aussi pour celle de cette jeune femme effrayée qui était désormais la maîtresse de Blackroak Hall. Comme je les unissais dans une même pensée, il m'apparut tout à coup que nos vies avaient toutes les quatre été brisées par le même homme.

Lorsque je levai les yeux, Mme Platt avait disposé les fleurs dans un vase, au pied de la tombe, et s'était assise près de moi.

L'atmosphère de paix qui flottait en ce lieu m'enhardit et je décidai de saisir ma chance.

— Avez-vous entendu une rumeur à propos d'un enfant ?

Un affolement soudain apparut sur son visage.

— Un enfant ? Quel enfant ?

— On l'aurait amené ici il y a presque deux ans, alors qu'il était encore un nourrisson.

Ses traits se détendirent et son inquiétude se mua en étonnement. Elle posa sur moi un regard perplexe.

— Pourquoi cette question ?

Je fis mine de ne pas avoir compris.

— Il s'agirait d'un garçon. Un petit garçon.

— Et de qui serait-il le fils ?

Je la regardai droit dans les yeux.

— Le père serait lord Ormelie.

— Un bâtard ?

C'était une question horrible, à laquelle je refusai de répondre.

— Avez-vous une idée de l'endroit où il pourrait se trouver ?

Elle m'observa avec intensité.

— Vous devez vous tromper.

Je scrutai ses traits et j'eus la conviction qu'elle disait

la vérité. Sa réaction initiale laissait supposer qu'il y avait eu un autre bébé, un autre secret, mais il ne s'agissait pas du mien. Une profonde tristesse s'abattit sur moi.

— Avez-vous votre ardoise ? me demanda-t-elle subitement.

Je la sortis du sac que je portais toujours sur l'épaule. Elle me la prit des mains et écrivit : *Je préparais des potions à base de plantes pour la comtesse, lady Hambledon.*

Elle hocha la tête en souriant, visiblement très fière de détenir un savoir médical. Je lui souris en retour, espérant l'encourager à se confier.

Elle effaça l'ardoise avec un coin de son châle, posa son index sur sa poitrine et nota avec la craie : *Sage-femme.*

Je posai la main sur son bras.

— Madame Platt, lady Ormelie court-elle un danger ?

Elle m'observa d'un air méfiant.

— Un danger ? Comment cela ?

— Je l'ignore. Mais je sais qu'elle a peur de quelque chose.

Son visage s'assombrit. Elle reprit l'ardoise et écrivit : *Mme la comtesse souffre de mélancolie. Elle aime inventer des histoires. Vous ne devez pas croire tout ce qu'elle dit.*

Elle parut soudain pressée de s'en aller, comme si je m'intéressais de trop près à des histoires qui ne me regardaient pas. Elle se leva, ramassa son panier, puis, après une hésitation, elle dit quelque chose au sujet de son fils et je crus comprendre qu'il était garçon d'écurie à Blackroak. Comme je ne parvenais pas à saisir son nom, elle s'empara de l'ardoise et griffonna : *William. Très grand. En cas de besoin, demandez William.*

Puis elle serra son châle autour de ses épaules et partit très vite.

Ce soir-là, je décidai de révéler ma présence à Harry dès son retour. D'une façon ou d'une autre, je devais trouver un moyen de le rencontrer seul à seule et d'exiger de voir mon fils. Depuis ma discussion avec Mme Platt, il était clair que mon petit garçon ne se trouvait pas à proximité de Blackroak Hall. Harry l'avait bien caché. Je comprenais aisément pourquoi.

Le mardi matin, au petit déjeuner, comme je m'informais de l'heure d'arrivée de lord Ormelie, j'appris que son retour était reporté de quarante-huit heures. J'accueillis la nouvelle avec un immense soulagement. J'étais si nerveuse à l'idée de le revoir que j'en avais perdu l'appétit.

En regagnant ma chambre, je trouvai Arabella sur mon lit. Comme les enfants, elle n'avait aucun sens du respect de la vie privée, et s'estimait en droit de s'approprier tout ce qui m'appartenait. Elle entrait dans ma chambre quand elle en avait envie et se servait dans mes affaires sans la moindre gêne. Ce matin-là, je la trouvai recroquevillée sur mon lit, en chemise de nuit, enveloppée dans mon châle. Je crus un instant qu'elle dormait mais elle se redressa en m'entendant approcher et tourna vers moi un visage rougi et gonflé de larmes.

— Où étiez-vous ? demanda-t-elle d'un air accusateur. Je vous attends depuis des heures !

— Je prenais mon petit déjeuner, répliquai-je avec un peu d'exaspération. Qu'y a-t-il de si important ?

— Il ne vient pas.

— Je sais. Il a été retardé.

— Non, dit-elle en repliant ses jambes sur sa poitrine et en les enserrant de ses bras. Il ne reviendra jamais.

— Bien sûr que si.

Elle baissa les yeux sur mon châle, tirant distraitement sur un fil, marmonnant des mots que je ne pouvais déchiffrer. Puis elle leva la tête et annonça brusquement :

— Il a une maîtresse.

J'aurais voulu pouvoir me détourner, mais j'étais contrainte de suivre chacun de ces mots terribles sur ses lèvres.

— Il a une maîtresse en Écosse, reprit-elle en haussant les sourcils. C'est pour cette raison qu'il va là-bas. Je sais que c'est pour ça.

Je restai impassible, les mains crispées dans mon dos.

— Il ne m'a jamais aimée.

Elle me regarda droit dans les yeux et articula presque solennellement, comme s'il s'agissait d'une profession de foi :

— Moi, mes sentiments pour lui n'ont jamais vacillé. Jamais. Pas une seule fois. J'ai toujours été fidèle et pure. Il faut me croire. Vous me croyez, n'est-ce pas ?

J'essayai de l'apaiser d'un hochement de tête qui se voulait convaincu.

Avec la mine mystérieuse d'une écolière s'apprêtant à partager un sombre secret, elle se leva, pieds nus, et me fit signe de la suivre dans le petit réduit obscur où j'avais logé la première nuit. Récupérant la clé dans la poche de sa chemise de nuit, elle s'agenouilla devant le coffre et l'ouvrit. Elle s'empara de l'un des carnets reliés de cuir, celui qu'elle appelait son journal, le serra contre sa poitrine et regagna ma chambre. Elle alluma plusieurs bougies, les posa sur la table de nuit, et m'invita à venir m'asseoir à côté d'elle sur le lit.

Elle fixa sur moi un regard intense, puis, telle une prêtresse accomplissant un rituel sacré, elle ouvrit le petit livre et me le tendit. Comme dans le précédent, les pages étaient entièrement recouvertes d'une écriture si fine et si microscopique qu'il aurait presque fallu une loupe pour la déchiffrer. On avait l'impression d'un texte ancien, un vestige d'une civilisation disparue depuis des milliers d'années.

— Ils voudront faire croire que ce sont des mensonges inventés par un esprit dérangé, mais tout ce qui est écrit à l'intérieur est vrai.

Elle leva vers moi son visage exalté pour que je puisse suivre chaque mot sur ses lèvres.

— Ils raconteront que ce sont les divagations d'une folle, mais tout est vrai, je le jure. Vous trouvez que j'ai l'air d'une folle, madame Truelock ? Vous pensez que je suis folle ?

Elle avait été séparée de sa famille, abandonnée dans un château sinistre, coupée du reste du monde, soumise à la domination d'un être pervers – à mon sens, tout avait été fait pour saper son fragile équilibre. Elle était impulsive, oui. Excessive, par moments, et profondément malheureuse. Mais elle n'était pas folle.

— Non, Arabella, vous n'êtes pas folle.

C'était la première fois que j'osais l'appeler par son prénom, et cette marque d'affection parut la bouleverser.

Elle saisit ma main et la serra avec force.

— Oh, merci, mon amie. Merci !

Prenant l'ardoise sur la table de nuit, elle écrivit : *Je vis ici depuis deux ans. J'ai été témoin de choses que je n'étais pas censée voir ou entendre. Je connais des secrets qu'il croit bien gardés. Mais je les dévoile tous, ici, dans ces pages. J'avais besoin de les écrire. Je n'ai rien à raconter sur moi. Mes poèmes ne valent rien. Tout ce qui sort de moi est sans intérêt. Je suis comme la mousse sur l'écorce d'un arbre.*

Elle ferma le carnet et le mit dans mes mains.

— Gardez-le. Gardez-le tout le temps avec vous, pour qu'il ne puisse pas le trouver. Et emportez-le quand vous partirez.

— Mais pourquoi ? Pourquoi me le donner ?

Son visage était pensif, et je me rappelle combien elle paraissait calme et résolue en cet instant.

— Parce que vous, vous comprendrez. Et vous en aurez besoin pour défendre la vérité.

J'avais souffert d'une migraine épouvantable toute la journée, et seul mon perfectionnisme me poussa à travailler à la robe d'Arabella jusqu'à une heure avancée de la nuit. Sachant combien elle y tenait, j'avais réussi à récupérer juste ce qu'il fallait de dentelle pour confectionner deux petites rosettes que je placerais ensuite sur son corsage. J'en avais terminé une et j'attaquais la deuxième quand une ombre surgit tout à coup devant moi, manquant me faire mourir de peur. Je reconnus le valet du comte – un vieil homme sournois, à moitié défiguré par une tache de vin. Son haleine sentait constamment la bière et il suivait le comte partout.

Il marmonna quelque chose d'incompréhensible tout en pointant son doigt noueux dans ma direction, puis vers la robe.

— Elle sera terminée demain, déclarai-je en reculant pour échapper à son odeur déplaisante.

Furieux de ne pas avoir été compris, il esquissa un

geste pour s'emparer du vêtement, mais je le lui arrachai des doigts et me levai de mon tabouret.

— Expliquez-vous clairement ! lançai-je en serrant le tissu soyeux contre moi. Si vous avez des ordres de votre maître, notez-les-moi par écrit, mais ne me traitez pas comme si j'étais un animal stupide !

Le valet recula, mais ce n'était pas ma réprimande qui l'avait piqué au vif. Son regard fixait un point, par-dessus mon épaule. Je tournai la tête : le comte était là, vêtu d'un splendide habit de soirée, appuyé des deux mains sur une canne noire à pommeau d'argent. Jamais il n'avait prêté attention à ma personne ou à mon handicap, et maintenant il me toisait d'un air hautain et condescendant.

— Comprenez-vous ce que je dis, petite madame ? demanda-t-il avec un sourire forcé qui n'atteignit pas ses yeux.

Mon cœur battait follement tandis que je serrais la robe contre ma poitrine. Ce n'était pas un homme ordinaire qui se dressait devant moi, mais un ennemi dont la cruauté plongeait ses racines perverses au plus profond d'un code injuste – un code qui me décrétait inférieure et indigne d'exprimer une opinion. Un code dont les plus puissants se servaient pour gouverner, prospérer, et écraser les plus faibles. Cet homme avait exercé son pouvoir de façon inique sur son fils et sur moi, et il se servait de son emprise pour manipuler une jeune femme innocente, psychologiquement fragile. Ce ne fut pas de la peur qui m'envahit en cet instant, mais une révolte totale, féroce, mêlée de rage.

Je pris sur moi pour lui répondre poliment.

— Si monsieur le comte parle lentement, en gardant le visage tourné vers moi, je comprendrai.

Il sortit ses lunettes de la poche de son gilet, les posa

sur son nez, puis s'avança pour examiner mon travail. Il rentrait tout juste d'un dîner et son haleine chaude et écœurante sentait le vin doux. Il se redressa et rangea ses lunettes dans sa poche.

— Déployez-la, ordonna-t-il en agitant le pommeau de sa canne vers la robe. Étalez-la pour que je puisse la voir.

— Elle est froissée, monsieur le comte, protestai-je tout en secouant la jupe et en répartissant les volants de dentelle et de soie sur la table. Elle doit être repassée avant d'être portée.

— Ravissant. Vraiment ravissant. Ce sera parfait.

Il fit un signe à son valet qui s'avança.

Je m'interposai.

— Elle n'est pas terminée, répétai-je fermement.

Je restai là, tenant follement tête à ces deux hommes, tout en me demandant ce qui me poussait à agir ainsi. Quelle importance, une rosette ou deux ? Un mauvais pli ici ou là ? Ce n'était qu'un morceau de tissu, une coquille vide, et cependant, je ne pouvais me résoudre à la lui donner. Tout mon être se rebellait à cette pensée. Si je ne lui résistais pas, qui le ferait ?

Je lus ses intentions dans ses yeux, et mon bras se leva par réflexe au moment où sa canne s'abattait sur moi. Je la lui arrachai adroitement des mains et la jetai à l'autre bout de la pièce.

Il se redressa de toute sa taille et me cracha des insultes, le visage cramoisi de fureur. Je n'osais pas détourner les yeux, de peur qu'il ne tente à nouveau de me frapper. Il n'y avait personne pour s'interposer. Il pouvait parfaitement m'assassiner ici même : son valet assisterait à la scène sans bouger et garderait un silence complice. Mais je ne plierais pas. J'attendis qu'il reprenne son souffle pour déclarer :

— Je ne suis pas un animal qu'on dresse à coups de fouet, monsieur le comte, et je ne suis pas non plus votre propriété.

Saisissant la robe à pleines mains, je la flanquai dans les bras du valet médusé.

— Vous pouvez en faire ce que vous voulez. Cela m'est parfaitement égal.

— Vous allez boucler vos bagages et partir d'ici sur-le-champ ! Vous avez compris ? hurla le comte. Répondez ! Vous avez compris ? Je veux que vous quittiez cette maison immédiatement !

— Je m'en irai demain matin.

Je pivotai vers ma chambre, puis m'arrêtai et me retournai pour lui faire face une dernière fois. Il avait l'air totalement suffoqué qu'une personne aussi insignifiante que moi puisse faire preuve d'une telle arrogance. Son visage écarlate semblait sur le point d'exploser.

Je lui lançai une ultime flèche, en m'exprimant le plus distinctement possible.

— J'ai eu l'occasion de rencontrer votre fils, lord Ormelie. À l'époque, il était passionné et portait en lui un idéal. C'était un authentique gentleman doté d'une âme exceptionnelle. Je crains que vous n'ayez fini par éteindre la flamme ardente qui brûlait en lui comme vous avez broyé tous ceux qui se mettaient en travers de votre route. C'est une amère victoire que d'asseoir son règne sur un champ de ruines. Bonsoir.

Je me retirai dans ma chambre, tournai la clé dans la serrure, et me jetai, toute tremblante, sur mon lit. Mon Dieu, qu'avais-je fait ? Étais-je devenue folle pour oser lui parler ainsi ? J'aurais dû avoir honte de moi, mais il n'en était rien. Au contraire, une fois calmée, j'éprouvai un extraordinaire sentiment de liberté, comme si je m'étais libérée d'un abominable tyran.

Quand je descendis dîner, on m'ignora ostensiblement. On ne m'avait pas mis d'assiette sur la table, et on ne m'adressa pas la parole. Pendant tout le repas, Mme Brumfit s'appliqua à détourner la tête pour que je ne puisse pas lire sur ses lèvres. Je restai néanmoins fièrement assise à ma place, espérant récupérer quelques restes quand ils auraient fini de manger. Mais ils avaient dû recevoir des ordres car le rôti et le pudding repartirent à l'instant où ils se levèrent de table. Je regagnai ma chambre avec quelques croûtes de pain.

Je passai la soirée à ranger les tissus et les parements d'Arabella dans les malles de ma chambre, tout en essayant de chercher un moyen de communiquer avec Harry, maintenant que j'avais reçu l'ordre de quitter Blackroak. Le fils de Mme Platt, William, semblait être mon seul espoir. J'écrirais un bref message à Harry pour lui expliquer que je l'attendais à Swidden, à l'auberge du Chêne Royal, et je chargerais William de le lui remettre.

On pouvait se rendre aux écuries en passant par les toits. Il fallait traverser la galerie des portraits, obliquer dans le couloir menant à l'aile ouest. Là, une petite porte permettait d'accéder au chemin de ronde. Je n'aurais qu'à le suivre tout du long, jusqu'à un escalier qui menait directement aux logements réservés aux palefreniers, juste au-dessus des écuries. De cette façon, j'éviterais de croiser quelqu'un.

Je redoutais l'obscurité par-dessus tout, car descendre des marches ou progresser le long des remparts sans entendre le bruit de mes pas reviendrait pour moi à marcher dans le vide. Je savais que je devrais me montrer très prudente, mais par chance, la nuit était claire. Malgré ma vigilance et la lune qui guidait mes pas, je me perdis dans le tracé compliqué des chemins de ronde et je me retrouvai comme par un fait exprès devant la seule tour que j'avais voulu éviter. De style élisabéthain, elle avait servi autrefois de salle de banquet, mais abritait aujourd'hui la résidence d'été du comte. La salle de billard, au rez-de-chaussée, était accessible depuis le bâtiment central, mais on ne pouvait se rendre dans le fumoir, à l'étage, que par un escalier intérieur – ou par le chemin de ronde, à travers l'enchevêtrement des toits.

De loin, j'avais remarqué de la lumière derrière les écrans en bois sculpté qui occultaient les fenêtres mauresques : on aurait dit un bijou oriental enchâssé dans le ciel nocturne. Je priai pour ne pas faire de bruit quand je contournerais la tour. Heureusement, les panneaux en bois autrefois destinés à préserver l'intimité des gentlemen qui se réunissaient au fumoir après un banquet dissimulaient aussi ma présence. Arabella, je m'en souvenais, avait évoqué les sommes colossales qui avaient été ponctionnées sur sa fortune pour restaurer cette tour. Le décor était, paraît-il, somptueux. Poussée par la curiosité, et probablement aussi par une bonne dose de défi, je m'arrêtai devant la fenêtre et me penchai pour regarder à travers le panneau en bois sculpté.

Là, devant mes yeux, apparut la pièce la plus étrange, la plus extraordinaire qu'il m'ait été donné de contempler. Une chambre secrète, aménagée à l'écart des parties habitées du château, un lieu hors du temps où la réalité du monde extérieur s'évanouissait, cédant la place à une fantasmagorie médiévale. La richesse du décor était inouïe. Des armures de chevaliers s'adossaient à des poutres croisées ; des sirènes et des enchanteurs jaillissaient des linteaux en pierre ; des dragons déployaient leurs ailes sur de grandes frises en tuiles vernies ; des licornes, des lévriers et des lions hantaient les tapisseries murales ; des têtes de griffon et d'autres animaux fabuleux ornaient les pieds d'une petite table ronde ; des fauteuils à haut dossier recouverts de riches tissus brochés d'or voisinaient avec de profonds canapés en brocart. Un extraordinaire mélange de fantastique et de merveilleux.

Le comte apparut, vêtu d'un élégant costume de soirée et d'une cape noire ornée de glands. J'éprouvai malgré moi une étrange fascination à l'observer dans ce qui était un moment privé. Seul son valet était présent. Il allumait les chandelles d'un lustre à pendeloques. Chaque nouvelle petite flamme se reflétait aussitôt un millier de fois dans les grappes de cristaux, de sorte que la pièce semblait pétiller de lumière.

L'attention du comte fut tout à coup attirée par quelqu'un qui venait d'entrer dans la pièce. Une expression exaltée se peignit sur son visage. Il se redressa de toute sa taille, les bras écartés en signe de bienvenue. Arabella apparut, vêtue de ma robe en satin grenat. Elle s'avança d'un air hésitant puis s'immobilisa. Sur un geste du comte, elle fit lentement le tour de la pièce afin de lui permettre d'apprécier tout à loisir sa silhouette gracieuse. Le valet avait fini d'allumer le lustre et disposait maintenant deux verres et un carafon de porto sur la table basse. Il s'inclina devant le comte puis se retira. Je retins mon souffle tandis qu'Arabella passait devant ma fenêtre. Jamais je ne l'avais vue aussi radieuse et adorable, et mon cœur se serra à la pensée que Harry allait revenir vers elle dans quelques heures. Elle avait cette attitude timide et soumise si flatteuse pour les hommes, et quand elle regardait le comte derrière ses cils baissés, elle était l'image même de l'innocence et du désir de plaire.

Le comte était assis jambes croisées dans son fauteuil, son verre de porto à côté de lui, balançant nerveusement son pied. Il semblait diriger à distance les mouvements de la jeune femme. À son commandement, elle prenait une certaine pose, cambrant les reins pour mettre en valeur la courbe harmonieuse de ses hanches, soulevant le bas de sa robe, ou tirant légèrement sur le tissu de son corsage pour accentuer son décolleté. Après avoir fait le tour complet de la pièce, elle s'arrêta devant lui. Ils échangèrent quelques mots. Il lui proposa un verre de porto, qu'elle refusa. Elle se détourna et s'apprêtait à refaire le tour de la pièce quand le comte jaillit de son fauteuil en trébuchant et l'attrapa par-derrière. Ses grosses mains enserrèrent sa taille tandis que sa silhouette gigantesque semblait l'avaler tout entière. Arabella se figea à son contact, et ils échangèrent encore quelques mots. Le visage du comte était ravagé par la passion. L'une de ses mains lâcha la taille d'Arabella et repoussa une anglaise de cheveux pâles sur sa nuque. Puis il la broya presque dans une étreinte d'ours, et pressa sa bouche sur son épaule.

Je me laissai glisser le long du mur, les deux mains plaquées sur mes lèvres pour étouffer un cri. Ce que j'avais senti intuitivement depuis le premier jour, ce qui m'avait été suggéré par des regards, des attitudes, des gestes venait d'être confirmé, là, sous mes yeux. J'étais trop effrayée pour fuir. Au moindre bruit, je me ferais prendre. Je devais attendre qu'ils soient partis.

Je restai recroquevillée contre le mur pendant ce qui me parut une éternité, puis une flèche de lumière traversa le chemin de ronde et Arabella apparut. Un malaise m'envahit à sa vue. Elle ne portait plus que son jupon rouge ; son corset avait été délacé, les brides flottaient sur sa taille. Elle avança le long du rempart, puis s'arrêta pour s'emparer d'un objet enveloppé dans un morceau de tissu et dissimulé derrière une pierre déchaussée. Ce fut en se retournant qu'elle me vit. Elle eut à peine un sursaut. Elle jeta un regard rapide par-dessus son épaule, me rejoignit et s'agenouilla devant moi. Elle savait forcément ce dont j'avais été témoin, et cependant elle ne semblait pas troublée le moins du monde. Il me fut impossible de lire sur ses lèvres dans l'obscurité, mais elle semblait essayer de me rassurer. Elle ouvrit le morceau de tissu, dévoilant un trousseau de clés. Puis elle m'aida à me lever et me fit signe de partir. À mon grand étonnement, elle m'embrassa sur la joue. Je lui obéis. Quand j'atteignis la porte donnant dans la galerie des portraits, je me retournai. Elle avait disparu.

J'étais en proie à un sentiment de panique lorsque je récupérai mon sac de voyage et mon manteau. Mes mains tremblaient si fort que je renonçai à nouer mon bonnet et le fourrai dans mon bagage. Je traversai le réduit dans lequel j'avais dormi la première nuit, une bougie à la main, puis je descendis l'étroit escalier en colimaçon, franchis la lourde porte en chêne et traversai sans m'arrêter le couloir des domestique, la cuisine et la cour. Si j'avais entendu les chiens, j'aurais sans doute battu en retraite, mais je n'avais aucune notion du danger tandis qu'ils me talonnaient en grondant dans l'allée gravillonnée. Je fus sauvée bien malgré moi par le garde-chasse, qui jaillit de son cottage juste à temps pour les rappeler. Il pensa certainement que je venais de commettre un vol ou un délit quelconque – pour quelle autre raison aurais-je fui en courant, au beau milieu de la nuit ? Je réussis à dominer mon tremblement, juste le temps de lui demander à voir William. Quand on tira le pauvre garçon de son lit, je le pris à part et le suppliai de m'aider.

— Je dois absolument me rendre à Rushcross Grange pour voir votre mère. C'est très urgent.

Je bafouillais et je savais qu'il ne devait rien comprendre à ce que je disais.

— Je suis malade. Je… je ne me sens pas bien du tout et votre mère m'a dit qu'en cas de besoin je pourrais m'adresser à vous. Vous voulez bien m'emmener là-bas ce soir ? Je vous paierai. J'ai de l'argent.

Ma panique dut lui paraître suspecte. Il sembla néanmoins disposé à m'aider. Il m'accompagna jusqu'à la haie d'ifs, derrière les écuries, et me montra du doigt les ruines de l'abbaye. Je devais l'attendre là-bas.

J'étais beaucoup trop bouleversée pour tenter d'analyser la scène à laquelle j'avais assisté dans la tour. J'étais toujours en état de choc tandis que je guettais l'arrivée de William, assise sur un éboulis de pierres, mon sac de voyage serré contre ma poitrine, souhaitant n'être jamais venue dans cet endroit maudit. L'obscurité, tout autour de moi, me terrifiait car je ne pouvais entendre l'approche d'un danger – animal ou humain – et je ne cessais de jeter des regards effrayés par-dessus mon épaule, imaginant du danger partout.

Je n'aperçus tout d'abord qu'une lueur orangée au-dessus des arbres, dans le ciel d'encre, et j'escaladai les ruines pour apercevoir le château. La tour était transformée en brasier, et avec elle la chambre secrète du comte. Une horreur sans nom m'envahit à la vue des flammes qui jaillissaient des fenêtres et je tombai à genoux, priant, sanglotant, suppliant pour qu'elle ait réussi à se sauver à temps. Je sortis brusquement de ma transe quand une main m'agrippa l'épaule. C'était William, amenant un cheval. Il était livide et me montra le feu avec des gestes affolés. Il ne pouvait pas m'accompagner. Il devait retourner là-bas pour essayer d'éteindre l'incendie, mais je n'avais qu'à prendre le cheval et me rendre à Rushcross Grange par la route. Il enverrait quelqu'un récupérer l'animal dans la matinée.

Au lieu de prendre la direction de Rushcross Grange, je suivis le sentier longeant Beeching Rigg jusqu'à la route qui conduisait à Swidden. J'arrivai en ville peu après l'aube et me frayai un passage à travers le marché aux moutons jusqu'à l'auberge du Chêne Royal. La femme de chambre me conduisit à Nelly. Le soulagement qui se peignit sur ses traits lorsqu'elle ouvrit la porte et me vit eut raison de mon sang-froid : je fondis en larmes. Elle me serra contre elle de toutes ses forces. Même en recourant à nos signes, il lui fut impossible de comprendre l'histoire cauchemardesque que je lui racontais. Elle versa de l'eau dans une cuvette, me nettoya le visage et me mit au lit. Puis elle s'assit à côté de moi et garda ma main dans la sienne jusqu'à ce que je m'endorme.

Lorsque je repris conscience, Nelly me secouait par l'épaule. Je m'assis et découvris un homme étrange, vêtu d'un uniforme, sur le seuil. L'aubergiste se tenait à son côté et m'observait d'un air bizarre. Je tournai les yeux vers Nelly, qui me parlait en langage des signes. L'homme venait m'arrêter. On m'avait vue m'enfuir en courant de Blackroak Hall juste avant l'incendie. Le comte et sa belle-fille avaient péri tous les deux dans les flammes. Quelqu'un les avait enfermés à clé à l'intérieur de la tour.

28

On me garda pendant deux jours dans une horrible geôle munie d'un simple banc en bois scellé au mur par des chaînes et d'une paillasse si répugnante que je refusai de m'y coucher. Je dormis sur le banc, enveloppée dans mon châle. Le geôlier amena ses deux petits garçons pour qu'ils voient « la sourde », et ils s'amusèrent à me jouer des tours odieux. Le deuxième soir, ils entrèrent dans ma cellule avec mon dîner – un morceau de pain noir et un bol de soupe aigre – et me trouvèrent endormie. Le plus petit des deux se cacha sous mon banc pendant que son frère me réveillait. Lorsque je m'assis pour manger, me croyant seule dans ma cellule, l'enfant me saisit les chevilles par en dessous, me causant une telle frayeur que je l'attrapai par les poignets, le retournai sur mes genoux et lui donnai une bonne fessée. L'épouse du geôlier accourut, sans doute alertée par les cris du garçon, suivie par son mari, et une violente dispute éclata entre les époux. Après cela, les deux gamins me laissèrent tranquille.

J'essayai de réfléchir pendant ces deux jours

horribles, mais mon esprit était paralysé par la peur et je n'avais personne pour me conseiller. Si seulement j'avais gardé mon sang-froid et remis ma lettre à William ! Harry aurait su alors que la femme que l'on avait arrêtée et jetée en prison, c'était moi et non une certaine Mme Truelock, couturière itinérante. D'un autre côté, si jamais ma véritable identité venait à être connue, je deviendrais la coupable idéale : j'avais un mobile pour commettre ce double meurtre. Et si par malheur quelqu'un m'avait aperçue sur les toits cette nuit-là, mon sort serait scellé.

On m'avait autorisée à emporter quelques affaires au moment de mon arrestation et j'avais réussi à y glisser le journal d'Arabella. Je me plongeai dans sa lecture dès les premières heures de mon emprisonnement, dans l'espoir d'y trouver des réponses aux questions qui me hantaient. L'écriture microscopique reflétait une véritable obsession du secret. Je m'attelai à la déchiffrer dans la lumière trouble de l'unique fenestron qui apportait un peu de clarté dans ma cellule.

Difficile de déterminer à quel moment précis elle avait commencé à écrire, mais cela devait se situer peu après son arrivée à Blackroak Hall. Quelques ébauches de poèmes cédaient bientôt la place à des observations et à des réflexions sur son nouveau foyer et sa nouvelle famille. Ses sujets de plainte étaient nombreux : l'état de délabrement effrayant du château, la vaisselle ébréchée, les couteaux émoussés, les draps humides, les cheminées à la fois dangereuses et inefficaces, les domestiques âgés et insolents... Ses récriminations devenaient de plus en plus incohérentes au fur et à mesure que son esprit vacillait. Ses fréquentes allusions à son passé dévoilaient une réalité bien différente de l'histoire que l'on m'avait racontée ; il n'y avait jamais eu de fiancé héroïque mort au combat, mais une liaison tragique avec un homme marié. Le scandale, tout comme la tentative de suicide d'Arabella, avait apparemment été largement rendu public. À l'évidence, elle éprouvait toujours un amour ardent et impossible pour cet homme, et je commençai à me demander si sa décision de se marier et de se retirer dans un lieu isolé n'était pas une forme d'exil volontaire, un châtiment qu'elle se serait infligé à elle-même pour expier ses fautes. Il y avait apparemment quelque chose chez le comte qui lui rappelait son amant et depuis le premier jour, le charisme de son beau-père avait écrasé les tendres sentiments qu'elle avait pu éprouver pour Harry.

Dieu merci, le récit de leur lune de miel me fut épargné. À l'époque où elle avait commencé son journal, ils ne partageaient déjà plus le même lit. Le jugement qu'elle portait sur Harry et leur mariage variait en fonction de son humeur – tantôt plein d'aigreur, tantôt dédaigneux. Au fil des mois, Harry passait de moins en moins de temps à Blackroak Hall.

Depuis le début, le comte avait exercé son autorité sur elle de la manière la plus perverse qui soit. À certains moments du journal, ses observations rationnelles s'effaçaient devant des réflexions et des images dérangeantes. Parfois, il m'était impossible de démêler ce qui relevait de la réalité ou de la fiction, mais la scène dont j'avais été témoin dans la tour avait sans nul doute été précédée par d'autres scènes identiques. Le comte l'avait séduite bien avant la nuit de l'incendie.

Il est amoureux fou de moi, écrivait-elle. *Je le méprise. Je frissonne de dégoût quand il me touche. Comment lui échapper ? Il est partout et envahit toutes mes pensées, jusqu'à mes rêves les plus pervers et mes désirs les plus honteux. Quelle partie de moi-même dois-je arracher pour me débarrasser de lui ?*

Son amitié avec Hannah Pratt datait de cette époque. Elle évoquait une visite qu'elle avait rendue à Hannah afin de lui demander une potion pour remédier à son « état », et le soutien que lui avait apporté cette dernière dans une période difficile. Je me remémorais ma rencontre avec Hannah sur la lande, sa réaction quand je l'avais questionnée au sujet d'un enfant... Était-il possible qu'Arabella ait été enceinte et qu'elle soit allée chercher de l'aide auprès d'Hannah ? Si tel avait été le cas, j'étais convaincue que le bébé n'était pas de Harry.

Le deuxième jour, je refermai le journal d'Arabella, incapable d'aller plus loin. Si j'étais inculpée de meurtre, je ne pourrais rendre ces écrits publics sans détruire Harry. Je priai pour qu'une telle défense ne soit pas nécessaire.

Au matin du troisième jour, je vis la porte de ma cellule tourner sur ses gonds et Nelly entra. Je me levai d'un bond et me jetai dans ses bras. Je n'avais pas vu un miroir ou un peigne depuis plus de deux jours, et Nelly sortit vivement un mouchoir et tenta de me nettoyer le visage. Puis elle commença à me recoiffer. C'en était trop, et je me mis à sangloter. Au bout d'un moment, elle réussit à me calmer. Puis, du regard, elle attira mon attention sur l'entrée de la cellule.

Harry se tenait sur le seuil, comme frappé par la foudre. Il se tourna vers un gentleman trapu et basané, et tous deux conversèrent pendant un long moment. Puis l'étranger s'avança pour s'adresser à Nelly.

En langage des signes, Nelly m'expliqua qu'une enquête était nécessaire pour élucider les circonstances de l'incendie, mais que M. le comte était prêt à renoncer à une audition formelle et à m'entendre maintenant, si j'en étais d'accord.

Il dit qu'il croit à votre innocence. Acceptez-vous de répondre à ses questions ? me demanda-t-elle par gestes, traduisant les propos de l'homme au teint basané.

— J'accepte.

Que faisiez-vous à Blackroak Hall ?

— Je m'y suis rendue à la demande de Mme la vicomtesse. Elle souhaitait que je lui confectionne des robes pour la Saison londonienne.

Pourquoi vous êtes-vous enfuie au milieu de la nuit ?

— J'avais peur.

De quoi ?

— J'avais peur de M. le comte.

Pourquoi aviez-vous peur de lui ?

— Je lui ai tenu tête au sujet d'une robe sur laquelle je travaillais pour lady Ormelie. Il a levé la main sur moi et je me suis défendue. Je savais qu'il pouvait se montrer violent et je craignais pour ma sécurité. C'est pour cette raison que je suis partie.

D'après le valet du comte, vous aviez annoncé votre intention de quitter le château au matin.

— En effet. Après l'altercation, je suis allée faire mes bagages, puis je suis descendue dîner avec le personnel, mais on a refusé de me donner à manger. J'étais troublée par l'hostilité que je percevais autour de moi, et j'avais peur. Je suis remontée dans ma chambre, j'ai pris mes affaires et je suis partie sans attendre.

L'homme se tourna vers Harry et lui demanda :

— Ces explications vous paraissent-elles suffisantes ?

Harry répondit par l'affirmative.

— Souhaitez-vous que cette femme soit remise en liberté ?

Nelly me traduisit par signes sa réponse. *L'incendie était un accident. Personne n'est à blâmer. Cette femme est innocente. Relâchez-la.*

L'instant d'après, il était parti – sans un regard pour moi.

Je regagnai aussitôt l'auberge du Chêne Royal avec Nelly. Nous étions à peine arrivées que la femme de chambre m'apporta un message scellé. Il était de Harry. Il m'annonçait sa visite dans la soirée.

Dans l'après-midi, je me baignai et enfilai des vêtements propres. Comme j'avais pris l'identité d'une veuve, je n'avais emporté que des robes noires, mais Nelly fit de son mieux pour m'arranger : elle me frotta au gant de crin dans la baignoire puis me poudra d'un nuage de talc parfumé. Elle passa plus d'une heure à natter mes cheveux pour décider finalement que ça n'allait pas, et opta pour un chignon de boucles. On nous monta à dîner dans la chambre, mais j'étais trop nerveuse pour rien avaler et Nelly et Jack mangèrent ma part. Bien que nous fussions au mois de juillet, nous avions fait brûler quelques morceaux de charbon dans la cheminée afin de donner un peu de convivialité à la pièce, par ailleurs minuscule et sans attrait. Je veillai à ce qu'il y ait une ardoise et une craie à disposition, puis je me mis à marcher de long en large. Au bout d'un moment, je posai ma montre sur le manteau de la cheminée afin de ne plus être tentée de la regarder.

Harry arriva à la nuit tombée, sans se faire annoncer, et en passant par l'escalier de derrière. Il nous regarda un peu bizarrement lorsque Jack s'avança pour le débarrasser de son chapeau et de ses gants. Il ne devait pas savoir que penser de nous, un trio de tailleurs itinérants et miséreux faisant de leur mieux pour recevoir un lord.

Lorsque Nelly me traduisit ses premières paroles, il se tourna vers moi, sourcils froncés.

— Cela rime à quoi ? demanda-t-il avec un geste agacé en direction de Nelly.

— Tu veux parler des gestes que nous faisons ?

— Oui.

— C'est un langage que les sourds utilisent pour communiquer entre eux. Je l'ai appris en France. Nelly est mon interprète.

Est-ce indispensable ?

— C'est beaucoup moins fatigant pour moi que de lire sur les lèvres.

Jamais je ne l'avais vu aussi froid et distant. Bien qu'il n'eût rien de commun avec son père, je leur trouvai un air de ressemblance en cet instant. Mon cœur se glaça à cette pensée.

Tu voyages sous un faux nom.

— Pas tout à fait. Mon nom de baptême est Mary Ann. Et le nom de famille de ma mère était Truelock.

Il rejeta cet argument d'une torsion de la bouche.

Tu te rends compte que s'ils découvraient ta véritable identité, ils concluraient que tu avais de bonnes raisons de provoquer l'incendie ?

— Je n'ai rien fait, affirmai-je avec force. Je ne suis pas une criminelle !

Son expression s'adoucit. *Je ne l'ai jamais pensé. Mais tu dois bien te rendre compte que cela a été un choc...*

— Oui, bien sûr.

J'ajoutai, contrite :

— Je suis terriblement désolée pour l'épreuve que tu traverses. Je compatis à ton deuil.

Il acquiesça avec raideur, acceptant mes condoléances du bout des lèvres.

J'ai été horrifié de te voir dans cette geôle. Tu avais l'air... As-tu été maltraitée de quelque façon que ce soit ?

Je secouai la tête.

Il appuya son bras sur le manteau de la cheminée et contempla les braises rougeoyantes. La main froide du désespoir se referma sur mon cœur. Je ne parvenais pas à croire que nous soyons devenus à ce point des étrangers l'un pour l'autre. Apparemment, nous n'avions plus rien à nous dire.

Au bout d'un moment, il leva vers moi un regard amer et demanda :

— Pourquoi n'as-tu pas répondu à mes lettres ?

Je crus avoir mal compris et jetai un coup d'œil à Nelly, pour qu'elle répète sa question.

— Quelles lettres ? demandai-je, stupéfaite.

— Je t'ai écrit quatre lettres pendant que tu étais en France. Je n'ai obtenu aucune réponse.

— Ces lettres expliquaient-elles par hasard pourquoi tu m'as volé mon fils en me faisant croire qu'il était mort ?

Son visage se colora. Il se redressa avec l'expression d'un homme profondément blessé.

Si tu n'as pas reçu mes lettres, alors tu ignores les raisons de mon geste. Je n'ai jamais eu l'intention de te faire souffrir.

— Vraiment ? Tu pensais peut-être que la mort de mon bébé ne me rendrait pas folle de chagrin ?

Je voulais seulement vous protéger, toi et notre enfant. Je te connais, Veda. Je sais combien tu es impulsive et inconsciente du danger. Je constate que j'ai eu raison d'agir comme je l'ai fait. Bonté divine ! Regarde où t'a menée ce stratagème ridicule. Quelle folie !

Comme Nelly finissait de me traduire sa réponse cinglante, je reconnus en moi-même qu'il y avait une bonne part de vérité dans ses reproches. J'étais épuisée par les épreuves que je venais de traverser et, par-dessus tout, j'avais besoin d'un signe de réconciliation.

— J'étais désespérée, Harry. J'avais perdu toute confiance en toi.

— Et moi en toi, rétorqua-t-il sèchement.

Puis il se ressaisit et son expression se radoucit.

Je croyais que tu m'avais rayé de ta vie. Je n'avais aucun moyen de savoir ce que tu pensais – ce que tu avais l'intention de faire – ce que tu ressentais.

— Moi non plus.

Peu à peu, tandis que nous parlions et que la colère, l'amertume et les malentendus s'effaçaient, je voyais réapparaître lentement l'homme que j'avais aimé et épousé. Une ancienne flamme se ralluma dans ses yeux, et je ne peux nier que j'en fus remuée. Nous avançâmes à tâtons pendant les minutes suivantes, conscients que nous avions souffert trop profondément tous les deux pour abandonner si vite nos défenses.

Mes yeux ne cessaient d'aller et venir entre les lèvres de Harry et les mains de Nelly, tandis que je m'efforçais d'assembler les morceaux du puzzle. La lettre que j'avais écrite à Harry pour lui annoncer que j'attendais son enfant avait apparemment atterri entre les mains de sir Douglas Heaton, l'avocat de lord Hambledon et l'auteur du plan machiavélique qui avait abouti à l'annulation de notre mariage. Informé de la situation, le comte l'avait chargé de le débarrasser une fois pour toutes de cette petite roturière arriviste et présomptueuse qui avait séduit son fils et revendiquait des droits sur lui en lui présentant un bâtard. Comme je l'avais soupçonné, la fin de non-recevoir cinglante qui m'avait été adressée avait été écrite par Heaton, à l'insu de Harry, alors sur le continent. Puis, une nuit, peu après le retour de Harry à Blackroak, le comte, ivre, s'était vanté de la façon dont il avait réglé cette histoire sordide, racontant avec une joie mauvaise comment son avocat avait intercepté ma lettre et déjoué ma tentative pitoyable pour faire éclater un scandale. Dans son emportement d'ivrogne, il avait proféré des menaces à mon encontre, jurant qu'il chargerait son avocat d'en finir avec moi si jamais Harry cherchait à nous revoir, moi ou son enfant.

Harry m'avait alors écrit à mon adresse de Savile Row, me proposant un plan pour les leurrer.

À ce point de son récit, je dus m'asseoir. Je levai les yeux vers lui et répétai, pour m'assurer que j'avais bien compris :

— Mon père t'a dit qu'il m'avait fait suivre tes lettres en France ?

— Oui.

— T'a-t-il aussi laissé entendre que je les avais reçues ?

Il hocha la tête.

— C'est ce qu'il m'a affirmé, oui.

— Et la raison pour laquelle je n'y aurais pas répondu ?

— Tu ne voulais plus entendre parler de moi.

Je baissai les yeux, partagée entre l'incrédulité et la honte.

Au bout de quelques instants, je me tournai vers Jack, qui se tenait en retrait et se rongeait les ongles.

— Jack, je boirais volontiers un doigt de cognac. M. le comte aussi, certainement.

J'avalai le mien comme un médicament, consciente que Harry ne me quittait pas du regard.

— Et mon fils ? demandai-je en posant mon verre vide sur le plateau. Puis-je le voir ?

— Quand tu voudras.

Ma voix dut trembler quand je prononçai ces mots :

— S'il te plaît, rends-le-moi, Harry.

L'émotion me submergea. Peu m'importait en cet instant de vérité de lui montrer ma souffrance, je n'avais pas honte. Je soutins sans faiblir son regard pour qu'il mesure l'étendue de ma douleur et l'immensité de l'espoir qui s'ouvrait à nouveau devant moi.

— Je n'ai jamais voulu te faire de mal, répondit-il avec une sincérité mêlée de tendresse. Je cherchais seulement à vous protéger – lui et toi.

— Où est-il ?

— Dans le Kent.

— Où ? demandai-je en me tournant vers Nelly pour déchiffrer le nom qu'elle m'épelait. Le Kent ?

— Oui. Chez une cousine du côté de ma mère.

— J'avais pensé que, peut-être, il serait à Édimbourg.

— Édimbourg ?

— J'avais cru comprendre que…

Je détournai brièvement les yeux, sachant qu'il n'aurait aucun mal à deviner qui était à la source de cette rumeur.

— … que tu te rendais souvent à Édimbourg.

— Je caresse depuis longtemps le projet d'ouvrir à York une école pour les enfants sourds. Je voulais prendre modèle sur celle qui se trouve à Édimbourg. D'où la raison de ma présence là-bas.

— Une école pour les enfants sourds ?

Il hocha la tête.

— C'est un noble projet, commentai-je avec un sourire timide.

— Il m'a été inspiré par une noble dame.

Je rougis violemment. Sans la présence de Nelly, notre réconciliation aurait probablement été scellée ce soir-là. Mais sans doute valait-il mieux attendre que les choses se mettent en place lentement. Je devais commencer par parler avec mon père. Harry, quant à lui, avait la tâche douloureuse d'enterrer son père et son épouse. Pour l'instant, nous devrions nous contenter de l'espoir qui brûlait dans nos cœurs et dans nos yeux.

Comme il prenait congé, Nelly s'éclipsa discrètement et je lui abandonnai ma main.

— Où puis-je t'écrire ? demandai-je.

— Je vais m'installer à Blackroak pour quelque temps. Il y a de nombreuses décisions à prendre, beaucoup de changements à effectuer. Des changements positifs.

Il se pencha et effleura ma joue d'un baiser.

— Il n'y a plus personne à craindre là-bas.

Il enfonça son chapeau sur sa tête et partit.

Sans tante Lavinia, le mystère des lettres n'aurait sans doute jamais été élucidé. Elle était devenue dure d'oreille avec l'âge et recourait généralement à un cornet acoustique quand elle souhaitait suivre une conversation. Mais le plus souvent elle faisait simplement abstraction de ce qui l'entourait et menait sa petite vie sans s'occuper de ce qui se passait autour d'elle. Ce matin-là, cependant, elle ne perdit pas une miette de la discussion que j'eus avec papa. Quand il reconnut qu'il avait bien eu des lettres de Harry entre les mains – peut-être une ou deux, il ne se souvenait pas – mais qu'il me les avait toutes fait suivre en France, tante Lavinia se leva et quitta la pièce sans un mot. Elle revint quelques minutes plus tard avec une petite liasse de courrier qu'elle me tendit d'un air innocent en disant :

— C'est de ça que tu parles, ma chérie ?

L'adresse était rédigée de la main de Harry. En les retournant, je constatai qu'elles n'avaient pas été ouvertes : les sceaux étaient intacts.

— Elles étaient dans sa table de toilette, m'expliqua tante Lavinia comme je levais vers elle un regard interrogateur. Il les a gardées pendant tout ce temps.

Elle tourna vers papa un visage sévère et agita un doigt accusateur dans sa direction.

— Honte à toi, George. Tu as agi par pur égoïsme. Tu ne penses qu'à ton propre bonheur. Honte ! Honte !

Puis, comme si elle venait de gronder la cuisinière d'avoir mis trop de sel dans la soupe, elle se rassit, reprit ses aiguilles et attaqua vaillamment une nouvelle têtière.

Je restai figée sur ma chaise, en état de choc, les yeux rivés sur les lettres. Je ne pouvais me résoudre à regarder en face l'humiliation de mon père, confronté à sa propre trahison.

— Je n'arrive pas à croire que tu aies fait ça, articulai-je simplement.

Puis je quittai très vite la pièce.

8 juillet 1865

Ma chérie,

Je prie pour que cette lettre te trouve en bonne santé, et sans amertume à mon égard car je sais depuis hier seulement que tu attends notre enfant. Il semblerait que tu m'aies écrit pour m'en informer – combien de fois, je l'ignore, car je n'ai rien reçu à mon cercle. Selon toute apparence, nous ne pouvons plus nous fier à Scrimshire et je m'en veux terriblement de ne pas avoir été plus prévoyant.

Il est tragique qu'un événement aussi merveilleux ait été utilisé comme une arme pour nous séparer. Mon père m'a tout révélé hier soir. Son ressentiment envers toi est effrayant, d'autant qu'il te tient pour responsable de mon échec à lui donner un petit-fils, et un héritier légitime. Il m'a averti que si je tentais quoi que ce soit pour vous voir, toi et l'enfant, il chargerait Heaton de t'accuser d'un crime imaginaire et de te dénoncer aux autorités afin de rendre impossible ton retour en Angleterre. Tu serais bannie à jamais. Mon père est malheureusement capable d'en arriver à de telles extrémités, et je crois plus sage de ne pas le défier.

Bien sûr, tu ne peux pas passer le reste de ta vie à te cacher de lui, c'est pourquoi j'ai travaillé toute la nuit à élaborer un plan. Je suis convaincu que si l'enfant était déclaré mort-né, mon père estimerait que tu n'as plus aucun lien d'aucune sorte avec moi et que tu ne représentes plus une menace. Voilà pourquoi, ma chérie, il ne faut pas que tu rentres à Londres avec le bébé. Nous devons trouver un moyen de le cacher, et tu dois accepter de te séparer de lui pendant quelque temps. Je ne sais pas encore exactement comment procéder, mais je consacrerai toute mon énergie à trouver une solution car je crains en permanence pour ta sécurité. Écris-moi vite, aux bons soins de Collingwood, dont je note pour toi l'adresse au dos de cette lettre.

Sache qu'en te perdant j'ai perdu ma raison de vivre. Quand j'ai consenti à un mariage difficile et sans amour, c'était uniquement pour apaiser l'orgueil monstrueux de mon père. Si tu savais combien j'ai lutté pour ne pas t'avouer mes sentiments, justement parce que je voulais te protéger de ma famille ! J'espérais qu'en te tenant à distance, je te préserverais sans pour autant te perdre. Quelle utopie…

J'ai essayé de tenir mon rôle d'époux, mais j'ai échoué lamentablement, je le sais. Mes pensées reviennent constamment vers toi. À partir de quel moment une pensée innocente et tendre devient-elle une trahison ?

Je t'envoie cette lettre à Londres, chez ton père, avec un mot le suppliant de te la faire suivre aussi rapidement que possible. Il m'est impossible de m'absenter pour le moment. Dans un courrier séparé, j'ai demandé à ton père d'indiquer ton adresse à mon avocat, à Londres, pour qu'il puisse mettre immédiatement mon plan en œuvre.

16 juillet 1865

Mon aimée,

Je suis passé voir ton père hier – une visite embarrassante et très déplaisante. Il m'a assuré qu'il avait fait suivre ma dernière lettre et qu'il ferait de même avec celle-ci, mais il refuse toujours de me révéler ton adresse. J'ai donc passé la journée entière à m'emporter après Collingwood, dont l'inefficacité m'exaspère. Il suggère de faire appel à un détective privé, ce qui semble absurde, mais je comprends que la situation est délicate, et ta vie privée doit être respectée. Esther est la seule personne à qui j'aurais osé demander de l'aide, mais Ned et elle sont absents pour tout l'été.

Quand j'ai dit à ton père que je n'avais pas reçu de réponse à ma lettre, il m'a laissé entendre que tu ne souhaitais peut-être pas correspondre avec moi. J'ai fini par lui révéler que j'étais au courant pour le bébé et que je voulais juste m'assurer qu'il ne manquerait de rien. Je lui ai demandé quels étaient tes projets, pensant que tu avais peut-être résolu de t'installer quelque part sous une fausse identité et de l'élever seule. Ton père m'a expliqué qu'il avait contacté une famille de riches meuniers à Caen – ils n'ont pas d'enfants et seraient prêts à prendre le bébé si jamais tu décidais de l'abandonner.

Cette pensée m'a rempli de terreur. Je t'en supplie, ma chérie, ne donne pas notre enfant à un étranger. Si tu considères ce bébé comme un fardeau et non comme un don du ciel, par pitié, confie-le-moi. J'ai déjà pris des dispositions dans ce sens : il serait élevé dans la famille de ma mère et j'aurais la possibilité de le voir très souvent. Il saurait quels sont nos liens de parenté et à la mort de mon père, je pourrais le reconnaître officiellement comme mon enfant légitime.

Je dois rentrer à Blackroak de toute urgence ; une affaire que je ne peux différer. Je partirais à l'instant même pour Douvres et je ferais moi-même la traversée si j'en avais la possibilité. Mais je ne puis échapper à son ombre maudite. Dieu ait pitié de nous.

Je place tous mes espoirs en Collingwood, qui m'a promis d'agir sans attendre.

Une fois encore, j'envoie ce pli à ton père en priant pour qu'il te parvienne.

Ton dévoué
Harry

12 août 1865

Ma chère Veda,

Je ne crois pas avoir jamais été aussi angoissé que ces dernières semaines, à attendre des nouvelles de Collingwood ou de toi. Je n'ose pas recevoir la moindre correspondance privée, ici, à Blackroak, et des affaires concernant le domaine m'ont contraint à voyager une bonne partie du temps, de sorte que j'étais perpétuellement coupé de toute information.

Collingwood et son équipe se sont montrés très zélés dans leurs recherches. Il est parti aujourd'hui pour Caen avec des indices qui, selon lui, devraient lui permettre de te retrouver. Je ne sais comment interpréter ton silence. Tu es une femme volontaire, je ne l'ignore pas, mais je refuse de croire que tu puisses intentionnellement vouloir me spolier de mes droits de père.

Comme toujours,
Harry

La lettre suivante portait l'adresse de Sassetôt. Elle avait dû arriver au manoir quelques jours après mon départ et avait été renvoyée chez mon père.

9 septembre 1865

Ma chérie,

Je suis assis à mon bureau, notre fils endormi à côté de moi. J'ai fait installer son berceau dans la pièce afin de pouvoir poser les yeux sur lui à chaque instant. Il est robuste, en bonne santé, et il a fait le voyage jusqu'à la maison presque sans pleurer, m'a-t-on dit.

Ton silence me rend perplexe. Si je ne devais recevoir aucune réponse à cette lettre, j'en conclurais que tu as décidé de mettre un terme à toute relation avec moi et que tu m'abandonnes la garde de notre fils. Si telle est ta volonté, je la respecterai.

Bien à toi,
Harry.

J'avais prié de toutes mes forces pour que ces lettres innocentent Harry, mais il n'en était rien. Il avait volontairement choisi d'ignorer de quelle manière son plan avait été mis en œuvre et quelles pouvaient en avoir été les conséquences pour moi. Il avait agi comme un voleur. Délibérément. Dès l'instant où Collingwood m'avait localisée, il aurait été facile de me prévenir, de me convaincre de coopérer. Au lieu de quoi Harry s'était arrangé pour protéger ses droits au détriment des miens. C'était un acte d'une arrogance intolérable, et je ne supportais pas de voir Harry sous ce jour. Je ne pouvais pas non plus oublier comment lui et ses amis s'étaient servis de ma surdité pour parvenir à leurs fins. Ils m'avaient abusée uniquement parce que je n'avais pas la possibilité d'entendre crier mon bébé.

La lettre que j'écrivis à Harry ce soir-là était empreinte de retenue et de fierté blessée.

12 juillet 1867

Mon très cher Harry,

Je t'adresse ces lignes après avoir pris connaissance des lettres que tu m'as écrites voilà deux ans. Comme nous l'avions soupçonné, mon père les avait gardées.

Les sceaux n'avaient même pas été brisés : son sens des convenances lui a sans doute interdit de fouiller dans ma vie privée d'une manière aussi vulgaire. Je suis certaine que, dans le cas contraire, il aurait pris conscience du drame qui était en train de se jouer et se serait comporté en gentleman. Mais il a probablement estimé qu'il était de son devoir de père de me protéger malgré moi, et que le meilleur moyen d'y parvenir était de t'écarter de ma vie. Voilà un douloureux exemple des souffrances que l'on peut infliger aux personnes que l'on aime en croyant défendre leurs intérêts.

J'éprouve toujours un profond sentiment de trahison. Même à la lumière de ce que je sais aujourd'hui, la souffrance est cristallisée comme un sédiment au fond de mon cœur.

Je prie pour que tu surmontes ton deuil avec courage et force d'âme.

Je pars demain m'installer chez Esther et Ned, dans leur maison de Holland Park. Je m'en remets à toi pour prendre les décisions qui s'imposent. Je souhaiterais voir mon fils dès que la situation à laquelle tu dois faire face le permettra. Il aura deux ans le 19 août. J'aimerais qu'il fête son anniversaire avec sa mère.

Affectueusement,

Veda

J'avais défendu papa devant Harry par orgueil, pour ne pas avouer combien il m'avait blessée. Mon père m'aimait plus que tout au monde et, à défaut de les comprendre, je connaissais les raisons de sa trahison. Mais je savais aussi qu'il n'était pas dans son caractère de reconnaître ses torts, et il me serait impossible de lui pardonner tant qu'il n'aurait pas manifesté des regrets sincères. Je demandai à Lucy de me monter mon dîner dans ma chambre et je lui fis porter un message l'informant que je partais le lendemain m'installer chez Esther. Je ne précisai pas combien de temps je resterais absente.

Esther fut ma planche de salut cet été-là. Sa maison de Holland Park était un petit paradis débordant de lumière et de charme, avec son joli papier peint fleuri et ses bouquets de marguerites disposés dans des vases bleu et blanc. Les matinées étaient délicieusement routinières : Ned buvait son café derrière son journal, les enfants jouaient autour de la table, Esther bavardait de tout et de rien. L'atmosphère était merveilleusement chaotique, et tout le monde semblait content de vivre ainsi. Je passais une bonne partie de mon temps à admirer les nouvelles toiles d'Esther : les portraits qu'elle avait réalisés de ses enfants étaient sans conteste ses œuvres les plus abouties. Ned, lui aussi, était en veine d'inspiration et je fus très impressionnée par une odalisque qu'il avait presque achevée.

Je ne cachai rien à Esther de ce qui s'était passé la nuit de l'incendie. J'avais renvoyé Nelly chez elle, dans le Suffolk, pour des vacances bien méritées, de sorte qu'Esther était contrainte d'écrire sur une ardoise, et moi de lire sur ses lèvres. Le journal d'Arabella l'intriguait tout autant que moi. Un matin, alors qu'elle venait de déchiffrer avec une loupe quelques pages entièrement recouvertes d'une écriture microscopique, elle saisit l'ardoise et nota :

On ressent une oppression étrange. Comme si toute la force de son imagination était séquestrée à l'intérieur de ce petit carnet.

Puis elle leva les yeux vers moi.

— Dans tes lettres, tu donnais l'impression de t'être prise d'affection pour elle.

J'hésitai avant de répondre.

— C'est vrai. Un peu comme on peut s'attacher à un reflet de soi-même. Mais le propre du reflet est d'inverser la réalité, n'est-ce pas ? Peut-être voyais-je en elle ce que j'aurais pu devenir si je n'avais pas eu mon travail pour donner un sens à ma vie.

Je parcourus des yeux le joyeux fouillis de la pièce – les toiles appuyées contre les murs, le chiffon criblé de taches de peinture accroché au chevalet, les cartons à dessin posés à même le sol…

— Imagine ton existence sans la peinture : supporterais-tu d'être uniquement une mère de famille, même si tu adores tes enfants ? Il y a des femmes à qui cela suffit, mais je ne pense pas que c'était son cas. Elle ressentait un besoin de créer, mais estimait ne pas avoir assez de talent pour exprimer cette envie. Je regarde ces pages, ces lettres minuscules qui se chevauchent dans cet espace confiné, et je me dis que si elle avait eu la force de repousser ces limites, elle aurait pu donner des ailes à son inspiration.

Esther hocha vigoureusement la tête.

— Exactement. Sa névrose est comme comprimée à l'intérieur de ce carnet.

— Ses nerfs étaient peut-être fragiles, mais ce n'était pas une faible, Esther. Loin de là.

— Rien que d'y penser… Mon Dieu, Vevey, tu te rends compte ? Choisir de mourir de cette façon !

— Je crois qu'elle a voulu rendre justice pour toutes les victimes du comte. La mère de Harry, sa sœur, tout autant qu'elle-même.

Des souvenirs de la scène que j'avais surprise dans la tour, ainsi que de mon affrontement avec lui, défilèrent dans mon esprit.

— Cet homme était un monstre, articulai-je sans parvenir à réprimer un frisson. Le mal incarné.

— Tu as l'intention de dire la vérité à Harry ?

— Qui accepterait de croire de telles horreurs sur son père ? Et même, comment pourrait-il supporter que je le sache ?

Je secouai la tête.

— Cela finirait par nous détruire, je crois.

Esther referma le journal d'Arabella d'un geste décidé et se leva.

— Assez larmoyé. Allons prendre l'air. Depuis combien de temps n'es-tu pas allée te promener en calèche dans Rotten Row ? Va vite mettre une jolie robe, je t'emmène. Dépêche-toi !

C'était une splendide journée d'été. La Saison touchait à sa fin, et tout ce que Londres comptait de plus élégant et de plus distingué était de sortie. Les allées du parc fourmillaient d'attelages rutilants d'où des jeunes filles à marier regardaient sans en avoir l'air de fringants gentlemen montés sur de splendides chevaux à la robe lustrée. Les chapeaux à voilette les plus exquis et les amazones les plus ravissantes paradaient sous le soleil radieux. J'avais le sentiment d'être enfin rentrée chez moi.

Harry m'écrivait régulièrement, mais ses lettres étaient réservées ; il ne m'ouvrait plus son cœur comme autrefois. Nous avions décidé de nous rendre ensemble dans le Kent, chez la personne qui s'occupait de notre fils. Mme Constance Mulhouse était une cousine de sa mère, déjà veuve depuis plusieurs années et retirée à la campagne. Je n'avais aucune idée de la façon dont je réagirais en présence de Harry et de mon fils, et le soir qui précéda mon départ, j'étais au bord des larmes.

— Je n'arrive pas à lui pardonner, Esther.

Nous étions assises toutes les deux sur mon lit, en chemise de nuit.

— Ce qu'il a fait est méprisable.

— Vevey, il semble que ses intentions étaient honorables. D'ailleurs, ton père est tout autant à blâmer.

— Mais je ne comprends pas. Cet homme, Collingwood, pourquoi n'est-il pas venu me voir quand il a su où je me trouvais ? Pourquoi ne m'a-t-il pas expliqué le plan de Harry ?

— Tu l'aurais cru ? Un homme que tu n'avais jamais vu, et qui venait te raconter qu'il devait emmener ton bébé – alors que tu n'avais pas de nouvelles de Harry depuis près d'un an ? Tu crois vraiment que tu lui aurais fait confiance ? Surtout après avoir vu ce dont le comte était capable ?

Elle avait raison. Il m'était impossible de le nier. J'exhalai un long soupir et repliai les jambes sous mon menton. Esther repoussa avec douceur une boucle de cheveux qui me tombait dans les yeux.

— Le procédé était cruel, c'est vrai, mais pas déraisonnable au vu des circonstances. Compte tenu de ce qu'il savait et du danger très réel que courait votre enfant, il a fait ce qu'il croyait être le mieux.

— C'était son arrogance.

— Tu l'aimes toujours ?

J'hésitai, puis hochai la tête.

— Connaissant l'amour qu'il te portait et les efforts désespérés qu'il a déployés pour sauver votre mariage malgré les plans machiavéliques de son père, comment peux-tu douter de son attachement pour toi ?

Je luttais pour lire sur ses lèvres car mes yeux s'étaient remplis de larmes. Je lui tendis l'ardoise d'une main tremblante.

— S'il te plaît, Tiggy, je n'arrive plus à te comprendre. Je suis trop fatiguée.

Elle écrivit : *Le seul véritable obstacle à votre bonheur a disparu dans les flammes. Ne dresse pas d'autres barrières entre vous. Accorde-lui le pardon dont il a besoin. Bats-toi pour faire revivre votre ancienne complicité.*

Je portais un manteau de soie pervenche et une petite toque noire garnie d'une simple aigrette effilée. Je vis tout de suite que Harry était sous le charme. Il discutait avec Ned, mais son regard revenait sans cesse se poser sur moi, comme s'il ne parvenait pas à en croire ses yeux.

Cranleigh House ne se trouvait qu'à quelques heures de Londres, et le temps était idéal pour voyager. J'avais mon ardoise à côté de moi, comme d'habitude, prête à la lui tendre aussitôt qu'il souhaiterait me parler, mais le silence était notre allié, ce matin-là. Si nous avions essayé de nous expliquer, nous nous serions probablement perdus dans un dédale de questions et de justifications, alors que ce dont nous avions besoin, c'était simplement d'être ensemble, libres, déliés de toute contrainte. Nous faisions route depuis un moment quand il m'ôta des mains le livre que je lisais et déboutonna mon gant. Le contact de sa paume nue contre la mienne tandis qu'il mêlait ses doigts aux miens ranima en moi le souvenir d'une intimité à laquelle je m'étais interdit de penser pendant des années. Malgré le chagrin qu'il avait pu me causer et l'erreur de jugement qu'il avait commise, je sus alors que mon cœur était aussi réceptif et ouvert qu'autrefois.

Je n'oublierai jamais son regard et la douceur avec laquelle il prit mon bras avant de me guider sur le perron de Cranleigh House puis dans le hall d'entrée. Je lui sus gré de ce soutien car jamais je ne m'étais sentie aussi peu sûre de moi. Mme Mulhouse était une femme réservée, beaucoup plus âgée que ne l'aurait été la mère de Harry. Elle devait être au courant de notre histoire car elle m'accueillit avec une très grande courtoisie. Je prêtai peu d'attention à la conversation qui suivit : je regardais autour de moi dans l'espoir d'apercevoir Charles Albert.

Je m'attendais à le voir apparaître à tout instant, conduit par une nurse, mais je l'aperçus tout à coup qui m'observait, caché derrière les feuilles exubérantes d'une fougère en pot, près de la fenêtre. Je ne pus m'empêcher de sourire. J'ignore si son père l'encouragea ou non à se montrer, mais il finit par sortir de sa cachette d'un pas un peu hésitant. C'était un magnifique petit garçon, avec de merveilleuses boucles blondes et des yeux immenses. On aurait dit un ange. J'étais tellement bouleversée que je dus attendre que les battements de mon cœur s'apaisent un peu avant de m'avancer doucement vers lui.

— Bonjour. Tu dois être Charles, articulai-je avec un sourire en espérant que je ne parlais pas trop fort, pour ne pas l'effrayer.

Il lança un bref regard à son père, s'inclina de façon adorable, puis leva sa menotte, pressa son petit pouce sur son menton et écarta les doigts.

Il venait de me parler en langage des signes ! Il avait dit : *Bonjour, maman.*

Je communiquai de la même façon : *Bonjour, mon fils*, et un sourire illumina sa frimousse.

Ravi d'utiliser ce langage magique et mystérieux, il tapota sa poitrine, puis approcha sa main de ses yeux et fit un large geste vers moi.

Je suis content de te voir.

Je suis contente de te voir aussi, répondis-je.

Sa timidité reprit brusquement le dessus. Il courut vers son père, qui le souleva dans ses bras en riant. Si j'avais encore eu des doutes sur Harry, ce geste protecteur et affectueux les aurait définitivement balayés.

Mme Mulhouse s'éclipsa discrètement sous prétexte d'aller voir où en était le déjeuner, et nous sortîmes faire quelques pas dans le parc, juste Harry, notre fils et moi. Je ne parvenais pas à détacher mon regard de mon enfant. Il souriait, cachait son visage de chérubin contre l'épaule de Harry, puis me lançait un regard furtif entre ses longs cils dorés. C'était Nelly qui lui avait enseigné les signes, m'apprit Harry. Il l'avait fait venir secrètement à Cranleigh tout exprès pour cela, deux semaines auparavant.

Cranleigh était une demeure charmante et

confortable. Tandis que je contemplais les rosiers en fleur et les champs verdoyants à perte de vue, Harry me demanda si cela me plairait d'habiter près d'ici.

Je répondis que oui.

Harry avait promis de procéder à des changements importants à Blackroak, et il tint parole. Le personnel fut entièrement renouvelé, la tour ravagée par le feu, démolie. Avec les pierres, il fit édifier une chapelle, exauçant ainsi l'un des vœux les plus chers de sa mère. Mais malgré cela, je ne pus jamais me résoudre à retourner là-bas. Je ne fournis jamais de véritable explication à Harry, pas plus que je ne lui révélai ce dont j'avais été témoin la nuit de l'incendie. C'était un fardeau que je devais porter seule.

De son côté, Harry ne chercha jamais réellement à savoir ce qui s'était passé pendant mon séjour à Blackroak Hall, ni à connaître les circonstances de la fin tragique de son père. Peut-être a-t-il quelques soupçons, mais il semble se satisfaire de la thèse de l'accident. Il est des moments dans la vie où nous préférons tous devenir sourds.

Charles Albert a hérité du charme, de l'assurance irrésistible et de la vive intelligence de son père. Il a désormais une sœur, une petite princesse aux cheveux noirs comme jais, prénommée Alice, qui a capturé le cœur de son père.

Nous faisons construire une maison de campagne non loin de Cranleigh, où réside la famille maternelle de Harry. Tous m'ont accueillie parmi eux avec chaleur, comme l'avait fait autrefois sa mère. La haute société londonienne s'est remise du scandale provoqué par notre mariage, et notre calendrier mondain est plus rempli que nous ne le souhaiterions. Harry affirme que si nous avons eu raison des conventions, c'est parce que je suis une lady dans l'âme et que mon allure et ma grâce en imposent à tout le monde. Pour ma part, je crois plutôt que c'est en raison de l'immense respect qu'inspire Harry. Il est enfin libre de s'investir dans des causes importantes et il est devenu un formidable député, au service de la justice et de l'égalité sociale.

Harry a insisté pour une réconciliation rapide avec mon père, et a contribué largement à dissiper notre brouille. Il a pris sur lui d'aller voir plusieurs fois papa sans moi et obtenu qu'il me fasse des excuses sincères – une lettre bouleversante qui m'a mis les larmes aux yeux. Tous deux s'entendent à merveille. Il n'est pas rare que Harry fasse un saut chez Grenfell's pour boire dans le petit salon privé de son beau-père un verre de vin du Rhin, et fumer l'un de ses excellents cigares. Papa ne se permettrait jamais de tirer avantage de mon mariage, mais Grenfell's en a sans aucun doute profité : mon père est désormais le tailleur attitré du prince de Galles.

Au deuxième étage de notre maison, dans le Kent, une grande pièce dominant le parc est réservée à mon usage personnel. Par souci des convenances, nous ne prononçons jamais le mot « atelier ». Nous préférons parler de mon « dressing ». J'autorise mon fils Charles à venir y jouer pendant que je couds, au grand scandale de sa nurse. Et Harry y monte pour ses essayages. Bien sûr, le nom de son tailleur reste un mystère, malgré quelques tentatives des gentlemen qu'il rencontre autour d'un verre de cognac ou d'un cigare pour le faire parler. Tout le monde est persuadé que c'est mon père.

Et c'est très bien ainsi.

Faites de nouvelles découvertes sur **www.pocket.fr**

- Des 1ers chapitres à télécharger
- Les dernières parutions
- Toute l'actualité des auteurs
- Des jeux-concours

POCKET

Il y a toujours un **Pocket** à découvrir

Écrire pour accomplir son destin

(Pocket n° 13229)

Mattie, seize ans, des rêves plein la tête, collectionne les mots. Un mot par jour, pour affronter la difficulté de son quotidien dans une petite ville de l'État de New York au début du XXe siècle. Parce qu'elle a promis à sa mère, juste avant sa mort, d'élever ses sœurs, Mattie laisse s'envoler ses projets d'études. Mais une rencontre étrange va l'obliger à renouer avec ses rêves : à travers les lettres d'amour d'une jeune fille retrouvée noyée, Mattie redécouvre le plaisir des mots, ceux de l'amour et du désespoir. Serait-elle enfin prête à les écouter ?

Il y a toujours un Pocket à découvrir

À la poursuite du bonheur

(Pocket n° 13433)

Belle Lawe a grandi en Jamaïque. Mais violée, convaincue qu'elle est corrompue et coupable de ce qui lui est arrivé, elle décide de se réfugier en Angleterre, loin de ceux qu'elle aime. Tandis que l'Europe subit les ravages de la Première Guerre mondiale, Belle mène une vie mondaine et dissolue à Londres et se fiance en secret. Mais celui qu'elle aime et qu'elle se prépare à épouser est déjà marié. Accablée, elle cherche refuge auprès de son amie, Sibella. Mais tôt ou tard, elle devra affronter son propre passé...

Il y a toujours un Pocket à découvrir

Composé par FACOMPO,
à Lisieux

Imprimé en Espagne par Liberdúplex
à Sant Llorenç d'Hortons (Barcelone)
en avril 2010

POCKET – 12, avenue d'Italie – 75627 Paris cedex 13

N° d'impression : 18058
Dépôt légal : juillet 2009
Suite du premier tirage: mai 2010
S18485/02